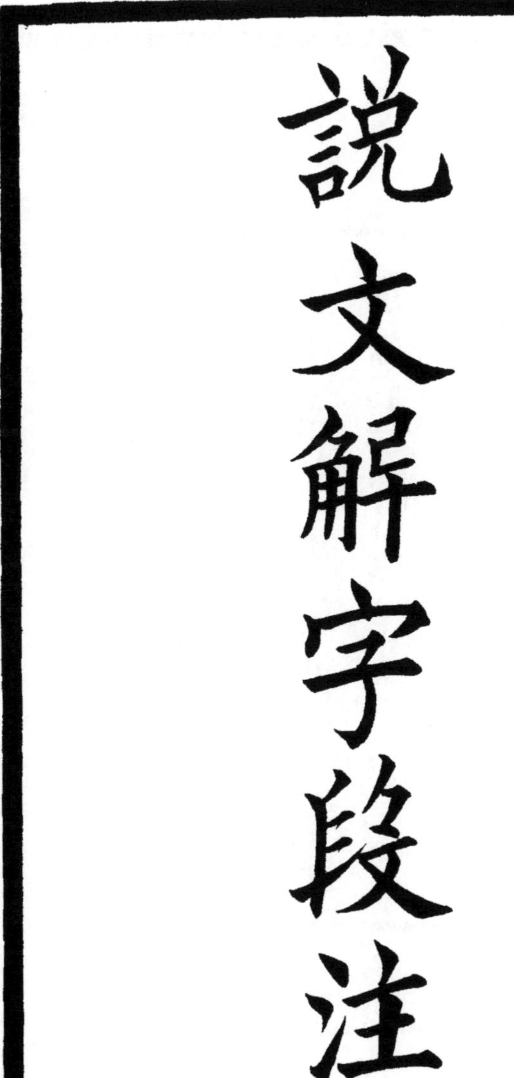

説文解字段注

四部備要

經部

上海中華書局據經韻樓

原刻本校刊

桐鄉　陸費逵總勘

杭縣　高時顯輯校
　　　吳汝霖

杭縣　丁輔之監造

說文解字注序

說文之爲書以文字而兼聲音訓詁者也凡許氏形聲讀若皆與古音相準或爲古之正音或爲古之合音方以類聚物以羣分循而攷之各有條理不得其遠近分合之故則或執今音以疑古音或執古之正音以疑古之合音而聲音之學晦矣說文之訓首列製字之本意而亦不廢假借凡言一曰及所引經類多有之蓋以廣異聞備多識而不限於一隅也不明乎假借之指則或據說文本字以改書傳假借之字或據說文引經假借之字以改經之本字而訓詁之學晦矣吾友段氏若膺於古音之條理察之精剖之密嘗爲六書音均表立十七部以綜核之

因是爲說文注形聲讀若一以十七部之遠近分合求之而聲音之道大明於許氏之說正義借義知其典要觀其會通而引經與今本異者不以本字廢借字不以借字易本字揆諸經義例以本書若合符節而訓詁之道大明訓詁聲音明而小學明小學明而經學明蓋千七百年來無此作矣若夫辨點畫之正俗察篆隸之繇省沾沾自謂得之而於轉注假借之通例茫乎未之有聞是知有文字而不知有聲音訓詁也其視若膺之學淺深相去爲何如邪余交若膺久知若膺湥而又皆從事於小學故敢舉其犖犖大者以告綴學之士云嘉慶戊辰五月高郵王念孫序

說文解字注分卷目錄

說文解字注分卷目錄

說文解字第一篇上

金壇段玉裁注

一　惟初大極道立於一　造分天地化成萬物　漢書曰元元本本數始於一　凡一之屬皆从一　一之形於六書爲指事凡云凡某之屬皆从某者自序所謂分別部居不相襍廁也爾雅方言所以發明轉注假借倉頡訓纂滂憙及凡將急就元尚飛龍聖皇諸篇僅以四言七言成文皆不言字形原委以字形爲書俾學者因形以考音與義實始於許功莫大焉於悉切古音第十二部○凡注言一部二部以至十七部者謂古韵也玉裁作六書音均表識古韵凡十七部自倉頡造字時至唐虞三代秦漢以及許叔重造說文曰某聲曰讀若某者皆條理合一不紊故既用徐鉉切音矣而又每字志之曰古音第幾部又恐學者未見六書音均之書不知其所謂乃於說文十五篇之後附六書音均表五篇俾形聲相表裏因耑推究於古形古音古義可互求焉

弌　古文一　凡言古文者謂倉頡所作古文也此書法後王尊漢制以小篆爲質而兼錄古文籀文所謂今敘篆文合以古籀也小篆之於古籀或仍之或省改之仍者十之八九省改者十之一二而已仍則小篆皆古籀也故不更出古籀省改則古籀非小篆也故更出之一二三之本古文明矣何以更出弌弍弎也蓋所謂即古文而異者當謂之古文奇字

元　始也　見爾雅釋詁九家易曰元者氣之始也　从一　兀聲　徐氏鍇云不當有聲字以髡从

兀聲転从元聲例之徐說非古音元兀相爲平入也凡言从某某聲者謂於六書爲形聲也凡文字有義有形有音爾雅已下義書也聲類已下音書也說文形書也凡篆一字先訓其義若始也顛也是次釋其形若从某某聲是次釋其音若某聲及讀若某是合三者以完一篆故曰形書也愚袁切古音第十四部

天 顛也 此以同部疊韵爲訓也凡門聞也戶護也尾微也髮拔也皆此例凡言元始也天顛也丕大也吏治人者也皆於六書爲轉注而微有差別元始可互言之天顛不可倒言之蓋求義則轉移皆是舉物則定名難假然其爲訓詁則一也顛者人之頂也以爲凡高之偁始者女之初也以爲凡起之偁然則天亦可爲凡顛之偁臣於君子於父妻於夫民於食皆曰天是也 至高無上从一大 至高無上是其大無有二也故从一大於六書爲會意凡會意合二字以成語如一大人言止戈皆是他前切十二部

丕 大也 見釋詁 从一不聲 敷悲切古音在第一部鋪怡切丕與不音同故古多用不爲丕如不顯即丕顯之類於六書爲假借凡假借必同部同音○丕隸書中直引長故云丕之字不十漢石經作丕可證非與丕殊字也

吏 治人者也 治與吏同在第一部此亦以同部疊韵爲訓也 从一从史 此亦會意也天下曰从一大此不曰从一史者吏必以一爲體以史爲用一與史二事故異其辭也史者記事者也 史亦聲 凡言亦聲者會意兼形聲也凡字有用六書之一者有兼六書之二者力置切一部

文五　重一 此蓋許所記也每部記之以得其凡若干字也凡部之先後以形之相近爲次凡每

部中字之先後以義之相引爲次顏氏家訓所謂櫽栝有條例也說文每部自首至尾次弟井井如一篇文字如一而元元始也始而後有天天莫大焉故次以丕而吏之从一終焉是也雍熙校刊部首某字說解爲大字已下說解皆爲夾行小字絕非舊式

二　高也此古文丄　古文上作二故帝下旁下示下皆云从古文上可以證古文本作二篆作丄各本誤以丄爲古文則不得不改篆文之上爲丄而用上爲部首使下文从二之字皆無所統示次於二之恉亦晦矣今正丄爲二上爲丄觀者勿疑怪可也凡說文一書以小篆爲質必先舉小篆後言古文作某此獨先舉古文後言小篆作某變例也以其屬皆从古文上不从小篆上故出變例而別白言之　指事也　凡指事之文絕少故顯白言之不於一下言之者一之爲指事不待言也象形者實有其物日月是也指事者不泥其物而言其事丄丅是也天地爲形天在上地在下地在上天在下則皆爲事　凡二之屬皆从二　時掌時亮二切古音第十部

丄　篆文上　謂李斯小篆也今各本篆作上後人所改

帝　諦也　見春秋元命苞春秋運斗樞毛詩故訓傳曰審諦如帝　王天下之號从二朿聲　都計切古音第十六部

帝　古文帝古文諸丄字皆从一篆文皆从二二古文上字　古文从一小篆从古文上者古今體異必云二古上字者明非二字也徐鍇曰古文上兩畫上短下長一二之

二則兩畫齊等辛俗本辛下有言非也言从辛舉辛可以包言示辰龍童音章皆从古文上古文示作𠀠古文禮作𠀠古文辰作𠨑此古文从一小篆从二之證然則古文以一爲二六書之假借也

旁溥也司馬相如封禪文曰旁魄四塞張揖曰旁衍也廣雅曰旁大也按旁讀如滂與溥雙聲後人訓側其義偏矣从二闕闕謂从𠆢之說未聞也李陽冰曰𠆢象旁達之形也按自序云其於所不知蓋闕如也凡言闕者或謂形或謂音或謂義分別讀之方聲凡徐氏鉉鍇二本不同各从其長者如此處鍇作方聲闕闕字在方聲下於未聞从𠆢之說不瞭故不从之是也後不悉注步光切十部

旁古文旁以許說推之亦小篆从二古文从一也

旁亦古文旁李斯改一爲二則爲小篆

雱籀文詩雨雪其雱故訓傳曰雱盛皃即此字也籀文从雨衆多如雨意也毛云盛與許云溥正合今人不知旁雱同字音讀各殊古形古音古義皆廢矣

二底也底當作氐广部曰底者山尻也一曰下也許氏解字多用轉注轉注者互訓也底云下也故下云底也此之謂轉注全書皆當以此求之抑此底字當作氐广部一曰下也四字疑後人所綴何者許書無低字日部昏下曰从氐省氐者下也正與此下者氐也爲轉注上高也下氐也高氐亦正相反相對今本氐篆解云至也亦當本作下也如是正之乃見許氏發揮轉注之恉有好學深思者當能心知其意也从反二爲二有物在一之下也此古文下本如此如兩字从古文下是也後人改二爲丅謂之古文則不得不改丅爲下謂之小篆文矣胡雅胡駕二切古音在第五部

丅篆文丅今各本篆文作下後人所改

文四　重六

示天𠂹象見吉凶見周易繫辭所㠯示人也从二古文上三𠂹謂川日月星也觀乎天文㠯察時變見周易賁彖傳示神事也言天縣象箸明以示人聖人因以神道設教凡示之屬皆从示神至切古音第十五部中庸小雅以示爲寘

𡖄古文示所謂古文諸丄字皆从一也

祜上諱言上諱者五禾部秀漢世祖名也艸部莊顯宗名也火部炟肅宗名也戈部肈孝和帝名也示部祜恭宗名也殤帝名隆不與焉伏侯古今注曰隆之字曰盛亦當言上諱明矣而五經異義云漢幼小諸帝皆不廟祭而祭於陵既不廟祭矣則不諱可知此許沖奏上時於隆字不曰上諱所由也諱止於高祖祖之父當遷者杜預亦言自父至高祖皆不敢斥言討許祖者記曰既卒哭宰夫執木鐸以徇於宮曰舍故而諱新故謂君卒於恭宗已後自恭宗至世祖適五世世祖已上雖高帝不諱蓋漢制也此書之例當是不書其字但書上諱二字書其字則非諱也今本有篆文者後人補之不書故其詁訓形聲眞不言假令補之則曰祜福也从示古聲祜訓福則當與祿褫等爲類而列於首者尊君也古音第五部

禮履也見禮記祭義周易序卦傳履足所依也引伸之凡所依皆曰履此假借之法履履也禮履也履同而義不同所㠯

事神致福也从示从豊（禮有五經莫重於祭故禮字从示豊者行禮之器）豊亦聲（靈啓切十五部）

𠃑 古文禮

禧 禮吉也（行禮獲吉也釋詁曰禧福也）从示喜聲（許其切一部）

禛 以真受福也从示真聲（此亦當云从示从真真亦聲不言者省也聲與義同原故鍇聲之偏旁多與字義相近此會意形聲兩兼之字致多也說文或偁其會意略其形聲或偁其形聲略其會意雖則渻文實欲互見不知此則聲與義隔又或如宋人字說祇有會意別無形聲其失均誣矣側鄰切十二部）

祿 福也（詩言福祿多不別商頌五篇兩言福祿大恉不殊釋詁毛詩傳皆曰祿福也此古義也鄭既醉箋始爲分別之詞）从示彔聲（盧谷切三部）

褫 福也（見釋詁張衡東京賦曰祈褫禳災）从示虒聲（息移切字林弋爾反十六部）

禎 祥也从示貞聲（陟盈切十一部）

祥 福也（凡統言則災亦謂之祥析言則善者謂之祥）从示羊聲（似羊切十部鉉本此下有一云善三字淺人所增一書中此類不少）

祉 福也（見釋詁）从示止聲（敕里切一部）

福 備也（祭統曰賢者之祭也必受其福非世所謂福也福者備也備者百順之名也無所不順者之謂備按福備古音皆在第一部疊韻也鉉本作祜也非祜正世所謂福也）从示畐聲（方六切古音在一部）

祐 助也（古祇作右）从示右聲（于救切古音在一部）

祺

吉也周頌曰維周之禎釋言曰祺祥也祺吉也从示其聲渠之切一部禥籒文从基基聲也古其基通用如尚書丕丕基伏生作丕丕其是也

祗敬也見釋詁从示氐聲旨夷切古音凡氐聲字在第十五部凡氏聲字在第十六部此廣韻祗入五支祇入六脂所由分也鉉所據唐韻祗旨移切是孫愐祗入五支遠遜於宋廣韻所改定矣經典釋文於商頌上帝是祗諸時反則又譌入七之於孔子閒居諸夷反則固不誤此等學者所當審定畫一也

禔安也本安下有福今依李善文選注从示是聲司馬貞引說文市支反此說文音隱所載也唐韻切同十六部易曰禔既平周易坎九五祗既平釋文曰祇京作禔按許自序所偁易孟氏京房受易焦延壽延壽嘗從孟喜問易虞翻自言臣高祖光曾祖成祖鳳父歆皆治孟氏易至臣五世翻注此爻云祇安也然則孟易作禔訓安甚明翻本作祇謂祇即禔之假借與何人斯鄭箋正同氏是同在第十六部得相假借

神天神引出萬物者也天神引三字同在古音第十二部从示申聲食鄰切

祇地祇提出萬物者也地祇提三字同在古音第十六部地本在十七部而多轉入十六部用从示氏聲巨支切古音十六部凡假借必取諸同部如周易无祇悔釋文云祇辭也馬同音之是反此讀祇爲語辭適也五經文字廣韻作衹者是也又云鄭云病也此讀祇爲疧與何人斯同也又云王肅作禔時支反陸云安也九家本作敍字音支韓伯祁支反云大也音讀皆在第十六部通

志堂刻作无祇悔則誤○又祇既平唐石經作祇釋文云京作禔說文同音支又上支反安也其讀亦皆在十六部又云鄭云當爲坻小丘也此則改爲第十五部字古人云當爲者皆是改其形誤之字云當爲者以音近之字易之云讀如者以同音之字擬之此云當爲則鄭謂祇爲字之誤也○五經文字衣部曰衹止移切適也廣韻五支曰衹章移切適也唐石經衹既平左傳衹見疏也詩衹攪我心詩論語亦衹以異字皆从衣正用張參字擬而張參以前顏師古注竇嬰傳曰衹適也音支其字从衣豈師古太宗朝刊定經籍皆用此說與朱類篇則祇衹皆云適也不畫一韻會則从示之祇訓適也近日經典訓適者皆不从衣與唐不合

祕 神也魯頌閟宮有侐箋曰閟神也此謂假借閟爲祕也 从示必聲兵媚切古音在第十二部賁櫛韵

齋 戒絜也祭統曰齋之爲言齊也齊不齊以致齊者也齋戒或析言如七日戒三日齋是此以戒訓齋者統言則不別也 从示齊省聲謂減齊之二畫使其字不緐重也凡字有不知省聲則昧其形聲者如融蠅之類是側皆切十五部

𩆸 籒文齋从襲省凡籒文多緐重

禋 絜祀也韋昭注周語同釋詁禋祭也孫炎曰潔敬之祭也各本作潔依玉篇作絜 一曰精意以享爲禋凡義有兩岐者出一曰之例山海經韓非子故訓傳皆然但說文多有淺人疑其不備而竄入者周語內史過曰精意以享禋也絜祀二字已苞之何必更端僞引乎舉此可以隅反 从示垔聲於真切古音在十三部尚書大傳以湮爲禋

𥙨 籒文从宀

祭 祭祀也

統言則祭祀不別也从示巳手持肉此合三字會意也子例切十五部祀祭無已也析言則祭無已曰祀从巳而釋爲無已此如治曰亂徂曰存終則有始之義也釋詁曰祀祭也从示巳聲詳里切一部禩祀或从異周禮大宗伯小祝注皆云故書祀作禩按禩字見於故書是古文也篆隸有祀無禩是以漢儒杜子春鄭司農不識但云當爲祀讀爲祀而不敢直言古文祀蓋其慎也至許乃定爲一字至魏時乃入三體石經古文巳聲異聲同在一部故異形而同字也祡燒柴尞祭天也此從爾雅音義尞各本作燎非也火部曰尞祡祭天也此曰祡尞祭天也是爲轉注㝡較然者柴與祡同此聲故燒柴祭曰祡釋天曰祭天曰燔柴祭法曰燔柴於泰壇祭天也孝經說曰封乎泰山考績柴尞郊特牲曰天子適四方先柴注所到必先燔柴有事於上帝从示此聲仕皆切十五部凡此聲亦多轉入十六部虞書曰虞書當爲唐書說見七篇禾部至于岱宗祡許自序偁書孔氏知古文尚書作祡不从木作柴也王制郊特牲大傳同𥛚古文祡从隋省此蓋壁中尚書作𥛚也旣偁古文尚書作祡矣何以云壁中作𥛚也凡漢人云古文尚書者猶言古本尚書以別於夏侯歐陽尚書非其字皆倉頡古文也儀禮有古文今文亦猶言古本今本非一皆倉頡古文一皆隸書也如此字壁中簡作𥛚孔安國以今文讀之知𥛚即小篆祡字改从小篆作祡是孔氏古文尚書出於壁中云爾不必皆仍壁中字形也綴𥛚於祡下者猶周禮旣从杜子春易字乃綴之云故書作某也隨聲古音在十七部此聲古

音在十六部音轉冣近積之爲柴猶玼瑳姕傞皆同字　禷㠯事類祭天神　五經異義曰今
尚書夏侯歐陽說禷祭天名也以禷祭天者以事類祭之以事類祭之何天位在南方就南郊祭之是也古尚書說非時祭天
謂之禷言以事類告也肆禷于上帝時舜告攝非常祭也許君謹按周禮郊天無言禷者知禷非常祭從古尚書說玉裁按郊
天不言禷而肆師類造上帝王制天子將出類於上帝皆主軍旅言凡經傳言禷者皆謂因事爲兆依郊禮而爲之說文亦从
古尚書說　从示類聲　此當曰从示類類亦聲省文也力遂切十五部禮以類爲禷　祪　祔祪
祖也　見釋詁祔謂新廟祪謂毀廟皆祖也說文併祔字連引之故次之以祔　从示危聲　過委切十
六部　祔　後死者合食於先祖　士虞禮卒哭明日以其班祔春秋左氏傳曰凡君薨
卒哭而祔祔而作主特祀於主蒸嘗禘於廟春秋穀梁傳曰作主壞廟有時日於練焉士虞禮注與穀梁同　从示
付聲　符遇切古音在第四部　祖　始廟也　始兼兩義新廟爲始遠廟亦爲始故祔祪皆曰祖也　从示
釋詁曰祖始也詩毛傳曰祖爲也皆引伸之義如初爲衣始引伸爲凡始也　从示且聲　則古切五部
𥛱　門內祭先祖所㫄皇也　舊所下有以今依詩爾雅音義㫄或作傍徬㫄皇或
作徨皆俗詩毛傳曰祊門內也郊特牲曰索祭祝于祊不知神之所在於彼乎於此乎或諸遠人乎祭於祊尚曰求諸遠者與
此㫄皇之說也𥛱㫄皇三字疊韵　从示彭聲　補盲切古音在十部　詩曰祝祭于

鬃 小雅楚茨文今作于祊 祊 鬃或从方 彭聲方聲同部 祰 告祭也 自祪以下六字皆主言祖廟故知告祭謂王制天子諸侯將出造乎禰曾子問諸侯適天子必告於祖奠於禰諸侯相見必告於禰反必親告於祖禰伏生尚書歸假於祖禰皆是也周禮六祈二曰造杜子春云造祭於祖也當許時禮家造字容有作祰者 从示告聲 苦浩切古音在第三部

祏 宗廟主也 五經異義今春秋公羊說祭有主者孝子以主繫心夏后氏以松殷人以柏周人以栗今論語說哀公問主於宰我宰我對曰夏后氏以松夏人都河東河東宜松也殷人以柏殷人都亳亳宜柏也周人以栗周人都豐鎬豐鎬宜栗也古周禮說虞主用桑練主用栗無夏后氏以松爲主之事許君謹按從周禮說論語所云謂社主也鄭君無駁五經要義曰木主之狀四方穿中央以達四方天子長尺二寸諸侯長尺皆刻謚於其背春秋左氏傳典司宗祏又曰使祝史徙主祏於周廟又曰反祏於西圃皆謂木主也主當同丶部作主主字下曰宗廟主祏也祏字下曰宗廟主也是爲轉注藝文類聚引作宗廟之木主曰祏 周禮有郊宗石室 五經異義古春秋左氏說古者日祭於祖考月薦於高曾時享及二祧歲祫及壇墠終禘及郊宗石室終者謂孝子三年喪終則禘於大廟以致新死者也又春秋左氏曰徙石主於周廟言宗廟有郊宗石室所以藏栗主也玉裁按郊宗石室蓋謂天子有之郊宗蓋謂郊鯀宗禹郊冥宗湯郊稷宗武王之類遠祖之主爲石室藏之至祭上帝於南郊祭五帝於明堂則奉其主以配食故謂之郊宗石室祭法周語皆言禘郊祖宗此舉郊宗以包禘祖也其餘毀廟之主亦附藏焉至禘

祫而升合食於大祖故曰禘及郊宗石室二云周禮
者說左氏家謂成周之禮非謂周官經有此也　一曰大
夫以石爲主　五經異義今春秋公羊說鄉大夫士非有土
子民之君不得祫享序昭穆故無木主大夫
東帛依神士結茅爲菆許君謹按春秋左氏傳曰衞孔悝反祏
於西圃祏石主也言大夫以石爲主今山陽民俗祭皆以石爲
主鄭君駁之曰大夫士無昭穆不得有主少牢饋食大夫禮也
東帛依神特牲饋食士祭禮也結茅爲菆大夫以石爲主禮無
明文孔悝之反祏有主者祭其所出之君爲之主耳玉裁按異
義先出說文晚成多所更定故說文之說多有異於異義同於
鄭駁者祏以宗廟主爲本義
以大夫石主爲或義是也　从示石　許言周禮有石室言大夫以石爲主皆證明从
石會意之恉玉裁謂宗廟本木主而字从石者蓋取如石不可
轉意石室自別是一事春秋之末大夫僭侈作宔不可知云反
祏者猶言反宔耳不必以石爲之也摯虞決疑注
曰凡廟之主藏於戶外北牖下有石函故名宗祏　石亦聲　常隻
切古音
在五部　𥙊　以豚祠司命也　鄭注周禮曰求福曰禱得求曰祠此祠與春祭之祠異祭
法注曰司命小神居人之閒司察小過作譴告者也督察三命
今時民家或春秋祀司命風俗通義曰周禮司命文昌也今民
閒祀司命刻木長尺二寸爲人像行者擔篋中居者別作小屋
齊地大尊重之汝南餘郡亦多有皆祠以賭率以春秋之月按
賭同豬許所謂豚也應說司命爲文昌鄭說人閒小神未知許
意何居也許君竈字下說周禮以竈祀祝融用賈逵句芒祀於
戶祝融祀於竈蓐收祀於門玄冥祀於井后土祀於中霤之說
鄭則云老婦之祭報先炊之義斷非祝融然則許不必同鄭也

从示比聲卑履切初學記引俾利反十五部漢律曰祠祉司命高帝時蕭何攈摭秦法取其宜於時者作律九章至孝武時律令凡三百五十九章

祠春祭曰祠品物少多文辭也上言祠司命故次以祠辭與祠疊韵周禮以祠春享先王公羊傳曰春曰祠注祠猶食也猶繼嗣也春物始生孝子思親繼嗣而食之故曰祠許與何異从示司聲似茲切一部仲春之月祠不用犧牲用圭璧及皮幣此引月令證品物少多文辭也禮記祠作祀呂覽同淮南作祭及禮記呂覽淮南皆作更鄭曰更猶易也高誘曰更代也以圭璧皮幣代犧牲也說文祠及二守疑皆字之誤或曰漢時月令鄭君謂之今月令或與記不同說文𩃬雨舫人皆今月令也○江沅曰言用不用代義已瞭或更字卽及字義許據本作及也鄭訓易高訓代實圭璧皮幣中間似未妥

礿夏祭也周禮以禴夏享先王公羊傳曰夏曰礿注始熟可汋故曰礿釋天曰春祭曰祠夏祭曰礿秋祭曰嘗冬祭曰蒸孫炎曰祠之言食礿新菜可汋嘗嘗新穀蒸進品物也汋與礿疊韵汋卽說文鬻字王制春曰礿夏曰禘與周禮異从示勺聲以灼切古音在第二部礿亦作禴勺龠同部

禘諦祭也言部曰諦者審也諦祭者祭之審諦者也何言乎審諦自來說者皆云審諦昭穆也禘有三有時禘有殷禘有大禘時禘者王制春曰礿夏曰禘秋曰嘗冬曰蒸是也夏商之禮也殷禘者周春祠夏禴〔卽礿字〕秋嘗冬蒸以禘爲殷祭殷者盛也禘與祫皆合羣廟之主祭於大祖廟也大禘者大傳小記皆曰王者禘

其祖之所自出以其祖配之謂王者之先祖皆感大微五帝之精以生皆用正歲之正月郊祭之孝經郊祀后稷以配天配靈威仰也毛詩言禘者二一曰雝禘大祖也大祖謂文王此言殷祭也曰長發大禘也此言商郊祭感生帝汁光紀以玄王配也云大禘者蓋謂其事大於宗廟之禘春秋經言諸侯之禮僖八年禘于太廟太廟謂周公廟魯之太祖也天子宗廟之禘亦以尊太祖此正禮也其他經言吉禘于莊公傳之禘於武公禘於襄公禘於僖公皆專祭一公僭用禘名非成王賜魯重祭周公得用禘禮之意也昭穆固有定爲審諦而定之也禘必羣廟之主皆合食恐有如夏父弗忌之逆祀亂昭穆者則順祀之也天子諸侯之禮兄弟或相爲後諸父諸子或相爲後祖行孫行或相爲後必後之者與所後者爲昭穆所後者昭則後之者穆所後者穆則後之者昭而不與族人同昭穆以重器授受爲昭穆不以世系蟬聯爲昭穆也故曰宗廟之禮所以序昭穆也宗廟之禮謂禘祭也禘之說大亂於唐之陸淳趙匡後儒襲之不可以不正 从示帝聲 特計切十六部

周禮曰五歲一禘 五經異義今春秋公羊說五年而再殷祭古春秋左氏說古者日祭於祖考月祀於高曾時享及二祧歲祫及壇墠終禘及郊宗石室許君謹案叔孫通宗廟有日祭月薦之禮知自古而然也三歲一祫此周禮也五歲一禘疑先王之禮也鄭君駁之曰三年一祫五年一禘百王通義以爲禮讖云殷之五年殷祭亦名禘也玉裁按此與公羊五年而再殷祭說正合今閩縣陳氏恭甫名壽祺云初學記藝文類聚引許異義文有譌脫當作三歲一祫五歲一禘此周禮也三歲一禘疑先王之禮也今脫四字譌一字陳說是也

祫 大合祭先祖親

疏遠近也 春秋文二年八月丁卯大事于大廟公羊傳曰大事者何大祫也大祫者何合祭也毁廟之主陳於大祖未毁廟之主皆升(句)合食於太祖〔兼上二者〕五年而再殷祭鄭康成曰魯禮三年喪畢而祫於大祖明年春禘於羣廟自此之後五年而再殷祭一祫一禘春秋經書祫謂之大事書禘謂之有事商頌玄鳥祀高宗也鄭云祀當爲祫高宗崩而始合祭於契之廟歌是詩焉曾子問祫祭於祖則祝迎四廟之主許言合祭先祖親疏遠近正用公羊大事傳禘之合食蓋同而以審禘會合分別其名亦分別其歲有三年五年之殊分別其時有夏秋之殊禘卽周禮之肆獻祼追享祫卽周禮之饋食朝享夏殷有時禘有時祫周禮禘祫皆爲殷祭非四時祭毛公傳曰諸侯夏禘則不礿秋祫則不嘗謂周禮諸侯禘在夏祫在秋則皆廢時祭天子則不廢時祭 从示合 會意不云合亦聲者省文重會意也侯夾切古音弟七部士虞禮今文祫爲合 周禮曰三歲一祫 㒳云周禮者以別於夏殷之禮㒳曰字皆衍文也

祼 灌祭也 詩毛傳曰祼灌鬯也周禮注曰祼之言灌灌以鬱鬯謂始獻尸求神時周人先求諸陰也 从示果聲 古玩切按此字從果爲聲古音在十七部大宗伯玉人字作果或作淉注兩言祼之言灌凡云之言者皆通其音義以爲詁訓非如讀爲之易其字讀如之定其音如載師載之言事族師師之言帥禮衣禮之言亶翣柳柳之言聚副編次副之言覆禋祀禋之言煙卄人卄之言礦皆是未嘗曰禋卽讀煙副卽讀覆也以是言之祼之音本讀如果卄之音本爲卵讀如鯤與灌礦爲雙聲後人竟讀灌讀礦全失鄭意古音有不見於周人有韵之文而可意知者此類是也

𥜻 數

祭也廣雅釋詁曰𥛱謝也釋天曰𥛱祭也數讀數罟之數雙聲也从示毳聲讀若春麥爲䅵之䅵凡言讀若者皆擬其音也凡傳注言讀爲者皆易其字也注經必兼茲二者故有讀爲有讀若讀爲亦言讀曰讀若亦言讀如字書但言其本字本音故有讀若無讀爲也讀爲讀若之分唐人作正義已不能知爲與若兩字注中時有譌亂爲䅵之䅵字从木各本譌从示不可解廣雅䅵春也楚芮反說文無䅵字卽臼部春去麥皮曰臿也江氏聲云說文解說內或用方言俗字篆文則仍不載䅵此芮切十五部

祝 祭主贊詞者从示从儿口此以三字會意謂以人口交神也一曰从兑省易曰兑爲口爲巫此字形之別說也凡一曰有言義者有言形者有言聲者引易者說卦文兑爲口舌爲巫故祝从兑省此可證虙羲先倉頡製字矣凡引經傳有證義者有證形者有證聲者此引易證形也之六切三部

䄏 祝䄏也惠氏士奇曰素問黃帝曰古之治病可祝由而已祝由卽祝䄏也已止也玉裁按玉篇曰古文作袖从示畱聲力救切玉篇徐霤切三部

祓 除惡祭也从示犮聲敷勿切十五部

祈 求福也祈求雙聲从示斤聲渠稀切古音在十三部音芹此如旂字古今音異

禱 告事求福也禱告求三字疊韻从示壽聲都浩切古音在三部

禂 禱或省

𥜄 籒文禱以真致福意疑下從夂非從夊也夊陟多切

禜

設緜蕝爲營㠯禳風雨雪霜水旱厲疫于日月星辰山川也史記漢書叔孫通傳皆云爲緜蕞野外習之韋昭云引繩爲緜立表爲蕞蕞卽蕝也詳艸部凡環帀爲營禜營疊韵左氏傳子產曰山川之神則水旱癘疫之災於是乎禜之日月星辰之神則雪霜風雨之不時於是乎禜之許與鄭司農周禮注引皆先日月星辰與今本不同也从示从營省聲下从字度他字下皆當有後人刪之爲命切十一部一曰禜逗衛使災不生此字義之別說也上言禳之於已至此言禜之於未來鉉本此下引禮記雩禜祭水旱誤用鍇語爲正文也

禳磔禳逗祀除厲殃也厲殃謂厲鬼凶害各本作癘誤月令三月命國難九門磔禳以畢春氣注此月之中日行歷昴昴有大陵積尸氣佚則厲鬼隨而出行命方相氏毆疫又磔牲以禳於四方之神所以畢止其災又十二月命有司大難旁磔注此月之中日歷虛危虛危有墳墓四司之氣爲厲鬼將隨彊陰出害人也旁磔於四方之門磔禳也按許與月令注合周禮注曰卻變異曰禳禳攘也與許異古者燧人禜子所造未聞禜子爲其子禜災也从示襄聲汝羊切十部

禬會福祭也周禮注曰除災害曰禬禬猶刮去也與許異从示會聲此等皆舉形聲包會意古外切十五部周禮曰禬之祝號周禮詛祝文

禪祭天也从示單聲凡封土爲壇除地爲墠古封禪字蓋祇作墠項威曰除地爲墠

後改墠曰禪神之矣服虔曰封者增天之高歸功於天禪者廣土地應劭亦云封爲增高禪爲祀地惟張晏云天高不可及於泰山上立封又禪而祭之冀近神靈也元鼎二年紀云望見泰一修天文襢襢卽古禪字是可證禪亦祭天之名但禪訓祭天似當與柴爲伍不當廁此時戰切十四部

禦 祀也从示御聲 後人用此爲禁禦字疑舉切五部古只用御字

⿰示昏 祀也从示昏聲 古末切周禮注禬刮去也疑禬乃禬字之或體也十五部已上三篆疑後人所增

禖 祭也 謂祭名也商頌傳曰春分玄鳥降湯之先祖有娀氏女簡狄配高辛氏帝帝率與之祈於郊禖而生契故本其爲天所命以玄鳥至而生焉大雅傳曰古者必立郊禖焉玄鳥至之日以大牢祀於郊禖天子親往后妃率九嬪御乃禮天子所御帶以弓韣授以弓矢於郊禖之前玉裁按據此則禖神之祀不始於高辛明矣鄭注月令云玄鳥媒氏之官以爲候高辛氏之世玄鳥遺卵娀簡吞之而生契後王以爲媒官嘉祥而立其祠焉變媒言禖神之也注禮記時未專信毛詩故說鉏鋙爾鄭志焦喬之荅回護鄭公殊爲詞費 从示某聲 莫桮切古音在一部

⿰示胥 祭具也 山海經離騷經皆作糈王逸曰糈精米所以享神郭璞曰糈祭神之米名疑許君所據二書作⿰示胥 从示胥聲 私呂切五部

祳 社肉盛之以蜃故謂之祳 五經異義曰古左氏說脤祭社之肉盛之以蜃鄭注掌蜃杜注左傳皆同蜃祳疊韵經典祳多从肉作脤詩縣箋掌蜃注經用蜃爲祳字 天子所以親遺同姓 膰大宗伯以脤之禮親行兄弟之國大人歸脤

以交諸侯之福 从示辰聲 時忍切古音在十三部 春秋傳曰石尚來歸
祳 春秋經定公十四年文凡說文引春秋經皆毄諸傳謂左氏春秋有此文也 祴 宗廟奏祴
樂 宗廟中賓醉而出奏祴夏故字從示 从示戒聲 古哀切一部 禡 師行所止
恐有慢其神下而祀之曰禡 釋天曰是類是禡師祭也王制注云爲兵禱周
禮肆師甸祝皆作貉杜鄭讀貉爲十百之百云爲師祭造軍法者禱氣勢之十百增倍許說不同者許時古今說具在五經異
義今已亡又賈氏周禮解詁亦亡不詳其所本也 从示馬聲 莫駕切古音在五部 周禮禡
於所征之地 王制文 禂 禱牲馬祭也 甸祝禂牲禂馬杜子春云禂禱
也爲馬禱無疾爲田禱多獲禽牲詩云既伯既禱爾雅曰既伯既禱伯馬祭也玉裁按此許說所本杜引詩者以伯證禱馬毛
傳云伯馬祖也重物愼微將用馬力必先爲之禱其祖此周禮之禂馬也又云禱禱獲也此釋既禱周禮之禂牲也杜本毛說
鄭君易杜說云禂讀如伏誅之誅今侏大字也爲牲祭求肥充爲馬祭求肥健鄭以上文既有表貉釋爲禱氣勢之十百而多
獲不當禂牲又云禱多獲禽牲故必易爲侏大而後安今本爾雅周禮注馬祭之上皆脫伯字 从示周聲
都皓切五經文字直由反又音誅古音在三部○鍇引詩曰既禡既禂詩無此語鉉又誤入正文 䮞 鉉本作䮞
或从馬壽省聲 此字从馬則不該云禂聲足矣不當取省聲 社 地主也 五經

異義今孝經說曰社者土地之主土地廣博不可徧敬封五土以爲社古左氏說共工爲后土后土爲社許君謹案曰春秋稱公社今人謂社神爲社公故知社是上公非地祇鄭駁之云社祭土而主陰氣又云社者神地之道謂社神但言上公失之矣人亦謂雷曰雷公天曰天公豈上公也宗伯以血祭祭社稷五祀五嶽社稷之神若是句龍柱棄不得先五嶽而食又引司徒五土名又引大司樂五變而致介物及土示土示五土之總神即謂社也六樂於五地無原隰而有土祇則土祇與原隰同用樂也玉裁按許訓社爲地主此用今孝經說而以地主也从示土之云先於左氏傳則與異義从左氏說者不符蓋許君異義先成說文晚定往往有說文之說早同於鄭君之駁者如社稷昊天聖人感天而生三家等皆是也

从示土

鍇土下本無聲字韵會所引是也地主爲社故字从示土

春秋傳曰共工之子句龍爲社神

左氏傳昭公廿九年史墨曰共工氏有子曰句龍爲后土后土爲社許既从今孝經說矣又引古左氏說者此與心字云土藏也象形博士說以爲火藏一例兼存異說也鄭駁異義以爲社者五土之神能生萬物者以古之有大功者配之然則句龍配五土之神祭於社

周禮二十五家爲社

風俗通義曰周禮說二十五家爲社但爲田祖報求許云周禮者周禮說也賈逵杜預注左傳高誘注呂覽薛瓚注五行志皆同晏子春秋桓公以書社五百里封管仲呂覽越以書社三百里封墨子史記將以書社七百里封孔子皆謂二十五家爲里里有社故云書社若干里鄭駁異義引州長職曰以歲時祭祀州社是二千五百家爲社也祭法大夫以下成羣立社曰置社注云大夫以下謂下至庶

人也大夫不得特立社與民族居百家以上則共立一社今時里社是也引郊特牲唯爲社事單出里是鄭不用周禮說與許異

各樹其土所宜木 大司徒設其社稷之壝而樹之田主各以其野之所宜木遂以名其社與其野注所宜木謂若松柏栗也若以松爲社者則名松社五經異義許君謹案論語所云謂社主也鄭無駁注周禮從許義按莊周書之櫟社高祖所禱之枌榆社皆以木名社之遺韓非子云社木者樹木而塗之鼠穿其閒堀穴託其中熏之則恐焚木灌之則恐塗阤此可見樹木爲主之制○社爲地主而尊天親地二十五家得立之故字不與祡禷爲伍常者切古音在五部

社 古文社 各本從示非古文也今依夏氏竦古文四聲韵所引從木者各樹其土所宜木也

禓 道上祭 史游急就篇曰謁禓塞王伯厚曰周禮注行祭羡之道中如今祭殤 从示易聲 與章切十部按郊特牲鄉人禓孔子朝服立於阼即論語鄉人難朝服而立於阼階也注禓或爲獻或爲難凡云或爲者必此彼音讀有相通之理易聲與獻難音理遠隔記當本是禓字從示昜聲則與獻難差近徐仙民音禓爲難當由本是禓字相傳讀難也

祲 精气感祥 气氣古今字周禮眡祲注祲陰陽氣相侵漸成祥者魏志高堂隆傳孔子曰災者修類應行精祲相感 从示侵省聲 子林切七部 春秋傳曰見赤黑之祲是 左氏傳昭公十五年梓愼知爲喪氛

禍 害也 禍害雙聲 神不福也从示咼聲 胡果切十七部

祟 神禍也 釋玄應衆經音義曰謂鬼

神作災禍也从示出按出亦聲雖遂切十五部𥜈籀文祟从讟省讀於鬼神則致祟故从讟省

䄏地反物爲䄏也左氏傳伯宗曰天反時爲災地反物爲妖民反德爲亂亂則妖災生釋例曰此傳地反物惟言妖耳洪範五行傳則妖孽禍痾眚祥六者以積漸爲義按虫部云衣服歌謠艸木之怪謂之䄏禽獸蟲蝗之怪謂之蠥此蓋統言皆謂之䄏析言則䄏蠥異也䄏省作袄經傳通作妖从示芺聲於喬切二部

祘明視㠯筭之从二示示與視筭與祘皆疊韵也明視故从二示逸周書曰藝文志周書七十一篇周史記也劉向曰蓋孔子所論百篇之餘故許君謂之逸周書亦以別於偁尚書之周書免學者惑也士分民之祘今逸周書無此語當在亡篇內均分㠯祘之也此釋逸周書語或曰本與解均分以利之則民安卽此句也讀若筭蘇貫切十四部

禁吉凶之忌也禁忌雙聲忌古亦讀如記也曲禮曰入竟而問禁从示林聲居蔭切七部禁當次祘之前

禫除服祭也士虞禮記曰中月而禫注中猶閒也禫祭名也與大祥閒一月自喪至此凡二十七月禫之言澹澹然平安意也从示覃聲徒感切古音在七部玉裁按說文一書三言讀若三年導服之導考士虞禮注曰古文禫或爲導喪大記注曰禫或皆作道許君蓋從古文不錄今文禫字且祘字重示不當居部末如頣瑁聶驫猋皆居部末是也祘字下出禫字疑是後人增益鄭君从禫許君从導各有所受之也

文六十三　重十三六十三錯本作六十五禫下有禰⿰示虐二字云禰秋畋也从示爾聲⿰示虐祝也从示虐聲卽犬部之獮言部之詛也用此知說文多爲淺人增竄部末凡數多非原文示部鉉六十三錯六十五可證又鉉新附有禰祧祆祚四字禰訓親廟泥米切據五經文字序若祧禰逍遙之類說文漏略今得之於字林禰廟之字許意蓋欲以爾邇槷之周禮故書祧作濯鄭司農濯讀爲祧或許君意在別裁謂祧字不古當從故書祆則從人杜撰祚則胙之俗也然則今可用乎曰祆於經無所用之祚則用胙祧則鄭時禮經固爾呂忱已補入字林禰字自今文堯典早有此字何休云父死稱考入廟稱禰舊說云雖入廟而猶取近於己故从示旁爾行之久遠安可不用也

三數名天地人之道也陳煥曰數者易數也三兼陰陽之數言一下曰道立於一二下曰地之數王下曰三者天地人也老子曰一生二二生三三生萬物此釋三之義下釋三之形故以於文一二字別言之於文一耦二一爲三成數也此依韵會所引韵會多據鍇本今鍇本又非舊矣耦各本作偶今正二下曰从一耦一以一儷一也此曰一耦二爲三以一儷二也今又皆脫一字三畫而三才之道在焉故謂之成數又字下曰手之列多略不過三凡三之屬皆从三穌甘切古音在七部弎古文三

文三

文一　重一

王天下所歸往也見白虎通王往疊韻董仲舒曰古之造文者三畫而連其中謂之王三者天地人也而參通之者王也見春秋繁露引之說字形也韋昭注國語曰參三也孔子曰一貫三爲王又引孔子語證董說凡王之屬皆从王雨方切十部

𤣩古文王

閏餘分之月五歲再閏也戴先生原象曰日循黃道右旋邪絡乎赤道而南北凡三百六十五日小餘不滿四分日之一日發斂一終月道邪交乎黃道凡二十七日小餘過日之半月逡其道一終日月之會凡二十九日小餘過日之半以起朔十二朔凡三百五十四日有奇分而近歲終積其差數置閏月然後時序之從乎日行發斂者以正故堯典曰朞三百有六旬有六日以閏月正四時成歲言六日者舉成數玉裁按五歲再閏而無餘日告朔之禮天子居宗廟閏月居門中从王在門中周禮閏月王居門中終月也此說字形也周禮大史閏月詔王居門終月注謂路寢門也鄭司農云月令十二月分在青陽明堂總章玄堂左右之位惟閏月無所居居於門故於文王在門謂之閏玉藻天子玄端而朝日於東門之外聽朔於南門之外閏月則闔門左扉立於其中玉裁按古路寢明堂大廟

異名而實一也當云告朔之禮天子居明堂如順切十三部

皇大也見詩毛傳从自王依韵會補王字自始也始王者三皇王各本譌皇今正先鄭注周禮云四類三皇五帝九皇六十四民咸祀之尚書大傳燧人爲燧皇伏羲爲羲皇神農爲農皇譙周說同白虎通曰三皇者何伏羲神農燧人則改燧人居第三恐非舊也鄭依春秋緯伏羲女媧神農爲三皇皇甫謐說同大君也始王天下是大君也故號之曰皇因以爲凡大之稱此說字形會意之恉并字義訓大之所由來也皇本大君因之凡大皆曰皇假借之法準此矣自讀若鼻自下曰鼻也則自鼻二字爲轉注此曰自讀若鼻言皇字所从之自讀若鼻其音同也今俗㠯作始生子爲鼻子是楊氏雄方言曰鼻始也嘼之初生謂之鼻人之初生謂之首許謂始生子爲鼻鼻子字本作鼻今俗乃以自字爲之徑作自子此可知自與鼻不但義同而且音同相假借也今俗謂漢時也鉉本無作字誤鍇本有新刻刪之胡光切十部

文三　重一

王石之美有五德者者字新補潤澤㠯溫仁之方也䚡理自外可㠯知中義之方也其聲舒揚尃㠯遠聞尃鍇作專音敷布也玉裁按汲古閣毛氏刊鉉本初作尃後改作專非也管子曰叩之其音清摶徹遠純而不

殺摶古專壹字今本作摶蓋非此專謂專壹也上云舒揚矣則不必更云專　智之方也不撓
而折謂雖折而不撓管子孫卿皆作折而不撓　勇之方也銳廉而不忮忮很
也　絜之方也絜取圜轉之義凡度直曰度圍度曰絜管子孫卿皆作廉而不劌行也已上禮記聘義管
子水地孫卿法行辭皆不同　象三玉之連謂三也　丨其貫也貫謂如璧有紐襍佩
有組聘圭有繫璗有五采絲繩荀偃以朱絲係玉二瑴之類　凡玉之屬皆从玉魚欲切三
部　𤣩古文玉　璙玉也謂玉名也如毛傳梟山也繹山也之例不言山名也古傳注多
不言名　从王尞聲洛蕭切二部　瓘玉也左氏傳齊有陳瓘字子玉　从王雚
聲工玩切十四部　春秋傳曰瓘斝左氏傳昭公十七年裨竈曰我用瓘斝玉瓚鄭必不火
璥玉也从王敬聲居領切十一部　琠玉也从王典聲
多殄切古音在十三部玉篇曰古文作[illegible]　瓇玉也从王夒聲讀若柔耳尤切三
部　璬玉也从王敫聲讀若鬲郎擊切十六部　璠璠與逗與
各本作璵鉉本有篆文璵字云說文闕載依注所有增爲十九文之一鍇本則張次立補之考左傳釋文曰璵本又作與音餘
此可證古本左傳說文皆不从玉後人輒加篆文之璵可勿補也又各本作璵璠今依太平御覽所引作璠璵法言亦作璠璵

魯之寶玉左氏傳定公五年季平子卒陽虎將以璵璠斂今本左傳上璵下璠許君所據不同从王
番聲附袁切十四部孔子曰美哉璵璠遠而望之奐若
也文采之皃御覽作煥近而視之瑟若也瑟同璱一則理勝謂奐若
二則孚勝謂瑟若此蓋出逸論語御覽引正作逸論語瑾瑾瑜逗美玉也
左氏傳曰瑾瑜匿瑕山海經黃帝乃取密山之玉榮而投之鍾山之陽瑾瑜之玉爲良王逸注九章云瑾瑜美玉也从
王堇聲居隱切十三部瑜瑾瑜也凡合二字成文如瑾瑜玫瑰之類其義既舉於上字則下字例不復舉俗本多亂之此也字之上有美玉二字是从王俞聲羊朱切古音在四部玒玉
也从王工聲戶工切九部琜琜瓄逗玉也廣雅玉類有琜瓄按說解有瓄
而無篆文瓄者蓋古祇用賣後人加偏旁許君書或本說解內作賣或說解內不妨從俗而篆文則不錄也从王
來聲落哀切一部瓊亦玉也亦各本作赤非說文時有言亦者如李賢所引診亦
視也鳥部鸞亦神靈之精也之類此上下文皆云玉也則瓊亦當爲玉名倘是赤玉當廁璊瑕二篆閒矣離騷曰折瓊枝以爲
羞廣雅玉類首瓊支此瓊爲玉名之證也唐人陸德明張守節皆引作赤玉則其誤已久詩瓊琚瓊瑤瓊華瓊瑩瓊英瓊瑰毛
傳云瓊玉之美者也蓋瓊支爲玉之最美者故廣雅言玉首瓊支因而引伸凡玉石之美皆謂之瓊應劭曰瓊玉之華也是其

理也从王敻聲渠營切古音在十四部招魂與姦安軒山連寒湲蘭筵韻璚瓊或从矞矞聲也矞為敻之入聲角部觼或作鐍此十四部與十五部合音之理瓗瓊或从巂巂聲也此十四部與十六部合音之理虫部蠵亦作蠖珦玉也从王向聲許亮切十部瑓玉也从王剌聲盧達切十五部珣醫無閭之珣玗琪爾雅曰東北之美者有醫無閭之珣玗琪焉璂琪同醫無閭山名在今盛京錦州府廣寧縣西十里屈原賦謂之於微閭珣玗琪合三字為玉名玗琪二字又各有本義故不連舉其篆也蓋醫無閭珣玗琪皆東夷語周書所謂夷玉也夷玉顧命文鄭注云東北之珣玗琪也从王旬聲相倫切十二部一曰玉器此字義別說也周禮玉瑞玉器注曰禮神曰器爾雅璧大六寸謂之宣郊祀志有司奉瑄玉詛楚文設用吉玉瑄璧皆即珣字讀若宣謂訓器則讀若宣也音轉入十四部如毛詩于嗟洵兮韓詩洵作敻之比璐玉也九章被明月兮佩寶璐王逸注寶璐美玉也从王路聲洛故切五部瓚三玉二石也从王贊聲徂贊切十四部禮天子用全純玉也上公用駹四玉一石侯用瓚伯用埒玉石半相埒也攷工記玉人曰天子用全上公用龍侯用瓚伯用將注鄭司農云全純色也龍當為尨尨謂雜色玄謂全

純玉也瓚讀如竇屨之屨龍瓚將皆雜名也卑者下尊以輕重爲差玉多則重石多則輕公侯四玉一石伯子男三玉二石按許君龍作龓從先鄭易字也埒許鄭同皆不作將倘是將字鄭不得釋爲雜鄭已後傳寫失之鄭云公侯四玉一石則記文不當公侯分別異名許說爲長戴先生曰此蓋泛記用玉爲飾之等玉裁謂此與祼圭之瓚異義許不言祼圭之瓚者蓋其字古祇作贊黃金爲勺不用玉也詩謂之玉贊圭贊者以贊助祼圭也

瑩 玉光也 山海經言玉榮離騷孝經援神契緯書皆言玉英淮南鴻烈曰龍淵有玉英高注英精光也 从王英聲 於京切古音在十部

璑 三采玉也 周禮故書璑玉三采注曰璑惡玉名江沅曰惡玉者亞次之玉也古惡亞字通廣雅玉類有璑玉裁按天子純玉公四玉一石侯三玉二石故書作璑新書作瑉皆謂石之次玉者諸公之冕璑玉三采謂以璑雜玉備三采下於天子純玉備五采也許云三采玉謂之璑誤矣 从王無聲 武無切徐堅引說文音舞五部

玊 朽玉也从王有點讀若畜牧之畜 各本篆文作珛解云从玉有聲今訂正史記公玉帶索隱曰三輔決錄注云杜陵有玉氏音畜說文以爲从王音畜牧之畜此可證唐本但作玊不作珛廣韻一屋云玊音肅朽玉此說文本字四十九宥云珛音齅此從俗字玉篇玊欣救思六二切此說文本字珛許救切引說文朽玉也此後人據俗本說文所增佩觿曰玊有欣救魚錄息足相逐四翻俗別爲玊郭云別爲玊者謂玉石字點在三畫之側欣救息足相逐三切點在二畫之側也蓋後人以朽玉字爲玉石字以別於帝王字復高其點爲朽玉玉姓字以別於玉

石字又或改說文从王加點爲从王有聲作珛亦以別於玉石字也朽玉者謂玉有瑕𤿭故从玉加點以象形淮南書云夏后之璜不能無考考朽古音同史記藺相如曰璧有瑕請指示王从王加點謂可指示也畜牧字依說文本作嘼許救許六二切玉音同之杜陵玉姓音肅雙聲也三部

璿 美玉也山海經西王母之山有璿瑰瑤碧郭傳璿瑰玉名竹書穆天子傳重䨴氏之所守曰枝斯璿瑰郭注璿瑰玉名引左傳贈我以璿瑰按左傳成公十八年今本作瓊瑰僖公廿八年璿弁今本作瓊弁張守節史記璿璣作瓊璣璿與瓊古書多相亂璿瑰郭音旋回合二字爲美玉名山海經單言琁者亦美玉也 从王睿聲似沿切十四部 春秋傳曰璿弁玉纓見上張衡西京賦璿弁玉纓薛敬文解弁馬冠也又髦以璿玉作之纓馬鞅也以玉飾之錯本弁作冠諱李昪嫌名也

琁 璿或从旋省各本廁瓊璚瓗三字之下解云瓊或从旋省考文選陶徵士誄璿玉致美李善注曰山海經云升山黃酸之水出焉其中多琁玉說文云琁亦璿字李氏以琁注璿引說文爲證然則李所據說文不同今本今據以訂正楊倞注孫卿引說文琁赤玉音瓊則同今本矣中山經海內西經言琁者皆美玉也郭云琁石次玉者也又云琁玉類又云璿瑰亦玉名是未知璿琁同字矣

壡 籒文璿𣦼部曰壡籒文叡疑此籒當作壡壡聲小篆叡字省大篆爲之也

璿 古文璿疑當古文作璿小篆作璿

球 玉也鉉本玉磬也非爾雅釋器曰璆美玉也禹貢禮器鄭注同商頌小球大球傳曰球玉也按磬以球爲之故名球非球之本訓爲玉磬 从王求聲巨鳩

切三部 璆球或从翏 求翏二聲同三部 琳美玉也 高注淮南王注楚辭李孫郭注爾雅皆曰琳美玉名某氏注尚書曰琳玉名 从王林聲 力尋切七部 璧瑞玉圜也 瑞以玉爲信也釋器肉倍好謂之璧邊大孔小也鄭注周禮曰璧圜象天 从王辟聲 比激切十六部 瑗大孔璧 釋器曰好倍肉謂之瑗孔大於邊也 人君上除陛以相引 未聞瑗引雙聲孫卿曰聘人以珪召人以瑗 爾雅曰好倍肉謂之瑗肉倍好謂之璧 釋器文好謂孔肉謂邊也 从王爰聲 王眷切十四部 環璧肉好若一謂之環 亦見釋器古者還人以環環亦瑞玉也鄭注經解曰環取其無窮止肉上舊衍也字 从王睘聲 戸關切十四部環引伸爲圍繞無端之義古祇用還 璜半璧也 鄭注周禮高注淮南同按大戴禮佩玉下有雙璜皆半規似璜而小古者天子辟廱築土雝水之外圜如璧諸侯泮宮泮之言半也蓋東西門以南通水北無也鄭箋詩云爾然則辟廱似璧泮宮似璜此黌字之所由製歟 从王黃聲 戸光切十部 琮瑞玉大八寸似車釭 鄭注周禮曰琮八方象地玉人曰大琮尺二寸射四寸注射其外鉏牙疏云角各出二寸兩相并四寸也玉裁按除去射四寸則大琮八方之徑八寸許云瑞玉大八寸者謂大琮也其他琮不言射恉瑑琮大八寸如車釭者蓋車轂空中不正圜爲八觚形琮似之琮釭疊韻 从王宗

聲藏宗切九部 琥 發兵瑞玉周禮牙璋以起軍旅以治兵守不以琥也漢與郡國守相爲銅虎符銅虎符從第一至第五國家當發兵遣使者至郡國合符符合乃聽受之蓋以代牙璋也許所云未聞爲虎文琢虎爲文也鄭注周禮琥猛象秋嚴从王虎聲呼古切五部春秋傳曰賜子家子雙琥是昭公卅二年左傳文

瓏 禱旱玉也未聞爲龍文琢龍爲文也左傳昭公使公衍獻龍輔於齊侯正義引說文爲說从王龍聲力鍾切九部

琬 圭有琬者此當作圭首宛宛者轉寫譌脫也琬宛疊韻先鄭云琬圭無鋒芒故以治德結好後鄭云琬猶圜也王使之瑞節也戴先生曰凡圭剡上寸半直剡之倨句中矩琬圭穹隆而起宛然上見玉裁謂圜剡之故曰圭首宛宛者與丘上有丘爲宛丘同義爾雅又云宛中宛丘此與毛傳四方高中央下曰宛丘釋名丘宛宛如偃器正同謂窊其中宛宛然也二義相反俱得云宛爾雅兼采異說郭說宛中失之从王宛聲於阮切十四部

璋 剡上爲圭聘禮記曰圭剡上寸半雜記曰剡上左右各半寸半圭爲璋見詩毛傳及公羊傳注周禮注从王章聲諸良切十部禮六幣圭以馬璋以皮璧以帛琮以錦琥以繡璜以黼見周禮小行人注六幣所以享也享天子用璧享后用琮皆有庭實以馬若皮皮虎豹皮也用圭璋者二王之後也二王後尊故享用圭璋而特之其於諸侯亦用璧琮

耳子男於諸侯則享用琥璜下其瑞也按六玉皆
見上文圭見璋字下故引禮總言其所用之幣
琰 璧上
起美色也 璧當爲圭也當爲者周禮注云凡圭剡上寸半
琰圭剡半以上又半爲瑑飾許云起美色蓋與
鄭意同或當作圭剡上起美飾者若高注淮南顏注司馬相如
傳皆云琬琰美玉名此當合二字爲一名別是一物尚書玉五
重琬琰亦是一物
非周禮之二圭也 从王炎聲 以冉切古
音第八部
玠 大圭也 攷工
記天子鎮圭諸侯命圭戴先生曰二者皆謂之介圭爾雅圭大
尺二寸爲玠據鎮圭言也詩錫爾介圭以作爾寶據命圭言也
介者大也禮器大圭不
瑑以素爲貴亦謂此也 从王介聲 古拜切
十五部 周書曰稱奉
介圭 顧命曰大保承介圭又曰賓稱奉圭兼幣蓋許君偶誤
合二爲一如或簸或舀䪜𩏂舞我之類韻會引介圭作
玠玉
瑒 圭尺二寸有瓚以祠宗廟者也 玉人曰祼圭
尺有二寸有
瓚以祀廟祼圭謂之瑒圭瑒讀如暢魯語
謂之鬯圭用以灌鬯者也祠玉篇作祀 从王昜聲 丑亮
切十
部
瓛 桓圭公所執 大宗伯曰公執桓圭注公二王之後
及王之上公雙植謂之桓桓宮室之
象所以安其上桓圭蓋亦以桓爲瑑飾
玉裁按鍇本作三公韻會引亦無三 从王獻聲 胡官切
十四部
珽 大圭長三尺抒上終葵首 見玉人注曰王所搢
大圭也或謂之珽終
葵椎也爲椎於其杼上明無所屈也杼殺也按玉藻謂之珽注
云此亦笏也珽之言挺然無所屈也典瑞曰王晉大圭以朝日

魯語曰天子大采朝日管子曰天子執玉笏以朝日皆謂此司馬相如賦有晁采晁采古朝字朝采即朝日之大采也長三尺博三寸蓋自其中已上殺之其殺六分而去一至其首則仍博三寸而方之鄭云方如椎頭是也珽玉逸引相玉書作珵抒今周禮作杼玉藻注同杼是也

从王廷聲他鼎切十一部

瑁 諸侯執圭朝天子天子執玉以冒之似犂冠周禮曰天子執瑁四寸玉人曰天子執冒四寸以朝諸侯注名玉曰冒者言德能覆蓋天下也四寸者方以尊接卑以小爲貴尚書大傳曰古者圭必有冒不敢專達也天子執冒以朝諸侯見則覆之故冒圭者天子所與諸侯爲瑞也諸侯執所受圭以朝於天子瑞也者屬也犂冠爾雅注作犂錧謂耜也周禮匠人耜廣五寸二耜之伐廣尺耜刃方瑁上下方似之

从王冒冒亦聲莫報切古音在三部考工記以冒爲瑁

玥 古文从目各本篆作珇云古文从目惟玉篇不誤此蓋壁中顧命字

瑞 以玉爲信也典瑞掌玉瑞玉器之藏注云人執以見曰瑞禮神曰器又云瑞節信也說文卪下云瑞信也是瑞卪二字爲轉注禮神之器亦瑞也瑞爲圭璧璋琮之總稱自璧至瑁十五字皆瑞也故總言之引伸爲祥瑞者亦謂感召若符節也

从王耑聲耑聲在十四部而瑞揣圖字音轉入十五部唐韻是僞切又入十六部

璬 玉佩璬珩玦三字鉉本在珥下瑞上錯本則珩玦又綴於部末皆非舊次凡一書內舊次可考者訂正之此自璬至瑵九篆皆飾之類古者雜佩謂之佩玉見周禮玉府大戴禮保傅篇禮記

玉藻亦謂之玉佩見詩秦風璬之言皦也玉石之白曰皦从王敫聲古了切二部

珩佩上玉也詩毛傳曰雜佩者珩璜琚瑀衝牙之類韓傳曰佩玉上有蔥衡下有雙璜衝牙蠙珠以納其閒按衡即珩字晉語白玉之珩六雙注珩佩上飾楚語楚之白珩注珩佩上之橫者玉藻曰一命再命幽衡三命蔥衡注衡佩上之衡也其制珩上橫爲組三繫於珩繫於中組者曰衝牙繫於左右組者曰璜皆以玉璜似半璧而小亦謂之牙繫於中者觸牙而成聲故曰衝牙蠙珠琚瑀貫於珩之下璜衝牙之上故毛韓大戴皆曰以納其閒云佩上玉者謂此乃玉佩最上之玉也統言曰佩玉析言則珩居首以玉爲之依玉藻所言則當天子白玉珩公侯山玄玉珩大夫水蒼玉珩所謂三命蔥珩士瓀玟則以石月令春倉玉夏赤玉中央黃玉秋白玉冬玄玉注凡所服玉謂冠飾及所佩之珩璜則又隨時異色矣从王行所以節行止也依韻會所引訂从玉行者會意所以節行止也者謂珩所以節行止故字从玉行發明會意之恉也周語改玉改行注玉佩玉所以節行步也此字行亦聲戶庚切古音在十部

玦玉佩也九歌注曰玦玉佩也先王所以命臣之瑞故與環即還與玦即去也白虎通曰君子能決斷則佩玦韋昭曰玦如環而缺从王夬聲古穴切古音在十五部

珥瑱也戰國策孟嘗君進五珥以請立后李斯上書曰宛珠之簪傅璣之珥从王耳耳亦聲仍吏切一部

瑱以玉充耳也詩毛傳曰瑱塞耳也又曰充耳謂之瑱天子玉瑱諸侯以石按瑱不皆以玉許專云以玉者爲其字之从玉也凡字从某爲某之屬

許君必言其故从王真聲佗甸切十二部詩曰玉之瑱兮鄘君子偕老文今詩兮作也女部又引邦之媛兮可知此篇也字古皆作兮孫毓詩評亦引玉之瑱兮𦖋瑱或从耳攷工記注引左傳縳一如瑱釋文曰瑱本或作𦖋耳形真聲不入耳部者爲其同字異處且難定其正體或體凡附見之劒眡此

璏佩刀上飾也小雅鞞琫有珌傳鞞容刀鞞也琫上飾珌下飾大雅鞞琫容刀傳下曰鞞上曰琫戴先生疑瞻彼洛矣之珌下飾當爲鞞下飾珌文飾皃有珌與首章有奭句法同說文訓鞞爲刀室誤也玉裁按鞞之言裨也刀室所以裨護刀者漢人曰削俗作鞘琫之言奉也奉俗作捧刀本曰環人所捧握也其飾曰琫珌之言畢也刀室之末其飾曰珌古文作蹕傳云鞞容刀鞞也謂刀削其云琫上飾珌下飾者上下自全刀言之琫在鞞上鞞在琫下珌在鞞末公劉詩不言珌故云下曰鞞舉鞞以該珌鞞琫有珌言鞞琫而又加珌也王莽傳瑒琫瑒珌孟康曰佩刀之飾上曰琫下曰珌若劉熙釋名曰室口之飾曰琫琫捧也捧束口也下末之飾曰蹕蹕卑也下末之言也蹕卽鞞之譌劉意自一鞘言之故雖襲毛上曰琫下曰鞞之云而大非毛意至杜預本之注左傳云鞞佩刀削上飾鞛下飾又互譌上下字矣凡訓詁必考其源流得失者舉眡此許云佩刀上飾用毛說謂一刀之上非一削之上也凡刀劍以手所執爲上刀謂之頪亦曰環書刀謂之拊劍謂之鐔

天子以玉諸侯以金毛傳曰天子玉琫而珧珌諸侯璗琫而璆珌大夫鐐琫而鏐珌士珕琫而珕珌天子以玉攷其字从玉从王奉聲邊孔切九部左傳作鞛音奉合音如棓字亦音聲之

比

琫佩刀下飾天子以玉毛傳云天子以琫說文琫字下亦云天子琫珌此當云天子以珌諸侯以玉淺人妄竄改之从王必聲畢吉切十二部琿古文珌各本無玉篇曰珌古文作琿汗簡古文四聲韻皆曰琿見說文今據補必畢古通用同在十二部

璏劍鼻玉也各本篆文皆誤今正王莽傳美玉可以滅瘢欲獻其璏服虔曰璏音衛蘇林曰劍鼻玉也俗本脫玉字初學記藝文類聚引字林劍鼻謂之璏亦脫玉字从王彘聲直列切十五部

瑵車蓋玉瑵司馬彪輿服志曰乘輿金根安車立車羽蓋華蚤劉昭注徐廣云翠羽蓋黃裏所謂黃屋車也金華施橑末有二十八枚卽蓋弓也又張衡東京賦羽蓋威蕤葩瑵曲莖薛綜注曰羽蓋以翠羽覆車蓋也威蕤羽貌葩瑵悉以金作華形莖皆低曲蔡邕獨斷云凡乘輿車皆羽蓋金華爪爪與瑵同又王莽傳曰造華蓋九重高八丈一尺金瑵師古曰瑵讀曰爪玉裁按瑵蚤爪三字一也皆謂蓋橑末說文指爪字作叉當云車蓋玉叉也瑵叉疊韻他家云華瑵金瑵者謂金華飾之許云玉瑵者謂玉飾之故字从玉也从王蚤聲側絞切古音在三部

瑑圭璧上起兆瑑也周禮先鄭注云瑑有圻鄂瑑起也後鄭云瑑文飾也許云起兆瑑與先鄭說合兆者垗也營域之象先鄭所謂垠堮也大圭不瑑者以素爲貴也从王彖聲彖聲依韻會所引鍇本今鍇本亦作篆省聲又淺人改之也直戀切十四部周禮曰瑑圭璧典瑞曰瑑圭璋璧琮疑此有脫誤

珇琮玉之瑑玉人駔琮

五寸宗后以爲權駔琮七寸天子以爲權注駔讀爲組以組繫之因名焉許作珇蓋杜子春讀故書之駔爲珇鄭所不從不載其說者也記又云瑑琮八寸則駔琮非謂瑑矣似讀駔爲珇訓琮玉之瑑失之方言曰珇好也美也許意謂兆瑑之美曰珇

从王且聲 則古切五部

璂 弁飾也往往冒玉也 上也字依詩音義補弁飾曰王之皮弁會五采玉琪鄭司農云故書會作膾膾讀如馬會之會謂以五采束髮也琪讀如綦車轂之綦按許謂以玉飾弁曰琪與司農說同後鄭則易琪爲綦綦結也皮弁之縫中每貫結五采玉以爲飾謂之綦蓋後鄭謂經琪字乃玉名故易爲綦字曹風其弁伊騏箋亦云騏當作綦自用其周禮說也許同先鄭說往往歷歷也鄭云皪皪而處是也 从王綦聲 渠之切一部

璂 璂或从基

璪 玉飾如水藻之文 謂彫飾玉之文璪藻疊韻 从王喿聲 子皓切二部 虞書曰璪火粉米 古文尚書咎繇謨文按虞書璪字衣之文也當从衣而从玉者假借也衣文玉文皆如水藻聲義皆同故相假借非衣上爲玉文也凡說文有引經言假借者例此禮經文采之訓古文多用繅字今文多用璪藻字其實二字皆假借

瑬 垂玉也冕飾 弁師掌王之五冕五采繅十有二就皆五采玉十有二諸侯之繅斿九就珉玉三采繅斿皆就注繅雜文之名合五采絲爲之繩垂於延之前後就成也繩之每一帀而貫五采玉十二斿則十二玉也繅不言皆有不皆者袞衣之冕十二斿則用玉二百八十八鷩衣之冕繅九斿用玉二百一十六毳衣之冕七斿用玉百六十八希

衣之冕五斿用玉百二十玄衣之冕三斿用玉七十二侯當爲公字之誤也三采朱白蒼也繅斿皆就皆三采也每繅九成則九玉也公之冕用玉百六十二按弁師作斿玉藻从俗字作旒皆塗之假借字 从王流聲 力求切三部

璹 玉器也 徐鍇曰爾雅璋大八寸謂之琡說文有璹無琡宜同也 从王𠷎聲讀若淑 殊六切三部

瓃 玉器也 雋不疑傳帶櫑具劍晉灼曰古長劍首以玉作井鹿盧形上刻木作山形如蓮花初生未敷時霍清治書云攷古圖有玉轆轤玉具劍古樂府所云腰閒轆轤劍也按古玉器爲鹿盧轉旋蓋不獨劍具先鄭注周禮云駔外有捷盧也捷盧亦謂鹿盧也 从王畾聲 說文無畾字而云畾聲者畾卽靁之省也靁字下曰從雨畾象回轉形木部櫑字下曰刻木作雲靁象施不窮楊雄賦曰轠轤不絕凡從畾字皆形聲兼會意 魯回切十五部

玼 新玉色鮮也 各本無新詩音義兩引皆作新色鮮也今補玼本新玉色引伸爲凡新色如詩玼兮玼兮言衣之鮮盛新臺有玼言臺之鮮明韻會引作玉色鮮絜也 从王此聲 詩音義音此又且禮反十五部古此聲之字多轉入十六部十六部與十七部至近是以劉昌宗云倉我反也玼之或體作瑳楚景瑳以爲名詩君子偕老二章三章皆曰玼兮玼兮是以二章毛鄭有注三章無注或兩章皆作瑳內司服注引瑳兮瑳兮其之翟也又引瑳兮瑳兮其之展也可證自淺人分別玼屬二章瑳屬三章畫爲二字二義又於說文增瑳爲訓釋今刪 詩曰新臺有玼 詩邶風文今本作泚韓詩作漼云鮮皃卽今璀璨字也

璓 玉英

華相帶如瑟弦也左思吳都賦符采彪炳劉逵注曰符采玉之橫文也郭璞引王子靈符應曰赤如雞冠黃如蒸栗白如割肪黑如純漆玉之符采也瑟瑟疊韻从王瑟聲所櫛切十二部詩曰瑟彼玉瓚詩大雅作瑟箋云瑟絜鮮貌孔子曰璠璵近而視之瑟若也韻會引作瑟彼則引詩爲發明从瑟意璓玉英華羅列秩秩爾雅釋訓秩秩清也毛傳秩秩有常也璓列雙聲璓秩疊韻从王㮚聲力質切十二部聘義說玉云縝密以栗逸論語曰玉粲之璓兮其璪猛也藝文志曰論語漢興有齊魯之說傳齊論者惟王陽名家傳魯論者安昌侯張禹取後而行於世然則張禹魯論所無則謂之逸論語如十七篇之外爲逸禮二十九篇之外爲逸尚書也齊論多問王知道二篇王伯厚云問王疑當作問玉按說文玉瑮瑩三字下所引蓋卽問玉篇歟瑩玉色也謂玉光明之皃引伸爲磨瑩亦作鎣从王熒省聲李善引說文烏明切唐韻烏定切十一部一曰石之次玉者此字義之別說也齊風傳曰瑩石似玉也衛風傳曰瑩美玉也逸論語曰如玉之瑩此蓋引證玉色之義璊玉經色也毛傳曰璊赬玉也今本脫玉字从王㒼聲莫奔切古音在十四部禾之赤苗謂之虋各本从木作樠今依毛詩釋文宋槧⿰禾㒼卽艸部虋字之或體艸部不言或作⿰禾㒼而此見之亦可見或字不能悉載言璊玉色如之釁聲在十

三部與十四部兩聲最近而又雙聲此璊𤨨字皆於虋得義也 玧 璊或从允 允聲在十三部

瑕 玉小赤也 子虛賦赤瑕駁犖張揖曰赤瑕赤玉也揚雄蜀都賦左思吳都賦皆云瑕英劉逵曰瑕玉屬也木華海賦瑕石詭暉廣雅玉屬有赤瑕若聘義瑕不揜瑜注瑕玉之病也高注淮南書曰瑕猶釁也此別一義釁同璺 从王叚聲 乎加切古音在五部

琢 治玉也 釋器玉謂之琢石謂之摩毛傳同按琢琱字謂鐫鑿之事理字謂分析之事攷工記刮磨五工玉人記玉之用楖人雕人闕楖人蓋理之如楖之疏髮雕人蓋琢之如鳥之啄物左思賦水鳥曰彫琢蔓藻是其意 从王豖聲 竹角切三部

琱 治玉也 釋器玉謂之雕按琱琢同部雙聲相轉注詩周禮之追大雅之敦弓皆與琱雙聲也 一曰石似玉 此字義之別說 从王周聲 都僚切古音在三部經傳以雕彫爲琱

理 治玉也 戰國策鄭人謂玉之未理者爲璞是理爲剖析也玉雖至堅而治之得其䚡理以成器不難謂之理凡天下一事一物必推其情至於無憾而後即安是之謂天理是之謂善治此引伸之義也戴先生孟子字義疏證曰理者察之而幾微必區以別之名也是故謂之分理在物之質曰肌理曰腠理曰文理得其分則有條而不紊謂之條理鄭注樂記曰理者分也許叔重曰知分理之可相別異也古人之言天理何謂也曰理也者情之不爽失也未有情不得而理得者也天理云者言乎自然之分理也自然之分理以我之情絜人之情而無不得其平是也 从王里聲 良止切一部

珍 寶也 宀部曰寶

珍也是爲轉注从王㐱聲陟鄰切古音在十三部玩弄也廾部曰弄玩也是爲轉注周禮曰玩好之用从王元聲五換切十四部貦玩或从貝玲玉聲也甘泉賦和氏瓏玲大玄亡彼瓏玲皆謂玉聲法言廣雅作玲瓏从王令聲郎丁切古音在十二部瑲玉聲也小雅有瑲蔥珩毛傳瑲珩聲也秦風佩玉將將玉藻然後玉鏘鳴皆當作此字从王倉聲七羊切十部詩曰攸革有瑲周頌載見文攸各本作鞗今正說見鋚字下有瑲今詩作有鶬亦作鎗按鸞鈴鑾飾之聲而字作瑲玉聲而字作鏘皆得謂之假借玎玉聲也以椓之丁丁伐木丁丁例之蓋當疊字言玎玎从王丁聲中莖當經二切十二部齊大公子伋謚曰玎公齊世家古今人表皆云師尚父之子丁公之子乙公乙公之子癸公猶之魯禽父晉爕父衛康伯宋微仲皆無謚不聞謚玎也此當云讀若齊大公子伋謚曰丁公轉寫脫讀若字因改丁爲玎不直言讀若丁者古音丁公之讀當與凡丁異也丁乙癸皆非謚明矣而云謚丁公者古者以字爲謚之義也琤玉聲也从王爭聲楚耕切十一部按此字恐系瑲之俗瑣玉聲謂玉之小聲也周易旅瑣瑣鄭君陸績皆曰瑣瑣小也从王𧴪聲蘇果切十七部瑝玉聲謂玉之大聲也从王皇聲廣韻二云說文音皇十韻瑀石之次玉者次各本譌似依詩音義正義引訂鄭風傳曰雜

佩者珩璜琚瑀衝牙之類又曰佩有琚瑀所以納閒納閒者納於上珩下璜衝牙之中也韓詩傳蠙珠以納其閒保傳篇曰玭珠以納其閒琚瑀以雜之玭卽蠙毛不言蠙珠韓不言琚瑀保傳篇兼言之蓋蠙珠居中琚瑀皆美石又貫於蠙珠之上下故曰雜佩雜集也集衆美也盧辯曰玭珠之赤者曰琚白者曰瑀誤矣

从王禹聲王矩切五部

玤 石之次玉者㠯爲系璧系璧蓋爲小璧系帶閒縣左右佩物也

从王丰聲讀若詩曰瓜瓞菶菶大雅生民文此引經說字音也補蠓切九部

一曰若盒蚌今音蚌在講韻古音江講合於東董

玪 玪塾逗石之次玉者鄭本尚書璆玪琨玕鄭注璆美玉玪美石子虛賦瑊玏玄厲張揖曰瑊玏石之次玉者中山經葛山其下多瑊石郭傳瑊玏石似玉廣雅瑊玏石次玉也按玪瑊同字塾玏同字玪塾合二字爲石名亦有單言玪者如尚書中山經及穆天子傳是

从王今聲古函切古音在七部廣韻瑊音箴是

塾 玪塾也从王勒聲盧則切一部

琚 佩玉石也各本作瓊琚也今正詩鄭風正義釋文皆引說文琚佩玉名衞風釋文又引琚佩玉名按雜佩謂之佩玉見周禮大戴禮玉藻詩鄭風秦風衞風尚書大傳贄以名字語不可通琚乃佩玉之一物不得云佩玉名也毛公大戴皆云琚瑀以納閒許君以瑀字廁於石之次玉之類然則名字爲石之字誤無疑佩玉石者謂佩玉納閒之石也木瓜毛傳云琚佩玉石也許君用之今毛傳石譌爲名莫能是正瑀下不言佩玉石琚下不言美石次玉互見也

詩佩玉瓊琚謂佩玉之閒有美琚也瓊瑰玉佩謂美瑰在玉佩之閒也从王居聲九魚切五部詩曰報之以瓊琚

璓石之次玉者衛風充耳琇瑩傳琇瑩美石也按琇瑩是二石名故都人士傳曰琇美石也著傳曰瑩石似玉也从王莠聲陸德明引說文弋久反唐韻息救切三部按說文从莠隸从秀猶从芙之爲夭也詩曰充耳璓瑩

玖石之次玉黑色者詩木瓜傳曰玖玉名丌中有麻傳曰玖石次玉者按不應同物異訓蓋木瓜傳本作玉石漢書西域傳于闐國多玉石注曰玉石石之似玉者也楊雄蜀都賦亦言玉石轉寫石譌名耳玖音近黝故訓黑色从王久聲陸德明引說文紀又反唐韻舉友切古音在一部詩久字在一部孔子易傳久在三部詩曰貽我佩玖貽當作詒王風文讀若芑此古音在一部之證或曰若人句脊之句此又一音也上句音鉤下句當作痀疒部曰痀曲脊也古讀如苟句聲在四部此一部三部四部合韻冣近之理

㺿石之似玉者似玉篇作次又引倉頡云五色石也从王臣聲讀若貽與之切一部

珢石之似玉者从王艮聲語巾切古音在十三部

玴石之似玉者从王曳聲余制切古音在十六部曳从申以象抴引之丿爲聲按玉篇廣韻皆兼有玴玦字訓釋同玦音與必有一誤

璅石之似玉者从王

巢聲子晧切二部

璡 石之似玉者从王進聲讀若津將鄰切十二部

⿰王朁 石之似玉者从王朁聲側岑切七部

璁 石之似玉者从王悤聲讀若蔥倉紅切九部

⿰王號 石之似玉者从王號聲讀若鎬乎到切二部

⿰王舝 石之似玉者从王舝聲讀若曷乎捌切十五部

⿱⿰目又王 石之似玉者从王⿰目又聲烏貫切十四部

⿰王燮 石之玉鍇本如此下有言次玉者四字蓋注釋語自瑰至玗十八字皆似玉者鉉本作石之次玉者與鍇本注皆非玉篇廣韻皆云⿰王燮石似玉从王燮聲穌叶切七部

玽 石之似玉者似汲古原本作次非从王句聲讀若苟古厚切四部

琂 石之似玉者从王言聲語軒切十四部

璶 石之似玉者从王盡聲徐刃切十二部

琟 石之似玉者从王隹聲讀若維以追切十五部

瑦 石之似玉者从王烏聲安古切五部

瑂 石之似玉者从王眉聲讀若眉武悲切十五部

璒 石之似玉者从王登聲都騰切六部

⿰王弋 石之似

玉者从王厶聲讀與私同凡言讀與某同者亦卽讀若某也息夷切十五部

玗石之似玉者錯釋以珣玗琪非也珣玗琪合三字爲玉名單言珣者玉器也單言琪者弁飾也單言玗者美石也齊風尙之以瓊華傳曰華美石華蓋卽玗二字同于聲也从王亏聲羽俱切五部

⿰王𠬛玉屬也玉篇引穆天子傳采石之山有⿰王𠬛瑤凡言某屬者謂某之類从王𠬛聲讀若沒莫悖切十五部

瑎黑石似玉者从王皆聲讀若諧戶皆切十五部

碧石之青美者西山經高山其下多青碧傳碧亦玉類也淮南書崐崘有碧樹注碧青石也劉逵常璩郭樸皆曰越嶲會無縣東山出碧从王石白聲从玉石者似玉之石也碧色青白金剋木之色也故从白云白聲者以形聲苞會意兵彳切古意在五部

琨石之美者王肅及某氏注禹貢皆曰瑤琨皆美石劉逵注吳都賦顏師古注地理志皆曰琨美石今本轉寫石多譌玉穆天子傳天子之珤玉昆傳石似美玉今本昆譌果招魂昆蔽象棋注昆玉也當云昆同琨石似玉从王昆聲古渾切十三部夏書曰夏各本譌虞揚州貢瑤琨

瑻琨或从貫馬融尙書漢地理志皆作瑻貫聲在十四部與十三部昆聲合韻最近而又雙聲如昆夷亦爲串夷韋昭瑻音貫

珉石之美者弁師珉玉三采从王民聲武巾切十二部按凡民聲字在十二部凡昏聲字在十三

部昏不以民爲聲也聘義注曰碈或作玟凡文聲昏聲同部瑉碈字皆玟之或體不與珉同字其譌亂久矣

瑤 石之美者 各本石譌玉今依詩音義正衞風報之以瓊瑤傳曰瑤美石正義不誤王肅某氏注尚書劉逵注吳都賦皆曰瑤琨皆美石也大雅曰維玉及瑤云及則瑤賤於玉周禮享先王大宰贊王玉爵內宰贊后瑤爵禮記尸飲五君洗玉爵獻卿尸飲七以瑤爵獻大夫是玉與瑤等差明證九歌注云瑤石之次玉者凡謂瑤爲玉者非是 从王䍃聲 余招切二部 詩曰報之以瓊瑤 衞風木瓜

珠 蚌中陰精也 蚌或蚌字中各本作之今依初學記大戴禮曰珠者陰之陽也故勝火 从王朱聲 章俱切古音在三部 春秋國語曰珠足以御火災是也 足字依玉篇補御各本作禦今正楚語左史倚相曰珠足以禦火災則寶之韋注珠水精故以禦火災

玓 玓瓅 逗 明珠光也 光各本作色今依李善所引史記司馬相如傳曰明月珠子玓瓅江靡應劭曰靡邊也 从王勺聲 都歷切古音在二部

瓅 玓瓅也从王樂聲 郎擊切古音在二部二字疊韻

玭 珠也 謂珠名也 从王比聲 韋昭蒲迷反十五部紕字下曰讀若玭珠 宋宏曰淮水中出玭珠玭珠珠之有聲者 此宋宏說伏生尚書語也宏字仲子能薦桓譚辟年長者伏生尚書徐州之貢淮夷玭珠泉魚仲子謂淮水中出玭珠與鄭古文尚書說合玭珠珠之有

聲者七字當作玭蚌之有聲者六字玭本是蚌名以爲珠名韋昭曰玭蚌也廣韻曰蠙珠母也西山經鰲魮之魚其狀如覆銚鳥首而翼魚尾音如磬之聲是生珠玉江賦所謂文魮磬鳴郭傳云蚌類按玭蚌蓋類是能鳴故曰蚌之有聲者

蠙 夏書玭从虫賓 謂古文夏書玭字如此作从虫賓聲古音在十二部故唐韵步因切其音變爲蒲邊扶堅二切小篆从比其雙聲也玭字蓋亦古文故伏生尚書作玭夏本紀地理志從之非伏生依小篆乃其壁藏本固爾也

珕 蜃屬 謂蜃之類其甲亦可飾物也 从王劦聲 郎計切十五部 禮記曰 記曰字依韻會所引補十五部禮記曰天子赤墀今本亦刪記曰字藝文志曰記百三十一篇七十子後學者所記也 佩刀士珕琫而珧珌 詩正義作珕琫而珕珌

珧 蜃甲也 介物之殼曰甲 所以飾物也 釋器曰以蜃者謂之珧按爾雅蜃小者珧東山經嶧皐之水多蜃珧傳曰蜃蚌屬珧玉珧亦蚌屬然則蜃珧二物也許云一物者據爾雅言之凡物統言不分析言有別蜃飾謂之珧猶金飾謂之銑玉飾謂之珪金不必皆銑玉不必皆珪也 从王兆聲 余昭切二部 禮記曰 二字補 佩刀天子玉琫而珧珌 見毛傳按天子玉琫珧珌備物也諸侯璗琫璆珌讓於天子也璆美玉也天子玉上諸侯玉下故曰讓於天子也大夫鐐琫鏐珌銀上金下也士珕琫珧珌珧有玉珧之稱貴於珕自諸侯至士皆下美於上惟天子上美於下毛詩集注定本釋文皆作諸侯璆珌惟正義作諸侯鏐珌又集注定本釋文皆作大夫鏐珌惟正義作大夫鐐珌又說

文作士珧玟正義作士玜玟與說文異

玟 玟瑰逗火齊珠各本作火齊玟瑰也今依韻會所引正子虛賦晉灼注呂靜韻集皆同吳都賦注曰火齊如雲母重沓而可開色黃赤似金出日南廣雅珠屬有玟瑰一曰石之美者謂石之美者名玟此字義之別說也釋玄應大唐衆經音義引石之美好曰玟聘義君子貴玉而賤碈注碈石似玉或作玟玉藻士佩瓀玟玟又作砇按史記子虛賦琳瑉琨珸砇瑉瑉皆玟之或體與珉各部从王文聲一義古音皆讀如文在十三部今音則前義讀如枚入十五部後義讀如罠入十二部

瑰 玟瑰也从王鬼聲公回切十五部玟瑰本雙聲後人讀爲疊韵一曰圜好謂圜好曰瑰此字義之別說也衆經音義亦引圜好曰瑰玉篇圜好上增珠字誤後義當音回○按詩秦風傳曰瑰石而次玉疑許失載

璣 珠不圜者各本作也今依尚書音義後漢書注作者凡經傳沂鄂謂之幾門橜謂之機故珠不圜之字从幾从王幾聲居衣切十五部

琅 琅玕逗似珠者尚書璆琳琅玕鄭注曰琅玕珠也王充論衡曰璆琳琅玕土地所生眞玉珠也魚蚌之珠與禹貢琅玕皆眞珠也本艸經青琅玕陶貞白謂即蜀都賦之青珠而某氏注尚書郭注爾雅山海經皆曰琅玕石似珠玉裁按出於蚌者爲珠則出於地中者爲似珠似珠亦非人爲之故鄭王謂之真珠也从王良聲魯當切十部

玕 琅玕也从王干聲古寒切十四部禹貢雝州璆琳琅玕 𤥚

古文玕从王旱　蓋壁中尚書如此作干聲旱聲一也賈誼新書上有葱珩下有雙璜捍珠以納其閒琚瑀以雜之捍必𤨏之誤

珊　珊瑚逗色赤生於海　廣韻引生海中而色赤也　或生於山　廣雅珊瑚爲珠類故次於此上林賦注曰珊瑚生水底石邊大者樹高三尺餘枝格交錯無有葉石部曰上擿山巖空青珊瑚陊之珊瑚有青色者或云赤爲珊瑚青爲琅玕　从王刪省聲　穌干切十四部

瑚　珊瑚也从王胡聲　戶吳切五部

珋　石之有光者璧珋也　者字依李善江賦注補此當作璧珋石之有光者也恐亦後人倒之璧珋卽璧流離也地理志曰入海市明珠璧流離西域傳曰罽賓國出璧流離璧流離三字爲名胡語也猶珣玗琪之爲夷語漢武梁祠堂畫有璧流離曰王者不隱過則至吳國山碑紀符瑞亦有璧流離梵書言吠瑠璃吠與璧音相近西域傳注孟康曰璧流離青色如玉今本漢書注無璧字讀者誤認正文璧與流離爲二物矣今人省言之曰流離改其字爲瑠璃古人省言之曰璧珋珋與流瑠音同楊雄羽獵賦椎夜光之流離是古亦省作流離也　出西胡中　西胡西域也班固曰西域三十六國皆在匈奴之西故說文謂之西胡凡三見魏略云大秦國出赤白黑黃青綠縹紺紅紫十種流離師古曰此蓋自然之物采澤光潤踰於衆玉其色不恆今俗所用皆銷冶石汁加以衆藥灌而爲之尤虛脆不貞實　从王丣聲　廣韻引說文音留三部玉裁按古音卯丣二聲同在三部爲疊韻而畱珋茆聊駠䰴劉等字皆與丣又疊韻中雙聲昴貿茆等字與卯疊韻中雙聲

部分以疊韻爲重字音以雙聲爲重許君丣卯畫分而从丣之
字俗多改爲从卯自漢已然卯金刀爲劉之說緯書荒繆正屈
中止句馬頭人人持十之類許所不信也凡俗字
丣變卯者今皆更定學者勿持漢人繆字以疑之 琀 送死
口中玉也 典瑞曰大喪共飯玉含玉注飯玉碎玉以雜米也含玉柱左右顛及在口中者雜記曰含者執
璧將命則是璧形而小耳穀梁傳曰貝玉曰含按
琀士用貝見士喪禮諸侯用璧見雜記天子用玉 从王含
含亦聲 胡紺切古音在七部經傳多用含或作唅 ⿰王歔 遺玉也 謂贈遺之玉也蒙上送死言之
何休曰知死者贈襚襚猶遺也大宰典瑞皆言大喪贈玉注云
蓋璧也鍇說以山海經遺玉儻是玉名則當廁於璙已下十六
字閒 从王歔聲 以周切三部此字蓋在禮古經及記 璗 金之美者 釋器黃金謂之
璗其美者謂之鏐許說小異 與玉同色从王 謂光色如玉之符采故其字从玉 湯聲
徒朗切十部 禮記曰 二字依韻會補 佩刀諸侯璗琫而璆珌 詩毛傳同
詩正義作璗琫而鏐珌也王莽傳瑒
琫瑒珌瑒卽璗字孟康云玉名非 䨩 巫也 各本巫上有靈字乃複舉
篆文之未刪者也許君原書篆文之下以隸複寫其字後人刪
之時有未盡此因巫下脫也字以靈巫爲句失之今補也字屈
賦九歌靈偃蹇兮皎服又靈連蜷兮既留又思靈保兮賢姱王
注皆云靈巫也楚人名巫爲靈許亦當云巫也無疑矣引伸之
義如諡法曰極知鬼事曰靈好祭鬼神曰靈曾子曰陽之精
氣曰神陰之精氣曰靈毛公曰神之精明者稱靈皆是也

以玉事神依韻會無也字从王巫能以玉事神故其字从玉霝聲郎丁切十一部

靈靈或从巫

文百二十四依鍇本重十七鍇十六今增𤪌字則十七按自璙已下皆玉名也瓚者用玉之等級也瑛玉光也璑已下五文記玉之惡與美也璧至瑞皆言玉之成瑞器者也璬珩玦珥至瑵皆以玉爲飾也玭至瑕皆言玉色也琢琱理三文言治玉也珍玩二文言愛玉也玲已下六文玉聲也璓至玖石之次玉者也珢至瑎石之似玉者也琨珉瑤石之美者也玓至珋皆珠類也琀𤪌二文送死玉也璗異類而同玉色者靈謂能用玉之巫也通乎說文之條理次第斯可以治小學

玨二玉相合爲一玨左傳正義曰穀倉頡篇作玨云雙玉爲玨故字从雙玉按淮南書曰玄玉百工注二玉爲一工工與玨雙聲百工卽百玨也不言从二玉者義在於形形見於義也古岳切三部凡

玨之屬皆从玨因有班𤨔字故玨專列一部不則綴於玉部末矣凡說文通例如此

瑴玨或从㱿㱿聲也左傳納玉十瑴魯語行玉廿瑴字皆如此作韋昭杜預解同說文

班分瑞玉堯典曰班瑞于羣后从玨刀會意刀所以分也布還切古音在十三部讀如文賁份份之份周禮以頒爲班古頒班同部

𤨔車笭閒皮匧也也字依玉篇補東京賦司馬彪輿服志皆曰𤨔弩李

箸曰輂車闌閣皮篋置弩於輂曰輂弩鄣古亦曰輂弩皮篋盛弩也今本輿服志輂弩二字譌爲轓輒弩三字 古者使奉玉所以盛之依玉篇補正 从車玨謂此皮篋漢時輕車以藏弩輕車古之戰車也其制沿於古者人臣出使奉圭璧璋琮諸玉車笭閣皮篋所用盛之此其字之所由从車玨會意也聘禮圭藏於櫝然則櫝藏於皮篋 讀與服同房六切古音當在一部以服古在一部也

文三 重一

气 雲气也气氣古今字自以氣爲雲气字乃又作餼爲廩氣字矣气本雲气引伸爲凡气之偁 象形象雲起之皃三之者列多不過三之意也是類乎從三者也故其次在是去既切十五部借爲气假於人之气又省作乞 凡气之屬皆从气

氛 祥气也謂吉凶先見之氣左傳曰非祭祥也喪氛也杜注氛惡氣也晉語曰見翟柤之氛注氛祲氣凶象也凶曰氛吉曰祥玉裁按統言則祥氛二字皆兼吉凶析言則祥吉氛凶耳許意是統言左傳又曰楚氛甚惡杜注氛氣也可見不容分別 从气分聲符分切十三部

雰 氛或从雨按此爲小雅雨雪雰雰之字月令雰霧冥冥釋名氛粉也潤氣箸艸木因凍則凝色白若粉也皆當作此雰與祥氣之氛各物似不當混而一之

文二 重一

士　事也豳風周頌傳凡三見大雅武王豈不仕傳亦云仕事也鄭注表記申之曰仕之言事也士事疊韻引伸之凡能事其事者偁士白虎通曰士者事也任事之稱也故傳曰通古今辯然不謂之士數始於一終於十从一十三字依廣韻此說會意也孔子曰推十合一爲士韻會玉篇皆作推一合十鉉本及廣韻皆作推十合一似鉉本爲長數始一終十學者由博返約故云推十合一博學審問愼思明辨篤行惟以求其至是也若一以貫之則聖人之極致矣鉏里切一部凡士之屬皆从士

壻　夫也夫者丈夫也然則壻爲男子之美稱因以爲女夫之稱釋親曰女子子之夫爲壻从士胥鉉本有聲字誤周禮注詩箋皆曰胥有才知之稱又曰胥讀如諝謂其有才知爲什長說文言部曰諝知也然則从胥者从諝之省詩曰女也不爽士貳其行士者夫也此引衛風而釋之明从士之意讀與細同穌計切古音當在十六部

婿　壻或从女以女配有才知者爲會意

壯　大也方言曰凡人之大謂之奘或謂之壯尋說文之例當云大士也故下云从士此蓋淺人刪士字从士爿聲側亮切十部

壿　士舞也各本無士依詩爾雅音義補周禮大胥以學士合舞小胥巡學士舞列故其字从士也當爲皃毛傳壿壿舞皃古書也皃二字多互譌从士尊聲慈損切十三部詩曰壿壿舞我詩小雅文爾雅坎坎壿壿喜也今詩作蹲

文四　重一

丨下上通也（依玉篇）引而上行讀若囟（囟之言進也）引而下行讀若𨔶（可上可下故曰下上通竹部曰篆引書也凡字之直有引而上引而下之不同若至字當引而下不字當引而上又若才屮木生字皆當引而上之類是也分用之則音讀各異讀若囟在十三部讀若𨔶在十五部今音思二切囟之雙聲也又音古本切）凡丨之屬皆从丨

中　內也（俗本和也非是當作內也宋麻沙本作肉也一本作而也正皆內之譌入部曰內者入也入者內也然則中者別於外之辭也別於偏之辭也亦合宜之辭也作內則此字平聲去聲之義無不賅矣許以和爲唱和字龢爲諧龢字龢和皆非中之訓也周禮中失即得失）从囗丨下上通也（按中字會意之指必當从囗音圍衞宏說用字从卜中則中之不从囗明矣俗皆从囗失之二云下上通者謂中直或引而上或引而下皆入其內也陟弓切九部）

𠁩　古文中（此字可疑豈淺人誤以屮中之屮入此歟）

𣃘　旌旗杠皃（釋天曰素錦韜杠杠謂旗之竿也詩謂之干）从丨㫃（以丨象杠形加㫃爲偏旁會意）㫃亦聲（丑善切十四部）

文三　重一（依鍇本張次立依鉉本增𠁩字二云籀文中）

說文解字第一篇上

金壇段玉裁注

屮 艸木初生也象丨出形有枝莖也丨讀若囟引而上行也枝謂兩旁莖枝柱謂丨也過乎屮則爲㞢下垂根則爲朩 古文或㠯爲艸字漢人所用尚爾或之言有也不盡爾也凡云古文以爲某字者此明六書之叚借以用也本非某字古文用之爲某字也如古文以洒爲灑埽字以疋爲詩大雅字以丂爲巧字以臤爲賢字以㫃爲魯衛之魯以哥爲歌字以詖爲頗字以𡈼爲醜字籀文以爰爲車轅字皆因古時字少依聲託事至於古文以屮爲艸字以疋爲足字以丂爲亏字以俟爲訓字以臭爲澤字此則非屬依聲或因形近相借無容後人效尤者也 讀若徹上言以爲且言或則本非艸字當何讀也讀若徹徹通也義存乎音此尹形說尹形見漢人艸木字多用此俗誤謂此卽艸字故正之言叚借必依聲託事屮艸音類遠隔古文叚借尚屬偶爾今則更不當爾也丑列切十五部 凡屮之屬皆从屮尹形說三字當在凡屮上轉寫者倒之凡言某說者所謂博采通人也有說其義者有說其形者有說其音者

屯 難也屯屯韵會有象艸木之初生屯然而難从屮貫一屈曲之也一地也此依九經字樣衆經音義所引說文多說一爲地或說爲天象形也屮貫一者木剋土也屈曲之者未能

申也乙部曰春艸木冤曲而出陰气尚彊其出乙乙屯字从屮而象其形也陟倫切十三部

易曰屯剛柔始交而難生 周易彖傳文左傳曰屯固比入序卦傳曰屯者盈也不堅固不盈滿則不能出

毐 艸盛上出也 左傳輿人誦曰原田每每杜注晉君美盛若原田之艸每每然魏都賦蘭渚每每用此俗改爲莓按每是艸盛引伸爲凡盛如品庶每生貪也每懷懷私也皆盛意毛公曰每雖也凡言雖者皆充類之辭今俗語言每每者不一端之辭皆盛也 从屮母聲 武罪切左傳音義亾回梅對二反古音在一部李善莫來反

毒 厚也 毒厚疊韵三部四部同入也毒兼善惡之辭猶祥兼吉凶臭兼香臭也易曰聖人以此毒天下而民從之列子書曰亭之毒之皆謂厚民也毒與竺篤同音通用微子篇天毒降災史記作天篤 害人之艸往往而生从屮 字義訓厚矣字形何以从屮蓋製字本意因害人之艸往往而生往往猶歷歷也其生蕃多則其害尤厚故字从屮引伸爲凡厚之義 毒聲 毒在一部毒在三部合韵至近也徒沃切

𥹋 古文毒从刀䈞 从刀者刀所以害人也从䈞爲聲䈞厚也讀若篤䈞字錯本夕汗簡古文四聲韵上从竹不誤而下譌从副从副鉉本則竹又誤爲艸矣古文築作篫亦䈞聲

𡴑 艸初生其香分布也 衆經音義兩引說文芬芳也其所據本不同按艸部芳艸香也詩說馨香多言苾芬大雅毛傳曰芬芬香也然則玄應所據正是古本 从屮分聲 撫文切十三部

芬 𡴑或从艸

圥菌圥逗地蕈釋艸曰中馗菌注地蕈也似蓋今江東名爲土菌亦曰馗廚又出隧蘧蔬注蘧蔬似土菌生菰草中按馗廚蘧蔬菌圥三者一音之轉語菌圥玉篇作圈圥叢生田中陳藏器曰地生者爲菌木生者爲㮇按㮇同蕈許云蕈桑蕈也故謂地生者爲地蕈从屮六聲力竹切三部[illegible]籀文圥从三圥象叢生之狀也籀文陸字从此

熏火煙上出也豳風曰穹窒熏鼠从屮象煙上出此於六書爲叚借从黑屮黑熏象此恐學者不達會意故發明之曰屮而繼之以黑此煙上出而煙所到處成黑色之象也合二體爲會意單言上體則爲叚借與璗本金而从玉同意故居部末許云切十三部

文七　重三

艸百芔也卉下曰艸之總名也是謂轉注二屮三屮一也引伸爲艸稾艸具之艸从二屮倉老切古音在三部俗以草爲艸乃別以皁爲草凡艸之屬皆从艸

莊上諱見示部其說解當曰艸大也从艸壯聲其次當在蔪蘄二字之閒此形聲兼會意字壯訓大故莊訓艸大古書莊壯多通用引伸爲凡壯盛精嚴之義論語臨之以莊苞咸曰莊嚴也是也側羊切十部[illegible]古文莊莊字篆文本不書今書之者後人補也然則錄古文注之曰古文莊亦恐後人所加且其形本非莊字當是奘字之譌古文士或作[illegible]譌爲[illegible]也凡

古文經後人轉寫茫昧難知者舉以莭柴二字爲例求之

蓏 在木曰果在艸曰蓏 各本作在地曰蓏今正考齊民要術引說文在木曰果在艸曰蓏以別於許慎注淮南云在樹曰果在地曰蓏然則賈氏所據未誤後人用許淮南注臣瓚漢書注改之惟在艸曰蓏故蓏字从艸凡爲傳注者主說大義造字書者主說字形此所以注淮南作說文出一手而互異也應劭宋衷云木實曰果艸實曰蓏與說文合若張晏云有核曰果無核曰蓏臣瓚云木上曰果地上曰蓏馬融鄭康成云果桃李屬蓏瓜瓠屬高注呂氏春秋云有實曰果無實曰蓏沈約注春秋元命苞云木實曰果蓏瓜瓠之屬韓康伯注易傳云果蓏者物之實說各不同皆無不合高云有實無實卽有核無核也 从艸㼌 此合二體會意㼌者本不勝末微弱也謂凡艸結實如瓜瓞下垂者統謂之蓏郎果切十七部鍇本作㼌聲誤㼌窳聲蓋在五部此會意形聲之必當辨者也

芝 神艸也 釋艸曰茵芝論衡曰士氣和故芝艸生 从艸之聲 止而切一部

萐 萐莆 逗 瑞艸也堯時生於庖廚扇暑而涼 白虎通曰孝道至則萐莆生庖廚萐莆者樹名也其葉大於門扇不搖自扇於飲食清涼助供養也論衡作箑脯言廚中自生肉脯薄如箑搖鼓生風寒涼食物 从艸疌聲 山洽切八部

莆 萐莆也从艸甫聲 方矩切五部鍇本苗莆二字在蒂下荼上

虋 赤苗 句 嘉穀也 大雅曰誕降嘉穀維虋維芑爾雅毛傳皆曰虋赤苗芑白苗按倉頡篇曰苗者禾之未秀者也禾者今之小米赤苗

白苗謂禾莖有赤白之分非謂粟云嘉穀者據生民詩言之今詩作嘉種許君引誕降嘉穀維秬維秠穈芑下皆曰嘉穀
从艸𦳝聲莫奔切十三部今詩作穈非 荅 小尗也禮注有麻荅廣雅云小豆荅也
叚借爲酬荅 从艸合聲都合切七部 萁 豆莖也當云尗而曰豆從漢時語也或
後人改之楊惲傳種一頃豆落而爲萁孫子兵法曰惹秆一石當吾二十石曹操注惹音忌豆稭也按惹卽萁字潘岳馬汧督
誄曰萁稈空虛用惹秆字 从艸其聲渠之切一部 藿 尗之少也少讀養幼
少之少毛詩傳曰藿猶苗也是也李善引說文作豆之葉也與士喪禮注合 从艸靃聲虛郭切五部
莥 鹿藿之實名也見釋艸 从艸狃聲敕久切三部 蓈 禾
粟之莠生而不成者謂之童蓈莠各本作采鍇音穗童各本作董今依詩
爾雅音義生而不成謂不成莠也不成謂之童蓈已成謂之莠此蓈莠二字連屬之義云禾粟之莠者惡其類禾而別之也小
雅曰不稂不莠爾雅毛傳皆曰稂童粱也童粱卽童蓈陸璣疏云禾莠爲穗而不成崱嶷然謂之童粱今本莠作秀誤
从艸郎聲魯當切十部 稂 蓈或从禾今詩爾雅皆作此字非禾而從禾非孔子
惡莠意 莠 禾粟下揚生莠也禾粟下猶言禾粟閒也禾粟者今之小米莠今之狗
尾艸莖葉采皆似禾故曰惡莠恐其亂苗苗者禾也凡禾采下垂故淮南書謂之向根張衡賦美其顫本莠則采同而揚起不

下垂故詩刺其驕驕桀桀此君子小人之別也七月傳曰揚條揚也从艸秀聲讀若酉與久切三部古書多借爲秀字

萉枲實也枲麻也枲實麻子也釋艸作𪎭周禮籩人艸人作蕡喪服傳二云苴經苴麻之有蕡者也按麻實名萉因之麻亦名萉艸人用蕡說文𣏟下二云萉之總名皆是从艸肥聲房未切十五部

䕎萉或从麻賁按賁聲本在十五部音轉入十三部故䕎亦符刃符分切

芓麻母也見釋艸今爾雅作茡按釋艸二云𪎭枲實枲實猶言麻實耳儀禮傳二云牡麻者枲麻也然則枲無實茡乃有實統言則皆偁枲析言則有實者偁茡無實者偁枲麻母言麻子之母喪服所謂苴斬衰皃若苴齊衰皃若枲苴麤於枲矣詩九月叔苴則又謂麻子爲苴从艸子聲疾吏切一部一曰茡卽枲也此字義之別說也茡枲不分故云枲實

⿱艸異芓也从艸異聲羊吏切一部

蘇桂荏也桂上鍇本有蘇字此複寫隸字刪之未盡者蘇桂荏釋艸文內則注曰薌蘇荏之屬也方言曰蘇亦荏也關之東西或謂之蘇或謂之荏郭樸曰蘇荏類是則析言之則蘇荏二物統言則不別也桂荏今之紫蘇蘇之叚借爲樵蘇从艸穌聲素孤切五部

荏桂荏逗蘇也是之謂轉注凡轉注有各部互見者有同部類見者荏之別義爲荏染从艸任聲如甚切七部

⿱艸矢菜也从艸矢聲失匕切十五部

荳菜之美者雲夢之荳呂氏春秋伊尹對湯曰菜之美

者雲夢之芹高注雲夢楚澤芹生水涯許作菦蓋殷徵二韵轉移冣近許君采自伊尹書與呂覽字異音義則同廣韵曰菦菜似蒜生水中說者謂豐水有芑卽此 从艸豈聲 廣韵祛豨切是唐韵作驅喜蓋謂豈卽芑字也十五部

葵 菜也 崔寔曰六月六日可種葵中伏後可種冬葵九月可作葵菹乾葵齊民要術有種葵法種冬葵法 从艸癸聲 彊惟切十五部今作葵

薑 御溼之菜也 御鉉作禦神農本艸經曰乾薑主逐風溼痹（溼病也）腸澼（匹辟切腸閒水也）下痢生者尤良久服去臭氣通神明按生者尤良謂乾薑中之不孰而生者耳今人謂不乾者爲生薑失之矣 从艸彊聲 居良切十部

蓼 辛菜 句 薔虞也 蓼爲辛菜故內則用以和用其莖葉非用實也薔虞見下文薔字下此云蓼薔虞也下文云薔虞蓼也是爲轉注正與蘇桂荏也桂荏蘇也同特以篆籀異其處耳顏注急就篇乃云虞蓼一名薔叔重云蓼一名薔虞非也夫釋艸一篇許君倂用異其讀者往往而是其萌虇蕍爲蘡灌渝也鏑侯莎爲莎鏑侯也藄月爾爲藄土夫也蕦葑蓯爲葑須從也何所疑於蓼許薔虞哉某氏孫炎郭樸皆薔爲句虞蓼爲句蓼借爲蓼蕭之蓼長大皃 从艸翏聲 盧鳥切古音在三部

蒩 菜也 廣雅蒩蕺也崔豹古今注曰荊揚人謂蒩爲蕺蜀都賦劉注曰蒩亦名土茄葉覆地生根可食人饑則以繼糧風土記曰蘴香菜根似茅根蜀人所謂蒩香段公路北戶錄曰蘴秦人謂之蒩子按蘴與蕺同側立切作蕺者誤蒩作蒩菹皆誤說文無蕺字卽今魚腥艸也凶年人掘食之 从艸祖聲 則古切五部

䕸

菜也佀蘇者 此齊民要術蘘荷芹藘之藘本艸新補之苦苣也野生者名褊苣人家常食爲白苣江外嶺南吳人無白苣嘗植野苣以供厨饌字或作藘俗譌作苣廣雅云蕒藘也曹憲云白藘與苦蕒大異恐非廣韵曰苦藘江東呼爲苦蕒賈思勰引詩義疏云藘苦葵也青州謂之芑 从艸豦聲 其呂切又彊魚切五部

薇 菜也 見毛傳 佀藿 謂似豆葉也陸璣詩疏曰薇山菜也莖葉皆似小豆蔓生其味亦如小豆藿可作羹亦可生食今官園種之以供宗廟祭祀項安世曰薇今之野豌豆也蜀人謂之大巢菜按今四川人招豌豆媆梢食之謂之豌豆顛顛古之采於山者野生者也釋艸云垂水薇之俗名耳不當以生於水邊釋之 从艸微聲 無非切十五部

薇 籀文薇省

蓶 菜也 齊民要術曰蓶菜音唯似烏韭而黃 从艸唯聲 以水切十五部

䒨 菜類蒿 詩禮皆作芹小雅箋曰芹菜也可以爲菹魯頌箋曰芹水菜也釋艸及周禮注曰芹楚葵也按卽今人所食芹菜今說文各本於艾蓳二字之下又出芹字訓楚葵也从艸斤聲此恐不知䒨卽芹者妄用爾雅增之攷周禮音義曰芹說文作䒨則說文之有䒨無芹明矣且詩箋引周禮芹菹說文引周禮䒨菹豈得云二物也 从艸近聲 周禮音義引說文音謹唐韵巨巾切古在十三部部本艸作蘄 周禮有䒨菹 見醢人䒨蓋周禮故書字

蘸 菜也 方言曰蘇沅湘之南或謂之䓊音車轄其小者謂之蘸菜許所說未必此也齊民要術以爲藏菹之蘸人丈切內則注菜釀不从艸 从艸釀聲 玉篇引說文而丈切唐韵

女亮切十部

莧 莧菜也 菜上莧字乃複寫隸字刪之僅存者也尋說文之例云芺菜葵菜蒩菜蘮菜薇菜蓶菜莛菜蘸菜莧菜以釋篆文𦬸者字形葵菜也者字義如水部河者字形河水也者字義若云此篆文是葵菜也此篆文是河水也槩以爲複字而刪之此不學之過周易音義引宋衷云莧莧菜也此可以證矣爾雅蕢赤莧郭注今人莧赤莖者按人莧莧名 从艸見聲 侯澗切十四部

芋 大葉實根駭人故謂之芋也 口部曰吁驚也毛傳曰訏大也凡于聲字多訓大芋之爲物葉大根實二者皆堪駭人故謂之芋其字从艸于聲也小雅君子攸芋毛傳芋大也謂居中以自光大箋云芋當作幠 从艸亏聲 王遇切五部

莒 齊謂芋爲莒 所謂別國方言也借爲國名 从艸呂聲 居許切五部顏氏家訓云北人之音多以舉莒爲矩唯李季節云齊桓公與管仲於臺上謀伐莒東郭牙望桓公口開而不閉故知所言者莒也然則莒矩必不同呼此爲知音矣按廣韵莒矩雖分語麌然雙聲同呼顏氏云北人讀舉莒同矩者唐韵矩其呂切北人讀舉莒同之也李季節音譜讀舉莒居許切則與矩之其呂不同呼合於管子所云口開而不閉廣韵矩俱雨切非唐韵之舊矣又按孟子以遏徂莒毛詩作徂旅知莒從呂聲本讀如呂是所以口開不閉不第如李季節所云也

蘧 蘧麥也 三字一句釋艸曰大菊蘧麥本艸謂之瞿麥一名巨句麥廣雅謂之紫萎一名麥句薑俗謂之洛陽花一名石竹 从艸遽聲 彊魚切五部

菊 大菊 逗 蘧麥 从艸匊聲 居六切三部

葷 臭菜也 謂有气之菜也士相見禮夜侍坐問夜膳葷請退可也注葷辛物葱薤之屬食之以止臥古文

葷作薰玉藻膳於君有葷桃茢注葷薑及辛菜也葷或作焄按

儀禮注謂葱薤之屬爲辛物卽禮記注所謂辛菜也禮記注先

以薑者薑辛而不葷金辛之臭腥葱薤之屬皆辛而葷實與薑

同類也葷古作薰或作焄者殠得名薰猶治曰亂祭義注焄謂

香臭也 从艸軍聲 許云切十三部

蘘 蘘荷也 三字句蘘荷見上林賦劉向九歎張衡南都賦潘岳閑居賦 一名蒚葙 史記子虛賦作猼且漢書作巴且王逸作蓴苴顏師古作蓴苴名醫別錄作覆葅皆字異音近景瑳大招則倒之曰苴蓴崔豹古今注曰似薑宜陰翳地師古曰根旁生筍可以爲葅又治蠱毒宗懍荊楚歲時記云仲冬以鹽藏蘘荷以備冬儲急就篇所云老菁蘘荷冬日藏也 从艸襄聲 汝羊切十部

菁 韭華也 周禮菁菹先鄭曰菁菹韭華菹也今各本脫華字則何以別於上文之韭菹乎廣雅曰韭其華謂之菁若南都賦曰秋韭冬菁則是二物史游所云老菁冬日藏也 从艸青聲 子盈切十一部

蘆 蘆菔也 一曰薺根 此字義別說謂薺根謂之蘆也 从艸盧聲 落乎切五部

菔 蘆菔佀蕪菁實如小尗者 今之蘿蔔也釋艸葖蘆萉郭云萉當爲菔蘆菔蕪菁屬紫花大根一名葖俗呼雹葖按實根駭人故呼突或加艸耳蕪菁卽蔓菁 从艸服聲 蒲北切一部

苹 蓱也無根浮水而生者 小雅呦呦鹿鳴食野之苹

傳曰苹蓱也釋草苹字兩出一曰蓱一曰藾蕭鄭箋以水中之艸非鹿所食易之曰苹藾蕭也於月令曰蓱萍也於周禮萍氏引爾雅萍蓱似分別萍爲水艸苹爲藾蕭鄭所據爾雅自作萍蓱而毛詩夏小正以苹爲萍皆屬叚借許君則苹蓱萍三字同物不謂苹爲叚借○李善注高唐賦引說文苹苹艸皃音平 从艸平聲 符兵切十一部

茞 艸也 謂艸名 从艸臣聲 稹鄰切十二部

薲 大蓱也 釋艸曰苹蓱其大者蘋毛傳曰蘋大蓱也薲蘋古今字 从艸賓聲 符真切十二部

藍 染青艸也 小雅傳曰藍染艸也 从艸監聲 魯甘切八部

藼 令人忘憂之艸也 見毛傳藼之言諼也諼忘也 从艸憲聲 況袁切十四部 詩曰安得藼艸 衞風文今詩作焉得諼草

蘐 或从煖 煖聲此字小徐無張次立補可刪

萱 或从宣 宣聲

营 营藭 逗 香艸也 左傳作鞠窮賈逵云所以禦溼按今本左傳有山鞠窮乎山字注疏皆不釋疑衍或本作鞠而譌爲二字 从艸宮聲 去弓切九部

芎 司馬相如說营从弓 蓋凡將篇如此作弓聲在六部古音讀如肱音轉入九部如躳字亦或弓聲

藭 营藭也 从艸竆聲 渠弓切九部营藭疊韵

蘭 香艸也 易曰其臭如蘭左傳曰蘭有國香說者謂似澤蘭也 从艸闌聲 落干切十四部

葌 香艸也 依衆經音義補二字 出吳林

山中山經曰吳林之山其中多葌草又云葌山有葌水出焉又云有艸其狀如葌郭云葌卽菅誤从艸姦聲古顏切十四部

蘾蘺屬可吕香口旣夕禮實綏澤焉注綏廉薑澤澤蘭也皆取其香且禦溼按綏者蘾之叚借字一名山辣今藥中三柰也吳都賦謂之薑彙从艸俊聲息遺切十五部

芄芄蘭逗莞也釋艸雚芄蘭此莞當爲雚說文莞與雚蒲爲類芄蘭與香艸爲類劃分異處斷非一物或曰莞衍字鄭陸郭說芄蘭皆同許君以芄蘭列於香艸未審其意同否也从艸丸聲胡官切十四部詩曰芄蘭之枝說苑亦作枝今詩作支

虈楚謂之蘺晉謂之虈齊謂之茝此一物而方俗異名也茝本艸經謂之白芷茝芷同字臣聲止聲同在一部也內則曰佩帨茝蘭掌禹錫曰范子計然云白芷出齊郡王逸九思曰芳虈兮挫枯埤蒼曰齊茝一曰虈按屈原賦有茝有芷又有葯王注曰葯白芷也廣雅曰白芷其葉謂之葯說文無葯字虈聲約聲同在二部疑虈葯同字耳但又曰楚謂之蘺下卽系以蘺篆云江蘺蘼蕪以茝江蘺蘼蕪爲一物殊不可撓離騷曰扈江蘺於辟芷兮非一物明矣从艸嚻聲許驕切二部

蘺江蘺逗蘼蕪相如賦云芷若射干穹窮昌蒲江蘺蘼蕪又云被以江離糅以蘼蕪是各物明矣而說者云江離蘼蕪皆芎藭苗也有二種一似槀本者爲江蘺似虵牀而香者爲蘼蕪則芎藭江蘺蘼蕪爲一徐之才藥對亦云蘼蕪一名江蘺芎藭苗也而說文以蘼蕪釋江離且以江蘺卽楚人謂茝者但楚謂茝爲蘺不云謂茝爲江蘺也

蓋因釋艸有蘄茝蘪蕪之文而合之茝與蘄茝又未必一物也从艸離聲呂支切古音在十六部
茝虈也从艸𦣞聲昌改切一部蘪蘪蕪也三字句蘪蕪雙聲
从艸麋聲靡爲切古音在十五部薰香艸也左傳曰一薰一蕕蜀都賦劉注曰葉
曰蕙根曰薰張揖注上林賦曰蕙薰艸也陳藏器曰薰即是零陵香也郭注西山經曰蕙蘭屬也非薰葉从艸熏
聲許云切十三部⿱艹⿰氵毒水萹茿也謂萹茿之生於水者謂之⿱艹⿰氵毒也統言則曰萹茿析言則有水陸
之異異其名因異其字詩衛風綠竹猗猗音義曰竹韓詩作⿱艹⿰氵毒萹茿也石經亦作⿱艹⿰氵毒按石經者蓋漢一字石經魯詩也西京賦
李注引韓詩綠⿱艹毒如簀玉篇曰⿱艹毒同⿱艹⿰氵毒从艸水毒聲讀若督徒沃切三部萹
萹筑也三字句釋艸云竹萹蓄按竹者釋毛詩衛風之竹也韓魯詩皆作⿱艹⿰氵毒毛詩獨叚借作竹爾雅與毛詩合茿
蓄疊韵通用本艸經亦作萹蓄从艸扁聲方沔切十二部茿萹筑也从艸
筑省聲陟玉切三部按此不云巩聲而云筑省聲者以巩字工聲筑字竹亦聲也茿篆鍇本在後菩下范上
藒藒車逗芞輿也各本無藒車二字今依韵會所引補藒芞車輿皆疊韵爾雅本或無車字
不得以之改說文也離騷上林賦皆作揭車廣志曰黄葉白華从艸楬聲去謁切十五部玉篇作藒從木
芞芞輿也三字句从艸气聲去謁切十五部苺馬苺也苺篆

不廁於此則非山莓也从艸母聲母皐切古音在一部茖艸也釋艸茖山葱按爾雅雖有此字然許君果用爾雅何以不云山葱而云艸也凡所不知寧從蓋闕从艸各聲古額切古音在五部苷甘艸也所謂藥中國老安和七十二種石一千二百種艸者也从艸甘聲此以形聲包會意古三切八部芧艸也上林賦蔣芧青蘋張揖曰芧三稜也郭樸音杼按三稜者蘇頌圖經所謂葉似莎艸極長莖三稜如削高五六尺莖端開花是也江蘇蘆灘中極多呼爲馬芧音同宁莖可繫物亦可辦之爲索南都賦薦芧蘋莞李注引說文芧可以爲索蓋賦文本作芧文選上林賦亦作苧苧者芧之別字从艸予聲直呂切五部可㠯爲繩藎艸也蘇恭掌禹錫皆云俗名菉蓐艸爾雅所謂王芻詩淇澳之菉也按說文有藎又別有菉則許意藎非菉矣从艸盡聲徐刃切十二部大雅以爲進字蒁艸也陳藏器本艸蓬莪茂（句律切）一名蓬莪二名蒁三名波殺徐鍇引之未知是否从艸述聲食聿切十五部荵荵冬艸三字句名醫別錄作忍冬今之金銀藤也其花曰金銀花从艸忍聲而軫切十二部萇萇楚逗銚弋見檜風釋艸毛傳一名羊桃陸璣張揖皆曰羊桃也从艸長聲直良切十部薊芺也釋艸曰芺薊其實荂郭云芺似薊許以芺釋薊則爲一物而芺字又不類列於此未聞从艸魝聲古詣切十五部荲艸也下文之苗

也本艸經曰羊蹏小雅謂之蓫薚卽苗字亦作蓄廣韵一屋蓫許竹丑六二切羊蹏菜也 从艸里聲讀若釐 里之切一部按廣韵蓫讀許竹丑六二切者因蓫蓄同物而誤讀蓫同蓄也

藋 堇艸也 依集韵類篇李仁甫本作堇廣雅堇〔謹音〕藋也名醫別錄蒴藋一名堇草一名芨按下籒文內有蓳字二云根如薺葉如細柳未知是一否○凡物有異名同實者釋艸曰芨堇艸陸德明謂郭本艸之蒴藋按郭釋以烏頭烏頭名堇見國語而芨名無見陸說爲長鍇本堇作釐 一曰拜商藋 釋艸商作蔏說文言一曰者有二例一是兼采別說一是同物二名此一曰未詳何屬疑堇艸爲蒴藋拜商藋爲今之灰藋也灰藋似藜左傳斬之蓬蒿藜藋李燾本商作啻宋麻沙大徐本亦作啻蓋許所據爾雅不同今本 从艸翟聲 徒弔切二部

芨 堇艸也 見上 从艸及聲讀若急 居立切七部

葥 山莓也 見釋艸 从艸歬聲 子賤切古音在十二部

蓩 毒艸也 鉉鍇本篆皆作蓩從艸務聲鉉本蓩下又出蓩篆云卷耳也從艸務聲鍇本無蓩張次立依鉉補之玫後漢書劉聖公傳戰於蓩鄉注曰蓩音莫老反字林云毒艸也因以爲地名廣韵蓩毒艸武道切又地名據此則毒艸之字從力不從女矣玉篇云蓩莫屋莫老二切毒艸也此顧野王原本而蓩下引說文卷耳也又出蓩字莫候切引說文毒艸也此孫強陳彭年輩據俗本說文增之今改正篆文作蓩毒艸也而刪蓩卷耳也之云卷耳果名蓩則當與苓耳也同處矣又按韵會引後漢書注作蔜鄉說文有蔜字云細艸叢生也 从艸務聲 古音

在三部 薓人薓逗藥艸句出上黨本艸經作人參从艸濅聲山林切七部

虊鳧葵也後又云茆鳧葵也二字不同處者以小篆籀文別之也虊茆雙聲廣雅曰虊茆鳧葵也按虊蕁古今字古作虊今作蕁作蒓从艸攣聲洛官切曹憲大船力卷二切十四部

䓞艸也可㠯染留黃糸部綟下曰帛䓞艸染色也留黃辭賦家多作流黃皇侃禮記義疏作騮黃土尅水故中央騂黃色黃黑也漢諸侯王盭綬晉灼曰盭艸名出琅邪平昌縣似艾可染黃因以爲綬名玉裁按盭同音段借字也漢制盭綬在紫綬之上其色黃而近綠故徐廣云似綠或云似紫綬名緺綬者非也緺紫青色與綟不同从艸戾聲郎計切十五部

荍蚍蚽也釋艸曰荍蚍衃毛傳曰荍芘芣也與說文皆字異音同陸璣曰一名荊葵似蕪菁華紫綠色可食微苦蚍蚽音毗浮从艸收聲渠遙切古音在三部

⿱艸𣬉蒿也从艸𣬉聲房脂切十五部

萭艸也从艸禹聲王矩切五部攷工記故書禹之以眡其匡先鄭讀爲萭鄭云萭蔞未詳何物

苐艸也鍇本作荑荑聲鉉本作苐今鉉本篆體尚未全誤攷廣韵玉篇類篇皆本說文云苐艸也知集韵合苐荑爲一字之誤矣荑見詩茅之始生也从艸弟聲杜兮切十五部

薛艸也子虛賦高燥生薛張揖曰薛賴蒿也按賴蒿蓋卽藾蕭从艸辥聲私列切十五部

苷大苦逗苓也見邶風唐風毛傳釋艸苓作蘦孫炎注云今甘艸也按說

文苦字解云甘艸矣偕甘艸又名大苦又名苓則何以不類列而割分異處乎且此云大苦苓也中隔百數十字又出蘦篆云大苦也此苓必改爲蘦而後畫一卽畫一之又何以不類列也攷周時音韵凡令聲皆在十二部今之真臻先也凡霝聲皆在十一部今之庚耕清青也簡兮苓與榛人韵采苓苓與顛韵僞改作蘦則爲合音而非本韵然則釋艸作蘦不若毛詩爲善許君斷非於苦下襲毛詩於蘦下襲爾雅劃分兩處前後不相顧也後文蘦篆必淺人據爾雅妄增而此大苦苓也固不誤然則大苦卽卷耳與曰非也毛傳爾雅皆云卷耳苓耳說文苓篆下必當云苓耳（逗）卷耳也今本必淺人刪其苓耳字卷耳自名苓耳非名苓凡合二字爲名者不可刪其一字以同於他物如單云蘭非芄蘭單云葵非鳧葵是也此大苦斷非苓耳而苦篆苓篆不類廁又其證也然則大苦何物曰沈括筆談云爾雅蘦大苦注云蔓延生葉似荷青莖赤此乃黃藥也其味極苦謂之大苦郭云甘草非也甘草枝葉全不同苦爲五味之一引伸爲勞苦 从艸古聲 康杜切五部

菩 艸也 周禮注犯軷以菩芻棘柏爲神主郭樸注穆天子傳云蒉今菩字按許書則菩蒉各物各字也 从艸音聲 步乃切一部易豐其部鄭薛作菩云小席

蔏 蔏苢 本艸經艸部上品有薏苡人陶隱居云生交阯者子冣大彼土人呼爲簳（音感）珠馬援大取將還人讒以爲珍珠也按簳與蘎雙聲 从艸啻聲 於力切一部 一曰蔏英 未詳

菅 茅也 按統言則茅菅是一析言則菅與茅殊許菅茅互訓此從統言也陸璣曰菅似茅而滑澤無毛根下（當作上）五寸中有白粉者柔韌宜爲索漚乃尤善矣此析言也 从

艸矛聲莫交切古音在三部可縮酒爲藉各本無此五字依韵會所引補縮酒見左傳爲藉見周易此與蕿可以香口蒻可以爲苹席一例

蕳茅也詩白華菅兮釋艸曰白華野菅毛傳足之曰已漚爲菅按詩謂白華既漚爲菅又以白茅收束之菅別於茅野菅又別於菅也从艸官聲古顏切十四部

蘄艸也釋艸蘄字四見不識許所指何物也从艸斳聲說文無斳字斳當是從蕇斤聲如虫部蠲字當是從蜀益聲不立蕇部蜀部是以傳於艸虫二部而斳聲不可通或曰當有從單斤聲之斳字說文無單部因無斳字也陸德明曰斳古芹字然說文有菦字則非一字也汪氏龍曰斳字蓋失收集韵渠希切古音當在十三部古鐘鼎款識多借爲祈字江夏有蘄春縣見地理志縣各本作亭今正凡縣名系於郡亭名鄉名系於某郡某縣

莞艸也可㠯作席小雅下莞上簟箋云莞小蒲之席也司几筵蒲筵加莞席正義以莞加蒲麤者在下美者在上也列子老韭之爲莞殷敬順曰莞音官似蒲而圓今之爲席者是也楊承慶字統音關玉裁謂莞之言管也凡莖中空者曰管莞蓋即今席子艸細莖圓而中空鄭謂之小蒲實非蒲也廣雅謂之葱蒲从艸完聲胡官切在十四部

藺莞屬可爲席依韵會所引補三字急就篇有藺席从艸閵聲良刃切十二部

蒢黃蒢職也釋艸職黃蒢从艸除聲直魚切五部按鍇本無蒢莞藺皆蒲屬故次之以蒲也鉉本有之依郭注蘵似酸漿未審亦蒲屬否

蒲水艸也或

㠯作席 周禮祭祀席有蒲筵 从艸浦聲 此當云從艸水甫聲薄胡切五部

蒻 蒲子 句 可㠯爲平席 蒲子者蒲之少者也凡物之少小者謂之子或謂之女周書蔑席苜部曰纖蒻席也馬融同王肅曰纖蒻苹席也某氏尚書傳曰底席蒻苹也鄭注閒傳曰芐今之蒲苹也釋名曰蒲苹以蒲作之其體平也苹者席安隱之偁此用蒲之少者爲之較蒲席爲細攷工記注曰今人謂蒲本在水中者爲弱弱卽蒻蒻必媆故蒲子謂之蒻非謂取水中之本爲席也 世謂蒲蒻 太平御覽有此四字 从艸弱聲 而灼切二部

⿱艹深 深蒲 逗各本脫深字今補 蒻之類也 此釋周禮也加豆之實深蒲醓醢先鄭曰深蒲蒲蒻入水深故曰深蒲鄭曰深蒲蒲始生水中子是則深蒲卽蒲蒻在水中者許君以蒲子別於蒲以蒻之類別於蒻謂蒲有二種似二鄭說爲長 从艸深聲 此當云从艸水突聲式箴切七部此字蓋出故書

蓷 隹也 隹各本作萑誤今正王風中谷有蓷釋艸萑蓷毛傳曰蓷鵻蓋爾雅本作隹與毛傳鵻字同後人輒加廾頭耳茺亦一名鵻皆謂其色似夫不也陸璣云舊說及魏周元晛皆云菴閭韓詩及三蒼說苑云益母本艸云益母茺蔚也劉歆云蓷臭穢〔艸名〕臭穢卽茺蔚也按臭茺雙聲穢蔚疊韵李郭注爾雅亦云茺蔚未知許意何屬 从艸推聲 他回切十五部 詩曰中谷有蓷 按鉉本此下有萑篆萑訓艸多皃則鍇本在茸薄二篆閒是也鉉乃移而類居之必萑訓蓷也則可矣

茥 缺盆也 見釋艸郭云覆盆也實可食 从艸圭聲 苦圭切古音在

十六部莙牛藻也見釋艸按藻之大者曰牛藻凡艸類之大者多曰牛曰馬郭云江東呼馬藻矣陸璣云藻二種一種葉如雞蘇莖大如箸長四五尺一種莖大如釵股葉如蓬謂之聚藻扶風人謂之藻聚爲發聲也牛藻當是葉如雞蘇者但析言則有別統言則皆謂之藻亦皆謂之莙顏氏家訓云莙艸細細葉蓬茸水中一節長數寸細茸如絲圓繞可愛東宮舊事所云六色罽緄者凡寸斷五色絲橫著線股閒繞之以象莙艸用以飾物卽名爲莙於時當縛六色罽作此莙以飾緄帶張敞因造糸旁畏耳據此則莖如釵股者亦謂之莙也从艸君聲讀若威渠殞切十三部按君聲而讀若威此由十三部轉入十五部張敞之變爲緄緄音隈說文音隱之音塢瑰反字林窘亦音巨畏反皆是也唐韻渠殞切則不違本部地有南北時有古今語言不同之故竊疑左傳蕰藻卽莙字蕰與藻爲二猶筐與筥錡與釜皆爲二也

⿱艹睆夫離也見釋艸⿱艹睆釋艸亦作莞夫作苻从艸睆聲胡官切十四部

蒚夫離上也見釋艸从艸鬲聲力的切十六部按前旣有莞艸可以作席之文復出⿱艹睆字則爾雅⿱艹睆苻離非可以作席之莞也

苢芣苢逗一名馬舄其實如李令人宜子釋艸芣苢馬舄馬舄車前說文凡云一名者皆後人所改竄爾雅音義引作芣苢馬舄也可證其實如李徐鍇謂其子亦似李但微而小耳按韵會所引李作麥似近之但未知其何本陸德明徐鍇所據已作李矣令人宜子陸璣所謂治婦人產難也从艸㠯聲羊止切一部周書所說示部曰逸周書此不

言逸或詳或略錯見也王會篇曰康民以桴苡桴苡者其實如李食之宜子詩音義云山海經及周書皆云芣苡木也今山海經無芣苡之文若周書正文未嘗言桴苡爲木陶隱居又云韓詩言芣苡是木食其實宜子孫此葢誤以說周書者語系之韓詩德耿引韓詩直曰車前瞿曰芣苡李善引薛君曰芣苡澤瀉也韓詩何嘗說是木哉竊謂古者殊方之貢獻自出其珍異以將其誠不必知中國所無而後獻之然則芣苢無二不必致疑於許偁周書也

蕁 芜藩也 今本篆文無彡誤先當是本作冘俗加艸本艸作沈「直林切」燔說爾雅者謂即今之知母 从艸㝷聲 㝷各本作尋誤徒南切古音在七部

薚 蕁或从爻

蘻 艸也从艸毄聲 古歷切十六部

蓲 烏蓲 逗二字依爾雅音義補 艸也 廣韵曰烏蓲艸名本說文郭注爾雅菼薍云江東呼爲烏蓲音丘許不與蒹薍菼薕四字類廁則許意不同郭也 从艸區聲 去鳩切古音在四部

⿱艹固 艸也从艸固聲 古慕切五部

⿱艹榦 艸也从艸榦聲 古案切十四部

藷 藷蔗也 三字句或作諸蔗或都蔗藷蔗二字疊韵也或作竽蔗或干蔗象其形也或作甘蔗謂其味也或作邯睹服虔通俗文曰荊州竽蔗 从艸諸聲 章魚切五部

蔗 藷蔗也从艸庶聲 之夜切古音在三部

⿱艹鼔 牂⿱艹鼔 逗 可目作縻綆 縻牛轡也綆汲井綆也 从艸鼔聲 女庚切古音在十部牂鼔疊韵

藸 艸也从艸

豬聲直魚切五部鉉本移此字於茥篆下以茥蕏二字當類列而不知許意單呼蕏者別是一物也⿱艹賜艸也从艸賜聲斯義切十六部茽艸也从艸中聲陟宮切九部萯王萯也夏小正四月王萯秀月令四月王瓜生注云今月令云王萯秀豳風四月秀葽箋疑葽卽王萯管子地員有萯有大萯細萯从艸負聲房九切古音在一部芺艸也味苦江南食之已下气名醫別錄云苦芺主柒瘡不云可下氣漢人謂豫章長沙爲江南从艸夭聲烏浩切二部⿱艹弦艸也从艸弦聲胡田切十二部⿱艹⿴囗𣡕艸也从艸⿴囗𣡕聲于救切古音在一部⿴囗𣡕籒文囿莩艸也从艸孚聲芳無切古音在三部⿱艹寅兔瓜也見釋艸从艸寅聲翼真切十二部荓馬帚也見釋艸夏小正七月荓秀荓也者馬帚也廣雅曰馬帚屈馬荓也从艸幷聲薄經切十一部詩大雅荓使也蕕水邊艸也漢書子虛賦音義曰軒于蕕艸也生水中楊州有之釋艸莤蔓于莤卽蕕蔓于卽軒于从艸猶聲以周切三部荌艸也从艸安聲烏旰切十四部蘻士夫也各本作蘻月爾也今依爾雅音義攷今本釋艸芏夫王郭云芏艸生海邊綦月爾郭云卽紫蘻也似蕨可食陸德明曰綦字亦作蘻紫蘻菜也說文云蘻士夫也其所據說文必與爾雅殊異而偁

之不則何容偁也今本說文恐是據爾雅郭本郭注改者但許君爾雅之讀今不可知矣　从艸綦聲　渠之切一部

莃　兔葵也　見釋艸　从艸希聲　香衣切十五部

蘉　灌渝　今釋艸葭蘆菼薍其萌虇郭云今江東呼蘆筍爲虇音繾綣下文蕍芛葟華榮郭別爲一條許君所據爾雅蘉灌渝句字皆與今本大乖今不可得其讀矣　从艸夢聲讀若萌　古音在六部而讀若萌者轉入十部也今莫中切

蕧　盜庚也　見釋艸　从艸復聲　房六切三部

苓　苓耳　逗二字各本脫今補說見苢字下　卷耳艸　艸字各本作也今依韵會所引釋艸毛傳皆曰卷耳苓耳也　从艸令聲　郎丁切古音在十二部

䕬　艸也　从艸贛聲　古送切又古禫切古音在七八部轉入九部　一曰薏苢　本艸曰一名䕬音感卽此字陶隱居云交阯實大者名簳珠簳與䕬雙聲字也

藑　藑茅　逗各本無藑字此淺人不知其不可刪而刪之如蘮周燕也今本刪蘮字其誤正同今補　葍也　釋艸曰葍藑茅　一名舜　舜字下曰楚謂之葍秦謂之藑是也今本作一名蕣是以木堇爲葍矣　从艸夐聲　渠營切古音在十四部

䔰　葍也　从艸富聲　方布切古音在一部布字依宋刻

葍　䔰也　見釋艸郭云大葉白華根如指正白可啖按邶風箋云葑菲二菜蔓菁與葍之類也皆上下可食此根可啖之證也郭又云葍華有赤者爲藑藑葍一種耳亦猶蔆苕華黃白異名陸璣云葍有兩

種一種莖葉細而香一種莖赤有臭氣按毛公云蓄惡菜殆因有臭氣與從艸畐聲方六切古音在一部

蓨苗也釋艸曰苗蓨也管子黑埴其草宜苹蓨按苹蓨一艸名从艸脩聲徒聊切又湯彫切古三部按小徐本無蓨

苗蓨也按小徐本苗字在後茆下荼上从艸由聲徒歷切又池六切三部

薚艸也也字各本無今補按說文凡艸名篆文之下皆複舉篆文某字曰某艸也如葵篆下必云葵菜也藎篆下必云藎艸也篆文者其形說解者其義以義釋形故說文爲小學家言形之書也淺人不知則盡以爲贅而刪之不知葵菜也藎艸也河水也江水也皆三字句首字不逗今雖未復其舊爲舉其例於此此薚篆之下本云薚艸也各本既刪薚字又去也字則薚篆不爲艸名似爲凡枝枝相值葉葉相當之偁矣玉篇薚下引說文謂卽蓫薚馬尾蔏陸也薚同蕩攷本艸經曰商陸一名薚〔句〕根一名夜呼陶隱居曰其花名薚是則絫呼曰蓫薚單呼曰薚或謂其花薚或謂其莖葉薚也枝枝相值葉葉相當从艸昜聲褚羊切十部

蘡蘡薁也蘡鍇本作蘡俗加艸頭耳豳風六月食鬱及薁傳曰鬱棣屬薁蘡薁也正義曰劉稹毛詩義問云鬱樹高五六尺其實大如李本艸鬱一名棣則與棣相類蘡薁亦是鬱類晉宮閣銘車下李三百一十四株車下李卽鬱也薁李一株薁李卽薁也二者相類而同時熟玉裁按說文李棣皆在木部薁在艸部毛公但云鬱棣屬未嘗云薁鬱屬廣雅釋艸燕薁蘡舌也釋木云山李雀李〔二字今正未知是否〕鬱也然則薁之非木實明矣晉宮閣銘所謂車下李薁李皆非毛許之蘡薁也齊民要術

引詩義疏曰櫻薁實大如龍眼黑色今車鞅藤實是按賈氏凡引詩艸木蟲魚疏皆謂之詩義疏陸璣本有釋薁云云今本脫之耳魏王花木志引詩疏亦同 从艸奧聲於六切三部

葴 馬藍也見釋艸郭云今大葉冬藍也釋艸又云葴寒漿郭云今酸漿艸江東呼曰苦葴子虛賦葴析苞荔張揖釋以馬藍郭樸云葴酸漿江東名烏葴 从艸咸聲職深切七部

蓾 艸也可以束从艸魯聲郎古切五部

蓾 蓾或从鹵釋艸云蓾蘆郭云作屨苴艸按說文云苴履中艸謂以艸襯履底曰苴賈子曰冠雖敝不以苴履是也許云可用束郭云可苴履大約是一物

蒯 艸也左傳引詩曰雖有絲麻無棄菅蒯李善引聲類曰蒯艸中爲索苦怪切史記馮驩有一劍蒯緱裴駰曰蒯茅之類可爲繩其劍把無物可裝以小繩纏之也 从艸㕞聲按說文無㕞字而爾雅有之釋詁曰㕞息也音義曰㕞苦怪反又墟季反字林以爲喟丘懷反孫本作快郭又作喟按㕞字今不可得其左旁所從何等字之本訓何屬但其古音在十五部甚明說文聲蔽皆以爲聲而聲字亦作蕢蔽字逸詩與萃蕢爲韻皆在十五部也不知何時蔽改作蒯從朋從刀殊不可曉蓋本扶風鄘鄉之字誤鄘讀若陪在第一部第六部與十五部相隔絕遠而誤其形作蒯且用爲蔽字不可從也玉篇引無棄菅蔽不作蒯苦怪切

蔞 艸也可以亨魚召南言刈其蔞陸璣云蔞蔞蒿也爾雅購蔏蔞郭云蔞蒿也江東用羹魚楚辭曰吳酸蒿蔞按蔞蒿俗語耳古祇呼蔞釋艸古讀或於購蔏句絕 从艸婁聲力朱切古音在四部

藟

艸也詩七言葛藟陸璣云藟一名巨荒似燕薁亦延蔓生葉如艾白色其子赤可食酢而不美幽州謂之椎藟開寶本艸及圖經皆謂即千歲虆也按凡藤者謂之藟系之艸則有藟字系之木則有虆字其實一也戴先生詩補注說葛藟猶言葛藟爾雅山虆虎虆山海經畢(一作畢)山多虆古本從木皆是也然鄭君周南箋云葛也藟也分爲二物與許合葛與藟皆藤生故詩多類舉之左氏亦云葛藟猶能庇其本根藤古祇作縢謂可用緘縢也山海經傳曰虆一名縢 从艸畾聲力軌切十五部 詩曰莫莫葛藟大雅旱麓文 一曰秬鬯此字義別說也秬鬯之酒鬱而後鬯凡字從畾聲者皆有鬱積之意是以神名鬱壘上林賦云隱轔鬱壘秬鬯得名藟者義在乎是其字從艸者釀芳艸爲之也

蔨 棘蒬也見釋艸本艸經云遠志一名棘菀一名葽繞一名細艸 从艸冤聲於元切十四部

茈 茈艸也三字句茈字僅得免刪可以證蔽下必云蔽艸也藟下必云藟艸也皆淺人刪之周禮注云染艸茅蒐橐盧豕首紫茢之屬按紫茢即紫䓞也紫䓞即茈艸也廣雅云茈䓞茈草也古列䓞同音茈紫同音本艸經云紫草一名紫丹一名紫芙陶隱居云即是今染紫者說文云䓞艸可以染留黃謂之紫䓞者以染紫之䓞別於染騮黃之䓞也西山經曰勞山多茈艸司馬彪注上林賦曰茈薑紫色之薑郭注南山經曰茈嬴紫色嬴故知古紫茈通用 从艸此聲將此切古音在十五部轉入十六部

藐 茈艸也見釋艸 从艸貌聲莫覺切古音在二部古多借用爲眇字如說大人則藐之及凡言藐藐者皆是

萴 烏喙也

廣雅䕸奚毒附子也一歲爲萴子二歲爲烏喙三歲爲附子四歲爲烏頭五歲爲天雄按本艸經有附子烏頭天雄三條云烏頭一名奚毒一名卽子一名烏喙卽子卽萴子猶鯽鰂一字也名醫別錄又沾側子一條誤矣 从艸則聲阻力切一部按此䕸蒐茜等字皆染艸也乃中隔以萴字恐後人妄移

蒐 茅蒐逗 茹藘藘音閭鉉本作蘆鄭風茹藘在阪釋艸毛傳皆云茹藘茅蒐也陸璣云茹藘茅蒐蒨艸也一名地血齊人謂之茜徐州人謂之牛蔓今圃人或作畦種蒔故貨殖傳云卮茜千石亦比千乘之家按本艸經有茜根蜀本圖經蘇頌圖經言其狀甚悉徐廣注史記云茜一名紅藍其花染繒赤黃此卽今之紅花張騫得諸西域者非茜也陳藏器云茜與蘘荷皆周禮攻蠱嘉艸之冣 人血所生可㠯染絳云人血所生者釋此字所以從鬼也 从艸鬼會意所鳩切三部茅古音矛茅蒐茹藘皆疊韵也經傳多以爲春獵字

茜 茅蒐也从艸西聲倉見切古音在十三部蒨卽茜字也古音當在十一部其音變適同耳

蕼 赤蕼也从艸肆聲息利切十五部

薜 牡贊也見釋艸 从艸辟聲蒲計切古音在十六部

莣 杜榮也見釋艸郭云今芒艸也似茅皮可以爲繩索履屩也按太平御覽引䕭字解詁芒杜榮而芒譌作芸 从艸忘聲武方切十部

苞 艸也曲禮苞屨不入公門注苞藨也齊衰藨蒯之菲也子虛賦蔵析苞荔張揖曰苞藨也玉裁按當是藨是正字苞是叚借故喪服作藨蒯之菲曲禮作苞屨南都賦說艸有藨卽子虛

之苞也斯干生民傳曰苞本也此苞字之本義凡詩云苞櫟苞棣書云艸木蔪苞者皆此字叚借爲包裹凡詩言白茅苞之書言厥苞橘柚禮言苞苴易言苞蒙苞荒苞承苞羞苞桑苞瓜春秋傳言苞茅不入皆用此字近時經典凡訓包裹者皆經改爲包字郭忠恕之説誤之也許君立文當云苞本也從艸包聲若不謂爲叚借則當云苞藨也下文卽云藨蔽屬使讀者知曲禮之苞卽喪服之藨蓋艸木既難多識文字古今屢變雖曰至精豈能無誤善學古者不泥於古可也

南陽呂爲䕯屨䕯各本不從艸誤䕯艸屨也見後从艸包聲布交切古音在三部按曲禮音義曰苞白表反爲欲讀同藨耳

艾冰臺也見釋艸張華博物志曰削冰令圓舉以向日以艾於後承其影則得火从艸乂聲五蓋切十五部古多借爲乂字治也又訓養也

蔁艸也玉篇曰蔁柳根卽蔏陸也此非許意从艸章聲諸良切十部

芹楚葵也从艸斤聲詳菦字下巨巾切古音在十三部

薽豕首也釋艸曰薽豕首許無莿字者攷太平御覽引爾雅黃土瓜孫炎曰一名列也按叔然以莿上屬許君讀蓋與孫同鄭注周禮豕首爲染艸之屬呂氏春秋曰稀首生而麥無葉本艸經曰天名精一名豕首从艸甄聲側鄰切古音在十二部

蔦寄生艸也艸字各本脫依毛詩音義及韵會補小雅傳曰蔦寄生也陸璣曰蔦一名寄生葉似當盧子如覆盆子本艸經桑上寄生一名寓木一名宛童按寓木宛童見釋木从艸毛陸皆曰寄生耳許獨云寄生艸者爲其字之從艸也鳥聲詩音義云

說文音弔唐韵都了切二部 詩曰蔦與女蘿 小雅頍弁文 樢 蔦或從木 艸屬故從艸寓木故從木廣雅釋木作樢字

芸 艸也佀目宿 夏小正正月采芸爲廟采也二月榮芸月令仲冬芸始生注芸香艸高注淮南呂覽皆曰芸芸蒿菜名也呂覽曰菜之美者陽華之芸注芸芳菜也賈思勰引倉頡解詁曰芸蒿似邪蒿可食沈括曰今謂之七里香者是也葉類豌豆其葉極芬香古人用以藏書辟蠹採置席下能去蚤蝨 从艸云聲 王分切十三部 淮南王說芸艸可㠯死復生 淮南王劉安也可以死復生謂可以使死者復生蓋出萬畢術鴻寶等書今失其傳矣

𦺓 艸也从艸𣪠聲 麤最切十五部

葎 艸也 唐本艸曰葛葎蔓宋本艸曰葛勒蔓似葛有刺 从艸律聲 呂戌切十五部

茦 莿也 茦刺見釋艸刺不從艸方言曰凡艸木刺人北燕朝鮮之閒謂之茦或謂之壯按木芒曰朿艸芒曰茦因木芒之字爲義與聲也但許君上下文皆係艸名不當泛釋凡艸之刺或因上文葎艸有刺聯及之或自有艸名茦一名莿與方言異義未可定也 从艸朿聲 楚革切古音在十六部

菩 苦蔞 逗 果蓏也 果蓏宋鉉本作果蓏依鍇本與詩合豳風果蓏之實亦施于宇釋艸曰果蓏之實栝樓也毛傳同李巡曰栝樓子名也本艸經栝樓一名地樓玉裁按苦果婁蓏皆雙聲藤生蔓於木故今爾雅本艸字從木艸屬也故說文字從艸 从艸昏聲 古活切十五部

葑 須從也 邶風采葑

采菲毛傳曰葑須也釋艸曰須(逗)葑蓯說文曰葑須從也三家互異而皆不誤葑須爲雙聲葑從爲疊韵單評之爲葑絫評之爲葑從單評之爲須絫評之爲須從語言之不同也或許所據爾雅與今本異矣坊記注云葑蔓菁也陳宋之閒謂之葑方言云蘴蕘蕪菁也陳楚之郊謂之蘴郭注蘴舊音蜂今江東音嵩字作菘也玉裁按蘴菘皆卽葑字音讀稍異耳須從正切菘字陸佃嚴粲羅願皆言在南爲菘在北爲蕪菁蔓菁若菰葑讀去聲別是一物 从艸封聲 府容切九部

薺 疾黎也 今詩鄘風小雅皆作茨釋艸傳箋皆曰茨蒺藜也易曰據于蒺藜陶隱居曰子有刺軍家鑄鐵作之以布敵路亦呼蒺藜 从艸齊聲 疾咨切十五部 詩曰牆有薺

莿 朿也 按方言祇作刺卽從艸亦當與朿篆相屬恐後人增之 从艸刺聲 七賜切十六部

董 鼎董也 釋艸曰蘱鼎董郭云似蒲而細按說文無蘱字者蓋許所據祇作頪 从艸童聲 多動切九部亦作蕫古童重通用或用爲童蓈字誤 杜林曰藕根 漢志有杜林倉頡訓纂一篇杜林倉頡故一篇此蓋二篇中語藕當從後文作蕅蕅根猶荷根也郭樸曰北方人以藕爲荷用根爲母號也然則杜林謂蕅爲董

蘻 狗毒也 見釋艸樊光云俗語苦如蘻 从艸繫聲 古詣切十六部

蕿 艸也 釋艸曰敖蕿未知許斷句如此否 从艸嫂聲 蘇老切古音在三部說文無蔜字者蓋所據祇作敖

苄 地黃也 見釋艸本艸經謂之乾地黃 从艸下聲 侯古切五部 禮記 依宋本及韵會

補記字按下文公食大夫禮記文鉶毛牛藿羊苄豕薇是今儀禮毛作芼與許所據

不同今儀禮曰羊苦注苦苦荼也今文苦爲苄然則許從今文鄭從古文也士虞禮特牲饋食禮二記鉶芼用苦若薇注皆云

今文苦爲苄特牲又正之曰苄乃地黃非也

蘞白蘞也本艸經作白斂从艸僉聲良冉切七部

蘞或从斂唐風蘞蔓于野陸璣云似栝樓葉盛而細其子正黑如燕薁不可食陸疏廣要曰本艸蘞有赤白黑三種疑此是黑蘞也

菳黃菳也本艸經廣雅皆作黃芩今藥中黃芩也从艸金聲巨今切七部

芩艸也小雅呦呦鹿鳴食野之芩傳曰芩艸也陸璣云芩艸莖如釵股葉如竹蔓生澤中下地鹹處爲艸真實牛馬皆喜食之按如陸說則非黃芩藥也許君黃菳字從金聲詩野芩字從今聲截然分別他書亂之非也毛詩音義引說文云蒿也以別於毛公之艸也甚爲可據但訓蒿則與第二章不別且說文當以芩與蒿篆類廁恐是一本作蒿屬釋文也字或屬字之誤又按集韻類篇皆曰菳蘝芩三字同魚音切菜名似蒜生水中攷字林齊民要術皆云菳似蒜生水中此則別是一物从艸今聲巨今切七部詩曰食野之芩

藨鹿藿也前𦵯篆訓鹿藿之實此藨訓鹿藿則當類處徐鍇曰釋艸藨鹿藿蔍麃二者各物疑字形之誤以藨麃爲鹿藿也玉裁按蓋麃誤爲鹿淺人因妄增藿字耳从艸麃聲讀若剽平表切二部

一曰蔽之屬此字義別說也南都賦其艸則藨茅蕢莞廣韵曰可爲席或作蔍苞

鷊綬艸也。艸字依韵會補陳風邛有旨鷊傳曰鷊綬艸也釋艸曰虉綬按毛詩作鷊叚借字也今爾雅作虉與說文作鷊不同者鷊鷊同在十六部也陸璣曰鷊五色作綬文故曰綬艸 从艸鷊聲 五狄切十六部 詩曰邛有旨鷊是

蔆芰也 周禮加籩之實有蔆注蔆芰也子虛賦應劭注同 从艸淩聲 力膺切六部 楚謂之芰 楚語屈到嗜芰韋曰芰蔆也 秦謂之薢茩 釋艸曰薢茩芵光郭云芵明也或曰蔆也關西謂之薢茩按景純兩解後解與說文字林合釋艸又曰蔆蕨攈〔孫炎居郡反〕郭云今水中芰按蕨攈芵光皆雙聲爾雅薢茩芵光或可以決明子釋之不嫌異物同名也而說文之芰薢茩即今蔆角本無疑義不知徐鍇何以淆惑

⿱艹遴 司馬相如說蔆从遴 此當是凡將篇中字藝文志曰史游作急就篇李長作元尚篇皆倉頡中正字也司馬相如凡將篇則頗有出矣據是則倉頡篇正字作蔆凡將別作⿱艹遴营芎同此淩聲古音在六部遴聲古音在十二部而合之者以雙聲合之也今史漢文選子虛賦祇作蔆華

芰蔆也 是謂轉注 从艸支聲 奇寄切十六部 茤杜林說芰从多 此蓋倉頡訓纂倉頡故二篇中語支聲在十六部多聲在十七部二部合音最近古弟十七部中字多轉入弟十六部

薢薢茩也 不云蔆也者已見上矣王注離騷曰芰蔆也秦人曰薢茩按薢與芰同在十六部徐言之則云薢茩 从艸解聲 胡買切十六部 茩薢茩也从艸后聲 以蔆角得

名蔆之言棱也茩之言角也茩角雙聲同在第三部唐韻胡口切薢茩雙聲

芡 雞頭也 周禮加籩之實有芡注同此方言葰芡雞頭也北燕謂之葰青徐淮泗之閒謂之芡南楚江湘之閒謂之雞頭或謂之鴈頭或謂之烏頭 从艸欠聲 巨險切古音在八部

蘜 日精也㠯秋華 以各本作似今依宋本及韻會正本艸經菊花一名節花又曰一名日精按一名節花卽許所謂以秋華也一名日精與許合夏小正九月榮鞠鞠艸也鞠榮而樹麥時之急也月令鞠有黃華離騷夕餐秋菊之落英字或作菊或作鞠以說文繩之皆叚借也釋艸蘜治牆郭云今之秋華菊郭意蘜菊爲古今字玉裁謂許君剖析菊爲大菊蘧麥蘜爲治牆蘜爲日精分㞕三所又恐學者以其同音易溷也著之曰以秋華言此蘜字乃小正月令之布華玄月者也然則許意治牆別是一物種類甚殊如大菊之非蘜郭注爾雅與許全乖攷郭氏所注小學二三書今存者二一有時涉及字林而絕未嘗偁用說文也本艸經名醫別錄秋華有九名而無治牆則治牆之非秋華亦略可見 从艸𥎊省聲 居六切三部

蘜 蘜或省 按米部𥎊從米𥷚省聲省竹則爲蘜又省米則爲蓻卽本部之歛之省聲也

蘥 爵麥也 見釋艸爵當依今釋艸作雀許君從所據耳郭云卽燕麥也生故墟野林下苗實俱似麥或云爵麥卽穱麥誤也招魂七發皆云穱麥穱卽穛字之異者古爵焦聲同在第二部許云穛早取穀也招魂王注云擇麥中先熟者也義正同 从艸龠聲 以勺切二部

藗 牡茅也 見釋艸此當與菅茅二篆類廁而不爾者蓋其種類殊也 从艸遬聲

桑谷切三部

遫 籒文速 凡速聲字皆從速則牡茅字作䔩可矣而小篆偶從遫與他速聲字不畫一故箸之序曰小篆取史籒大篆或頗省改遫者大篆文應省改而不省改者也

⿱艹私 茅秀也 廣雅曰⿱艹斜⿱艹私茅穗也⿱艹斜即荼字之變周禮儀禮注鄭風箋吳語注皆云荼茅秀當是荼爲茅之秀⿱艹私爲⿱艹遫之秀統言之則曰茅秀而已其色正白 从艸私聲 息夷切十五部

蒹 雚之未秀者 蒙上茅秀而及雚之秀與未秀也凡經言雚葦言蒹葭言葭菼皆竝舉二物蒹菼雚一也今人所謂荻也葭葦一也今人所謂蘆也雚一名薍一名騅一名蒹葦一名華釋艸曰葭華蒹薕每二字爲一物又曰葭蘆菼薍亦每二字爲一物葭蘆即葭華也菼薍即蒹薕也夏小正傳毛公許君說皆同此舍人李巡樊光則云蘆薍爲一艸陸璣郭樸則又蒹葭菼爲三矣夏小正七月秀雚葦傳曰未秀則不爲雚葦秀然後爲雚葦又曰雚未秀爲菼葦未秀爲蘆按已秀曰雚未秀則曰蒹曰薍曰菼也於此不列雚篆者以小篆大篆隔之也 从艸兼聲 古恬切七部

薍 剡也从艸亂聲 五患切十四部 八月薍爲雚葭爲葦 各本脫雚葭爲三字今補正按此正申明未秀爲剡既秀爲雚之恉八月秀之時也言葭爲葦者類言之也豳詩八月雚葦傳云薍爲雚葭爲葦謂至是月而薍秀爲雚葭秀爲葦矣許正用毛語

⿱艹剡 雚之初生一曰薍一曰騅 騅各本作鵻今依爾雅兩一曰謂剡之一名也釋言云菼騅也菼薍也王風傳云菼騅也蘆之初生者也箋云菼薍也按毛釋爲騅恐其與雚無別也故又申之曰蘆之

初生者也菼別於蘆析言之也統言之則菼亦偁蘆鄭恐萑葦無別也故又申之曰薍也菼與騅皆言其青色薍言其形細莖積密許云萑之初生亦以正毛也从艸剡聲土敢切八部

菼　剡或从炎經典皆作此字

薕　蒹也二字疊韵从艸廉聲力鹽切七部

薠　青薠句似莎而大者而大二字依韵會所引補子虛賦薛莎青薠張揖曰青薠似莎而大生江湖鴈所食按高注淮南曰薠狀如葴與張說不同楚辭有白薠殆與青薠一種色少異耳从艸煩聲附袁切十四部

茚　茚䒒逗二字各本脫今依全書通例補之昌蒲也周禮朝事之豆實有昌本注昌本昌蒲根切之四寸爲菹左氏謂之昌歜本艸經菖蒲一名昌陽按或單呼曰昌或曰堯韭或曰荃或曰蓀茚䒒之名今未見所出从艸卬聲五剛切十部益州云本艸經曰生上洛池澤及蜀郡嚴道云毛扆改生

䒒　茚䒒也从艸邪聲以遮切古音在五部

芀　葦華也釋艸曰葦醜芀顏注漢書云蒹錐者是也取其脫穎秀出故曰芀方言錐謂之鍣〔音苕〕因此凡言芀秀者多借苕字爲之韓詩葦蔄字作蔄釋艸蕫蒘荼猋藨芀皆謂艸之秀豳風傳曰荼萑苕也夏小正傳曰荼萑葦之秀是與茅秀同名荼矣葦華大於萑華故葭一名華从艸刀聲徒聊切二部

茢　芀也檀弓君臨臣喪以巫祝桃茢執戈注茢萑苕可埽不祥玉藻膳於君有葷桃茢注茢菼帚也按許云葦鄭云萑菼者此統言不別也芀帚花退用穎爲之芀一名茢故帚

一名茢从艸列聲良薛切十五部菡菡蔄也从艸函聲胡感切八
部蔄菡蔄逗扶渠華句絕扶渠各本作芙蓉誤今從釋玄應所引許意扶渠爲華葉莖實
本根之總名爾雅說此艸以夫渠建首毛公亦曰荷扶渠也其華菡萏扶渠一作夫渠今爾雅作芙蕖俗字也未發
爲菡蔄已發爲夫容此就華析言之也陳風有蒲菡萏爾雅毛傳皆曰其華菡萏此統言
之不論其未發已發也屈原宋玉言芙蓉不言菡萏亦猶是也許意菡之言含也夫之言敷也故分別之高誘曰其華曰夫容
其秀曰菡萏與許意合華與秀散文則同對文則別夫容今本作芙蓉俗字也从艸閻聲徒感切八部
蓮扶渠之實也陳風有蒲與蔄箋云蔄當作蓮蓮夫渠實也鄭意欲合三章爲一物耳本艸經
謂之藕實一名水芝丹从艸連聲洛賢切古音在十四部茄扶渠莖謂華
與葉之莖皆名茄也茄之言柯也古與荷通用陳風有蒲與荷鄭箋夫渠之莖曰荷樊光注爾雅引詩有蒲與茄屈原曰製芰
荷以爲衣雧芙蓉以爲裳楊雄則曰衿芰茄之綠衣被芙蓉之朱裳漢樂府鷺何食食茄下亦謂葉下从艸加
聲古牙切十七部荷扶渠葉今爾雅曰其葉蕸音義云衆家無此句惟郭有就郭本中或復無此
句亦竝闕讀玉裁按無者是也高注淮南云荷夫渠也其莖曰茄其本曰蔤其根曰藕其華曰夫容其秀曰菡萏其實蓮蓮之
藏者菂菂之中心曰薏大致與爾雅同亦無其葉蕸三字蓋大葉駭人故謂之荷大葉扶搖而起渠央寬大故曰夫渠爾雅假

葉名其通體故分別莖華實根名名而冠以荷夫渠二字則不必更言其葉也荷夫渠之華爲菡萏菡萏之葉爲荷夫渠省文互見之法也或疑闕葉而補之亦必當曰其葉荷不嫌重複無庸杞造蕸字又案屈原宋玉楊雄皆以芙蓉與芰荷對文然則芰者蔆之葉蔆者芰之實蔆之言棱角也芰之言支起也

从艸何聲胡哥切十七部

蔤扶渠本釋艸其本蔤郭云莖下白蒻在泥中者按蔤之言入水深密也蒲本亦偁蔤周書蒻席今作蔑席纖蒻席也檀弓子蒲卒哭者呼滅注曰滅蓋子蒲名哭呼名故子皐非之蒻滅皆蔤之叚借也名蔤故字蒲

从艸密聲美必切十二部

蕅扶渠根釋艸其根耦按釋艸以其本蔤系於荷扶渠其莖茄之下者謂此乃全荷之本今俗所謂藕者是也蔤之言滅沒於泥中也以其根藕系於其華菡蕳其實蓮之下者謂此乃花實之根凡花實之莖必偕葉一莖同出似有耦然故下近蔤上近花莖之根曰藕本言其全根言其偏本在下根上於本下文的薏仍冢花實言之此作爾雅之精意也叔重列字次弟未得其解矣

从艸水會意禺聲五厚切四部今訂之乃從艸從耦會意兼形聲

蘢天蘥也見釋艸

从艸龍聲盧紅切九部

蓍蒿屬謂似蒿而非蒿也陸璣曰似藾蕭青色

生千歲三百莖艸木疏博物志說皆同尚書大傳曰蓍之爲言耆也百年一本生百莖

易以爲數數筭也謂占易者必以是計筭也詳易數辭

天子蓍九尺諸侯七尺大夫五尺士三尺此禮三正記文也亦見白虎通

儀禮特牲饋食筮者坐筮少牢饋食筮者立筮鄭注卿大夫著五尺立筮士之著短坐筮皆由便也賈公彥曰然則天子諸侯立筮可知 从艸耆聲式脂切十五部

菣 香蒿也詩食野之蒿爾雅毛傳皆云蒿菣也郭樸云今人呼爲青蒿香中炙啖者爲菣 从艸臤聲去刃切十二部

⿱艹堅 菣或从堅按陸德明曰菣字林作⿱艹堅

莪 莪逗蘿也此三字舊作蘿莪二字今正莪字複舉不當刪於蘿下小雅菁菁者莪蓼蓼者莪釋艸曰莪蘿以蘿釋莪毛傳曰莪蘿蒿也以蘿蒿釋莪陸璣亦云莪蒿一名蘿蒿 蒿屬凡言屬則別在其中故鄭注周禮每云屬別 从艸我聲五何切十七部

蘿 莪也是謂轉注 从艸羅聲魯何切十七部

菻 蒿屬郭樸曰莪蒿亦曰藘蒿按藘同菻許不言莪菻一物也 从艸林聲力稔切七部

蔚 牡蒿也小雅匪莪伊蔚釋艸毛傳皆云牡菣按牡菣猶牡蒿也郭云無子者陸璣云牡蒿七月華八月角一名馬新蒿與郭異名醫別錄有牡蒿一條唐人注曰齊頭蒿也 从艸尉聲於胃切十五部古多借爲茂鬱字

蕭 艾蒿也大雅取蕭祭脂郊特牲焫蕭合馨香故毛公曰蕭所以共祭祀鄭君曰蕭薌蒿也陸璣曰今人所謂萩蒿也或云牛尾蒿許慎以爲艾蒿非也按陸語非是此物蒿類而似艾一名艾蒿許非謂艾爲蕭也齊高帝云蕭即艾也乃爲誤耳○又按曹風傳曰蕭蒿也此統言之諸家云薌蒿艾蒿者析言之 从艸肅聲蘇彫切古音在三部音修亦與肅同音通用甸師共肅茅杜子春讀肅爲蕭蕭牆蕭斧皆訓肅

萩蕭也从艸秋聲七由切三部古多以萩爲楸如左氏傳伐雍門之萩史漢河濟之閒千樹萩是也

芍鳧茈也見釋艸今人謂之葧臍卽鳧茈之轉語郭樸云苖似龍須根可食黑色是也廣雅云葃姑水芋烏芋也名醫别錄云烏芋一名藉姑一名水萍藉與葃同音萍必芋之誤此專謂茨菰不必因烏字牽合鳧茈也茈徂咨切从艸勺聲胡了切二部古勺聲與弱聲同芍之可食者其蒻也

葥王彗也釋艸字作葥郭云似藜可爲彗按凡物呼王者皆謂大从艸湔聲昨先切十二部

蔿艸也晉有士蔿楚有蔿姓从艸爲聲于委切古音在十七部大徐引唐韵于鬼切鬼字恐誤左傳蔿薳錯出薳卽蔿字

芁艸也此與芁蕃各物从艸冘聲直深切古在八部

蘜治蘠也未詳何物集韵七之曰落蘠艸名从艸鞠聲居六切三部

蘠蘠蘼逗虋冬也見釋艸按本艸經有天門冬麥門冬未知爾雅說文謂何品也从艸牆聲賤羊切十部

芪芪母也三字一句按前已有蕁不與芪字爲伍則說爾雅者謂蕁卽芪母非許意也从艸氏聲常支切十六部一名蝭母一名知母一名蚔母皆同部同音

菀茈菀句本艸經作紫菀古紫通用茈見上唐本艸注云白菀謂之女菀急就篇牡蒙甘艸菀藜蘆師古曰菀謂紫菀女菀之屬也出漢中房陵本艸亦曰生房陵山谷从艸宛聲於阮切十四部詩菀彼北林有菀者柳假借爲鬱字也

莔 貝母也 詩言采其蝱 毛傳曰 蝱貝母 釋艸說文作莔 莔正字 蝱假借字也 根下子如聚小貝 韵會引作貝母艸 療蛇毒六字 从艸朙省聲 武庚切 古音在十部 不曰囧聲而曰朙省聲者 取皆讀如芒也

⿱艹朮 山薊也 見釋艸 本艸經 从艸朮聲 直律切 十五部

蓂 析蓂 二字逗 大薺也 此薺當作齊 許君薺爲蒺藜字 則薺菜必當作齊 如洛爲歸德水名 則知豫州水名必作雒也 說文字多與爾雅異 後人依爾雅改之 釋艸曰 菥蓂大薺 郭云似薺葉細 按此齊菜中之一種也 从艸冥聲 莫歷切 古音在十一部

菋 荎藸也 見釋艸 郭云五味也 从艸味聲 無沸切 十五部

荎 荎藸艸也 四字句 釋艸有味荎藸 釋木有味荎著 實一物也 春初生苗 引赤蔓於高木 長六七尺 故又入釋木 从艸至聲 直尼切 古音在十二部

葛 絺綌艸也 周南葛之覃兮 爲絺爲綌 从艸曷聲 古達切 十五部

蔓 葛屬也 此專謂葛屬 則知滋蔓字古祇作曼 正如蔓延字多作莚 从艸曼聲 無販切 十四部

⿱艹皋 葛屬也 白華 南山經 其名曰白⿱艹皋 廣雅曰 ⿱艹皋蘇白⿱艹皋也 按未知卽此物與否 从艸皋聲 古勞切 古音在三部 ⿱艹皋音同

莕 菨餘也 周南參差荇菜 毛傳 荇 接余也 釋艸荇作莕 从艸杏聲 何梗切 古音在十部

⿱艹洐 莕或从洐同 各本作荇 注云或從行 今依爾雅音義五經文字正

菨 菨餘

也三字句毛傳陸疏作接余按荅菜今江浙池沼閒多有葉不正圜花黃六出北方以人莧當之南方以蓴絲當之皆非也 从艸妾聲子葉切八部

⿱艹罤 艸也从艸罤聲古渾切十三部

芫 魚毒也爾雅釋木杬魚毒郭云大木皮厚汁赤堪藏卵果顏師古注急就篇芫華曰景純所說乃左思吳都賦所謂緜杬杶櫨者耳非魚毒也芫草一名魚毒煑之以投水中魚則死而浮出故以爲名其華可以爲藥芫字或作杬玉裁按爾雅杬字本或作芫入於釋木本艸及許君皆入艸部 从艸元聲愚袁切十四部

蘦 大苦也此與前大苦苓也相乖刺說詳苦字下 从艸霝聲郎丁切十一部

蕛 蕛苵也見釋艸郭云蕛似稗布地生邪氏晉涵云孟子之荑稗莊子之蕛稗皆是也 从艸稊聲按今本篆作蕛稊聲從禾考禾部無稊字則稊聲乃稊聲之誤蕛乃蕛之誤大兮切十五部

苵 蕛苵也郭於蕛字逗以苵釋蕛許合蕛苵二字爲艸名凡爾雅固有舉其名而無訓釋者不當强爲句絕也 从艸失聲徒結切十二部

艼 艼熒胊也釋艸曰葋艼熒未知許於熒字逗抑以艼逗熒胊也句與今爾雅異也 从艸丁聲天經切十一部

蔣 苽也各本作苽蔣也此蔣苽也之誤倒耳今依御覽正蜀都賦曰攢蔣叢蒲 从艸將聲子良切十部

苽 雕胡一名蔣各本胡字作苽今依御覽正食醫內則皆有苽食鄭云苽彫胡也廣雅曰菰蔣也其米謂之彫胡然則猶扶渠實名蓮亦因以爲華葉名

也彫胡枚乘七發謂之安胡其葉曰苽曰蔣俗曰茭其中臺如小兒臂可食曰苽手其根曰葑〔封去聲〕从艸瓜
聲古胡切五部⿱艹育艸也从艸育聲余六切三部藣艸也爾雅
釋器旄謂之藣作此字假借爲麾字也从艸罷聲符羈切古音在十七部⿱艹難艸也
从艸難聲如延切十四部火部爇以爲聲莨艸也子虛賦卑溼則生藏莨漢書音義曰
莨莨尾艸也按釋艸曰孟狼尾狼與莨同音狼尾似狗尾而麤壯者也孟作孟者譌从艸良聲魯當切十
部葽艸也从艸要聲於消切二部詩曰四月秀葽劉
向說此味苦苦葽也四月秀葽豳風文毛曰葽者葽艸也箋云夏小正四月王萯秀葽其
是乎物成自秀葽始玉裁按小正四月秀幽幽葽一語之轉必是一物似鄭不當援王萯也劉向說此味苦苦葽也苦葽當是
漢人有此語漢時目驗今則不識其味苦則應夏令也小徐按字書云狗尾艸夫狗尾即莠莠四月未秀非莠明矣薖
艸也衛風碩人之薖假借此字毛云寬大皃鄭云饑意按毛鄭意謂薖爲款之假借爾雅款足者謂之鬲漢志作空
足曰鬲楊王孫傳窾木爲匵服虔曰窾空也淮南書窾者主浮注窾空也讀如科條之科然則薖款古同音許君亦曰窠空也
毛鄭說皆取空中之意从艸過聲苦禾切十七部菌地蕈也屮部所謂菌先也
从艸囷聲渠殞切十三部蕈桑萸也萸之生於桑者曰蕈蕈之生於田中者曰菌先

鄭司農注周禮云深蒲或曰桑耳　从艸覃聲慈衽切七部　䓴木耳也內則記燕
食所加庶羞有芝栭正義曰盧植云芝木芝也王肅云無華而實者名栭按芝之栭猶考工記之之而鄭君謂芝栭爲一物栭即
䓴字也今人謂光滑者木耳皴者蕈許意謂蕈爲木耳　从艸耎聲而兗切十四部按耎從大而聲內則
作栭又作檽賀氏云栭輭棗其所據本作輭也釋文云又作檽檽字誤　一曰萮茈未聞說文亦無萮字
集韻九麌萮勇主切萮茈木耳是謂䓴之一名也　葚桑實也見詩　从艸甚聲常衽
切七部　蒟果也史記漢書有枸醬左思蜀都賦常璩華陽國志作蒟史記亦或作蒟據劉逵顧微宋祁諸
家說即扶留藤也葉可用食檳榔實如桑葚而長名蒟可爲醬巴志曰樹有蒟支蔓有辛蒟然則此物滕生緣木故作蒟從艸
亦作枸從木要必一物也許君木部有枸字云可爲醬於艸部又有蒟字蓋不能定而兩存之攷於葚者以其實似葚也其實
名蒟故云果也果木實也當云蒟果也爲三字句　从艸竘聲俱羽切五部　芘艸也
一曰芘尗木尗鉉作茮芘尗木未聞王氏念孫曰芘茮木三字當是芘茮二字之譌玉裁謂說文敄字
下作蚍蜉不當此作芘茮蓋木名也　从艸比聲房脂切十五部　蕣木堇句朝華
莫落者鄭風顏如舜華毛曰舜木槿也月令季夏木堇榮釋艸云椵木堇櫬木堇鄭君曰木堇王蒸也莊子朝菌
不知晦朔潘尼云朝菌木槿也　从艸陸機疏入木類而爾雅說文皆入艸類者樊光曰其樹如李其華朝生莫落與

艸同氣故入艸中𦻏聲舒閏切十三部詩曰顏如𦻏華今詩作舜爲假借茱
茱萸逗茮屬內則三牲用藙注藙煎茱萸也漢律會稽獻焉爾雅謂之榝本艸經吳茱萸味辛溫一名
藙从艸本艸經廣雅入木類鄭君曰茱萸即榝也而爾雅椒榝在釋木許君則茱萸與榝爲二物木部曰揚州有
茱萸樹正以見茱萸之本爲艸類也朱聲市朱切音在四部萸茱萸也从艸臾
聲羊朱切古音在四部茮茮菉也此三字句茮菉蓋古語猶詩之椒聊也單呼曰茮絫呼曰茮菉
茮聊唐風椒聊之實毛曰椒聊椒也釋木曰椒榝醜菉榝大椒神農本艸經有蜀椒又有秦椒从艸爾雅本艸陸疏
皆入木類今驗實木也而說文正從艸此沿自古籒者凡析言有艸木之分統言則艸亦木也故造字有不拘爾尗
聲子寮切古音在三部菉榝茮實裹如裘也依爾雅音義訂誤裘菉同音也郭云
菉萸子聚生成房皃詩箋作捄釋木櫟其實梂皆即菉字也从艸求聲巨鳩切三部求即裘之古文亦
會意也荆楚木也林部曰楚叢木一名荆是爲轉注从艸刑聲舉卿切十一部
𦯌古文荆菭水青衣也依爾雅音義補青字醢人箈菹鄭司農曰箈水中魚
衣玄謂箈箭萌玉裁按先後鄭異字先鄭作菭從艸許說正同後鄭作箈從竹郭注爾雅引箈菹鴈醢從後鄭也後鄭注當有
菭當爲箈四字而佚今本周禮作箈混誤不成字所當正者也吳都賦注曰海苔生海水中正青狀如亂髮乾之赤鹽藏有汁

名曰濡苔从艸治聲徒哀切沈重云北人文之反一部今作苔莦芽萌也按此本作芽萌也後人倒之从艸牙聲五加切古音在五部古多以牙爲芽萌艸木芽也木字依玉篇補說文以艸木芽艸木榦艸木葉聯綴成文萌芽析言則有別尙書大傳周以至動殷以萌夏以芽是也統言則不別故曰萌艸木芽也月令句者畢出萌者盡達注句屈生者芒而直曰萌樂記作區萌从艸明聲武庚切古音在十部茁艸初生地皃从艸出依韵會所引鄒滑切十五部言會意以包形聲也詩曰彼茁者葭召南文毛曰茁出也按也當爲皃之譌莖艸木榦也依玉篇所引此言艸而兼言木今本作枝柱考字林作枝主謂爲衆枝之主也蓋或用字林改說文而主又譌柱从艸巠聲戶耕切十一部莛莖也說苑建天下之鳴鐘撞之以莛从艸廷聲特丁切十一部葉艸木之葉也凡物之薄者皆得以葉名从艸枼聲與涉切古音在八部𦺇艸之小者从艸劂聲劂古文銳字按金部网部皆云劂籒文銳則此古字譌也當改籒讀若芮今居例切十五部芣華盛詩言江漢浮浮雨雪浮浮皆盛皃芣與浮聲相近从艸不聲縛牟切古音在一部一曰芣苢疑前苢字下祇作不苢此於芣字下又明之曰不苢之不亦作芣也葩華也古光華字與花實字同義

同音葩之訓華者艸木花也亦華麗也艸木花最麗故凡物盛麗皆曰華韓愈曰詩正而葩謂正而文也葩亦散也通作皅靈樞經曰紛紛皅皅終而復始从艸皅聲普巴切古音在五部䓘艸之皇榮也皇當作葟或作䕙字釋艸曰蕍芛葟華榮郭曰今俗呼艸木華初生者爲芛音猪豬之猪从艸尹聲羊捶切古音在十三部蘳黃華後漢書馬融傳曰蓶扈蘳熒蘳或作蘳从艸鞋聲此舉形聲見會意讀若隨壞此謂讀如墮壞之墮也墮隋聲在十七部音轉許規切入十六部凡圭聲字在十六部鉉本脫去墮字廣韵蘳有壞音誤矣唐韵胡瓦切十七部之音變也蔈苕之黃華也釋艸苕陵苕黃華蔈白華茇郭云苕華色異名亦不同玉裁按許君茇字下云一曰艸之白華爲茇不云苕之白華則蔈字下亦當云艸之黃華不當如郭說也今本苕字恐是後人用郭說改之許於苕下云艸也亦不云陵苕从艸㶾聲方小切二部一曰末也金部之鏢木部之標皆訓末蔈當訓艸末禾部曰秒禾芒也秋分而秒定按淮南天文訓作秋分蔈定此蔈爲末之證也英艸榮而不實者見釋艸一曰黃英此別一義也疑即權黃華从艸央聲於京切古音在十部薾華盛㸚部曰麗爾猶靡麗也薾與爾音義同从艸爾聲此於形聲見會意薾爲華盛濔爲水盛兒氏切十六部詩曰彼薾惟何小雅文今作爾惟今作維萋艸盛从艸妻聲七稽切十

五部

詩曰菶菶萋萋大雅文謂梧桐也艸木同類

菶 艸盛 毛曰菶菶萋萋梧桐盛也 从艸奉聲 補蠓切九部說文兩引詩瓜瓞菶菶今生民作唪唪假借

薿 茂也 从艸疑聲 魚己切一部 詩曰黍稷薿薿 小雅文箋云薿薿然而茂盛廣雅釋訓薿薿茂也

蕤 艸木華垂皃 引伸凡物之垂者皆曰蕤冠緌系於纓而垂者也禮家定爲蕤字夏采建綏王制大綏小綏明堂位夏后氏之綏襍記以其綏復鄭君皆改爲緌字謂旄牛尾之垂於杠者也讀如冠蕤蕤賓之蕤白虎通說蕤賓曰蕤者下也賓者敬也 从艸甤聲 唐韵儒隹切非也當儒隨切入五支古音在十六部也甤從生豕聲豕聲在十六部緌綏字亦皆同部

葼 青齊兖冀謂木細枝曰葼 見方言引傳曰慈母之怒子也雖折葼笞之其惠存焉 从艸㚇聲 子紅切九部

⿱艹移 艸萎⿱艹移 萎⿱艹移疊韵萎平聲 从艸移聲 弋支切古音在十七部

蒝 艸木形 从艸原聲 愚袁切十四部

莢 艸實 周禮曰墳衍植物宜莢物按莢物兼艸木言 从艸夾聲 古叶切八部

芒 艸耑也 說文無鋩字此即鋒鋩字也 从艸亾聲 武方切十部

⿱艹隋 藍蓼秀 从艸隋聲 羊捶切古音在十七部按隋與𠌶字皆切羊捶蓋即𠌶字之異者且當與荂葩𠌶蘳蘤英蘛七字類列此非其次疑後人所沾也

蔕 瓜當也 曲禮

削瓜士疐之釋木棗李曰疐之疐者蔕之假借字聲類曰蔕果鼻也瓜當果鼻正同類老子深根固柢柢亦作蔕西京賦蔕倒茄於藻井皆假借爲柢字从艸帶聲都計切十五部荄艸根也見釋艸及方言郭曰今俗謂韭根爲荄从艸亥聲古哀切一部荺茇也茅根也荺見釋艸荺者茇也茇者艸根也文相承顧廣圻曰依許君所說是爾雅本二云荺茇荄根郭誤茇爲茇遂以荺茇爲一義荄根爲一義茅根也之上當有一曰二字此別一義以荺專屬茅根也从艸均聲于敏切十二部茇艸根也从艸犮聲北末切十五部春艸根枯引之而發土爲撥故謂之茇此申明艸根爲茇之義也氾勝之書曰春土長冒橛陳根可拔耕者急發攷工記注曰〈土曰伐伐之言發也詩駿發爾私箋云發伐也周語王耕一墢注一墢一耦之發也引之而發土者謂枱耤陳根土易解散其耕澤澤也爲撥之撥卽攷工記之伐國語之墢說文土部之坺今韵書之垡實一字也其連根之土曰坺故艸根曰茇引伸爲詩禮艸舍之茇一曰艸之白華爲茇見釋艸郭連上文謂茗之白華許泛言艸芃艸盛皃皃字依韵會鄘風芃芃其麥毛曰芃芃然方盛長从艸凡聲房戎切古音在七部衞彈碑梵梵黍稷隸變從林而葛洪字苑始有梵字潔也凡泛切詩曰芃芃黍苗曹風傳曰美皃小雅傳曰長大皃䕀華葉布也與尃敷字義通從艸故訓華葉布从艸傅聲

讀若傳方遇切五部

蓻 艸木不生也蓻之言蟄也與傳反對成文玉篇云艸木生皃未知孰是 一曰茅根此別一義也 从艸埶聲姊入切七部

⿱艹⿰犭斤 艸多皃从艸⿰犭斤聲語斤切十三部 江夏平春有⿱艹⿰犭斤亭見郡國志凡云有某亭有某縣者皆證其字形不必名縣名亭取字義也今說文艸部末有菰篆訓釋十四字全同此因⿱艹⿰犭斤誤爲菰或妄附之部末也

茂 艸木盛皃依韵會訂茂之引伸借爲楙懋勉字 从艸戊聲莫候切古音在三部

⿱艹暘 艸茂也孟子史記艸木暘茂字皆作暘俗又作暢 从艸暘聲丑亮切十部

蔭 艸陰地左氏傳曰若去枝葉則本根無所庇蔭矣楚語玉足以庇蔭嘉穀引伸爲凡覆庇之義也釋言曰庇庥蔭也說文曰庇蔭也休止息也 从艸陰依韵會無聲字此以會意包形聲於禁切七部詩桑柔以陰爲蔭

簉 艸皃从艸造聲初救切三部玉裁按左氏傳僖子使助薳氏之簉杜注簉副倅也釋文曰說文簉從艸五經文字艸部曰簉倅也春秋傳從竹攷李善注長笛賦簉弄曰說文簉倅字如此注江淹詩步欄簉曰說文簉倅字如此然則左傳文選從竹之簉皆從艸之簉之譌而說文艸皃之下本有一曰簉襍也五字今人言集漢人多言襍倅周禮作萃作倅亦湊集意也小徐注簉字云艸相次也葢識此意

茲 艸木多益詩小雅兄也永歎毛曰兄茲也戴先生毛鄭詩考正曰茲今通用滋說文茲字說云艸木多益滋字說云益也韋注國語云兄益也

詩之辭意言不能如兄弟相救空滋之長數而已按大雅職兄斯引傳亦云兄茲也从艸絲省聲絲宋本作茲非也茲從二玄音玄字或作滋𢆶從絲省聲韵會作絲聲絲者古文絲字滋孳鷀皆茲聲子之切一部經典茲此也唐石經皆誤作茲

蔋艸旱盡也此與艸木多益反對成文从艸俶聲徒歷切古音在三部詩曰蔋蔋山川大雅文今詩作滌滌毛云滌滌旱氣也山無木川無水按玉篇廣韵皆作蔋今疑當作滌艸木如湯滌無有也叔聲俶聲字多不轉爲徒歷切詩踧踧周道踧字亦疑誤

藃艸皃从艸歊聲許嬌切二部周禮曰轂獘不藃攷工記文獘字誤當依本書作敝鄭衆云藃當爲秏康成云藃藃暴陰柔後必橈減幬革暴起按此荀卿及漢人所謂槁暴也橈減爲槁木之槁與革之暴相因而致木歉則革盈瓬人注云暴者墳起也先鄭謂藃當是秏字之誤後鄭謂藃爲槁之假借其義則通不言藃讀爲槁者從先鄭作秏亦得也凡許君引經傳有證本義者如蔋蔋山川是有證假借者如轂敝不藃非關艸皃也

蔇艸多皃禾部穊稠也音義同从艸既聲居味切十五部

薋艸多皃離騷曰薋菉葹以盈室王注薋蒺蔾也菉王芻也葹枲耳也詩楚楚者薋三者皆惡艸也據許君說正謂多積菉葹盈室薋非艸名禾部曰穦積禾也音義同蒺蔾之字說文作薺今詩作茨叔師所據詩作薋皆假借字耳从艸資聲疾茲切古音在十五部廣韵疾資切

蓁艸盛皃毛詩傳曰蓁蓁至盛皃从艸秦聲側詵切十二部

䒦惡艸皃从艸肖聲所交切二部

芮芮芮疊字艸生皃芮芮與茙茙雙聲柔細之狀从艸內聲讀若汭而銳切十五部

茬艸皃从艸在聲仕甾切一部濟北有茬平縣茬俗作茌地理志泰山郡茬縣應劭曰茬山在東北音淄東郡茬平縣應劭曰在茬山之平地者也司馬彪郡國志茬平屬濟北國注曰本屬東郡

薈艸多皃引伸爲凡物會萃之義从艸會聲烏外切十五部詩曰薈兮蔚兮曹風文毛曰薈蔚雲興皃謂南山朝隮如艸木蒙茸也

蓩細艸叢生也敄與茂音義同廣雅曰蓩蓩茂也蓩即敄之譌从艸敄聲莫候切古音三部曹憲亡老反音之轉也

芼艸覆蔓覆地曼莚从艸毛聲莫抱切二部詩曰左右芼之周南文毛鄭詩考正曰芼菜之亨於肉湆者也禮羹芼菹醢凡四物肉謂之羹菜謂之芼肉謂之醢菜謂之菹菹醢生爲之是爲醢人豆實芼則湆亨之與羹相從實諸鉶儀禮鉶芼牛藿羊苦豕薇牲用魚芼之以蘋藻內則雉兔皆有芼是也孔沖遠疑四豆之實無芼不知詩明言芼非菹也玉裁按芼字本義是艸覆蔓故從艸毛會意因之爾雅曰搴也毛公曰擇也皆於從毛得解搴之而擇之而以爲菜釀義實相成詩禮本無不合

蒼艸色也引伸爲凡青黑色之偁从艸倉聲七岡切十部

葻艸得風皃从艸風風亦聲讀若婪盧含切

切古音在七部

萃 艸皃易彖傳曰萃聚也此引伸之義 从艸卒聲讀若瘁秦醉切十五部按鍇本無萃

蒔 更別種方言曰蒔立也蒔更也堯典播時百穀鄭讀時爲蒔今江蘇人移秧插田中曰蒔秧 从艸時聲時吏切一部

苗 艸生於田者从艸田武鑣切二部按苗之故訓禾也禾者今之小米詩誕降嘉穀維秬維秠維虋維芑爾雅毛傳說文皆曰虋赤苗芑白苗魏風無食我苗毛曰苗嘉穀也此本生民詩首章言黍二章言麥三章則言禾春秋經莊七年秋大水無麥苗廿八年冬大無麥禾麥苗卽麥禾秋言苗冬言禾何休曰苗者禾也生曰苗秀曰禾倉頡篇曰苗者禾之未秀者也孔子曰惡莠恐其亂苗魏文侯曰幽莠似禾明禾與苗同物苗本禾未秀之名因以爲凡艸木初生之名詩言稷之苗稷之穗稷之實是也說文立文當以苗字次虋字之前云禾也嘉穀也則虋爲赤苗籀文芑爲白苗言之有序艸生於田皮傳字形爲說而已○古或假苗爲茅如士相見禮古文艸茅作艸苗洛陽伽藍記所云魏時苗茨之碑實卽茅茨取堯舜茅茨不翦也

苛 小艸也引伸爲凡瑣碎之稱 从艸可聲乎哥切十七部

蕪 薉也从艸無聲武扶切五部

薉 蕪也从艸歲聲於廢切十五部今作穢

荒 蕪也荒之言尨也故爲蕪薉 从艸巟聲呼光切十部 一曰艸掩地也周南魯頌毛鄭皆曰荒奄也此艸掩地引伸之義也一本掩作淹

䔲 䔲䔰逗 艸亂也从艸爭聲側莖

切十一部杜林說葶薴艸皃葶薴疊韵此蓋出倉頡訓纂倉頡故葶薴也从艸寧聲女庚切十一部此二篆及解舊譌舛今依全書通例正凡艸曰零木曰落零爾雅音義作苓落亦爲籬落纏絡字木部杝落也糸部繯落也是也从艸洛聲盧各切五部蔽蔽疊字小艸也也當作皃召南蔽芾甘棠毛云蔽芾小皃此小艸皃之引伸也按爾雅釋言芾小也卷阿毛傳云茀小也芾茀同字說文有茀無芾甘棠本作茀或本作巿不可知蔽芾疊韵猶滭沷滭沸从艸敝聲必袂切十五部沈重音必艸木凡皮葉落陊地爲蘀陊落也鍇本作墮从艸擇聲他各切五部詩曰十月殞蘀豳風文毛曰蘀落也殞鉉作隕積也左傳芟夷薀崇杜注薀積也又蘋蘩薀藻之菜注薀藻聚藻也小雅都人士禮記禮運借菀苑字爲之从艸温聲於粉切十三部俗作薀春秋傳曰薀利生孽左傳昭十年文菸也不鮮也从艸焉聲於乾切十四部鬱也鬱各本作鬱誤蔫菸鬱三字雙聲鬱者如釀鬱也王風中谷有蓷暵其乾矣毛曰暵菸皃陸艸生於谷中傷於水玉裁按暵即蔫字之假借故旣云暵其乾又云暵其溼乾溼文互相足从艸於聲央居切五部一曰𣨙也𣨙病也菸𣨙雙聲九辯曰葉菸邑而無色按鬱𣨙二義互相足

䕉 艸旋皃也䕉與縈音義同从艸縈聲於營切十一部詩曰葛藟䕉之周南文毛曰旋也今詩作縈陸德明作帶

蔡 艸丰也丰讀若介丰字本無今補四篇曰丰艸蔡也此曰蔡艸丰也是爲轉注艸生之散亂也丰蔡疊韵猶莘薀此無丰字則蔡當爲艸名不廁此處矣从艸祭聲蒼大切十五部

茷 艸葉多詩白旆央央本又作茷泮水之其旂茷茷卽出車之旟旐旆旆采菽之其旂淠淠也然則小弁萑葦淠淠亦當云萑葦茷茷本言艸葉之多而引伸之狀旌旗也从艸伐聲符發切十五部春秋傳曰晉糴茷見成十年左氏傳

菜 艸之可食者菜字當冠於芑葵等字之上从艸采聲此舉形聲包會意古多以采爲菜蒼代切一部

䒽 艸多葉皃䒽之言之而也如鱗屬之之而从艸而聲如之切一部沛城父見地理志有楊䒽亭

芝 艸浮水中皃芝與氾音義同从艸乏聲孚凡切古音在七部

薄 林薄也吳都賦傾藪薄劉注曰薄不入之叢也按林木相迫不可入曰薄引伸凡相迫皆曰薄如外薄四海日月薄蝕皆是傍各補各二切同也相迫則無閒可入凡物之單薄不厚者亦無閒可入故引伸爲厚薄之薄曹憲云必當作禣非也一曰蠶薄月令季春具曲植籧筐注時所以養蠶器也曲薄也植槌也方言云宋魏陳楚江淮之閒謂之苗或謂之麴自關而西謂之薄周勃傳勃以織薄曲爲生从艸溥

聲旁各切五部 苑 所以養禽獸 周禮地官囿人注囿今之苑是古謂之囿漢謂之苑也西

都賦上囿禁苑西京賦作上林禁苑 从艸夗聲 於阮切十四部 藪 大澤也 地官澤虞

曰每大澤大藪中澤中藪小澤小藪注澤水所鍾也水希曰藪此析言則澤藪殊也職方氏云其澤藪曰某毛詩傳曰藪澤此

統言則不別也職方氏注曰大澤曰藪與說文合蓋藪實兼水鍾水希而言爾雅十藪毄釋地不毄釋水正謂地多水少艸木

所聚 从艸數聲 蘇后切四部 九州之藪 見職方氏 揚州具區 鄭曰具區

在吳南謂漢吳縣南屬會稽郡禹貢謂之震澤今謂之太湖 荊州雲夢 夢今周禮作瞢鄭曰雲瞢在華

容漢華容縣屬南郡 豫州甫田 甫今本作圃汲古未改本宋本李燾五音韵譜本皆作甫毛詩東有甫草

毛云甫大也箋云甫草者甫田之草也鄭有甫田〔俗本作圃田釋文及吳應龍本不誤〕蓋鄭所據爾雅許所據周禮皆作

甫田甫圃古通用故毛詩甫艸韓詩作圃艸詩箋說文作甫田今他書皆作圃田職方注曰圃田在中牟漢中牟屬河南郡

青州孟諸 孟今周禮作望鄭曰望諸明都也在睢陽漢睢陽縣屬梁國 兗州大野 鄭曰

大野在鉅野漢鉅野屬山陽郡 雝州弦圃 今周禮作弦蒲注曰弦或為汧蒲或為浦按許所據蓋即鄭之

或本圃浦未知孰是今本說文作蒲汲古未改本宋本李燾本皆作圃職方注曰弦蒲在汧漢汧縣屬右扶風 幽州

豯養 周禮作貕養杜子春讀貕為豯按說文大部奚大腹也豕部豯豚生三月腹奚奚皃也杜蓋說此藪名取大腹

意不取豕意故易豯爲奚而班許從之 冀州楊紆 鄭曰楊紆所在未聞爾雅曰秦有楊陓呂氏春秋作陽華注曰陽華在鳳翔或曰在華陰西淮南作陽紆注曰在馮翊池陽一名具圃

鄭曰豯養在長廣漢長廣縣屬琅邪郡

并州昭餘祁是也 鄭曰昭餘祁在鄔漢鄔縣屬太原郡徐鍇本餘作余淮南作燕之昭余無祁字凡職方氏之川浸說文散舉之藪則彙舉之

甾不耕田也 海寧陳氏鱣曰不當爲才才耕田謂始耕田也才財材皆訓始玉裁按不當爲反字之誤也爾雅田一歲曰葘毛詩傳馬融虞翻易注皆用之韓詩董遇易章句皆曰葘反艸也與田一歲義相成詩大田箋曰俶載讀爲熾葘時至民以其利耜熾葘發所受之地趨農急也攷諸經傳凡入之深而植立者皆曰葘如攷工記輪人葘訓建輻弓人葘訓以鋸副析公羊傳以人爲葘漢書揵石葘鄭仲師云泰山平原所樹立物爲葘聲如胾博立梟棊亦爲葘其他若毛傳木立死曰葘漢書偉刃公之腹中急就篇分別部居不襍廁漢太學石經以人爲側皆此字之引伸假借又假爲栽害字 从艸田巛聲 鍇本原有聲字惟田巛二字倒易又誤合爲一字鍇欲作從艸巛田無聲字非也初耕反艸故從艸田會意以巛爲聲也側詞切一部 易曰不葘畬 周易无妄六二爻辭周禮注作不葘而畬語較明言爲之無漸也畬二歲田也

甾 葘或省艸 此取巛諧聲鄭所云利耜熾發地之意也

蘨 艸盛皃从艸䌛聲 此以形聲包會意䌛隨從也他書凡䌛皆作繇䌛作蘨余招切古音在二部 夏書曰厥艸惟䌛 依鍇本及

宋本作繇馬融注尚書曰繇抽也故合艸繇爲蕃繇此許君引禹貢明從艸繇會意之指引經說字形之例始見於此詳後䕻下

薙 除艸也明堂月令曰季夏燒薙从艸雉聲 他計切案周禮薙氏掌殺草雉或作夷古雉音同夷故鄭云字從類類謂聲類也大鄭從夷後鄭從雉而讀爲鬀作薙者乃俗字猶稻人芟夷字俗作芟荑也月令燒薙蓋亦本作燒雉許君說文本無薙字淺人所羼入也

䒗 耕多艸从艸耒 耒所以耕也從耒艸會意 耒亦聲 兼形聲盧對切十五部

菿 艸大也 毛詩倬彼甫田韓詩作菿彼圃田釋故曰菿大也卓聲到聲古同在第二部 从艸到聲 都盜切○案各本篆作蓻訓同玉篇廣韵皆無蓻字菿之誤也後人檢菿字不得則於艸部末綴菿篆訓曰艸木倒語不可通今更正爾雅釋文廣韵四覺皆引說文菿艸大也

蔪 艸相蔪苞也 蔪苞卽今禹貢之漸包釋文曰漸本又作蔪字林才冉反艸之相包裹也包或作苞叢生也馬云相苞裹也按叢生之義字作苞者是 从艸斬聲 慈冉切八部今本有書曰艸木蔪苞六字此誤以鍇語入正文今依韵會訂

䕭 蔪或从槧 此蓋兼從艸木也

茀 道多艸不可行 周語火朝覿矣道茀不可行也注草穢塞路爲茀 从艸弗聲 分勿切十五部毛詩借作蔽郄字

苾 馨香也 見小雅韓詩作馥許君香部無馥字從毛不從韓也 从艸必聲 毗必切十二部

蔎 香艸也 香艸當作艸香前文

營䒚已下十二字皆說香艸蔎芳蕡不與同列而廁苾下是非艸名可知也劉向九歎懷椒聊之蔎蔎王注椒聊香草也蔎蔎香貌

从艸設聲識列切又桑葛切十五部

芳香艸也香艸當作艸香从艸方聲敷方切十部

蕡襍香艸當作襍艸香蓋此字之本義若有蕡其實特假借爲墳大字耳从艸賁聲浮分切十三部

藥治病艸玉篇引作治疾病之艸總名从艸樂聲以勺切二部

䕲艸木生箸土箸丈略切此依韵會引从艸麗聲此當云從艸麗麗亦聲呂支郎計二切十六部

易曰百穀艸木麗於地此引易彖傳說從艸麗之意也凡引經傳有證字義者有證字形者有證字音者如艸木麗於地說從艸麗豐其屋說從宀豐皆論字形耳陸氏易釋文乃云說文作䕲作豐不亦謬哉他如蘇字之引夏書刑字相字𧦝字和字𦲸字庸字𠫓字之引易𩰪字之引詩有字之引春秋傳𠔁字之引孝經說𠕁字之引孟子易字之引祕書畜字之引淮南王公字之引韓非皆說字形會意之指而學者多誤會

蓆廣多也鄭風緇衣之蓆兮釋故毛傳皆云蓆大也韓詩云儲也廣義與大近多義與儲近从艸席聲祥易切古音在五部

芟刈艸也見周頌周禮毛云除艸曰芟从艸殳錯有聲字非此會意殳取殺意也所銜切八部

薦薦席也薦見廌部艸也不云艸席云薦席者取音近也席各本誤薦薦席爲承藉與所藉者爲二一故釋言云荐原再也如且爲俎几故亦爲加增之詈易作

洊 从艸存聲 在甸切古音在十二十三部荐與薦同音是以承藉字多假借爲之如節南山傳薦重也說文云且薦也皆作荐乃合左傳云戎狄荐居外傳荐處服云荐艸也此謂荐同薦韋云荐聚也此與爾雅再訓迾

藉 祭藉也 稭字下禾稾去其皮祭天以爲藉也引伸爲凡承藉蘊藉之義又爲假藉之義 一曰艸不編狼藉 此別一義 从艸耤聲 慈夜秦昔二切古音在五部

蒩 茅藉也 司巫祭祀共鉏館杜子春云鉏讀爲蒩蒩藉也玄謂蒩之言藉也祭食有當藉者館所以承蒩士虞禮苴刌茅長五寸實于筐按鄭謂儀禮之苴卽周禮之蒩也 从艸租聲 子余切又子都切五部 禮曰 此當云禮記曰脫記字記者百三十一篇文也 封諸侯㠯土蒩㠯白茅 白虎通獨斷皆云天子大社以五色土爲壇封諸侯受天子社土以所封之方色東方受青南方受赤他如其方色皆苴以白茅授之歸國立社按班蔡作苴假借字許作蒩正字也

蕝 朝會束茅表位曰蕝 晉語昔成王盟諸侯於岐陽置茅蕝設望表與鮮卑守燎故不與盟司馬貞引賈逵云束茅以表位爲蕝許用賈侍中說也史記漢書叔孫通傳字作蕞如淳曰蕞謂以茅翦樹地爲纂位尊卑之次也 从艸絕聲 子悅切又茲會切又音纂此十四部十五部合音何氏纂文云蕝今之纂字是也鄭注樂記作酇作管切今人編纂之語本此 春秋國語曰致茅蕝表坐

茨 茅蓋屋 俗本作以茅葦蓋屋見甫田鄭箋釋名曰屋以艸蓋曰茨茨次

也次艸爲之也从艸次聲此形聲包會意疾資切十五部

䓠 茨也从艸咠聲七入切七部

蓋 苫也引伸之爲發端語詞又不知者不言論語謂之蓋闕漢書謂之丘蓋从艸盍聲古太切十五部盍在八部此合音也

苫 蓋也从艸占聲失廉切今俗語舒贍切古音在七部

⿱艸渴 蓋也今人靄字當用此从艸渴聲於蓋切十五部

䓛 㕞也㕞當作刷字之誤也㕞拭也刷掊杷也䓛之言掘也與掊杷義近今人謂以鈍帚去穢物曰䓛正是此字廣雅釋器䓛謂之刷从艸屈聲區勿切十五部

藩 屏也屏蔽也从艸潘聲甫煩切十四部

菹 酢菜也酢今之醋字菹須醯成味周禮七菹韭菁茆葵芹箈筍也鄭曰凡醯醬所和細切爲韲全物若䐑爲菹少儀麋鹿爲菹則菹之稱菜肉通玉裁謂韲菹皆本菜稱用爲肉稱也从艸沮聲側魚切五部

⿱艸⿰氵𥁕 或从血 ⿱艸⿰缶𥁕 或从缶案二篆今本從皿李燾本注或從血五篇血部有蕰䀇二字玉篇血部蕰字下引周禮醯人七蕰菹或從血者鄭君菜肉通稱之說是也從缶者謂𨰻諸器中乃成也菹醢通稱故血部云蕰醢也此艸部蕰䀇二字蓋後人增之

荃 芥脃也黑部曰以芥爲韲名曰芥荃二云芥脃者謂芥韲鬆脃可口也此字據上下文則非楚詞荃字也从艸全聲晁說之云唐本說文初劣切按集韵猶存其音全聲當在十四部此十四十五二部合音也

⿱艸酤 韭鬱也鬱同鬱廣雅饘醢鬱孱幽也皆謂飲食也

此許君酟訓非鬱攱訓幽卡之證从艸酟聲苦步切五部蘫瓜菹也从艸濫聲各本篆作藍解誤作監聲今依廣韵集韵訂魯甘切八部䕠菹也从艸泜聲纏伊切十五部䕠或从皿皿器薧乾梅之屬鄭注周禮云乾薧乾梅也有桃諸梅諸是其乾者按鄭意周禮上文桃是濡者此著乾以別之从艸橑聲梅桃當從木而從艸者艸亦木也盧皓切二部周禮曰饋食之籩其實乾薧籩人文後漢長沙王始煮艸爲薧謂周禮之後至漢長沙王始煑艸爲薧不用梅桃也薧薧或从潦藙煎茱萸內則三牲用藙鄭云藙煎茱萸也漢律會稽獻焉爾雅謂之榝玉裁謂許君云榝似茱萸出淮南則與鄭說異皇侃義疏曰煎茱萸今蜀郡作之九月九日取茱萸折其枝連其實廣長四五寸一升實可和十升膏名之藙也本艸圖經曰食茱萸蜀人呼其子爲艾子按艾卽藙字从艸顡聲魚旣切十五部漢律會稽獻藙一斗䔂羹菜也謂取菜羹之也集韵有寀字亨也卽此字从艸宰聲阻史子亥二切一部若擇菜也晉語秦穆公曰夫晉國之亂吾誰使先若夫二公子而立之以爲朝夕之急此謂使誰先擇二公子而立之若正訓擇擇菜引伸之義也从艸右右手也此會意毛傳曰若順也於雙聲假借也又假借爲如也然也乃也汝也又兼及之詞五部一

曰杜若香艸此別一義此六字依韵會恐是鉉用鍇語增今人又用鉉本改鍇本耳

蒪蒲叢也本艸圖經引西京雜記曰太液池邊皆是彫胡紫籜綠節蒲叢之類廣雅釋艸曰蒲穗謂之蒪大丸切謝靈運詩新蒲含紫茸亦謂蒲穗从艸尃聲當從集韵徒官切十四部鉉本常倫切此蒓絲字

苬吕艸補缺廣雅釋詁四苬補也丈例反从艸丙聲讀若俠或作陸誤字也或吕爲綴讀如俠在八部讀如綴在十五部古文丙字亦沾誓兩讀鉉直例切一曰約空也此別一義約空未聞

⿱艹尊叢艸也⿱艹尊⿱艹尊見魏都賦茂盛皃从艸尊聲慈損切十三部

蓧⿱艹耘田器舊作艸田器今依韵會論語疏作芸田器毛傳曰芸除艸也孔安國曰除艸曰芸故其字從艸匸部有匬字金部有銚字皆云田器疑皆此字之古文也从艸攸聲舊作條省聲乃淺人所改條亦攸聲也徒弔切古音在三部論語曰以杖荷莜見微子篇謂子路見丈人手用杖莜加於肩行來至田則置杖於地用莜芸田植杖者置杖也云以杖荷莜置杖而芸則莜爲芸田器明矣集解包曰莜竹器此有脫誤

萆雨衣一曰衰衣謂萆一名衰也韋昭注齊語曰襏襫蓑薜衣也薜或作襞皆卽萆字廣雅釋器曰萆謂之衰从艸卑聲蒲歷切十六部一曰萆歷侣烏韭此別一義艸名也烏韭在木艸艸部下品之下石衣也青翠茸茸長者可四五寸

苢艸也芣苢前已見則此非芣苢

也从艸是聲是支切十六部案艸名之字不當廁此

苴履中艸賈誼傳冠雖敝不以苴履引伸爲苞苴从艸且聲且薦也此形聲包會意子余切五部

⿱艹麤艸履也方言曰以絲作之者謂之履以麻作之者謂之不借麤者謂之屨東北朝鮮洌水之閒謂之䩟角南楚江沔之閒總謂之麤急就篇屐屩絜麤儀禮喪服傳疏屨注云疏猶麤也按禮注方言急就之麤字皆麤字之省疏屨者藨蒯之菲則是艸爲之从艸麤聲倉胡切五部

蕢艸器也孟子曰不知足而爲屨我知其不爲蕢也知蕢是盛物之器从艸貴聲求位切十五部

臾古文蕢象形論語曰有荷臾而過孔氏之門此古文論語也憲問篇

⿱艹𠬶覆也从艸侵省聲七朕切七部

茵車重席也秦風文茵文虎皮也以虎皮爲茵也从艸因聲於真切十二部

鞇司馬相如說茵从革蓋亦凡將篇字廣雅釋器曰鞋䩛謂之鞀釋名曰鞋䩛車中重薦也

芻刈艸也謂可飤牛馬者象包束艸之形叉愚切古音在四部

茭乾芻粊誓曰峙乃芻茭鄭注同从艸交聲古肴切二部一曰牛蘄艸此別一義見釋艸蘄音祈

荹亂艸玉篇曰牛馬艸亂稾也从艸步聲薄故切五部

茹飤馬也从艸如聲人庶切五部

莝

斬芻謂以鈇斬斷之芻从艸坐聲麤臥切十七部小雅秣之摧之以摧爲莝莝之者以莝飤馬也

萎食牛也下文云以穀萎馬則牛馬通偁萎从艸委聲於僞切十六部今字作餧見月令

𦽅吕穀萎馬置莝中以穀曰餘穀襍莝中曰𦽅从艸敊聲楚革切古音十六部

䒼蠶薄也豳風毛傳曰豫畜萑葦可以爲曲也月令季春具曲植筥筐注曰曲薄也方言薄宋魏陳楚江淮之閒謂之苖或謂之麴自關而西謂之薄南楚謂之蓬薄案曲與苖同曲部云或說曲蠶薄也是許兼用此二形从艸曲聲邱玉切三部

蔟行蠶蓐从艸族聲千木切三部引伸爲六律大蔟字七豆切

苣束葦燒也後漢書皇甫嵩傳束苣乘城俗作炬以此爲苣藤萵苣字从艸巨聲其呂切五部

蕘艸薪也艸字依詩釋文補大雅詢于芻蕘毛曰芻蕘薪采者按說文謂物詩義謂人从艸堯聲如昭切二部

薪蕘也从艸新聲息鄰切十二部

蒸析麻中榦也析各本作折誤謂朩〔音匹刃切〕其皮爲麻其中莖謂之蒸亦謂之菆今俗所謂麻骨棓也潘岳西征賦李注云菆井即渭城賣麻蒸市也毛詩傳曰粗曰薪細曰蒸周禮甸師注云大曰薪小曰蒸是凡言薪蒸者皆不必專謂麻骨古凡燭用蒸弟子職云蒸閒容蒸毛詩傳云蒸盡捂屋而繼之是也从艸烝聲煑仍切六部

䕄蒸或省火烝聲烝聲一也大射儀注既夕禮注皆作

此宋張淳葉林宗所見釋文皆爾 [illegible] 蕉生枲也枲麻也生枲謂未漚治者今俗以此爲芭蕉字楚金引吳都賦蕉葛竹越按本艸圖經云閩人灰理芭蕉皮令錫滑緝以爲布如古之錫衰焉左賦之蕉正謂芭蕉非生枲也 从艸焦聲即消切二部

[illegible] 糞也从艸胃省會意也式視切十五部左氏傳史記假借矢字爲之官溥說[illegible]字之上佀米而非米者矢字是漢人多用矢也

薶 瘞也土部曰瘞幽薶也 从艸貍聲莫皆切古音在一部周禮假借貍字爲之今俗作埋

[illegible] 喪藉也从艸侵聲按此字可疑上文曰蔓覆也从艸侵省聲不得以一省一不省畫爲二字二義明矣且鉉曰失廉切則與苫音義同苫固凶服覆席也且以爻篆求之不當廁此

𣂚 斷也从斤斷艸譚長說會意也食列切十五部周禮折瘍劉昌宗本作𣂚此漢人之舊也

[illegible] 籒文𣂚从艸在仌中仌寒故折廣雅釋器[illegible]字從此

[illegible] 篆文𣂚从手按此唐後人所妄增斤斷艸小篆文也艸在仌中籒文也從手從斤隸字也九經字樣云說文作𣂚隸省作折類篇集韵皆云隸從手則折非篆文明矣

卉 艸之緫名也方言曰卉艸也東越揚州之閒曰卉 从艸屮三屮卽三艸也會意許偉切十五部

艽 遠荒也艽之言究也窮也 从艸九聲詩曰至于艽野巨鳩切三部

[illegible] 蓳菜也菜之美者雲夢之

葷菜 爾雅音義齊民要術太平御覽引皆作此九字音義云一本如是今兩存之大戴禮夏小正十二月納卯蒜卯蒜者何本如卯者也納者何納之君也案經之卯蒜今之小蒜也凡物之小者偁卯禮之卯醬卽鯤醬詩之緫角丱兮謂幼稚也丱者說文卵字也陶貞白云小蒜名薍子薍音亂卽小正卵字其大蒜乃張騫始得自西域者本艸大蒜名葫小蒜名蒜葢始以大蒜別於蒜後復以小蒜別於大蒜古祇有蒜而已 从艸秝聲 蘇貫切十四部案蒜字當聯葷字之下今在此者寫者脫而補於此或曰當下屬芥葱字亦大篆從茻之一也

左文五十三 重二一大篆从茻 左當作ナ蓋許時已通用左許從俗也在左之字五十三皆小篆從艸大篆從茻如芥作莽葱作蘂餘同省約其辭總識於此以目下文是以苹與薲一物而不相屬蒹薍菿薕與藋葭一物而不相屬蔘與薔一物而不相屬虉與萆一物而不相屬蒸與菆一物而不相屬皆由此分別若汙簡古文四聲韵廣搜大篆不知舉此五十三文是爲疏矣 又案鍇本無此十一大字而芄字之下繫以蘇字芓字蕒字乃後系以蒜芥葱字蘇與荏一物不相屬芓蕒與萉同類不相屬蒜與葷同類不相屬又菩下出莌字萆下重出苗字又出莆字茸下出萑字皆與鉉本不同蓋改竄者多莫能肊說鉉本十一大字斷非鑿空故仍鉉舊而刪菰菿之譌複萑字從鍇本得五十二文云

芥 菜也 借爲艸芥纖芥字 从艸介聲 古拜切十五部籀文作莽

蔥 菜也

爾雅茖山蔥管子冬蔥皆蔥之屬从艸悤聲倉紅切九部籒文作𦾓蒮艸也爾雅
蒮山韭郭注謂山中多有此菜如人家所種者故許不謂之菜與从艸隺聲余六切古音在二部籒文
作𦾓詩曰食鬱及蒮宋掌禹錫蘇頌皆云韓詩六月食鬱及蒮許於詩主毛而不廢三家也
蕇亭歷也釋艸文月令靡艸之一也从艸單聲多殄切十四部籒文作𦾓苟
艸也孔注論語云苟誠也鄭注燕禮云苟且也假也皆假借也从艸句聲古厚切四部籒文作𦾓
蕨鼈也釋艸毛傳同陸機云周秦曰蕨齊魯曰虌鼈俗從艸从艸厥聲居月切十五部
籒文作𦾓莎鎬侯也夏小正正月緹縞縞也者莎隨也緹也者其實也先言緹而後言縞者何也緹先見
者也釋艸蒿侯莎其實媞按縞蒿鎬同字許讀爾雅鎬侯爲句鎬侯雙聲莎隨疊韵皆彖呼也單呼則曰縞曰莎其根卽今香
附子从艸沙聲穌禾切十七部籒文作𦾓漢書地理志迯題省水從少少與少同也俗誤作芯蓱
苹也此與前苹字互訓而不類廁者以字體篆籒別之也小正於七月言苹生月令於三月言生蓱郭璞云江東謂
之薸从艸水幷聲舊作從艸洴聲說文無洴字今改同薄藻字之例薄經切十一部籒文作𦾓
蓳艸也根如薺葉如細柳蒸食之甘大雅堇荼如飴傳曰
堇菜也夏小正二月榮堇采蘩傳曰皆豆實也堇采也內則堇荁注曰荁堇類也冬用堇夏用荁按釋艸堇有二齧苦堇詩禮

之菫也芨菫艸晉語之置菫於肉卽今附子也從艸菫聲居隱切十三部籒文作⿱菫廾今經典通用菫字

菲芴也釋艸毛傳皆同釋艸又云菲蒠菜也從艸非聲芳尾切十五部籒文作⿱菲廾

芴菲也音義皆同從艸勿聲文弗切十五部籒文作⿱芴廾

⿱艸鶾艸也從艸鶾聲呼旰切十四部籒文作⿱⿱艸鶾廾按鳥部鶾雗一字也而艸部⿱艸雗⿱艸鶾各字恐有誤

萑薍也薍之已秀者也薍已見前此以篆籒分別異處從艸萑聲胡官切十四部籒文作⿱萑廾今人多作萑者蓋其始假雖屬之萑爲之後又誤爲艸多皃之萑

葦大葭也夏小正曰未秀則不爲萑葦秀然後爲萑葦毛傳曰八月薍爲萑葭爲葦許云大葭猶言葭之已秀者從艸韋聲于鬼切十五部籒文作⿱葦廾

葭葦之未秀者從艸叚聲古牙切古音在五部籒文作⿱葭廾

萊蔓華也今釋艸作釐蔓華許所見作萊小雅北山有萊之萊未知卽此與不也經典多用爲艸萊字從艸來聲洛哀切一部籒文作⿱萊廾

荔艸也似蒲而小根可作刷月令十一月荔挺出鄭云荔挺馬薤也鄭以荔挺爲艸名蔡邕章句云荔侶挺高注呂覽云荔艸挺出則以挺下屬歙程氏瑤田曰荔今北方束其根以刷鍋李時珍以馬帚之莾當之誤也按刷各本作㕞今依顏氏家訓正上文曰㕞刷也從艸劦聲郎計切十五部籒文作⿱荔廾

蒙王女也王彧作玉誤釋艸云蒙王女又云唐蒙女蘿女蘿兎絲孫炎曰別三名按

衞風爰采唐矣傳云唐蒙菜名小雅蔦與女蘿傳云女蘿菟絲松蘿也疑爾雅毛傳此二條皆不謂一物从艸冡聲莫紅切九部籒文作蒙今人家冒皆用蒙字爲之

薻水艸也今水中莖大如釵股葉蒙茸深綠色莖寸許有節者是左氏謂之薀藻从艸水巢聲子晧切二部籒文作藻禮經華采之字古文用繅今文用藻璪詩曰于以采薻召南文

藻薻或从澡

菉王芻也見釋艸毛傳从艸彔聲力玉切三部籒文作菉詩曰菉竹猗猗今毛詩作綠大學引作菉小雅終朝采綠王逸引作菉

蓸艸也从艸曹聲昨牢切古音在三部籒文作蓸

[艸卣]艸也从艸卣聲以周切三部籒文作蕕

菬艸也从艸沼聲昨焦切二部籒文作菬

䓊艸也廣韵云似艾郭注方言云今江東人呼荏爲䓊音魚从艸吾聲五乎切五部籒文作䓊楚詞有䓊蕭按今楚詞無䓊蕭惟宋玉九辨云白露既下百艸兮奄離披此梧楸梧楸蓋許所見作䓊蕭正百艸之一也

范艸也从艸氾聲房乏切八部籒文作范

艿艸也按許謂艿爲艸名也廣韵云陳根艸不芟新艸又生相因仍所謂燒火艿此別一義其字亦作芿列子趙襄子狩於中山藉芿燔林是也今玉篇以舊艸不芟新艸又生曰艿係之說文此孫强陳彭年輩之誤也从艸乃聲如乘切六部乃在一部仍艿在六部者合韵最近也籒文作艿

[艸歬]艸也

蒨或謂之地蒐許不云茜也則許意非一物也从艸血聲呼決切十二部籀文作⿳艹血廾萄艸也今人爲蒲萄字从艸匋聲徒刀切古音在二部籀文作⿳艹匋廾芑白苗句嘉穀也虋字下詳之矣芑不類廁於虋者以字有篆籀別之管子其種蓼秜字從禾从艸己聲驅里切一部籀文作⿳艹己廾詩曰維虋維芑今本無此六字依韵會所據補詩小雅采芑毛云菜也大雅豐水有芑毛云艸也藚水舄也魏風毛傳同釋艸藚牛脣从艸賣聲似足切三部按詩釋文引說文其𢧢反今本多改爲似足矣籀文作⿳艹賣廾詩曰言采其藚苳艸也从艸冬聲都宗切九部籀文作⿳艹冬廾薔薔虞句蓼當有也字蓼下云薔虞也故此云薔虞蓼也句絕與郭樸異薔不與蓼類廁者以字有篆籀別之从艸嗇聲所力切一部籀文作⿳艹嗇廾苕艸也詩苕之華从艸召聲徒聊切二部籀文作⿳艹召廾⿱艹楙艸也从艸楙聲莫厚切三部籀文作⿳艹楙廾萺艸也从艸冒聲莫報切古音在三部籀文作⿳艹冒廾茆鳧葵也魯頌毛傳同周禮醢人茆菹鄭大夫讀爲茅或曰茆水艸杜子春讀爲茆後鄭曰茆鳧葵也今周禮轉寫多譌誤爲正之如此漢時有茆茆二字經文作茆兩鄭皆易字爲茆也鳧葵名茆亦名𧃍今之蒓菜也茆不與𧃍類廁者以篆籀別之从艸丣聲力久切三部俗作茆音卯非也籀文作⿳艹丣廾詩曰言采其

菲今詩言作薄　荼苦荼也釋艸邶毛傳皆云荼苦菜唐風采苦采苦傳云苦苦菜然則苦與荼正一物也儀禮鉶芼牛藿羊苦豕薇記內則濡豚包苦亦謂之苦月令本艸易通卦驗皆謂之苦菜　从艸余聲同都切五部詩荼蓼有女如荼及後世荼荈皆用此字籀文作𦳊

蘩白蒿也釋艸毛傳同召南傳曰皤蒿也皤亦白也夏小正曰繁由胡由胡者繁母也繁旁勃也豆實也故記之　从艸緐聲附袁切十四部儀禮采緐假緐字爲之籀文作𦸗

蒿菣也釋艸小雅毛傳同陸璣曰青蒿也　从艸高聲呼毛切二部籀文作𦾘

蓬蒿也从艸逢聲薄紅切九部籀文作䕤

𦾼籀文蓬省按此籀文當作古文蚰部蠭古文作𧓍可比例也

藜艸也左傳斬之蓬蒿藜藋藜初生可食故曰蒸藜不孰小雅北山有萊陸機云萊兗州人蒸以爲茹謂之萊蒸按萊蒸蓋卽蒸藜如詩騋牝訓驪牝也　从艸黎聲郎奚切十五部籀文作䕻

蘬薺實也今釋艸紅龍古其大者蘬茥薺實許所據絕不同　从艸歸聲驅歸切十五部籀文作𧆓歸籀作帰也

葆艸盛皃漢書武五子傳曰當此之時頭如蓬葆師古曰草叢生曰葆引伸爲羽葆幢之葆史記以爲寶字　从艸保聲博褎切古音在三部籀文作𦼿

蕃艸茂也左氏傳曰其必蕃昌　从艸番聲甫煩切十四部籀文作𧀸

茸艸茸茸皃茸之言茙也召南毛傳曰襛猶戎戎也韓詩何彼茙矣左

氏傳狐裘尨茸卽詩之狐裘蒙戎 从艸耳聲 今本作聦省聲此淺人所肊改此形聲之取雙聲不取疊
韵者而容切九部籀文作茸 萑艸多皃 此從鍇本鉉本以萑廁蓷篆後非也詳蓷下 从
艸隹聲 職追切十五部籀文作䕕 葏艸皃 集韵一先曰詩葏葏者莪李舟說 从艸
津聲 子僊切古音十二部籀文作蕁 䕺艸叢生皃 叢聚也槩言之䕺則專謂艸今人但
知用叢字而已爾雅釋魚音義引說文䕺艸眾生也 从艸叢聲 此形聲包會意徂紅切九部籀文作蔳
草草斗 逗 櫟實也一曰象斗 木部栩柔也其皁一曰樣又曰柔栩也又曰樣
栩實也按此言櫟者卽栩也陸璣云栩今柞櫟也徐州人謂櫟爲杼或謂之栩其子爲皁或言皁斗其殼爲汁可以染皁今京
洛及河內多言杼汁或云橡斗按草斗之字俗作皁作皂於六書不可通象斗字當從木部作樣俗作橡 从艸早
聲 自保切古音在三部周禮大司徒其植物宜早物假借早晚字爲之籀文作𦼅 菆麻蒸也 此不
與上文蒸字類廁者以篆籀別之西征賦曰感市閭之菆井東方朔七諫曰菎蕗襍於黀蒸王逸注枲翮曰黀一作菆按枲翮
枲莖也麻部出黀字云麻藍也鍇本無之俗添之耳 从艸取聲 側鳩切三部籀文作𦾔 一曰
蓐也 此別一義蓐見下部 蓄積也从艸畜聲 丑六切三部籀文作蕾 萅
推也 此於雙聲求之鄉飲酒義曰東方者春春之爲言蠢也尚書大傳曰春出也萬物之出也 从日艸

屯日艸屯者得時艸生也屯字象艸木之初生屯亦聲會意兼形聲此七字依韵會今二徐本皆亂以鍇語昌純切十三部籀文作萅

文四百四十五　重三十一按鉉本文四百四十五鍇本少莒藸蒢藾蓨萃六字則爲四百三十九今仍鉉本惟復審定䓮菰蔜三字確是誤體刪去是爲四百四十二其列字之次第類聚羣分皆有意義雖少爲後人所亂而大致可稽如荃之非香艸於上下文得之也重三十一鍇少蘱字今亦仍鉉

蓐陳艸復生也从艸辱聲而蜀切三部一曰蔟也此別一義艸部曰蔟行蠶蓐也蓐訓陳艸復生引伸爲薦席之蓐故蠶蔟亦呼蓐凡蓐之屬皆从蓐

䕆籀文蓐从茻此不與艸部五十三文爲類而別立蓐部者以有薅字從蓐故也

薅披田艸也大徐作拔去田艸衆經音義作除田艸經典釋文玉篇五經文字作拔田艸惟繫傳舊本作披不誤披者迫地削去之也木部曰槈薅器也从蓐好省聲呼毛切古音在三部

䒬籀文薅省

茠薅或从休古好聲休聲同在三部詩曰既茠荼蓼周頌文今詩作以薅

文二　重三

茻 眾艸也 按經傳艸莽字當用此 从四屮凡茻之屬皆从茻讀若與冈同 謂其讀若冈之讀若同也模朗切十部

莫 日且冥也 且冥者將冥也木部曰杳者冥也夕部曰夕莫也引伸之義爲有無之無 从日在茻中 會意 茻亦聲 此於雙聲求之莫故切又慕各切五部

莽 南昌謂犬善逐兔艸中爲莽从犬茻 此字犬在茻中故偁南昌方言說其會意之恉也引伸爲鹵莽 茻亦聲 謀朗切十部古音讀如模上聲在五部取諸雙聲也

葬 臧也 見檀弓 从死在茻中一其中所㠯荐之 荐各本作薦今正荐艸席也有藉義故凡藉於下者用此字 易曰古者葬厚衣之以薪 此引易繫辭說从死在茻中之意也上古厚衣以薪故其字上下皆艸 茻亦聲 此於疊韵得之則浪切十部

文四 此部不與五十三文同類者彼小篆从艸此小篆从茻也

十四部 文六百七十二 重八十 凡萬六百三十九字 此第一篇部文重文解說字之都數也每篇末識之以得十四篇都數識於敘目之後云此十四篇五百四十部九千三百五十三文重一千一百六十三解說凡十三萬三千四百四十一

字是也自二徐每篇分上下乃移之冠篇首非是小徐書轉寫尤舛誤今復其舊云

說文解字第一篇下

說文解字第二篇上

金壇段玉裁注

小 物之微也从八丨見而八分之八別也象分別之形故解从八爲分之丨才見而輒分之會意也凡𡭝物分之則小私兆切二部 凡小之屬皆从小

少 不多也不多則小故古少小互訓通用 从小丿聲丿右戾也房密匹蔑二切又於小切按上二切近是少之形聲蓋於古雙聲求之書沼切二部

尐 少也方言曰尐杪小也孟子力不能勝一尐雛趙注小尐爲小與方言同孫宣公音義得之作匹者非髟部曰鬣束髮尐也小也廣韵十六屑曰蠛尐小也方言懱爵注言懱截也懱截卽蠛尐 从小乀聲乀左戾也 讀若輟子結切十五部今俗語說小往往言子結切之音

文三

八 別也此以雙聲疊韵說其義今江浙俗語以物與人謂之八與人則分別矣 象分別相背之形凡八之屬皆从八博拔切古音在十二部

分 別也从八刀會意刀目分別物也此釋从刀之意也甫文切十三部

尒 詈

之必然也䛐今作詞說文字體本作䛐尒之言如此也後世多以爾字爲之凡曰果爾不爾云爾莞爾鏗爾卓爾鼎鼎爾猶猶爾聊復爾耳故人心尚爾皆訓如此亦有單訓此者如公羊焉爾之爲於此孟子然而無乎爾則亦有乎爾是也語助有用耳者與爾絕殊三國志云生女耳是也耳之言而已也近人爾耳不分如論語女得人焉爾乎唐石經譌爲焉耳詩陳風箋梅之樹善惡自爾宋本譌爲善惡自耳皆是也古書尒字淺人多改爲爾如手部引論語鏗尒考工記㨖尒小徐本不誤是也从丨八八象气之分散从丨八與小同意入聲今本無此二字上文作从入丨八此依韵會所引小徐本訂正入聲在七部而尒在十五十六部閡者於雙聲求之也兒氏切

曾䛐之舒也曰部曰朁曾也詩朁不畏明胡朁莫懲毛鄭皆曰朁曾也按曾之言乃也詩曾是不意曾是在位曾是在服曾是莫聽論語曾是以爲孝乎曾謂泰山不如林放乎孟子爾何曾比予於管仲皆訓爲乃則合語氣趙注孟子曰何曾猶何乃也是也是以朁訓爲曾朁不畏明者乃不畏明也皇侃論語疏曰曾猶嘗也嘗是以爲孝乎絕非語氣蓋曾字古訓乃子登切後世用爲曾經之義讀才登切此今義今音非古義古音也至如曾祖曾孫取增益層絫之意則曾層皆可讀矣从八从曰从八者亦象氣之分散四聲四者囪古文囪在九部此合韵之理也昨棱切六部昨當爲作

尙曾也尚之䛐亦舒故釋尚爲曾曾重也尚上也皆積絫加高之意義亦相通也庶幾也釋言曰庶幾尚也从八亦象氣之分散向聲時亮切十部

㒸从意也从相

聽也㒸者聽从之意司部曰䛐者意內而言外也凡全書說解或言䛐或言意義或錯見言从意則知㒸者从䛐也言䛐之必
然則知尒者必然意也隨从字當作㒸後世皆以遂為㒸矣从八有所从則有所背故从八豕聲豕在
十六部㒸遂在十五部合韵冣近也徐醉切
詹多言也莊子曰小言詹詹从言从
八多故可分从厃此當作厃聲淺人所改也厂部曰屋梠秦謂之楣齊謂之厃木部曰屋櫋聯秦謂之楣齊謂之
檐楚謂之梠厃與檐同字同音詹厃聲職廉切八部介畫也畫部曰畫畍也按畍也當是本作介也介與畫
互訓田部畍字蓋後人增之耳介畍古今字分介則必有閒故介又訓閒禮擯介左傳介人之寵皆其引伸之義也一則云介
特兩則二云閒介从人从八人各守其所分也此依韵會所引古拜切十五部𠔁分也此卽
今之兆字也廣韵兆治小切引說文分也此可證孫愐以前八卽兆矣又云𠧪灼龜坼也出文字指歸文字指歸者曹憲所作
此可證孫愐以前卜部無兆𠧪字矣顧野王玉篇八部有𠔁兵列切卜部之後出兆部又云𠧪兆同兆此可證顧氏始不謂八卽
兆字矣虞翻說尚書分北三苗云北古別字不知其所本要與重八之八無涉豈希馮始牽合而岐誤與治說文者乃於卜部
增𠧪為小篆兆為古文於八下增之云八別也亦聲兵列切以證其非兆字而說文之面目全非矣八从重八者分之甚也𠧪
兆其一也凡言朕兆者如舟之縫如龜之坼从重八此下刪八別也亦聲五字會意治小切二部楚金云或本
音兆按此相承古說也孝經說曰孝經說者孝經緯也後鄭注經引緯亦曰某經說鄭志荅張逸曰當

爲注時時在文緯中嫌引祕書故諸所牽圖讖皆謂之說 故上下有別 此引緯說字形重八之意也上別下別則二八矣集韵改爲上下有分非也

公 平分也从八厶 八厶背私也今本从八从厶凡此等从字皆淺人所增

八猶背也 鄭注堯典分北三苗云北猶別也證以韋昭吳語注云北古之背字然則許鄭之語正互相發明分別之乃相倂背其義相因相足故許不云八背也而云猶背鄭不云北別也而云猶別凡古訓故之言猶者視此古紅切九部

韓非曰背厶爲公 五蠹篇倉頡之作書也自環者謂之私背私者謂之公自環爲厶六書之指事也八厶爲公六書之會意也

必 分極也 極猶準也木部棟極二字互訓橦字下云帳極也凡高處謂之極立表爲分判之準故云分極引伸爲詈之必然

从八弋 樹臬而分也弋今字作杙

八亦聲 八各本誤弋今正古八與必同讀也卑吉切十二部

余 語之舒也 語匡謬正俗引作詈左氏傳小白余敢貪天子之命無下拜此正詈之舒亏部曰亏於也象气之舒亏然則余亏異字而同音義釋詁云余我也余身也孫炎曰余舒遲之身也然則余之引伸訓爲我詩書用予不用余左傳用余不用予曲禮下篇朝諸侯分職授政任功曰予一人注云覲禮曰伯父寔來余一人嘉之余予古今字凡言古今字者主謂同音而古用彼今用此異字若禮經古文用余一人禮記用予一人余予本異字異義非謂予余本卽一字也顏師古匡謬正俗不達斯恉且又以予上聲余平聲爲分別又不知古音平上不甚區分重悂貤繆儀禮漢讀攷糾之詳矣

从八 象气之分散

舍省聲以諸切五部 𠎀 二余也讀與余同五部按易困九四來徐徐子夏作荼荼王肅作余余皆舒意也許言𠎀之形未言其義舉此以補之

文十二 當云十三 重一 按此二字誤衍𠎀之音義同余非即余字也惟𠎀從二余則說文之例當別𠎀爲一部上篇蓐薅不入艸部是也容有省併矣

釆 辨別也象獸指爪分別也 倉頡見鳥獸蹏迒之迹知文理之可相別異也遂造書契釆字取獸指爪分別之形 凡釆之屬皆从釆讀若辨 蒲莧切十四部

𠂹 古文釆 惠氏棟云尚書平章平秩平在字皆當作釆與古文平相似而誤按此臆測不可从

番 獸足謂之番从釆田象其掌 下象掌上象指爪是爲象形許意先有釆字乃後从釆而象其形則非獨體之象形而爲合體之象形也附袁切十四部

蹞 番或从足从煩 此形聲也

𠻰 古文番 按九歌𠻰芳椒兮成堂王注布香椒於堂上也𠻰一作播丁度洪興祖皆云𠻰古播字按播以番爲聲此𠻰賦假番爲播也

宷 悉也知宷諦也 諦廣韵引作諟 从宀从釆 鍇曰宀覆也釆別也能包覆而深別之也 按此與覈字从襾敫同意式荏切七部

審 篆文宷从番 然則宷古文籀文也不先篆文者从部首也

悉 詳盡也

从心采會意息七切十二部㥱古文悉此亦會意从心囧囧者窗牖麗廔闓明也釋

解也廣韵曰捨也解也散也消也廢也服也按其實一解字足以包之从采采取其分

别从睪聲考工記以澤爲釋史記以醳爲釋皆同聲假借也古音在五部音轉則廣韵在二十二昔施隻切是也徐鉉所引唐韵賞職切

文五　重五鍇本作重四今刊本改作重五

半物中分也从八牛牛爲物大可已分也故取牛會意凡半之屬皆从半博幔切十四部

胖半體也各本半體肉也今依玄應訂周官經腊人注曰鄭大夫云胖讀爲判杜子春讀胖爲版又云膴胖皆謂夾脊肉又云禮家以胖爲半體玄謂胖宜如膴而腥胖之言片也析肉意也按許用禮家說一曰廣肉此别一義胖之言般也般大也大學心廣體胖其引伸之義也从肉半半亦聲普半切十四部

叛半反也反覆也反者叛之全叛者反之半以半反釋叛如以是少釋匙从半反半亦聲按各本云半也从半反聲轉寫者多奪字耳薄半切十四部古多假畔爲叛

文三

牛 事也理也 事也者謂能事其事也牛任耕理也者謂其文理可分析也庖丁解牛依乎天理批大郤道大窾牛事理三字同在古音第一部此與羊祥也馬怒也武也一例自淺人不知此義乃改之云大牲也牛件也件事理也與吳字下妄增之曰姓也亦郡也同一紕繆 像角頭三封尾之形也 角頭三者謂上三岐者象兩角與頭爲三也牛角與頭而三馬足與尾而五封者謂中畫象封也封者肩甲墳起之處字亦作犎尾者謂直畫下垂像尾也羊豕馬象皆像其四足牛略之者可思而得也語求切古音讀如疑 凡牛之屬皆从牛

牡 畜父也从牛土聲 按土聲求之疊韵雙聲皆非是蓋當是从土取士爲水牡之意或曰土當作士士者夫也之韵尤韵合音冣近从士則爲會意兼形聲莫厚切古音在三部

犅 特也 今本作特牛也依詩正義訂公羊傳曰魯祭周公何以爲牲周公用白牡魯公用騂犅羣公不毛何休云騂犅赤脊按說文岡訓山脊故何謂犅爲牛脊但毛詩牴作剛許說犅同特與何異 从牛岡聲 亦可云从剛省會意古郎切十部

特 特牛也 鉉本云朴特牛父也按天問焉得夫朴牛洪氏引說文特牛牛父也言其朴特皆與鍇本異蓋言其朴特乃注說文者語鉉本改竄上移耳王逸張揖皆云朴大也玉篇𤛗訓特牛廣韵𤛗訓牛未劇此因古有朴特之語而製𤛗字特本訓牡陽數奇引伸之爲凡單獨之偁一與一爲耦故實維我特求爾新特毛云特匹也 从牛寺聲 徒得切一部亦作犆

牝 畜母也从牛匕聲 毗忍切古音在十五

部經典舊音多云扶死反是也易曰畜牝牛吉離卦辭也牝爲凡畜母之偁而牝牛最吉故其字從牛也按鍇本無牝篆自是奪去耳麀字下曰从牝省則非無牝字也

犢 牛子也見釋嘼从牛賣聲徒谷切三部

𤘺 二歲牛𤘺字見爾雅釋畜牛體長也許君則曰二歲牛按犙字从參故爲三歲牛牭字从四故爲四歲牛則貣字从貳當爲二歲牛矣而謂貣爲籀文牭字二四既不同數且四之籀文作亖則牭之籀文當作牭凡此乖刺當由轉寫脫繆如鼎部鼏鼏馬部騭騭衣部袗袀今皆奪其一其明證也宜易之曰𤘺牛體長也貣二歲牛犙三歲牛牭四歲牛牭籀文牭則可讀矣而非可無徵專輒也从牛朩聲博蓋切十五部

犙 三歲牛从牛參聲穌含切古音在七部

牭 四歲牛从牛四四亦聲息利切十五部

貣 籀文牭从貳按鍇本此下有仁至反三字與十三篇二字反語同是朱翺不謂貣即牭字而謂貣乃二歲牛之正字也疑鍇本本不誤後人用鉉本改之未刪朱氏切音耳龍龕手鑑引玉篇直利反顧野王亦不云籀文牭

犗 騬牛也馬部曰騬犗馬也謂今之騸馬从牛害聲古拜切十五部

牻 白黑襍毛牛古謂襍色不純爲尨亦作駹古文假借作龍亦作蒙周易說卦傳毛詩小戎周禮牧人巾車玉人皆可證也牻訓爲白黑襍毛然則凡謂襍色不純亦可用牻字从牛尨聲此以形聲包會意莫江切古音在九部

㹁 牻牛也从牛京聲呂張切十部

春秋傳曰牻椋閔二年傳本作尨涼葢許引之證此二字所以從尨從京也京者涼之省也牻椋同義如尨涼一理相似傳寫誤爲春秋傳曰牻椋殊不可通

犡 牛白脊也从牛厲聲洛帶切十五部

[牛余] 黃牛虎文从牛余聲讀若塗塗當作涂同都切五部

犖 駁牛也馬色不純曰駁駁犖同部疊韵廣雅牛屬郭牞丁犖桓譚新論作郭椒丁櫟牞椒犖櫟皆同韵也从牛勞省聲呂角切古音讀如遼在二部天官書此其犖犖大者謂寥寥甚少者也又卓犖超絕也

[牛寽] 牛白脊也牛惟脊白是亦駁屬廣韵曰[牛寽]出字林不言出說文何也从牛寽聲力輟切十五部

[牛平] 牛駁如星駁文似星點从牛平聲普耕切十一部

犥 牛黃白色黃馬發白色曰驃票麃同聲然則犥者黃牛發白色也內則鳥皫色亦謂發白色从牛麃聲補嬌切二部

犉 黃牛黑脣也釋畜云黑脣犉毛傳云黃牛黑脣曰犉按爾雅不言黃牛者牛以黃爲正色凡不言何色皆謂黃牛也从牛𦎧聲如勻切十三部詩曰九十其犉見小雅

㸌 白牛也白部曰確鳥之白也此同聲同義从牛隺聲五角切古音在二部讀如堯

[牛畺] 牛長脊也廣韵[牛畺]牛長脊一曰白脊牛按一曰五字疑亦出說文今佚从牛畺聲居良切十部

[牛攴] 牛徐行也俗謂舒遲曰[牛攴][牛攴]从

牛𡴀聲讀若滔土刀切二部按舀聲字周時在尤幽部漢時已讀入蕭豪部故許云𡴀讀若滔也

犨 牛息聲 心部曰息喘也 从牛雔聲 赤周切三部按今本皆作犫雔聲而經典釋文唐石經作犨玉篇廣韵皆作犫一云犨同五經文字且云犫作犨訛蓋唐以前所據說文無不从言者凡形聲多兼會意雔从言故牛息聲之字从之鍇鉉本皆誤也今正 一曰牛名 此別一義廣韵手鑑皆云白色牛晉大夫郤犫不知取何義也初學記名作鳴

牟 牛鳴也 从牛 𠃌象其聲气從口出 此合體象形與芈同意韓愈詩曰稚肥牛呼牟柳宗元賦曰牟然而鳴黃鍾滿脰 莫浮切三部

𤛓 畜𤛓 畜牲也 依廣韵手鑑訂左傳內則皆云名子不以畜牲 从牛產聲 所簡切十四部

牲 牛完全也 引伸爲凡畜之偁周禮庖人注始養之曰畜將用之曰牲按如鼷鼠食郊牛角則非完全 从牛生聲 所庚切十一部

牷 牛純色 牧人注鄭司農曰牷純也按凡時事之牲用牷物凡外祭毀事用尨以尨與牷對舉則牷爲純色可知也大鄭注釋牷爲純也爲許所本後鄭則訓犧爲純毛牷爲體完具與許異 禮 上脫周字 祭祀牷牲 此是引牧人祭祀之牲牷依韵會補 从牛全聲 疾緣切十四部

牽 引而前也 牽引疊韵引伸之輓牛之具曰牽牛人牽徬是也牲腥曰餼生曰牽又凡聯貫之言曰牽 从牛冂象引牛之縻也玄聲 苦堅切十二部

牿 牛馬

牢也从牛告聲古屋切三部 周書曰今惟牿牛馬 粊誓今惟淫舍牿牛馬大小徐本皆無淫舍二字今刊本妄增之此許偶遺二字非必許所據尚書少二字也惟大放牿牢之牛馬故令無以擭穽傷牛馬若牛馬在牢中擭穽安得傷之周易僮牛之牿許及九家作告鄭作梏劉陸作角不訓牢也

牢 閑也也字今補 養牛馬圈也充人注曰牢閑也必有閑者防禽獸觸齧牲繫於牢故牲謂之牢如粊誓呼牛馬爲牲禮呼牲爲牽也 从牛冬省取其四周帀从古文冬省也冬取完固之意亦取四周象形引伸之爲牢不可破魯刀切古音在三部

犓 以芻莝養圈牛也今本莝誤莖脫圈字依文選注訂莝斬芻也趙岐注孟子曰艸生曰芻穀養曰豢韋注國語曰艸食曰芻穀食曰豢 从牛芻芻亦聲孟子正義引說文牛馬曰芻犬豕曰豢今說文無此語經傳犓豢字今皆作芻豢測愚切古音在四部 春秋國語曰犓豢幾何見楚語

犪 牛柔謹也玉篇曰尚書犪而毅字如此按凡馴擾字當作此犪隸作犪廣雅犪柔也善也 从牛夒聲而沼切古音在三部按此以貪獸之夒爲聲爾雅注犪牛以有角之夔爲聲陸德明誤爲一字

犕 易曰犕牛乘馬此葢與革部之鞁同義鞁車駕具也故玉篇云犕服也以鞍裝馬也 从牛葡聲鼔辭今作服古音𠬝聲葡聲同在第一部故服犕皆扶逼反以車駕牛馬之字當作犕作服者假借耳左傳王使伯服如鄭請滑史

記鄭世家作伯犕後漢書皇甫嵩傳義眞犕未平北史魏收嘲陽休之義眞服未正作服字此皆通用之證也今韵犕平祕切

𤚩 耕也山海經曰后稷之孫曰叔均是始作牛耕郭傳始用牛犂也按耒部耕訓犂是𤚩耕二字互訓皆謂田器今人分別誤也仲尼弟子列傳冉耕字伯牛司馬耕字子牛論語司馬牛孔注曰宋司馬犂也此可證司馬牛名耕一名犂也葢其始人耕者謂之耕牛耕者謂之犂其後互名之 从牛黎聲郎奚切十五部俗省作犂論語犂牛之子皇注犂音貍貍襍文也張參曰犂洛西反論語借以爲力之反張謂借犂爲貍文也犂貍異部而相借如爾雅釋騋牝爲驪牝

⿰牛非 兩壁耕也壁當作辟辟是旁側之語莊廿一年左傳鄭伯享王于闕西辟服虔云西辟西偏也兩辟耕謂一田中兩牛耕一從東往一從西來也此耕字自人牛言之與耒部六叉犂自器言之不同 从牛非聲此形聲包會意非从飛下㧗取其相背非尾切十五部廣韵入去聲 一曰覆耕種也此別一義未聞 讀若匪

⿰牛𠷎 牛羊無子也从牛𠷎聲讀若糗糧之糗糗糧見米部誓徒刀切古音在三部

牴 觸也角部曰觸牴也亦作抵觝 从牛氐聲都禮切十五部

衛 牛踶躛也廣韵曰踶躛牛展足按展足二字乃疊字之誤疊同跧足部曰踶者躛也躛與躛互訓踶躛猶踐蹋也 从牛衛聲于歲切十五部

⿱臤牛 牛很不从牽也从牛臤臤者堅也故从牛臤會意 臤亦聲喫善切古音在十二部

一曰大皃別義 一 讀若賢

牼 牛厀下骨也 牛脛也脛者骹也 从牛巠聲 口莖切十一部 春秋傳宋司馬牼字牛 按仲尼弟子列傳宋司馬耕字牛左傳哀十四年兩書司馬牛不偁其名許云司馬牼豈卽司馬耕與外此昭廿年廿一年宋有華牼孟子書有宋牼皆不傳其字

牶 牛舌病也 廣韵作牛舌下病舌病則噤閉不成聲亦作⿰舌今 从牛今聲 巨禁切七部

犀 徼外牛 各本有南字今依韵會楚語曰巴浦之犀犛兕象其可盡乎後漢章帝紀蠻夷獻生犀白雉 一角在鼻一角在頂 爾雅山海經郭注劉欣期交州記皆云有三角一在頂上一在額上一在鼻上鼻上角短小按晉語角犀豐盈孟子注頟角犀厥地戰國策眉目準頞權衡犀角偃月此皆謂人自鼻至頂豐滿如相書所云伏犀貫頂也 佀豕 見釋嘼劉欣期云其毛如豕頭如馬郭璞云形似水牛豬頭說各不同也 从牛尾聲 先稽切十五部

牣 此複字刪之未盡者 滿也 見大雅毛傳 从牛刃聲 而震切古音在十三部 詩曰於牣魚躍 於如字

物 萬物也牛爲大物 牛爲物之大者故物从牛與半同意 天地之數起於牽牛 戴先生原象曰周人以斗牽牛爲紀首命曰星紀自周而上日月之行不起於斗牽牛也按許說物从牛之故又廣其義如此 故从牛勿聲 文弗切十五部

犧 宗廟之牲

也魯頌享以騂犧毛傳犧純也曲禮天子以犧牛鄭云犧純毛也牧人祭祀共其犧牲鄭云犧牲毛羽完具也僞孔注微子云色純曰犧體完曰牷杜注左傳又云牷純色完全也說犧皆與許異从牛羲聲許羈切古音在十七部賈侍中說他皆偁名獨賈逵偁官者尊其師也此非古字魯頌毛傳曰犧尊有沙羽飾也明堂位注曰犧尊以沙羽爲畫飾鄭注荅張逸曰刻畫鳳皇之象於尊其形娑娑然故曰沙按沙娑羲古音二字同在十七部犧牲犧尊葢本祇假羲爲之漢人乃加牛旁故賈云非古字許廁諸部末

文四十五鍇四十四重一此部列字次第大致井井可玩

犛西南夷長髦牛也今四川雅州府清谿縣大相嶺之外有地名旄牛產旄牛而清谿縣南抵寧遠府西抵打箭鑪古西南夷之地皆產旄牛如郭璞注山海經所云背厀及胡尾皆有長毛者小角其體純黑土俗用爲菜其尾腊之可爲拂子云長髦者謂背厀胡尾皆有長毛下文氂字乃專謂尾也此牛名犛牛音如貍楚語巴浦之犀犛上林賦䗖旄貘犛以其長髦也故史記西南夷傳謂之髦牛以其尾名氂也故周禮樂師注謂之氂牛以氂可飾旄也故禮注爾雅注北山經注上林賦注漢書西南夷傳皆謂之旄牛犛髦旄三字音同因之讀犛如毛非也據上林賦則旄犛異物中山經荆山多犛牛郭曰旄牛屬从牛𠩺聲里之切一部按犛切里之氂切莫交徐用唐韵不誤而俗本誤易之

凡犛之屬皆从犛

氂犛牛尾也凡經云干旄建旄設旄右秉白

旄羽旄齒革干戚羽旄今字或有誤作毛者古注皆云旄牛尾也旄牛即犛牛犛牛之尾名氂以氂爲幢曰旄因之呼氂爲旄凡云注旄干首者是也呼犛牛爲旄牛凡云旄牛尾者是也 从犛省从毛 莫交切二部按周禮樂師音義氂舊音毛但許不言毛亦聲而左傳晏氂外傳作晏萊後漢書魏郡輿人歌岑熙狗吠不驚足下生氂與災時茲三字韵則是犛省亦聲在第一部也

𣯍 彊曲毛也 也依廣韵補 可㠯箸起衣 箸同褚裝衣也王莽傳以氂裝衣𩫖古曰毛之彊曲者曰氂以裝褚衣令其張起也按此氂皆𣯍之誤劉屈氂亦當本作屈𣯍屈𣯍謂彊曲毛也 从犛省來聲 洛哀切舊音力之切一部

𠩺 古文𣯍省

文三　重一

告 牛觸人角箸橫木所㠯告人也从口从牛 如許說則告即楅衡也於牛之角寓人之口爲會意然牛與人口非一體牛口爲文未見告義且字形中無木則告意未顯且如所云是未嘗用口是告可不用口也何以爲一切告字見義哉愚謂此許因童牛之告而曲爲之說非字意故木部楅下不與此爲轉注此字當入口部从口牛聲牛可入聲讀玉也廣韵告上曰告發下曰誥古沃切三部音轉古到切○又汪氏龍曰此因嚳字故立告部愚謂誠然嚳从學省學亦教也教之故急急告之告亦聲然則當立學部嚳屬焉不當有告部 易曰僮牛之告 大畜爻辭僮牛僮昏之牛也告九家同王弼作牿 凡告之屬皆

嚳 急告之甚也急告猶告急也告急之甚謂急而又急也釋玄應說嚳與酷音義皆同按白虎通云謂之帝嚳者何也嚳者極也教令窮極也窮極卽急告引伸之義 从告學省聲苦沃切三部

文二

口 人所㠯言食也言語飲食者口之兩大耑舌下亦曰口所以言別味也頤象傳曰君子以慎言語節飲食 象形苦厚切四部 凡口之屬皆从口

噭 口也口俗本譌吼今正史漢貨殖傳皆云馬蹄噭千徐廣曰噭馬八髎也小顏云噭口也蹄與口共千則爲馬二百也按以口釋噭此必本說文說文以口建首下噭噣喙吻字皆與口字轉注相接此全書之例也通俗文埤倉皆曰尻骨謂之八髎惟史記噭字從口故徐以八髎釋之尻亦得謂之口也各本史記作躈乃誤字耳噭與竅音義相同俗本說文作吼者蓋或識孔字於口字之旁因誤併爲一字 从口敫聲徐廣苦弔反小顏江弔口釣二反唐韵古弔切二部 一曰噭呼也此別一義呼當作嘑字之誤也嘑號也曲禮毋噭應鄭曰噭號呼之聲也呼亦當作嘑俗寫通用耳昭廿五年公羊傳曰昭公於是噭然而哭注噭然哭聲皃釋文皆古弔反

噣 喙也曹風不濡其咮毛曰咮喙也玉篇引不濡其噣咮噣二同朱聲蜀聲同部也亦假借作注爾雅咮星史記考工記注作注是也亦作啄詩韓奕傳厄烏噣也厄同軛

烏噣釋名小爾雅作烏啄从口蜀聲陟救切三部喙口也說卦傳爲黔喙左傳深目而豭喙
喙叚借爲困極之義廣韵引昆夷瘃矣今詩作喙矣郭注方言引外傳余病瘃矣今外傳作余病喙郭云江東呼極爲瘃亦作
瘃从口彖聲許穢切十五部彖聲在十四部合韵也吻口邊也曲禮注云口旁
曰咡廣雅云咡謂之吻考工記銳喙決吻鄭曰吻口䏲也釋名曰吻免也抆也卷也从口勿聲武粉切十
三部勿聲在十五部合韵也脗吻或从肉从昏昏聲也凡昏皆从氏不从民字亦作脗作
脗皆䏰之俗也凡言脗合當用此嚨喉也釋鳥曰亢鳥嚨郭曰謂喉嚨从口龍聲盧紅
切九部喉咽也从口侯聲乎鉤切四部噲咽也噲者會也聲氣所會
也从口會聲或讀若快苦夬切十五部小雅噲噲其正箋云噲噲猶快快也謂同音假
借盧氏文弨云淮南精神訓噲然得臥宋書樂志吳鼓吹曲我皇多噲事皆與快同一曰嚵也此別
一義噲亦複舉字也凡一曰之下多複舉本字俗本作嚵噲也非集韵作一曰嚵也吞咽也今人以吞吐對
舉據此則咽喉本名吞俗云喉吞是也猶之喉本名咽平聲今人以爲下咽字一見切从口天聲土根
切古音在十二部咽嗌也咽者因也言食因於是以上下也从口因聲烏前切十二部
嗌咽也嗌者扼也扼要之處也咽嗌雙聲漢書昌邑王嗌痛爾雅注云江東名咽爲嗌从口益

聲伊昔切十六部

𦞤籀文嗌上象口下象頸脈理也此象形字與亢略同漢百官公卿表曰𦞤作朕虞應劭曰𦞤伯益也師古曰𦞤古益字也按此假借籀文嗌為益如九歌假借古文番為播也趙宋時古文尚書益作𦞤此本諸漢表耳○又按凡言項領頸亢胡者自外言之言嚨喉噲吞咽嗌者自內言之故皆从口自口而入也

喗大口也从口軍聲牛殞切十三部

哆張口也小雅哆兮侈兮毛曰哆大皃从口多聲釋玄應兩引說文殆可切此本音陽唐韵丁可切十七部

呱小兒嗁聲咎繇謨啓呱呱而泣从口瓜聲古乎切五部詩曰后稷呱矣大雅

啾小兒聲也倉頡篇啾眾聲也三年問啁噍之頃此假噍為啾也从口秋聲即由切三部

喤小兒聲啾謂小兒小聲喤謂小兒大聲也如離騷鳴玉鑾之啾啾詩鐘鼓喤喤喤喤厥聲則泛謂小聲大聲从口皇聲乎光切十部詩曰其泣喤喤

咺朝鮮謂兒泣不止曰咺方言咺痛也凡哀泣而不止曰咺朝鮮洌水之閒少兒泣而不止曰咺从口亘聲此依韵會況晚切十四部

唴秦晉謂兒泣不止曰唴方言自關而西秦晉之閒凡大人少兒泣而不止謂之唴哭極音絕亦謂之唴平原謂啼極無聲謂之唴哴从口羌聲丘尚切十部

咷楚謂兒泣不止曰

噭咷方言楚謂之噭咷按噭字見上从口兆聲徒刀切二部

喑宋齊謂兒泣不止曰喑方言齊宋之閒謂之喑或謂之惄按喑之言瘖也謂啼極無聲从口音聲於今切七部

㖸小兒有知也大雅克岐克嶷毛曰岐知意也嶷識也按此由俗人不識㖸字蒙上岐字改从山旁耳高注淮南曰軫輗之輗讀如克岐克㖸之㖸太玄作儗擬釋文擬牛力切又音擬擬然有所識別也从口疑聲魚力切一部詩曰克岐克㖸

咳小兒笑也內則云孩而名之爲作小兒笑而名之也从口亥聲戶來切一部

孩古文咳从子內則孟子皆作此字按亥部有古文亥則古當作古文亥而亦从亓亓者亓亦古文也於史趙之言知之

嗛口有所銜也夏小正曰田鼠者嗛鼠也爾雅鼸鼠古本亦作嗛故孫叔然云嗛者頰裏也廣韵曰嗛蝯藏食處也嗛鼠食積於頰人食似之故頰車或曰鼸車假借爲銜字如佞幸傳大后由此嗛韓嫣是也亦假借爲歉字商銘嗛嗛之食嗛嗛之德是也亦假借爲謙字如子夏周易漢藝文志謙卦作嗛是也志云合於易之嗛嗛一嗛而四益轉寫下句从言遂滋異說从口兼聲戶監切古音蓋在七部

咀含味也含而味之凡湯酒膏藥舊方皆云㕮咀廣韵九麌云㕮咀嚼也按㕮即哺字古父甫通用後人不知爲一字矣含味之上似當有哺咀二字从口且聲慈呂切五部

啜嘗也孟子徒餔啜也从口叕聲昌說切十

五部一曰喙也此別一義㗱噍也也當作皃从口集聲讀若集雧省作集子入切七部嚌嘗也見儀禮从口齊聲在詣切十五部周書曰大保受同祭嚌顧命文儀禮多言嚌肺啐酒據周書則酒至齒亦云嚌也噍齧也少儀侍食於君子小飯而亟之數噍按數噍句絕所謂亟之也从口焦聲才肖切二部古讀平聲如嚼復嚼今年尚可後年鐃是也嚼噍或从爵古焦爵同部同音唐韵乃分噍才笑切嚼才爵切矣

吮欶也欠部云欶吮也从口允聲徂沇切十四部啐小歠也士冠禮注曰古文啐爲呼按呼與啐音義皆隔必是誤字當是古文啐爲啐之誤如古文醋作酢今禮酢皆誤酢也从口率聲讀若㕞所劣切十五部嚵小啐也从口毚聲士咸切八部一曰喙也此別一義噬啗也喙也喙上當有一曰二字各本作噬今正說文有簭無筮則筮者隸變不當用爲諧聲周禮梓人攫殺援簭正作簭從簭聲而省口也又周禮卜筮字皆作簭此則假借也从口簭聲時制切十五部按詩噬肯適我毛曰噬逮也此謂噬爲逮之假借也釋言作遾方言亦作噬啗食也从口臽聲徒濫切八部讀與含同與今音異嘰小食也大人賦曰嘰瓊華按皀部有既字云小食也嘰與既音義皆同而各字玉藻進機少

儀注曰已沐飲曰嘰皆當作此嘰。从口幾聲居衣切十五部

[口尃] 噍皃按釋玄應書三引說文皆云[口尃][口集]噍皃也廣韵十九鐸廿六緝皆云[口尃][口集]噍皃釋行均書同說文古本當先[口尃]字次[口集]字云[口尃][口集]噍皃也次[口集]字云[口尃][口集]也今[口尃]字[口集]字厠兩處無[口尃][口集]之語蓋口部脫誤多矣。从口尃聲補各切五部

含 嗛也。从口今聲胡男切古音在七部禮樂志吟青黃以吟爲含

哺 哺咀也哺咀蓋疊韵字釋玄應引許淮南注曰哺口中嚼食也又引字林哺咀食也凡含物以飼曰哺爾雅生哺鷇。从口甫聲薄故切五部

味 滋味也滋言多也。从口未聲無沸切十五部

嚛 食辛嚛也嚛謂辛螫火部引周書味辛而不熮呂覽本味辛而不烈嚛與熮烈同義玉篇云伊尹曰酸而不嚛此古伊尹書之僅存者酸疑當作辛辛而不嚛即本味之辛而不烈也。从口樂聲火沃切古音在二部

𡄯 口滿食。从口窡聲丁滑切十五部

噫 飽出息也各本作飽食今依玉篇衆經音義訂息鼻息也內則在父母舅姑之所不敢噦噫莊子大塊噫氣其名曰風靈樞經曰五藏氣心主噫按噫字亦作餩見廣雅玉篇廣韵於北烏克二反高注淮南書曰垓讀如人飲食太多以思下垓之垓以思下垓之垓乃以息上餩之餩之誤高注多言心中滿該亦謂此也。从口意聲於介切古音在一部論語子曰噫天喪予鄭氏毛詩噫此皇父噫厥哲婦皆爲有所痛傷之聲

嘽 喘息也小雅傳曰嘽嘽喘息也馬勞則喘息。一曰喜

也樂記其樂心感者其聲嘽以緩注嘽寬綽皃从口單聲他干切十四部詩曰嘽嘽駱馬證前一義

唾口液也曲禮讓食不唾內則不敢唾洟从口坙聲湯臥切十七部涶唾或从水

咦南陽謂大呼曰咦呼外息也大呼大息也从口夷聲以之切古音在六脂

呬東夷謂息爲呬方言呬息也東齊曰呬釋詁郭注亦云今東齊謂息爲呬疑許襲方言東夷當作東齊字之誤也从口四聲虛器切十五部按大雅民之攸塈毛曰塈息也塈不訓息此正謂塈即呬之假借爾雅呬息也某氏引詩民之攸呬葢三家詩作呬毛詩作塈說文尸部有眉字鼻部有齂字皆臥息也亦皆虛器切凡古休息與鼻息同義詩曰犬夷呬矣大雅混夷駾矣維其喙矣合二句爲一句與日部引東方昌矣相似混作犬喙作呬葢亦用三家詩馬部引昆夷駾矣則毛詩也毛云喙困也方言饞喙呬息也按人之安寧與困極皆驗諸息故假樂緜之呬不嫌異義同偁喙與呬不嫌異字同義

喘疾息也此分別言之息下曰喘也渾言之也从口耑聲昌沇切十四部

呼外息也外息出其息也从口乎聲荒烏切五部今人用此爲號嘑評召字非也

吸內息也內息納其息也从口及聲許及切七部

噓吹也从口虛聲朽居切五部

吹噓也从口欠口欠則气出會意昌垂切古音在十七部

喟

大息也 論語兩云喟然歎曰謂大息而歎也何晏云喟然歎聲也殊非是 从口胃聲 丘貴切十五部

嘳 喟或从貴 胃貴聲同部

啍 口气也从口𦎫聲 他昆切十三部 詩曰大車啍啍 王風毛云啍啍重遲之皃按啍言口气之緩故引伸以爲重遲之皃

嚏 悟解气也 悟解气者欠字下云張口气悟是也悟覺也解散也通俗文曰張口運气謂之欠㰦鄭注周易百果艸木皆甲坼曰皆讀爲人倦解之解郭注方言蛤解曰解讀解悟之解皆是許意嚏與欠異音同義玉裁按許說嚏義非是不必曲徇嚏之見於月令內則者各一鄭氏終風箋曰嚏讀當爲不敢嚏咳之嚏今俗人嚏云人道我此古之遺語也月令民多鼽嚏謂鼻塞而㚢嚏說文噴下一曰鼓鼻而釋嚏爲欠直以其字从口不从鼻故耳殊不思內則旣云不敢嚏又云不敢欠其爲二事憭然素問說五气所病腎爲欠爲嚏亦分二事倘云嚏卽是欠則內則素問皆不可通矣故嚏解當改云歕鼻也爲安口與鼻同時气出此字之所以从口也至若詩願言則嚏毛傳云嚏跲也釋文嚏作疌跲作劫自是古字通叚觀狼跋傳疐跲也而其疐本又作疌可證崔靈恩集注乃改劫爲㰦訓以今俗人體倦則伸志倦則㰦音丘據反是葢以附合許之嚏解而不知許自解嚏非解毛之疐也改疐爲嚏自鄭君始許在鄭前安得從鄭易毛各本有詩曰願言則嚏六字休寧汪氏龍以爲後人妄增者是也今刪學者可以知毛許於詩本無㰦說唐石經作嚏者乃從鄭非從毛 从口疐聲 都計切古音在十二部

⿰口質 野人之言 論語曰質勝文則野 从口質 此字會意兼形聲

口質聲之日切十二部 唫 口急也从口金聲巨錦切七部 噤
口閉也史淮陰侯傳雖有舜禹之智吟而不言此假吟爲噤也吟噤義相似 从口禁聲巨禁
切七部 名 自命也祭統曰夫鼎有銘銘者自名也此許所本也周禮小祝故書作銘今書或作名士喪
禮古文作銘今文皆爲名按死者之銘以緇長半幅䞓末長終幅廣三寸書名于末曰某氏某之柩此正所謂自名其作器刻
銘亦謂稱揚其先祖之德著己名於下皆祇云名已足不必加金旁故許君於金部不錄銘字從周官今書禮今文也許意凡
經傳銘字皆當作名矣鄭君注經乃釋銘爲刻劉熙乃云銘名也記名其功也呂忱乃云銘題勒也不用許說 从口
夕夕者冥也冥不相見也冥幽 故㠯口自名故从夕口會意
武并切十部 吾 我自偁也偁各本作稱誤釋詁曰吾我也 从口五聲五乎切五部
部 哲 知也釋言曰哲智也方言曰哲知也古智知通用 从口斦聲按凡从折之字皆當
作斦斸艸各本篆文皆作手旁用隸改篆也今悉正之陟列切十五部 悊 哲或从心韵會引說
文古以此爲哲字按心部云悊敬也疑敬是本義以爲哲是假借 嚞 古文哲从三吉
或省之作喆 君 尊也此羊祥也門聞也戶護也髮拔也之例 从尹口尹治口也
㠯發號此依韵會又補一口字尹亦聲舉云切十三部 君 古文象君坐形

小徐本作[illegible]

命 使也。从口令。令者發號也君事也非君而口使之是亦令也故曰命者天之令也眉病切古音在十二部令亦聲

咨 謀事曰咨。左傳曰訪問於善爲咨毛傳同从口次聲。即夷切十五部

召 評也。言部曰評召也从口刀聲。直少切二部

問 評也。言部曰評問也引伸爲禮之聘問从口門聲。亾運切十三部

唯 諾也。此渾言之玉藻曰父命呼唯而不諾析言之也从口隹聲。以水切十五部

唱 導也。鄭風曰唱予和女从口昌聲。尺亮切十部古多以倡字爲之

和 相應也。从口禾聲。古唱和字不讀去聲戶戈切十七部

咥 大笑也。衞風毛傳曰咥咥然笑周易履虎尾不咥人馬云齕也此別一義从口至聲。許旣切又直結切古音在十二部詩曰咥其笑矣。

啞 笑也。馬融曰啞啞笑聲鄭云樂也从口亞聲。於華切古音在五部按字林云謚笑聲呼益反此由笑言啞啞字音形皆變而云然啞俗訓爲瘖幺下切易曰笑言啞啞。震卦辭

噱 大笑也。从口豦聲。其虐切五部

唏 笑也。廣雅唏唏笑也从口稀聲。依韵會訂虛豈切十五部一曰哀痛不泣曰唏。方言唏痛也凡哀而不泣曰唏於方則楚言哀曰唏十二諸侯年表曰紂爲象箸而箕子唏

听 笑皃也。司馬相如賦以是公

听然而笑从口斤聲宜引切古音十三部呭 多言也孟子毛傳皆曰泄泄猶沓沓也
曰部云沓語多沓沓也言部又云詍多言也引詩無然詍詍从口世聲余制切十五部詩曰
無然呭呭大雅今作泄泄嘄 聲嘄嘄也周禮大祝注祈嘄也謂爲有災變號呼告
神以求福嘄陸音叫从口梟聲古堯切二部按玉篇有嘄無嘄嘄古弔反聲也此以到首之県爲聲卽嘄
字也廣韵引漢刑法志県首今志作梟首地理志鉅鹿鄡縣今說文作鄡縣鄡與嘄疑皆淺人改作非許書本字咄
相謂也謂欲相語而先驚之之詈凡言咄嗟咄唶咄咄怪事者皆取猝乍相驚之意倉頡篇曰咄卒也說文啐驚
也李善注曹植贈彪詩引說文咄叱也从口出聲當沒切十五部唉 應也方言欸然也南
楚凡言然者曰欸或曰醫按廣雅欸醫然譍也本方言許以唉訓應欠部欸訓訾與方言異蓋唉欸古通用也玄應書引作譍
聲也从口矣聲讀若塵埃烏開切一部哉 言之閒也釋詁孔鬼
哉延虛無之言閒也許分別釋之曰哉爲言之閒鍇云若左傳遠哉遙遙論語君子哉若人是哉爲閒隔之詈按如鍇說則必
句中乃爲言之閒豈句末者非耶句中哉字皆可斷句凡兩者之際曰閒一者之竟亦曰閒一之竟卽兩之際也言之閒歇多
用哉字若哉生明初哉首基則又訓哉爲始凡竟卽爲始从口𢦏聲將來切一部噂 聚語
也小雅傳曰噂猶噂噂沓猶沓沓从口尊聲子損切十三部詩曰噂沓背憎

人部又引詩傳沓背憎詩釋文曰噂說文作僔五經文字亦云僔詩小雅作噂陸張皆不云說文有噂則知淺人依詩增也

咠 聶語也耳部曰聶附耳私小語也按聶取兩耳附一耳咠取口附耳也从口耳七入切七部詩曰咠咠幡幡巷伯三章緝緝翩翩四章捷捷幡幡許引當云咠咠翩翩而云咠咠幡幡者誤合二章爲一耳咠咠今詩作緝緝毛云緝緝口舌聲

呷 吸呷也司馬相如賦曰翕呷萃蔡張揖曰翕呷衣起張也海賦猶尚呀呷餘波獨涌李善曰呀呷波相呑之皃吳都賦曰諠譁喤呷廣韵喤呷衆聲也从口甲聲呼甲切八部

嘒 小聲也小雅鳴蜩嘒嘒毛曰嘒嘒聲也按商頌嘒嘒管聲毛曰嘒嘒和也从口彗聲呼惠切十五部詩曰嘒彼小星

嚖 或从慧

嘫 語聲也方言欸然也廣雅欸譍然譍也按然即嘫應聲也从口然聲如延切十四部

唪 大笑也玉篇手鑑皆作大聲从口奉聲讀若詩曰瓜瓞菶菶方蠓切九部按今生民作瓜瓞唪唪而玉口二部兩引皆作菶菶

嗔 盛气也門部曰闐盛皃聲義與此同今毛詩振旅闐闐許所據作嗔嗔玉藻盛氣顛實注云顛讀爲闐盛身中之氣使之闐滿孟子塡然鼓之是則聲同得相假借从口眞聲待年切十二部詩曰振旅嗔嗔小雅也古音陳今俗以爲謓恚字

嘌 疾也檜風匪車嘌兮毛曰嘌嘌無節度也按無節度者卽上章所云疾驅非有

道之車也从口票聲撫招切二部詩曰匪車嘌兮嘑號也号部曰號嘑也是爲轉注雞人夜嘑旦以嘂百官此嘑字之僅存者也若銜枚氏嘂呼歎鳴大推式號式呼以及諸書云叫呼者其字皆當作嘑不當用外息之字从口虖聲荒烏切五部嘑或作謼崔靈恩毛詩式號式謼

喅音聲喅喅然从口昱聲余六切古音在七部嘯吹聲也召南箋曰嘯蹙口而出聲也从口肅聲穌弔切古音在三部歗籒文嘯从欠欠部重出歗字引詩其歗也謌今詩惟條其歗矣作歗

台說也台說者今之怡悅字說文怡訓和無悅字今文尚書舜讓于德不台見漢書王莽傳班固典引而五帝本紀本之作舜讓于德不台懌自序曰唐堯遜位虞舜不台惠之早霣諸呂不台皆謂不爲百姓所悅也古文禹貢祇台德先鄭注敬悅天子之德既先从口㠯聲与之切一部按湯誓高宗肜日西伯戡黎皆云如台殷本紀皆作奈何釋詁台予同訓我此皆以雙聲爲用何予台三字雙聲也

嗂喜也从口䍃聲余招切二部此字與䍃義相近

启開也按後人用啓字訓開乃廢启不行矣啓教也玉篇引堯典胤子朱启明釋天明星謂之启明从戸口會意康禮切十五部此字不入戸部者以口戸爲開戸也

嗿聲也周頌傳曰嗿衆皃按許以字从口故釋與毛異从口貪聲他感切古音在七部詩曰有嗿其饁

咸皆也悉也咸皆也見釋詁

从口从戌會意胡監切古音在七部戌悉也此从戌之故戌爲悉者同音假借之理

呈平也今義云示也見也从口壬聲直貞切十一部壬之言挺也故訓平

右助也从口又又者手也手不足以口助之故曰助也今人以左右爲ナ又字則又製佐佑爲左右字于救切古音在一部

啻語時不啻也玄應引倉頡篇曰不啻多也按不啻者多之詞也秦誓曰不啻若自其口出世說新語云王文度弟阿智惡乃不啻玉篇云買賣云不啻也可知爲市井常談矣不啻如楚人言夥頤啻亦作翅支聲帝聲同部也疒部疷下曰病不翅孟子曰奚翅食重从口帝聲施智切十六部一曰啻諟也言部曰諟理也亦用諟爲寀諦字讀若鞮此謂後一義之讀

吉善也从士口居質切十二部

周密也密山部曰山如堂者引伸訓爲周緻也左傳晏子曰清濁小大短長疾徐哀樂剛柔遲速高下出入周疏以相濟也以周寘疏反對又襄二十七年春胥梁帶使諸喪邑者具車徒以受地必周杜皆云周密也按忠信爲周謂忠信之人無不周密者从用口善用其口則密不密者皆由於口職留切三部

𠁽古文周字从古文及及之者周至之意

唐大言也引伸爲大也如說尚書者云唐之爲言蕩蕩也見論衡又爲空也如梵書云福不唐捐凡陂塘字古皆作唐取虛而多受之意𨸏部曰隄唐也从口庚聲徒郎切十部

啺古文唐从口昜亦形聲

𠷎 誰也从口𠷎又聲𠷎古文疇 按此篆疑有誤白部曰𦣻詞也从白

𠷎聲引唐書帝曰𦣻咨與此音義大同但其字从口𠷎聲足矣不當兼从又聲又在一部非聲也老部𦒈酉部𨡎巾部幬皆从

𦒈聲竹部籌火部燾言部譸邑部鄯皆从𦒈聲絕無从𠷎聲之字可知此正當作𦒈爲𦒈之聲直由切三部 嘾

含深也 莊子曰大甘而嘾 从口覃聲 徒感切古音在七部 噎 飯窒也

王風中心如噎毛曰謂噎憂不能息也噎憂雙聲憂卽終日號而不嚘之嚘嚘氣逆也今本毛傳譌脫惟玉篇不誤鄭風傳憂不

能息憂亦讀爲嚘欠部曰歍嚘也歍嚘卽噎憂劉氏台拱說 从口壹聲 烏結切十二部 嗢 咽

也 咽當作噎聲之誤也欠部曰歍咽中息不利也與嗢音義同笑二云嗢噱者嗢在喉中噱在口也 从口𥁕

聲 烏沒切𥁕聲在十三部與十五部合音冣近也 哯 不歐而吐也 欠部曰歐吐也渾言之此

二云不歐而吐也者析言之歐以匈喉言吐以出口言也有匈喉不作惡而已吐出者謂之哯玉篇廣韵作不顧而唾非也

从口見聲 胡典切古音在十四部 吐 寫也从口土聲 他魯切五部

噦 气啎也 啎逆也通俗文曰氣逆曰噦內則曰不敢噦噫靈樞經說六府氣胃爲氣逆噦 从口

歲聲 於月切十五部 咈 違也 違與韋同相背也 从口弗聲 符弗切十五部 周

書曰 按說文引微子篇咈其耇長我與受其退皆系周書引予顛隮則曰商書未知孰是誤字洪範一篇商周說異

微子則必是商書也咈其耇長玉篇引易咈經于丘今易作拂葢誤嚘語未定皃

東方朔傳曰伊優亞者辭未定也集韵一云優或作嚘又老子終日號而不嚘玉篇作不嚘一云嚘氣逆也太玄柔兒于號三日不嚘傅奕校定老子作歠歠同嚘从口憂聲於求切三部鄔古一侯反吃言蹇難也

从口气聲居乙切十五部嗜喜欲之也此依韵會本喜當作憙憙悅也經傳多假耆爲嗜从口耆聲常利切十五部啖噍啖也荀子王霸篇啖啖常欲人之有注啖啖幷吞之皃从口炎聲徒敢切八部一曰噉韵會無此三字一云或作噉按口部無噉字玉篇廣韵皆正作噉一云啖同以譬字例之葢說文本作噉哽語爲舌所介也哽介雙聲漢書祝哽在前从口更聲讀若井汲綆古杏切十一部嘐誇語也孟子何以謂之狂也曰其志嘐嘐然曰古之人古之人夷考其行而不掩焉者也从口翏聲古肴切古音在三部啁嘐也此複舉字未删者楚辭鶤雞啁哳而悲鳴啁大聲哳小聲也从口周聲陟交切古音在三部倉頡篇啁調也謂相戲調也今人啁作嘲哇諂聲也淫哇也王莽傳又假䵷爲哇从口圭聲於佳切古音十六部讀若醫醫在第一部相隔遠甚疑是翳字翳在十六部㖾語相訶歫也歫今之拒字訶歫者訶而拒之从口辛音愆辛惡

聲也口辛以口拒惡聲也讀若櫱五葛切十五部㕭譶㕭逗多言也言部曰譶多言也譶㕭玉篇作吅㕭从口殳聲當侯切四部呧苛也苛者訶之假借字漢人多用荷爲訶亦用苛爲訶从口氐聲都禮切十五部按言部有詆字云訶也口部呧似複出集韵詆呧爲一字呰苛也苛亦當作訶玄應引作訶凡言呰毀當用呰喪服四制呰者莫不知禮之所生也鄭云口毀曰呰玄應引如此今禮記作訾按少儀注云訾思也从口此聲將此切十六部嗻遮也廣韵嗻多語之皃然則遮者謂多言遏遮人言也从口庶聲之夜切古音在五部唊妄語也廣韵唊唊多言也从口夾聲讀若莢古叶切八部嗑多言也从口盍聲讀若甲候榼切八部嗙訶聲嗙喻也从口旁聲補盲切十部司馬相如說淮南宋蔡舞嗙喻也上林賦巴渝宋蔡淮南于遮此所偁非賦文葢凡將之一句也劉逵引黃潤纖美宜製襌歐陽詢引鐘磬竽笙筑坎侯知凡將七言爲句噧高气多言也廣韵曰高聲皃又多言从口蠆省聲按篆文作蠆此直云蠆聲可矣不當云省訶介切十五部春秋傳曰噧言未見所出惟公羊襄十四年經鄭公孫噧二傳作蠆疑噧言二字有誤當云鄭公孫噧㕯高气也从口九聲巨鳩切三

部詩㕯矛是此㕯字臨淮有㕯猶縣見地理志按韓子智伯伐仇猶非此縣地嘮嘮呶讙也从口勞聲敕交切二部呶讙聲也从口奴聲女交切古音在五部詩曰載號載呶見小雅毛曰號呼呶讙也叱訶也訶大言而怒也从口七聲昌栗切十二部噴叱也从口賁聲普魂切十三部一曰鼓鼻此別一義許釋嚏爲鼻欠以鼓鼻繫之噴吒噴也叱怒也此三字明叱噴吒三字互訓也曲禮曰毋吒食謂當食而叱怒他事嫌於怒食故注云嫌薄之淮陰侯傳曰項王喑噁叱吒千人皆廢从口乇聲陟駕切古音在五部亦作咤噊危也見釋詁从口矞聲余律切十五部啐驚也从口卒聲七外切十五部儀禮今文以爲啐酒字唇驚也後人以震字爲之从口辰聲側鄰切十三部吁驚也从口亏聲況于切五部按此篆當刪說見亏部嘵懼聲也豳風毛傳曰嘵嘵懼也从口堯聲許幺切二部詩曰予維音之嘵嘵玉篇廣韵作予維音之嘵嘵本說文也今本說文作唯予音之嘵嘵嘖大呼也呼當作嘑廣韵嘖嘖叫也左傳定四年嘖有煩言从口責聲士革切十六部讀嘖或从言百官公卿表典客太初元年更名大鴻臚應劭曰郊廟行禮讚

九賓鴻聲臚傳之也今漢書譌讚

嗸　衆口愁也　董仲舒傳嚻嚻苦不足食貨志天下嗸嗸陳湯傳敖敖苦之皆同音假借字也　从口敖聲　五牢切二部按此字五經文字玉篇廣韻經典釋文皆下口上敖本說文也今說文作嗷後人所妄改　詩曰哀鳴嗸嗸　小雅

唸　唸伊　逗　呻也　今本無唸者淺人以爲複字而刪之無呻者淺人所改也今依全書通例補正　从口念聲　都見切古音在七部郭音坫今切都見者因詩作殿也　詩曰民之方唸㕧　大雅文今作殿屎

㕧　唸㕧也　釋訓殿屎呻也毛傳殿屎呻吟也陸氏詩爾雅音義皆云殿屎說文作唸㕧　从口伊省聲　依詩爾雅音義五經文字云屎說文作㕧然則今本說文作吚者俗人妄改也以虫部蛜字例之亦爲伊省聲馨伊切十五部

㘙　呻也　从口嚴聲　五銜切八部廣韻作巖

呻　吟也　按呻者吟之舒吟者呻之急渾言則不別也　从口申聲　失人切十二部

吟　呻也　从口今聲　魚音切七部

䪩　吟或从音

嗞　嗟也　嗟言部作𧪦云𧪦嗞也與此爲互訓今本言部作咨也淺人妄改耳謀事曰咨音義皆殊戰國策秦策五平原令見諸公必爲言之曰嗟嗞乎司空馬詩綢繆子兮子兮如此良人何毛傳子兮者嗟茲也茲當作嗞古言𧪦嗞今人作嗟咨非也廣韻嗞嗟憂聲也　从口茲聲　子之切一部

哤　哤異之言　齊語曰四民者勿使襍處襍處則其言哤其事易韋注哤

亂也从口尨聲 莫江切九部 一曰雜語 漢人多用雜爲集字集語猶聚語也讀若尨 兩義 讀同

呺 嗥也从口丩聲 古弔切古音在三部按㗊部嘂言部訆皆訓大嘑與此音同義小異疑呺字淺人所增

嘅 嘆也从口旣聲 苦蓋切十五部 詩曰嘅其嘆矣 王風

㖡 語㖡嘆也 梁鴻傳競舉枉兮措直咸先佞兮㖡嘆注㖡嘆音延讒言捷急之皃郭注爾雅假爲次字夕連切 从口延聲 十四部

嘆 吞歎也 九經字樣作吞聲也非按嘆歎二字今人通用毛詩中兩體錯出依說文則義異歎近於喜嘆近於哀故嘆訓吞歎吞其歎而不能發詳欠部 从口歎省聲 他案切十四部 一曰大息也 此別一義與喟義同

喝 㵣也 㵣當作㵣音也今脫音字耳莊子庚桑楚終日嗥而嗌不嗄崔譔本作不喝云啞也子虛賦榜人歌聲流喝郭璞曰言悲嘶也又謝希逸文喝邊簫於松霧 从口曷聲 於介切十五部

哨 不容也 鄭注考工記曰哨頃小也記投壺曰某有枉矢哨壺 从口肖聲 才笑切二部

吪 動也 見釋詁毛詩傳 从口化聲 五禾切十七部 詩曰尚寐無吪 王風又小雅或寢或吪今各本作訛非

噆 嗛也 玄應引作銜也嗛銜音義同 从口朁聲 子荅切七部

吝 恨惜也 㥶吝亦恨惜也 从口文聲 按此字葢从口文會意凡恨惜者多文之以口

非文聲也良刃切十二部易曰㠯往吝蒙初六爻辭按辵部引以往遴不同者許易偁孟氏或兼偁他
家或孟易有或本皆未可知也𠫬古文吝从彣各異詞也詞者意内而言
外異爲意各爲言也从口夂夂陟侈切夂者有行而止之不相聽
意夂部曰從後至也象人兩脛後有致之者致之止之義相反而相成也古洛切五部否不也从
口不按否字見不部此誤增也唁弔生也庸風歸唁衛侯春秋齊侯唁公于野井穀梁傳毛傳
皆云弔失國曰唁此言弔生者以弔生爲唁別於弔死爲弔也何注公羊亦云弔亡國曰唁弔死曰弔與此相發明今本公羊注
弔死國曰弔衍國字从口言聲魚變切十四部詩曰歸唁衛侯哀閔
也閔弔者在門也引伸之凡哀皆曰閔从口衣聲烏開切古音在十五部嗁号也
号各本作號今正号下曰痛聲也此可證嗁号與嘑號不同字也号痛聲哭哀聲痛在內哀形於外此嗁與哭之別也喪大記
始卒主人啼兄弟哭婦人哭踊注悲哀有深淺也若嬰兒中路失母能勿啼乎按鄭用襍記語也嗁俗作啼士喪禮作諦古多
假諦爲嗁从口虒聲杜兮切十六部嗀歐皃今俗語如此从口㱿聲
許角切三部春秋傳曰君將㱿之左哀廿五年文之玉篇作焉咼口
戾不正也通俗文斜戾曰咼从口冎聲苦媧切古音十七部㗛㗛嗼

也三字一句俗本刪㕡字非也宀部曰寂無人聲也从口叔聲前歷切古音在三部嗼
㕡嗼也按宀部二云寂嗼義略同爾雅釋詁曰嗼定也呂覽首時篇嗼然高注嗼然無聲也今毛詩求民之莫毛曰
莫定也又貊其德音左傳韓詩貊皆作莫韓二云莫定也从口莫聲莫各切五部玉篇亾格切𠯑
塞口也廣雅釋詁曰𠯑塞也易巛六二括囊无咎括卽𠯑字也从口氒省聲氒卽氏部
氒字隸變或作氐或作牙凡𠯑聲字隸變皆爲舌如括刮之類古活切十五部𠯑古文从甘戴先
生曰古文氏不省誤爲从甘按汗簡古文四聲韵二云𠯑𠯑𠯑皆同厥出古尚書𠯑卽𠯑字不省者也嗾使犬
聲見左傳宣二年使犬者作之嗾也方言曰秦晉之西鄙自冀隴而西使犬曰哨郭音騷哨與嗾一聲之轉公羊疏云
今呼犬謂之屬从口族聲穌奏切三部釋文素口反春秋傳曰公嗾夫
獒按嗾服本作取二云取嗾也嗾夫獒使之嗾盾也今本釋文正義皆譌亂取誤爲㖩吠犬鳴从
口犬口犬者動口之犬也字林作吠則爲形聲字太玄曰鴟鳩在林吠彼衆經文選注引戰國策作吠亦是形聲字
符廢切十五部咆嗥也廣韵曰咆虓熊虎聲从口包聲薄交切三部嘷咆
也廣韵嘷熊虎聲左傳曰狐狸所居豺狼所嘷从口皋聲乎刀切古音在三部獋譚
長說嘷从犬公羊春秋經趙盾試其君夷獋喈鳥鳴聲也从口皆

聲古諧切十五部一曰鳳皇鳴聲喈喈按此八字葢後人所增鳳皇亦鳥耳詩風雨曰雞鳴喈喈卷阿曰雝雝喈喈

哮豕驚聲也按哮亦作豞許角切吳都賦曰封豨䝮李云䝮豨聲呼學切亦卽哮字但字形有譌耳从口孝聲許交切亦許角切古音在三部

喔雞聲也从口屋聲於角切三部

呝喔也呝喔雙聲射雉賦良遊呝喔引之規裏廣韵廿一麥曰呝喔鳥聲疑兩篆文下本皆云呝喔後人亂之耳从口戹聲烏格切十六部

咮鳥口也今人噣咮啄三字同音通用許分別甚明人口不曰咮从口朱聲章俱切古音在四部按廣韵十虞曰囑咮多言皃四十九宥曰咮鳥口然則大徐用章俱一切誤也

嚶鳥鳴也小雅鳥鳴嚶嚶毛曰嚶嚶驚懼也釋訓曰丁丁嚶嚶相切直也鄭曰嚶嚶兩鳥聲也按詩鳥鳴嚶嚶出自幽谷本不言何鳥昔人因嚶嚶似離黃之聲出谷遷喬亦似離黃出蟄士而登樹故就嚶改鸎爲倉庚之名唐試士以鸎出谷命題本毛詩也古者倉庚名離黃名鵹黃名楚雀名黃栗留黃鸝留不名黃鸎亦無鸎字也惟高誘注呂覽曰含桃鸎桃鸎鳥所含陸璣詩疏云黃鸝留幽州人謂之黃鸎鸎字始見要因其聲製字耳果名依高誘作鸎桃爲是鄭注月令作櫻桃者乃俗人所改詩交交桑扈有鶯其羽毛公云鶯然有文章也鶯絕非鸎唐人耕韵鶯注鳥羽文也鸎注黃鸎也一韵中可竝用舊本唐詩黃鸎字皆如此元明以後淺人乃謂古無鸎字盡改爲鶯而鶯失其本義而昔人因嚶製鸎之理晦矣玉篇鶯鳥有文鸎黃鳥也分別亦是而謂倉庚爲黃鳥失詩之訓

毛詩黃鳥非倉庚也至集韻類篇乃皆合鸎鷪爲一字斯謂不識字 从口嬰聲 烏莖切十一部

啄 鳥食也 鳥味銳食物似琢吳都賦說水鳥曰彫琢蔓藻 从口豖聲 丁角切三部

唬 虎聲也 鍇本不誤鉉本改爲唬聲誤甚自吠篆已下皆言鳥獸矣通俗文曰虎聲謂之哮唬唬當讀呼去聲亦讀如罅字从虎口虎亦聲也五部 从口虎 與吠意同主於說口故不入犬虎部 ○此下鍇有一曰虎聲四字鉉本此四字在从口之上皆淺人誤增 讀若暠 說文無此字鉉用唐韵呼訝切玉篇呼交切與此讀合

呦 鹿鳴聲也 見小雅 从口幼聲 伊虯切三部 𪁛 呦或从欠

噳 麌鹿羣口相聚皃 大雅麀鹿噳噳毛曰噳噳然衆也小雅麀鹿麌麌毛曰麌麌衆多也按毛意麌麌卽噳噳之假借也說文無麌 从口虞聲 魚矩切五部 詩曰麀鹿噳噳

喁 魚口上見 舒古玄應皆作衆口按魚㕦也淮南書水濁則魚噞喁劉逵注吳都賦曰噞喁魚在水中羣出動口皃喁喁本狀魚引伸他用如論語素王受命讖莫不喁喁延頸歸德淮南書羣生莫不喁喁然仰其德司馬相如傳延頸舉踵喁喁然皆是也 从口禺聲 魚容切古音在四部

局 促也 以疊韵爲訓 从口在尺下復局之 尺所以指斥規榘事也口在尺下三緘其口之意 一曰博所㠯行棊象形 博當作簙簙局戲也六箸十二棊簙有局以行十二棊局之字象其

形此別一義渠錄切三部㕣山間陷泥地閬玉篇作㵎陷當作沿字之誤水部曰沿泥水沿沿也从口闕謂山从水敗皃謂沿泥谷字酋字皆从水半見㕣亦从水半見出於口也水敗土而沿泝多是曰㕣讀若沇州之沇按漢隸沇州字已多作兖以轉切十四部九州之渥地也毛傳曰渥厚也故㠯沇名焉此釋州名之意沇爲九州之渥地如㕣爲山閒之渥地其義同其音亦同也𡋍古文㕣按下葢从谷上从列骨之殘歺字歺象水敗也漢人作兖字者葢合和容沇二字爲之

文一百八十鍇一百八十二重二十一張次立曰重二十補遺詠一字共重二十一按詠字今不補

凵張口也象形也廣韵作皃口犯切八部凡凵之屬皆从凵

文一

吅驚嘑也玉篇云吅與讙通按言部讙譁二字互訓與驚嘑義別从二口凡吅之屬皆从吅讀若讙況袁切十四部𤕦亂也从爻工交吅疑有譌脫寸部㝷繹理也从口从工从又从寸工口亂也又寸分理之彡聲與𤕦同意是則从吅从爻从工者亦亂

也从乙分理之𤔔不云理得不云亂者互見其義也乙部曰亂治也受部曰𤔔治也幺子相亂受治之凡言亂而治在焉易窮則變也莊子在宥傖囊崔譔作戕囊云戕囊猶搶攘晉灼注漢書曰搶攘亂皃也搶攘疊韵本在陽唐韵轉入庚韵攘卽𤔔之假借凡髮亂曰鬡鬡髶艸亂曰鬡寧皆搶攘同意

一曰窒𤔔 𤔔玉篇作㩫蓋誤窒𤔔蓋亢塞之意周漢人語也

讀若穰 兩義同讀在十部唐韵女庚切

𤔔 籒文𤔔

嚴 教命急也 嚴急疊韵趙注孟子曰事嚴喪事急

从吅厰聲 敦促之意語杴切八部

𠪚 古文嚴

咢 譁訟也 引伸爲徒擊鼓曰咢又韋賢傳咢咢黃髮

从吅屰屰亦聲 五各切五部

單 大也 當爲大言也淺人刪言字如誣加言也淺人亦刪言字爾雅廣雅說大皆無單引伸爲雙之反對大雅其軍三單毛云三單相襲也鄭云丁夫適滿三軍之數無羨卒也

从吅甲吅亦聲 大言故从吅都寒切十四部

闕 當云甲闕謂甲形未聞也

喌 呼雞重言之 當云喌喌呼雞重言之也淺人刪之耳夏小正正月雞桴粥粥也者相粥之時也案相粥之時也一本作相粥粥呼也粥喌古今字雞聲喌喌故人效其聲評之風俗通曰呼雞朱朱俗說雞本朱公化而爲之今呼雞曰朱朱也謹按說文解字喌从二口二口爲讙州其聲也讀若祝祝者誘致禽畜和順之意喌與朱音相似耳今按應仲遠似當引小正爲原本

从吅从州聲 之六切三部

讀若祝 依風俗通則祝當重謂喌喌讀若祝祝也左傳州吁穀梁作祝吁博物志

云祝雞翁善養雞故呼祝祝

文六　重二

哭　哀聲也从吅从獄省聲　苦屋切三部按許書言省聲多有可疑者取一偏旁不載全字指爲某字之省若家之爲豭省哭之从獄省皆不可信獄固从犾非从犬而取犾之半然則何不取穀獨倏狢之省乎竊謂从犬之字如狡獪狂默猝猥獮狠獷狀獳狎狃犯猜猛犺狂狟戾獨狩臭獘獻類猶卅字皆从犬而移以言人安見非哭本謂犬嗥而移以言人也凡造字之本意有不可得者如禿之从禾用字之本義亦有不可知者如家之从豕哭之从犬愚以爲家入豕部从豕宀哭入犬部从犬吅皆會意而移以言人庶可正省聲之勉强皮傅乎哭部當廁犬部之後

凡哭之屬皆从哭

喪　亾也　亡部曰亡逃也亡非死之謂故中庸曰事死如事生事亡如事存尚書大傳曰王之於仁人也死者封其墓況於生者乎王之於賢人也亡者表其閭況於在者乎皆存亡與生死分別言之凶禮謂之喪者鄭禮經目錄云不忍言死而言喪喪者棄亡之辭若全居於彼焉已失之耳是則死曰喪之義也公子重耳自偁身喪魯昭公自偁喪人此喪字之本義也凡喪失字本皆平聲俗讀去聲以別於死喪平聲非古也　从哭亾亾亦聲　此從禮記奔喪之禮釋文所引息郎切十部

文二

走 趨也 釋名曰徐行曰步疾行曰趨疾趨曰走此析言之許渾言不別也今俗謂走徐趨疾者非 从夭止夭者屈也 依韵會訂夭部曰夭屈也止部曰止爲足从夭止者安步則足胻較直趨則屈多子苟切四部大雅假本奏爲奔走 凡走之屬皆从走

趨 走也 曲禮注曰行而張足曰趨按張足過於布武大雅左右趣之毛曰趣趨也此謂假借趣爲趨也 从走芻聲 七逾切古音在四部

赴 趨也 聘禮赴者未至士喪禮赴曰君之臣某死注皆云今文赴作訃按古文訃告字祇作赴者取急疾之意今文从言急疾意轉隱矣故言部不收訃字者从古文不从今文也凡許於禮經从今文則不收古文字如口部有名金部無銘是也从古文則不收今文字如赴是也襍記作訃不作赴者禮記多用今文禮也左傳作赴者左丘明述春秋傳以古文故與古文禮同也 从走卜聲 芳遇切古音在三部

趣 疾也 大雅來朝趣馬箋云言其辟惡早且疾也玉篇所引如是獨爲不誤早釋來朝疾釋趣馬也又濟濟辟王左右趣之箋云左右之諸臣皆促疾於事周禮趣馬大鄭曰趣馬趣養馬者也按趣養馬謂督促養馬古音七口反音轉乃有清須七句二反後人言歸趣旨趣者乃引伸之義輒讀爲七句以別於七苟非古義古音也 从走取聲 七句切古音在四部

超 跳也 跳一曰躍也躍迅也迅疾也然則超與趣同義 从走召聲 敕宵切二部

趫 善緣木之士也 依二京賦注衆經音義訂吳都賦曰趫材悍壯此焉比廬成公綏洛禊賦曰趫才逸態習水善浮按張注列子說符

篇異伎云僑人郭注山海經長股國言有喬國今伎家僑人象此僑人今俗謂之蹻僑僑即趫字去囂切从走喬聲去囂切二部讀若王子蹻王子蹻蓋卽王子喬周靈王太子晉也又有王喬者蜀武陽人也淮南齊俗訓王喬赤誦子詡同松師古注王褒傳僑松云王僑赤松子凡辭賦言喬松者皆謂王喬非王子喬

赳輕勁有才力也周南傳曰赳赳武皃釋訓曰洸洸赳赳武也詩音義引爾雅武作勇从走丩聲居黝切三部讀若鐈喬聲在二部合韵冣近

䞕緣大木也與蚑音義略同一曰行皃此別一義小雅鹿斯之奔維足伎伎玉篇作䞕䞕从走支聲巨之切當作支十六部

趮疾也考工記羽豐則遲羽殺則趮鄭云趮旁掉也按今字作躁从走喿聲則到切二部

趯躍也召南傳曰趯趯躍也足部曰躍迅也从走翟聲以灼切古音在二部平聲

𧾍蹠也𧾍跳起也足部曰楚人謂跳躍曰蹠从走厥聲居月切十五部

越度也與足部𨁈字音義同周頌對越在天箋云越於也此假借越爲粵也尚書有越無粵大誥文侯之命越字魏三體石經作粵說文引粵三日丁亥今召誥作越三日丁巳从走戉聲王伐切十五部

趁䞡也从走㐱聲讀若塵丑忍切十三部按趁當平聲同馬部駗張人切今人趁逐字作此反語爲丑刃非古義古音也

䞡趁也按趁䞡卽屯六二屯如亶如馬融云難行不進之皃亶俗本作邅葉林宗

抄宋版釋文呂祖謙音訓皆作亶馬部作駗驙駗驙馬載重難也皆雙聲疊韵疑兩篆下本皆作趁𧻘也从走亶聲張連切十四部

趞 趬趞也从走昔聲七雀切古音在五部一曰行皃

趬 行輕皃今俗語輕趬當用此字从走堯聲牽遙切二部一曰趬舉足也今俗語謂舉足正如此按趬趞雙聲字疑篆當先趬後趞趬下曰趬趞行輕皃一曰趬舉足也从走堯聲趞下云趬趞也从走昔聲今本蓋淺人所亂

⿺走弦 急走也从走弦聲形聲包會意从弦有急意也胡田切十二部

趀 倉卒也倉俗从廾誤夬九四其行次且次鄭作趀論語造次必於是造次馬云急遽也鄭云倉卒也然則次者趀之假借字錢氏大昕說从走朿聲讀若資取私切十五部

⿺走票 輕行也从走票聲撫招切二部

𧼯 行皃从走臤聲讀若菣棄忍切十二部

趥 行皃从走酋聲千牛切三部

⿺走蜀 行皃篇韵皆曰小兒行从走蜀聲讀若燭之欲切三部

⿺走匠 行皃从走匠聲讀若匠疾亮切十部

⿺走叡 走皃走疾於行从走叡聲讀若紃詳遵切十三部按此字今篆作⿺走叡說二云叡聲溝叡字讀若郝部分絕遠依廣韵十八諄作⿺走叡則與玉部璿叡字同一諧聲取韵詳遵與似沿分十三十四部而敢近也玉篇亦作⿺走叡祀傳切今改正

⿺走薊 走意廣韵走皃从走薊聲讀若髽結之結結者今之髻字鄭注經少牢饋食追飾弁飾禨記用紒字从禮今文也許造說文髟部四用結字此一用結字从禮古文也士冠禮采衣紒注云古文紒爲結許不从今文故糸部無紒趪古屑切十五部⿺走困 走意廣韵走皃从走困聲丘忿切十三部趖 走意花閒詞曰苢蔻𢍰閒趖晚日今京師人謂日跌爲晌午趖从走坐聲蘇和切十七部⿺走憲 走意石鼓詩⿺走憲⿺走憲𧿧𧿧从走憲聲許建切十四部⿺走臱 走意从走臱聲布賢切十二部按鍇本作臱省聲而其篆文不省⿺走戴 走也从走戴聲讀若詩威儀秩秩此偁假樂威儀抑抑德音秩秩誤合二句爲一如東方昌矣昆夷呬矣亦然也秩秩李仁甫本作䟘䟘少牢饋食禮注曰古文替爲秩秩秩或爲戴與⿺走戴讀如秩相似直質切十二部合韵敢近⿺走有 走也篇韵皆作走皃从走有聲讀若又于救切古音在一部⿺走烏 走輕也从走烏聲讀若鄔安古切五部⿺走瞿 走顧皃从走瞿聲此形聲包會意瞿鷹隼之視也記曰見似目瞿讀若劬其俱切五部⿺走𡨄 走皃从走寒省聲今本寒作蹇誤篇韵皆丘言虛言二切鉉云九輦切⿺走才 疑之等趄而去也等讀若䟫等趄疊韵字濡滯之皃疑之故等趄而去等在之止韵音變入咍海韵音轉入拯等

韵从走才聲倉才切一部⿺走此淺渡也从走此聲雌氏切十五十六部⿺走匀獨行也唐風獨行煢煢毛曰煢煢無所依也煢聲匀聲合音取近故煢趨同義从走匀聲讀若煢渠營切十一部匀聲古在十二部⿺走與安行也廣韵九魚⿺走與⿺走與安行兒按欠部歟安气也心部懙趣步懙懙也馬部⿰馬與馬行徐而疾也論語曰與與如也漢書長倩懙懙从走與聲余呂切五部

起能立也起本發步之偁引伸之訓爲立又引伸之爲凡始事凡興作之偁从走巳聲五經文字云从辰巳之巳是字鑑从戊己之己非也墟里切十五部⿺辵己古文起从辵

⿺走里留意也从走里聲讀若小兒咳咳今本作孩誤許用小篆孩也戶來切一部

⿺走臭行也廣韵一送曰⿺走臭⿺走臭疲行兒大人賦說蟉蚪沛艾赳螑仡以佁儗兮張揖曰赳螑申頸低卬也按赳螑猶⿺走臭⿺走臭从走臭聲香仲切古音在三部

⿺走金低頭疾行也从走金聲牛錦切七部

趌趌趨也逗怒走也从走吉聲去吉切十二部

趨趌趨也凡異部疊韵必部分相近从走曷聲居謁切十五部

⿺走瞏疾也齊風子之還兮毛曰還便捷之皃按毛以還爲⿺走瞏之假借也或毛許所據詩本作⿺走瞏从走瞏聲讀若讙況袁切十四部

⿺走乞直行也从走乞聲魚訖

切十五部⿺走翼趨進⿺走翼如也有但引經文不釋字義者如此及詞之輯矣紟衣長短右袂是也又
色艴如也又足躩如也从走翼聲與職切一部趹踶也足部曰踶躗也按踶蹢也
从走夬聲各本作決省聲非古穴切十五部趩行聲也石鼓詩其來趩趩从
走異聲讀若敕丑亦切一部一曰不行皃按趩字鍇本在部末疑趩趩本
一字而二之如水部之潩瀷也趆趍也玉篇走皃廣韵趍走皃从走氐聲都禮切十五部
篇韵皆去聲趍趍趙二字句夊也夊行遲曳夊夊也楚危切各本皆譌久玉篇廣韵不誤趍
趙雙聲字與峙踞躊箸蹢躅字皆爲雙聲轉語从走多聲直离切古音在十七部趙趍趙
也从走肖聲治小切赾行難也廣雅赾難也按今人靳固字當作此赾字从
走斤聲讀若菫丘菫切十三部⿺走夐走意也从走夐聲讀
若繘居聿切十五部夐古音在十四部合音冣近故夐繘亦同字趠遠也辵部曰逴遠也音義
同上林賦捷垂條逴希閒玄應引如是史記作踔郭璞曰踔懸擿也吳都賦狖鼯猓然騰趠飛超按許云遠者騰擲所到遠也
从走卓聲敕角切李善丑教切今俗語如綽二部⿺走龠趠⿺走龠也三字一句趠⿺走龠疊韵
字廣韵趠⿺走龠行皃方言⿺足龠行也⿺足龠卽⿺走龠字从走龠聲以灼切二部⿺走矍大步也从

走矍聲。丘縛切。五部。

⿺走契　超特也。廣韵曰⿺走契同跇。按足部有跇字。迣也。迣踰也。禮樂志體容與迣萬里。迣迾也。於義隔。史記樂書作跇。吳都賦跇踰竹柏。李善引如淳曰跇超踰也。丑曳切。⿺走契與跇音義同。从走契聲。丑例切。十五部。

⿺走幾　走也。从走幾聲。居衣切。十五部。

⿺走弟　走也。篇韵皆作⿺走弗。云走皃。从走弟聲。敷勿切。十五部。

⿺走矞　狂走也。東京賦捎魑魅。斮獝狂。薛曰獝狂惡戾之鬼。按獝當作⿺走矞。从走矞聲。余律切。十五部。廣韵⿺走矞同遹。

⿺走曼　行遲也。今人通用慢字。从走曼聲。莫還切。十四部。

趉　走也。玉篇曰卒起走也。按今俗語有之。从走出聲。讀若無尾之屈。尾部曰屈無尾也。高注淮南云屈讀如秋雞無尾屈之屈。方言隆屈。郭音屈尾。瞿勿切。十五部。

趜　竆也。毛傳鞫竆也。說文⿱穴執竆也。⿱竹鞫竆治辠人也。皆於雙聲疊韵求之。廣韵曰趜困人也。从走匊聲。居六切。廣韵又巨竹切。三部。

趑　趑趄。逗。行不進也。易其行次且。釋文次本亦作趑。或作䟓。馬云卻行不前也。且本亦作趄。或作跙。馬云語助也。王肅云趑趄行止之礙也。按馬云卻行不前者。於次本字得其義也。云語助者。王風毛傳所云且辭也。馬鄭同用費氏易。而馬次鄭趑不同。趑者後出俗字。趄又因趑而加走旁者也。許斷不錄趑之前已有趑字。注曰趑趄。鉉因又補趄篆爲十九文之一。今姑皆存之。俟好學者深思焉。从走次聲。取私切。十五部。

趄　趑趄也。从走且聲。

七余切五部

𧾍 蹇行𧾍𧾍也。从走虔聲。讀若愆。去虔切十四部

𧾩 行𧾩𧾩也。廣韵𧾩曲走皃 从走雚聲。巨員切十四部 一曰行曲脊皃。玉篇無行字

趢 趢趗也。東京賦曰狹三王之趢趗薛云趢趗局小皃也 从走录聲。力玉切三部

䞭 行速䞭䞭也。鍇本行速䞭䞭者行速皃鉉本改下䞭爲也字非夊部曰夋行夋夋也廣雅釋室曰䞭犇也子緩反今本緩譌纁 从走夋聲。七倫切十三部

趚 側行也。側行者謹畏也 从走朿聲。資昔切十六部 詩曰謂地蓋厚不敢不趚。小雅趚作蹐毛曰蹐累足也足部引不敢不蹐此不同者蓋三家文異也朿聲脊聲同部

趌 半步也。今字作跬司馬法曰一舉足曰跬跬三尺兩舉足曰步步六尺 从走圭聲。讀若跬同。丘弭切十六部讀若跬同當作讀若圭三字淺人所改也伍被傳作窺同部假借祭義作頃異部假借支與清轉移亥近也荀卿子作蹞

𧽢 𧽢隯也。逗 輕薄也。𧽢隯周漢人語 从走虒聲。直离切十六部 讀若池。鍇本作地

𧼮 僵也。僵僨也此與足部之踣音義竝同未審孰爲本字孰爲後增 从走咅聲。讀若匐。朋北切一部

𧺤 距也。距當作歫歫止也一曰槍也按蹶弩主於堂歫故曰𧺤張 从走㡿聲。鍇本不曰省聲五經文字㡿隸省作斥𧺤字林

作泝九經字樣坼譌省作坼又錯本譌鉉作訴是知今本篆作趚二云㡿省聲非也今正車者切古音在五部漢令曰趚張百人史漢申屠嘉傳材官蹶張如淳曰材官之多力能脚蹋彊弩張之故曰蹶張律有蹶張士孟康曰主張彊弩蹶音其月反漢令蹶張士百人考許書趚二字竝出趚二云蹠也趚二云距也引漢令趚張百人與如孟引作蹶張不合今尋繹字義趚者跳起也趚者拓也如孟二家作蹶張皆由認蹶趚趚爲一字耳讀說文者因㡿厥相似合趚趚爲一字篇韵皆云趚同趚正誤合二爲一之證也厥之省不得作㡿

䟏動也篇韵皆云䟏同大戴禮曰騏驥一䟏不能千步从走樂聲郎擊切古音在二部讀若春秋傳曰輔䟏當作春秋傳有輔䟏六字見襄廿四年今傳作䟏又有荀䟏

趡動也楊雄河東賦曰神騰鬼趡師古子笑才笑二反按說文有趡無趭廣雅釋室騰趭犇也曹音子肖今疑趭恐誤字子肖恐誤音耳然大人賦曰騰而狂趭師古音醮吳都賦狂趭獷猤李子召反則古非無趭字矣从走隹聲千水切十五部春秋傳曰盟于趡見桓十七年陸翠軌反趡地名此三字後人增

趄趄田逗易居也周禮大司徒不易之地家百晦一易之地家二百晦再易之地家三百晦大鄭云不易之地歲種之地美故家百晦一易之地休一歲乃復種地薄故家二百晦再易之地休二歲乃復種故家三百晦遂人辨其野之土上地中地下地以頒田里上地夫一廛田百晦萊五十晦中地夫一廛田百晦萊百晦下地夫一廛田百晦萊二百晦注萊謂休不耕者公羊何注曰

司空謹別田之高下美惡分爲三品上田一歲一墾中田二歲一墾下田三歲一墾肥磽不得獨樂墝埆不得獨苦故三年一換主易居財均力平漢書食貨志曰民受田上田夫百畮中田夫二百畮下田夫三百畮歲耕種者爲不易上田休一歲者爲一易中田休二歲者爲再易下田三歲更耕自爰其處地理志曰秦孝公用商君制轅田張晏云周制三年一易以同美惡商鞅始割列田地開立仟佰令民各有常制孟康云三年爰土易居古制也末世浸廢商鞅相秦復立爰田上田不易中田一易下田再易爰自在其田不復易居也按何云換主易居班云更耕自爰其處孟云爰土易居許云⿺走亘田易居爰轅⿺走亘換四字音義同也古者每歲易其所耕則田廬皆易云三年者三年而上中下田徧焉三年後一年仍耕上田故曰自爰其處孟康說古制易居爲爰田商鞅自在其田不復易居爲轅田名同實異孟說是也依孟則商鞅田分上中下而少多之得上田者百畝得中田者二百畝得下田者三百畝不令得田者彼此相易其得中田二百畝者每年耕百畝二年而徧得下田三百畝者亦每年耕百畝三年而徧故曰上田不易中田一易下田再易爰自在其田不復易居周禮之制得三等田者彼此相易今年耕上田百畝明年耕中田二百畝之百畝又明年耕下田三百畝之百畝又明年而仍耕上田百畝如是乃得有休一歲休二歲之法故曰三歲更耕自爰其處與商鞅法雖異而同也鞅之害民在開仟伯 从走亘聲 羽元切十四部

⿺走眞 走頓也 足部曰蹎跋也此與音義同 从走眞聲讀若顚 都年切十二部

⿺走甬 喪擗⿺走甬 今禮經禮記皆作踊足部曰踊跳也是二字義殊也左傳曲踊三百三踊于幕庭之類當

从足若卽位哭三踊而出之踊當从走擗鈫作辟詩邶風爾雅諸家本多作擗撫心爲擗跳躍爲趰从走甬
聲余隴切九部⿺走畢止行也今禮經皆作蹕惟大司寇釋文作⿺走畢云本亦作蹕是可見古經多後人改竄亦有僅存古字也五經文字曰⿺走畢止行也梁孝王傳出稱警入言⿺走畢一曰竈上祭名
也篇韵皆有禪字二云竈上祭从走畢聲甲吉切十二部⿺走斬進也按水部漸云漸水也
則訓進者當專作⿺走斬許所見周易卦名當如是矣从走斬聲藏濫切八部廣韵作蹔慈染切趧
趧婁逗四夷之舞各自有曲趧婁今周禮作鞮鞻氏注云鞻讀爲屨鞮屨四
夷舞者屝也今時倡蹋鼓沓行者自有屝按今說文革部鞮革屨也無鞻字釋文引說文鞮屨屨也字林鞮革屨也鞻者鞈屨是
則字林乃有鞻字許鄭周禮所無鄭注當本作婁讀爲屨革部之鞮是當用之屨走部之趧婁乃四夷舞者之屨曲當作屨聲
之誤也四夷之舞各自有屨正與鄭注說同許意當亦婁讀爲屨从走屨也故从走是聲都兮切十
六部趒雀行也今人槩用跳字从走兆聲徒遼切二部赶舉尾
走也从走干聲巨言切十四部按此後人所增非許書本有也衆經音義曰通俗文曰舉尾走曰揵
律文作赶馬走也然則唐初說文無赶卽有赶亦不訓舉尾走都人士鄭箋蠆螫蟲也尾末揵然似婦人髮末上曲卷然釋文
引漢書音義揵舉也此舉尾用揵不用赶之證

文八十五　重一

止下基也與丌同部同義象艸木出有址止象艸木生有址屮象艸木初生形
㞢象艸過屮枝莖益大出象艸木益滋上出達也故曰止爲足此引伸假借之法凡以韋爲皮韋以
朋爲朋黨以來爲行來之來以西爲東西之西以子爲人之偁皆是也以止爲人足之偁與以子爲人之偁正同許書無趾字
止卽趾也詩麟之止易賁其止趾于前止士昏禮北止注曰止足也古文止爲趾許同鄭从今文故不錄趾字如从今文名不
錄古文銘也或疑銘趾當爲今文名止當爲古文周尙文自有委曲煩重之字不合於倉頡者故名止者古文也銘趾者後出
之古文也古文禮今文禮者猶言古本今本也古本出於周從後出之古文今本行於漢轉從冣初之古文猶隸楷之體時或
有捨小篆用古籀體者也諸市切一部凡止之屬皆从止

歱跟也足部曰跟足歱也跟歱雙聲釋名曰足後曰跟或曰踵踵鍾也上體之所鍾聚也按劉熙作踵許歱踵義別从止重
聲之隴切九部

𣥊歫也今音丑庚切古音堂今俗語亦如堂考工記維角𣥊之大鄭曰𣥊讀如牚距之
牚牚距卽𣥊歫字之變體車𣥊急就篇釋名作車棠說文金部作車樘木部曰樘衺柱也今俗字𣥊作撐从止尙
聲丑庚切古音十部

歭躇也足部曰躇者歭躇不前也歭躇爲雙聲字此以躇釋歭者雙聲互訓也心
部曰𢠵箸足部曰蹢躅毛詩曰踟躕廣雅曰蹢躅跢跦皆雙聲疊韵而同義从止寺聲直离切按离當

作𡸣一部假借以時爲偫以䠧爲儲費誓峙乃糗糧峙卽時變止爲山如岐作歧變山爲止非眞有从山之峙从止之歧也峙

䠧之峙平聲峙具峻峙之峙亦作跱上聲

歫止也

許無拒字歫卽拒也此與彼相抵爲拒相抵則止矣書傳云歫至也至則止矣其義一也漢石經論語其不可者距之字作距許歫與距義別

从止巨聲

其呂切五部

一曰槍也

木部曰槍歫也兩字互訓槍者謂牴觸也

一曰超歫

史記投石超距超一作拔漢書甘延壽投石拔拒絕於等倫張晏曰拔拒超距也劉逵曰拔拒謂兩人以手相按能拔引之也

歬不行而進謂之歬从止在舟上

昨先切十二部按後人以齊斷之前爲歬後字又以羽生之翦爲前齊字

歷過也傳也

引伸爲治曆明時之曆

从止厤聲

郎擊切十六部

㞫至也从止叔聲

昌六切三部

𨂂人不能行也

王制瘖聾跛躃按跛說文作𡯁蹇也蹇行𧽊𧽊是能行而蠕邪不正者也躃說文作𨂂有足而不能行者如有牟子而無見曰矇也荀卿書賈誼傳皆假辟字爲之服虔曰辟病躃不能行也

从止辟聲

必益切十六部

歸女嫁也

公羊傳毛傳皆云婦人謂嫁歸此非婦人假歸名乃凡還家者假婦嫁之名也

从止婦省

當云从婦止婦省寫者奪之婦止者婦止於是也

𠂤聲

舉韋切十五部林罕妄改爲追省聲

𡚸籒文省

會意

疌疾也

凡便捷之字當用此捷獵也非其義豫九四朋盍簪子夏傳云簪疾也鄭云速

也昆說說之云陰弘道按張揖古今字詁寁作攁埤倉云攁疾也說之案攁𢶍同一字王原叔謂鄭詩不寁字祖感反玉裁按釋詁寁疌速也本或作疌 从又又手也从止 鍇曰止足也手足共爲之故疾 屮聲 疾葉切按屮聲在十五部疌在八部合音也

𣥠 機下足所履者 𣥠者躡也 从止从又入聲 尼輒切八部

屮 蹈也从反止讀若撻 廣韵引文字音義同 他達切十五部

歰 不滑也从四止 色立切七部

文十四 重一

癶 足剌癶也 剌癶疊韵字剌盧達切 从止𣥂凡癶之屬皆从癶 隸變作癶 讀若撥 北末切十五部

登 上車也 引伸之凡上陞曰登 从癶豆象登車形 都滕切六部

𤼷 籒文登从収 按籒文省𦞦之肉小篆併肉収省之

𤼵 以足蹋夷艸 周禮夷氏掌殺艸艸一作雉氏 从癶从殳 从癶謂以足蹋夷也从殳殺之省也艸部𦱀亦从从殳癶亦聲普活切十五部 春秋傳曰發夷蘊崇之 隱六年左傳今發作芟音衫又班固荅賓戲夷險發荒音灼曰發開也今諸本多作芟按發亦芟之誤

文三 重一

步 行也 行部曰人之步趨也步徐趨疾釋名曰徐行曰步 从止㞢相背 止㞢相竝者上登之象止㞢相隨者行步之象相背猶相隨也薄故切五部 凡步之屬皆从步

歲 木星也 五星水曰辰星金曰太白火曰熒惑木曰歲星土曰填星 越歷二十八宿 歲越疊韵 宣徧陰陽 宣歲雙聲此一句謂十二歲而周十二次也 十二月一次 釋天云載歲也夏曰歲商曰祀周曰年孫炎云歲星行一次也賈公彥引星備云歲星一日行十二分度之一十二歲而周天 从步 行於天有常故从步 戌聲 戌悉也亦是會意相銳切十五部 律曆書名五星爲五步 此釋从步之意漢書律曆志云五步

文二

此 止也 釋詁曰已此也正互相發明於物爲止之処於文爲止之言 从止匕 句 匕相比次也 此釋从匕之故相比次而止也雌氏切十五部漢人入十六部 凡此之屬皆从此

呰 窳也 闕 將此切十五十六部按此非許本文史記貨殖傳云呰窳偷生無積聚漢地理志呰窳媮生而無積聚應劭曰呰弱也晉灼曰呰病也窳惰也徐廣曰呰窳苟且惰嬾之謂也師古曰呰短也窳弱也言短力弱才不能勤作是皆呰窳爲雙字不以窳釋呰小顏云呰短者本方言今說文以窳釋呰非史漢文義又凡云闕者或闕其義

或闕其音或闕其形既釋爲窊則義非闕也其音則如淳音紫其形則从此从𠕁此亦聲皆非蓋闕無可言者許以訾入言部以呰入口部惟呰不入𠕁部入此部許必審知其說今本蓋許說亡後淺人補之也釋詁曰茲斯咨呰已此也疑呰本作些訓此故許類諸此止也而入此部歟

𣦵　識也从此朿聲遵誄切古音在十六部一曰藏也藏今字也古作臧廣雅石鏚謂之𣦵與識訓相近又𣦵錈也𣦵藏訓相近錈同舒卷之卷

文三

說文解字第二篇上

金壇段玉裁注

乏是也从一句一㠯止江沅曰一所㠯止之也如乍之止亡毋之止姦皆以一止之之盛切十一部凡正之屬皆从正𣥈古文正从二二古文上字此亦同辛示辰龍童音章皆从二𤴓古文正从一足足亦止也止部曰止爲足𡕒春秋傳曰反正爲乏左傳宣十五年文此說字形而義在其中矣不正則爲匱乏二字相鄉背也禮受矢者曰正拒矢者曰乏以其御矢謂之乏以獲者所容身謂之容房法切古音在七部

文二　重二

是直也直部曰正見也从日正十目燭隱則曰直以日爲正則曰是从日正會意天下之物莫正於日也左傳曰正直爲正正曲爲直五經文字是入日部則唐本从日也恐非承旨切古音當作紙十六部凡是之屬皆从是𣆓籀文是从古文正按此知籀篆皆从日昰是也古文尚書曰時五者來備今文尚書作五是來備李賢於李雲荀爽傳皆引史記五是來備可證凡史記多用

今文尚書也荀爽對策曰五韙咸備韙與是義同六書之轉注也李雲上書曰五氏來備氏與是音同在十六部六書之叚借
也从是韋聲于鬼切十五部春秋傳曰犯五不韙左傳隱十一年文
愇籒文韙从心玉篇云愇怨恨也廣韵引字書愇恨也皆不云同韙尟是少
也易𣪘辭故君子之道鮮矣鄭本作尟云少也又尟是不及矣本亦作鮮又釋詁鮮善也本或作尟尟者尟之俗是
少逗俱存也是少二字各本譌作尟是字此釋上文是少之意是此也俱存而獨少此故曰是少从
是少於其形得其義也賈侍中說此字說得諸侍中也穌典切十四部

文二　重二

辵乍行乍止也公食大夫禮注曰不拾級而下曰辵鄭意不拾級而上曰栗階亦曰歷階不拾
級下曰辵階也廣雅辵奔也从彳止彳者乍行止者乍止丑略切古音蓋在二部讀如超凡辵之
屬皆从辵讀若春秋傳曰辵階而走讀若二字衍春秋傳者公
羊宣二年文今公羊作躇何休曰躇猶超遽不暇以次迹步處也莊子云夫迹履之所出而迹豈
履也从辵亦聲迹本作速束聲故音在十六部小篆改爲亦聲則當入五部而非本部之形聲矣李陽冰
云李丞相持束作亦謂此字也資昔切古音在十六部蹟或从足責責亦束聲也小雅念彼不

蹟毛傳不蹟不循道也

速 籒文迹从朿 釋獸鹿其跡速釋文本又作䢷素卜反引字林鹿跡也按速正速字之誤周時古本二云其速速速之名不嫌專繫鹿也廣雅躔䟿解亢跡也卽爾雅麋跡躔鹿跡速麕跡解兔跡远也曹憲䟿音匹迹反集韵二云迹或作䟿然則字林從鹿速聲素卜反之字紕繆實甚或以竄入爾雅又或以羼入鹿部麋麕二字之閒其誤可不辯自明矣

䢜 無違也 舛部曰舝車軸耑鍵也兩相背从舛䢜从舝而曰無違猶祀從巳而曰祭無已也 从辵舝聲讀若害 胡蓋切十五部廣韵音會

䢦 先道也 道今之導字䢦經典假率字爲之周禮燕射帥射夫以弓矢舞故書帥爲率鄭司農云率當爲帥大鄭以漢人帥領字通用帥與周時用率不同故也此所謂古今字毛詩率時農夫韓詩作帥時許引周禮率都建旗鄭周禮作帥都聘禮注曰古文帥皆爲率皆是也又釋詁毛傳皆云率循也此引伸之義有先導之者乃有循而行者亦謂之䢦也 从辵率聲 疏密切十三部

邁 遠行也 釋言毛傳曰邁行也 从辵萬聲 莫話切十五部萬聲在十四部合音也

䜕 邁或从蠆 按虫部蠆字上不从萬而卝部厂部蠆皆从萬从虫未聞其詳

巡 視行也 也各本作皃今依篇韵訂視行者有所省視之行也天子適諸侯曰巡狩巡所守也視行一作延行延巡雙聲 从辵川聲 詳遵切十三部

𨗳 恭謹行也 从辵𣪊聲讀若九 居又切三部

𨑳 步行也 賁初九舍車而徒引伸爲徒搏徒涉徒歌徒擊鼓

从辵土聲同都切五部辻隸變作徒邎行邎徑也玉篇邎遲疾行也按此當作行徑也或作行由徑也从辵繇聲以周切三部𨒅正行也釋言毛傳皆曰征行也許分別之征爲正行邁爲遠行从辵正聲形聲包會意諸盈切十一部廴部又有延字行也征𨒅或从彳引伸爲征伐孟子曰征之爲言正也隨從也行可委曲從迆謂之委隨从辵隋聲旬爲切古音在十七部迊行皃从辵朩聲按各本篆文作述非也从卽禮切之朿則不得云朩聲云蒲撥切矣朩普活切隸變作市廣韻迊北末切急走也跡蒲撥切行皃趀上同此三字實一字二音實一音也許書言剌犮犮與迊音義同自下文迣譌爲迊因改此迊爲迊而以蒲撥北末分隸之其誤久矣十五部迋往也迋往疊韻从辵王聲于放切十部春秋傳曰子無我迋左傳昭廿一年文鄭風無信人之言人實迋女毛曰迋誑也傳意謂迋爲誑之叚借左氏此迋正同迋本訓往而經傳叚借爲誑故偁之以明依聲託事如敀本人姓而無有作敀借爲好字狟本訓犬行而尚狟狟借爲桓桓莧本訓火不明而布重莧席借爲蔑字皆其理也逝往也釋詁方言同方言曰逝秦晉語也从辵折聲讀若誓時制切十五部各本篆文不从斷艸非也𨑩往也釋詁方言皆曰徂往也按鄭風匪我思且箋云猶非我思存也此謂且卽徂之叚借釋詁又云徂存也是也从辵且聲全徒切五部𨑩

齊語方言文 徂退或从彳 ⿺辶虘籒文从虘 述循也述循疊韵述或叚借術為之如詩報我不述本作術是也古文多叚借遹為之如書祗遹乃文考詩遹駿有聲遹追來孝釋言毛傳皆曰遹述也是也孫炎曰遹古述字蓋古文多以遹為述故孫云爾謂今人用述古人用遹也凡言古今字者視此从辵术聲食聿切十五部 ⿺辶秫籒文从秫术者秫之省 遵循也遵循疊韵見釋詁从辵尊聲將倫切十三部 適之也釋詁適之往也方言逝徂適往也適宋魯語也按此不曰往而曰之許意蓋以之與往稍別逝徂往自發動言之適自所到言之故變卦曰之卦女子嫁曰適人从辵啻聲施隻切十六部 適宋魯語 過度也引伸為有過之過釋言郵過也謂郵亭是人所過愆郵是人之過皆是分別平去聲者俗說也从辵咼聲古禾切十七部 遦習也此與手部摜音義同从辵貫聲工患切十四部亦叚貫或叚串左傳曰貫瀆鬼神釋詁貫習也毛詩曰串夷載路 ⿺辶賣媟瀆也女部作媟嬻黑部作黷今經典作瀆从辵賣聲徒谷切三部 遴登也从辵閵省聲卽刃切十二部 造就也造就疊韵廣雅造詣也从辵告聲七到切古音在三部譚長說造上士也王制升於司徒者不征於鄉升於學者不征於司徒曰造士注造成也能習禮則為成士按依鄭則與就同義 艁古文

造从舟釋水天子造舟毛傳同陸氏云廣雅作艁按艁者謂並舟成梁後引伸爲凡成就之言

逾 进也逾進有所超越而進也 从辵俞聲羊朱切四部 周書曰無敢昏逾顧命文昏从民者誤

遝 迨也廣韵迨遝行相及也文賦紛葳蕤以馺遝方言迨遝及也東齊曰迨關之東西曰遝或曰及公羊傳祖之所逮聞也漢石經作遝聞 从辵眔聲目部云眔目相及也是遝亦會意徒合切八部按褱䍐第字皆眔聲是合韵之理也

迨 遝也迨遝疊韵 从辵合聲侯閤切七部

迮 迮迮起也此與人部作音義同公羊傳今若是迮而與季子國何云迮起也倉卒意按孟子作見孺子將入於井作者倉卒意卽迮之叚借也引伸訓爲迫迮卽今之窄字也 从辵乍聲阻革切古音在五部子各切

逪 这逪也这各本作迹依廣韵玉篇正小雅獻醻交錯毛曰東西爲交邪行爲錯儀禮交錯以辯旅酬行禮一这一逪也 从辵昔聲倉各切五部

遄 往來數也數所角桑谷二切釋詁曰遄疾也速也遄崧高蒸民傳同 从辵耑聲市緣切十四部 易曰已事遄往已依韵會虞翻曰祀舊作已是也今本鉉作吕錯作以

速 疾也見釋詁 从辵束聲桑谷切三部

遬 籒文从敕二傳作速公羊作遬如衞侯遬仲孫遬是也吕覽辨志注遬疾也玉藻見所尊者齊遬假遬爲肅也

警 古文从敕从言籒古皆敕聲

迅疾也見釋詁迅疾疊韻从辵卂聲息進切十二部适疾也从辵𠯑聲讀與括同古活切十五部逆迎也逆迎雙聲二字通用如禹貢逆河今文尚書作迎河是也今人假以爲順屰之屰逆行而屰廢矣从辵屰聲宜戟切古音在五部關東曰逆關西曰迎方言逢逆迎也自關而西或曰迎或曰逢自關而東曰逆迎逢也夆牾也逢遇也其理一也从辵卬聲疑卿切古音在十部䢒會也東西正相值爲䢒今人假交脛之交爲䢒會字从辵交聲古肴切二部遇逢也从辵禺聲牛具切古音在四部遭遇也見釋詁从辵曹聲作曹切古音三部一曰邐行俗云遭遇遘遇也見釋詁易姤卦釋文曰薛云古文作遘鄭同按襍卦傳遘遇也柔遇剛也可以證全經皆當作遘矣遘遇疊韻从辵冓聲古候切四部逢遇也見釋詁从辵夆聲符容切九部按夆牾也牾逆也此形聲包會意各本改爲峯省聲誤說文本無峯遻相遇驚也釋詁遇遻也遻見也从辵屰屰亦聲五各切五部迪道也見釋詁按道兼道路引導二訓方言由迪正也迪道疊韻从辵由聲徒歷切古音在三部遞更易也招魂二八侍宿射遞代些王云遞更也遞易疊韻从辵虒聲特計切十六部通達

也通達雙聲達古音同闓禹貢達于河今文尚書作通于河按達之訓行不相遇也通正相反經傳中通達同訓者正亂亦訓治徂亦訓存之理从辵甬聲他紅切九部

⿺辵止迻也从辵止各本有聲字非也止在一部徙在十六部從辵止會意者乍行乍止而竟止則移其所矣斯氏切⿰彳止徙或从彳彳者行也屎古文徙未詳其形聲會意韵會云說文古作⿰彳止集韵作[illegible]然則此字不出說文也集韵字體亦不同

迻遷徙也今人假禾相倚移之移爲遷迻字从辵多聲弋支切古音在十七部

遷登也从辵䙴聲七然切十四部拪古文遷从手西形聲

運迻徙也釋詁遷運徙也从辵軍聲王問切十三部

遁遷也此字古音同循遷延之意凡逡遁字如此今之逡巡也儀禮鄭注用逡遁十有一一曰逃也此別一義以遁同遯蓋淺人所增从辵盾聲徒困切十三部

遜遁也从辵孫聲穌困切十三部按六經有孫無遜大雅孫謀聘禮孫而說學記不陵節而施之謂孫論語孫以出之皆遜之叚借也春秋夫人孫于齊公孫于齊詩公孫碩膚尚書序將孫于位皆逡遁遷延之意故穀梁云孫之爲言猶孫也公羊云孫猶孫也何休云孫猶遁也鄭箋云孫之言孫遁也釋言云孫遁也釋名曰孫遜也遜遁在後生也古就孫義引伸卑下如兒孫非別有遜字也至部⿱孫至字下云從至至而復孫孫遁也此亦有孫無遜之證今尚書左氏經傳爾雅釋言淺人改爲遜許書

遯逭也蓋後人據今本爾雅增之非本有也

返還也返還疊韵从辵反反覆也覆復同反亦聲扶版切十四部商書曰祖伊返西伯戡黎文各本作祖甲今依集韵訂

彶春秋傳返从彳謂左氏傳也漢書曰左氏多古字古言許亦云左丘明述春秋傳以古文今左氏無彶字者轉寫改易盡矣

還復也釋言還復返也今人還繞字用環古經傳祇用還字从辵睘聲戶關切十四部

選遣也選遣疊韵左傳秦后子有寵於桓如二君於景其母曰弗去懼選鍼適晉其車千乘按此選字正訓遣后子懼遣故適晉實非出奔也从辵巺句巺逗遣之巺為風故云遣之巺亦聲思沇切十四部一曰擇也此別一義邶風不可選也毛曰物有其容不可數也小雅選徒囂囂毛云維數車徒者為有聲也數與擇義通選與算音同周禮注曰算車徒謂數擇之也

送遣也从辵倴省倴送也是會意蘇弄切九部

𨔶籒文不省

遣縱也系部曰縱緩也一曰舍也从辵𠳋聲去衍切十四部

邐行邐邐也邐邐縈紆皃从辵麗聲力紙切十六部

逮唐逮逗及也唐逮雙聲蓋古語也釋言曰遏遾逮也方言曰東齊曰蝎北燕曰噬逮通語也从辵隶聲隶部曰隶及也此形聲包會意徒耐切古音在十五部

遲徐行也今人謂稽延為遲平聲謂待之為遲去聲从辵犀聲直尼切十

五部 詩曰行道遲遲邶風文毛曰遲遲舒行皃 𨒈 遲或从𡰥按此字疑後人因楊雄傳而增也甘泉賦曰靈遲迟兮說者皆云上音棲下音遲迟卽遲字也然文選作迟迟與漢書異玉篇汗簡亦皆作迟集韵引尚書迟任又未必真壁中古文也 遟 籀文遲从屖兼會意形聲也五經文字曰今从籀文謂唐人經典用遟不用遲也

𨗻 徐也或假黎爲之史記衞霍傳遲明遲待也一作黎傳穀賦黎收而拜李注言舞將罷徐收斂容態而拜引倉頡篇𨗻徐也又或假犂爲之史記尉佗列傳犂旦城中皆降伏犂旦卽黎明漢書犂旦爲遲旦晉世家重耳妻笑曰犂二十五年吾冢上柏大矣益可見犂之爲遲也 从辵黎聲郎奚切十五部

遰 去也夏小正九月遰鴻鴈遰往也 从辵帶聲特計切十五部

⿺辶⿱山⿵冂川 行皃从辵⿱山⿵冂川聲烏縣切十二部

⿺辶䮝 不行也不上有馬者誤 从辵䮝聲按䮝馬小皃从馬垂聲讀若箠則⿺辶䮝不得讀若住倘云會意則又無取馬小也疑此字當在十六十七部下文讀若住三字當在从辵豆聲之下豆主同部 讀若住按住當作侸人部曰侸立也立部曰立住也住卽侸之俗也中句切四部

逗 止也逗遛 从辵豆聲田候切四部

迟 曲行也迟曲雙聲乚部曰迟曲隱蔽孟康注子虛賦曰文理茀鬱迟曲軍法有逗留有迟橈光武紀不拘以逗留法如淳曰軍法行而逗留畏愞者要斬此謂止而不進者史漢韓安國傳廷尉當恢迟橈當斬服虔曰迟音企應劭曰迟曲行避敵也橈顧望也軍法語也此謂有意回

逶遲誤者淮南書云兩軍相當屈橈者要斬是也漢書一本作逗橈蘇林逗音豆小顏小司馬從之而改服應之注作逗不可通矣迟通作枳明堂位注枳椇謂曲橈之莊子吾行郤曲郤曲卽迟曲異部叚借也从辵只聲綺戟切字林上亦反服子愼音企十六部逶逶迆迆疊韵衺去皃从辵委聲於爲切十六十七部迆衺行也从辵也聲移尒切十六十七部夏書曰東迆北會于匯禹貢遹回辟也依韵會作辟小雅謀猶回遹毛曰回邪遹辟也按辟僻古今字大雅兩言回遹箋皆云回邪韓詩遹作穴或作⿰馬欠皆叚借字也遹古多假爲述字釋言云遹述也言叚借也釋詁云遹遵率循釋訓云不遹不蹟也皆謂遹卽述字也言轉注也不遹者今邶風之報我不述也从辵矞聲余律切十五部避回也上文回辟之回訓衺褢之叚借字也此回依本義訓轉俗作迴是也然其義實相近从辵辟聲毗義切十六部經傳多假辟爲避違離也邶風中心有違毛曰違離也从辵韋聲羽非切十五部遴行難也漢書遴柬布章遴簡謂難行封也引伸爲遴選選人必重難也从辵粦聲良刃切十二部易曰以往遴見口部吝下⿺辵夋復也彳部曰復往來也方言躔逡循也日運爲躔月運爲逡从辵夋聲七倫切十三部⿺辵氐怒不進也一曰鷙馬也惟鍇本有此四字而鷙从鳥則誤馬部曰驇馬重皃火部曰焚驇不

行也 从辵氐聲 都禮切十五部 逹 行不相遇也 此與水部滑泰字音義皆
同讀如撻今俗說不相遇尚有此言乃古言也讀徒葛切訓通達者今言也 从辵羍聲 十五部 詩
曰挑兮逹兮 鄭風文挑當同又部作𠬸𠬸滑也 达 逹或从大 亦形聲也
或曰迭 下脫字或曰此迭字之異體也鳥部隼一曰鶽字蚰部蠽一曰螟字彳部徲一曰此與駁同是其例也
逯 行謹逯逯也 張衡賦趢趗謂局小兒義與此同廣雅逯逯衆也女部娽隨從也蕭相國世家
平原君列傳作錄錄義皆相近 从辵彔聲 盧谷切三部 迵 迵 此複舉字之未刪者 迭
也 迭當作达玉篇云迵通達也是也水部洞疾流也馬部駧馳馬洞去也義皆相同倉公傳曰臣意診其脈曰迵風裴
曰迵音洞言洞徹入四肢 从辵同聲 徒弄切九部 迭 更迭也 或假佚字迭字載字
爲之 从辵失聲 徒結切十二部 一曰达 下脫字一曰此达字之異體也蓋达迭二字互相
爲用 迷 惑也 見釋言惑宋本作或心部曰惑亂也 从辵米聲 莫兮切十五部 連
負車也 負車各本作員連今正連即古文輦也周禮鄉師輂輦故書輦作連大鄭讀爲輦巾車連車本亦作輦車
管子海王服連軺輂立政刑餘戮民不敢服絻不敢畜連負車者人輓車而行車在後如負也字从辵車會意猶輦从扶車會
意也人與車相屬不絕故引伸爲連屬字耳部曰聯連也大宰注曰古書連作聯然則聯連爲古今字連輦爲古今字假連爲

聯乃專用輦爲連大鄭當云連今之輦字而云讀爲輦者以今字易古字令學者易曉也許不於車部曰連古文輦而入之辵部者小篆連與輦殊用故云聯連也者今義也云連負車也者古義也

从辵車會意 依韵會訂力延切古力展切十四部

逑 斂聚也 勹部曰匌聚也音義略同 从辵求聲 巨鳩切三部

虞書曰 虞書當本是唐書轉寫妄改之耳凡許偁堯典曰唐書說詳禾部 旁逑孱功 今堯典之方鳩孱功也人部孱下作旁救孱功凡儀禮古文作旁今文作方凡尚書古文作方今文作旁然則此所偁者今文尚書也今堯典逑作鳩說者亦云鳩聚

又曰怨匹曰逑 又曰與一曰同別一義也桓二年左傳曰嘉耦曰妃怨耦曰仇古之命也謂古者命名之法如是逑仇古多通用關雎君子好逑亦作仇兔罝云好仇毛傳逑匹也釋詁仇匹也孫炎曰相求之匹則孫本釋詁亦作逑可知逑爲怨匹而詩多以爲美詞者取匹不取怨也渾言則不別爾雅仇妃匹也是也析言則別左氏嘉耦怨耦異名是也許所據左氏爾雅作逑大玄方言之捄即逑字

⿺辶貝 數也 攴部曰數毁也⿺辶貝與敗音義同 从辵貝聲 薄邁切十五部 周書曰我興受其⿺辶貝 微子文云周書者蓋許所據不系於商書也亦見口部咈下

逭 逃也 緇衣引大甲曰天作孽可違也自作孽不可以逭逭本又作逭鄭注逭逃也亦見釋言 从辵官聲 胡玩切十四部

⿺辶雚 逭或从雚从兆 从兆者从逃省也从雚者雚聲也

遯 逃也 鄭注周易曰遯者逃去之名

从辵豚聲徒困切十三部逋士也士部曰士逃也訟九二曰歸而逋从辵甫聲博孤切五部逋籒文逋从捕亦形聲遺亡也廣韵失也贈也加也按皆遺亡引伸之義也从辵貴聲以追切十五部遂亡也廣韵達也進也成也安也止也往也從志也按皆引伸之義也从辵㒸聲徐醉切十五部䢣古文遂按不得其所從疑是从艸木尞字之尞逃亡也亡逃互訓从辵兆聲徒刀切二部追逐也詩禮假爲治金玉之鎚从辵𠂤聲陟隹切十五部逐追也从辵豕省聲按鉉本作从豚省鍇本韵會作豖省二字正豖省聲三字之誤也直六切三部迺迫也大雅似先公酋矣正義酋作遒按酋者遒之叚借字釋詁毛傳皆曰酋終也終與迫義相成遒與揫義略同也从辵酉聲字秋切三部遒迺或从酋近附也許附爲附婁字坿爲坿益字疑附近當作坿也經典釋文遠近上聲近之去聲古無此分別从辵斤聲渠遴切古音十三部廣韵其謹巨靳切[illegible]古文近邋搚也手部曰搚摺也公羊傳曰搚幹而殺之邋搚疊韵从辵巤聲良涉切八部迫近也釋言曰逼迫也逼本又作偪許無逼偪字葢祇用畐从辵白聲博陌切古音在五部𨕢近也釋言馹傳也郭云本或作遷按此假遷爲馹也聲類云遷

亦𩥇字則附會爾雅或本而合爲一字

从辵臸聲按至部臸到也重至與並至一也人質切十二部

邇 近也見釋詁小雅毛傳 从辵爾聲兒氏切三百篇在十五部漢人在十六部

迩 古文邇以尒形聲

遏 微止也釋詁遏止也按微者細密之意 从辵曷聲 讀若桑蟲之蝎之字衍烏割切十五部桑蟲蝎見虫部蜀也亦名蝤蠐

遮 遏也 从辵庶聲止車切古音在五部易用錫馬蕃庶鄭讀爲蕃遮

遾 遮遾也此當是遾遮也之倒刪複字之僅存者 从辵羨聲于線切十四部

迣 迾也晉趙曰迣鮑宣傳部落鼓鳴男女遮迣此其義也禮樂志體容與迣萬里孟康迣音逝此叚借也 从辵世聲 讀若寘按許有寘無寘寘者寘之誤凡寘彼周行寘諸河之干皆當作寘寘聲而入十五部者合音也迣征例切十五部

迾 遮也周禮假厲爲之山虞澤虞卝人迹人厲禁大鄭云遮列守之是也禮記假列爲之玉藻山澤列而不賦鄭云列之言遮列也是也漢書假迣爲之禮樂志鮑宣傳晉灼云迣古迾字是也西京賦迾卒清候李引禮記注迾遮也此可證玉藻注本作列之言迾迾遮也今本誤 从辵列聲良薛切十五部

迂 進也干求字當作迂干犯字當作奸 从辵干聲讀若干古寒切十四部

𨘢 過也本義此爲經過之過心部愆𡨦諐爲有過之過然其義相引伸也故漢書劉輔傳云元首無失道之𨘢 从辵侃聲

去虔切十四部

遱　連遱也連遱雙聲集韵連遱謂不絕皃从辵婁聲洛侯切四部

⿺辶枼　前頓也从辵枼聲各本篆作⿺辶市汲古改本作⿺辶巿解說作市聲皆非也今依玉篇正廣韵入三十怗先頰切云迅遱走也賈侍中說一讀若拾一疑衍鍇本作一曰又若郅手部揲字易音有時設息列思頰三反不同此讀若拾則在七部讀若郅則在十二部猶西茜音皆岐也玉篇口點竹季二切則十五部

迦　迦牙逗令不得行也牙各本作互今依玉篇正迦牙今音疊部古音雙聲行篇韵皆作進从辵加聲古牙切古音在十七部

𨒪　踰也足部曰踰越也踰與逾義小別从辵戉聲王伐切十五部易曰襍而不越繫辭傳文

逞　通也方言曰逞快也自山而東或曰逞江淮陳楚之閒曰逞又曰逞疾也楚曰逞又曰逞解也从辵呈聲丑郢切十一部楚謂疾行爲逞本方言春秋傳曰何所不逞欲左傳昭十四年文

遼　遠也小雅山川悠遠維其勞矣箋云其道里長遠邦域又勞勞廣闊勞者遼之叚借也从辵尞聲洛蕭切二部

遠　遼也从辵袁聲雲阮切十四部

⿰彳遠　古文遠

逖　遠也釋詁逷遠也按集韵云說文引詩舍爾介逖王伯厚詩攷因之攷大雅作介狄毛訓遠也蓋謂狄同逖言叚借也用逷蠻方云逷遠也則言轉注也集韵所據不足信

从辵狄聲他歷切十六部𨒪古文逖大雅用逷蠻方牧誓逷矣西土之人郭樸注爾雅顏之推觀我生賦李善文選注引書皆作逷衞包始改爲逖也左傳古字後人多妄改如襄十四年豈敢離逷用古文僖廿八年糾逖王慝則用小篆豈非改之不畫一乎易狄同部

迥遠也見釋詁大雅泂酌彼行潦毛曰泂遠也謂泂爲迥之段借也从辵同聲戶穎切十一部

逴遠也哀時命曰處逴逴而日遠九章曰道逴遠而日忘从辵卓聲敕角切古音在二部一曰蹇也此別一義蹇跛也莊子夔謂蚿曰吾以一足趻踔而行謂腳長短也踔卽逴字今莊子作趻卓讀若棹苕之棹棹苕未聞或曰苕者末也禽獸之逴於木杪曰棹苕蓋漢時語

迂避也迂曲回避其義一也从辵于聲憶俱切五部

逮自進極也逮進疊韵埤倉云逮至也从辵𦘔聲子僊切古音在十二部廣韵則前切

邍高平曰邍此依韵會各本作高平之野非也大司徒山林川澤丘陵墳衍邍隰鄭云下平曰衍高平曰原下溼曰隰釋地廣平曰原高平曰陸此及鄭注皆以高平釋原者謂大野廣平偁原高而廣平亦偁原下文所謂可食者曰原也凡陸皀陵阿皆高高地其可種穀給食之處皆曰原是之謂高平曰原也序官邍師注云邍地之廣平者與大司徒注不同者單言原則爲廣平墳衍原隰並言則衍爲廣平原爲高平也邍字後人以水泉本之原代之惟見周禮人所登从辵备彔闕此八字疑有脫誤當作从辵从略省从彔人所登也故从辵十四字

今本淺人所亂耳人所登蒙高解从辵之意也略者土地可經略也彔者土地如刻木彔彔然西都賦溝塍刻鏤是也蓋从三
字會意愚袁切十四部 道 所行道也 毛傳每云行道也道者人所行故亦謂之行道之引伸爲
道理亦爲引道 从辵首 首者行所達也首亦聲徒晧切古音在三部 一達謂之道 釋宮
文行部偁四達謂之衢九部偁九達謂之馗按許三偁當是一例當作一達謂之道从辵首道人所行也故从辵此猶上文邍
人所登故从辵也自邍以下字皆不系於人故發其例如此許書多經淺人改竄遂不可讀矣 ⿰首寸 古文道
从首寸 从寸者如九軌七軌五軌 遽 傳也 釋言馹遽傳也孫炎曰傳車驛馬也左傳僖卅三年
使遽告於鄭遽與姜戎昭二年乘遽而至傳中戀反 一曰窘也 窘迫也 从辵豦聲 其倨
切五部 迒 獸迹也 釋獸兔迹迒按序曰黃帝之史倉頡見鳥獸蹏迒之迹知分理之可相別異也是凡
獸迹皆偁迒不專謂兔也 从辵亢聲 胡郎切十部 ⿰𧾷更 迒或从足更 亦形聲更
亢同在十部 ⿺辶弔 至也从辵弔聲 都歷切古音在二部小雅盤庚皆作弔釋詁毛傳皆云弔
至也至者弔中引伸之義加辵乃後人爲之許蓋本無此字如本有之則不當與邍道遽迒爲伍 邊 行垂
崖也 釋詁曰邊垂也土部曰垂遠邊也厂部曰厓山邊也屵部曰崖高邊也行於垂崖曰邊因而垂崖謂之邊然則
邊不當廁於此 从辵臱聲 布賢切十二部

文一百一十八　重三十　張次立注小徐本曰重二十七補遺蟜僯二字

重二十九

彳　小步也。象人脛三屬相連也。三屬者上爲股中爲脛下爲足也單舉脛者舉中以該上下也脛動而股與足隨之丑亦切李斯作彡筆迹小變也　凡彳之屬皆从彳。

德　升也。升當作登辵部曰遷登也此當同之德訓登者公羊傳公曷爲遠而觀魚登來之也何曰登讀言得得來之者齊人語齊人名求得爲得來作登來者其言大而急由口授也唐人詩千水千山得得來得卽德也登德雙聲一部與六部合韵又冣近今俗謂用力徙前曰德古語也　从彳。悳聲。多則切一部

徑　步道也。周禮夫閒有遂遂上有徑鄭曰徑容牛馬畛容大車涂容乘車一軌道容二軌路容三軌此云步道謂人及牛馬可步行而不容車也　从彳。巠聲。居正切十一部按辵部道路皆廁部末此廁部首不同者錯見之意

復　往來也。辵部曰返還也還復也皆訓往而仍來今人分別入聲去聲古無是分別也　从彳。复聲。房六切三部

𢓜　復也。此字引伸爲狃忕之義故玉篇云習也忕也或與狃同按狃行而𢓜廢矣左傳有愎字愎者狃忕之意卽復字之變也復之引伸之義亦爲狃忕　从彳。柔聲。人九切三部按廣韵女久切習也从廣韵是

徎　徑行也。廣韵丈井切兩後徑也玉篇力整丈井二切徑也　从

彳呈聲丑郢切十一部按依今本說文音義則徎與逞同往之也从彳㞷聲
于兩切十部𨑬古文从辵按左辵右㞷㞷古文㞷也汗簡云𨑬尚書往字甘泉賦曰𨑬𨑬離宮
般以相燭忂行皃此與足部躩音義同走部又有趯从彳瞿聲其俱切五部彼
往有所加也彼加疊韵从彳皮聲補委切古音在十七部徼循也
百官表曰中尉掌徼循京師如淳曰所謂游徼徼循禁備盜賊也按引伸爲徼求爲邊徼今人分平去古無是也从彳
敫聲古堯切二部循行也各本作行順也淺人妄增耳依大誓正義衆經音義所引訂行今音
讀下孟反如月令循行國邑出行田原循行縣鄙周禮注行夜皆是也釋詁遹遵率循也引伸爲撫循爲循循有序从
彳盾聲詳遵切十二部彶急行也急彶疊韵凡用汲汲字乃彶彶之叚借也从彳
及聲居立切七部𢕟行皃吳都賦𢕟譶澩漻𢕟當从彳廣韵𢕟衆行皃从彳歰
聲穌合切七部一曰此與馺同一說𢕟即馺字也馺馬行相及也微隱行
也𢼸訓眇微从彳訓隱行叚借通用微而𢼸不行邶風微我無酒又假微爲非从彳𢼸聲無非切十
五部春秋傳曰白公其徒微之左傳哀十六年文杜曰微匿也與釋詁匿微也
互訓皆言隱不言行𢼸之叚借字也此偁傳說叚借徥徥徥行皃也方言徥用行也郭曰徥皆

行皃度揩反集韵曰往徥行皃於佳度皆二切从彳是聲是支切十六部爾雅曰徥則也今本釋言作是則也蓋古爾雅假徥爲是也此偁爾雅說叚借

徐安行也从彳余聲似魚切五部

𢓊行平易也廣雅𢓊𢓊行也按凡平訓皆當作𢓊今則夷行𢓊𢓊廢矣从彳夷聲以脂切十五部

𢕟使也疑使上當有𢕟𢓜二字周頌莫予荓蜂蜂本又作夆毛曰荓夆摩曳也釋訓作甹夆摩曳也𢕟𢓜蓋甹夆之正字𢕟𢓜者使之也大雅傳曰荓使也从彳𧬈聲按此疑誤言部無𧬈當作从彳从言甹聲普丁切十一部玉篇云俗作俜

𢓜使也疑當作𢕟𢓜也三字从彳夆聲敷容切九部讀若螽蠭各本作夆蠭誤螽蠭者逢蠭之省

𢓭迹也豳風籩豆有踐箋云踐行列皃按踐同𢓭故云行列皃从彳戔聲慈衍切十四部

徬附行也牛人共兵車之牛與其牽徬注曰牽徬在轅外輓牛也人御之居其前曰牽居其旁曰傍按傍附也从人徬附行也从彳此音同義微別也从彳旁聲蒲浪切十部

徯待也孟子引書徯我后趙曰徯待也从彳奚聲胡計切十六部按書孟子音義廣韵玉篇集韵說文篆韵譜皆上聲疑胡計誤

蹊徯或从足左傳牽牛以蹊人之田孟子山徑之蹊月令塞徯徑凡始行之以待後行之徑曰蹊引伸之義也今人畫爲二字音則徯上蹊平誤矣

待竢也立部曰竢待也从彳寺聲徒在切一部今人易其語曰等

𢓸

行𢓊𢓊也（𢓊𢓊蓋與小弁踧踧同行平易也皆徒厤切玉篇云𢓊除又切與宙同古往今來無極之名）从彳由聲（古音在三部）

徧　帀也（帀部曰帀匌也勹部曰匌帀徧也）从彳扁聲（比薦切十二部禮記多假辯字爲之）

徦　至也（方言曰假洛至也邠唐冀兗之閒曰假或曰洛按洛古格字假今本方言作假非也集韵四十禡可證毛詩三頌假字或訓大也或訓至也訓至則爲假之假借尚書古文作格今文作假如假于上下是也亦假之假借）从彳叚聲（古雅切五部郭樸音駕）

復　郤也从彳日夊（彳行也行而日日遲曳是退也夊行遲曳夊夊也他內切十五部）一曰行遲（四字疑後增）

衲　復或从內

退　古文从辵（今字多用古文不用小篆）

後　遲也从彳幺夊幺夊者後也（各本奪二字今補幺者小也小而行遲後可知矣故从幺夊會意胡口切四部）

逡　古文後从辵

徲　久也（久疑當作夊）从彳犀聲讀若遲（杜兮切十五部按廣韵徲杜奚切久待也無徲字玉篇集韵有徲無徲未知孰是廣雅徲徲往來也丈尸反）

很　不聽從也一曰行難也从彳𥃩聲（胡懇切十三部）一曰盭也（盭弼戾也韵會無此四字）

徸　相迹也（後迹與前迹相繼也玄應合踵徸爲一字）从彳重聲（之隴切九部）

得　行有所㝵

也㝵各本作得誤今正見部曰㝵取也行而有所取是曰得也左傳曰凡獲器用曰得从彳㝵聲多則切一部㝵古文省彳按此字已見於見部與得並爲小篆義亦少異徛舉脛有渡也釋宮曰石杠謂之徛郭曰聚石水中以爲步渡彴也音居義反从彳奇聲去奇切古音在十七部徇行示也大司馬斬牲以左右徇陳曰不用命者斬之小子凡師田斬牲以左右徇陳陸德明引古今字詁曰徇巡也按如項羽傳徇廣陵徇下縣李奇曰徇略也如淳曰徇音撫循之循此古用循巡字漢用徇字之證此古今字詁之義也从彳勻聲古勻旬同用故亦作徇詞閏切十二部司馬法斬以徇許引司馬法者凡八律均布也均律雙聲均古音同勻也易曰師出以律尚書正日同律度量衡爾雅坎律銓也律者所以範天下之不一而歸於一故曰均布也从彳聿聲呂戌切十五部御使馬也周禮六藝四曰五馭大宰注曰凡言馭者所以毆之內之於善此引伸之義也从彳卸按卸亦聲牛據切五部馭古文御从又馬惟見周禮亍步止也魏都賦曰澤馬亍阜䅤白馬賦曰秀騏齊亍从反彳讀若畜丑玉切三部

文三十七　重七

廴長行也玉篇曰今作引是引弓字行而廴廢也从彳引之引長之也余忍切十

二部凡廴之屬皆从廴

廷 朝中也朝中者中於朝也古外朝治朝燕朝皆不屋在廷故雨霑服失容則廢从廴壬聲特丁切十一部甘祿字書佩觿音定廣韵同

延 行也此與彳部征字音義同漢武帝年號延和字如此作今漢書多誤爲以然切之延又或改爲从廴之延亦非也从廴正聲諸盈切十一部

建 立朝律也今謂凡豎立爲建許云立朝律也此必古義今未攷出从聿律省也从廴廷省也居萬切十四部

文四

㢟 安步㢟㢟也从廴从止引而復止是安步也丑連切十四部魏志鍾會兄子毅及峻㢟下獄裴曰㢟敕連反按卽㢟字也止之隸變作山凡㢟之屬皆从㢟

延 長行也本義訓長行引伸則專訓長方言曰延長也凡施於年者謂之延又曰延徧也从㢟厂聲厂部曰象抴引之形余制切虒延曳皆以爲聲今篆體各異非也厂延虒曳古音在十六部故大雅施于條枚呂氏春秋韓詩外傳新序皆作延延于條枚延音讀如移也今音以然切則十四部

文二

㣥 人之步趨也步行也趨走也二者一徐一疾皆謂之行統言之也爾雅室中謂之時堂上謂

之行堂下謂之步門外謂之趨中庭謂之走大路謂之奔析言之也引伸爲巡行行列行事德行从彳亍彳小步也亍步止也戶庚切古音在十部凡行之屬皆从行

術邑中道也邑國也引伸爲技術从行朮聲食聿切十五部

街四通道也風俗通曰街攜也離也四出之路攜離而別也按此以疊韵爲訓从行圭聲古膎切十六部

衢四達謂之衢釋宮文釋名曰四達曰衢齊魯閒謂四齒杷爲欋欋杷地則有四處此道似之也按中山經宣山桑枝四衢少室山木曰帝休枝五衢天問靡蓱九衢淮南書木大則根欋皆謂交遣歧出从行瞿聲其俱切五部

衝通道也衝通疊韵引伸之義爲當也向也突也从行童聲昌容切九部今作衝春秋傳曰及衝以擊之左傳昭元年文各本以下有戈字李燾本無按上云子南執戈逐之則云以擊之不再出戈是也今傳作擊之以戈亦是淺人所改

衕通街也衕通疊韵今京師衚衕字如此作从行同聲徒弄切九部

䘵迹也此與彳部𢓈音義同从行戔聲才綫切十四部

衙衙衙依廣韵九魚補二字行皃九辯導飛廉之衙衙王注風伯次且而埽塵也按衙衙是行列之意後人因以所治爲衙从行吾聲魚舉切又音牙五部

衎行喜皃小雅毛傳衎樂也从行干聲空旱切十四部

衒行且賣也周禮飾行儥慝

大鄭云儥賣也慝惡也謂行且賣姦僞惡物者後鄭云謂使人行賣惡物於市巧飾之令欺誑買者从行言黃絢切十四部言亦聲也

衒 𧗳或从玄依或字諧聲則在十二部

𧗿 將衞也衞也今本作衞也誤將如鳥將雛之將古不分平去也衞導也循也今之率字率行而衞廢矣率者捕鳥畢也將帥字古祇作將衞帥行而衞又廢矣帥者佩巾也衞與辵部䢦音義同从行率聲所律切十五部

衞 宿衞也宮正夕擊柝而比之注暮行夜以比直宿者宮伯掌王宮之士庶子凡在版者大鄭云庶子宿衞之官後鄭云衞王宮者必居四角四中於徼候便也漢有衞尉掌宮門衞屯兵从韋帀行韋者圍之省圍守也帀亦圍也韋亦聲于歲切十五部行逗列也依韻會訂此釋从行之意行者列也今音讀如杭別於步趨之行衞从三字會意

文十二 重一

齒 口齗骨也鄭注周禮曰人生齒而體備男八月女七月而生齒象口齒之形𠚕者象齒餘凵字也止聲昌里切一部凡齒之屬皆从齒

𠚕 从小徐也大徐本誤古文齒字古文獨體象形不加聲旁

齗 齒本肉也各本無肉玄應兩引作齒肉也篇韵皆作齒根肉也今補齗爲肉故上文齒爲齗骨此骨出肉外故肉爲骨本魯世家甚矣魯道之衰也洙泗之閒齗齗

如也地理志云魯濱洙泗其民涉渡幼者扶老者而代其任俗既薄長老不自安與幼者相讓故曰魯道衰洙泗之閒齗齗如也按彼此爭辭露其齒本故曰齗齗徐廣五艱反又按曲禮笑不至矧鄭云齒本曰矧大笑則見矧正齗之近部叚借字也从齒斤聲魚斤切十三部

齔 毀齒也男八月生齒八歲而齔女七月生齒七歲而齔从齒七各本篆作齓云从齒从七初忍初覲二音殆傅會七聲爲之今按其字从齒七七變也今音呼跨切古音如貨本命曰陰以陽化陽以陰變故男以八月生齒八歲而毀女七月生齒七歲而毀毀與化義同音近玄應書卷五齔舊音差貴切卷十一舊音羌貴切然則古讀如未韵之毇蓋本从匕匕亦聲轉入寘至韵也自誤从七旁玄應云初忍切孫愐云初堇切廣韵乃初覲切集韵乃初問恥問二切其形唐宋人又譌齔从乚絕不可通矣今當依舊音差貴切古音蓋在十七部

齻 齒相值也今左傳作幘譌字也古無幘則述傳時無此字也杜云齒上下相值也按謂上下齒整齊相對詩所云如瓠犀从齒責聲士革切十六部一曰齧也別一義春秋傳曰晳齻定九年文按晳謂人色白與齻二事

齜 齒相齘也齘各本誤齗今本不誤廣韵齜䶗齒不正上士佳下五佳切玉篇曰䶗亦作䶗一曰開口見齒之皃管子曰東郭有狗嘊嘊旦莫欲齧我猳嘊嘊露齒之皃从齒此聲各本作柴省聲淺人改也讀若柴仕街切十六部

齘 齒相切

也謂上下齒緊相摩切也相切則有聲故三倉云齘鳴齒也函人爲甲衣之欲其無齘也大鄭云齘謂如齒齘不齘則隨人身便利方言齘怒也郭曰言噤齘也噤亦作㗶類篇韵皆云㗶齘切齒怒从齒介聲胡介切十五部齞張口見齒也依文選注訂登徒子好色賦齞脣歷齒从齒只聲研繭切古音在十六部䶢齒差也差當作齹从齒兼聲五緘切七部廣韵語廉切齺齒搚也搚今本作摺手部曰搚一曰拉也搚拉者謂齒折也一曰馬口中糜也司馬相如傳猶時有銜糜之變張揖曰銜馬勒銜也糜騑馬口長銜也司馬貞曰周遷輿服志云鉤逆上者爲糜糜在銜中以鐵爲之大如雞子鹽鐵論云無銜糜而禦悍馬是也从齒芻聲側鳩切四部廣雅廣韵及管子注士角切一曰齰也廣雅齺齧也本此按管子車轂齺騎連伍而行荀卿子齺然上下相信而天下莫之敢當二書於齰義差近齧則齒近物廣韵曰齺齒相近皃齱齱齵逗疊韵齒不正也廣韵齱下曰齱齵齒偏齵下曰齱齵从齒取聲側鳩切四部齵齱齵也从齒禺聲五婁切四部按二字各本譌亂今依廣韵正之齟齟齬逗疊韵齒不相值也廣韵曰齟齬不相當也或作鉏鋙上牀呂切下魚巨切按金部䥏下云鉏䥏也䥏或作鋙周禮注作鉏牙左傳西鉏吾以鉏吾爲名牙吾古音皆在九魚古齟字有單用者東方朔傳曰齟者齒不正也許書各本齟訓齬齒也齬訓齒不相值也二篆皆當類厠

各本離之甚遠又䶥側加切齬魚舉切全失古語疊韵之理蓋由䶥之字變爲齟齬之字變爲齬因以䶥齬並入麻韵而與齬畫分異處耳今从䶥齬之例正之不爲專輒也 从齒虘聲 大徐側加切按古音在五部當依廣韵牀呂切篆韵譜鉏阻反

齬 䶥齬也从齒吾聲 魚舉切五部

齹 齒差跌皃 差者不值也跌者踼也齒差跌謂參差踼跌不平正也 从齒佐聲 鉉曰佐當是㑅字之誤說文無佐字昨何切十七部 春秋傳鄭有子齹 見左傳昭十六年今傳作齹實一字也釋文曰齹字林才可士知二反說文作齹云齒差跌也在河千多二反是字林始有齹各本說文乃以齹篆先齹而別爲音義誤甚今刪之古人名字相應或以相反爲相應齹者不齊故爲嬰齊之字也

齤 缺齒也一曰曲齒 缺齒者齤也曲齒者上云齒差跌今俗云齒齤也按从齒淮南道應訓若士齤然而笑謂露其齒病而笑也 𢍜聲讀又若權 按云又者謂𢍜讀若書卷齤讀同又讀若權也大徐刪又非巨員切十四部

齳 無齒也 韓詩外傳以爲姣好邪則大公年七十二齳然而齒墮矣 从齒軍聲 魚吻切十三部

齾 缺齒也 引伸凡缺皆曰齾左傳曰兩軍之士皆未慭也杜曰慭缺也釋文慭魚覲反又魚轄反按慭得有魚轄反者正因本或作齾陸氏失於不分別言之耳正義曰慭者缺之皃今人猶謂缺爲慭所據本必作齾故如此云下文蓋有一本作慭之語亦爲淺人刪之矣 从齒獻聲 五轄切十五部獻聲在十四部合音也

⿰齒巨 齗腫也从齒巨聲 巨主切五部廣韻其呂切

齯 老人齒 魯頌黃髮兒齒釋詁曰黃髮齯齒壽也釋名曰九十或曰齯齒大齒落盡更生細者如小兒齒也按毛詩作兒古文他書作齯今文也 从齒兒聲 此形聲包會意五雞切十六部

齮 齧也 史漢田儋傳齮齕用事者墳墓如淳曰齮齕猶齚齧也齕齩也按凡從奇之字多訓偏如掎訓偏引齮訓側齧索隱注高紀云許慎以為側齧 从齒奇聲 魚綺切古音在十七部

⿰齒出 齚齒也 謂齚物而外露之齒也故從齒出 从齒出聲 仕乙切十五部

齰 齧也 漢書灌夫傳齰舌自殺鄧通傳使太子齰癰 从齒昔聲 側革切古音在五部

齚 齰或从乍 作聲亦五部也

⿰齒咸 齧也从齒咸聲 工咸切廣韻苦洽切古音在七部

齦 齧也 此與豕部豤音義同疑古祇作豤齦者後出分別之字也今人又用為齗字矣 从齒艮聲 康很切十三部

⿰齒干 齒見兒 廣韻曰齴齗齒不正 从齒干聲 五版切十四部

⿰齒卒 ⿰齒卒也 此複舉字之未刪者 从齒卒聲 昨沒切十五部

⿰齒列 齒分骨聲从齒列聲 篇韻皆作⿱列齒 讀若剌 盧達切十五部

齩 齧骨也 俗以鳥鳴之咬為齩齧 从齒交聲 五巧切二部

⿰差齒 齒差也 此與⿰齒兼訓齒差義異謂齒相摩切也齒與齒相切必參差上下之差即今磋磨字也引伸之義摩物曰⿰齒胥衞風

如切如瑳如琢如摩釋器曰骨謂之切象謂之瑳玉謂之琢石謂之摩切亦作齺瑳亦作磋摩亦作磨差者正字瑳磋皆加偏旁字也从齒屑聲讀若切千結切十二部𪘂齧堅聲齧各本作齒今依玉篇訂石部曰硈石堅也皆於吉聲知之从齒吉聲赫鎋切十五部按自齮至齾九文弁𪘂十文皆謂齧也宜移廁齗文之上𪘏齗牙也齗牙猶差齒也亦引伸為摩器之名刀部曰剴一曰摩也皆於豈聲知之从齒豈聲五來切古音在十五部齝吐而噍也噍即嚼字也見口部釋獸郭注曰食之已久復出嚼之从齒台聲丑之切一部爾雅曰牛曰齝釋獸文齕齧也如淳注漢書曰齕齩也曲禮庶人齕之从齒气聲戶骨切十五部䶫齒見皃从齒聯聲力延切十四部䶩噬也口部曰噬啗也釋名曰鳥曰啄獸曰齧齧齾也所臨則禿齾也从齒㓞聲五結切十五部齭齒傷酢也酢者今之醋字酸澀也从齒所聲讀若楚創舉切五部亦作齼凡言痛憷儊澀意皆同也齨老人齒如臼也如臼者齒坳从齒臼臼亦聲其久切三部一曰馬八歲也馬八歲曰馭齒亦如臼俗名之齨亦作駒齛羊粻也釋獸曰羊曰齛郭曰齛音漏泄按唐人諱世作齥粻米部無此字食部引詩乃餱粻从齒世聲私列切十五部齸鹿

麋粻釋獸曰麋鹿曰齸釋文云字或作嗌按嗌咽也咽喉也郭云齝食之所在因名之是也然則齸與齝同言其自喉出復嚼故字从齒嗌嗛則皆自其藏食之處言之字祇从口嗌或作齸者蓋亦謂出嚼之也从齒益聲伊昔切十六部

齧堅也玉篇齧堅皃廣韵齧聲各本齧作齒恐誤从齒至聲陟栗切十二部

齧骨聲曲禮曰毋齧骨鄭云為有聲響不敬从齒骨骨亦聲戶八切十五部

噍聲廣韵曰骨端从齒昏聲古活切十五部

噍堅也口部噂噍皃廣韵曰齵同噂从齒專聲補莫切五部按此蓋噂之或字後人竄入者也

文四十四今刪齹字則四十三　重二

壯齒也壯各本譌作牡今本篇韵皆譌惟石刻九經字樣不誤而馬氏版本妄改之士部曰壯大也壯齒者齒之大者也統言之皆偁齒偁牙析言之則前當脣者偁齒後在輔車者偁牙牙較大於齒非有牝牡也釋名牙樝牙也隨形言之也輔車或曰牙車牙所載也詩誰謂雀無角誰謂鼠無牙謂雀本無角鼠本無牙而穿屋穿墉似有角牙者然鼠齒不大故謂無牙也東方朔說騶牙曰其齒前後若一齊等無牙此為齒小牙大之明證象上下相錯之形五加切古音在五部凡牙之屬皆从牙

古文牙从齒而象其形也古文齒

虎牙也虎一本作武避唐諱耳今俗謂門齒外出為虎牙古語也大招云靨輔奇

牙宜笑嫣只淮南云奇牙出䶗酺摇高注將笑故好齒出也按奇牙所謂䶩也可部曰奇異也一曰不耦笑而露其齒獨好故曰奇 从牙奇奇亦聲 去奇切古音在十七部

𤘌 齒蠹也 釋名曰𤘌朽也蟲齧之缺朽也史記齊中大夫病齲齒淮南斲木愈齲司馬彪五行志桓帝元嘉中京都婦女作齲齒笑 从牙禹聲 區禹切五部

齲 𤘌或从齒

文三 重二

足 人之足也在體下从口止 依玉篇訂口猶人也舉口以包足已上者也齒上止下口次之以足上口下止次之以足似足者也次之以品从三口今各本从口非也卽玉切三部 凡足之屬皆从足

蹏 足也 俗作蹄 从足虒聲 杜兮切十六部

跟 足踵也 踵各本作歱誤止部曰歱跟也釋名曰足後曰跟一體任之象木根也 从足艮聲 古痕切十三部

𧿌 跟或从止

踝 足踝也 釋名曰踝确也居足兩旁磽确然也按踝者人足左右骨隆然圜者也在外者謂之外踝在內謂之內踝丮部曰𢀴擊踝也 从足果聲 胡瓦切十七部

跖 足下也 今所謂腳掌也史記曰跖勁弩按弩以足蹋張之故曰跖跖或借蹠爲之又作蹠賈誼傳曰病非徒瘇也又苦跖盭跖路字之異者也足跖反戾不可行 从足石聲 之石切古音在五部

踦 一足也 管子佶堯之時一踦腓一踦屨而當死謂一足刖一足屨當死罪也引伸之凡物單曰踦方言倚踦奇也自關而西凡全物而體不具謂之倚梁楚之閒謂之踦雍梁之西郊凡嘼支體不具者謂之踦公羊傳匹馬隻輪無反者何曰匹馬一馬也隻踦也又相與踦閭而語何云閉一扇開一扇一人在內一人在外戰國策必有踦重者矣踦重偏重也若衣部曰襱絝踦也毛傳曰蠨蛸長踦也則皆謂足不必一足 从足奇聲 去奇切古音在十七部

跪 拜也 手部曰拜首至手也按跪與拜二事不當一之疑當云所以拜也後人不達此書所以字往往刪之 从足危聲 去委切十六部

跽 長跽也 長跽各本作長跪今正按係於拜曰跪不係於拜曰跽范雎傳四言秦王跽而後乃云秦王再拜是也長跽乃古語長俗作⿰足長人安坐則形弛敬則小跪聳體若加長焉故曰長跽方言東齊海岱北燕之郊跪謂之⿰足長蹬郭曰今東郡人亦呼長跽爲⿰足長蹬釋名跽忌也見所敬忌不敢自安也徐廣注滑稽傳鞠䐈曰䐈其紀反與跽同謂小跪也廣雅⿰足長蹬跪拜也此統言之許跪跽析言之 从足忌聲 渠几切古音在一部徐廣音是也

踧 行平易也 小雅毛傳曰踧踧平易也 从足叔聲 子六切三部 詩曰踧踧周道 小弁

躣 行皃 九辯右蒼龍之躣躣 从足瞿聲 其俱切五部

踖 長脛行也 小雅執爨踖踖毛曰踖踖言爨竈有容也 从足昔聲 資昔切古音在五部 一曰踧踖 見論語鄉黨馬融曰恭敬

皃也廣韵一屋曰踧踖行而謹敬按左傳石䃴漢石經公羊作石踖从石誤字也

踽　疏行皃唐風獨行踽踽毛曰踽踽無所親也按許合經傳二云爾疏通也引伸爲親疏孟子行何爲踽踽涼涼義同　从足禹聲區主切五部　詩曰獨行踽踽

蹡　行皃聘禮衆介北面蹡焉鄭二云容皃舒揚曲禮天子穆穆諸侯皇皇大夫濟濟士蹌蹌鄭曰皆行容止之皃也按許蹡爲行皃蹌訓動也然則禮言行容者皆蹡爲正字蹌爲叚借字廣雅蹡蹡走也　从足將聲七羊切十部　詩曰管磬蹡蹡周頌文今詩作磬筦將將毛曰將將集也

躖　踐處也此與疃同義田部曰疃禽獸所踐處也王逸九思鹿蹊兮躖躖亦作斷按衹二云踐處別於疃字專屬禽獸　从足斷省聲不云㡭聲者㡭古文絕也徒管切十四部

𧿒　趣越皃趣疾也小徐作趨𧿒與赴音義略同　从足卜聲芳遇切古音在三部

踰　越也越度也踰與逾音義略同　从足俞聲羊朱切四部

䟊　輕也廣韵娍輕也字从女　从足戉聲王伐切十五部

蹻　舉足小高也蹻高疊韵各本作行高音灼注漢書高帝紀作小高玄應引文穎曰蹻猶翹也又引三蒼解詁云蹻舉足也丘消切按今俗語猶然　从足喬聲丘消切大徐居勺切非也二部　詩曰小子蹻蹻大雅文毛曰蹻蹻驕皃此引伸之義

𨂜　疾也長也一義相反而相成易其欲逐逐薛二云速也子夏傳作攸攸荀作悠悠劉作跾二云遠也

按方言透驚也式竹切吳都賦驚透沸亂透卽𨇠字音義正同今人以為透漏字他候切 从足攸聲式竹切三部

蹌 動也从足倉聲七羊切十部

踊 跳也與走部趙別 从足甬聲余隴切九部

躋 登也从足齊聲祖雞切十五部 商書曰按□部引咈其耇長辵部引我興受其退皆系之周書此作商書恐此為是 予顛躋微子篇文今尚書作隮注家云顛隕隮墜按升降同謂之躋猶治亂同謂之亂俗作隮顧命由賓階隮毛詩朝隮于西南山朝隮周禮九曰隮皆訓升左傳知隮於溝壑矣則訓降

躍 迅也迅疾也 从足翟聲以灼切二部

跧 蹴也蹴躡也 从足全聲莊緣切十四部 一曰卑也桊也桊當為拳曲之拳魯靈光殿賦狡兔跧伏於柎側注當引卑也桊也李善引蹴也非

蹴 躡也玄應二云說文蹴蹋也以足逆蹋之曰蹴 从足就聲七宿切三部

蹋 踐也从足𦐇聲徒盍切八部俗作踏

躡 蹈也史記張良陳平躡漢王足是也耤田賦注引說文躡追也不同 从足聶聲尼輒切八部

跨 渡也謂大其兩股閒以有所越也因之兩股閒謂之跨下史記淮陰侯傳作胯下夂部曰𡕒跨步也苦瓦切 从足夸聲苦化切按古音在五部音轉入於十七部耳五經文字云說文作跨經典相承隸省作跨此實不然夸聲在五部𡕒聲在十七部絕無牽字至肉部云說文胯隸省作胯則更誤說文有𡕒字無胯胯字胯卽𡕒之

俗廣韵曰兩股閒也玉裁又按蹴蹋躡趿蹈蹺踐七字一氣銜接不當中絕以跨字疑許書本無跨字夊部之牛釋曰跨步也跨步當爲夸步夸步者大步也大張其兩股曰牛必云夸步不云大步者牛夸雙聲也後人改牛作跨玉篇云牛與跨同其明證也又專言兩股閒則作胯牛字之訓則改之曰跨步皆出後人增竄此所以張參本與今本參差乖異而皆不必是歟

𨅊 蹈也 从足步聲 旁各切又音步五部

蹈 踐也 釋名蹈道也以足踐之如道 从足舀聲 徒到切古音在三部

躔 踐也 方言躔歷行也日運爲躔 从足廛聲 直連切十四部

踐 履也 履之箸地曰履履足所依也 从足戔聲 慈衍切十四部

踵 追也 與止部歱別 从足重聲 之隴切九部 一曰往來皃

踔 踶也 許意踔與蹈義同 从足卓聲 知教切二部廣韵丑教切蝯跳也漢書上林賦踔希閒史記作踔希閒是也又莊子一足踸踔而行謂踸長短也敕甚敕角切

蹛 踶也 玄應曰躛三蒼音帝郭訓古文奇字以爲古文逝字漢書韋昭音徒計切按蹛卽躛字漢書躛渾作躛蹛林作蹛 从足帶聲 當蓋切十五部

蹩 踶也 集韵作𨇩二云反足踶也匹蔑切莊子蹩躠爲仁亦作弊薛 从足敝聲 蒲結切十五部 一曰跛也

踶 躛也 李軌曰踶蹋也通俗文曰小蹋謂之踶 从足是聲 特計切十六部

躛 衞也 按此必有脫誤當云躛踶也牛部𤛓下云牛踶𤛓也然則𤛓躛衞義略同

从足衛聲于歲切十五部 蹵 蹵足也案此三字一句蹵卽蹀字也叚借作啑作喋文帝紀新喋血京師服虔曰喋音蹀屣履之蹀如淳曰殺人流血滂沱爲喋血司馬貞引廣雅喋履也然則喋血者蹵血也謂流血滿地汙足下也 从足執聲徒叶切七部

䟡 尌也與峙侍雙聲義略同 从足氏聲承旨切按旨當作紙十六部

蹢 蹢躅各本奪此二字文選注四引皆有 逗足也逗各本作住今正逗者止也說文無住字人部有侸侸者立也立者侸也是爲轉注侸非蹢躅之義易曰羸豕孚蹢躅三年問鳴號焉蹢躅焉蹢躅之雙聲疊韵曰踟躕曰跢跦曰峙䠧曰𢡱箸俗用躊躇 从足啻聲俗本作適省聲非是直隻切十六部 或曰蹢躅按四字衍文 賈侍中說足垢也賈謂足垢爲蹢躅

躅 蹢躅也蹢躅雙聲 从足蜀聲直錄切三部

踤 觸也長楊賦帥軍踤陁漢書音義曰踤聚也師古曰踤足蹴也 从足卒聲昨沒切十五部 一曰駭也 一曰倉踤今人多用蒼猝古書多用倉卒

蹶 僵也僵僨也方言跌蹷也左傳是謂蹶其本 从足厥聲居月切十五部 一曰跳也孟子今夫蹶者趨者是氣也而反動其心 讀亦若橜亦者謂讀若厥矣又讀若橜也橜瞿月切

𧾵 蹷或从闕

跳 蹷也方言自關而西秦晉之閒曰跳 从足兆聲徒遼切二部 一曰躍也躍迅

也 䟴動也與口部唇雨部震手部振音義略同 从足辰聲側鄰切十二部 䠧峙䠧逗不前也峙見止部二云䠧䠧也今按當云峙䠧也淺人刪一字耳 从足屠聲直魚切五部 𨁎跳也方言路䠨𨁎跳也 从足弗聲敷勿切十五部 蹠楚人謂跳躍曰蹠見方言 从足庶聲之石切古音在五部 踏蹠也按蹠當作跳方言路跳也自關而西秦晉之閒曰跳或曰路 从足荅聲他合切七部 䠨跳也方言䠨跳也陳鄭之閒曰䠨 从足䍃聲余招切二部 趿進足有所擷取也爾雅毛傳皆云執衽曰袺扱衽曰襭衣部云以衣衽扱物謂之襭襭或作擷 从足及聲穌合切七部 爾雅曰趿謂之擷按所據爾雅扱作趿無衽字與今本異亦與衣部說異蓋衣部用毛傳此據爾雅也 䟺步行獵跋也獵今之躐字踐也毛傳曰跋躐也老狼進則躐其胡獵跋猶踐踏也 从足貝聲博蓋切十五部 躓跲也釋言毛傳皆曰疐跲也疐者躓之叚借字 从足質聲陟利切古音在十二部詩正義引竹二反 詩曰載躓其尾豳風載疐其尾許所據作躓 跲躓也中庸言前定則不跲 从足合聲居怯切七部 跇述也述當作迣字之誤也樂書騁容與兮跇萬里裴引如淳曰跇謂超踰也吳都賦說田獵曰跇踰竹柏獮猭杞柟

从足世聲丑例切十五部鄭誕生云跇一作世蹎跋也經傳多叚借顛字爲之如左傳子都
自下射之顛是也貢禹傳誠恐一旦蹎仆氣竭从足眞聲都年切十二部豳風正義引丁千反跋
蹎也依豳風正義訂跋經傳多叚借沛字爲之大雅論語顛沛皆卽蹎跋也毛傳顛仆也沛拔也拔同跋豳風狼跋
亦或作拔馬融論語注曰顛沛偃仆也按豳風狼跋其胡謂纍也纍則仆矣引伸爲近人題跋字題者標其前跋者系其後也
邶風傳艸行曰跋別一義从足犮聲北末切廣韵蒲撥切十五部蹐小步也毛傳
蹐絫足也按絫蹐疊韵絫足者小步之至也从足脊聲資昔切十六部詩曰不敢不
蹐小雅走部引作趚跌踼也从足失聲徒結切十二部一曰越也
別一義踼跌也今本作跌踼也恐是誤倒吳都賦魂褫氣懾而自踼跌者劉曰踼跌頓伏也李引聲類踼
跌也漢書音義踼跌崩也从足易聲徒郎切十部一曰槍也別一義木部曰槍歫也止
部曰歫槍也按踼與𣥺音義同𣥺歫也蹲居也尸部曰居蹲也是爲轉注各本作踞也以俗改正又增一
踞篆於蹲後今正而刪之左傳蹲甲而射之蹲居也引伸爲居積之義从足尊聲徂尊切十三部山海
經作踆⿰足荂居也从足荂聲苦化切按此恐又跨字之異體躩足躩如
也論語苞氏曰躩盤辟皃也从足矍聲丘縛切五部踣僵也僵卻偃也从足

音聲 蒲北切按古音在四部爾雅釋文音赴或孚豆蒲侯二反是也然則踣與仆音義皆同孫炎曰前覆曰仆左傳正義曰前覆謂之踣對文則偃與仆別散文則通也走部趠同 春秋傳曰晉人踣之 左傳襄十四年文

蹇 𡯁也 尣部曰𡯁蹇也是爲轉注𡯁曲脛也易曰蹇難也行難謂之蹇言難亦謂之蹇俗作謇非 从足寒省聲 九輦切十四部按各本𡯁作跛又於蹇篆之上出跛篆云行不正也從足皮聲一曰足排之讀若彼此後人不知跛卽𡯁之隸變而增之耳今刪曲禮立毋跛鄭云跛偏任也此謂形體偏任一邊如𡯁者然凡經傳多作跛

蹁 足不正也 南都賦說舞曰蹴蹁躚卽上林賦之便跚蹩屑也 从足扁聲 部田切十二部 一曰拖後足馬 拖俗字當作扡 讀若苹 此十一部十二部合韵 或曰偏 讀如偏也

跭 脛肉也从足夅聲一曰曲脛也 廣韵作左脛曲 讀若逵 渠追切古音在三部按一曰曲脛也橫梗不貫凡似此者疑皆後人所妄增

踒 足跌也 跌當爲胅字之誤也肉部曰胅骨差也踒者骨委屈失其常故曰胅亦曰差跌 从足委聲 烏過切十七部

跣 足親地也 親跣疊韵古者坐必脫屨燕坐必褫韈皆謂之跣如趙盾侍君燕跣以下此褫韈之跣也如晉悼公跣而出此不暇屨之跣也喪大記主人徒跣亦謂褫韈 从足先聲 穌典切十二部

跔 天寒足跔也 周書大子晉解師曠東躅其足曰善哉善哉大子曰大師何舉

足驟跡曠曰天寒足跔是以數也此許所本莊子音義亦引周書天寒足跔今本周書作足蹻誤也跔者句曲不伸之意

从足句聲其俱切四部

⿰足囷 瘃足也疒部曰瘃中寒腫覈也據趙充國傳手足皆有皸瘃之患此字從足故訓爲瘃足 从足囷聲囷聲錯本作困聲非古音由皸而後囷聲字多轉入䰟韵苦本切十三部

距 雞距也左傳季氏介其雞郈氏爲之金距服曰以金沓距也按鳥距如人與獸之叉此距與止部之歫異義他家多以距爲歫 从足巨聲求許切五部亦作⿰舟巨作艍

躧 舞履也鄭注周禮曰鞮屨四夷舞者扉也史記貨殖傳躡利屣徐廣曰舞屣也躧一作跕跕吐協反地理志跕躧臣瓚曰躧跟爲跕按舞不納履故凡不著跟曳之而行曰躧履如雋不疑傳長門賦皆是也西京賦說舞曰振朱屣於盤樽薛曰朱屣赤絲履 从足麗聲所綺切十六部

⿰革麗 或从革

⿰足段 足所履也 从足段聲乎加切凡段聲古在五部按⿰足段疑⿰足段之誤篇韵有踹字丁貫切今俗語謂用力踏地曰踹⿰足段音同也許書碫字譌碫鍛碫錯出是其比矣

⿰足非 跀也字亦作剕 从足非聲扶味切十五部

跀 斷足也此與刀部刖異義刖絕也經傳多以刖爲跀周禮司刑注云周改臏作刖按唐虞夏刑用髕去其厀頭骨也周用跀斷足也凡於周言臏者舉本名也莊子魯有兀者叔山無趾踵見仲尼崔譔云無趾故踵行然則跀刑卽漢之斬趾無足指故以足跟行也無足指不能行故別爲刖足者之屨以助其行左氏云踊貴屨賤是也跀則足廢不能行跀

則用踊尚可行故跀輕於髕也跀一名䠊䠊一作剕鄭駁異義云臯陶改臏爲剕呂刑有剕周改剕爲刖此恐誤與司刑注不合

从足月聲魚厥切十五部

䟤 跀或从兀亦形聲莊子養生主注曰介偏刖之名崔本作兀又作䟤二云斷足也德充符申徒嘉兀者也李云刖足曰兀

趽 曲脛馬也廣雅曰趽蹄踤也趽見上踤俱達切

从足方聲讀與彭同薄庚切古音在十部

趹 馬行皃戰國策史記二云秦馬之良探前趹後蹄閒三尋西都賦要趹追蹤廣雅趹奔也

从足夬聲各本作決省聲淺人改也古穴切十五部

趼 獸足企也釋嘼騉蹏趼善陞甗又騉駼枝蹏趼善陞甗趼者謂其足企企舉踵也故善登高趼本或作研研滑石也舍人李巡孫炎郭樸顏師古皆以蹄下平正如研釋之

从足幵聲五甸切十四部

路 道也釋宮一達謂之道路此統言也周禮澮上有道川上有路此析言也爾雅毛傳路大也此引伸之義也

从足各聲洛故切五部

蹸 轢也車部曰轢車所踐也

从足粦聲良忍切十二部

跂 足多指也

从足支聲巨支切十六部按足部當終於路蹸字跂字不當廁此莊子駢拇枝指字只作枝跂蓋俗體

文八十五按去踞跛二字則八十三 重四

疋 足也上象腓腸肉部曰腨腓腸也下从止止下基也弟子職

曰弟子職管子書篇名漢藝文志以列於孝經十一家是其單行久矣問疋何止謂問尊長之臥足當在何方也內則曰將衽長者奉席請何止止一作趾足也古文以爲詩大雅字雅各本作疋誤此謂古文叚借疋爲雅字古音同在五部也亦以爲足字此則以形相似而叚借變例也或曰胥字此亦謂同音叚借如府史胥徒之胥徑作疋可也一曰疋記也記下云疋也是爲轉注後代改疋爲疏耳疋疏古今字此與足也別一義凡疋之屬皆从疋所菹切五部

𤴔門戶青疏窗也青字依篇韵補於門戶刻鏤爲窗牖之形而以青飾之也去部曰疏通也薛注西京賦曰疏刻穿之也詔魂綱戶朱綴刻方連些古詩曰交疏結綺窗从疋從疋者綺文相連如足迹相踵也疋亦聲囪象𤴔形囪部曰在牆曰牖在屋曰囪則囪疋爲會意矣而云象形者正謂門戶刻文如囪牖也讀若疏所菹切五部

㽰通也此與去部疏音義皆同玉篇引月令其器㽰以達今月令作疏諸書扶疏字太玄作扶㽰太玄又有姃首轉寫譌作[illegible]从爻疋爻者刻文相交也疋亦聲所菹切五部

文三

品衆庶也从三口人三爲衆故从三口會意丕飲切七部凡品之屬

皆从品。㗊多言也。此與言部譶音義皆同。从品相連。會意。春秋傳曰次于㗊北。僖元年左傳文今左作聶聶北邢地杜氏說。讀與聶同。音同也尼輒切七部。

喿鳥羣鳴也。此與雧同意俗作噪方言假喿爲鍬臿字。从品在木上。穌到切二部。

文三

龠樂之竹管。此與竹部籥異義今經傳多用籥字非也。三孔。孔同空按周禮笙師禮記少儀明堂位鄭注爾雅郭注應氏風俗通皆云三孔惟毛傳云六孔廣雅云七孔。㠯和衆聲也。和衆聲謂奏樂時也萬舞時祇用龠以節舞無他聲。从品侖。惟以和衆聲故从品。侖理也。亼部曰侖思也按思猶䚡䚡理一也大雅於論鼓鐘毛傳曰論思也鄭曰論之言倫也毛鄭意一也從侖謂得其倫理也以灼切二部。凡龠之屬皆从龠。

龡音律管壎之樂也。八字一句音律者如王者行師大師吹律合音是也竽笙籥簫篪篴管皆竹屬獨言管者舉一以該六也土屬則惟壎可吹小師言鼓鼗壎言播笙師言龡者各因其文也以人氣作音曰吹。从龠炊聲。昌垂切古音在十七部。

龥管樂也。管猶笛也故龠龥簫皆曰管樂鄭司農注周禮云篪七空廣雅云八孔賈公彥引禮圖云九孔其言多轉寫錯亂疑不能明也世本云暴辛公作壎蘇成公作篪譙周云二人善壎善篪記者因以爲作謬矣按許於壎龢下皆不引世本於鐘磬笙簧琴瑟則引之其臣謬不在允南之前乎

从龠虒聲直离切十六部

篪 龢或从竹樂記又作篪

龢 調也言部曰調龢也此與口部和音同義別經傳多假和爲龢

从龠禾聲讀與咊同禾各本作和今正此言其音同而已戶戈切十七部

龤 樂龢也龤訓龢龢訓諧調調訓龢三字爲轉注龤龢作諧和者皆古今字變許說其未變之義今本龤下調下作和也則與龢下調也不爲轉注龤與言部諧音同義異各書多用諧爲龤

从龠皆聲戶皆切十五部

虞書曰虞書當作唐書八音克龤堯典文

文五　重一

冊 符命也諸侯進受於王者也者字依韵會補尚書王命周公後作冊逸誥左傳王命尹氏及王子虎內史叔興父策命晉侯爲侯伯王使劉定公賜齊侯命及三王世家策文皆是也後人多假策爲之

象其札一長一短謂五直有長短中有二編謂二橫之形蔡邕獨斷曰策簡也其制長者一尺短者半之其次一長一短兩編下附札牒也亦曰簡編次簡也次簡者竹簡長短相閒排比之以繩橫聯之上下各一道一簡容字無多故必比次編之乃容多字聘禮記云百名以上書於策是也一簡可

容書於簡每簡一行而已不及百名書於方則合若干行書之百名以上書於策方即牘也牘書版也簡冊竹爲之牘木爲之一冊不容則絫冊爲之國史冊書蓋如是鄭注禮云策簡也此渾言之不分別耳冊字五直象一長一短象其意而已其簡之若干未可肊定也蔡氏云長者一尺短者半之此漢法如是鄭引鉤命決云易詩書禮樂春秋策皆長二尺四寸孝經謙半之一尺二寸論語策八寸尺二寸者三分居二又謙焉此古制也見於聘禮左傳序正義者乖異不同今訂之如是未知然否鄭注尚書云三十字一簡之文服注左氏云古文篆書一簡八字漢志劉向以中古文校今文尚書古文簡有二十五字者有二十二字者是簡之長短不同而字數不同也楚革切十六部

凡冊之屬皆从冊

笧 古文冊从竹 左傳備物典筴釋文筴本又作冊亦作策或作笧按筴者策之俗也冊者正字也策者叚借字也笧者冊之古文也左氏述春秋傳以古文然則笧其是歟

嗣 諸侯嗣國也 引伸爲凡繼嗣之偁 从冊口 小徐曰冊必於廟史讀其冊故从口按當是从囗音圍囗者國象也故曰諸侯嗣國 司聲 祥吏切一部

孠 古文嗣从子

扁 署也 署者部署有所网屬也 从戶冊戶冊者署門戶之文也 署門戶者秦書八體六曰署書蕭子良云署書漢高六年蕭何所定以題蒼龍白虎二闕方沔切古音在十二部

文三 重二

三十部　文六百九十三（三小徐作二）　重八十

七（宋本七作八小徐作重七十九）　凡八千四百九十八字（此第二篇都數）

說文解字第二篇下

說文解字第三篇上

金壇段玉裁注

㗊　衆口也从四口凡㗊之屬皆从㗊讀若戢　阻立切七部　一曰呶　鍇曰呶讙也鉉本作又讀若呶集韵五肴不載此字

囂　語聲也　左傳曰口不道忠信之言爲嚚引伸之義也　从㗊臣聲　語巾切十二部

𡁜　古文嚚

囂　聲也　左傳湫隘囂塵杜曰囂聲也廣韵曰喧也　气出頭上　欠部曰歊歊气上出皃歊與囂音同義近孟子人知之亦囂囂人不知亦囂囂言人自得無欲如气上出悠閒也　从㗊頁　聲出而气隨之故从㗊頁會意許嬌切二部　頁亦首也　頁部曰頁頭也

𡅅　囂或省

嘂　高聲也　此與口部叫噭聲同義異　一曰大嘑也　嘑各本譌呼今正此與叫噭義略同小雅或不知叫號周禮禁嘂呼歎鳴于國中者夜嘑旦以嘂百官　从㗊丩聲　古弔切古音在三部　春秋公羊傳曰　言公羊者以別於凡傳左氏經云春秋傳也序言其傳春秋左氏蓋主左氏而不廢公羊　魯昭公嘂然而哭　嘂各本作叫譌今正昭廿五年傳文今本昭公於是噭然而哭何云噭然哭聲皃

嚾　嘑也　嘑各本作呼今正嘑號也廣雅嚾鳴也玉篇云嚾荒貫切與喚同廣韵同按說文無喚字然則嚾喚古今字也

从㗊莧聲讀若讙呼官切十四部𡆵皿也皿部曰皿飯食之用器也然則皿專謂食器器乃凡器統偁器下云皿也者散文則不別也木部曰有所盛曰器無所盛曰械陸德明本如是象器之口謂㗊也與上文从㗊字不同犬所㠯守之會意去冀切冀當作旣十五部

文六　重二

舌在口所㠯言別味者也言下各本有也剩字者依韵會補口下曰人所以言食也口二云食舌二云別味各依文爲義舌后字有互譌者如左傳舌庸譌后庸周書美女破后譌破舌是也从干口干犯也言犯口而出之食犯口而入之干亦聲干在十四部與十五部合韵食列切十五部凡舌之屬皆从舌𦧇歠也歠歠也曲禮曰毋嚃羹廣韵嚃歠也然則嚃卽𦧇也羹之無菜者不用梜直歠之而已禮禁𦧇羹者何也𦧇者流歠許渾言之耳从舌沓聲他合切八部舓㠯舌取食也从舌易聲神旨切按旨當作紙十六部𦧧舓或从也也聲古在十七部與十六部合韵最近或作舐或作狧漢書狧糠及米

文三　重一

干犯也犯侵也毛詩干旄干旟假爲竿字从一从反入反入者上犯之意古寒切

十四部凡干之屬皆从干

𢆉 撖也撖刺也甘泉賦洪臺崛其獨出兮撖北極之嶟嶟从干入一爲干入二爲𢆉說會意之恉讀若飪同音也如審切七部南从𢆉聲言稍甚也飪甚同音入二甚於入一故讀若飪卽讀若甚也

屰 不順也後人多用逆逆行而屰廢矣从干下凵屰之也凵口犯切凶下云象地穿交陷其中也方上干而下有陷之者是爲不順屰之也當作屰之意也魚戟切古音在五部

文三

𧮫 口上阿也大雅有卷者阿箋云有大陵卷然而曲口上阿謂口吻已上之肉隨口卷曲毛傳臄函也弓部函𧮫也與毛合晉灼注羽獵賦曰口之上下名爲噱按通俗文云口上曰臄口下曰函服析言之毛許晉皆渾言之許舉上以包下耳今說文各本函下譌作舌也古者舌無函名特牲少牢禮所俎用心舌與加骹脾臄異用陸釋文云說文曰函舌也又云口次肉也似陸時說文已誤矣單行釋文口次譌口裏則義全非讀書之難如是从口上象其理文理其虐切五部卻綌从𧮫聲凡𧮫之屬皆从𧮫

臄 𧮫或如此

𦙍 𧮫或从肉从豦二皆形聲臄見大雅

㐁 舌皃魯靈光殿賦元熊舑舕以齗齗善曰舑舕吐舌皃吐玷吐暫二切按舑蓋卽㐁之俗也从𧮫省象形象形者謂口象吐舌也从

谷省者謂人也舌出於谷外故內谷外舌他念切七部

㐁　古文㐁讀若三年導服之導士虞禮注曰古文禫或爲導檀弓喪大記注皆曰禫或作道是今文禮作禫古文禮作導鄭从今文故見今文於注許从古文故此及木穴部皆云三年導服而示部無禫今有者後人增也導服者導凶之吉也棪突丙讀若導服皆七八部與三部合韵之理不於上文丙下言之者以舌皃之讀別下文竹上皮之讀使人易了也不云讀若導而云三年導服之導者三年導服之導古語蓋讀如澹故今文變爲禫字是其音不與凡導同也　一曰竹上皮此別一義竹上青皮顧命禮器聘義皆謂之筍筍筠古今字　讀若沾沾古之添字他兼切　一曰讀若誓讀沾又讀誓此七八部與十五部合韵之理　弜字从此謂弜字从丙爲聲也弜部作弼然則从丙者小篆从丙作弼者古文也

文二　重三

只　語已詞也已止也矣只皆語止之詞鄘風母也天只不諒人只是也亦借爲是字小雅樂只君子箋云只之言是也王風其樂只且箋云其且樂此而已按以此釋只與小雅箋同宋人詩用只爲祇字但也今人仍之讀如隻　从口象气下引之形語止則气下引也諸氏切十六部　凡只之屬皆从只

𠷎　聲也謂語聲也晉宋人多用馨字若冷如鬼手馨強來捉人臂何物老嫗生此寧馨

皃是也馨行而䍿廢矣隋唐後則又無馨語此古今之變也 从只甹聲讀若馨 呼形切十一部

文二

㕯 言之訥也 檀弓作吶同其言吶吶然如不出諸其口注吶吶舒小皃此與言部訥音義皆同故以訥釋㕯 从口内 内入也會意内亦聲女滑切十五部 凡㕯之屬皆从㕯

矞 以錐有所穿也从矛㕯 㕯者入意小徐作㕯聲會意兼形聲也余律切十五部 一曰滿有所出也 矞雲蓋取此義

商 從外知内也从㕯章省聲 漢律曆志云商之爲言章也物成孰可章度也白虎通說商賈云商之爲言章也章其遠近度其有亡通四方之物故謂之商也按粊誓我商賚女徐仙民音章此古音也從外知内了了章箸曰商今式陽切十部

𠫤 古文商 𠶷 亦古文商 𧶜 籒文商

文三 重三

句 曲也 凡曲折之物侈爲倨斂爲句考工記多言倨句樂記言倨中矩句中鉤淮南子說獸言句爪倨牙凡地名有句字者皆謂山川紆曲如句容句章句餘高句驪皆是也凡章句之句亦取稽留可鉤乙之意古音總如鉤後人句曲

音鉤章句音屨又改句曲字爲勾此淺俗分別不可與道古也 从口丩聲 古侯切古音也四部又九遇切今音也

凡句之屬皆从句

拘 止也从手句 手句者以手止之也 句亦聲 舉朱切古音在四部讀如鉤

笱 曲竹捕魚笱也 邶風毛傳曰笱所以捕魚也周禮𠭊人掌以時𠭊爲梁大鄭云梁水偃也偃水而爲關空以笱承其空偃堰空孔皆古今字魚梁皆石絕水笱曲竹爲之以承孔使魚入其中不得去者若以薄爲梁以笱承之則謂之寡婦之笱 从竹句 曲竹故从竹句 句亦聲 古厚切四部

鉤 曲鉤也 鉤字依韵會補曲物曰鉤因之以鉤取物亦曰鉤 从金句句亦聲 鉤鑲吳鉤釣鉤皆金爲之故从金按句之屬三字皆會意兼形聲不入手竹金部者會意合二字爲一字必以所重爲主三字皆重句故入句部古矦切四部

文四

丩 相糾繚也 丩糾疊韵糾繚亦疊韵字也毛傳曰糾糾猶繚繚也繚纏也 一曰瓜瓠結丩起 謂瓜瓠之縢緣物纏結而上 象形 象交結之形居虯切三部真誥一卷爲一弓弓當即是丩字一丩猶言一縛丩卷雙聲故謂卷爲丩也 凡丩之屬皆从丩

茻 艸之相丩者 艸相糾繚故从茻丩不專謂秦艽也 从茻丩丩亦

聲居虯切三部 糾 繩三合也 糸部曰紉單繩也劉表易章句曰兩股曰纆按李善引字林糾兩合繩纆三合繩與許不合糸部綸下曰糾青絲繩也凡交合之謂之糾引伸爲糾合諸侯之糾又爲糾責之糾 从糸丩丩亦聲 丩亦二字今補居黝切三部詩音義引說文己小反音之轉也出音隱按丩之屬二字不入茻糸部者說與句部同

文三

古 故也 邶風大雅毛傳曰古故也攴部曰故使爲之也按故者凡事之所以然而所以然皆備於古故曰古故也逸周書天爲古地爲久鄭注尚書稽古爲同天 从十口 識前言者也 識前言者口也至於十則展轉因襲是爲自古在昔矣公戸切五部 凡古之屬皆从古 𠖠 古文古

嘏 大遠也 釋詁小雅大雅傳皆曰嘏大也少牢祝嘏于主人謂予主人以大福許獨兼遠言之者大則必遠故郊特牲曰嘏長也大也此許所本也經傳嘏字多謂祭祀致福其本訓則謂大遠爾雅毛傳假大也假蓋卽嘏之假借 从古叚聲 古雅切古音在五部

文二 重一

十 數之具也 漢志協於十 一爲東西丨爲南北則四

方中央備矣是執切七部凡十之屬皆从十

𠦃十尺也从又持十夫部曰周制八寸爲尺十尺爲丈人長八尺故曰丈夫然則伸臂一尋周之丈也故从又持十直兩切十部

𠦄十百也从十人聲此先切十二部

肸肸蠁逗布也李善注上林賦甘泉賦皆引肸蠁布也今據正上林賦曰肸蠁布寫虙注曰肸過也芬芳之過若蠁之布寫也甘泉賦薌呹肸以掍批薌蓋同蠁按虫部蠁知聲蟲也肸蠁者蓋如知聲之蟲一時雲集蜀都賦翕響響義同春秋晉羊舌肸字叔向向釋文許兩切卽蠁字知肸蠁之語甚古从十㐱聲義乙切十二部

卙卙卙逗盛也小徐曰詩宜爾子孫蟄蟄兮今毛曰蟄蟄和集也與卙卙義近从十甚聲子入切七部按廣韵昌入切玉篇又充入切汝南名蠶盛曰卙此汝南方言也今江蘇俗語多云密卙卙音如蟄

博大通也凡取於人易爲力曰博陳風鄭箋交博好也从十尃會意尃布也亦聲補各切五部

协材十人也十倍於人也十人爲协千人爲俊王制祭用數之仂注仂什一也按一當十爲协故十取一亦爲仂蓋仂本作协也从十力十人之材也力亦聲力亦二字今補盧則切一部

廿二十幷也古文省多省多者省作二十兩字爲一字也考工記桯長倍之四尺者二十分寸之一謂之枚本於二字爲句絕故書十與上二合爲廿此可證周時凡言二十可

作廿也古文廿仍讀二十兩字秦碑小篆則維廿六年維廿九年卅有七年皆讀一字以合四言廿之讀如入卅之讀如敂皆自反也至唐石經二十皆作廿三十皆作卅則仍讀爲二十三十矣人汁切七部

卙 詞之集也此依廣韵玉篇訂詞當作辭此下當有詩曰辭之卙矣六字蓋詩作輯許以集解之今毛詩作輯傳作輯和也許所偁蓋三家詩 从十咠聲秦入切七部按十部當綴於二十廾之廿卙字或寫者奪之而綴於末

文九

卅 三十幷也古文省此亦當云省多奪耳古音當先立切七部今音蘇沓切 凡卅之屬皆从卅

世 三十年爲一世論語如有王者必世而後仁孔曰三十年曰世按父子相繼曰世其引伸之義也 从卅而曳長之曳長之謂末筆也 亦取其聲末筆曳長卽爲十二篇之乁从反丿亦是抴引之義世合卅乁會意亦取乁聲爲聲讀如曳也許書言取其聲者二秃取粟聲世取曳聲也曳从厂聲厂乁一也舒制切十五部毛詩世在十五部而枼葉以爲聲又可證八部與十五部合韵之理矣

文二

言 直言曰言論難曰語大雅毛傳曰直言曰言論難曰語論正義作荅鄭注大司

樂曰發端曰言荅難曰語注襍記曰言言己事爲人說爲語按三注大略相同下文語論也論議也議語也則詩傳當從定本集注矣爾雅毛傳言我也此於雙聲得之本方俗語言也从口辛聲語軒切十四部凡言之屬皆从言

譻聲也思元賦鳴玉鸞之譻譻原注譻譻聲也按篆下當有譻譻二字淺人刪之从言賏聲烏莖切十一部

謦欬也欬屰气也通俗文曰利喉謂之謦欬按謦欬見莊子徐無鬼从言殸聲去挺切十一部殸籒文磬字見石部

語論也此卽毛鄭說也語者御也如毛說一人辯論是非謂之語如鄭說與人相荅問辯難謂之語从言吾聲魚舉切五部

談語也談者淡也平淡之語从言炎聲徒甘切八部

謂報也卒部曰報當辠人也蓋刑與辠相當謂之報引伸凡論人論事得其實謂之報謂者論人論事得其實也如論語謂韶謂武子謂子賤子謂仲弓其斯之謂與大學此謂身不脩不可以齊其家是也亦有借爲曰字者如左傳王謂叔父卽魯頌之王曰叔父也亦有訓爲勤者亦以合音取近也从言胃聲于貴切十五部

諒信也方言衆信曰諒周南召南衞之語也經傳或假亮爲諒从言京聲力讓切十部

詵致言也从言先所謂先容也先亦聲所臻切十三部詩曰螽斯羽詵詵兮此引周南說假借也毛曰詵詵衆多也按以衆多釋詵詵謂卽㚃㚃之假借陸氏詩音義云詵詵說文作㚃陸所據多部有㚃

字引詩螽斯羽詵詵兮蓋三家詩此引毛詩或作駪駪莘莘侁侁皆同

請 謁也 周禮春朝秋覲漢改爲春朝秋請 从言青聲 七井切又才性切十一部

謁 白也 廣韵曰白告也按謁者若後人書刺自言爵里姓名並列所白事 从言曷聲 於歇切十五部

許 聽言也 聽從之言也耳與聲相入曰聽引伸之凡順從曰聽許或假爲所或假爲御下武傳許進也卽御進也東平王蒼正作昭茲來御又爲鄦之叚借字 从言午聲 虛呂切五部

諾 譍也 譍者應之俗字說解中有此字或偶爾从俗或後人妄改疑不能明也大徐於此部增譍字誤矣口部曰唯諾也唯諾有急緩之別統言之則皆應也 从言若聲 奴各切五部

讎 猶譍也 心部曰應當也讎者以言對之詩云無言不讎是也引伸之爲物價之讎詩賈用不讎高祖飲酒讎數倍是也又引伸之爲讎怨詩不我能慉反以我爲讎周禮父之讎兄弟之讎是也人部曰仇讎也仇讎本皆兼善惡言之後乃專謂怨爲讎矣凡漢人作注云猶者皆義隔而通之如公穀皆云孫猶孫也謂此子孫字同孫遁之孫鄭風傳漂猶吹也謂漂本訓浮因吹而浮故同首章之吹凡鄭君高誘等每言猶者皆同此許造說文不比注經傳故經說字義不言猶惟幵字下云幵猶齊也此因幵之本義極巧視之於幵从幵義隔故通之曰猶齊此以應釋讎甚明不當曰猶應蓋淺人但知讎爲怨詈以爲不切故加之耳然則爾字下云麗爾猶靡麗也此猶亦可刪與曰此則通古今之語示人麗爾古語靡麗今語魏風傳糾糾猶繚繚摻摻猶纖纖之例也○物價之讎後人妄易其字作售讀承臭切竟以改易毛詩賈

用不讎此惡俗不可從也

从言讎聲 此以聲苞意市流切三部

諸 辯也 辯當作辨判也按辨下奪詞字諸不訓辨辨之詞也詞者意內而言外也白部曰者別事詞也諸與者音義皆同釋魚前弇諸果後弇諸獵諸即者郊特牲或諸遠人乎亦作或者遠人乎凡舉其一則其餘謂之諸以別之因之訓諸爲衆或訓爲之或訓爲之於則於雙聲疊韵求之

从言者聲 此以聲苞意章魚切五部

詩 志也 毛詩序曰詩者志之所之也在心爲志發言爲詩按許不云志之所之徑云志也者序析言之許渾言之也所以多渾言之者欲使人因屬以求別也又特牲禮詩懷之注詩猶承也謂奉納之懷中內則詩負之注詩之言承也按正義引含神霧云詩持也假詩爲持假持爲承一部與六部合音取近也上林賦葴持持音懲

从言寺聲 書之切一部

𧥒 古文詩省 左从古文言右从之省寸

讖 驗也 驗本馬名蓋即譣之假借讖驗疊韵

有徵驗之書河雒所出書曰讖 讖十二字依李善鵩鳥魏都二賦注補釋名讖纖也其義纖微也

从言韱聲 楚蔭切七部

諷 誦也 大司樂以樂語教國子興道諷誦言語注倍文曰諷以聲節之曰誦倍同背謂不開讀也誦則非直背文又爲吟詠以聲節之周禮經注析言之諷誦是二許統言之諷誦是一也

从言風聲 芳奉切古音在七部

誦 諷也 从言甬聲 似用切九部

讀 籒書也 籒各本作誦此淺人改也今正竹部曰籒讀書也讀與籒疊韵而互訓鄘風傳曰讀抽也方言曰抽讀也蓋籒抽古

通用史記紬史記石室金匱之書字亦作紬抽繹其義蘊至於無窮是之謂讀故卜筮之辭曰籀謂抽繹易義而爲之也尉律學僮十七已上始試諷籀書九千字乃得爲吏諷謂背其文籀謂能繹其義大史公作史記曰余讀高祖侯功臣曰大史公讀列封至便侯曰大史公讀秦楚之際曰余讀諜記曰大史公讀春秋厤譜諜曰大史公讀秦記皆謂紬繹其事以作表也漢儒注經斷其章句爲讀如周禮注鄭司農讀火絕之儀禮注舊讀昆弟在下舊讀合大夫之妾爲君之庶子女子子嫁者未嫁者是也擬其音曰讀凡言讀如讀若皆是也易其字以釋其義曰讀凡言讀爲讀曰當爲皆是也人所誦習曰讀如禮記注云周田觀文王之德博士讀爲厥亂勸寧王之德是也諷誦亦爲讀如禮言讀賵讀書左傳公讀其書皆是也諷誦亦可云讀而讀之義不止於諷誦諷誦止得其文辭讀乃得其義蘊自以誦書改籀書而讀書者尟矣孟子云誦其詩讀其書則互文見義也

从言賣聲徒谷切三部

䛊 快也快喜也 从言中會意中之言得也言而得故快於力切一部

訓 說教也說教者說釋而教之必順其理引伸之凡順皆曰訓如五品不訓聞六律五聲八音七始訓以出內五言是也 从言川聲許運切十三部

誨 曉教也曉教者明曉而教之也訓以柔克誨以剛克周書無逸胥訓告胥教誨是也曉之以破其晦是曰誨 从言每聲荒內切十五部

譔 專教也專教者專壹而教之也鄭注論語異乎三子者之撰撰讀曰譔譔之言善也廣韵曰譔善言也本鄭 从言巽聲此緣切十四部

譬 諭也諭告也譬與諭非一事此亦統言之也

从言辟聲匹至切十六部謜徐語也从言原聲魚怨切十四部孟
子曰故謜謜而來萬章篇文趙曰如流水之與源通據此謜本作源源古作原蓋許引孟原
原而來證从原會意之恉淺人加之言旁如百穀艸木麗于地加艸頭之比詇早知也从言
央聲於亮切十部諭告也凡曉諭人者皆舉其所易明也周禮掌交注曰諭告曉也曉之曰諭
其人因言而曉亦曰諭諭或作喻从言俞聲羊戍切四部詖辨論也此詖字正
義皮剝取獸革也柀析也凡从皮之字皆有分析之意故詖爲辨論也古文曰爲頗字此古文同
音假借也頗偏也从言皮聲彼義切古音在十五部諄告曉之孰也大雅
誨爾諄諄左傳年未盈五十而諄諄如八九十者孟子諄諄然命之乎大雅諄諄鄭注中庸引作忳忳云忳忳懇誠皃也按其
中懇誠其外乃告曉之孰義相足也方言曰諄𦎧也又曰宋魯凡相惡謂之諄憎此則敦字之假借攴部曰敦怒也詆也詩王
事敦我从言𦎧聲讀若庉章倫切十三部𧩯語諄𧩯也諄𧩯蓋猶
鈍遲也此𧩯字與上文不同錯本𧩯本在詑篆下从言屖聲讀若行道遲遲
直离切古音在十五部廣韵直利切詻論訟也訟當作頌頌論頌即言容也玉藻曰戎容暨暨言容詻詻注
詻詻教令嚴也周禮保氏六儀五曰軍旅之容注軍旅之容暨暨詻詻傳曰詻詻孔子容

未聞論語曰子溫而厲 从言各聲五陌切五部

誾 和說而諍也論語鄉黨孔注侃侃和樂皃誾誾中正皃先進皇侃亦云爾按侃侃爲和樂者謂侃侃卽衎衎之假借也誾誾爲中正者謂和悅而諍柔剛得中也言居門中亦有中正之意 从言門聲語巾切按此字自來反語皆恐誤凡斷斷爲辨爭狺狺爲犬吠皆於斤聲言聲得語巾之音若門聲字當讀莫奔切或讀如瞞如蠻斷不當反從言之雙聲切語巾也楊子何後世之誾誾也司馬曰爭辨皃是誾誾同漢書之斷斷自來字書韵書與門聲之誾同又恐誤也誾誾與穆穆慔慔勉勉亹亹等爲雙聲古音在十三部

謀 慮難曰謀左傳叔孫豹說皇皇者華曰訪問於善爲咨咨難爲謀魯語作咨事爲謀韋曰事當爲難吳語大夫種曰夫謀必素見成事焉而後履之口部曰圖畫計難也圖與謀同義 从言某聲莫浮切古音在一部

𢘐 古文謀鍇本作𢘐不誤从毋毋非从毋毋也毋聲某聲同在一部士冠禮古文某爲謀蓋古文禮某作㖼也

𠱱 亦古文上从毋下古文言

謨 議謀也釋詁曰謨謀也許於雙聲釋爲議謀詩巧言假莫爲謨 从言莫聲莫胡切五部 虞書曰曰當作有咎繇謨謂自曰若稽古咎繇至帝拜曰往欽哉一篇也

𢗊 古文謨从口此蓋壁中尚書古文如此作也上文言咎繇謨者孔安國以隸寫之作謨也

訪 汎謀曰訪汎與訪雙聲方與旁古通用溥也洪範王訪于箕子晉語文王諏於蔡原而訪於辛尹韋曰諏訪皆謀也本釋詁許於方聲別之曰汎謀

从言方聲敷亮切十部諏聚謀也左傳咨事爲諏魯語作咨才韋曰才當爲事按

釋詁諏謀也許於取聲別之曰聚謀儀禮今文假詛爲諏大元作誒从言取聲子于切古音在四部

論議也論以侖會意亼部曰侖思也侖部曰侖理也此非兩義思如玉部䚡理自外可以知中之䚡靈臺於

論鼓鍾毛曰論思也此正許所本詩於論正侖之假借凡言語

循其理得其宜謂之論故孔門師弟子之言謂之論語皇侃依

俗分去聲平聲異其解不知古無異義亦無平去之別也王制

凡制五刑必卽天論周易君子以經論中庸經論天下之大經

皆謂言之有倫有脊者許云論者議也議者語也似未盡从言侖聲當云从言侖侖亦聲盧昆切十三部

議語也上文云論難曰語又云語論也是論議語三字爲與人言之稱按許說未盡議者誼也誼者人所宜

也言得其宜之謂議至於詩言出入風議孟子言處士橫議而天下亂矣一曰謀也韵會引有此四字

从言義聲當云从言義義亦聲宜寄切古音在十七部訂平議也考工記注參訂

之而平从言丁聲他頂切十一部詳審議也審悉也經傳多假爲祥字又音羊爲

詳狂字从言羊聲似羊切十部諟理也左傳君與大夫不善是也國語作王弗是

韋曰是理也是者諟之假借字韋注與許合理猶今人言是正也臣之行譖者王不能是正也大學引大甲顧諟天之明命注

諟猶正也某氏僞大甲傳諟是也皆與許合大學諟或爲題从言是聲承旨切按旨當作紙十六部

諦 審也毛傳曰審諦如帝从言帝聲都計切十六部識 常也常當爲意字之誤也草書常意相似六朝以草寫書迨草變真譌誤往往如此意者志也志者心所之也意與志志與識古皆通用心之所存謂之意所謂知識者此也大學誠其意卽實其識也一曰知也矢部曰知識詈也按凡知識記識標識今人分入去二聲古無入去分別三者實一義也从言戠聲賞職切一部訊 問也釋言曰訊言也小雅訊之占夢毛曰訊問也鄭箋執訊皆兼言問爲訓从言卂聲思晉切十二部〓古文訊从鹵鹵古文西西古音讀與十二部最近詧 言微親詧也从言祭省聲鉉祭作察誤楚八切十五部謹 慎也心部曰慎謹也从言堇聲居隱切十三部訒 厚也因仍則加厚訒與仍音義略同从言乃聲如乘切六部諶 誠諦也釋詁諶信也許曰誠諦未詳疑諦乃締之誤从言甚聲是吟切七部詩曰天難諶斯大雅文今詩作忱毛曰忱信也按諶忱義同音近古通用今詩其命匪諶心部作天命匪忱信 誠也釋詁誠信也从人言序說會意曰信武是也人言則無不信者故从人言息晉切十二部古多以爲屈伸之伸〓 古文信省也〓 古文信言必由衷之意訦 燕代東齊謂信訦也方言允訦恂展諒穆信也燕代東齊曰訦从

言冘聲是吟切古音在八部

誠信也从言成聲氏征切十一部

誡敕也文部曰敕誡也从言戒聲古拜切古音在一部

誋誡也淮南繆稱注曰誋誡也从言忌聲渠記切一部

誥告也見釋詁按以言告人古用此字今則用告字以此誥爲上告下之字又秦造詔字惟天子獨稱之文選注冊五引獨斷曰詔猶告也三代無其文秦漢有也據此可證秦已前無詔字至倉頡篇乃有幼子承詔之語故許書不錄詔字鉉補之非也从言告聲古到切古音在三部

𧦝古文誥按此从言肘聲是古音在三部之證

誓約束也周禮五戒一曰誓用之於軍旅按凡自表不食言之辭皆曰誓亦約束之意也从言折聲時制切十五部

譣問也按言部讖驗也竹部籤驗也驗在馬部爲馬名然則云徵驗者於六書爲假借莫詳其正字今按譣其正字也譣訓問謂按問與試驗應驗義近自驗切魚窆譣切息廉二音迥異尟識其關竅矣从言僉聲息廉切七部周書曰勿以譣人立政文按此偁周書說假借也立政勿用譣人其惟吉士此譣正憸之假借心部曰憸詖也憸利於上佞人也依今音訓問則魚窆切譣人則息廉切

詁訓故言也故言者舊言也十口所識前言也訓者說教也訓故言者說釋故言以教人是之謂詁分之則如爾雅析故訓言爲三而實一也漢人傳注多偁故者故即詁也毛詩云故訓傳者故訓猶故言也謂取故言爲傳也取故言爲傳是亦詁也賈誼爲左氏傳訓故訓故者順釋

其故言也从言古聲公戶切五部詩曰詁訓此句或謂卽大雅古訓是式或謂卽毛公詁訓傳皆非是按釋文於抑告之話言下云戶快反說文作詁則此四字當爲詩曰告之詁言六字無疑毛傳曰詁言古之善言也以古釋詁正同許以故釋詁陸氏所見說文未誤也自有淺人見詩無告之詁言因改爲詩曰詁訓不成語耳

譪臣盡力之美釋訓曰譪譪萋萋臣盡力也大雅毛傳曰譪譪猶濟濟也濟濟多威儀也詩曰譪譪王多吉士卷阿文从言葛聲於害切十五部

誎餔旋促也未聞疑有誤字廣雅誎促也集韵手鑑二云飾也从言朿聲桑谷切三部

諝知也周禮詩皆假胥爲之天官胥十有二人注胥讀爲諝謂其有才知爲什長秋官象胥注胥其有才知者也小雅君子樂胥箋云胥有才知之名也周易假須爲之鄭云須有才知之稱天文有須女屈原之妹名女須按荀爽一名諝从言胥聲私呂切五部

証諫也呂覽士尉以証靜郭君高曰証諫也今俗以証爲證驗字遂改呂覽之証爲證从言正聲讀若正月之盛切十一部按古音凡正皆讀如征獨言正月者隨舉之耳

諫証也从言柬聲古晏切十四部

諗深諫也諗深疊韵深諫者言人之所不能言也小雅是用作歌將母來諗箋云諗告也以養父母之志來告於君左傳昔辛伯諗周桓公此皆於深諫義近毛曰諗念也此則謂諗爲念之同音假借从言念聲式荏切七部春秋傳曰辛

伯諗周桓公 左傳閔二年文桓十八年諗作諫 課 試也 廣韵第也稅也皆課試引伸之義 从言果聲 苦臥切十七部 試 用也从言式聲 式吏切一部 虞書曰明試以功 堯典皋陶謨兩見僞堯典則虞書當爲唐書 諴 和也 和當作龢某氏注尚書同 从言咸聲 胡毚切七部 周書曰不能諴于小民 洛誥文不今各本作丕宋本說文宋本集韵皆作不詩書丕多通不也能鉉有鍇無 䚻 徒歌 釋樂曰徒歌曰謠魏風毛傳曰曲合樂曰歌徒歌曰謠又大雅傳曰歌者比於琴瑟也徒歌曰謠徒擊鼓曰咢今本或妄刪之 从言肉聲 各本無聲字缶部䍃从缶肉聲然則此亦當曰肉聲無疑肉聲則在第三部故䌛即由字音轉入第二部故䍃瑤䌛傜皆讀如遙䍃謠古今字也謠行而䍃廢矣凡經傳多經改竄僅有存者如漢五行志女童䍃曰檿弧萁服余招切二部篇韵皆曰䍃與周切從也此古音古義 詮 具也 淮南書有詮言訓高注曰詮就也就萬物之指以言其徵事之所謂道之所依也故曰詮言欠部欥下曰詮詞也然則許意謂詮解 从言全聲 此緣切十四部 訢 喜也从言斤聲 許斤切十三部按此與欠部欣音義皆同萬石君傳僮僕訢訢如也晉灼引許慎曰訢古欣字蓋灼所據說文訢在欠部欣下云古文欣從言 說 說釋也 說釋即悅懌說悅釋懌皆古今字許書無悅懌二字也說釋者開解之意故為喜悅采部曰釋解也 从言兌聲 儿部曰兌說也本周

易此從言兌會意兌亦聲弋雪切十五部一曰談說此本無二義二音疑後增此四字別音爲失爇切

計會也筭也會合也筭當作算數也舊書多假筭爲算从言十會意古詣切十五部

諧詥也此與龠部龤異用龤專謂樂和从言皆聲戶皆切十五部

詥諧也詥之言合也从言合聲候閤切七部

調龢也龢各本作和今正龠部曰龢調也與此互訓和本係唱和字故許云相應也今則槩用和而龢廢矣从言周聲徒遼切古音蓋在三部

話會合善言也話會疊韵大雅愼爾出話毛曰話善言也从言𠯑聲胡快切十五部傳曰告之話言此當作春秋傳曰箸之話言見文六年左氏傳淺人但知抑詩故改之刪春秋字妄擬詩可稱傳也抑詩作告之詁言於詁下稱之又妄改爲詩曰詁訓

譮籀文話从言會𠯑會同在十五部故檜亦作栝

諈諈諉絫也絫累正俗字今人槩作累而絫廢矣見釋言孫炎曰楚人曰諈齊人曰諉郭璞曰以事相屬累爲諈諉从言垂聲竹寘切音在十六十七部閒

諉諈諉也舊作絫也今依全書通例正从言委聲女恚切音在十六十七部閒

警言之戒也廾部曰戒警也小雅徒御不警毛曰不警警也大雅以敬爲之常武既敬既戒箋云敬之言警也亦作儆从言敬敬亦聲己皿切十一部

謐靜語也今文尚書維刑之謐哉周頌誐以謐

我釋詁曰謐靜也按周頌謐亦作溢亦作恤堯典謐亦作恤釋
詁溢愼也溢愼謐靜也恤與謐同部溢蓋恤之譌體愼靜二義
相成許云靜語者爲其從言也 从言监聲 彌必切十二部 一曰無聲也 今多用此義
謙 敬也 敬肅也謙與敬義相成 从言兼聲 苦兼切七部謙或假嗛爲之
誼 人所宜也 周禮肆師注故書儀爲義鄭司農云義讀爲儀古者書儀但爲義今時所謂義爲誼按此則誼
義古今字周時作誼漢時作義皆今之仁義字也其威儀字則
周時作義漢時作儀凡讀經傳者不可不知古今字古今無定
時周爲古則漢爲今漢爲古則晉宋爲今隨時異用者謂之古
今字非如今人所言古文籒文爲古字小篆隸書爲今字也云
誼者人所宜則許謂誼爲仁義字今俗分別爲恩誼
字乃野說也中庸云仁者人也義者宜也是古訓也 从言宜
宜亦聲也 儀寄切古音在十六部 詡 大言也 禮器德發揚詡萬物注詡猶普也按
詡之本義爲大言故訓爲普則曰猶凡古注言猶者視此詡之
引伸之義爲大故周弁殷冔夏收白虎通冔作詡鄭注禮云冔
名出於憮憮覆也義可相發明 从言羽聲 况羽切五部 諓 善言也 善上當有諓諓
二字古文秦誓截截善諞言諞字下引之今文秦誓戔戔戈部
戔字下引之釋云巧言也戔戔公羊傳作諓諓二云惟諓諓善竫
言劉向九歎漢書李尋傳亦皆作諓諓王逸注楚辭引尚書諓
諓竫言正皆今文尚書也諸家作諓許作戔者同一今文而有
異本如同一古文而馬作偏許作諞不同也戔下既引戔戔矣
而諓下又云善言者此又用王逸所據諓諓竫言之本也善言

釋靖言何休曰靖猶撰也撰同譔譔言善言也廣雅釋訓曰諓諓善也賈逵外傳注曰諓諓巧言也韋昭注曰諓諓巧辨之言然則此善言謂善爲言辭者不同話下之善言也从言戔聲慈衍切十四部一曰謔也別一義

誐嘉善也誐嘉疊韵壴部嘉美也从言我聲五何切十七部詩曰誐以謐我周頌文謐鉉本作溢此用毛詩改竄也廣韵引說文作謐按毛詩假以溢我傳曰假嘉溢愼與誐謐字異義同許所偁蓋三家詩誐謐皆本義假溢皆假借也然謐溢並見釋詁可知周時已有此二本之殊矣若左氏作何以恤我何者誐之聲誤恤與謐同部堯典惟刑之謐哉古文亦作恤

詷共也从言同聲徒紅切九部周書曰在后之詷顧命文某氏尚書作在後之侗釋文曰馬本作詷共也許蓋用馬說祭統鋪筵設詷几注詷之言同也祭者以其妃配之亦不特几也按此經注本如是假令經本作同几又何煩以詷釋之哉鄭必云之言者鄭意詷本不訓同於其疊韵訓爲同非若馬許徑云共也引書後作后者儀禮注引孝經說云后者後也此依韵會用鍇本一曰譀也通俗文言過謂之謥詷麤痛徒痛二切按言過者言之太過也與譀訓合廣韵作言急恐誤

設施陳也設施雙聲𣃘部曰施旗旖施也有布列之義自部曰敶列也然則凡言陳設者敶之假借字陳行而敶廢矣从言殳會意言殳者以言使人也凡設施必使人爲之識列切十五部殳使人也殳者可運旋之物故使人取意於殳般字下曰殳所以旋也

護救視也尚書中候

握河紀堯受河圖伯禹進迎舜契陪位稷辨護注云辨護者供時用相禮儀周禮注亦云辨護蕭何世家數以吏事護高祖

从言蒦聲胡故切五部譞譞此複舉字之未刪者慧也與人部儇音義皆同从言瞏聲許緣切十四部

誧大也廣雅同从言甫聲博孤切五部一曰人相助也廣韵曰誧誎也讀若逋

諰思之意廣韵曰言且思之疑古本作言且思之意也方言而又思之故其字从言思意者言下意內言外之意荀卿曰諰諰然常恐天下之一合而軋己也漢書諰作鰓蘇林曰讀如慎而無禮則葸之葸鰓懼皃也按又作諰又作偲皆訓懼與思訓義近从言思會意思亦聲思亦二字今補胥里切一部

訏寄也與人部侂音義皆同从言乇聲他各切五部

記疋也疋各本作疏今正疋部曰一曰疋記也此疋記二字轉注也疋今字作疏謂分疏而識之也廣雅曰註紀疏記學栞志識也按晉唐人作註記字註從言不從水不與傳注字同从言己聲居吏切一部

譽稱也稱當作偁轉寫失之也偁舉也譽偁美也从言與聲羊茹切五部

譒敷也手部播一曰布也此與音義同从言番聲補過切十七部番聲本在十四部商書曰王譒告之般庚上篇文今尚書作播

謝辤去也辤不受也曲禮大夫七十而致事若不得謝則必賜之几杖此謝之本義也引伸爲凡去之偁又爲衰退之偁俗謂拜賜曰謝从言

躲聲辝夜切古音在五部按經典無榭字祗作謝釋宮無室曰榭轉寫俗字也木部不錄謳齊歌
也師古注高帝紀曰謳齊歌也謂齊聲而歌或曰齊地之歌按假令許意齊聲而歌則當曰衆歌不曰齊歌也李善注
吳都賦引曹植妾薄相行曰齊謳楚舞紛紛太平御覽引古樂志曰齊歌曰謳吳歌曰歈楚歌曰豔淫歌曰哇若楚辭吳歈蔡
謳孟子河西善謳則不限於齊也从言區聲烏侯切四部詠歌也堯典曰歌永言樂記
曰歌之爲言也長言之也說之故言之言之不足故長言之从言永聲爲命切古音在十部咏
詠或从口諍止也經傳通作爭从言爭聲側迸切十一部評
召也口部曰召評也後人以呼代之呼行而評廢矣从言乎聲荒烏切五部謼評
也依韵會訂此與口部嘑異義而通用大雅崔本式號式謼从言虖聲荒故切五部訖止
也見釋詁穀梁傳毋訖糴范曰訖止也按孟子謂之遏糴从言气聲居迄切十五部諺傳
言也諺傳疊韵傳言者古語也古字從十口識前言凡經傳所偁之諺無非前代故訓而宋人作注乃以俗語俗論
當之誤矣元應引此下有謂傳世常言也蓋庾儼默注从言彥聲魚變切十四部按此與尚書乃逸乃
喭論語由也喭皆訓昄喭者各字衞包改尚書之喭爲諺大誤訝相迎也周禮曰諸
侯有卿訝也秋官掌訝職文惟周禮作訝他經皆作御如詩百兩御之毛曰御迎也以御田祖箋云御

迎也書予御續乃命于天弗御克奔以役西土御衡不迷某氏皆訓迎故衞包遂皆改爲迓士昏禮媵御曲禮大夫士必自御

之轂梁傳跛者御跛者眇者御眇者列子遇駭鹿御而擊之皆訓迎則皆訝之同音假借从言迎必有言故从言

牙聲吾駕切古音在五部此下鉉增迓字云訝或從辵爲十九文之一按迓俗字出於許後衞包無識用以改經不

必增也詣候至也候至者節候所至也致下云送詣也凡謹畏精微深造以道而至曰詣關中記建章

宮有駁娑駘盪枍詣承光四殿西京西都賦皆作枍詣俗作指誤从言旨聲五計切十五部講

和解也和當作龢不合者調龢之紛糾者解釋之是曰講易曰君子以朋友講習史記虞卿甘茂二傳漢書項羽

傳皆假媾爲講古音同也从言冓聲古項切古音在四部謄迻書也今人猶謂謄寫

从言朕聲徒登切六部訒頓也訒頓疊韵頓之言鈍也从言刃聲

而振切十三部論語曰其言也訒顏淵篇文訥言難也與訒義同與㕯

音義皆同論語君子欲訥於言而敏於行苞曰訥遲鈍也从言內內亦聲也內骨切十五部謯謯

娽也廣雅曰謯[illegible]也篇韵皆曰謯[illegible]也[illegible]謯也按許書有娽無[illegible]故仍之其義則未聞謯娽當是古語許當是三字

句从言虘聲側加切廣韵子邪切古音在五部[illegible]待也小徐曰此與徯字義相通

从言伿聲讀若𩛥胡禮切古音在十六部譥痛嘑也嘑作呼誤譥與

嗷義略同痛嘑若顏氏家訓所云北人呼羽罪反之音南人呼于來反之音也 从言敫聲 古弔切二部

譊 恚呼也从言堯聲 女交切二部

謍 小聲也 小上當奪謍謍二字謍譁小聲也 从言熒省聲 余傾切十一部 詩曰謍謍青蠅 小雅文毛詩作營營傳曰營營往來皃許所偁蓋三家詩也

諎 大聲也 爾雅行扈唶唶釋文曰唶說文云借字也一云大聲也按說文人部無借字據陸則此大聲也之上今奪五字但借字也三字語不完且陸不分疏云唶說文作諎今未敢輒補要陸所據爲善本許書叚下曰借也耤下曰古者使民如借序目曰六曰假借人部未必無借字而諎唶可以爲借字固非無徵矣借資昔資夜二切孔沖遠曰假借字在取者則假讀上聲借讀入聲在與者則皆讀去聲聲類曰嚄大笑唶大呼考工記後則柞注柞讀爲咋咋然之咋聲大外也按咋咋諎諎同皆大聲 从言昔聲讀若笮 莊革切古音在五部

唶 諎或从口

諛 讇也 諛者所以爲讇故渾言之 从言臾聲 羊朱切四部

讇 諛也 讇者未有不諛 从言閻聲 丑琰切八部

諂 讇或从臽

諼 詐也 公羊傳此伐楚也其言救江何爲諼也何曰諼詐也息夫躬傳虛造詐諼之策按師古注云諼詐辭也辭當是譽此蓋小顏所據說文作詐譽也淺人刪譽耳衞風終不可諼兮傳曰諼忘也此諼蓋藼之假借藼本令人忘憂之艸引伸之凡忘皆曰藼藼伯兮詩作諼艸淇奧詩作不可諼皆假借也許偁安得藼艸蓋三家詩也

从言爰聲況袁切十四部讋不省人言也省各本作肖今正言字依韵會補詩板我即爾謀聽我囂囂傳曰囂囂猶讋讋也箋云女聽我言讋讋然不肎受玉篇讋字下引廣雅不入人語也讋即讋之俗廣韵六豪曰讋不省人也奪言字五肴曰讋不肖也則依誤本說文而又少二字東方朔傳讋讋亦正謂其不省人言耳此條得諸鈕非石又按釋訓曰囂囂傲也囂囂即讋讋之假借从言敖聲五牢切二部一曰哭不止悲聲讋讋此亦用朔傳爲說一說聲讋讋者謂其不勝痛呼譽也當許時朔傳已有二解矣訹誘也按晉語里克不平鄭告公子重耳曰子盍入乎吾請爲子鉥此假鉥爲訹也鵩鳥賦怵迫之徒兮或趨西東孟康曰怵爲利所誘怵然此假怵爲訹也从言朮聲思律切十五部訑沇州謂欺曰訑此不見於方言方言秦謂之謾郭云言謾訑訑音大和切按戰國策曰寡人正不喜訑者言也从言它聲託何切十七部謾欺也宣帝詔欺謾季布傳面謾韋注漢書云謾相抵讕也从言曼聲母官切十四部謯諸拏逗疊韵字羞窮也方言嘳謯謰謱拏也拏揚州會稽之語也或謂之惹或謂之謯郭曰拏謂諸拏也奴加反按諸拏出此羞窮者謂羞澀辭窮而支離牽引是曰諸拏从言奢聲陟加切古音在五部訬慙語也與心部怍音同義近論語其言之不怍則爲之也難當作此訬从言作聲鉏駕切古音在五部按玉篇云慙語也疑左傳定八年桓子咋謂林楚杜云咋

讋也當作詐字

⿱執言 ⿱執言讘也 ⿱執言讘當是疊韻雙字但不類列而讘在後謓字下葢後人亂之 从言執聲 之涉切七部

謰 謰謱也 方言嚂哰謰謱拏也東齊周晉之鄙曰嚂哰嚂哰亦通語也南楚曰謰謱或謂之支註或謂之詀謕按諸拏謰謱皆雙聲 从言連聲 力延切十四部

謱 謰謱也 从言婁聲 洛侯切四部

詒 相欺詒也 金縢公乃爲詩以詒王名之曰鴟鴞鄭曰詒說也周公恐其屬黨將死恐其刑濫又破其家而不敢正言故作鴟鴞之詩以詒王按尚書字本作詒鄭注說當讀輸芮切正義改爲怡悅字誤矣周公善辭以誘王故史臣目之曰詒此鄭意也穀梁傳曰夫請者非可詒託而往也必親之者也注詒託猶假寄列子狎侮欺詒郭注方言云汝南人呼欺亦曰詒音殆史漢多假紿爲之 一曰遺也 釋言毛傳皆曰詒遺也俗多假紿爲之 从言台聲 與之切按今音前義徒亥切一部

謲 相怒使也 从言參聲 倉南切七部玉篇千紺切

誑 欺也 从言狂聲 居況切十部

譺 騃也 騃馬行仡仡也此騃之本義也方言癡騃也騃吾駭反此騃之別義也廣雅譺調也謂相嘲調通俗文大調曰譺按大相嘲調者如癡騃然也 从言疑聲 五介切古音在一部

⿰言⿱䀠大 相誤也 廣韻相⿰言⿱䀠大誤也⿰言⿱䀠大誤葢同詿誤 从言⿱䀠大聲 古罵切按䀠部作⿱䀠大⿱䀠大舉朱切不得⿱䀠大聲讀古罵切

訕 謗也 論語惡居下而訕上者訕與女部姍誹也音義同 从言山聲 所晏切十四部

譏誹也 譏誹疊韵譏之言微也以微言相摩切也引伸爲關市譏而不征之譏 从言幾聲 居衣切十五部

誣加也 元應五引皆作加言加言者架言也古無架字以加爲之淮南時則訓鶪加巢加巢者架巢也毛詩箋曰鶪之作巢冬至加之劉昌宗加音架李善引呂氏春秋注曰結交也構架也云加言者謂憑空構架聽者所當審慎也按力部曰加語相增加也從力口然則加與誣同義互訓可不增言字加與誣皆兼毀譽言之毀譽不以實皆曰誣也方言誣⿰言奄與也吳越曰誣荆楚曰⿰言奄與猶齊晉言阿與表記受祿不誣注曰於事不信曰誣 从言巫聲 武扶切五部

誹謗也 誹之言非也言非其實 从言非聲 敷尾切十五部

謗毀也 謗之言旁也旁溥也大言之過其實論語子貢方人假方爲謗 从言旁聲 補浪切十部

譸詶也 按詶詛也則譸亦詛也 从言壽聲讀若醻 張流切三部 周書曰無或譸張爲幻 無逸文釋訓曰侜張誑也毛詩作侜張他書或作侏張或作輈張皆本無正字以雙聲爲形容語此侜譸張訓誑不訓詶是亦假借之理也

詶詛也 玉篇云說文職又切詛也元應六引曰祝今作呪說文作詶詛也之授切今各本作詶譸也乃因俗用詶爲酬應字市流切不欲釋以詛遂改之耳詶訓以言荅之而詶詛作呪此古今之變也若經典則通用祝不用詶左傳雖其善祝豈能勝億兆人之詛此祝詛分言也大雅侯作侯祝傳云作祝祖也此祝讀呪祝詛不分也 从言州聲 三部

詛詶也从言

且聲莊助切五部

䛆 詶也祝⿰衤畱字亦作袖蓋與䛆一字也 从言由聲直又切三部

誃 離別也釋言曰斯誃離也郭云誃見詩今毛詩未見誃字疑析薪扡矣容有作誃者別兵列切 从言多聲尺氏切古音在十七部 讀若論語跢予之足泰伯篇云啓予足啓予手鄭云啓開也跢當是啓誤或曰當作哆予之足哆猶開也 周景王作洛陽誃臺東京賦曰於南則謻門曲榭薛曰謻門冰室門也水經注穀水篇曰洛陽諸宮名曰南宮有謻臺臨照臺東京賦謻門卽宣陽門也門內有宣陽冰室按謻臺蓋謂謻門之臺也謻者誃之或體李善直移反周景王作大錢大鍾則其作誃臺也亦侈大之意釋宮連謂之簃郭云堂樓閣邊小屋今呼之簃廚連觀也鉉竹部新附有簃字按陸雲與兄書曰曹公所爲屋垪其謻堂不可壞直以斧斫之其字亦作謻爾雅之簃蓋亦誃之異體

誖 亂也从言孛聲蒲沒切十五部

悖 誖或从心

𧧒 籒文誖从二或兩國相違舉戈相向亂之意也角部觿以爲聲

䜌 亂也 一曰治也與爪部𤔔乙部亂音義皆同 一曰不絕也別義 从言絲治絲易棼絲亦不絕故从絲會意呂員切十四部宋景公之名左傳作欒古今人表作兜欒宋世家作頭曼趙宋祕閣有宋公䜌餗鼎與竹書宋景公䜌合

𢿸 古文䜌

誤 謬也按謬當作繆古繆誤字從糸如綢繆相戾也大傳五者一物紕繆是謬訓狂者妄言與誤義隔 从言

吳聲五故切五部詿誤也詿謂有所挂礙而然也史記吳王濞傳詿亂天下漢書景帝詔曰吳王濞爲逆詿誤吏民从言圭聲古賣切十六部誒可惡之詞詞各本作辭誤今正詞者意內而言外也韋孟詩勤唉厥生漢書唉作誒師古曰誒歎聲項羽本紀索隱曰唉歎恨發聲之詞皆與許此義合从言矣聲許其切一部一曰誒逗然下當有也方言欸醫然也南楚凡言然者曰欸或曰醫口部曰唉譍也廣雅欸醫然譍也是則誒與欸唉音義皆同通用也春秋傳曰誒誒出出襄三十年文此證前一義也今傳作譆譆譆痛也當作痛聲左傳或叫于宋大廟曰譆譆出出鳥鳴于亳社如曰譆譆甲午宋大災按譆與嘻同音故云痛聲从言喜聲火衣切按火衣廣韵作許其爲是一部詯膽气滿聲在人上从言自聲蓋卽元曲所用咱字讀若反目相睞荒內切十五部謧謧詍逗多言也玉篇云欺謾之言廣韵云弄言从言离聲呂之切按廣韵之作支爲是古音在十七部詍多言也與口部呭音義皆同从言世聲余制切十五部詩曰無然詍詍口部偁詩作呭呭此作詍詍蓋四家之別也訾訾訾逗二字今補不思稱意也釋訓云翕翕訿訿莫供職也毛傳云潝潝然患其上訿訿然不思稱其上不思稱其上者謂不思報稱其上之恩也大雅傳云訿訿窳不供事

也二傳辭異義同意者意內言外之意按禮記少儀注訾思也凡二見此別一義从言此聲將此切十五十六部按呰毀字古作呰與訾別後人混用詩曰翕翕訿訿小雅文

䛌往來言也一曰小兒未能正言也一曰祝也从言匋聲大牢切古音在三部

𧩓䛌或从包匋聲包聲同在三部

䛁䛁䛁逗多語也从言冄聲汝閻切七部樂浪有䛁邯縣地理志郡國志同孟康音男

⿰言遝⿰言遝遝誻逗語相及也此依玉篇訂隶及也眔目相及也然則此從遝訓語相及無疑从言遝聲此形聲包會意他合切八部

誻⿰言遝遝誻也與曰部沓字音義皆同荀卿書愚者之言誻誻然而沸注誻誻多言也从言沓聲徒合切八部

訮諍語訮訮也劉祥言事蒙遜曰汝聞劉裕入關敢研研然也斬之魏書作妍妍皆訮訮之同音也匡謬正俗所謂殿研卽此从言幵聲呼堅切十二部

讗言壯皃一曰數相怒也从言巂聲讀若畫呼麥切十六部

訇駭言聲駭各本作駴依韵會訂此本義也引伸爲訇訇大聲从言匀省聲虎橫切古音在十二部變爲訇字則西河郡圁陰圁陽皆音銀是也西京賦沸卉軿訇與鶤温門論韵則入十三部今入耕韵非也漢中西城有訇鄉城俗本作域誤

又讀若元謂讀若勻矣其訇鄉則又讀若元也 訇籀文不省 諞便巧言也諞便疊韵从言扁聲部田切十二部周書曰截截善諞古文尚書秦誓文論語曰友諞佞季氏篇文今作便 ⿰言頻匹也於疊韵釋之从言頻聲符眞切十二部 ⿰言口扣也扣叩古今字說文有敂無叩此扣當作敂如求婦先⿰言口叕之此蓋古語論語我叩其兩端而竭焉孔曰我則發事之始終以語之公羊傳吾爲子口隱矣何曰口猶口語發動也按猶口當作猶叩句絕从言口會意口者叩也口亦聲苦后切四部 ⿰言兒言相說司也說司猶刺探說之言惹也司之言伺也从言兒聲女家切古音在十六部 誂相評誘也戰國策楚人有兩妻人誂其長者長者詈之誂其少者少者許之史記吳王濞傳使中大夫應高誂膠西王按後人多用挑字从言兆聲徒了切二部 譄加也加下曰語相譖加也按譖加誣三字互訓从言曾聲作滕切六部 詄忘也廣雅誤也从言失聲徒結切十二部 諅忌也廣韵七之曰謀也七志曰志也从言其聲渠記切一部周書曰上不諅于凶德多方文上今書作爾尚二字諅今書作忌按宋本說文篇韵皆作上不諅于凶德 譀誕也東觀漢記曰雖誇譀猶令人熱按誕也當作誇也譀

與誇互訓从言敢聲下闞切八部⿰言忘俗譀从忘誇譀也从

言夸聲苦瓜切古音在五部誕詞誕也此三字蓋有誤釋詁毛傳皆云誕大也从

言延聲徒旱切十四部⿰言㢟籀文誕省正⿰言萬譀也从言

萬聲莫話切十五部謔戲也从言虐聲虛約切古音在二部詩曰善

戲謔兮衛風文詪很戾也廣韵難語皃从言皀聲平懇切十三部

訌⿰言貴也大雅召旻傳曰訌潰也抑傳曰虹潰也虹者訌之假借字釋言虹潰也亦作訌郭云謂潰敗按許作

⿰言貴者許以⿰言貴與潰同也詩彼童而角實虹小子天降罪罟蟊賊內訌皆謂禍由中出與中止之義合从言工

聲戶工切九部詩曰蟊賊內訌⿰言貴中止也中止者自中而

止猶云內亂魏都賦李注引說文⿰言貴列中止也此依賦文衍列字賦云齊被練而銛戈襲偏裻以⿰言貴列非中止之訓也

从言貴聲胡對切十五部司馬法曰師多則民⿰言貴民各本作人今

依廣韵所引⿰言貴止也此以止與中止義別也凡偁經傳而又釋其義者皆必其義與字本義不同如堲讒說曰

圛莫席皆是譿聲也廣韵衆聲从言歲聲呼會切十五部詩曰有譿

其聲毛詩雲漢有嘒其星毛曰嘒衆星皃此有譿其聲蓋三家詩也如史所云赤氣亙天砰隱有聲是也或曰聲當

是星之誤有譏其星如天官書天鼓有音天狗有聲之類也

諣 疾言也从言咼聲 呼卦切古音在十七部

⿰言魋 譟也从言魋聲 杜回切十五部按許書無魋字大徐據此補入鬼部

譟 擾也 手部曰擾煩也 从言喿聲 穌到切二部

訆 大嘑也 與㗊部嘂口部叫音義皆同 从言丩聲 古弔切三部 春秋傳曰或訆于宋大廟 襄三十年文今傳作叫

謼 號也从言虎 此與号部號音義皆同口部唬从口虎亦讀若暠虍部虖號之聲虎爲厲猛故皆從虎會意乎刀切二部

讙 譁也从言雚聲 呼官切十四部

譁 讙也从言𠌶聲 呼瓜切古音在五部

謣 妄言也从言雩聲 羽俱切五部

⿰言荂 謣或从荂 玉篇云同謣

譌 譌言也 疑當作僞言也唐風人之爲言定本作僞言箋云爲人爲善言以稱薦之欲使見進用也小雅民之訛言箋云訛僞也人以僞言相陷入按爲僞譌古同通用尚書南譌周禮注漢書皆作南僞 从言爲聲 五禾切十七部 詩曰民之譌言 今小雅作訛說文無訛有吪吪動也訛者俗字

謬 狂者之妄言也 古差繆多用從糸之字與此謬義別 从言翏聲 靡幼切三部

詤 夢言也 夕部曰夢不明也呂覽無由接而言見詤高曰詤讀爲誣妄之誣按讀詤爲誣者正如亾無通用荒幠通用也 从言

詤聲。呼光切。十部。謈 大嘑自冤也。冤各本作勉，今依廣韵正。東方朔傳舍人不勝痛呼謈。鄧展曰：謈音瓜瓝之瓝。按自冤者，自稱己冤枉也。田蚡疾，一身盡痛若有擊者，謼服謝罪。晉灼曰：服音瓝。關西俗謂得杖呼及小兒啼呼爲呼瓝。然則謈亦作服，作瓝也。朔傳呼字亦音髐。蚡傳謼字亦音火交反，皆與下一字疊韵。廣韵曰：嗃謈，大呼也。是也。謈，蒲角切。古音讀如匏。从言，暴省聲。音在二部。訬 訬，此複舉字刪之未盡者。擾也。手部曰：擾，煩也。今俗語云炒吵者當作此字。一曰訬獪。犬部：獪，狡獪也。漢書曰：江都輕訬。吳都賦曰：輕訬之客。高注淮南曰：訬，輕利急疾也。李善音眇。从言，少聲。楚交切。二部。按此當爲前一義之音。讀若毚。此未詳。蓋纔亦作纔之比。顧氏炎武曰毚當作㲋。諆 欺也。諆欺疊韵。小徐引漢書誆諆然。漢書自作誆欺也。从言，其聲。去其切。一部。譎 權詐也。益梁曰謬欺天下曰譎。方言：膠、譎，詐也。涼州西南之閒曰膠，自關而東西或曰譎，或曰膠。詐，通語也。按廣雅及爾雅釋文引方言皆有謬字。此欺天下曰譎不可通，當爲關東西曰譎。从言，矞聲。古穴切。十五部。詐 欺也。从言，乍聲。側駕切。古五部。訏 詭譌也。从言，于聲。況于切。五部。一曰訏蓍。今字作吁嗟。此別一義。齊楚謂信曰訏。按信當作大。釋詁：訏，大也。方言：訏，大也。中齊西楚之閒曰訏。許語本楊。謷 嗞也。口部曰：嗞，蓍也。此云蓍，嗞也。是

爲異部互訓各本改作咨者淺人爲之耳謀事曰咨義不相涉从言差聲子邪切古音在十七部一
曰痛惜此與嗞䔡義別讋失气言此與慴音義同此从言故釋之曰失气言東都賦陸讋水
慄一曰言不止也言字各本無依玉篇補謂詍詍沓沓也从言龖省聲
傅毅讀若慴之涉切七部讋籀文讋不省謵言謵
讋也疑上文失气言之上當有謂讋二字疊韵字也从言習聲秦入切七部䛺相
毀也从言亞聲宛古切五部一曰畏䛺此與惡惡之惡略同䜋相
毀也从言隋聲雖遂切古音在十七部篇韵皆虛規切𧮂嗑也口部曰嗑多言
也玉篇曰𧮂譶多言也𧮂譶即讘嗑从言闒聲徒盍切八部詾訟也訟各本譌說今依篇
韵及六書故所據唐本正爾雅釋言小雅魯頌傳箋皆云詾訟也按下文系之云訟爭也說文之通例如是从言
匈聲許容切九部訩或省今詩如是作𧦝詾或从兇訟爭
也公言之之也漢書呂后紀未敢訟言誅之鄧展曰訟言公言也从言公聲此形聲包會意似用切九
部一曰歌訟訟頌古今字古作訟後人假頌皃字爲之𧦮古文訟从谷聲
謓恚也今人用嗔古用謓从言真聲昌真切十二部賈侍中說謓

笑別一義 一曰讀若振 諣 多言也从言聶聲 之涉切七部

河東有狐讘縣 見地理志按史漢表皆有瓡讘矦徐廣小顏瓡皆音狐考漢志北海有瓡縣小顏云瓡卽執字疑瓡讘二字疊韵瓡當從𤓰作瓡執之或體不音狐漢志說文作狐讘皆譌字也

訶 大言而怒也从言可聲 虎何切十七部

𧦈 訐也 訐或作許誤 从言臣聲讀若指 臣聲而讀若指十二十五部合音也職雉切

訐 面相斥罪告訐也 依韵會訂論語惡訐以爲直者 从言干聲 居謁切十五部

訴 告也从言𣍘聲 桑故切五部凡從𣍘之字隸變爲斥俗又譌斥 論語曰訴子路於季孫 憲問篇文

謝 訴或从言朔

愬 訴或从朔心 今論語作此

譖 愬也 論語譖愬析言之此統言之 从言朁聲 莊蔭切七部

讒 譖也从言毚聲 士咸切八部

譴 謫問也从言遣聲 去戰切十四部

謫 罰也从言啻聲 陟華切十六部

諯 數也 謂數責也今音讀上聲 一曰相讓也 相責讓二義亦略同耳 从言耑聲讀若專 尺絹切十四部

讓 相責讓 經傳多以爲謙攘字 从言襄聲 人漾切十部

譊 嬈譊

也嬈擾戲弄也譊恚嘑也方言譙讓也齊楚宋衛荆陳之閒曰譙自關而西秦晉之閒凡言相責讓曰譙讓从言
焦聲讀若嚼才肖切二部誚古文譙从肖周書曰亦
未敢誚公漢人作譙壁中作誚實一字也金縢文誎數諫也謂數其失而諫之凡
譏刺字當用此从言朿聲七賜切十六部誶讓也釋詁毛傳皆云誶告也許云讓也釋詁毛
傳泛言之許專言之也从言卒聲雖遂切十五部國語曰誶申胥吳語文韋
曰誶告讓也今國語毛詩爾雅及他書誶皆譌訊皆由轉寫形近而誤詰問也从言吉聲
去吉切十二部𧬄責望也太玄蔻𧬄其戶范曰𧬄責也按朢之古文作𦣠故譔之古文亦作𧬄从
言朢聲巫放切十部詭責也漢書況自詭滅賊孔融表云昔賈誼求試屬國詭係單于从
言危聲過委切十六部今人爲詭詐字證告也从言登聲諸應切六部今人爲
證驗字詘詰詘也二字雙聲屈曲之意一曰屈襞此謂衣襞積見衣部从言
出聲區勿切十五部䛐詘或从屈䛐尉也尉各本作慰而集韵類篇及葉
石君抄本說文皆作尉則知大徐本作尉也火部曰尉者從上
案下也䛐訓尉未得其證攷毛詩凱風傳慰安也車舝傳曰慰
怨也二傳不同車舝傳一本作尉安也陸氏德明從怨謂作安
乃馬融義今按此毛詩及傳正當作尉䛐也爲許所本後人以

易識之字易之耳䛄者以善言案其心如火申縎然䛄尉雙聲 从言夗聲 於願切十四部

詗 知処告言之 史漢淮南傳王愛陵多予金錢爲中詗長安孟康曰詗音偵西方人以反閒爲偵王使其女爲偵於中也服虔亦云偵伺之也如淳曰詗音朽政反按說文無偵字則從服孟說詗卽偵是也 从言同聲 朽正切十一部

讂 流言也从言夐聲 火縣切十四部

詆 訶也 鉉本苛也一曰訶也從言氏聲鍇本荷也從言氏聲一曰訶今按二本皆誤漢人訶多假荷爲之如周禮宮正比長注荷皆呼何反宋槧周禮及釋文可證淺人改爲苛此亦其比也不得其說乃訶荷竝存矣今依韵會刪正 从言氏聲 都禮切十五部

誰 誰何也 三字爲句各本少誰字誤刪之也敦字下云一曰誰何也也可證李善引有謂責問之也五字蓋注家語六韜令我壘上誰何不絕賈誼書陳厲兵而誰何史記衛綰傳歲餘不誰何綰漢書作不孰何韋注國語讀弩注矢以誰何有單云誰者如五行志大誰卒易林無敢誰者楊雄箴閽樂矯搜戟者不誰揩田賦靡誰督而常勤有單云何者如廣雅何問也賈誼傳大譴大何 从言隹聲 示隹切十五部

諽 飭也 作飾誤諽與悈音義同 从言革聲讀若戒 古覈切一部 一曰更也 謹與革音義同

讕 抵讕也 抵各本作詆誤文三王傳王陽病抵讕置辭師古曰抵距也讕誣諱也文帝紀韋注曰謾抵讕也按抵讕猶今俗語云抵賴也 从言闌聲 洛干切十四部

譋 讕或从閒

診 視

也倉公傳診脈視脈也從言者醫家先問而後切也 从言㐱聲 直刃切又之刃切十二部

訢 悲聲也 斯析也澌水索也凡同聲多同義鍇曰今謂馬悲鳴爲嘶 从言斯省聲 先稽切十六部按釋詁鮮善也釋文曰本或作誓

訧 罪也 邶風毛傳訧過也亦作郵釋言郵過也亦作尤孟子引詩畜君何尤 从言尤聲 羽求切古音在一部 周書曰報以庶訧 呂刑文

誅 討也 凡殺戮糾責皆是 从言朱聲 陟輸切四部

討 治也 發其紛糾而治之曰討秦風傳曰蒙討羽也箋云蒙尨也討襍也畫襍羽之文於伐故曰尨伐據鄭所言則討者亂也治討曰討猶治亂曰亂也論語世叔討論之馬曰討治也學記古之學者比物醜類醜或作討凡言討論探討皆謂理其不齊者而齊之也 从言寸 寸法也或曰從肘省聲 他晧切古音在三部

諳 悉也 此與宷義同音近 从言音聲 烏含切七部元應書卷廿一云說文諳於禁切大聲也豈所據本異與

讄 禱也絫功德以求福也 讄絫雙聲按讄施於生者以求福誄施於死者以作謚論語之讄曰字當從畾毛傳曰喪紀能誄誄字當從耒周禮六辭鄭司農注二字已不分矣 論語云讄曰禱尒于上下神祇 述而篇文 从言畾聲 按本書無畾字靁從雨畾象形作此凡曰從畾聲者皆從靁省聲 力軌切十五部

𧬛 讄或从纍 論語釋文或二云作讄

謚 行之迹也 周書

謚法解檀弓樂記表記注皆云謚者行之迹也謚迹疊韵 从言益聲 按各本作從言兮皿闕此後人妄改
也攷元應書引說文謚行之迹也從言益聲五經文字曰謚說文也謚字林也字林以謚爲笑聲音呼益反廣韵曰謚說文作
謚六書故曰唐本說文無謚但有謚行之迹也據此四者說文從言益無疑矣自呂忱改爲謚唐宋之閒又或改爲謚遂有改
說文而依字林羼入謚笑皃於部末者然唐開成石經宋一代書版皆作謚不作謚知徐鉉之書不能易天下是非之公也近
宗說文者不能攷知說文之舊如汲古閣刊經典依宋作謚矣而覆攷爲謚可歎也今正謚爲謚而刪部末之謚笑皃學者可
以發雲霧而覩青天矣神至切古音在十六部 誄 謚也 當云所以爲謚也曾子問注曰誄絫也絫列生時行
迹讀之以作謚 从言耒聲 力軌切十五部 諱 忌也 鉉本諱誋也在誡誋二字之下淺人妄移
也鍇本廁此是矣而忌作誋仍誤誋誡也忌憎惡也故諱與謚誄爲類 从言韋聲 許貴切十五部
謑 謑詬 二字今補逗 耻也 漢書賈誼傳頑鈍亡耻奊詬亡節師古曰奊詬謂無志分也 从
言奚聲 胡禮切十六部奚聲圭聲同部是以或作奊或作䜁也 䜁 謑或从奊
詬 謑詬也 依全書例訂 从言后聲 呼寇切四部 訽 詬或从
句 后句同部 諜 軍中反閒也 釋言閒俔也郭云左傳謂之諜今之細作也按左傳諜輅之諜
告曰楚幕有烏皆是大史公書借爲牒札字 从言枼聲 徒叶切七部 該 軍中約

也凡俗云當該者皆本此从言亥聲古哀切一部讀若心中滿該該同

餘飽息也詳口部噫下譯 傳四夷之語者依李善徐堅訂方言譯傳也王制曰東方曰寄南方曰象西方曰狄鞮北方曰譯从言睪聲羊昔切古音在五部訄 迫也廣雅同从言九聲讀又若丘謂九聲則讀如鳩矣而又讀如丘也今俗謂逼迫人有所為曰訄音正同丘廣韵曰巨鳩去鳩二切三部

譶 疾言也从三言讀若沓文選琴賦紛𧭈譶以流漫注譶譶聲多也徒合切吳都賦𧭈譶[illegible]交貿相競注引倉頡篇譶言不止也竹立切大徐引唐韵徒合切

文二百四十七七宋本作五小徐作六於此可定諡字系後增今刪諡則二百四十六

重三十二毛本卅三小徐本卅四

誩 競言也从二言渠慶切古音在十部讀如彊凡誩之屬皆从誩讀若競

譱 吉也口部曰吉譱也从誩羊此與義美同意我部曰義與善同意羊部曰美與善同意按羊祥也故此三字從羊常衍切十四部善 篆文从言據此則譱為古文可知矣此亦上部之例先古後篆也譱字今惟見於周禮他皆作善

競 彊語也競彊曡韵彊語謂相爭从誩二人從二人二言也渠慶切古音在十部讀如彊一曰

逐也別一義

讟 痛怨也方言讟謗也讟痛也二義相足 从誩賣聲徒谷切三部 春秋傳曰民無怨讟左傳昭元年曰民無謗讟八年曰怨讟動於民疑相涉而誤

文四 重一

音 聲生於心有節於外謂之音十一字一句各本聲下衍也字樂記曰聲成文謂之音 宮商角徵羽聲也宋本無也 絲竹金石匏土革木音也 从言含一有節之意也於今切七部 凡音之屬皆从音

響 聲也渾言之也天文志曰鄉之應聲析言之也鄉者假借字按玉篇曰響應聲也 从音鄉聲許兩切十部

韽 下徹聲周禮典同曰微聲韽此葢賈侍中周官解故說杜子春鄭康成說各異 从音酓聲恩甘切古音在七部

韶 虞舜樂也樂記曰韶繼也公羊疏引宋鈞注樂說云簫之言肅舜時民樂其肅敬而紹堯道故謂之簫韶按韶字葢舜時始製 書曰書上當有虞字誤衍於上句 簫韶九成鳳皇來儀咎繇謨文 从音召聲市招切二部或作招周禮作磬皆假借

章 樂竟爲一章歌所止曰章 从音十會意諸良切十部 十數之終也說從十之意

竟 樂曲盡爲竟曲之所止也引伸之凡事

之所止土地之所止皆曰竟毛傳曰疆竟也俗別製境字非从音儿此猶章從音十會意儿在人下猶十爲數
終也故竟不入儿部居慶切古音在十部讀如疆
文六
䇂辠也辠犯法也从干二會意二古文上字干上是犯法也凡辛
之屬皆从辛讀若愆去虔切十四部廣韵曰辛古文愆張林說童
男有辠曰奴奴曰童女曰妾女部曰奴婢皆古之辠人也偁周禮其奴男子
入于辠隸女子入于舂槀从辛重省聲徒紅切九部今人童僕字作僮以此爲僮子字蓋經典皆漢以
後所改童籀文童中與竊中同从廿句廿逗以爲
古文疾字當作古文以爲疾疾字廿本二十幷也古文假爲疾字此亦不同音之假借也竊字下曰廿古文
疾則不言以爲童從疾者亦取有辠之意妾有辠女子給事之得接於
君者十二字一句妾接疊韵有罪女子給事若周禮女酒女漿女籩女醢女醯女鹽女冪女祝女史內司服女御縫
人女御女工女舂抌女饎女槀各若干人各有奚若干人是也鄭注女酒女奴曉酒者古者從坐男女没入縣官爲奴其少才
知以爲奚今之侍史官婢或曰奚宦女二云得接於君者如內司服縫人皆有女御鄭云有女御者以衣服進或當於王廣其禮

使無色過是也奚女部作媄从辛女辛女者有罪之女也七接切八部春秋傳曰女爲人妾傳字今補左傳僖十七年卜招父曰男爲人臣女爲人妾越王句踐亦云身請爲臣妻請爲妾妾逗不娉也此釋左傳妾字之義別於上文有罪女子之得接者也內則曰聘則爲妻奔則爲妾不必有罪故云爾此與釋尚書莫席曰圖一例

文三　重一

丵叢生艸也象丵嶽相竝出也謂此象形字也丵嶽疊韵字或作族嶽吳語不經見者謂丵嶽凡丵之屬皆从丵讀若浞士角切三部

丵大版也見釋器所㠯飾縣鐘鼓捷業如鋸齒㠯白畫之周頌傳曰業大版也所以設栒爲縣也捷業如鋸齒或曰畫之植者爲虡橫者爲栒大雅箋云虡也栒也所以縣鐘鼓也設大版於上刻畫以爲飾按栒以縣鐘鼓業以覆栒爲飾其形刻之捷業然如鋸齒又以白畫之分明可觀故此大版名曰業業之爲言齾也許說本毛毛傳或曰畫之或曰二字乃以自二字之譌未有正其誤者凡程功積事言業者如版上之刻往往可計數也象其鉏鋙相承也从丵鉏鋙相承謂捷業如鋸齒也象之故从丵从巾巾象版巾版皆方正丵巾會意也魚怯切八部俗作⿰巾業詩曰巨業維樅

大雅文今詩作虡上林賦虡作鉅許作巨蓋三家詩巨與鉅同也墨子貴義曰鉅者白也黔者黑也鉅業者蓋謂以白畫之與

叢古文業字形未詳其意

叢聚也於疊韵得之从丵取聲徂紅切按古音在四部左傳僖三十年取訾婁公羊作鄒亦作叢

對䜋無方也聘禮注曰對荅問也按對荅古通用云䜋無方者所謂善待問者如撞鐘叩以大者則大鳴叩以小者則小鳴也無方故從丵口从丵口从寸寸法度也丵口而一歸於法度也都隊切十五部

對對或从士漢文帝㠯爲責對而面言依廣韵訂多非誠對故去其口㠯從士也鍇曰士事也取事實也按篇韵皆作士未知孰是趙氏明誠曰據古鐘鼎皆作對是漢文亦從古耳非肊更也

文四　重二

菐瀆菐也瀆菐疊韵字瀆煩瀆也菐如孟子書之僕僕趙云煩猥皃从丵从廾竦手也音邛廾亦聲蒲沃切三部凡菐之屬皆从菐

僕給事者周禮注曰僕侍御於尊者之名然則大僕戎僕以及易之童僕詩之臣僕左傳人有十等僕第九臺第十皆是大雅景命有僕毛傳僕附也是其引伸之義也大雅芃芃棫樸毛曰樸枹木也考工記樸屬此皆取附箸之義字當作僕方言作樸

从人菐人之供煩辱者也菐亦聲蒲沃切三部𠍴古文从臣

𦳒賦事也賦者布也魯語曰社而賦事蒸而獻功从菐八以煩辱之事分責之人也八逗分之也釋從八之意八亦聲讀若頒按八古音如必平聲如賓在十二部音轉乃入十三部讀如頒者如頒首之頒也再轉入十四部讀布還切矣一曰讀若非周禮匪頒之式先鄭云匪分也凡從非之字皆有分背之意讀頒又讀非者十三十四部與十五部合韵之理玉篇敷尾切

文三　重一

廾竦手也竦敬也从𠂇又按此字謂竦其兩手以有所奉也故下云奉承也手部曰承奉也受也五經文字其恭反九經字樣音邛廣韵引說文居竦切以菐從廾聲求之古音在三部凡廾之屬皆从廾𢪏揚雄說廾从兩手蓋訓纂篇如此作古文揰從二手此以古文揰為廾也

奉承也手部曰承奉也受也从手廾從手ナ又雙引也丰聲扶隴切九部

丞翊也翊當作翼俗書以翊為翼翼猶輔也哀十八年左傳曰使帥師而行請承杜曰承佐也承者丞之假借文王世子引記曰虞夏商周有師保有疑丞百官公卿表丞相應劭曰丞者承也相者助也按漢凡官多有丞者皆以輔之从廾从卪从山四字當作從𠬤一字山部曰𠬤山高山之節山高逗山高謂𠬤也

奉承之義義當作意字之誤也凡高者在上必竦手以承之丞承疊韵署陵切六部奐取奐也未聞一曰大也大雅伴奐爾游矣毛曰伴奐廣大有文章也檀弓美哉輪焉美哉奐焉注輪輪囷言高大奐言衆多从廾夐省聲鉉本去聲字而爲之說不知古音故也呼貫切十四部弇蓋也釋言曰弇同也弇蓋也此與奄覆也音義同釋器曰圜弇上謂之鼒謂斂其上不全蓋也周禮說鐘弇聲鬱弇謂中央寬也从廾合聲廾合錯誤倒古南切又一儉切七部皿部有盦字蓋弇之別體後人所增也弇依玉篇類篇作毛刻初印本同古文弇𢍰引繒也篇韵此字皆作睪非也睪與異不得合爲一字各本引給也不可通惟廣韵作引繒皃似是隨唐相傳說文古本引繒而長之蓋作爲之事與斁解也殬敗也音義相通或曰當作引給給絲勞也从廾睪聲羊益切古音在五部𢍺舉也从廾由聲各本作由聲誤或從鬼頭之甶亦非也此從東楚名缶之由故左傳作畁今左作惎系部綥從畁聲或字作綦由聲其聲皆在一部也春秋傳曰晉人或以廣隊楚人畁之左傳宣十二年文今傳畁作惎黃顥說廣車陷楚人爲舉之此許偁古本古說杜本作惎云惎教也杜林㠯爲騏麟字謂杜伯山謂畁爲騏字也廣韵七志曰畁說文音其是也蓋蒼頡訓纂倉頡故二篇中語綥可作綦則騏可作畁其理一也麟當作麐异舉也从

从廾㠯聲羊吏切一部按篆從㠯隸作异不合疑篆隸皆從己而誤也虞書曰虞書當作唐書嶽曰异哉堯典文釋文曰鄭音异於其音求其義謂四嶽聞堯言驚愕而曰异哉也謂异爲異之假借也弄玩也玉部曰玩弄也小雅載弄之璋左傳曰弱不好弄又曰君以弄馬之故國語曰還弄吳國於股掌之上从廾玉盧貢切九部⿱圥廾兩手盛也从廾圥聲余六切三部廣韵曰說文音匊⿱釆廾摶飯也⿱釆廾摶疊韵曲禮毋摶飯从廾釆聲釆古文辨字釆下云辨別也此云釆古文辨互相足讀若書卷俱券切十四部⿱肉廾持弩拊凡弓刀把處皆曰拊今攷工記弓人作柎从木从廾肉聲按肉聲故讀如逵逵古音同仇足部䟫頁部頯皆讀如仇也小徐云肉非聲大徐徑刪聲字誤矣古音在三部今渠追切讀若逵戒警也言部曰警戒也从廾戈會意居拜切十五部持戈以戒不虞說從戈之意兵械也械者器之總名器曰兵用器之人亦曰兵下文云從廾持斤則製字兵與戒同意也从廾持斤干與斤皆兵器并力之皃補明切古音在十部古文兵从人廾干籀文兵龔慤也心部曰慤謹也此與心部恭音義同从廾龍聲紀庸切九部按紀庸似從廾得聲未詳弈圍棊也从廾亦聲羊益切古音在五部論

語曰不有博弈者乎陽貨篇文博說文作簙

具 共置也共供古今字當從人部作供 从廾貝省會意其遇切古音在四部 古㠯貝爲貨說從貝之意

文十七　重四

𠬜 引也上林賦仰𠬜橑而捫天晉灼曰𠬜古攀字按今字皆用攀則𠬜爲古字𠬜亦小篆也 从反廾象引物於外普班切十四部 凡𠬜之屬皆从𠬜

攀 𠬜或从手从樊樊聲也今作攀公羊傳作扳

樊 驇不行也驇各本譌鷙馬部曰驇馬重皃驇不行沈滯不行也毛詩折柳樊圃借爲棥字莊子澤雉畜乎樊中樊籠也亦是不行意 从𠬜棥會意 棥亦聲附袁切十四部

⿱䜌𠬜 樊也此與手部攣音義皆同玉篇云攣⿱䜌𠬜也 从𠬜䜌聲呂員切十四部

文三　重一

共 同也 从廿廾廿二十幷也二十人皆竦手是爲同也渠用切九部周禮尚書供給供奉字皆借共字爲之衞包盡改尚書之共爲恭非也釋詁供峙共具也郭云皆謂備具此古以共爲供之理也尚書毛詩史記恭敬字

皆作恭不作共漢石經之存者無逸一篇中徽柔懿共惟正之共皆作共嚴恭寅畏作恭此可以知古之字例矣毛詩溫溫恭人敬恭明神溫恭朝夕皆不作共靖共爾位箋云共具也則非恭字也虔共爾位箋云古之恭字或作共云或則僅見之事也史記共敬字亦無作共者

凡共之屬皆从共

𠔱 古文共 體從小徐本按𠔱有順從之象𡗗有睽異之象古文四聲韵引說文誤以𡗗爲共

龔 給也 糸部曰給相足也此與人部供音義同今供行而龔廢矣尚書甘誓牧誓龔行天之罰謂奉行也漢魏晉唐引此無不作龔與供給義相近衞包作恭非也秦和鐘銘龔夤天命言奉敬天命也 从共龍聲 俱容切九部按俱容於共得聲未詳

文二　重一

異 分也 分之則有彼此之異 从廾畀畀予也 竦手而予人則離異矣羊吏切一部

凡異之屬皆从異

戴 分物得增益曰戴 釋訓曰蓁蓁孽孽戴也毛傳云蓁蓁至盛皃孽孽盛飾是皆謂加多也引伸之凡加於上皆曰戴如土山戴石曰崔嵬石山戴土曰砠是也又與載通用言其上曰戴言其下曰載也釋山或本石戴土謂之崔嵬土戴石爲砠謂石戴於土土戴於石則與毛傳不異也周頌載弁俅俅月令載青旂皆同戴 从異𢦏聲 都代切一部

𢧢 籀文戴 弋聲𢦏聲同在一部蓋非从戈也

文二　重一

舁共舉也从臼廾謂有叉手者有捇手者皆共舉之人也共舉則或休息更番故有叉手者凡舁之屬皆从舁讀若余以諸切五部

䙴升高也升之言登也此與辵部遷𢩦音義同从舁囟聲囟音信䙴音遷合音也七然切十四部

𨔾䙴或从卩卩謂所登之階級也郊祀志湯伐桀欲䙴夏社不可地理志春秋經曰衛䙴于帝丘

𢍋古文䙴

與黨與也黨當作攩攩朋羣也與當作与与賜予也从舁与會意共舉而与之也舁与皆亦聲余呂切五部

𢌱古文與

興起也廣韵曰盛也舉也善也周禮六詩曰比曰興興者託事於物按古無平去之別也从舁同會意同逗此字補同力也說从同之意虛陵切六部

文四　重二

臼叉手也又部曰叉手指相錯也此云叉手者謂手指正相向也从ヒヨ此亦从ナ又而變之也居玉切三部凡臼之屬皆从臼

要身中也象人要自臼之形从臼按各本篆作𦝫從臼下有交省聲三字淺人所妄改也今依玉篇九經字樣訂顧氏

唐氏所據說文未誤也漢地理志北地大𡕳縣注一遙反上黨沾縣大𡕳谷清漳水所出說文水經注作大要谷今志誤爲黽字矣上象人首下象人足中象人要而自臼持之故從臼必從臼者象形猶未顯人多護惜其要故也於消切二部

古文𡕳 按今人變爲要以爲要約簡要字於消於笑切

文二　重一

𣅀 早昧爽也 日部曰早晨也昧爽旦明也文王世子注曰早昧爽擊鼓以召眾亦三字絫言之左傳僖五年正義解說文謂夜將旦雞鳴時也 从臼辰 會意 辰亦聲 食鄰切十二部 丮夕爲夙臼辰爲晨皆同意 聖人以文字教天下之勤 凡晨之屬皆从晨

農 耕人也 各本無人字今依元應書卷十一補食貨志四民有業闢土植穀曰農洪範次三曰農用八政鄭云農讀爲醲易其字也某氏因訓農爲厚矣 从晨 庶人明而動晦而休 故從晨 囟聲 鍇曰當從凶乃得聲玉裁按此囟聲之誤囟者明也

𨐡 籀文農从林

𨐡 古文農

𨐡 亦古文農 小徐從艸大徐從林夏竦曰農見古尚書

文二　重三

爨 齊謂炊爨 各本謂下衍之字今正火部曰炊爨也然則二字互相訓孟子趙注曰爨炊也齊謂

炊爨者齊人謂炊曰爨古言謂則不言曰如毛傳婦人謂嫁歸是也特牲少牢禮注皆曰爨竈也此因爨必於竈故謂竈爲爨禮器燔柴於爨同楚茨傳曰爨饔爨廩爨也此謂竈又曰踖踖爨竈有容也此謂炊臼象持甑中似甑臼持之今本臼譌白冂爲竈口廾推林內火林柴也內同納凡爨之屬皆从爨七亂切十四部𤍽籒文爨省然則爨本古文也釁所㠯枝鬲者从爨省鬲省渠容切九部釁血祭也周禮大祝注云隋釁謂薦血也凡血祭曰釁孟子梁惠王趙注曰新鑄鐘殺牲以血塗其釁郤因以祭之曰釁漢書高帝紀釁鼓應劭曰釁祭也殺牲以血塗鼓釁呼爲釁呼同罅按凡言釁廟釁鐘釁鼓釁寶鎮寶器釁龜策釁宗廟名器皆同以血塗之因薦而祭之也凡坼罅謂之釁方言作璺音問以血血血其坼罅亦曰釁樂記作衅象祭竈也从爨省祭竈亦血塗之故從爨省爨者竈也从酉酉所㠯祭也酉者酒之省从分取血布散之意分亦聲分聲故釁或爲薰如齊語三釁三浴或爲三薰呂覽湯得伊尹釁以犧猳風俗通作熏以萑葦漢書豫讓釁面吞炭顏云釁熏也皆是也釁又讀爲徽如周禮女巫鬯人注朱鄭說是也分聲讀徽此即煇旂入微韵之比古音十三部在問韵今韵虛振切非也

文三　重一

說文解字第三篇上

金壇段玉裁注

革獸皮治去其毛曰革各本獸皮治去其毛革更之象古文革之形文義句讀皆不可通今依召南齊風大雅周禮掌皮四疏訂正革與鞹二字轉注皮與革二字對文則分別如秋斂皮冬斂革是也散文則通用如司裘之皮車卽革路詩羔羊傳革猶皮也是也革更也二字雙聲治去其毛是更改之義故引伸爲凡更新之用襍卦傳曰革去故也鄭注易曰革改也公羊傳革取新者何曰革更也管子輕重革築室房注革更也象古文革之形凡字有依倣古文製爲小篆非許言之猝不得其於六書居何等者如革曰象古文革之形弟曰從古文之象民曰從古文之象酉曰象古文酉之形是也易臼爲廿蓋省煩爲簡耳而或云從廾從囗音韋囗爲國邑卅年而法更此蓋楊承慶字統之肊說古覈切一部凡革之屬皆从革[illegible]古文革从卅上廿下十是三十也卅年爲一世而道更也據此則革之本訓更後以爲皮去毛之字臼聲臼居玉切在三部革在一部合音冣近

鞹革也各本作去毛皮也今依載驅韓奕正義正大雅傳云鞹革也論語孔注云皮去毛曰鞹此恐人不省詳言之若說文革字下已注明何庸辭費論語曰虎豹之鞹顏淵篇文从革郭聲苦郭切五部

靬靬此複

舉字刪之未盡者 乾革也乾古寒切 武威有麗靬縣地理志張掖郡驪靬李奇曰音遲虔如淳曰靬音弓鞬郡國志驪靬亦屬張掖許系之武威未詳 从革干聲苦旰切十四部

靬 生革可以爲縷束也小雅約之閣閣毛曰約束也閣閣猶歷歷也按閣讀如絡秦風五楘傳曰五束歷錄生革縷束曰鞈者謂束之歷錄也 从革各聲盧各切五部

鞄 柔革工也从革包聲蒲角切古音在三部 讀若朴朴在三部合音冣近劉昌宗音僕 周禮曰柔皮之工鮑氏鮑卽鞄也鮑鞄字舊互譌今正考工記攻皮之工五函鮑韗韋裘先鄭云鮑讀如鮑魚之鮑書或爲鞄倉頡篇有鞄甏又鮑人之事後鄭云鮑故書或作鞄許云鮑卽鞄者謂周禮之鮑卽倉頡篇之鞄鞄正字鮑假借去部云易曰突如其來如不孝子突出不容於內也去卽易突字也謂去正字突假借文意正相似

韗 攻皮治鼓工也考工記注先鄭云韗書或爲鞠皋陶鼓木也後鄭云鞠者以皋陶名官也鞠則陶字從革按先後鄭韗鞠兩存許從韗不從鞠也 从革軍聲讀若運先鄭云讀如曆運之運王問切十三部

韗 韗或從韋今周禮如此作韗文曰韗或作韗

鞣 耎也耎同偄弱也 从革柔柔亦聲耳由切

䩜 柔革也柔當作鞣上文云柔皮之工謂治之使柔此云柔革謂革之柔耎者也 从革旦聲旦熱切十五部

曰聲在十四部合音也 ⿰革亶 古文韗从亶 韇 革繡也 齊語管子曰輕罪贖以韇盾一戟韋曰韇盾綴革有文如繢也後漢烏桓傳曰婦人能刺韋作文繡 从革賣聲 求位切十五部

鞶 大帶也易曰或錫之鞶帶 訟上九 男子帶鞶婦人帶絲 鞶革帶也故字從革內則曰男鞶革女鞶絲注云鞶小囊盛帨巾者男用韋女用繒有飾緣之則是鞶裂與詩云垂帶如厲紀子帛名裂繻字雖今異意實同按小雅垂帶而厲箋云而亦如也而厲如鞶厲也鞶必垂厲以爲飾厲字當作裂說與禮記注同而毛傳云厲帶之垂者左傳鞶厲服云鞶大帶也賈逵杜預說同虞翻注易亦云鞶帶大帶皆與鄭異蓋鄭以大帶用素天子諸侯大夫同士用練皆不用革也大帶所以申束衣革帶以佩玉佩及事佩之等故喪服以要經象大帶又有絞帶象革帶也內則云男鞶革女鞶絲則鞶非大帶明矣周禮巾車疏引易注云鞶帶佩鞶之帶此蓋鄭注與詩禮注同而內則施縏袠注云縏小囊也縏袠言施爲箴管線纊有之則縏亦與鞶同類 从革 此鄭知非大帶也 般聲 薄官切十四部

鞏 㠯韋束也 大雅藐藐昊天無不克鞏毛曰鞏固也此引伸之義也 易曰鞏用黃牛之革 革初九辭王弼曰鞏固也按此與卦名之革相反而相成 从革巩聲 居竦切古音在三部見詩瞻卬

鞔 履空也 小徐曰履空猶履殼也按空腔古今字履腔如今人言鞵幫也逋旁切呂氏春秋曰南家工人也爲鞔者也高曰鞔履也作履之工也高不云履空者渾言之也三蒼鞔覆也

考工記注飾車謂革輓輿也此輓引伸之義凡輓皆如綴縶於底从革免聲母官切十四部

靸小兒履也急就篇有靸釋名曰靸韋履深頭者之名也从革及聲穌合切七部

𩋙鞮𩋙角逗鞮屬方言禪者謂之鞮絲作之者謂之履麻作之者謂之不借麤者謂之屨東北朝鮮洌水之閒謂之𩋙角南楚江沔之閒總謂之麤西南梁益之閒或謂之屨或謂之屝屨其通語也徐土邳圻之閒大麤謂之𩋙角按末句郭注今漆履有齒者顏注急就篇曰卬角形若今之木履而下有齒釋名則曰仰角屐上施履之名也當仰屐角舉足乃行也从革卬聲五剛切十部

鞮革履也周禮釋文云許愼曰鞮屨也呂忱曰鞮革屨也與今本異徐堅玄應引與今本同曲禮鞮屨注無絇之菲也周禮鞮鞻氏注鞮鞻四夷舞者所屝也王制西方曰狄鞮注鞮之爲言知也胡人履連脛謂之絡鞮各本無此九字韵會引有釋名曰鞾本胡服趙武靈王所服也从革是聲都兮切十六部

𩋡鞮𩋡沙也謂鞮之名𩋡沙者也𩋙角𩋡沙皆漢人語廣雅之鞈䩞也鞈古匣切䩞音沙鞈䩞𩍐韡鞁履也集韵履與韡同廣韵鞈䩞索韡胡履也釋名𩍐釋韡之缺前壅者胡中所名也从革夾聲古洽切八部

𩌏鞮屬从革徙聲所綺切十六部

鞵生革鞮也生革各本作革生今正从革奚聲戶佳切十六部

靪補履下也原思納履則踵決故履下可補也今俗謂補綴曰打補靪當作此字从革

丁聲。當經切。十一部。鞠 蹋鞠也。劉向別錄曰。蹵鞠者傳言黃帝所作。或曰起戰國之時。蹋鞠兵勢也。所以練武士知有材也。皆因嬉戲而講練之。漢藝文志兵技巧十三家有蹵鞠二十五篇。郭樸注三蒼云。毛丸可蹋戲者曰鞠。按鞠居六求六二切。廣韵曰。今通謂之毬子。巨鳩切。古今字也。从革匊聲。三部。𥷎 鞠或从𥳓。籀或字。

鞀 鞀遼也。此複字刪之未盡者。遼也。此門聞也。戶護也。鼓郭也。琴禁也之例。以疊韵說其義也。遼者謂遼遠。必聞其音也。周禮注曰。鞀如鼓而小。持其柄搖之。旁耳還自擊。从革召聲。徒刀切。二部。鞉 鞀或从兆聲。鼗 鞀或从鼓兆。𩏈 籀文鞀从殸召。周禮以爲鞀字。

鞔 量物之鞔。一曰抒井鞔。小徐曰。抒井今言淘井。鞔取泥之器。玉裁按依說文浚抒也。則小徐說是。依手部抒挹也。則汲井亦可云抒井。缶部曰。罋汲缾也。春秋傳言具綆缶。周易言羸其缾。是其物用缶久矣。而其始用革也。古曰革。謂此二者古皆用革。故從革。从革冤聲。於袁切。十四部。𩍐 鞔或从宛。宛者下也。宛亦聲。

鞞 刀室也。刀部曰。削鞞也。削鞘古今字。音肖。小雅大雅毛傳不同。說詳玉部。从革卑聲。并頂切。古音當在十六部。支清多合韵。故今音入迥韵。

鞎 車革前曰鞎。釋器曰。輿革前謂之鞎。郭曰。以韋鞔車軾。按李巡云。輿革前謂輿前以革爲車飾曰鞎。不言軾。依毛傳。韋鞔軾自名鞃。不名鞎。疑李注是。从革

艮聲戶恩切十三部鞃車軾中把也各本無中把二字韵會作中靶靶字誤今補正

大雅傳曰鞹革也鞃軾中也此謂以去毛之皮鞔軾中人所凭處篇韵皆云軾中靶靶轡革不當以名軾蓋許本作把而俗譌

從革軾中把者人把持之處也較毛多一字从革弘聲丘弘切六部詩曰鞹鞃淺

幭讀若穹穹從穴弓聲弓古音讀如肱故鞃亦作⿰車弓又作⿰革厷鞪車軸束也此與

木部楘音同義近楘謂輈束鞪謂軸束分析易明而小戎音義曰楘本又作鞪玉篇亦曰鞪亦作楘曲轅束也疑本一字許書

有楘無鞪後人補之又改輈爲軸从革敄聲莫卜切三部⿰革必車束也考工記天

子圭中必注必讀如鹿車縪之縪謂以組約其中央爲執之以備失隊方言曰車下鐵陳宋淮楚之閒謂之畢大者謂之綦郭

注云鹿車也按鄭郭云鹿車者非小車財容一鹿之謂方言曰䡘車趙魏之閒謂之轣轆車東齊海岱之閒謂之道軌廣雅䡘

車謂之曆鹿道軌謂之鹿車本方言蓋曆鹿即毛詩傳之歷錄鹿車即周禮注之鹿車鹿車與歷鹿義同皆於其圍繞命名也

糸部縪止也古畢必通用故必鞁縪同約圭與約車相類也从革必聲毗必切十二部鞻車

衡三束也當作車句衡五束也秦風五楘梁輈毛曰小戎兵車也五五束也楘歷錄也梁輈輈上句衡也

一輈五束束曰歷錄句衡謂轅也故下文言轅不言衡曲轅鞻縛直轅⿱暴革縛曲轅謂兵

車乘車田車皆小車也直轅謂牛車所謂大車也小車人所乘欲其安故暢轂梁輈大車任載而已故短轂直轅曲轅車盡飾

鞻之言攢也以革縛之凡五歷歷鏖錄錄然大鄭云馳車之轂率尺所一縛是也直轅車無飾以革縛不必五也暈之言纍也纍約也从革䌲聲借官反十四部讀若論語鑽燧之鑽見陽貨篇按火部無燧

䪆鞻或从革贊

䩞蓋杠系也蓋杠考工記謂之桯桯讀如楹系各本作絲今正系係也係絜束也絜束者圍而束之𩊐用革故字從革从革旨聲脂利切十五部

鞁車駕具也晉語吾兩鞁將絕吾能止之韋曰鞁靷也按韋以左傳作靷故以靷釋之其實鞁所包者多靷其大者封禪書言雍五時路車各一乘駕被具西時畦時禺車各一乘禺馬四匹駕被具被即鞁字也鞁與糸部絥緬各物从革皮聲平祕切按當依廣韵平義切古音在十七部

鞥䪁鞥也䪁鞥蓋古語䪁亦名鞥也从革合聲烏合切七部讀若𪇆此𪇆登與侵覃合韵之理一曰龓頭繞者龓各本作龍玉篇作龓而玉篇有部龓下曰馬龓頭吳都賦云馬龓則龓頭為長龓近之龓非也龓頭即羈也繞纏也者當作也鞥之言罨也

靶䪁革也王褒傳王良執靶音義或曰靶音霸謂䪁也吳都賦迴靶平行邪既劉曰靶䪁革也按云䪁革者毛傳云革䪁首也从革巴聲必駕切古音在五部

韅箸亦鞥也亦鉉本作腋非其物也錯作腋俗字也今正亦人之臂亦也箸亦鞥謂箸於馬兩亦之革也箸亦謂直者當膺謂橫者鞥當作鞙左傳釋文正義引皆作皮作鞥鞥也史記禮書鮫韅徐曰韅者當馬腋之革若釋名云橫經腹下杜注左云

在背曰𩊵皆異說也从革顯聲呼典切十四部按古假顯爲之檀弓子顯公子縶也盧氏植云古者名字相配顯當作𩊵

靳當膺也左傳曰吾從子如驂之有靳杜曰靳車中馬也言己從書如驂馬之隨靳也正義曰驂馬之首當服馬之胸胸上有靳故云我從子如驂當服之靳按左傳晉車七百乘𩊵靷鞅靽杜曰在胸曰靷此正在匈曰靳之誤以秦風傳靳環或作靷環證之其誤正同矣游環在服馬背上驂馬外轡貫之以止驂之出故謂之靳環靳者驂馬止而不過之處故引伸之義爲靳固左傳宋公靳之吝其寵也从革斤聲居近切十三部

䩛驂具也上二文當是服馬鞁具此云驂具互文見義也从革蚩聲丑郢切十一部讀若騁蜃按虫部蚩讀若騁則此蚩聲讀騁宜矣不知何以多蜃字騁蜃連文不可通疑當爲又讀若蜃也廣韵廿八獮有蚩鍇䩛三字

靷所以引軸者也所以者字依楊倞注荀卿補凡許書所以字淺人往往刪之秦風毛傳曰靷所以引也毛不言軸許云軸以箸明之轅載於軸兩靷亦係於軸左傳兩靷將絕吾能止之駕而乘材兩靷皆絕此可見靷之任力幾與轅等靷在輿下而見於軓前乃設環以續靷而係諸衡故詩云陰靷沃續孔沖遠云靷繫於陰版之上令驂馬引之此非是驂在服外而後於服與靷不正相當且軓非能任力不當係於軓也許云所以引軸說不可易从革引聲余忍切十二部𩌨籒文靷

䩪車鞁具也从革官聲古滿切十四部

𩋼車鞁具也从革豆聲田候切四部

𩊚⿰革舌內環靼也⿰革舌各本譌⿰革舌今依玉篇環靼者環之以靼从革亏聲羽俱切五
部轉車下索也釋名縛在車下與輿相連縛也當作轉在車下从革尃聲補各切五
部鞥車具也从革奄聲烏合切八部䩛車具也从
革叕聲陟劣切十五部鞌馬鞁具也此爲跨馬設也左傳趙旃以良馬二濟其
兄與叔父左師展將以公乘馬而歸三代時非無跨馬者矣春秋經有鞌字从革安聲烏寒切十四部
䩸鞌毳飾也毳獸細毛也从革茸聲而隴切九部玄應曰三蒼而用切
鞊鞌飾篇韵皆曰鞌鞊从革占聲他叶切七部鞈防汗也此當作所
以防捍也轉寫奪誤巾部曰幩馬纏鑣扇汗也與此無涉篇韵皆曰防捍是相傳古本捍亦作扞故譌汗荀卿曰犀兕鮫革鞈
如金石管子輕罪入蘭盾鞈革二戟注曰鞈革重革當心箸之可以禦矢鼂錯曰匈奴之革笥木薦弗能支孟康曰革笥以皮
作如鎧者被之木薦以木版作如楯一曰革笥若楯木薦之以當人心也此皆防捍之說錯曰今胡人扞罥也知錯本故作扞
从革合聲當云从革合合亦聲古洽切七部按鼓部鞈古文鼛而此作小篆訓防扞與上文鞌䩸鞊下文
勒皆爲馬具者不相貫鞈本篆體作鞈獨從古文革則恐好事者增之仍从鼓部偏旁耳勒馬頭落
銜也落絡古今字系部繯下云落也知許之不作絡矣釋名勒絡也絡其頭而引之按网部䍐馬落頭也金部銜馬

勒口中此云落銜者謂落其頭而銜其口可控制也引伸之爲抑勒之義又爲物勒工名之義廣韵云石虎諱勒呼馬勒爲轡此名之不正也爾雅轡首謂之革革即勒之省馬絡頭者轡所係也故曰轡首毛詩鞗革皆當依古金石作攸勒鋚勒毛傳曰攸轡首飾也革轡首也自來上句奪首飾二字而莫得其解从革力聲盧則切一部

鞙大車縛軛靼大車牛車也縛軛者苞注論語云輗者轅端橫木以縛枙者也皇曰古作牛車先取一橫木縛著兩轅頭又別取曲木爲枙縛著橫木以駕牛脰也然則軛縛於橫木橫木縛於轅縛於轅者輗也軛縛於輗用靼鞙亦作䩭釋名䩭縣也所以縣縛軛也从革肙聲狂沇切十四部

䩉勒靼也謂馬勒之靼也勒在馬面故從面从革面聲此以形聲包會意彌沇切十四部

靲鞮也鞮革履也玉篇靲下云靲鞻也周禮鞮鞻氏音義呂忱云鞮者革履也鞻者靲鞻按鞮鞻走部作趧婁故革部無鞻字林有鞻釋之曰靲鞻則靲字亦字林始有之說文靲字殆後人所增不與䩕鞮鞅等爲伍从革今聲巨今切七部士喪禮繫用靲注靲竹篾也陸云其闇反按鄭以爲紟字紟者係也爲與重但當以竹篾係之因謂篾爲紟

鞬所㠯戢弓矢左傳左執鞭弭右屬櫜鞬杜曰櫜以受箭鞬以受弓方言弓謂之鞬釋名受矢之器馬上曰鞬鞬建也言弓矢並建立其中也廣韵曰馬上藏弓矢器从革建聲居言切十四部

韇弓矢韇也方言弓謂之鞬或謂之韇丸左傳服注云冰櫝丸蓋也後書南匈奴傳引方言藏弓爲鞬藏箭爲韇丸廣雅鞬弓藏也韇䩶矢

藏也皆與今方言異按絫呼之曰韇丸單呼之曰韇士冠禮筮人執策抽上韇注韇藏策之器今時藏弓矢者謂之韇丸也亦疑說文本有丸淺人刪之 从革賣聲 徒谷切三部

鞽 緌也 疊韵系部曰緌系冠纓也引伸凡垂者謂之緌廣雅鞽謂之鞘鞘音梢玉篇云鞌邊帶是也 从革喬聲 山垂切十六部

⿰革亟 急也 雙聲此亦鼓郭琴禁之例廣韵⿰革亟皮鞭兒按⿰革亟鞭二字相屬疑本作鞭急也轉寫奪鞭 从革亟聲 紀力切一部

鞭 毆也 毆各本作驅淺人改也今正毆上仍當有所以二字尚書鞭作官刑周禮條狼氏掌執鞭以趨辟凡誓執鞭以趨於前且命之司市凡市入則胥執鞭度守門左傳誅屨於徒人費弗得鞭之見血又公怒鞭師曹三百皆謂鞭所以毆人之物以之毆人亦曰鞭經典之鞭皆施於人不謂施於馬曲禮乘路馬載鞭策左傳左執鞭弭馬不出者助之鞭之皆是假借施人之用爲施馬之偁非若今人竟謂以杖馬之物杖人也蓋馬箠曰策所以擊馬曰箠以箠擊馬曰敕本皆有正名不曰鞭也擊馬之箠用竹毆人之鞭用革故其字亦從竹從革不同自唐以下毆變爲敺與驅同音謂鞭爲捶馬之物因改此毆爲驅不知絕非字義毆捶擊物也驅馬馳也 从革便聲 卑連切十四部

⿱亼攴 古文鞭 從亼攴

鞅 頸靼也 釋名鞅嬰也喉下稱嬰言嬰絡之也按劉與許合杜云在腹曰鞅恐未然也小雅鞅掌毛曰失容也 从革央聲 於兩切十部

韄 佩刀系也 系各本作絲今正此蓋系部所謂緱也廣韵云佩刀飾莊子音義引三蒼云韄佩刀靶韋也莊子外韄內韄引伸之義也李云縛也

从革蒦聲乙白切古音在五部䩐馬尾䩐也方言車紂自關而東周雒汝潁而東謂之緻或謂之曲綯或謂之曲綸自關而西謂之紂糸部曰緧馬紂也紂馬緧也考工記必緧其牛後鄭云關東謂紂爲緧按䩐鞦語相似䩐蓋鞦之轉語从革它聲徒何切十七部今之般緧四字疑後人沾注

䩲繫牛脛也繫當作系从革見聲按篇韵皆呼結切於見聲爲近古音在十四部鉉本作己彳切

文五十九宋本九作七　重十一

鬲鼎屬也釋器曰鼎款足者謂之鬲實五觳考工記陶人爲鬲實五觳厚半寸脣寸斗二升曰觳大鄭云觳受三豆後鄭云觳受斗二升按瓬人職云豆實三而成觳大鄭本之今俗本譌爲觳受三斗誤甚許必言觳所受者角部觳下無此義也魏三體石經以鬲爲大誥嗣無疆大歷服之歷同在十六部也象腹交文三足上象其口乂象腹交文下象三足也考工記圖曰款足按款足郭云曲腳漢郊祀志則云鼎空足曰鬲釋款爲空郎激切十六部凡鬲之屬皆从鬲

𤮍鬲或从瓦楚世家楚武公曰居三代之傳器登三翮六翼以高世主小司馬曰翮亦作𤮍同音歷三翮六翼謂九鼎空足曰翮翼卽耳事見爾雅按翮者𤮍之假借字翼者釴之假借九鼎款足者三附耳於外者六也爾雅曰鼎款足謂之鬲附耳外

謂之鈛𤮍漢令鬲从瓦厤聲謂載於令甲令乙之鬲字也樂浪挈令織作紘

䰜三足鍑也鍑如釜而大口廣雅䰜鬴也一曰滫米器也滫米猶淅米淅之以得其泔也从鬲支聲魚綺切十六部

鬹三足鬴也廣雅鬹鬴也有柄喙有柄可持有喙可寫物此其別於䰜者也讀若嬀嬀漢人已讀如規矣从鬲規聲居隨切十六部

鬷鬴屬廣雅鬵鬲鬷也陳風越以鬷邁商頌鬷假無言毛曰鬷數也又曰鬷總也數讀如數罟之數數罟豳風作緵罟魚麗作緵罟然則二傳皆謂鬷者總之假借字也从鬲嵏聲子紅切九部

𩰭秦名土鬴曰𩰭今俗作鍋土釜者出於匋也从鬲干聲夂部干今步也讀若過古禾切十七部

鬵大鬴也檜風誰能亨魚溉之釜鬵毛曰鬵釜屬按下文別一義一曰鼎大上小下若甑曰鬵釋器鼎絕大謂之鼐圜弇上謂之鼒附耳外謂之釴款足者謂之鬲贈謂之鬵鬵鉹也按此六句皆說鼎故許以鼎大上小下若甑發明甑謂之鬵金部云鉹鬵鼎亦所以發明鬵鉹也釋爾雅者尟通此矣从鬲兓聲讀若岑才林切七部

𩱓籒文鬵從𩱓

䰝鬵屬从鬲曾聲按此篆淺人妄增也瓦部甑甗也甗甑也一穿鬸者甑之或體耳爾雅音義云鬸本或作甑篇韵皆云甑鬸同字可知古本說文不分入鬲瓦二部至集韵乃據徐鉉之書截然爲二字

矣

鬴 鍑屬也[升四曰豆豆四曰區區四曰鬴] 从鬲甫聲[扶雨切五部] 釜 鬴或从金父聲[今經典多作釜惟周禮作鬴]

鬳 鬲屬[鬲鼎屬也] 从鬲虍聲[牛建切十四部按戴氏侗引唐本虍省聲似是然獻尊卽犧尊車轙亦作钀歌元古通魚歌古又通虍聲卽魚歌之合也]

融 炊气上出也[釋詁毛傳方言皆曰融長也此其引伸之義也通作肜思玄賦展泄泄以肜肜廣成頌豐肜對蔚] 从鬲蟲省聲[以戎切九部] 䰜 籒文融不省

䰞 炊气皃[器部曰嚻聲也气出頭上从㗊頁炊气亦上出故从嚻] 从鬲嚻聲[舉形聲包會意許嬌切二部]

鬺 鬺也[鬺亦作鬺亦作䰞韓詩于以鬺之惟錡及釜封禪書禹收九牧之金鑄九鼎皆嘗亨鬺上帝鬼神亨鬺郊祀志作鬺亨亨許兩切謂煑而獻之上帝鬼神也毛詩假湘爲之毛曰湘亯也] 从鬲羊聲[式羊切十部]

𩰿 涫也[水部曰涫𩰿也今俗字涫作滾𩰿作沸非也上林賦曰滭潗鼎𩰿嚴夫子哀時命曰氣涫𩰿其若波] 从鬲沸聲[芳未切十五部按此當云從水鬲弗聲非畢沸字也]

文十三[按䰞宜刪] 重五

䰛 歷也[二字淺人妄增此云古文亦鬲字卽仌籒文大改古文之例何取以漢令鬲爲訓釋乎] 古文亦鬲字[鬲䰛皆古文也] 象孰飪五味气上出也[謂弜也鬲䰛本]

一字鬲專象器形故其屬多謂器䰜兼象孰飪之气故其屬皆謂孰飪凡䰜之屬皆从䰜

⿲弓⿱侃鬲弓鬻也从䰜侃聲諸延切十四部按此當去虔切䰜或作⿰食衍猶愆作諐也淺人謂即饘字不分故同切諸延耳

⿰食衍䰜或从食衍聲荀卿書酒醴⿰食衍鬻內則曰取稻米舉糔溲之小切狼臅膏以與稻米為酏注此周禮酏食也此酏當從⿱衍食周禮醢人酏食注曰酏⿱衍食也引內則取稻米云云正作⿱衍食字按雜問志曰內則⿱衍食及糝周禮酏及糝酏在六飲中不合在豆且內則有⿱衍食無酏周禮有酏無⿱衍食明酏⿱衍食是一也故破酏從⿱衍食也據此則內則本作⿱衍食字注中此酏當從⿱衍食謂周禮此酏字當從內則作⿱衍食字言此酏者以別於六飲之酏也今本內則作酏淺人所改

飦䰜或从食干聲孟子曰飦粥之食趙曰飦饘粥也饘同糜

⿰食建䰜或从食建聲韻會引左傳注⿰食建於是鬻於是今未詳所據

鬻⿰食建也从䰜米會意之六切三部按一音余六切是以賣鬻字作此賣之假借也鉉本作米聲武悲切此因誤衍聲字而為之切音非真唐韻有武悲切也爾雅猶如麑之猶舍人本作鬻異文同部是可以定其非形聲矣廣韻集韻篆韻譜脂韻內皆無鬻玉篇云說文又音麋廣韻二云說文本音麋者乃陳彭年輩誤用鉉本也玉篇麋字又麋之誤類篇忙皮切之誤本此鬻作粥者俗字也作鬻者樂記假鬻為育而轉寫致譌也

⿲弓⿱古鬲弓⿰食建也釋言餬饘也當作此字今江蘇俗粉米麥為粥曰餬从䰜古聲戶吳切五部

⿲弓⿱羔鬲弓五味盉鬻也皿部曰盉調味也內則注曰凡羹齊宜五味之和米

脣之。滫晏子曰和如羹焉水火醯醢鹽梅以亨魚肉宰夫和之齊之以味濟其不及以泄其過凡魚肉必用菜菜謂之芼儀禮鉶芼牛藿羊苦豕薇芼及醯醢鹽梅是之謂五味之和也實於鉶謂之鉶羹肉汁不和五味謂之大羹 从䰜从羔 會意凡從羔者羔猶美也古行切古音在十部 詩曰亦有和䰞 商頌文鬻本鬻作羹

䰞 鬻或省 羹 或从美鬻省 羔下從美今各本作兩羔非也 䰞 小篆从羔从美 此是小篆則知上三字古文籀文也不先小篆者此亦上部之例

䰞 鼎實惟葦及蒲 此有奪當云鼎實也詩云其鬻維何維筍及蒲或曰筍作葦者三家詩也爾雅其萌蘿今蘆筍可食者也按詩其殽維何炰鼈鮮魚此謂鼎中肉也其蔌維何維筍及蒲此謂鼎中菜也菜謂之芼釋器曰肉謂之羹菜謂之蔌毛曰蔌菜殽也菜殽對肉殽而言凡禮經之藿苦薇芼昏義之蘋藻二南之荇皆是周易覆公餗鄭曰餗菜也凡肉謂之醢菜謂之菹皆主謂生物實於豆者肉謂之羹菜謂之芼皆主謂孰物實於鼎者說詳戴先生毛鄭詩考正 陳留謂鍵爲䰞 周易馬注餗鍵也按鼎中有肉有菜有米以米和羹曰糜糜者鍵之類故古訓或舉菜爲言或舉米爲言正考父鼎銘饘於是鬻於是以餬余口亦單舉米言也許不以陳留語爲別一義䰞至䰞共七文皆謂䰞也分別之則有米和肉菜之䰞有不和肉菜之䰞 从䰜速聲 桑谷切三部 餗 鬻或从食束 束聲

鬻 鬻也 疊韵 从䰜毓聲 余六切三部按此切余六鬻切之六本分別不

同後人以鬻之切爲鬻之切而混誤曰甚 粥 鬻或省从米 𩱦 涼州謂鬻爲𩱦 按此𩱦鉉本作糜爲長糜𩱦雙聲故也 从䰜蔑聲 莫結切十五部 䊮 𩱦或省从末 𩱷 粉餅也 周禮糗餌粉餈食部曰餈稻餅也此曰𩱷粉餅也蓋謂餈者不粉之稻米爲餅餌者稻米粉之爲餅文互相足經云糗餌者謂以熬米麥傅於餌粉餈者謂以㐌穀粉傅於餈此許意與先後鄭說異小徐云許說冣精又內則注餌筋腱也又莊子以五十犗爲餌餌釣餡魚者 从䰜耳聲 仍吏切一部 餌 𩱷或从食耳 耳聲 𩱴 𤎩也 爾雅音義引三蒼𤎩也說文火乾物也與今本異玄應再引與今本同方言𤎩聚煎㷄鞏火乾也秦晉之閒或謂之聚按聚即𩱴字或作𤏰玄應曰崔寔四民月令作炒古文奇字作𤎩 从䰜芻聲 尺沼切廣韵初爪切古音在四部 𩰪 內肉及菜湯中薄出之 內今之納字薄音博迫也納肉及菜於沸湯中而迫出之今俗所謂煠也玄應曰江東謂瀹爲煠煠音助甲切𩰪今字作瀹亦作汋通俗文曰以湯煑物曰瀹廣雅曰瀹湯也孫炎說夏祔之義曰新菜可汋 从䰜翟聲 以勺切古音在二部 𩱴 亯也 亯普庚切𩱴䰞也𩱴下當云𩱴也經傳用亯用烹乃𩱴之假借字耳亯部曰𩱴也不訓𩱴 从䰜者聲 章與切五部按惟周禮作𩱴 煑 𩱴或从火 𤅷 𩱴或从水 水在鬲中會意 𩱍 炊釜沸溢也 炊各本作吹今從類篇釜

瀵溢名本作釜溢宋本作聲沸今參合定爲釜瀵溢今江蘇俗謂火盛水瀵溢出爲鋪出𩰫之轉語也正當作𩰫字 从𩰫孛聲 蒲沒切十五部

文十三 重十二

爪 丮也 丮持也 覆手曰爪 仰手曰掌覆手曰爪今人以此爲叉甲字非是叉甲字見又部蚰部蝨字下云叉古爪字非許語也 象形 側狡切二部 凡爪之屬皆从爪

孚 卵孚也 孚字依玄應書補通俗文卵化曰孚音方赴反廣雅孚生也謂子出於卵也方言雞卵伏而未孚於此可得孚之解矣卵因伏而孚學者因即呼伏爲孚凡伏卵曰抱房奧反亦曰蓲央富反 从爪子 鍇曰鳥裒恒以爪反覆其卵也按反覆其卵者恐煦嫗之不均芳無切古音在三部 一曰信也 此即卵即孚引伸之義也雞卵之必爲雞䳄卵之必爲䳄人言之信如是矣

孚 古文孚从禾禾古文保保亦聲 古音孚保同在三部

爲 母猴也 左傳魯昭公子公爲亦稱公叔務人檀弓作公叔禺人由部曰禺母猴屬也然則名爲字禺所謂名字相應也假借爲作爲之字凡有所變化曰爲 其爲禽好爪 内部曰禽者走獸揔名好爪故其字從爪也此下各本有爪母猴象也五字衍文 下腹爲母猴形 腹當作復上既從爪矣其下又全象母猴頭目身足之形也 王育曰爪象

形也此博異說爪衍文王說全字象母猴形也蘧支切古音在十七部 古文爲象兩母猴相對形左傳仲子生有文在其手曰爲魯夫人手文必非若小篆爲魯葢作从容或相似也

爪亦丮也亦者亦上篆此亦持也从反爪對覆手言闕謂闕其音也其義其形皆可知而其讀不傳故曰闕後人肊爲說曰諸兩切蓋以覆手反之卽是掌也楊雄河東賦河靈矍踢爪華蹈衰蘇林曰掌據之足蹈之也二云掌據之正合丮持之訓而小顏云爪古掌字酈注水經河水篇李注西京賦皆引賦作掌則自蘇林已後皆讀掌也許曰其於所不知蓋闕如也何必許所闕而強爲之辭乎爪之變爲仉見廣韵

文四　重二

持也持握也象手有所丮據也外象拳握形凡丮之屬皆从丮讀若戟几劇切按毛詩戟與澤作韵丮古音當在五部

埶種也齊風毛傳曰埶猶樹也樹種義同从丮坴會意土部曰坴土塊坴坴也丮字今補丮持種之說從丮之意魚祭切十五部唐人樹埶字作蓺六埶字作藝說見經典釋文然蓺藝字皆不見於說文周時六藝字蓋亦作埶儒者之於禮樂射御書數猶農者之樹埶也又說文無勢字蓋古用埶爲之如禮運在埶者去是也詩曰我埶黍稷文小雅

𦎫食飪也飪大孰也可食之物大孰則丮持食之从丮𦎫

亯部曰𦎫孰也此會意各本衍聲字非也殊六切三部孰與誰雙聲故一曰誰也後人乃分別孰爲生孰孰爲誰孰矣曹憲曰顧野王玉篇始有熟字 易曰孰飪 鼎彖傳曰以木巽火亯飪飪也許所據作孰飪

飢 設飪也 飪宋本作食玉篇同廣雅釋言曰飢設也又釋詁四曰飢詞也錢氏大昕定飢爲⿰埶食字之誤古用爲發語之載也如石鼓詩載作⿰埶食 从丮食才聲讀若載 作代切一部

巩 褱也 手部曰挙攤也攤褱也 从丮工聲 居竦切九部

𢪘 巩或加手 又見手部

谻 相踦谻也 踦當作掎谻玉篇作郤 从丮谷聲 其虐切五部

⿰戈丮 擊踝也 从丮戈 疑奪聲字 讀若踝 胡瓦切古音在十七部

𠃨 亦持也从反丮 此亦謂ナ又手之別 闕 亦謂音讀不傳也後人讀居玉切此因毛傳云拮据戟挶也𠃨讀如戟故反𠃨讀如挶手部云挶戟持也不云𠃨挶同字然則寧從蓋闕

文八 重一

鬥 兩士相對兵杖在後象鬥之形 按此非許語也許之分部次弟自云據形系聯丮𠃨在前部故受之以鬥然則當云爭也兩丮相對象形謂兩人手持相對也乃云兩士相對兵杖在後與前部說自相戾且文从兩手非兩士也此必他家異說淺人取而竄改許書離孝經音義引之未可信也都豆切四部 凡

鬥之屬皆从鬥

鬭 遇也 疊韵凡今人云鬭接者是遇之理也周語穀雒鬭將毀王宮謂二水本異道而忽相接合爲一也古凡鬭接用鬭字鬥爭用鬥字俗皆用鬭爲爭競而鬥廢矣 从鬥斲聲 都豆切四部

鬨 鬥也 舊作鬭今正 从鬥共聲 下降切張鎰胡弄切九部 孟子曰鄒與魯鬨 梁惠王篇文趙曰鬨鬭聲也猶構兵而鬭也劉熙曰鬨構也構兵以鬭也按趙注長呂覽崔杼之子相與私鬨高曰鬨鬭也鬨讀近鴻緩氣言之

⿵鬥翏 經繆殺也 手部曰摎縛殺也按縛殺若今以一繩勒死經繆殺若今絞罪以二繩絞死故從鬥 从鬥翏聲 力求切玉篇吉了力求二切三部按此恐卽摎之或體俗增之上下文皆言鬥中梗非其次也

鬮 鬥取也 舊作鬭今正廣韵作鬮取按力取是此字本義今人以爲拈鬮字殆古藏彄之譌荊楚歲時記注曰藏彄之戲辛氏三秦記以爲鉤弋夫人所起周處成公綏竝作彄字藝經庾闡則作鉤字其事同也 从鬥龜聲讀若三合繩糾 見丩部古侯切廣韵居求居黝二切三部按龜古音如姬漢人多讀如鳩合音冣近也

⿵鬥爾 智少力劣也 莊子苶然疲役而不知其所歸郭云疲困苶然釋文乃結反按苶者爾之變也諸韵書皆於薺韵作爾屑怗韵作苶是不知爲一字矣 从鬥爾聲 奴禮切十五十六部

⿵鬥賓 ⿵鬥賓 逗 鬥連結繽紛相牽也 舊作鬭今正繽各本作⿵鬥賓今按許云讀若繽則許時非無繽字也離騷時繽紛其變易王曰繽紛亂也

从門賓省聲讀若繽 繽大徐作賓淺人以糸部所無改之也匹賓切十二部

䦣 闠鬩也从門𤼩聲 按此下當有讀若紛三字撫文切十三部繽紛闠鬩皆合二部疊韵各本譌舛今依全書通例正之

鬩 恆訟也 恆常也故以小兒善訟會意 詩曰兄弟鬩于牆 小雅文釋言毛傳皆曰鬩很也孫炎云相很戾也李巡本作恨非鄭注曲禮韋注國語可證 从門兒 會意兒亦聲許激切十六部 兒逗 善訟者也 說從兒之意

鬮 試力士錘也 錘當作縋以繩有所縣鎮也下文云讀若縣知正當作縋錘非其義蓋轉寫失之呂氏春秋云硾之以石硾鎮也然則作錘亦可左傳曰主人縣布堇父登之及堞而絕之隊則又縣之蘇而復上者三又曰子占使師夜縋而登登者六十人縋絕 从門从戈或从戰省 當作或曰從戰省聲六字 讀若縣 胡畎切十四部

文十

又 手也象形 此卽今之右字不言又手者本兼ナ又而言以屮別之而又專謂右猶有古文尚書而後有今文尚書之名有後漢書而後有前漢書之名有下曲禮而後有上曲禮之名也又作右而又爲更然之詞穀梁傳曰又有繼之辭也 三指者 三岐象三指 手之列多略不過三也 以指記數

者或全用或用三略者言其大略于救切古音在一部 凡又之屬皆从又

右 助也李燾本及集韵如是今二徐本皆作手口相助也 从又口 按又下曰厷曰叉曰叉自臂指言之以又下象臂上象指也不當早廁從口之字口部有此字云助也從口又主謂以口助手不當入此謂手助口宜刪

厷 臂上也臂手上也古假弓爲厷二字古音同也傳易者江東馯臂子弓馯姓臂名子弓字名臂故字厷左穀梁邾黑肱公羊作黑弓鄭公孫黑肱字伯張則肱卽弓也 从又从古文厷 小篆以厶太古故加又古薨切六部

𠃋 古文厷象形 象曲肱

肱 左或从肉 今皆作此

叉 手指相錯也 謂手指與物相錯也凡布指錯物閒而取之曰叉因之凡岐頭皆曰叉是以首笄曰叉今字作釵魚部鰸下云大如叉股譙周異物志曰涪陵多大龜其甲可以卜其緣中叉似瑇瑁俗名曰靈叉劉逵注蜀都賦常璩述華陽國志郭樸注爾雅皆用其語緣中叉謂緣可爲釵也今爾雅注譌作緣中文似瑇瑁俗呼爲靈龜自賈公彥周禮疏所引已然矣 从又一 此字今補象指閒有物也 象叉之形 初牙切古音在十六部

㕚 手足甲也 㕚爪古今字古作㕚今用爪禮經假借作蚤士喪禮蚤揃如他日士虞禮浴沐櫛搔揃搔或爲蚤曲禮大夫士去國不蚤鬋蚤皆卽㕚字也鄭注皆云蚤讀爲爪讀爲者易其字也不易爲㕚而易爲爪於此可見漢人固以爪爲手足甲之字矣釋名曰爪紹也筋極爲爪紹續指端也亦不作㕚 从又象㕚形 側狡切古音在

三部父巨也以疊韵釋之家長率教者率同達先導也經傳亦借父爲甫从

又舉杖學記曰夏楚二物收其威也故從又舉杖扶雨切五部叜老也疊韵方言曰傁艾長

老也東齊魯衛之閒凡尊老謂之傁或謂之艾从又灾鉉本作從又從灾闕按此有義有音則闕者謂從又灾之

意不傳也玄應曰又音手手灾者衰惡也言脈之大候在於寸口老人寸口脈衰故從又從灾也此說蓋有所受之韵會引說

文從又灾灾者衰惡也蓋古有此五字而學者釋之穌后切三部今字作叟亦未聞其說𡰯籒文从

寸傁叜或从人今左傳如此作燮和也見釋詁从言又會意

也言與手皆所以和之炎聲依小徐有聲字穌叶切八部讀若溼與今切音不同而雙聲

𤍽籒文燮从羊羊音飪籒文燮如此作按此重文也舊不分別出之殊誤炎部有燮字云大孰

也從炎從又持辛辛者物孰味也廣韵謂此爲曹憲文字指歸之說然則炎部蓋本無燮字俗用文字指歸說增之因羊辛相

似羊音同飪飪義訓孰遂依又部之籒文加炎部之小篆未爲典要曼引也魯頌毛傳曰曼長也从

又冒聲此以雙聲爲聲也無販切十四部⿱昌又伸也依宋本从又昌聲失人

切十二部昌古文𢁒按申部曰𢁒古文申昌籒文申然則此古當作籒夬分決也

易彖傳曰夬決也剛決柔也从又コ象決形鍇曰コ物也丨所以決之古賣切十五部尹

治也伊下曰尹治天下廣韵曰正也進也誠也从又丿句握事者也又爲握丿爲事余準切十三部

[篆]古文尹各本乖異今姑從大徐

[篆]又卑也各本作又取今依類篇作叉宋本作甲正叉甲者用手自高取下也今俗語讀如渣若手部云揸者以鉏物刺而取之也方言担摣取也南楚之閒凡取物溝泥中謂之担或謂之摣亦此字引伸之義从又虘聲側加切古音在五部

[篆]引也从又𠩺聲里之切一部

[篆]飾也飾各本作拭今依五經文字正巾部曰飾㕞也彼此互訓手部無拭字彡下云毛飾畫文也聿下云聿飾也皆卽今之拭字獨於㕞下改拭與全書矛盾矣按拭圭雖見聘禮然必系俗改古者拂拭字只用飾以巾去其塵故二字皆从巾去塵而得光明故引伸爲文飾之義司尊彝涗酌大鄭云涗拭勺而酌也拭釋文作飾㕞亦通用刷刷刀部云禮有刷巾卽㕞巾也从又持巾在尸下屋字下云尸象屋形所劣切十五部

[篆]逮也辵部逮及也从又人及前人也巨立切七部

[篆]古文及句秦刻石及如此今載史記者琅邪臺刻石二云澤及牛馬碣石刻石二云惠論功勞賞及牛馬按李斯作小篆而刻石仍不廢古文也

[篆]亦古文及按凡字從此

[篆]亦古文及左從辵右蓋從筆

[篆]禾束也小雅彼有遺秉毛云秉把也聘禮記四秉曰筥注此秉謂刈禾盈手之秉也左傳或取一秉秆焉按經傳假秉爲柄字从又持禾兵永切古音在十部

𠬪覆也覆覂也从又必有覆之者厂各本作厂反形未允韵會無反形字然則當云厂聲而奪也厂呼旱切反府遠切十四部𠬡古文𠬪

𠬮治也从又卩手持節以治之卩事之節說从卩之意房六切古音在一部

𠬯滑也詩云𠬯兮達兮今鄭風挑兮達兮辵部引亦作挑毛云挑達往來相見皃按往來相見卽滑泰之意達同泰水部泰滑也从又屮土刀切古音蓋在三部按从屮未詳其意蓋从又肯省聲肯幬帳之象从冃㞢其飾也𠬯从肯省而𢿱𢾭字从之云皆取垂飾意則從𠬯亦卽從肯也𠬯𢿱皆以肯爲聲則謂肯苦江切者非也一曰取也別一義

𣪠楚人謂卜問吉凶曰𣪠與祝雙聲从又持祟讀若贅之芮切十五部

叔拾也豳風九月叔苴毛曰叔拾也按釋名仲父之弟曰叔父叔少也於其雙聲疊韵假借之假借既久而叔之本義鮮知之者惟見於毛詩而已从又於此知拾爲本義也尗聲式竹切三部汝南名收芌爲叔言此者箸商周故言猶存於漢之汝南也𡬶叔或从寸又寸皆手也故多互用

𠭐入水有所取也从又在回下莫勃切十五部回古文回回淵水也讀若沬沬各本作沬沬荒內切凡未聲近於十三部凡末聲近於十四部𠬪之平音在十三部故知必讀若沬也檀弓瓦不成味鄭曰味當作沬沬靧也此沬亦

荒內切洒面也恐人不了故又以古今字釋之云沬卽今內則之靧字謂瓦器之光澤如洒面然今俗所謂釉也釋文作沬亡葛反與此沬作沬同誤

取 捕取也幸部曰執捕罪人也 从又耳七庾切四部 周禮獲者取左耳大司馬職 司馬法曰載獻聝聝者耳也偁周禮又偁司馬法釋之以說從耳之意

彗 埽竹也从又持甡甡衆生竝立之皃從甡者取排比之意祥歲切十五部

篲 彗或从竹凡帚柔者用荊施於淨處剛者用竹施於薉處

𥳔 古文彗从竹習蓋七部十五部合韵

叚 借也人部假云非真也此叚云借也然則凡云假借當作此字古多借瑕爲叚晉士文伯名匄字伯瑕楚陽匄鄭駟乞皆字子瑕古名字相應則瑕卽叚也禮記公肩假古今人表作公肩瑕左傳瑕嘉平戎於王周禮注作叚嘉皆同音叚借 闕謂闕其形也其從又可知其餘則未解故曰闕古雅切古音在五部

叚 古文叚 叚 譚長說叚如此

友 同志爲友周禮注曰同師曰朋同志曰友 从二又相交二又二人也善兄弟曰友亦取二人而如左右手也云久切三部

友 古文友 友 亦古文友未詳

度 法制也論語曰謹權量審法度中庸曰非天子不制度今天下車同軌古者五度分寸尺丈引謂之制周禮出其淳制天子巡守禮制幣丈八尺純三咫純謂幅廣 从又周制寸尺咫尋常仞皆以人之體爲法寸法人

手之寸口咫法中婦人手長八寸仞法伸臂一尋皆於手取法故從又庶省聲徒故切五部

文二十八 重十六今別出燮字則十七

𠂇 左手也鉉本作𠂇手也非左今之佐字左部曰左𠂇手相左也是也又手得𠂇手則不孤故曰左助之手象形反又爲𠂇故相戾曰𠂇臧可切十七部俗以左右爲𠂇又字乃以佐佑爲左右字凡𠂇之屬皆从𠂇

卑 賤也執事者从𠂇甲古者尊又而卑𠂇故從𠂇在甲下甲象人頭補移切十六部

文二

史 記事者也玉藻動則左史書之言則右史書之不云記言者以記事包之也从又持中中正也君舉必書良史書法不隱疏士切一部凡史之屬皆从史

事 職也疊韵職記微也古假借爲士字鄭風曰子不我思豈無他事毛曰事士也今本依傳改經又依經改傳而此傳不可通矣从史㞢省聲鉏史切一部[古文事] 古文事鍇曰此則之不省

文二 重一

支 去竹之枝也从手持半竹此於字形得其義也章移切十六部凡

支之屬皆从支　𠬜古文支上下各分竹之半手在其中　攲持去也支有持義故持去之攲從支宗廟宥座之器曰攲器按此攲當作攱危部曰攱攱𡸣也竹部箸訓飯攲此攲亦當作攱箸必邪用之故曰飯攱廣韵攲不正也玉篇曰攲今作不正之攲　从支奇聲去奇切按廣韵曰說文居宜切此本音隱蓋後人借為攱字從危讀去奇切也攲奇聲古在十七部攱支聲古在十六部

文二　重一

聿手之疌巧也从又持巾尼輒切八部　凡聿之屬皆从聿　肄習也从聿𣏟聲羊至切十五部　𦘔籀文肄此依小徐右從聿左從籀文𣏟也　肆篆文肄按此條先以古文亦上部之例也必先古文者古文從聿篆不從聿也各本篆文右從聿則何不以篆文居首哉肆從隶而隸作肆亦同也類篇不誤今正矣古文矢字皃疑二字從之此亦從矣聲　肅持事振敬也廣韵恭也敬也戒也進也疾也按也訓進者羞之假借訓疾者速之假借皆見禮　从聿在𣶒上會意　戰戰兢兢也引詩說從𣶒之意也息逐切三部　𦘔古文肅从心卪聖達節次守節下失節故從卪

文三　重三

聿所㠯書也以用也聿者所用書之物也凡言所以者視此楚謂之聿吳謂之不律燕謂之弗一語而聲字各異也釋器曰不律謂之筆郭云蜀人呼筆爲不律也語之變轉按郭云蜀語與許異郭注爾雅方言皆不偁說文弗同拂拭之拂从聿一各本作一聲今正此從聿而象所書之牘也余律切十五部凡聿之屬皆从聿

筆秦謂之筆从聿竹鄙密切古音在十五部

𦘔聿飾也飾今之拭字㕞下詳之矣彡下曰毛飾畫文也象形謂以毛拭畫成文彡象其文形也𦘔者筆之所拭文成彡形故從聿從彡楚金以妝飾解之繆矣从聿从彡會意俗語㠯書好爲𦘔此別一義今人所謂律律𦘕𦘕者蓋出此歎羨其好則口流液音義皆與𦘕通讀若津也將鄰切十二部

書箸也此琴禁鼓郭之例以疊韵釋之也敘目曰箸於竹帛謂之書書者如也箸於竹帛非筆末由矣从聿者聲商魚切五部

文四

畫介也介各本作畍此不識字義者所改今正八部曰介畫也從八從人人各有介从聿二字今補象田四介介田之外橫者二直者二今篆體省一橫非也聿所㠯畫之說從聿之意引伸爲繪畫之字胡麥切十六部凡畫之屬皆从畫

𦘦古文畫古文

從聿田此依鍇本𤱈亦古文畫依鍇本按刀部有劃字晝日之出入

與夜爲介从畫省从日按今篆體蓋亦少一橫陟救切四部書籀文

晝按省下一橫者至夜則日在下未嘗息也

文二　重三

隶及也此與辵部逮音義皆同逮專行而隶廢矣从又从尾省又持尾者

從後及之也徒耐切古音在十五部凡隶之屬皆从隶𨽸

及也釋言毛傳方言皆曰迨及也此與歺部殆音義皆同殆危也危猶及也从隶祟聲徒耐切一

部詩曰隸天之未陰雨豳風文今詩作迨俗字也隸附箸也附當

是本作坿淺人改也周禮注隸給勞辱之役者漢始置司隸亦使將徒治道溝渠之役後稍尊之使主官府及近郊左傳人有

十等輿臣隸按隸與僕義同皆訓坿箸故從隶从隶柰聲郎計切十五部𨽻篆文隸

从古文之體按此云篆文則上古文也先古後篆亦上部之例但先古後篆必古從隶篆不從隶乃合

各本隸𨽻俱從隶則何取爾有以知篆文必非從隶矣九經字樣云隸字故從又持米從柰聲又象人手經典相承作隸已久

不可改正玄應書曰字從米𣪠聲𣪠从又从祟音之綃切考楊君石門頌王純碑作隸與字樣合魯峻碑作隸與玄應合二人

所謂蓋皆謂說文而右旁皆作柔玄應說似近是蓋卽說文之篆文也說文因小篆作緐故不得先舉篆而系以古文以其形與古文略相似也故依革弟民酉之例云從古文之體至玄應乃說之曰從糸𣪠聲𣪠之芮切從糸則唐玄度說以周禮曰奴男子入于罪隸女子入于舂槀

文三　重一

臤 堅也从又臣聲 謂握之固也故從又 凡臤之屬皆从臤讀若鏗鎗 謂讀同鏗也鏗從堅聲堅從臤聲古音在十二部今音鏗在耕韵非也臤今音苦閑切 古文已爲賢字 凡言古文以爲者皆言古文之假借也例見中部漢校官碑親臤寶智又師臤作朋國三老袁良碑優臤之寵按漢魏人用優賢字皆本今文般庚優賢揚歷句蓋今文般庚固以臤爲賢也

緊 纏絲急也 緊急雙聲此字別作絚玉篇引成公四年鄭伯絚卒古千古兩二切考左作堅公作臤穀作賢則別本作絚切古千必矣臣聲與臤聲一也而顧書譌作絚釋名云絹絚也其絲絚厚而疏也是其譌久矣集韵養韵作絚舉兩切先韵作絚緊也經堅同經天切是宋時故有絚字特丁度等不能用正絚之譌又不知卽是緊字耳春秋鄭伯絚釋文不載考經字者所當知 从臤絲省 糾忍切十二部

堅 土剛也 土字今補周禮草人騂剛用牛九章筭術穿地四爲壤五爲堅三引伸爲凡物之剛如云臤堅也是也 从臤土 按堅不入糸土部者說見句ㄐ部下古

賢切十二部

豎 堅立也 堅立謂堅固立之也豎與尌音義同而豎從臤故知爲堅立周禮內豎鄭云豎未冠者之官名蓋未冠者才能自立故名之豎因以爲官名豎之言孺也 从臤豆聲 臣庾切古音在四部

豎 籒文豎从殳

文四 重一

臣 牽也 以疊韵釋之春秋說廣雅皆曰臣堅也白虎通曰臣者繵也屬志自堅固也 事君者 者各本作也今正 象屈服之形 植鄰切十二部按論語音義臣恖植鄰切古臣字陸時武后字未出也武后埊恖二字見戰國策六朝俗字也 凡臣之屬皆从臣

臦 乖也 从二臣相違 讀若誑 居況切十部按夰部臩以爲聲

臧 善也 釋詁毛傳同按子郎才郎二反本無二字凡物善者必隱於內也以從艸之藏爲臧匿字始於漢末改易經典不可從也又贓私字古亦用臧 从臣戕聲 則郎切十部

臧 籒文 按宋本及集韵類篇皆從二今本下從土非

文三 重一

殳 㠯杖殊人也 杖各本作杸依太平御覽正云杖者殳用積竹而無刃毛傳殳長丈二而無刃是也殊斷也以杖殊人者謂以杖隔遠之釋名殳殊也有所撞挃於車上使殊離也殳殊同音故謂之殳猶以近窮遠謂之弓

也周禮周字今補下文所說皆出於周禮也殳㠯積竹以積竹者用積竹爲之漢書昌邑王道買積竹杖文穎曰合竹作杖也竹部曰籚積竹矛戟矜也木部曰欑積竹杖也柲欑也考工記注曰廬謂矛戟柄竹欑柲凡戈矛柄皆積竹而殳無金刃故專積竹杖之名廬人爲之八觚考工記注云凡矜八觚此無刃亦八觚也長丈二尺建於兵車考工記曰廬人爲廬器殳長尋有四尺車有六等之數車軫四尺戈崇於軫四尺人崇於戈四尺殳崇於人四尺車戟崇於殳四尺酋矛崇於戟四尺注云此所謂兵車也殳戟矛皆插車輢旅賁㠯先驅周禮旅賁氏掌執戈盾夾王車而趨蓋亦執殳矣詩曰伯也執殳爲王前驅从又几聲市朱切古音在四部凡殳之屬皆从殳祋殳也見毛傳从殳示聲丁外切十五部或說城郭市里高縣羊皮有不當入而欲入者暫下㠯驚牛馬曰祋此別一義祋與咄義同詩曰何戈與祋曹風文此證前一義杸軍中士所持殳也軍中士所持殳不必皆用積竹故字從木从木殳市朱切古音在四部司馬法曰執羽從杸從字依廣韵毄相擊中也考工記毄兵同強舉戈戟殳言之和弓毄摩注毄拂也手部曰拂過擊也惟記文用此字本義若司門祭祀之牛牲毄焉校人三皁爲毄毄一馭夫六毄爲廄廄一僕夫皆假借爲系字今之繫也

易毄辭釋文作此字故云系也字從毄若直作毄下系者音口
奚反非此謂繫乃說文繫纊字毄辭不當作繫也漢書景帝詔
農桑毄畜注食養之畜 如車相轚故从殳軎也轚本從手今正轚車轄相擊也轄亦
轚字車軸耑鍵也軎車軸耑也殳可用擊之物故從殳軎取意於車相轚也古歷反十六部 㱿從上擊
下也從上擊下正中其物確然有聲 从殳𡉉聲苦角切三部凡㱿檕轚字以爲聲大小徐皆云𡉉口
江切今廣韵四江無㱿在三部則𡉉古音亦在三部可知音轉讀如韜士刀切 一曰素也素謂物之質如
土坯也今人用腔字說文多作空空與㱿義同俗作殼或作㲉吳會閒音哭卵外堅也 𣪆下擊上
也廣雅四曰㪙禁也謂禁上使不得下也 从殳冘聲知朕切八部 𣪘䌛擊也
䌛說文作䌛隨從也說文無遙字此卽其遙字䌛擊者遠而擊之如良與客狙擊秦皇帝博浪沙中也 从殳豆
聲度侯切四部 古文投如此投各本譌作設今正投殳聲𣪘豆聲殳豆同在古音四部也此五字
蓋後人所注記語假令果是古文投則許之例當入手部投下重文矣投下云擿也此云遙擊則義固別 㱾縣
物㱾擊也此與手部擣音義同擣手椎也 从殳𠃍聲市流切三部 豛椎
毄物也謂用椎擊中物與攴部㪒木部椓音義略同 从殳豖聲各毒切廣韵竹角切三部
毆捶毄物也捶以杖擊也因謂杖爲捶捶毄物者謂用杖擊中人物也按此字卽今經典之敺字

廣韵曰俗作歐是也唐石經周禮射鳥氏以弓矢毆鳥鳶方相氏索室毆疫入壙以戈擊四隅毆方良冥氏以靈鼓毆之庶氏凡毆蠱則令之比之壺涿氏以炮土之鼓毆之今版本皆作毆唐刻獨不誤張參五經文字殳部毆一口反攴部無毆殳部毆字正爲經典而出特未嘗箸之曰又起俱反俗作毆耳毆訓捶毄物故以弓矢以戈以靈鼓以炮土之鼓皆捶擊意也區聲古音在四部讀一口反音轉入五部釋文讀起俱亡于反淺人乃分析一口爲毆打之字起俱亡于爲驅逐之字誤矣又云毆是馬部驅之古文夫毆在馬部爲古文驅在殳部爲俗毆字無膚奉合驅訓馬馳毆訓捶毄試思爲淵毆魚爲叢毆爵之類可改爲驅魚驅爵乎鄭注周禮曰凡言毆者所以毆之納之於善豈可改爲驅之納之於善乎卽古閒有假借通用唐石經固不可易也○又按此部自毃而下言擊者八言毄者二不應錯出不倫葢擊字皆本作毄淺人改之而未盡毄攴也攴小毄也與毆字義異

从殳區聲烏后切四部

毃 擊頭也淮南書曰以年之少爲閭丈人說事救敲不給何道之能明也高注老人敲其頭自救不暇按敲當作毃呂氏春秋曰死而操金椎以葬曰下見六王五伯將毃其頭矣按毃今本譌㲉

从殳高聲口卓切二部

殿 擊聲也此字本義未見假借爲宮殿字燕禮注人君爲殿屋疏云漢時殿屋四向流水廣雅曰堂堭壂也爾雅無室曰榭郭注卽今堂堭然則無室謂之殿矣又假借爲軍後曰殿

从殳𡱂聲堂練切古音在十三部

殹 擊中聲也此字本義亦未見酉部醫從殹王育說殹惡姿也一曰殹病聲也此與毄中聲義近秦人借爲語詞詛楚文禮使介老將之以自救殹薛

尚功所見秦權銘其於久遠殹石鼓文殹沔沔權銘殹字琅
邪臺刻石及他秦權秦斤皆作也然則周秦人以殹爲也可信
詩之兮字偁詩者或用只
也爲之三字通用也
从殳医聲於計切十五部
段椎物也
用椎曰椎考工記段氏爲鎛器徐丁亂反劉徒亂反徐音是也
鎛欲其段之堅故官曰段氏函人職曰凡甲鍛不摯則不堅鍛
亦當作段金部曰鍛小冶也小冶小鑄之竈也後人以鍛爲段
字以段爲分段字讀徒亂切分段字自應作斷蓋古今字之不
同如此大雅取厲取鍛毛曰鍛段石也鄭曰段石所以爲段質
也古本當如是石部碫段石也從石段春秋傳鄭公孫段字子
石古本當如是段石與厲石
各物說文訓詁多宗毛傳
从殳耑省聲徒玩切十四部
𣪍擊
空聲也从殳宮聲徒冬切又火宮切九
部按亦作殼枯公切
殽相雜錯
也食貨志鑄錢之情非殽雜爲巧則不可得贏按殽謂雜以
鉛鐵也董仲舒傳賢不肖混殽經典借爲肴字禮記借爲
效
字
从殳取攪之
之意
肴聲胡茅切
二部
毅妄怒也見下曰妄生
也凡氣盛曰
妄
一曰毅有決也中庸曰發强剛毅左傳曰殺敵爲果致
果爲毅苞注論語曰毅强而能決斷也
从殳取用武
之意
豙聲按豙從辛五經文字曰從辛省非
也豙省從辛省耳魚既切十五部
𣪏揉屈也說文有煣無揉煣屈申木也煣屈謂柔
而屈之廣韵曰强擊正與柔屈相反
从殳皀殳
者
有力之物用有力之物而精
謹也叀小謹也居又切三部
皀古叀字當云古文叀斤部
云皀古文叀字是

也㢱字从此𣪠戍也依韵會訂戍守邊也司馬法曰弓矢圍殳矛守戈戟助凡五兵長以衞短短以救長按圍古禦字今周禮注作圍誤殳所以守也故其字從殳引伸之義凡事勞皆曰役又生民詩禾役穟穟役者穎之假借禾部兩引詩皆作禾穎从殳彳彳取巡行之意營隻切十六部𠈌古文役从人與戍從人持戈同意

𣪩𣪩改逗大剛卯也㠯逐精鬽鬽各本作鬼今正王莽傳剛卯金刀之利皆不得行服虔晉灼注司馬彪輿服志言其制詳矣按𣪩從殳者謂其可擊鬼也从殳亥聲古哀切廣韵音開一部

文二十　重一

殺戮也戈部曰戮殺也从殳杀聲鉉等曰說文無杀字相傳音察按張參曰杀古殺字張說似近是此如本作朮或加禾爲秫所八切十五部凡殺之屬皆从殺𢼄古文

殺按鉉本宋刻無此字李燾本同𢽸古文殺𣏂古文殺杀古文殺按此蓋卽杀字轉寫譌變耳加殳爲小篆之殺此類甚多古文四聲韵𣏂爲崔希裕纂古㣇爲說文則夏氏所據說文爲善本正與張參說合首字下當云從殳從杀或譌爲杀聲也𢿣籒文殺按鉉本宋刻無此字李燾本同類篇云史文殺作𢽸臣光曰說文失收故集韵今不載然則司馬公所據鉉本無𢽸殺信矣今版本依鍇本增之

耳考工記䋣字不識何以從閃今據殳部古文役殺部籒文殺殳皆作𣪠求之知𣪠譌爲閃頓釋此疑學者觸類而長之可也

弒 臣殺君也 經傳殺弒二字轉寫既多譌亂音家又或拘泥中無定見多有殺讀弒者按述其實則曰殺君正其名則曰弒君春秋正名之書也故言弒不言殺三傳述實以釋經之書也故或言殺或言弒不必傳無殺君字也許釋弒曰臣殺君此可以證矣殺在古音十五部弒在一部本不相通也弒漢石經公羊作試二字同式聲也白虎通引春秋讖曰弒者試也欲言臣子殺其君父不敢卒候閒司事可稍稍試之釋名曰弒何也說同皆本文言傳之意 易曰臣弒其君 文言傳文 从殺省式聲 式吏切一部

文二 重五 宋刻作重四實重三李燾作重三錯本作重四實重五

𠘧 鳥之短羽飛𠘧𠘧也象形凡𠘧之屬皆从𠘧𠘧讀若殊 市朱切按以殳從𠘧聲求之古音在四部

𠘩 新生羽而飛 此與彡部㐱音同形似而義殊 从𠘧从彡 從𠘧而象其形也之忍切十三部

鳧 舒鳧鶩也 釋鳥曰舒鴈鵝舒鳧鶩內則注同舍人李巡云野曰鴈家曰鵝野曰鳧家曰鶩按野曰鴈鳧而畜於家者曰舒鴈舒鳧是爲鵝鶩舒者謂其行舒遲不畏人也詩弋鳧與鴈以及他言鴻鴈鳧鷖皆謂野鳥非舒鳧舒鴈也大雅傳曰鳧水鳥也鷖鳧屬也然則說文於鳧下舉舒鳧蓋謂統言可不別但云舒鳧則固析言之矣尋許意不以鳧入鳥部而入𠘧部此句丩二部

之例鳧之羽短不能飛故其字從几豈知野鳧亦短羽而能飛乎从几鳥几亦聲各本作從鳥几聲今補正房無切古音蓋在四部

文二

寸十分也度別於分忖於寸禾部曰十髮爲程一程爲分十分爲寸人手卻一寸動𧖴謂之寸口从又一卻猶退也距手十分動𧖴之處謂之寸口故字從又一會意也周禮注云脈之大候要在陽明寸口倉困切十三部凡寸之屬皆从寸

寺廷也又部曰廷朝中也漢書注曰凡府庭所在皆謂之寺釋名寺嗣也治事者相嗣續於其內廣韵寺者司也官之所止有九寺按經典假寺爲侍詩瞻卬傳曰寺近也周禮注曰寺之言侍也凡禮詩左傳言寺人皆同若漢西域白馬駝經來初止於鴻臚寺遂取寺名初置白馬寺此名之不正者也有法度者也从寸考工記曰市朝一夫注云方各百步知天子三朝各方百步其諸侯大夫之制未詳步必積寸爲之言法度字多從寸又部曰度法制也㞢聲祥吏切一部

將帥也帥當作衛行部曰衛將也二字互訓儀禮周禮古文衛多作率今文多作帥毛詩率時農夫韓詩作帥說詳周禮漢讀考帥者佩巾漢人假爲率字率亦衛之假也許造說文當是本作將衛也以自伸其說經轉寫改竄而非舊矣後人謂將帥二字去聲與平聲之將入聲之帥別者古無是說也毛詩將字故訓特多大也送也行也養也齊也

側也願也請也此等或見爾雅或不見皆各依文爲義亦皆就疊韵雙聲得之如願請是一義將讀七羊反故釋爲請也將讀即羊反故皇矣傳釋爲側釋言及楚茨傳釋爲齊齊徐仙民周禮音將細反皆雙聲也釋言將齊也郭云謂分齊也引詩或肆或將此甚明畫或肆蒙或剝言剝之乃陳於互也或將蒙或亨言亨之必劑量其水火及五味之宜故云齊其肉也如是乃以祝祭于祊詩爾雅疏皆不了故箸之 从寸 必有法度而後可以主之先之故從寸 醬省聲 即諒切十部

𡬶 繹理也 謂抽繹而治之凡治亂必得其緒而後設法治之引伸之義爲長方言曰尋長也海岱大野之閒曰尋自關而西秦晉梁益之閒凡物長謂之尋周官之法度廣爲尋古文禮假尋爲㩅有司徹乃㩅尸俎注㩅溫也古文㩅皆作尋記或作尋春秋傳若可尋也亦可寒也案左傳服注尋之言重也溫也論語何注溫尋也互相發明俗本禮注作𡬶誤 从工口从又寸工口亂也又寸分理之也彡聲 徐林切七部 此與𤔔同意 說見𤔔下 度人之兩臂爲𡬶八尺也 此別一義亦因从寸及之考工記曰澮廣二尋

𡬜 六寸簿也 說文無簿有薄蓋後人易艸爲竹以分別其字耳六寸薄蓋笏也日部云𦥓佩也無笏字釋名曰笏忽也君有命則書其上備忽忘也或曰薄可以簿疏物也徐廣車服儀制曰古者貴賤皆執笏即今手版也杜注左傳珽玉笏也若今吏之持簿蜀志秦宓見廣漢太守以簿擊頰裴松之曰簿手版也六寸未聞疑上奪二尺字玉藻曰笏度二尺有六寸此法度也故其字從寸 从寸叀

聲職緣切十四部一曰專紡專小雅乃生女子載弄之瓦毛曰瓦紡專也糸部紡網絲也網絲者以專爲錘廣韵曰鏞紡錘是也今專之俗字作甎塼以專爲嫥壹之嫥廣韵曰擅也單也政也誠也獨也自是也

尃布也祭義溥之而橫乎四海釋文溥本或作專同芳于反今刻云或作敷繆也集韵韵會可證說卦傳震爲專鄭虞姚皆同王肅干寶作專于云花之通名爲鋪花皃謂之藪漢書上林賦布結縷史記布作專徐廣曰專古布字按專訓布也非一字从寸凡敷故必有法度而後行故从寸甫聲芳無切五部

導導此複舉字未刪者引也經傳多假道爲導義本通也从寸引之必以法度道聲徒晧切廣韵徒到切古音在三部

文七

皮剝取獸革者謂之皮剝裂也謂使革與肉分裂也二云革者析言則去毛曰革統言則不別也云者者謂其人也取獸革者謂之皮皮柀柀析也見木部因之所取謂之皮矣引伸凡物之表皆曰皮凡去物之表亦皆曰皮戰國策言皮面抉眼王褒僮約言落桑皮椶釋名言皮瓠以爲蓄皆是从又又手也所以剝取也爲省聲符羈切古音爲皮皆在十七部凡皮之屬皆从皮

皮古文皮

皮籀文皮从竹者蓋用竹以離之

皰面生气也玉篇作面皮生氣也玄應書一作面生熱氣也淮南讀小皰而發痤疽高曰皰面氣也玄應引作皰从皮包聲旁教切古音在三部

皯面黑气也列子曰燋然肌色皯黣从皮干聲古旱切十四部

文三　重二

㼱柔韋也柔者治之使鞣也韋可用之皮也考工記注曰倉頡篇有鞄㼱从北从皮省从敻省聲各本無聲今補敻古音在十四部鍇曰從北者反覆柔治之也謂皮也非耳非瓦今隸下皆作瓦矣部此省其上下取皮爲聲也而兗切十四部凡㼱之屬皆从㼱讀若耎一曰若儁儁同俊人部有俊無儁

[篆]古文㼱从皮省从人治之

[篆]籀文㼱从敻省下從皮省上從敻省

[篆]羽獵韋絝羽獵見高唐賦楊雄傳服虔曰士卒負羽从㼱灷聲按火部無灷字而此部有爲絝也

[篆]二部有㼱舟部有㼱朕皆從灷聲然則今本說文奪灷字無疑其義未聞其音則㼱勝騰賸滕㼱皆在六部㼱本音蓋在六部轉入九部也而隴切

[篆]或从衣从朕作䙕小徐本如是而注之曰此亦㼱字大徐因倒之云或從衣從朕虞書曰鳥

虞書曰鳥獸䙕毛虞書當作唐書堯典文今尚書作氄毛部作毴云盛毛也此作䙕豈彼古文此今文之異與

獸䙕毛今依小徐者仍舊也闕疑也朕聲古在六部轉入九部

文三　鍇作文二　重二　鍇作重一

攴 小擊也手部曰擊攴也此云小擊也同義而微有别按此字從又卜聲又者手也經典隸變作扑凡尚書三禮鞭扑字皆作扑又變為手卜聲不改蓋漢石經之體此手部無扑之原也唐石經初刻作朴從木者唐玄度覆按正之從手是也豳風八月剝棗假剝為攴毛曰擊也音義曰普卜反 从又卜聲普木切三部 凡攴之屬皆从攴

啟 教也从攴启聲康禮切十五部 論語曰不憤不啟述而篇文

徹 通也孟子曰徹者徹也鄭注論語曰徹通也為天下通法也按詩徹彼桑土傳曰裂也徹我牆屋曰毀也天命不徹曰道也徹我疆土曰治也各隨文解之而通字可以隱栝古有徹無轍 从彳从攴从育蓋合三字會意攴之而養育之而行之則無不通矣毛傳所謂治也丑列切十五部 一曰相臣疑有譌鉉本無此四字

徹 古文徹中從鬲

敏 疾也釋詁毛傳同 从攴每聲眉殞切古音在一部生民詩履帝武敏釋訓敏拇也謂敏為拇之假借拇足大指也古作母

敃 彊也釋詁民昬暋强也按說文暋作敃冒也則許所據爾雅作敃强也昬字從氏省不從民聲自俗寫殽譌音韵亦亂玉篇謂敃敯同字是也 从攴民聲眉殞切十二部

敄 彊也 从攴矛聲亡遇切古音在三部

敀 迮也迮起也迮者起之也與迫音義同 从攴白聲博陌切古音在五部 周書曰常敀常任立政篇文按漢人所用皆作常伯今尚書

作伯許所據絕異者壁中古文多假借字也以啟爲伯如洪範以𢻱爲好顧命以莧爲蔑牧誓以狟爲桓皆壁中古文假借今尚書作伯好蔑桓者孔安國以今文字讀古文而易之而漢世言古文尚書者因之如杜子春鄭司農讀周禮故書往往易其字而許叔重鄭康成多因之其理一也杜子春已改之周禮其故書古字猶存於鄭注孔安國已改之尚書其壁中古文之字猶存於說文

整齊也齊者禾麥吐采上平也引伸爲凡齊之偁从攴从束正正亦聲之郢切十一部

效象也象當作像人部曰像似也毛詩君子是則是傚又民胥傚矣皆效法字之或體左傳引詩民胥效矣是也彼行之而此效之故俗云報效云效力云效驗廣韵云俗字作効今俗分別效力作効效法效驗作效尤爲鄙俚效法之字亦作爻斆辭爻法之謂坤是亦作殽禮運殽以降命是亦作詨儀禮注引詩君子是則是詨是皆假借也从攴交聲胡教切二部

故使爲之也今俗云原故是也凡爲之必有使之者使之而爲之則成故事矣引伸之爲故舊故曰古故也墨子經上曰故所得而後成也許本之从攴取使之之意古聲古慕切五部

政正也論語孔子曰政者正也从攴正正亦聲之盛切十一部

𢻫𢾱也今字作施施行而𢻫廢矣施旗旖施也經傳多假借从攴也聲讀與施同式支切古音在十七部

𢾱𢻫也此與寸部尃音義同从攴尃聲芳無切五部俗作敷古寸與方多通用周書曰用𢾱遺後人顧命

文
敟主也廣韵典字下曰主也常也法也經也按凡典法典守字皆當作敟經傳多作典典行而敟廢矣
从攴典聲多殄切十二部𢿱數也大雅其麗不億毛曰麗數也方言作𢿱亦云數也蓋𢿱是
正字麗是假借字從麗者麗丽也丽丽而數之也从攴麗聲力米切古音在十六部曹憲引說文李衣
反蓋本音隱數計也六藝六曰九數今九章筭術是也今人謂在物者去聲在人者上聲昔人不盡然又
引伸之義分析之音甚多大約速與密二義可包之从攴婁聲所矩切古音在四部漱辟漱
鐵也張協七命乃鍊乃鑠萬辟千灌李注辟謂疊之灌謂鑄之引典論魏太子丕造百辟寶劍又引王粲刀銘灌辟
以數質象以呈按辟者襞之假借也漱者段也簡取精鐵不計數摺疊段之因名爲辟漱鐵也从攴涑從攴者取
段意涑者瀚也從涑取簡擇之意涑亦聲郎電切十四部孜孜孜二字今補汲汲也廣雅
孜孜汲汲劇也按汲汲與彶彶同急行也从攴子聲子之切一部周書曰孜孜
無怠大誓篇文見詩文王正義引又見史記周本紀字作孳孳按伏生二十八篇本無大誓民閒後得大誓博士習
而讀之合二十八篇爲二十九篇司馬遷史記董仲舒對策劉向說苑及終軍班伯谷永匡衡平當奏對多用之此今文大誓
也孔安國得壁中古文有大誓三篇古文家馬鄭王皆作注與今文字或異如流爲雕馬曰雕鷙鳥此古文大誓作雕之證尚
書大傳鄭所引禮說周本紀董仲舒傳皆作烏此今文大誓作烏之證鄭注云雕當爲雅雅烏也此據今文正古文也說文此

及招下涘下所引皆古文大誓也許作孜史記作孳蓋亦古文今文之異也唐孔穎達賈公彥謂枚頤本三篇爲眞古文則不得不謂馬鄭王所注爲今文大誓詳見古文尚書撰異

攽 分也从攴分聲 此形聲包會意

周書曰乃惟孺子攽 雒誥文今尚書作頒蓋孔安國以今文字易之周禮亦作頒當是攽爲正字頒爲假借字鄭司農云頒讀爲班布之班據許所偁古文則當云頒當爲攽不爾者漢時攽字不行也馬注尚書頒猶分也云猶者頒訓大大則必分非可徑訓分也故云猶

讀與彬同 分聲彬聲本皆在十三部徐仙民於周禮頒音墳於書音甫云反是也音轉入十四部布還切

𢼛 止也 𢼛扞古今字扞行而𢼛廢矣毛詩傳曰干扞也謂干爲扞之假借實則干爲𢼛之假借也手部曰扞忮也

从攴旱聲 侯旰切十四部

周書曰𢼛我于艱 文侯之命篇文今作扞

敳 有所治也 左傳八凱有隤敳

从攴豈聲讀若豤 此十五部十三部合音也今音五來切非是豤鍇本作𤜚

敞 平治高土可㠯遠望也 惟平治故字從攴後人乃謂高土可以遠望爲敞而昧其本始矣

从攴尚聲 昌兩切十部

敒 理也從攴伸聲 直刃切十二部按直刃乃訒同嚫音耳東京賦振天維摛地絡摛謂申布也玉篇余忍切摛當是敒之或體

改 更也 雙聲

从攴己聲 或無聲誤古亥切一部

變 更也从攴䜌聲 祕戀切十四部

㪅

改也 更訓改亦訓繼不改爲繼改之亦爲繼故小雅毛傳曰庚續也用部庸下曰庚更事也列子云五年之後心庚
念是非口庚言利害七年之後從心之所念庚無是非從口之所言庚無利害皆假庚爲更今人分別平去二音非古也
从攴丙聲 古孟切又古行切古音在十部 敕 誡也 言部曰誡敕也二字互訓小雅毛傳曰敕
固也此謂敕即飭之假借飭致堅也後人用勑爲敕力部勑勞也洛代切又或從力作勅 一曰 一字今補 臿
地曰敕 此別一義凡植物地中謂之菑或作傳事剸鍤側吏初吏二切敕與初吏一切正同部雙聲也臿者今之
插字漢人祇作臿 从攴束 各本有聲誤今刪攴而收束之二義皆於此會意非束聲也恥力切一部 ⿰耳攴
使也从攴耴省聲 而涉切八部 斂 收也从攴僉聲 良冉
切七部 敹 擇也 柴誓某氏注言當善簡汝甲冑與許說合鄭注敹謂穿徹之 从攴宷 各本
有聲誤今刪宷或罙字冒也從攴宷者敹其冒昧而擇之洛蕭切依今音在二部 周書曰敹乃甲
冑 敿 繫連也 繫當作系柴誓某氏注云施汝盾紛王云敿盾當有紛繫持之鄭云敿猶繫也按鄭
云猶者鄭意敿是繑拂之佛繑之而後繫之非一事也敿不訓繫故云猶許云繫連者謂繫而連之秦風龍盾之合毛云合而
載之左傳齊子淵捷從泄聲子射之中盾瓦繇朐汰輈匕入者三寸詳傳文盾正蔽車前必聯合之以爲車蔽故云繫連凡字
有專釋經者敹敿是也 从攴喬聲周書曰敿乃干讀若繑 居夭

切二部

敆合會也見釋詁今俗云敆縫从攴合合亦聲古沓切七部

敶列也韓詩信彼南山惟禹敶之爾雅郊外謂之田李巡云田敶也謂敶列種穀之處敶者敶之省素問注云敶古陳字是也此本敶列字後人假借陳爲之陳行而敶廢矣亦本軍敶字門下云讀若軍敶之敶是也後人別製無理之陣字陣行而敶又廢矣从攴陳聲直刃切廣韵十七真曰敶者陳之古文古文當作古字十二部

敵仇也仇讎也左傳曰怨耦曰仇仇者兼好惡之詞相等爲敵因之相角爲敵古多假借適爲敵雜記計於適者史記適人開戶適不及拒荀卿子天子四海之內無客禮告無適也文子曰一也者無敵之道也按後人取文子注論語曰敵者主一無適之謂適讀如字夫主一則有適矣乃云無適乎敬者持事振敬非謂主一也淮南書曰一者萬物之本也無適之道也與文子同正作敵从攴啻聲徒歷切十六部

救止也論語子謂冉有曰女弗能救與馬曰救猶止也馬意救與止稍別許謂凡止皆謂之救从攴求聲居又切三部

敓彊取也此是爭敓正字後人假奪爲敓奪行而敓廢矣周書曰敓攘矯虔呂刑篇文今尚書作奪此唐天寶衞包所改凡尚書之字有古文家改壁中相沿已久者有衞包肊改者皆可分別考而知之詳見古文尚書撰異唐人尚用敓字陸宣公集有敓攘是也从攴兌聲徒活切十五部

斁解也此與釋音義同後人區別之从攴睪聲羊益切古音在五部詩曰服之無斁周南文

斁厭也見釋詁毛傳按此三字釋所引詩之斁以別於上文解訓此全書之一例也厭同猒猒飽也經典亦假射爲斁 一曰終也此別一義 赦置也网部曰置赦也二字互訓赦與捨音義同非專謂赦罪也後捨行而赦廢赦專爲赦罪矣 从攴赤聲始夜切古音在五部 ⿰亦攴赦或从亦亦聲古在五部 攸行水也戴侗曰唐本作水行攸攸也其中從川按當作行水攸攸也行水順其性則安流攸攸而入於海衞風傳滺滺流皃是也作滺者俗變也左傳說火曰鬱攸從之蒙葺公屋火之行如水之行故曰鬱攸大雅曰爲韓姞相攸釋言攸所也水之安行爲攸故凡可安爲攸又借爲逌字逌逌气行皃水行之攸攸气行之逌逌皆主和緩故或用攸或用逌 从攴从人攴取引導之意人謂引導者 水省以周切三部 ⿰氵攴秦刻石嶧山句石文攸字如此人省水不省嶧山石文史記不載其文曰登于繹山羣臣從者咸思攸長今作⿰氵攴者傳刻失真也又史記載會稽石文曰皇帝休烈平一海內德惠脩長小司馬云王劭按張徽所錄會稽南山秦始皇碑文脩作攸蓋其字亦作⿰氵攴也用此知小雅大雅毛傳皆云脩長也經文脩字皆攸之假借本作攸後改耳釋詁永悠迥遠遐也悠當作攸 ⿰亡攴撫也从攴亡聲讀與撫同亡在九部無在五部古借亡爲無故攷讀如撫也芳武切 敉撫也見釋言 从攴米聲周書曰亦未克敉公功雒誥文 讀若弭綿婢切十六部按米聲十五弭十六此合音也

侎 敉或从人。

敡 侮也。此與人部傷義略同。从攴从易，易亦聲。以豉切。十六部。

⿰韋攴 戾也。王注離騷曰：緯繣，乖戾也。廣雅釋訓曰：緯繣，乖剌也。廣韵廿一麥曰：徽繣，乖違也。說文無繣、緯、徽，皆⿰韋攴之假借也。从攴韋聲。羽非切。十五部。

敦 怒也。詆也。一曰誰何也。皆責問之意。邶風：王事敦我。毛曰：敦，厚也。按心部：惇，厚也。然則凡云敦厚者，皆假敦爲惇。此字本義訓責問，故从攴。誰何見言部。从攴𦎫聲。都昆切。十三部。

⿰羣攴 朋侵也。从攴从羣，羣亦聲。羣，朋也。攴，侵也。渠云切。十三部。

敗 毀也。从攴貝。會意。貝亦聲。薄邁切。十五部。

贁 籒文敗从賏。从二貝也。老子曰：多藏必厚亡。二字同意。古者貨貝，故從貝會意。戈部云：賊從戈則聲，與此不合。

⿰𤔔攴 煩也。煩，熱頭痛也。引伸爲煩亂。按⿰𤔔攴與𠬪部𤔔、乙部亂、言部䜌，音義皆同。煩曰⿰𤔔攴，治其煩亦曰亂也。从攴𤔔聲。郎段切。十四部。

寇 暴也。暴當是本部之暴。暴疾之字，引伸爲暴亂也。从攴完。此與敗、賊同意。苦候切。四部。

⿰蚩攴 刺也。刺，各本作刺。今按⿰蚩攴與摵雙聲，定作刺。七迹切。从攴蚩聲。豬几切。按几當作己，古音在一部。

⿰度攴 閉也。杜門字當作此。杜行而⿰度攴廢矣。丹部引周書：惟其⿰度攴丹雘。此假⿰度攴爲塗也。从攴度聲。讀若杜。徒古切。五部。

剫 ⿰度攴或从刀。按刀部：剫，判也。則此當刪。

敜 塞

也欒誓某氏注云窒斂之按士喪禮隸人湼廁注湼塞也蓋斂其本字湼其假借字也異部雙聲相假借故斂亦音乃結反从攴念聲奴叶切七部周書曰斂乃穽

𣀓此複舉字之僅存者盡也事畢之字當作此畢行而𣀓廢矣畢田网也从攴畢聲卑吉切十二部

收捕也手部曰捕取也从攴丩聲式州切三部

鼓擊鼓也从攴壴壴者鼓之省攴者擊壴亦聲壴古音在四部侯韵尤侯之入聲爲屋沃燭讀若屬鉉本無此三字非也屬之欲切故鼓讀如豰與擊雙聲大徐以其形似鼓讀公戶切刪此三字其誤蓋久矣玉篇云之錄切擊也此顧氏原文云又公戶切此孫強所增也偏鸛云鼓之錄工五二切沿孫之繆至廣韵乃姥韵有鼓而燭韵無鼓至集韵類篇乃以朱欲殊玉二切歸之從豈聲之敳字而不知二切皆本說文鼓讀如屬敳安得有此二切也皆由沿襲徐鉉遂舛誤至此至乎南宋毛晃又云鼓舞字從攴與鐘鼓字不同岳珂刊九經三傳凡鼓瑟鼓琴鼓鐘于宮弗鼓弗考鼓之舞之皆分別作鼓經典釋文五經文字九經字樣開成石經皆無此例也周禮小師掌教鼓鼗柷敔塤簫管弦歌注云出音曰鼓按鼓郭也故凡出其音皆曰鼓若鼓訓擊也鼗鼓柷敔可云鼓塤簫管弦歌可云鼓乎亦由鼓切公戶寖成異說滅裂經字以至於此

攷敂也唐風子有鐘鼓弗擊弗考毛曰考亦擊也攷引伸之義爲攷課周禮多作攷他經攷擊攷課皆作考假借也攷敂疊韵从攴丂聲苦浩切古音在三部

敂擊也周禮凡四方之賓客敂關宋書山居賦敂弦叩

江賦之叩舷也舟底曲如弓故其上曰弦自扣叩行而敂廢矣手部扣牽馬也無叩字 从攴句聲讀若扣 苦候切四部
攻 擊也 考工記攻木攻皮攻金注曰攻猶治也此引伸之義 从攴工聲 古洪切九部
敲 橫擿也 擿今之擲字橫擿橫投之也左傳奪之杖以敲之釋文曰說文作毃此謂左字當作毃也橫投不必以杖又按公羊傳以斗摮而殺之何云摮猶擊也摮謂旁擊頭項摮卽敲字摮卽毃字其字義異故云猶擿或作樀誤 从攴高聲 口交切二部
⿰豖攴 擊也 此與木部椓音義皆同 从攴豖聲 竹角切三部
⿰㞷攴 放也 放部曰逐也廣韵曰數曲侵 从攴㞷聲 迂往切十部
𠩺 坼也从攴 攴可剖物故從攴 从厂厂之性坼 山石之厓巖多坼裂故從厂 果孰有味亦坼故从未 各本故謂之𠩺从未聲衍四字 此說從未之意非說形聲未與𠩺不爲聲也未下曰味也六月滋味也制下曰從刀從未未物成有滋味可裁斷也未卽味此云果孰有味亦坼故從未正同果坼者如左思賦云橚栗罅發石榴競裂也此合三字會意許其切一部
斀 去陰之刑也 斀斲也大雅昬椓靡共鄭云昬椓皆奄人也昬其官名也椓毀陰者也此假椓爲斀也 从攴蜀聲 竹角切三部 周書曰刖劓斀黥 呂刑篇文刖當作刵尚書正義曰賈馬鄭古文尚書劓刵劅剠大小夏侯歐陽尚書作臏宮劓割頭庶剠按賈馬鄭皆作刵許必同釋文及正義卷二皆云劓刵本

篇正義作䎽劓唐初本固不同耳斁黥據正義賈馬鄭作劓剠劓同斁剠同黥衞包因正義云劓椓人陰乃易爲椓字而不知斁椓字義之不同椓擊也去陰不可云椓

敯冒也今本爾雅昏㬲强也般庚不昏作㬲鄭注昏讀爲㬲勉也似鄭所據爾雅與今本亦不同康誥敯不畏死孟子作閔立政其在受德敯心部作忞昏聲文聲同部从攴昏聲眉殞切十三部按昏從氏省不從民凡昏旁作昬者誤詳日部周書曰敯不畏死

敔禁也與圉禦音同釋言禦圉禁也說文禦訓祀圉訓囹圉所以拘罪人則敔爲禁禦本字禦行而敔廢矣古假借作御作圉一曰樂器椌楬也形如木虎按此十一字後人妄增也樂記椌楬注謂柷敔也椌謂柷楬謂敔柷形如桼桶敔狀如伏虎不得併二爲一木部椌下云柷樂也楬下不云敔樂者敔取義於遏楬爲遏之假借耳敔者所以止樂故以敔名上云禁也已包此物無庸別舉用此知凡言一曰者或經淺人增竄从攴吾聲魚舉切五部

敤研治也从攴果聲苦果切十七部舜女弟名敤首古今人表上下等敤手舜妹顏云流俗本作擊者合敤手二字譌爲一字也按列女傳云舜之女弟繫則又擊之譌矣首手古同音通用

鈙持也雙聲此與捦義略同从攴金聲讀若琴巨今切七部

𢾅棄也鄭風毛傳曰𢾅棄也許本毛也鄭乃讀爲醜从攴𠷎聲𠷎口部作𠷎譌市流切三部周書曰𠷎爲討此言假借也今尚書周書中無討字惟虞

書咎繇謨云天討有罪疑周當作虞討古音在三部詩曰無我𢾺兮釋文曰𢾺本亦作斁

平田也齊風無田甫田上田即畋字从攴田田亦聲待年切十二部周書曰

畋尒田多方篇文

𢻹改逗大剛卯㠯逐鬼彪也見殳部

从攴已聲讀若已余止切一本作古亥非一部已小徐作㠯

次弟也咎繇謨曰天敘有典釋詁曰舒業順敘緒也古或假序爲之

从攴余聲徐呂切五部

毀也从攴卑聲辟米切十六部

戰也按戰下當云戰敗毀也敗下當云戰敗也此全書之例多爲淺人亂之篇韵皆連舉戰敗字知爲疊韵無疑廣韵云戰敗擊聲也

从攴兒聲五計切當依篇韵五禮切十六部

養牛人也左傳曰馬有圉牛有牧引伸爲牧民之牧

从攴牛會意莫卜切古音在一部詩曰牧人乃夢小雅文

擊馬也所以擊馬者曰箠亦曰策以策擊馬曰敕策專行而敕廢矣

从攴朿聲楚革切十六部

小舂也臼部云舂者三字此云小舂謂稍舂之廣雅言舂者十一字有𢿍字𢿍亦作䮷

从攴算聲初絭切十四部

[illegible]田也玄應書卷六曰三倉[illegible]數相擊也卷十三曰[illegible]倉頡訓詁作[illegible]同苦交切下擊也說文橫𣫂也擊頭也據此則說文本無[illegible]字後人增之其訓蓋本作擊也擊者旁擊也一譌爲[illegible]再譌又衍田莫能通矣李仁甫本尚

無田字篇韵皆云敹擊也从攴文堯聲牽遙切廣韵苦幺切二部

文七十八宋本作七十七按古無肇敹二字敹者土部壞之籒文肇者戈部肈之俗字玉篇云肇俗肈字五經文字云肇作肈譌可證也經典釋文開成石經肈皆從戈近經典皆改從攵妄人竄入說文甚矣此書攷正之不可緩也今刪二字以還古實七十六字　重六

教上所施下所效也教效疊韵从攴𡥈𡥈見子部效也上施故從攵下效故從𡥈古孝切二部　凡教之屬皆从教

[illegible]古文教右从古文言

[illegible]亦古文教從攴從爻

斅覺悟也斅覺疊韵學記曰學然後知不足知不足然後能自反也按知不足所謂覺悟也記又曰教然後知困知困然後能自強也故曰教學相長也兌命曰學學半其此之謂乎按兌命上學字謂教言教人乃益己之學半教人謂之學者學所以自覺下之效也教人所以覺人上之施也故古統謂之學也枚頤僞尚書說命上字作斅下字作學乃己下同玉篇之分別矣　从教冂會意冂逗尚矇也冂下曰覆也尚書矇故教而覺之此說從冂之意詳古之製字作斅從教主於覺人秦以來去攵作學主於自覺學記之文學教分列己與兌命統名爲學者殊矣　臼聲胡覺切三部後人分別斅胡孝反學胡覺反

學篆文斅省此爲篆文則斅古文也亦丄部之例

文二　重三　鉉本作二誤

卜灼剝龜也火部灼灸也刀部剝裂也灼剝者謂灸而裂之灼剝雙聲疊韵象灸龜之形直者象龜橫者象楚焞之灼龜一曰象龜兆之縱衡也字形之別說也博木切三部凡卜之屬皆从卜𠁦古文卜

卦所㠯筮也所以二字各本刪之今補从卜圭聲古壞切按當從廣韵古賣切十六部

𠦴卜㠯問疑也左傳曰卜以決疑不疑何卜問疑故從口俗作乩从口卜當作卜口卜而以口問也凡若此等未能盡正學者於此例之可以三隅反矣讀與稽同古兮切十六部按小徐曰尚書曰明用叶疑今文借稽字徐語冗說耳尚書無作叶疑者卽有之亦陸氏所謂穿鑿之徒務欲立異者也大徐乃於同下沾書云叶疑四字惑後生其亦妄矣

貞卜問也大卜凡國大貞大鄭云貞問也國有大疑問於蓍龜後鄭云貞之爲問問於正者必先正之乃從問焉引易師貞丈人吉从卜貝會意貝逗此字今補㠯爲贄說從貝之意一曰鼎省聲京房所說一說是鼎省聲非貝字也許說從貝故鼎下曰貞省聲京說古文以貝爲鼎故云從卜鼎聲也陟盈切十一部

𠧪易卦之上體也今尚書左傳皆作悔疑每是壁中古文孔安國以今文讀之易爲悔也或曰據許則小篆有此字玉裁謂不然許書以先小篆

後古文爲正例以先古文後小篆爲變例㝡爲先古文也於其所從系之也如斅者古文學者小篆斅從敎則必先之埶然也
然則𠧪本古文非小篆因其從卜則系之卜部亦埶然也不曰篆文作悔亦不於心部悔下列𠧪云古文悔者本非一字也小
篆無𠧪而壁中古文有𠧪不可以不存之於卜部凡其存尚書古文之例如此鄭注尚書云悔之言晦晦猶終也商
書曰曰字今補曰貞曰𠧪謂洪範也按左傳三引洪範說文五引皆云商書馬鄭本皆不如是蓋今
文尚書說與許謂堯典唐書咎繇謨虞書禹貢夏書皆今文說也而三引微子兩云周書一云商書疑商系周誤蓋今文家以
微子系周書以洪範系商書豈微子歸周故周之箕子不臣故商之與春秋時鄉大夫所習洪範皆商書則今文家說乃古說
也从卜每聲荒內切古音在一部占視兆問也周禮占人注曰占蓍龜之卦兆
吉凶又占人掌占龜注曰占人亦占筮言掌占龜者筮短龜長主於長者此云視兆問亦專謂龜卜从卜口職廉
切七部按上文叶字疑占之變體後人所竄入𠧩卜問也疑此卽後人杯玫字後人所增从卜
召聲市沼切廣韵又音照二部𠧞灼龜坼也周禮注曰兆者灼龜發於火其形可占者其象
似玉瓦原之璺罅是用名之焉按凡曰朕兆者朕者如舟之縫兆者如龜之坼皆引伸假借也从卜兆象
形治少切二部兆古文𠧞省按古文祇爲象形之字小篆加卜非古文減卜也廣韵曰𠧞灼
龜坼出文字指歸兆治小切引說文分也分也之訓見八部穴下𠧞出說文則不得云出文字指歸蓋古本說文卜部無𠧞兆

字八部公字卽龜兆字今公音兵列切卜部𠦒中多一筆以殊於𠦒皆非古也玉篇卜部之外別爲兆部云兆事先見也形也𠬜同上假令顧氏所據說文早同今本何爲作此紛更乎是必說文無兆而增此一部曉然據篇韵以正說文可無疑矣詩此字之原委蓋由虞翻讀尚書分𠦒三苗爲𠦒云𠦒古別字由是信之者讀說文八部之𠦒爲兵列切又增竄八亦聲於說解中而說文乃無龜兆字矣說文無龜兆字梁顧氏作玉篇乃增兆部於卜部之後隨曹憲作文字指歸乃又收𠬜爲龜兆字而改竄說文者乃於卜部增𠬜爲篆文兆爲古文又恐其形之溷於八部也乃加增一筆以殊之紕繆之由歷歷可見前注八部未能了然後之學者依此說而刪定可也○又按集韵類篇皆引說文𠬜古省或作𠦒臣光曰按𠦒兵列切重八也𠬜古當作𠦒是則勉強區分蓋由司馬公始徐鍇徐鉉丁度等皆作𠦒司馬公所襲者夏竦輩之書也

文八　重二

用　可施行也从卜中衞宏說　卜中則可施行故取以會意余訟切九部

凡用之屬皆从用　用　古文用

甫　男子之美偁也　春秋公及邾儀父盟于蔑穀梁傳曰儀字也父猶傅也男子之美稱也士冠禮字辭曰伯某甫仲叔季惟其所當注伯仲叔季長幼之稱甫是丈夫之美稱按甫者男子美偁某甫者若言尼甫嘉甫孔甫謂之且字且者薦也五十以伯仲乃謂之字以下一字爲伯仲叔季之薦故曰且字也甫則非字凡男子皆得偁之以男子始冠之偁引伸爲始也又引伸爲大

也从用父可爲人父也父亦聲鍇本無方矩切五部士冠禮甫作父他經某甫之甫亦通用父
同音假借也庸用也疊韵从用庚會意余封切九部庚更事也庚更同音
說從庚之意易曰先庚三日巽九五爻辭先庚三日者先事而圖更也引以證用庚爲庸與䕻麗疊
引易同意說見艸部䕻麗下葡具也具供置也人部曰備愼也然則防備字當作備全具字當作葡義同而略
有區別今則專用備而葡廢矣从用茍省茍已力切自急敕也敕誡也此會意平祕切古音在一部茍亦
聲也甯所願也此與丂部寧音義皆同許意寧爲願詞甯爲所願略區別耳二字古皆平聲故公孫寧儀
行父公羊作公孫甯也漢郊祀歌穰穰復正直往甯師古曰言獲福既多歸於正道克當往日所願也甯音寧从用
寧省聲此不云寍省聲云寧省聲者以形聲包會意也乃定切十一部隸變作寗非

文五　重一

爻交也疊韵繫辭曰爻也者效天下之動者也象易六爻頭交也胡茅切二
部凡爻之屬皆从爻棥藩也艸部曰藩屏也按齊風折柳樊圃毛曰樊藩也
樊者棥之假借藩今人謂之籬笆籬說文作杝通俗文曰柴垣曰樆木垣曰柵字作樆六朝人謂之援謝靈運云激流植援是
也从爻林會意附袁切十四部詩曰營營青蠅止于棥小雅文營營言

部引作營營楙今詩作樊毛曰樊藩也三章曰榛所以爲藩也

文二

㸚 二爻也二爻者交之廣也以形爲義故下不云從二爻珏[余余]疑皆此例無庸補從二玉從二余也玉篇力爾切廣韵力紙切二云㸚尒布明白象形也此附合爾之同韵爲音大徐力几切凡㸚之屬皆从㸚

爾 麗爾逗猶靡麗也麗爾古語靡麗漢人語以今語釋古語故云猶毛傳云紏猶繚繚也摻摻猶纖纖也是此例也後人以其與汝雙聲假爲爾汝字又凡訓如此訓此者皆當作尒乃皆用爾爾行而尒廢矣从冂㸚句㸚其孔㸚㸚依韵會訂冂莫狄切幎其外也㸚㸚猶歷歷也从尒聲兒氏切周時在十五部漢時在十六部此與爽同意爽之從大猶爾之從冂㸚爽不諧聲耳

爽 明也爽本訓明明之至而差生焉故引伸訓差也朝日之時半昧半明故謂之早昧爽日部曰昧爽旦明也昧之字三蒼作曶二云曶爽早朝也司馬相如傳云疏逖不閉曶爽得耀乎光明今本多闇昧二字乃用注家語益之耳从㸚大其孔㸚㸚明之露者盛也疏兩切十部

𡘙 篆文爽此字淺人竄補當刪爽之作奭奭之作奭皆隸書改篆取其可觀耳淺人補入說文云此爲小篆从㸚既同何不先篆後古籀乎凡若此等不可不辨

文三 重一當刪

五十三部　文六百三十七宋本無七　重百四

十三宋本三作五　凡八千六百八十四字此第三篇都數

說文解字第三篇下

說文解字第四篇上

金壇段玉裁注

𡕥 舉目使人也此與言部詠音同義亦相似項羽本紀梁眴籍曰可行矣籍遂拔劍斬守頭然則眴同𡕥也目部曰旬目搖也謂有目搖而不使人者 从攴目動其目也會意 凡𡕥之屬皆从𡕥讀若颰火劣切十五部

夐 營求也營求者圜帀而求之也帀而求之則不遐遺矣故引伸其義爲遠也韓詩于嗟夐兮云遠也毛詩作洵異部假借字 从𡕥人在穴依韻會訂謂舉目使人之人臨穴也合三字會意朽正切按古音在十四部招覓挂曲瓊此二與寒湲蘭筵韻夐字𡕥聲角部觼或作鐍皆可證也 商書曰高宗夢得說使百工營求得之傅巖書序文 巖穴也此引書序釋之以說从穴之意營求而得諸穴此字之所以从𡕥人在穴也與引易先庚三日說庚从庚之意同鉉本改營求爲夐求誤甚山部云巖岸也此云穴也者广部曰山石之厓巖人可居也

闅 氐目視也氐各本作低按人部無低目部曰氐者下也 从𡕥門聲無分切十三部俗作閺 弘農湖縣有闅鄉後漢書鄭興客授闅鄉注曰闅建安中改作閺 汝南西平有闅亭

𡚁 大視也也廣韻作兒 从大𡕥讀若齤況晚

切廣韻巨員切十四部

文四

目 人眼也象形重童子也象形總言之嫌人不解二故釋之曰重其童子也釋名曰瞳重也膚幕相裹重也子小稱也主謂其精明者也或曰眸子眸冒也相裹冒也按人目由白而盧童而子層層包裹故重畫以象之非如項羽本紀所云重瞳子也目之引伸為指目條目之目莫六切三部 凡目之屬皆从目

𡇒 古文目囗象面中象眉目江沅曰外象匡內象⿺走毛目

眼 目也釋名眼限也瞳子限限而出也 从目艮聲五限切古音在十三部

⿰目睘 兒初生蔽目者蔽目二字各本作瞥今依篇韻正蔽目謂外有物擁蔽之非牟子之翳也 从目睘聲方辯切十四部 讀若告之謂調語有譌奪鉉遂刪之

眩 目無常主也孟子引書若藥不瞑眩方言凡飲藥而毒東齊謂之瞑眩漢書借為幻字犛軒眩人是也二字音義皆相似 从目玄聲黃絢切十二部

眥 目匡也謂目之匡當也木部曰㯻匡當也字林作目厓 从目此聲在詣切十五十六部

䀹 目旁毛也玄應曰睫說文作䀹釋名作⿺走毛云捷接也插於目眶而相接也按大鄭周禮注云無目眹謂之瞽有目眹而無見謂之矇眹或作䀹無䀹有䀹卽無眹有眹也 从目夾聲

子葉切八部

⿰目縣 盧童子也 方言驢童之子謂之⿰目縣宋衞韓鄭之閒曰鑠按方言⿰目縣字當是驢之字誤郭釋爲縣邈二云與上文顯同非也縣邈可言目而不可言子盧童子者方言所謂驢瞳之子也盧黑也俗作矑有單言矑者甘泉賦玉女無所眺其清矑是也童重也膚幕相裹重也子小稱也主謂其精明者也居眶中如縣然故謂之⿰目縣 从目縣聲 胡畎切又胡涓切十四部

暿 目童子精暿也 當作曰暿也精謂精光也俗作睛 从目喜聲讀若爾雅禧福 禧福也見爾雅釋詁許其切一部

矏 目旁薄緻宀宀也 矏宀疊韵自部曰宀宀不見按宀宀微密之皃目好者必目旁肉好乃益見目好矏蓋即方言之顯釋言曰矏密也引伸爲凡密之偁也 从目臱聲 形聲包會意武延切十四部

⿰目非 大目也从目非聲 芳微切十五部

⿱臤目 大目也从目臤聲 侯簡切古音在十二部

睅 大目也 左傳宋城者謳曰睅其目杜曰睅出目 从目旱聲 戸版切十四部按鉉本補睆篆云或睅字

⿰目爰 大目也从目爰聲 況晚切十四部

瞞 平目也 平目對出目淺目言之今俗借爲欺謾字 从目㒼聲 母官切十四部

睴 大目出也 目本大而又出其目也考工記望其轂欲其眼也注眼出大皃也陸二云魚懇反按此鄭謂眼爲睴之假借也 从目軍聲 古鈍切十三部

矕 目矕矕也

廣雅曰矕䀢也馬融傳右矕三塗左槩嵩嶽此廣雅義也班固荅賓戲矕龍虎之文孟康蘇林皆曰矕被也此雙聲之假借也

从目䜌聲武版切十四部

睔目大也从目侖聲古本切十三部春秋傳有鄭伯睔見襄二年三傳皆同古今人表作鄭成公綸顏曰工頑反又有泠淪服虔曰淪音鰥皆音之轉也

盼白黑分也玄應書引如此詩曰美目盼兮見衞風毛曰盼白黑分也韓詩云黑色也馬融曰動目皃按許从毛从目分聲此形聲包會意从毛則以目分會意也匹莧切古音在十三部按盼聃盻三字形近多互譌不可不正

盻目白皃依玉篇訂从目干聲古旱切十四部

眅多白眼也多白眼見說卦傳从目反聲普班切十四部春秋傳曰目衍鄭游眅字子明見左傳襄廿二年釋文古本五經文字開成石經皆从目今俗本从日誤戰國策田瞖高注瞖讀鄭游眅之眅姚宏曰瞖恐是瞖瞖同眅

睍目出皃也依玄應訂考工記曰深其爪出其目邶風睍睆黃鳥毛曰睍睆好皃韓詩有簡簡黃鳥疑毛作睍睍韓作簡簡睆說文無詩禮記有詩古本又多作皖杕杜傳云實皃大東傳云明星皃檀弓注云刮節目又許注淮南曰睆謂目內白翳也大徐謂睆爲或睅字从目見聲胡典切十四部

矔目多精也矔之言灌注也从目雚聲古玩切十四部左傳宋大夫鱗矔益州謂瞋目曰矔此別一義方言

目梁益之閒瞋目曰矔轉目顧視亦曰矔 瞵 目精也 吳都賦鷹瞵鶚視射雉賦瞵悍目以旁睞徐爰曰瞵視皃 从目粦聲 力珍切十二部

窅 深目皃 皃字依玉篇正靈樞經按其腹窅而不起漢禮樂志窅窊桂華蘇林曰窅音窅眣之窅按窅眣卽今坳突字玄應二云倉頡篇作容突上烏交切墊下也下徒結切突也葛洪字苑上作凹陷也下作凸起也容突凹凸許皆不收然則許用窅眣也孟康云窅出窊入蓋對窊言之則訓窅爲出如徂之爲存苦之爲快 从穴中目 烏皎切二部

眊 目少精也 孟子胷中不正則眸子眊焉趙曰眊者蒙蒙目不明之皃廣雅眊眊思也謂思勞而目少精也或作毷毷 从目毛聲 亡報切二部 虞書耄字从此 按虞書無耄字僞大禹謨有之非許所知也惟商書微子周書呂刑皆有耄呂刑耄荒周禮注引作秏荒漢刑法志作眊眊荒漢書多以眊爲耄豈許所據書作眊與當云尚書薹字如此此爲假借

矘 目無精直視也 後漢梁冀傳洞精矘眄注引說文目睛直視按章懷因旣曰洞精遂改易說文爲目睛直視非也洞精者謂其目精洞達矘眄者謂其流眄矘瞵此固不妨竝行遠游曰旹曖曃其矘莽王曰日月晻黮而無光也矘瞵猶矘莽 从目黨聲 他朗切十部

睒 暫視皃 太玄曰酒作失德鬼睒其室此與高明之家鬼瞰其室語同也吳都賦䁂𧿹乎紭中忘其所以睒睗江賦𩕰𩕰睒瞲乎陰空 从目炎聲 失冄切八部 讀若白蓋謂之苫相似 謂讀與爾雅釋器之苫字音略同也

眮

吳楚謂瞋目顧視曰睊方言矊睊轉目也梁益之閒瞋目曰矊轉目顧視亦曰矊吳楚曰睊按瞋目顧視是二事梁益皆曰矊吳楚皆曰睊也从目肙聲徒弄切九部

⿰目必 直視也从目必聲讀若詩云泌彼泉水邶風文今詩作毖泌之假借也釋文云韓詩作祕說文作⿰目必陸氏此語蓋誤鉉本作泌乃古本也兵媚切十五部

瞴 瞴婁逗疊韵微視也篇韵婁作瞜从目無聲莫浮切古音在五部

盱 蔽人視也鍇曰映人而視也从目幵聲讀若攜手苦兮切按廣韵戶圭切十六部一曰直視也

⿱幵目 盱目或在下

睌 睌睯逗目視皃从目免聲武限切十四部

眂 視皃也馬融長笛賦特麚昏髟李曰昏視也髟振髦也按昏眂一字也與眂別眂古文視氏聲在十五部眂氏聲在十六部宋元以來尟有知氏氐之不可通用者从目氏聲承旨切李善昌夷切廣韵眂眂役目也是支切按古音在支紙韵

睨 衺視也左傳余與褐之父睨之中庸睨而視之从目兒聲研計切十六部

⿰目冒 氐目視也从目冒聲亡保切古音在三部周書曰武王惟⿰目冒君奭篇文今書作冒蓋古文以⿰目冒爲冒也

眓 視高皃豁目字當作此从目戉聲呼括切十五部讀若詩曰施罟

濊濊許四引衛風此句而此與罛下作濊濊不誤水部作濊濊大部作濊濊宋刻濊濊皆誤也說詳水部濊下

眈視近而志遠謂其意淺沈也从目冘聲丁含切八部

易曰虎視眈眈馬云虎下視皃頤六四爻辭

⿰目延相顧視而行也从目从延延亦聲于線切廣韵以然切十四部

盱張目也張載注魏都賦盱衡曰眉上曰衡盱舉眉大視也釋詁盱憂也此引伸之義凡憂者亦有張目直視者也毛詩卷耳曰盱憂也何人斯都人士皆無傳然則三詩皆作盱訓憂今卷耳作吁誤也鄭箋盱爲病又憂之引伸之義从目亏聲况于切五部一

曰朝鮮謂盧童子曰盱方言驢瞳之子燕代朝鮮洌水之閒曰盱或謂之揚

睘目驚視也唐風毛傳曰睘睘無所依也許不从毛者許說字非說經也製字之本義則尒於从目知之

从目袁聲渠營切按袁聲當在十四部毛詩與青姓韵是合音也詩曰獨行睘

睘

⿰目亶視而不止也不字依廣韵補从目亶聲旨善切十四部

⿰目勿目冥遠視也冥當作瞑目雖合而能遠視也从目勿聲莫佩切十五部廣韵莫

一曰久視也依廣韵補視一曰旦明也玉篇引說文無此五字妄人所增也

漢書敘傳昒昕寤而仰思孟康曰昒昕早旦也韋昭曰音妹又音忽司馬相如傳曶爽闇昧得燿乎光明司馬貞引三蒼曶爽

早朝也音妹字林音忽然則昒曶一字也與昧同故日部有昧無昒不知何人寫幽通賦譌作昒而仍其誤者扵說文增竄乃字

眕目有所恨而止也左傳曰夫寵而不驕驕而能降降而不憾憾而能眕者鮮矣許語蓋古左傳說釋言眕重也重亦止意从目㐱聲之忍切十三部

瞟䀏也今江蘇俗謂以目伺察曰瞟音如瓢上聲从目㶾聲敷沼切二部

䀏察也魏都賦有䀏呂梁䀏察疊韵从目祭聲戚細切十五部

睹見也从目者聲當古切五部

覩古文从見按篇韵皆不言覩為古文

眔目相及也隶及也石經公羊祖之所遝聞今本作逮中庸所以逮賤釋文作遝遝此眔與隶音義俱同之證从目隶省會意讀若與隶同也眔徒合切在八部隶在十五部云同者合音也

睽目不相聽也聽猶順也二女志不同行猶二目不同視也故卦曰睽人部⿰亻癸卽睽从目癸聲苦圭切十五部

眛目不眀也吳都賦相與眛潛險搜怪奇劉曰眛冒也李曰說文眛門撥切謂之潛隱之穴也撥俗本作𢫬从目末聲莫撥切十五部

⿰目般轉目視也般辟也象舟之旋故般目為轉目戰國策有田⿱般目从目般聲薄官切十四部

⿰目辡小兒白眼視也依廣韵補視字从目辡聲蒲莧切廣韵匹莧切十四部

眽目財視也財當依廣韵作邪邪當作衺此

與𠨘部覛音義皆同財視非其訓也𠨘者水之衺流別也九思目䀛䀛兮寤終朝注曰䀛䀛視貌也古詩十九首䀛䀛不得語李引爾雅䀛相也郭璞曰䀛䀛謂相視貌按今釋詁無郭注釋文曰覛字又作䀛五經文字有䀛字文選䀛皆系䀛之譌所李引同

从目𠨘聲形聲包會意莫獲切十六部

䀏失意視也魏都賦吳蜀二客䀏焉失

从目條聲各本从脩聲作䀏按䀏音他狄反猶滌之切亭歷皆於條取聲脩聲不得切他狄也譌為䀏乃涵同睯字而篇韵皆曰敕周切矣今依魏都賦正古音在三部唐韵他歷切

䁌謹鈍目也从目𦎫聲之閏切十三部

瞤目動也素問肉瞤瘛注動掣也西京襍記陸賈曰目瞤得酒食从目閏聲如勻切十二部

矉恨張目也从目賓聲符真切十二部

詩曰國步斯矉大雅文毛詩作頻云頻急也鄭云頻猶比也哀哉國家之政行此禍害比比然頻字絕非假借此作矉者葢三家詩許偁毛而不廢三家也又按通俗文蹙頞曰矉矉者顰之假借

眢目無明也左傳目於眢井井無水若目無明故曰眢井从目夗聲讀若委大徐一丸切刪讀若委三字非也此與小雅谷風怨讀如萎一例合音也左傳音義烏丸反引字林眢井無水也一皮反一皮卽委之平聲古讀如此集韵五支邕危切卽一皮也近刊繫傳者益一字云讀若宛委謂讀若宛誤甚

睢仰目也五行志萬衆睢睢莊子而目睢睢又恣睢讀去聲暴戾也从目隹聲許惟切十五部

旬

目搖也項羽本紀梁眴籍曰可行矣从目勻省聲黃絢切十二部眴旬或从目旬旬聲矆大視皃依廣韵作皃魏都賦矆焉失容李曰今本作矆大視也从目蒦聲按篇韵皆曰矆爲正字矆爲或字許縛切五部眭目順也从目坴聲莫卜切廣韵莫六切三部一曰敬和也五字疑後增古書睦穆通用如孟子注君臣集穆史記敃敃睦睦漢書作敃敃穆穆是也穆多訓敬故於睦曰敬和[篆]古文睦按此从古文目先聲也各本作[篆]則从从囧非字意也今依戴氏六書故正凡从[篆]之字皆當作此○江沅曰不必依瞻臨視也釋詁毛傳皆曰瞻視也許別之云臨視今人謂仰視曰瞻此古今義不同也从目詹聲職廉切八部瞀氏目謹視也氏各本作低今从宋本玉篇云目不明皃按洪範曰霿恆風若尚書大傳作瞀宋世家作霿漢書五行志作霿宋書隨書五行志作瞀班志云區霿服虔云人儺瞀荀卿云儺猶瞀儒他書或云嫯瞀或云瞀瞀或云怐愁說文子部云㲉瞀皆謂冒亂不明其字則霿瞀爲正字雨部云霿晦也从目敄聲莫候切三部䁞小視也大玄旝旗絓羅干戈蛾蛾師孕唁之哭且䁞注䁞音麻竊視之稱从目買聲莫佳切十六部大玄與十七合韵䁥視也釋詁監瞻臨涖頫相視也按釋文曰監字又作䁥然則小雅何用不監亦可作䁥䁥亦當爲臨視也从目監聲古銜切八部𥉌省視也如書

姓之明也从目啓省聲苦系切十五部相省視也釋詁毛傳皆云相視也此別之
云省視謂察視也从目木會意息良切十部按目接物曰相故凡彼此交接皆曰相其交接而扶助者則
爲相聲之相古無平去之別也旱麓桑柔毛傳云相質也質謂物之質與物相接者也此亦引伸之義易曰地
可觀者莫可觀於木此引易說从目木之意也目所視多矣而从木者地上可觀者莫如
木也五行志曰說曰木東方也於易地上之木爲觀顏云坤下巽上觀巽爲木故云地上之木許蓋引易觀卦說也此引經說
字形之例詩曰相鼠有皮鄘風文瞋張目也此與言部謓義略同从
目眞聲昌眞切十二部眓祕書瞋从戌祕書謂緯書易部亦云祕書說日月爲易
象陰陽也戌聲眞聲同在十二部瞗目孰視也孰熟正俗字从目鳥聲讀
若雕都僚切二部睗目疾視也鍇本疾作孰非古睒睗聯用雙聲字也韵會引鍇本作目
急視毛晃增韵龍龕手鑑皆作急从目易聲施隻切十六部睊視皃也孟子引晏
子睊睊胥讒趙曰睊睊側目相視从目肙聲於絢切廣韵古縣切十四部[目窅]目窔
皃也从目窅會意於悅切十五部讀若易曰勿卹之卹見夬九二
爻辭睼迎視也小雅題彼脊令毛云題視也按題者睼之假借从目是聲他計切十

六部讀若珥瑱之瑱此合韵也如祇振之比廣韵他甸切本此

䁔目相戲也方言䁔䀏視也東齊曰䁔吳揚曰䀏凡以目相戲曰䁔从目晏聲於殄切十四部詩曰䁔婉之求邶風文按今詩作燕婉毛曰燕安也婉順也許所據作䁔豈毛謂䁔爲晏之假借後人轉寫改爲燕與抑三家詩有作䁔者與

䁈短深目皃也上文曰窅曰䀨皆謂深目此云短深者目匡短而目深窒圓瞖然如指目也故从取从目取聲形聲包會意烏括切十五部

睠顧也大東睠言顧之毛曰睠反顧也睠同眷小明云睠睠懷顧皇矣云乃眷西顧凡顧眷並言者顧者還視也眷者顧之深也顧止於側而已眷則至於反故毛云反顧許渾言之故云顧也引伸之訓爲眷屬史記作婘从目𢍏聲居倦切十四部詩曰乃眷西顧

督察視也視字依師古漢書注補凡師古引說文多有不言說文曰者車千秋傳詔丞相御史督二千石求捕又曰宜有以教督按六經但言董董卽督也督者以中道察視之人身督脈在一身之中衣之中縫亦曰督縫从目叔聲冬毒切三部隸省作督一曰目痛也鍇本痛作病誤

看睎也从手下目鍇曰宋玉所謂揚袂障日而望所思也此會意苦寒切十四部𥈈看或从倝倝聲

睎望也西都賦曰睎秦嶺古多假希爲睎如公孫弘傳希世用事晉虞溥傳希顏之徒是也从目希聲說文無希篆而希聲字多有然則希篆奪

也香衣切十五部海岱之閒謂眄曰睎方言睎眄也東齊青徐之閒曰睎

瞫淡視也瞫淡疊韵見其底裏曰淡視一曰下視也別一義又竊見也又一義从目覃聲式荏切七部左傳有晉人很瞫

眝長眙也外戚傳飾新宮以延貯此貯正貯之誤延貯謂長望也凡辭章言延佇者亦皆當作貯說文無佇竚字惟有宁字宁佇竚皆訓立延貯非謂立也九章思美人兮擥涕而竚眙王逸云竚立悲哀文選注佇眙立視也此則訓立然作貯眙亦無不可从目宁聲陟吕切五部一曰張眼廣韵亦作眼

眙直視也方言眙逗也西秦謂之眙郭曰眙謂住視也按眙瞪古今字敕吏文證古今音廣韵七志作眙四十七證作瞪別爲二字矣而瞪下云陸本作眙玫玄應引通俗文云直視曰瞪是知眙之音自一部轉入六部因改書作瞪陸法言固知是一字也从目台聲丑吏切一部

睇小衺視也依小雅小宛正義言小衺視者別於睨眄爲衺視也周易夷於左股夷子夏作睇鄭陸同云旁視曰睇京作睼按睼亦睇字也夏小正來降燕乃睇睇者眄也內則不敢睇視鄭曰睇傾視也从目弟聲特計切十五部南楚謂眄睇謂眄曰睇也眄爲衺視睇爲小衺視者析言之此渾言之方言曰睇眄也陳楚之閒南楚之外曰睇

䀩眄也方言䀩眄也吳楊江淮之閒或曰瞯或曰略从目各聲盧各切五部

盻恨視也孟子引龍子曰爲民父母使民盻盻然將終歲

勤動不得以養其父母又稱貸而益之趙云盻盻勤苦不休息之貌按丁公著本盻盻作肹肹據趙注則肹近是作盻者譌字
也从目兮聲胡計切十六部孫奭引說文五禮切○按自盻而下各本失其原次今正之睡
坐寐也知為坐寐者以其字从垂也左傳曰坐而假寐戰國策讀書欲睡从目垂宋本無聲字此
以會意包形聲也目垂者目瞼垂而下坐則爾是偽切古音在十七部瞑翕目也釋詁毛傳皆曰翕合
也莊子書瞑據槁梧而瞑引伸為瞑眩从目冥韵會引小徐曰會意此以會意包形聲也武延切按古音在十
一部俗作眠非也眚目病生翳也玄應曰翳韵集作瞖眚引伸為過誤如眚災肆赦不以一
眚掩大德是也又為災眚李奇曰內妖曰眚外妖曰祥是也又假為減省之省周禮馮弱犯寡則眚之注眚猶人省瘦也四面
削其地按省瘦亦作瘠瘦俗云瘦省从目生聲所景切十一部瞥過目也倏忽之意
莊子作覕又目翳也障蔽之意从目敝聲普滅切十五部一曰財見
也財今之纔字此似前義足以包之眵目傷眥也釋名曰目眥傷赤曰䁾䁾末也創在目兩
末也許謂目傷眥曰眵與劉異从目多聲叱支切古音在十七部一曰蔑兜也蔑各
本譌作瞢今依玄應正蔑兜者今人謂之眼眵是也韓愈目兩目眵昏此與上義別二病常相因而有不相兼者蔑
蔑兜逗目眵也各本無蔑兜二字今依玄應書卷十一卷廿一補蒙上弟二義言之宋玉風賦中脣為

眵得目爲蔑呂氏春秋氣鬱處目則爲䁾高注䁾眵也按蔑者假借䁾者或體䁾兜見部作覴云目蔽垢 从目蔑省聲 莫結切十五部

眏 睊也 按鍇作睊也鉉作涓目也皆誤假令訓睊則當與睊字類廁自眚而下皆系目病廣韵云眏目患可以得其解矣刀部曰剈一曰窒也此睊也當作剈目謂窒目也窒下也 从目夬聲 古穴切十五部

䀶 目病也 急就篇眵䁾䀶顏曰䀶目視不正也雷公炮炙論序云目辟䀶雞有五花而自正注五加皮是也 从目良聲 力讓切十部

眛 目不明也 今音眛在末韵眛在隊韵玫从末之字見於公穀二傳及吳都賦从末之字未之見其訓皆目目不明何不類居而晝分二処且玉篇於眼瞯二字之閒云眛莫達切目不明蓋依說文舊次則知說文原書从末之眛當在此淺人改爲从未則又增从未之眛於前也 从目末聲 莫佩切十五部

瞯 戴目也 戴目者上視如戴然素問所謂戴眼也諸書所謂望羊也目上視則多白故廣韵云瞯人目多白也爾雅釋嘼一目白瞯瞯同瞯亦作䁍引伸爲闚伺之義如孟子王使人瞯夫子是 从目閒聲 戶閒切十四部按此字諸書多从閑作瞯 江淮之閒謂眄曰瞯 眄各本作眡依宋本及集韵正方言瞯眄也吳楚江淮之閒或曰瞯或曰略

眯 艸入目中也 莊子簸糠眯目字林云眯物入眼爲病然則非獨艸也 从目米聲 莫禮切十五部

眺 目不正也 按釋詁說文皆云覜視也然則覜望字不得作眺月令可以遠眺望系假借小

徐注引射雉賦目不步體袤眺旁剔徐爰曰視瞻不正常驚惕也此眺字本義从目兆聲他弔切二部

睞目童子不正也目精注人故从來屈賦所謂目成也洛神賦明眸善睞李曰睞旁視从目來聲洛代切一部

睩目睞謹也睩睩謹皃也故睩爲目睞之謹言注視而又謹畏也招䰟蛾眉曼睩目騰光王曰好目曼澤時睩睩然視精光騰馳感人心也从目录聲讀若鹿盧谷切三部

⿰目攸眣也唐人小說術士相裴夫人目眥而緩主淫俗誤脩長之脩从目攸聲敕鳩切三部⿰目丩䀺或从丩

眣目不從正也鉉無從字非自眺至此皆狀目之邪所謂匈中不正者也按公羊傳文六年眣晉大夫使與公盟也何云以目通指曰眣成二年郤克眣魯衛之使使以其辭而爲之請釋文字皆从矢云眣音舜本又作眣丑乙反又大結反五經文字曰眣音舜見春秋傳開成石經公羊二皆作眣疑此字从矢會意从失者其譌體以譌體改說文淺人無識之故也陸云又作眣而已未嘗云說文作眣也許云目不从正者公羊兩言眣皆不以正也从目失聲丑栗切十二部

矇童蒙也此與周易童蒙異謂目童子如冢覆也毛公劉熙韋昭皆云有眸子而無見曰矇鄭司農云有目眹而無見謂之矇其意略同毛說爲長許主毛說也禮記昭然若發矇謂如發其覆从目蒙聲莫中切九部一曰不明也此泛言目不明爲別一義

眇小目也各本作一目小也誤今依易釋文正履六三眇能視虞翻

曰離目不正从兂爲小故眇而視方言曰眇小也淮南說山訓小馬大目不可謂大馬大馬之目眇謂之眇馬物有似然而似不然者按眇訓小目引伸爲凡小之偁又引伸爲微妙之義說文無妙字眇卽妙也史記戶說以眇論卽妙論也周易眇萬物而爲言陸機賦眇衆慮而爲言皆今之妙字也 从目少 鍇曰會意按物少則小故从少少亦聲亡沼切二部

眄 目偏合也 偏各本作偏誤今依韵會正偏帀也帀周也周密也瞑爲臥眄爲目病人有目皆全合而短視者今眄字此義廢矣 从目丏聲 莫甸切古音當在十二部讀如泯 一曰衺視也秦語 方言曰矊睇睎略眄也自關而西秦晉之閒曰眄薛綜曰流眄轉眼貌也

盲 目無牟子也 牟俗作眸趙注孟子曰眸子目瞳子也釋名曰眸冒也相裹冒也毛傳曰無眸子曰瞍鄭司農韋昭皆云有目無眸子謂之盲許云目無牟子謂之盲說與毛鄭異無牟子者白黑不分是也今俗謂青盲 从目亾聲 武庚切古音在十部

⿰目咸 目陷也 廣雅⿰目咸陷也引伸爲凡陷之偁 从目咸聲 苦夾切古音在七部

瞽 目但有眹也 眹俗作眹誤眹从舟舟之縫理也引伸之凡縫皆曰眹但有眹者才有縫而已釋名曰瞽鼓也瞑瞑然目平合如鼓皮也眄者目合而有見瞽者目合而無見按鄭司農云無目眹謂之瞽韋昭云無目曰瞽皆與許異 从目鼓聲 公戶切五部

瞍 無目也 無目與無牟子別無牟子者黑白不分無目者其中空洞無物故字林云瞍目有眹無珠子也瞽者才有眹而中有珠子瞍者才有眹而中無珠子

此又瞽與瞍之別凡若此等皆對文則別散文則通如詩箋云瞽矇也史記云瞽叟盲皆是散文則通也人偁爲瞽叟其實則盲者也凡作瞽瞍者字誤也國語瞽獻曲瞍獻賦矇誦此對文則別也 从目叜聲 穌后切古音在三部

䁝 惑也 䁝惑雙聲字各本誤刪䁝今依廣韵補淮南鴻烈漢書皆假營爲䁝高誘注每云營惑也不誤小顏多拘牽營字本義訓爲回繞非也營行而䁝廢 从目熒省聲 熒各本作榮今正凡營瑩䁝鎣褮縈榮字皆曰熒省聲而此字尤當从熒會意熒者火光不定之皃火星偁熒惑戶扃切十一部

睉 小目也 从目坐聲 昨禾切十七部鉉等曰尚書元首叢脞哉今睉从肉非是按脞馬鄭皆以小釋之許書無脞因改爲睉此恐肊決專輒攷玄應書卷一於睉字云出字林不云出說文許書睉疑後增

⿰目叉 指目也 指搯也吳語吳世家皆云子胥以手抉目是也 从目叉 目叉者目爲叉指也會意烏括切十五部

瞚 開闔目數搖也 開闔目玄應本作目開閉闔一曰閉也左傳臾駢目使者目動而言肆懼我也目動者開閉數搖也呂覽曰夫死其視萬歲猶一瞚也莊子兒子終日視而目不瞚此皆瞚字本義凡謂與公羊眣同者非也旬爲目搖瞚爲目數搖皆不必以目使人惟眣主以目通指 从目寅聲 舒閏切按寅聲當在十二部莊釋文因或作瞬統音舜耳

䀟 目不明也从目弗聲 普未切十五部按此疑即昒之或字

文百十三 重九 宋本作八

䀠 ナ又視也ナ又各本作左右非也今正凡詩齊風唐風禮記檀弓曾子問雜記玉藻或言瞿或言瞿瞿蓋皆䀠之假借瞿行而䀠廢矣瞿下曰䧿隼之視也若毛傳於齊曰瞿瞿無守之皃於唐曰瞿瞿然顧禮義也各依文立義而爲驚遽之狀則一 从二目會意 凡䀠之屬皆从䀠讀若拘 又若良士瞿瞿九遇切五部

䀨 目圍也圍當作回回轉也 从䀠ㄏ會意ㄏ下曰ㄏ抴也明也 讀若書卷之卷䀨與眷顧義相近故讀同書卷居倦切十七部 古文以爲靦字靦鉉本作醜誤醜與䀨卷部分遠隔也靦者姡也面部曰面見人也从面見古文作䀨蓋亦謂徒有二目見人而已古音同在十四部故得相假借

⿱䀠大 目衺也从䀠从大 大人也大人也三字疑非是奭與爽同意爽之明大奭之盛大⿱䀠大之目衺淫視者大故皆从大會意舉朱切⿱䀠大字从此以小雅仇讀爲⿱䀠大求之古音在三四部

文三

眉 目上毛也人老則有長眉豳風小雅皆言眉壽毛曰豪眉也又曰秀眉也方言眉黎耋鮐老也東齊曰眉士冠禮古文作麋少牢饋食禮古文作微皆假借字也 从目象眉之形謂ㄏ 上象頟理也謂仌在兩眉上也並二眉則頟理在眉閒之上武悲切十五部 凡眉之屬皆

从眉省 視也省者察也察者覈也漢禁中謂之省中師古曰言入此中者皆當察視不可妄也釋詁曰省善也此引伸之義大傳曰大夫有大事省於其君謂君察之而得其大善也从眉省从屮屮音徹木初生也財見也从眉者未形於目也从屮者察之於微也凡省必於微故引伸爲減省字說文有渻媘二字然經傳多作省所景切亦息井切十一部

𡯓古文省从少囧按囧非也古文目作◎此與睿皆从之从少目者少用其目省之用甚微也

文二　重一

盾瞂也經典謂之干戈部作𢧵所㠯扞身蔽目用扞身故謂之干毛傳曰干扞也用蔽目故字从目从目各本少二字今依玄應補象形鍇曰厈象盾形按今鍇本或妄增厂聲二字食閏切十三部廣韵食尹切凡盾之屬皆从盾

瞂盾也秦風蒙伐有苑毛曰伐中干也周禮司兵掌五盾鄭曰五盾干櫓之屬其名未盡聞也按木部及韋昭曰大楯曰櫓則中干亦之盾之大小略見於釋名毛云中干析言之方言及許統言之方言曰盾自關而東謂之瞂或謂之干關西謂之盾作瞂者或體也作伐者假借字蘇秦傳作吷从盾犮聲扶發切十五部

䀸盾握也人所握处也其背脊隆处曰瓦見左傳从盾圭聲苦圭切十六部

文三

自 鼻也象鼻形 此以鼻訓自而又曰象鼻形王部曰自讀若鼻今俗以作始生子爲鼻子是然則許謂自與鼻義同音同而用自爲鼻者絕少也凡从自之字如尸部眉臥息也言部詯膽气滿聲在人上也亦皆於鼻息會意今義從也己也自然也皆引伸之義疾二切十五部 凡自之屬皆从自 𦣹 古文自

臱 宀宀不見也 臱宀疊韵宀交覆深屋也宀宀密緻皃毛詩曰緜緜韓詩曰民民其實 闕 上从自下不知其何意故云闕謂闕一也 闕其形也武延切古音如民十二部

文二 重一

白 此亦自字也省自者詞言之气从鼻出與口相助 詞者意內而言外也言从口出而气从鼻出與口相助故其字上从自省下从口而讀同自疾二切十五部 凡白之屬皆从白

皆 俱詞也 司部曰詞者意內而言外也其意爲俱其言爲皆以言表意是謂意內言外人部俱下曰皆也是謂轉注又偕下曰一曰俱也則音義皆同 从比从白 从比會意古諧切十五部

魯 鈍詞也 孔注論語曰魯鈍也左傳魯人以爲敏謂鈍人也釋名曰魯魯鈍也國多山水民性樸鈍按惟魯鹵莽皆卽此 从白魚聲 各本作鮺省聲按鮺从差省聲在古音十

七部今之歌麻韵魯字古今音皆在五部魯櫓字用爲鑥論聲古文以旅爲魯則蕭爲淺人妄改也今正郎古切五部

語曰參也魯先進篇文

𣉻別事𧦝也言主於別事則言者以別之喪服經斬衰裳苴絰杖絞帶冠繩纓菅屨者注曰者者明爲下出也此別事之例凡俗語云者箇者般者回皆取別事之意不知何時以迎這之這代之這魚戰切

从白𣥺聲𣥺古文旅㫃部曰𣥺古文旅者之偏旁乃全不類轉寫之過也之也切古音在五部讀如煑

𤾊𧦝也凡毛傳之例云辭也如芣苢之薄漢廣之思草蟲之止載馳之載大叔于田之忌山有扶蘇之且皆是說文之例云某𧦝自部外欥爲詮𧦝矣爲語已𧦝矧爲況𧦝曶爲出气𧦝各爲異𧦝粤爲驚𧦝𠆶𧦝之必然也曾𧦝之舒也皆是然則𧦝也二字非例當作誰𧦝也三字堯典言疇若予者二皆訓誰則言疇咨若者二亦必同疇咨當先咨後疇語急故𠆶壁中古文字作𠷎古字也爾雅疇孰誰也字作疇今字也許以疇爲假借字𠷎爲正字故口部曰𠷎誰也則又𠷎疇爲古今字說文之例敘篆文合以古籀𠷎者古文非小篆也何以廁此也凡書禮古文往往依其部居錄之不必皆先小篆後古文亦不必如上部之例先古文必系以小篆所以尊經也尚書作疇不作𠷎者蓋孔安國以今文字讀之易之同爾雅也

从白𠷎聲𠷎與疇同直由切三部

虞書曰虞書當作唐書曰字今補

帝曰𤾊咨

𥎊識𧦝也此與矢部知音義皆同故二字多通用

从白亏知鍇曰亏亦气也按从知會意知亦聲知義切十六部

𥎊古文智此依

鍇本臣卽卽口矩卽知也省白

百 十十也。从一白。博陌切五部 數句 十十爲一百。百，白也。白告白也此說从白之意數長於百可以𥃰言白人也各本脫此八字依韵會補 十百爲一貫。貫，章也。此類舉之百白疊韵貫章雙聲章明也數大於千盈貫章明也各本下貫譌相依韵會正

𦣻 古文百。自白同

文七　重二

鼻 所㠯引气自畀也。所以二字今補口下曰所以言食也舌下曰所以言別味也是其例老子注曰天食人以五氣从鼻入地食人以五味从口入白虎通引元命苞曰鼻者肺之使按鼻一呼一吸相乘除而引氣於無窮自讀如今人言自家之自自本訓鼻引伸爲自家 从自畀。以義爲形也父二切十五部 凡鼻之屬皆从鼻。

齅 㠯鼻就臭也。玉篇引論語三齅而作 从鼻臭，臭亦聲。讀若畜牲之畜。各本嘼作畜非許救切三部

鼾 臥息也。息鼻息也廣韵曰臥氣激聲許干切 从鼻干聲。讀若汗。侯幹切十四部按古讀平聲

鼽 病寒鼻窒也。月令民多鼽嚏窒鼻也 从鼻九聲。巨鳩切三部

齂 臥息也。此與尸部眉音義並同篇韵皆祇云鼻息釋詁云齂息也 从鼻隶聲。許介

切十五部讀若陋

文五

皕 二百也卽形爲義不言从二百 凡皕之屬皆从皕讀若逼逼各本作祕按五經文字皕音逼廣韵彼側切至韵不收李仁甫五音韵譜目錄云讀若逼本注云彼力切皆由舊也盡奭字以爲聲在第五部逼音相近也

奭 盛也釋詁赫赫躍躍赫赫舍人本作奭奭常武毛傳云赫赫然盛也按奭是正字赫是假借字小雅路車有奭韎韐有奭毛曰奭赤皃此當作赫赤部云赫火赤皃奭是假借字 从大从皕皕與大皆盛意也 皕亦聲詩亦切古音讀若郝在五部隸作奭 此燕召公名讀若郝三字當在皕亦聲之下 史篇名醜此爲召公名徵古說也召公名奭見尚書史記而史篇云名醜史篇之作去周初未遠未審何以乖異敘目云及宣王大史籀箸大篆十五篇漢志史籀十五篇周宣王大史作又云史籀篇者周時史官教學童書也按省言之曰史篇王莽傳徵天下史篇文字孟康曰史籀所作十五篇也許三偁史篇姚下云史篇以爲姚易也匋下云史篇讀與缶同此云史篇名醜計度其書必四言成文教學童誦之倉頡爰歷博學實仿其體

奭 古文奭古文百作𦣻則知皕作𦣻𦣻

文二 重一

習 數飛也 數所角切月令鷹乃學習引伸之義爲習孰 从羽白聲 按此合韻也又部彗古文作習亦是从習聲合韻似入切七部 凡習之屬皆从習

翫 習猒也 猒飽也此與心部忨音同義近 从習元聲 五換切十四部 春秋傳曰翫歲而愒日 左傳昭元年文按心部忨下引春秋傳忨歲而激日當作春秋國語今晉語作忨日而激歲

文二

羽 鳥長毛也 長毛別於毛之細縟者引伸爲五音之羽晉書樂志云羽舒也陽氣將復萬物孳育而舒生漢志曰羽宇也物聚臧宇覆之爾雅羽謂之柳 象形 長毛必有耦故並彡𠘧部曰㐱新生羽而飛也㐱並㐱也王矩切五部 凡羽之屬皆从羽

翨 鳥之彊羽猛者 按當作猛鳥也彊羽轉寫譌耳周禮翨氏掌攻猛鳥以時獻其羽翮此釋周禮故云猛鳥也猛鳥羽必彊故其字从羽此與赤羽尾長皆从羽文法正同大鄭翨是讀爲翅翼之翅以是聲支聲皆在十六部翨是啻卽是翅之奇字後鄭以經云獻羽翮則訓翨是爲鳥翮是聲啇聲亦同十六部也翮羽莖舉翮以該羽許與二鄭說異 从羽是聲 居豉切十六部

翰 天雞也 也字依御覽補釋鳥鶾天雞鶾本又作翰鳥部鶾訓雉肥翰音者則此作翰是天雞樊光云一名山雞 赤羽 各本有也非今刪自翟至翠五字皆主謂鳥其鳥彊羽赤羽故其字从羽不从鳥 从羽

倝聲矦幹切十四部小宛傳云翰高也謂羽長飛高此別一義桑扈文王有聲崧高板傳皆云翰幹也此謂詩以翰爲楨幹字也同音假借逸周書曰此漢志周書七十一篇周史記也以別於尚書之周書故謂之逸周書文翰若翬雉一名鷐風周成王時蜀人獻之文或作大誤王會篇文今本作蜀人以文翰文翰者若皐雞孔晁云鳥有文彩者太平御覽皐作皇郭注爾雅皐作彩許作翬雉疑有誤按許引王會者六魚部周成王時揚州獻鰅魚鳥部周成王時氐羌獻鸞鳥艸部芣苢其實如李令人宜子周書所說内部周成王時州靡國獻𥝌𥝌馬部媽吉皇之乘周成王時犬戎獻之犬部匈奴有狡犬内四條文義略同此此不當有一名鷐風四字橫梗於其中也四字當在蜀人獻之之下一名當作一曰一曰者別一義也常武曰如飛如翰毛云疾如飛摯如翰鄭云翰飛鳥之豪俊也此鷐風曰翰之證釋鳥毛傳皆云晨風鸇也易林晨風文翰竝舉無緣文翰一名鷐風譌舛顯然矣

翟山雉也釋鳥翟山雉郭曰長尾者按郭翰翟二注蓋取諸說文邶風右手秉翟毛曰翟翟羽也庸風其之翟也毛曰翟褕翟闕翟羽飾衣也周禮王后五路重翟厭翟鄭曰重翟重翟雉之羽厭翟次其羽使相迫按翟羽經傳多假狄爲之狄人字傳多假翟爲之尾長故从羽不入隹部者隹爲短尾鳥總名又此鳥以尾長爲異也从羽从隹徒歷切古音在二部庸風韵於十六部合韵也

翡赤羽雀也出鬱林漢郡从羽非聲房未切十五部

翠青羽雀也釋鳥翠鷸郭曰似燕紺色

按鳥部鷸下不云翠鳥也出鬱林从羽卒聲七醉切十五部

翦羽生也羽初生如前齊也前古之翦字今之歬字一曰矢羽矢舊作天釋器金鏃翦羽謂之鍭骨鏃不翦羽謂之志翦者前也前者斷齊也鍭矢前其羽短之使前重志矢不前羽較長喪禮則鍭矢骨鏃異於金鏃志矢無鏃短衞異於骨鏃不前羽按鍭矢前羽謂羽爲翦因之志矢之羽亦謂之翦故云一曰矢羽从羽歬聲卽淺切十二部

翁頸毛也山海經天帝之山有鳥黑文而赤翁漢郊祀歌赤鴈集六紛員殊翁雜五采文急就篇鳥翁按俗言老翁者假翁爲公也周禮酒人注假翁爲滃从羽公聲烏紅切九部

翄翼也飛部曰𩙣翄也翼篆文𩙣也从羽支聲施智切十六部

⿰羽氏翄或从羽氏支氏同部魏都賦翄翄精衞李云說文翄亦翅字叔皮反今音祇翄飛貌也按廣韵翍翍飛皃巨支切小雅提提羣飛貌是移切

⿰革羽翄也小雅如鳥斯革毛云革翼也韓詩作⿰革羽云翄也毛用古文假借字韓用正字而訓正同廣雅⿰革羽翄翼也魏都賦雲雀踶甍而矯首壯翼摛鏤於青霄注踶則舉羽翮用勢若將飛而尚住此如鳥斯⿰革羽之謂許不言詩曰者省文非有意也从羽革聲古翮切古音在一部

翹尾長毛也班固白雉詩發皓羽兮奮翹英射雉賦斑尾揚翹按尾長毛必高舉故凡高舉曰翹詩曰翹翹錯薪高則危詩曰予室翹翹从羽堯聲渠遙切二部

翭羽本也謂入於皮肉者也按詩周禮鍭矢士喪禮作翭矢蓋此矢金鏃候物

而中如羽本之入肉故假借通用也 从羽矦聲 乎溝切四部 一曰羽初生兒

翮 羽莖也 莖枝柱也謂衆枝之柱翮亦謂一羽之柱莖翮雙聲唐風肅肅鴇行毛曰行翮也亦於雙聲求之上文云鴇羽鴇翼故不得以行列釋之也 从羽鬲聲 下革切十六部

翑 羽曲也 凡從句者皆訓曲釋木曰句如羽喬上句曰喬然則羽曲者謂上句反鄉 从羽句聲 其俱切古音在四部讀如鉤釋嘼云馬後足皆白翑

羿 羽之羿風 羿疑當爲开开平也羽之开風謂摶扶搖而上之狀 亦古諸矦也 此謂有窮后羿邑部曰窮夏后時諸矦夷羿國也弓部曰㢣帝嚳射官夏少康滅之 一曰射師 淮南書曰雖有羿之知而無所用之高云是堯時羿也能射十日繳大風殺窫窳斬九嬰射河伯之知巧也非有窮后羿按許云一曰射師亦謂堯時羿 从羽开 鍇本無聲鉉有蓋會意兼形聲也五計切十五部开合韵也俗作羿

翥 飛舉也 方言曰翥舉也楚謂之翥郭云謂軒翥也西京賦鳳騫翥於甍標 从羽者聲 章庶切五部

翕 起也 釋詁毛傳皆云翕合也許云起也者但言合則不見起言起而合在其中矣翕从合者鳥將起必斂翼也 从羽合聲 許及切七部

翾 小飛也 九歌翾飛兮翠曾按荀子喜則輕而翾假翾爲儇也 从羽睘聲 許緣切十四部

翬 大飛也 釋鳥曰鷹隼醜其飛也翬郭云鼓翅翬翬然疾 从羽軍聲 許歸切古音在十三部 一曰伊雒而

南雉五采皆備曰翬 釋鳥伊洛而南素質五彩皆備成章曰翬王后褘衣刻繒爲之形而采畫之 詩曰有翬斯飛 小雅斯干文今詩作如唐玄度從鍇說文皆作有按毛詩作有則與如鳥斯革合爲一事翬訓大飛或許所據毛詩如此與鄭不同未可知也鄭云此章四如又云翬者鳥之奇異者則作如顯然翬訓後一義

翏 高飛也从羽㐱 㐱新生羽而飛也羽毛新生豐滿可以高飛也莊子翏翏謂長風之聲此引伸之義力救切三部匡謬正俗云翏古文戮字湯斷云予則孥翏女按翏正翏之譌假借字

翩 疾飛也 魯頌傳曰翩飛皃泰六四翩翩虞曰離飛故翩翩 从羽扁聲 芳連切古音在十二部

翜 捷也 釋詁曰際接翜捷也郭云捷謂相接續也按翜捷皆謂敏疾敏疾則際接無痕其義相成也許舉其本義故下云飛之疾也以釋从羽今俗語霎時者當作此止部曰疌疾也俗通用捷疌翜疊韵 飛之疾也 从羽夾聲讀若濇 濇不滑也與澀同義而雙聲讀若濇即讀若澀山洽切七部 一曰俠也 人部曰俠俜也漢人多用俠爲夾此俠當爲夾或當爲挾

翊 飛皃 漢郊祀歌神之來泛翊翊甘露降慶雲集師古曰翊音弋入切又音立按翊字本義本音僅見於此經史多假爲昱字以同立聲也釋言曰昱明也尚書五言翌日皆訓明日一言翌室訓明室天寶閒盡改爲翼凡尚書翼字訓敬訓輔與訓明者溷同無別自衞包始漢魏晉唐初皆有翌日無翼日郭璞玄應李善引尚書皆作翌日自同其字又同其音以十部立聲之字讀一部異聲之與職切字書韵書

承譌襲繆小顏弋入力入之音無有採者矣又吳都賦云拉擸廣雅拉擸飛也力荅徒合二切拉同翊此亦翊之本義本音也

从羽立聲 大徐用唐韵與職切非也

𦐇 飛盛皃 按廣雅拉擸即說文之翊𦐇疊韵字也

从羽冃 鉉曰犯冃而飛是盛也按从冃者莊子所云翼若垂天之雲也土盍切八部

翡 羽盛皃也 羽大徐作飛集韵翡翡羽翼盛

从出羽聲 侍之切一部

翱 翱翔 此複舉字之未刪者

翔也 釋名翱敖也言敖遊也翔佯也言仿佯也按仿佯徘徊也左傳作方羊方蒲郎切

从羽皐聲 五牢切二部

翔 回飛也 釋鳥鳶烏醜其飛也翔郭云布翅翱翔高注淮南曰翼上下曰翱直刺不動曰翔曲禮室中不翔鄭曰行而張拱曰翔此引伸假借也按翱翔統言不別析言則殊高注析言之也夏小正黑鳥浴浴也者飛乍高乍下也此所謂翼上下曰翱也

从羽羊聲 似羊切十部按古多讀如羊

𦒉 飛聲也 詩釋文引說文羽聲也字林飛聲也此俗以字林改說文之證毛傳云𦒉𦒉衆多也此謂鳳飛羣鳥從以萬數毛此傳下文多吉士多吉人爲說許說其字義故不同也

从羽歲聲 呼會切十五部

詩曰鳳皇于飛𦒉𦒉其羽 大雅文

翯 鳥白肥澤皃 大雅白鳥翯翯毛傳曰翯翯肥澤也釋文引字林亦云鳥白肥澤曰翯毛則言肥澤而白在其中也白部曰皠鳥之白也何晏賦皠皠白鳥翯翯與皠音義皆同賈誼書作皜皜孟子作鶴鶴趙注與毛傳合

从羽高聲 胡角切古音在二部

詩曰白鳥翯翯

翌 樂舞㠯羽𦑊自翳其首㠯祀星辰也 𦑊同翳翳猶覆也周禮舞師云教皇舞帥而舞旱暵之事注鄭司農云翌舞蒙羽舞書或爲皇或爲義樂師云有皇舞注故書皇作翌鄭司農云翌舞者以羽冒覆頭上衣飾翡翠之羽翌讀爲皇書亦或爲皇按大鄭從故書作翌後鄭則從今書作皇云襍五采羽如鳳皇色持以舞許同大鄭惟不云衣飾翡翠羽又不同經文舞旱暵之事而云祀星辰耳蓋本賈侍中周官解故○禮注文今攷定 从羽王聲讀若皇 胡光切十部按此等字小篆皆未必有之專釋古經古文也

翇 樂舞執全羽㠯祀社稷也 樂師有帗舞有羽舞注故書帗作翇皇作翌鄭司農云翇舞者全羽羽舞者析羽社稷以翇及玄謂帗析五采繒今靈星舞子持之是也按今本脫帗作翇三字又將大鄭注翇改爲帗非也舞師注亦有脫大鄭及許皆從故書作翇以字从羽故知爲全羽後鄭從今書作帗以字从巾故知析五采繒也 从羽犮聲讀若紱 文選注引倉頡篇曰紱綬也許無紱字而見於此翇分勿切十五部

翳 翳也所㠯舞也 釋言曰翢纛也纛翳也王風毛傳曰翿纛也翳也翳翢翿同字毛傳本釋言翳也之上當本有纛字此熠燿燐也燐熒火也之例也陳風傳則約之云翿翳也許本之許無纛字者無毐部亦無縣部無所入也王風音義曰纛俗作纛爾雅音義曰纛字又作纛五經文字曰纛作纛譌開成石經周禮爾雅正作纛今本爾雅音義譌舛葉林宗鈔本不誤纛从縣毐會意與縣从系毐會意同从毐者如艸之盛也淺

人改从毒謂爲諧聲耳郭注爾雅云今之羽葆幢舞者所以自蔽翳王風左執翿陳風值其鷺羽值其鷺翿傳云值持也鷺鳥之羽可以爲翳翌字下云樂舞以羽翿自翳其首皆謂舞也射則用翿旌見鄉射禮喪則天子鄉師執纛御匶諸侯匠人執翿御匶周禮注作執翿襍記作執羽葆然則翿也纛也羽葆也異名而同實也漢羽葆幢以犛牛尾爲之在乘輿左騑馬頭上或云在衡 从羽設聲 徒到切古音在三部按釋文多音平聲 詩曰左執翿 翳

華蓋也 司馬相如傳曰泰山梁父設壇場望華蓋劉歆遂初賦奉華蓋於帝側西京賦華蓋承辰薛綜曰華蓋星覆北斗王者法而作之蔡邕曰凡乘輿車皆羽蓋金華爪張衡賦曰羽蓋葳蕤葩瑵曲莖又曰樹翠羽之高蓋薛綜云羽蓋以翠羽覆車蓋也按以羽故其字从羽翳之言蔽也引伸爲凡蔽之偁在上在旁皆曰翳 从羽殹聲 於計切十五部

翣 棺羽飾也 羽衍文棺飾本周禮周禮喪縫棺飾焉衣翣柳之材檀弓周人牆置翣又飾棺牆置翣鄭曰翣以布衣木如攝與喪大記注漢禮翣以木爲筐廣三尺高二尺四寸方兩角高衣以白布畫者畫雲氣其餘各如其象柄長五尺車行使人持之而從既窆樹於壙中按翣柳皆棺飾也鄭云以布衣木又引漢禮況之經無用羽明文以其物下垂故从羽也 天子八諸侯六大夫四士二 禮器曰天子八翣諸侯六翣大夫四翣喪大記君黼翣二黻翣二畫翣二此諸侯六翣也大夫黻翣二畫翣二此大夫四翣也周禮注天子又有龍翣二 下𠂹从羽 翣者下垂於棺兩旁如羽翼然故字从羽非真羽也故居末焉从羽之上當有如羽二字

妾聲周禮故書翣作接鄭司農云接讀爲翣引檀弓周人牆置翣春秋傳四翣不蹕接與翣皆假借字也山洽切八部

文三十四　重一

隹鳥之短尾總名也短尾名隹別於長尾名鳥云總名者取數多也亦鳥名翩翩者鵻夫不也本又作隹象形職追切十五部凡隹之屬皆从隹

雅楚烏也一名鸒一名卑居秦謂之雅楚烏烏屬其名楚烏非荊楚之楚也烏部曰鷽卑居也卽此物也鄘善長曰按小爾雅純黑返哺謂之慈烏小而腹下白不返哺者謂之雅烏爾雅曰鸒斯卑居也孫炎曰卑居楚烏犍爲舍人以爲壁居說文謂之雅莊子曰雅賈馬融亦曰賈烏按卑居之爲壁居如史記卑耳之山卽齊語辟耳之山卑壁同十六部卑俗作鵯音匹非也雅之訓亦云素也正也皆屬假借从隹牙聲五下烏加二切古音在五部

隻鳥一枚也雙下曰隹二枚也隹鳥統言不別耳从又持隹持一隹曰隻二隹曰雙依韵會訂字之意隻與雙皆謂在手者旣乃泛謂耳之石切古音在五部按此字次第當在𢿱雒以下

雒忌欺也各本作鵋䳢今考爾雅音義當作忌欺釋鳥曰鵅鵋䳢玄應引作忌欺釋鳥又曰怪鴟舍人曰謂鵂鶹也南陽名鉤鵅一名忌欺然則忌欺與怪鴟一物玄應以爲關西名訓侯關

東名訓狐皆此也按萑部雖舊舊留不云卽雒未知許意爲一不鵅卽雒字各家音格但今江蘇此鳥尚呼鉤雒鵋雒音同洛則音格者南北語異耳又按自魏黃初以前伊雒字皆作此與雍州渭洛字迥判曹丕云漢忌水改洛爲雒欺世之言也詳水部　从隹各聲盧各切五部

閵今閵逗似鴝鵒而黃今閵鳥名玉篇作含閵　从隹㒳省聲良刃切十二部

𨶹籀文不省

巂巂周逗燕也各本周上無巂此淺人不得其句讀刪複舉之字也釋鳥巂周燕燕乙孫炎舍人皆云一物三名郭景純陸德明誤讀說文滅去一曰二字乃以子巂釋巂周矣巂周子巂異物而同字文選七命巂䴙猩脣李云呂氏春秋曰肉之美者巂燕之髀此燕名巂周之證今本味篇不同　从隹屮象其冠也冠猶首也㕯聲戶圭切十六部按㕯聲在十五部合韵也曲禮立視五巂巂借爲規字漢之越巂卽此字音髓或以作巂別之誤　一曰已下別一義　蜀王望帝婬其相妻慙亡去爲子巂鳥　故蜀人聞子巂鳴皆起曰是望帝也依爾雅音義訂子巂亦曰子規卽杜鵑也人化爲鳥固或然之事而常璩曰有王曰杜宇號曰望帝其相開明決玉壘山以除水害遂禪位於開明升西山隱焉時適二月子鵑鳥鳴故蜀人悲子鵑鳥鳴也說略同楊雄蜀王本紀

䧿䧿鳥也此與鳥部鴋各物　从隹方聲讀若方府良切十部

雀依人小鳥也今俗

云麻雀者是也其色褐其鳴節節足足禮器象之曰爵爵與雀同音後人因書小鳥之字爲爵矣月令鴻鴈來賓爵入大水爲蛤高注呂覽曰賓爵老爵也棲宿於人堂宇有似賓客故謂之賓爵又有似雀而色純黃者曰黃雀戰國策云俛啄白粒仰棲茂樹詩所謂黃鳥也 从小隹讀與爵同 小亦聲也卽略切古音在二部

𨾊 𨾊鳥也 也廣韵作名 从隹犬聲 五隹切古音當在十四部 睢陽有𨾊水 睢陽前後志皆屬梁國按玉篇邑部邪胡灰切睢陽鄉名邪卽猚字有猚水而後有邪鄉也集韵類篇字作郲

雗 雗鷽也 三字一句此與鳥部鶾各物鳥部曰雗鷽山鵲知來事鳥也 从隹軗聲 侯榦切十四部

雉 有十四種 目下文 盧諸雉 張揖上林賦注曰盧白雉也按上林自謂水鳥然張語必爾雅古說 鷮雉 各本作喬誤鳥部曰鷮走鳴長尾雉也 卜雉 各本作鳪誤鳥部無鳪釋鳥作鳪郭云黃色鳴自呼 鷩雉 鳥部曰鷩赤雉也又曰鵔鸃鷩也 秩秩海雉 郭云如雉而黑在海中山上陸曰秩秩本又作失失 翟山雉 見羽部 雗雉 郭與鶾雉爲一許爲二陸云雗字又作翰 卓雉 卓今爾雅作鵫郭云今白鵫也江東呼白雗亦名白雉 伊雒而南曰翬 雒各本作洛誤釋鳥曰伊洛而南素質五彩皆備成章曰翬見羽部 江淮而南曰搖 釋鳥江淮而南青質五彩皆備成章曰鷂夫人揄狄鄭云謂衣畫搖者揄衣部作褕云翟羽飾衣也義同毛傳 南方曰𠷎 賈逵杜預注左傳𠷎作翟按𠷎

與翟韵部相近但上文已有翟則作𪇆爲得也今爾雅作𪇆東方曰甾今爾雅作鶅北方
曰稀今爾雅作鵗西方曰蹲今爾雅作鷷十四雉皆見釋鳥从隹矢聲
直几切十五部按雉古音同夷周禮雉氏掌殺艸故書作夷氏大鄭从夷後鄭从雉而讀如鬀今本周禮作薙者俗製也左傳
五雉爲五工正夷民者也楊雄賦辛雉鄣辛夷漢地理志南陽雉縣舊音弋爾反江夏下雉縣如淳音羊氏反皆古音也
𨾦古文雉从弟弟聲雊雄雉鳴也言雄雉鳴者別於鷕之爲雌雉鳴也
小雅雉之朝雊尚求其雌邶風有鷕雉鳴下云雉鳴求其牡按鄭注月令云雊雉雉鳴也是雊不必系雄鷕則毛公系諸雌亦望
文立訓耳若潘安仁賦雉鷕鷕而朝雊此則所謂渾言不別也顏延年顏之推皆云潘誤用未執於訓詁之理雷始
動雉乃鳴而句其頸乃字依尚書正義補句各本誤雊依小弁正義正夏小正正月雷震
雉雉雊也者鳴鼓其翼也正月必雷雷不必聞唯雉必聞之何以謂之雷震則雉雊相識以雷小正古本依太平御覽藝文類
聚訂當如是初學記所引乃徐堅妄改也言雷於鴈雉魚之閒故知雷雉一事也釋雊爲鳴鼓其翼者讀雊爲敂敂擊也動也
雞鳴必鼓其翼知雉鳴亦必鼓其翼也許云句其頸與大戴異鼓其翼句其頸皆狀其鳴也洪範五行傳曰正月雷微動而雉
雊雷通氣也易通卦驗雉雊雞乳在立春節立春在十二月月令季冬雉雊皆謂雷鳴地中時也句音鉤曲也句其頸故字从
句从隹句句亦聲古候切四部今鉉本候作侯誤雞知時畜也从

隹奚聲古兮切十六部 鷄 籒文雞从鳥 雛 雞子也雞子雞之小者也淮南天子以雛嘗黍高曰雛新雞也呂覽注云雛春鷚也郭景純言今呼少雞爲鷚則二注正同王制春薦韭韭以卵卵謂少雞古者少雞亦曰卵方言雞雛徐魯之閒謂之𨾴子按雛引伸爲凡鳥子細小之偁釋鳥曰生哺鷇生噣雛

从隹芻聲士于切古音在四部 鶵 籒文雛从鳥 雡 鳥大雛也此與鷚別而俗通用鷚高注呂覽曰雛春鷚也吳都賦翳薈無鷹鷚按爾雅音義文選李注引說文同鍇本作天鸙誤 从隹翏聲力救切三部 一曰雉之莫子爲雡釋鳥字作鷚郭云晚生者

離 離黃逗各本無離淺人誤刪如巂周刪巂之比依爾雅音義廣韵補 倉庚也豳風毛傳曰倉庚離黃也月令注云倉庚驪黃也釋鳥曰倉庚鶩黃也又曰鶩黃楚雀又曰倉庚商庚然則離黃一物四名按說文離鵹不類則不謂一物又按毛傳黃鳥搏黍也不云即倉庚倉庚下亦不云即黃鳥然則黃鳥非倉庚焦氏循云鄭箋稱黃鳥宜食粟又云緜蠻小鳥皃顯非倉庚玉裁謂蓋今之黃雀也方言二云驪黃或謂之黃鳥此方俗語言之偶同耳陸機乃誤以倉庚釋黃鳥 鳴則蠶生月令仲春倉庚鳴內宰職曰仲春詔后帥外內命婦始蠶于北郊 从隹离聲呂支切古音在十六部今用鸝爲鸝黃借離爲離別也

雕 鷻也鳥部曰鷻雕也假借爲琱琢琱零字 从隹周聲都僚切二部古音在三部考工記故書雕或爲舟 鵰 籒文雕

从鳥 䧹 䧹鳥也 左傳如鷹鸇之逐鳥雀釋鳥鷹來鳩郭云來當爲爽按左傳爽鳩氏司寇也杜曰爽鳩鷹也 从隹从人 鍇曰鷹隨人所指蹤故從人按鴈鴈亦从人 瘖省聲 此十字依韵會訂瘖在七部而䧹在六部者合韵冣近也於陵切 鷹 籒文䧹从鳥 按䧹蓋古文也小篆從之从隹从瘖省聲籒文則从鳥而應省聲非兼用隹鳥也 𨿅 𨾴也 今江蘇俗呼鷂鷹盤旋空中攫雞子食之大雅云懿厥哲婦爲梟爲鴟莊周云鴟得腐鼠是也爾雅有鴟鴞怪鴟茅鴟皆與單言鴟者各物 从隹氐聲 處脂切十五部 鴟 籒文𨿅从鳥 今多从籒 𨾴 鴟也从隹垂聲 是僞切古音在十七部 雃 石鳥一名雝渠一曰精列 毛傳曰脊令雝渠也飛則鳴行則搖不能自舍爾釋鳥作鵖鴒俗字也精列者脊令之轉語 从隹幵聲 苦堅切十二部 春秋傳秦有士雃 見左傳襄九年按雃當是士會之後傳云秦人歸其帑其處者爲劉氏蓋處者不皆爲劉氏或雃之後乃改氏劉 雝 雝渠也 渠鳥部作𪇰鉉本同 从隹邕聲 於容切九部經典多用爲雝和辟雝隸作雍 雂 雂鳥也 廣韵云句喙鳥本字林 从隹今聲 巨淹切古音在七部 春秋傳有公子苦雂 見左傳昭廿一年若鉉本及唐石經皆作苦 雁 雁鳥也 此與鳥部鴈別鴈从鳥爲鵝雁从隹爲鴻雁禮舒鴈當作舒雁謂雁之舒者以

別於眞雁也舒雁謂之鴈猶舒鳧謂之鶩也經典鴻雁字多作鴈毛傳曰大曰鴻小曰鴈按鴻大也非鳥名 从隹
从人 雁有人道人以爲摯故从人 厂聲 厂呼旱切雁五晏切十四部 ⿰黎隹 黎黃也
三字句⿰黎隹字林省作⿰𥝢隹又作鵹⿰𥝢隹黃卽離黃見離下⿰黎隹離異
部而雙聲故⿰黎隹黃與離黃異名但二字不類廁其說未聞
从隹黎聲 郎兮切十五部 一曰楚雀也 一曰謂一名也見釋鳥 其色黎
黑而黃 黎黑皃月令注作驪亦謂黑色 雐 虐鳥也从隹虍聲 荒烏切五
部虧字從此 雓 牟毋也 毋音無鉉作母誤釋鳥鴽牟毋鄭注公食大夫禮月令皆作鴽毋無也毋與牟
無與毋皆音同也今二注舛譌蔡邕月令章句鴽爲鶉鷃之屬
時則訓注云鴽鶉也李巡云鴽鷃一名鴾毋郭云鴽鷃也按內
則爾雅皆鶉鴽竝舉則不可云鴽卽鶉也 从隹奴聲 人諸切五部按經典皆从如聲 鴽 雓或
从鳥 雇 九雇 逗 農桑候鳥扈民不婬者也 左傳昭十
七年郯子曰五鳩鳩民者也五雉爲五工正利器用正度量夷民者也九扈爲九農正扈民無淫者也皆以同音訓詁鳩民者
勼民也夷民者古雉與夷音同也扈民者戶民也杜曰扈止也左傳屈蕩戶之漢書王嘉戶殿門失闌注皆曰戶止也此扈同
戶戶下目護也 从隹戶聲 侯古切五部今用爲雇僦字 春雇鳻盾夏雇竊
玄秋雇竊藍冬雇竊黃棘雇竊丹行雇唶唶宵

扈嘖嘖桑扈竊脂老扈鷃也 鴳當从集韵類篇作鴳鷃也各本作鷃也今依廣韵與釋鳥合賈服注左皆作鷃鷃按疊字則當作晏晏鳥聲也一字則當作鴳鳥部曰鴳扈也是也賈侍中云春扈分循相五土之宜趣民耕種者也夏扈竊玄趣民耘苗者也秋扈竊藍趣民收斂者也冬扈竊黄趣民蓋藏者也棘扈竊丹為果驅鳥者也行扈唶唶晝為民驅鳥者也宵扈嘖嘖夜為農驅獸者也桑扈竊脂為蠶驅雀者也老扈鷃鷃趣民收麥令不得晏起者也舍人樊光蔡邕說皆同故皆為農桑候鳥扈民不淫者少昊之官督民農桑者取其名亦戶民不使淫逸者也

扈或从雩 从鳥雩聲

籀文扈从鳥 今爾雅同籀

𨿽屬也 按說文或言屬或言別言屬而別在焉言別而屬在焉言𨿽屬則雜非𨿽也焦氏循曰說文隼下云一曰鶉字鶉卽鷻省䡄人鳥旟七斿以象鶉火鳥隼為旟則鶉火之鶉卽鷻左傳童謠鶉之賁賁下舉鶉火證之則詩之言奔奔者當亦是鷻惟有縣鶉兮毛特訓為小鳥乃為鶉鴾也按內則有鶉羹詩猶特鶉皆謂食物 **从隹𦎫聲** 常倫切十三部

雜屬也从隹酓聲 恩含切七部太平御覽引有一曰年毋四字

籀文𨿽从鳥

雄鳥也 漢武帝造鳷鵲觀在雲陽甘泉宮外 **从隹支聲** 章移切十六部 **一曰雄度** 未聞或曰蓋如長三丈高一丈為雄度廣以廣度高以高

琟鳥肥大琟琟然也 然依韵會補詩傳云大曰鴻小曰鴈當作此琟字謂鴈之肥大者也 **从隹**

工聲戶工切九部𪁉琟或从鳥玄應曰鳿古文琟聲類以爲鴻鵠之或字𨾊繳𨾊也繳𨾊者謂縷繫矰矢放散之加於飛鳥也按繖蓋字當作此亦取先斂後放也从隹㪤聲穌旰切十四部一曰飛𨾊也林部曰㪤分離也隿繳射飛鳥也經傳多假弋爲之从隹弋聲从弋者如以弋爲的也與職切一部雄鳥父也从隹厷聲羽弓切古音在六部雌鳥母也从隹此聲此移切十五十六部䍜覆鳥令不得飛走也得依廣韵補网部有罩捕魚器也此與罩不獨魚鳥異用亦且䍜非网罟之類謂家禽及生獲之禽慮其飛走而籠䍜之故其字不入网部今則罩行而䍜廢矣从网隹讀若到都校切二部雋鳥肥也各本作肥肉也今依廣韵廣韵不云說文然必說文舊本也不言鳥則字何以从隹蒯通著書號曰雋永言其所說味美而長也惟野鳥味可言雋故从弓从弓隹補二字弓所㠯射隹說从弓之意徂沇切十二部長沙有下雋縣前後志同𨿽飛也从隹隓聲山垂切古音在十七部○魋如小熊赤毛而黃从隹鬼聲各本無此篆據言部讂篆下曰从言魋聲必當有此篆但大徐補入鬼部未當今依爾雅補入隹部獸可言隹也杜回切十五部

文三十九今補雝則四十　重十二

奞 鳥張毛羽自奮奞也奞依篇韵補奮奞雙聲字从大佳大其隹也張毛羽故从大凡奞之屬皆从奞讀若睢息遺切十五部按又先晉切

奪 手持隹失之也引伸爲凡失去物之偁凡手中遺落物當作此字今乃用脫爲之而用奪爲争敓字相承久矣脫消肉臞也徒活切鄭康成說禮記曰編簡爛脫脫音奪从又奞又手也持隹而奞少縱卽逝也徒活切十五部

奮 翬也翬韵羽部曰翬大飛也雉雞羊絕有力皆曰奮从奞在田上田猶野也方問切十三部詩曰不能奮飛邶風文毛云奮翼卽許云張毛羽自奮奞也

文三

雈 雖屬雖雖也釋鳥萑老兔郭云木兔也似鴟鵂而小兔頭从隹从𦫳有毛角說从𦫳之意毛角者首有蔟毛如角也所鳴其民有旤凡雈之屬皆从雈讀若和當若桓二云若和者合韵也雈葦字以爲聲胡官切十四部

蒦 規蒦逗商也从又持雈規蒦二字蓋古語釋之曰商也蓋手持雈則恐其奪去圖所以處之是曰規蒦乙號切五部一曰視遽皃矍下云一曰視遽皃蒦與矍形聲皆相似故此義同一曰蒦逗度

也度徒故切漢志曰寸者忖也尺者蒦也故蒦爲五度之度鳥飛起止多有中度者故雉蒦皆訓度度高廣皆曰雉

彠蒦或从尋尋亦度也寸部曰度人之㓝臂爲尋八尺也楚辭曰求矩彠之所同見離騷王曰矩法也彠度也高注淮南曰矩方也彠度法也

雚雚爵也三字句爵當作雀雚今字作鸛鸛雀乃大鳥各本作小爵誤今依太平御覽正陸機疏云鸛鸛雀也亦可證陸二云似鴻而大莊子作觀雀土部垤下鳥部鳳下皆作鸛係俗改从雈吅聲工奐切十四部詩曰雚鳴于垤豳風文今詩作鸛釋文曰本又作雚

舊雖舊逗舊畱也釋鳥怪鴟舍人曰謂鵂鶹也南陽名鉤鵅一名忌欺按今字爲新舊字从雈臼聲巨救切古音在一部

鵂舊或从鳥休聲按毛詩舊在一部音轉入三部乃別製鵂字音許流切矣角部但云鴟舊

文四　重二

𦫳羊角也玉篇曰𦫳𦫳兩角皃廣韵曰𦫳𦫳羊角開皃象形知爲羊角者於芊字知之也凡𦫳之屬皆从𦫳讀若乖工瓦切篇韵又乖買切古音在十六十七部

𠔁戾也犬部曰戾曲也曲則不伸故爲睽離从𦫳八八部曰八分也八𦫳作北乖从𦫳从北皆取分背之意各本此下有八古文別此淺人所妄增說詳八部卜部凡許自注云古文某者皆見於許書乃部別下未嘗有

八古文別之云也亦豩从北以兆與北形相似也古懷切古音蓋在十六部

芇 相當也 廣韻曰今人賭物相折謂之芇按廣雅芇當也亡殄亡安二切俗本譌作𦬊 闕 此謂闕其形也从𦫳則知之矣𦫳取兩角相當从冂則不可知也以㒼从芇聲求之則三直均長 讀若宀 母官切古音蓋在十二部

文三

苜 目不正也从𦫳目 𦫳者外向之象故爲不正 凡苜之屬皆从苜讀若末 模結切十五部

瞢 目不明也 周禮眂祲六曰瞢注云日月瞢瞢無光也按小雅視天夢夢與瞢音義同也又左傳亦無瞢焉小爾雅瞢慙也此引伸之義 从苜从旬旬目數搖也 苜旬皆不明之意木空切古音在六部廣韻武登切是也

莧 火不明也 按火當作目淺人所改也假令訓火不明則當入火部矣此部四字皆說目 从苜从火 火易眩故从火 苜亦聲 莫結切十五部 周書曰布重莧席 顧命文今作敷重蔑席蔑衞包又改爲篾俗字也莧者蔑之假借字也 莧席 二字今補 纖蒻席也 纖各本作織今正馬融二云蔑纖蒻王肅二云蔑蔑席纖蒻苹席則許亦當作纖纖與蔑皆細也莧者蔑之假借馬王謂底席爲青蒲席則謂蔑席爲纖蒻席許說當同之艸部曰蒻蒲子可以爲苹席也蒲子蒲之幼稚者細於蒲故謂之纖蒻鄭注四席皆謂竹席與馬許不同詳尚書撰異莧蓋壁

中古文蔑蓋孔安國以今文字讀之易爲蔑讀與蔑同上文已云苜亦聲此專謂莧席言

蔑勞目無精也目勞則精光茫然通作眛如左傳公及邾儀父盟于蔑晉先蔑公穀皆作眛是也引伸之義爲細如木細枝謂之蔑是也又引伸之義爲無如亡之命矣夫亦作蔑之命矣夫是也左傳嚴蔑字然明此以相反爲名字也从苜从戍人勞則蔑然也說从戍之意戍人㝡勞者此十字依廣韵韵會訂莫結切十五部

文四

羊祥也疊韵考工記注曰羊善也按譱義美羙字皆从羊从𦫳象四足尾之形謂干也與章切十部孔子曰牛羊之字以形舉也許多引孔子言如王士儿豕羊大貉烏皆是也凡羊之屬皆从羊

芈羊鳴也各本中筆直今依五經文字篆韵譌正气出不徑直也从羊象气上出與牟同意凡言某與某同意者皆謂其製字之意同也緜婢切十六部

羔羊子也虞氏注說卦傳爲羊作爲羔云女使也妾與羔皆取位賤鄭本作陽云讀爲養无家女行賃炊爨今時有之賤於妾也二說字異義同武進臧鏞堂曰羔者養之誤也从羊照省聲古牢切二部

羜五月生羔也謂羔生五月者

也釋畜毛傳皆云羜未成羊也郭云俗呼五月羔爲羜 从羊宁聲讀若煑 直呂切五部

𦍩六月生羔也 廣雅羍𦍩羜撲羔也 从羊敄聲讀若霚 各本作霧 說文無今正亡遇切古音在三部

羍小羊也 羊當作羔字之誤也羜𦍩皆曰羔羍又小於羔是初生羔也薛綜荅韋昭云羊子初生名達小名羔未成羊曰羜大曰羊長幼之異名初學記引羍七月生羔也藝文類聚引七月生羊也與陸德明引穎達所據不同似未可信按生民誕彌厥月先生如達毛曰達生也姜嫄之子先生者也此不可通當是經文作羍傳云羍達也先生姜嫄之子先生者也達他達切卽滑達字凡生子始生較難后稷爲姜嫄始生子乃如達出之易故曰先生如羍先釋羍後釋先生者欲文義顯箸文法與白華傳先釋煁後釋桑薪正同鄭箋知字訓爲羊子云如羊子之生媟矣尊祖之詩似不應若是且嘼類之生無不易者何獨取乎羊詩箋不云達讀爲羍則知毛詩本作羍毛以達訓羍謂羍爲達之假借也凡故訓傳之通例如此用毛說改經改傳改箋使文義皆不可通則淺人之過而已 从羊大聲讀若達同 他末切十五部

𦍒羍或省 按此不當从入當是从人大人也故或从人羊有仁義禮之德故从人

䍮羊未卒歲也 廣雅吳羊牡一歲曰牯䍮三歲曰羝其牝一歲曰牸䍮三歲曰牂 从羊兆聲 治小切二部 或曰羠羊百斤ナ又爲䍮 羠各本作夷小徐釋以殷紂時夷羊非也今依急就篇顏注正劇羊易肥故有重百斤左右者 讀若春

秋盟于洮見僖八年釋文洮他刀反羠挑音同

羝牡羊也見大雅毛傳从羊氐聲都兮切十五部

羒牡羊也各本作牂羊誤今依初學記正釋嘼羊牡羒郭曰謂吳羊白羝廣韵羒白羝羊也國語土之怪羵羊羵者雌雄未成从羊分聲符分切十三部

牂牝羊也各本作牡羊誤今正釋嘼毛傳內則注皆曰牂牝羊角部觟下云牂羊生角者也羖羊無無角者故詩以童羖爲難牂羊多無角故殊之从羊爿聲按許無爿字五經文字曰爿音牆有所受之也牂則郎切十部

羭夏羊牝曰羭牝各本作牡誤按釋嘼夏羊牝羭牡羖自郭所據牝牡字已互譌引之者多誤因之竄改說文今正下文夏羊牡曰羖亦有譌作夏羊牝曰羖者牝牡字易互譌而羖必是牡則知羭必是牝爾雅牝羭牡羖猶上文云牡羒牝牂也急就篇牂羖羯羠挑羝羭師古曰牂吳羊之牝也羝牂羊之牡也羭夏羊之牝也羖夏羊之牡也此所據說文尚不誤左傳曰攘公之羭杜曰羭美也牝羊美於牡者故內則八珍亦用牂歸藏齊母亦曰兩壺兩羭夏羊謂黑羊郭注爾雅云白者吳羊黑者夏羊从羊俞聲羊朱切四部

羖夏羊牡曰羖此牡字大小徐皆不誤今刻大徐本誤牝假令羖是牝則下文安得云犗乎从羊殳聲公戶切五部

羯羊羖犗也羊羖當作羖羊廣雅曰羖羊犗曰羯牛部曰犗者騬牛也按小雅傳出童羖鄭云羖羊之性牝牡有角則鄭謂羖羊兼有牡牝與許說殊疑鄭說即郭所云今人便以牂羖名白黑羊也黑羊則名羖牝牡皆角故

童羖爲羺白羊則名羒牝者多無角故許別言羒羊生角者 从羊曷聲 居謁切十五部 羠 騬羊也 夏羊犗曰羯吳羊犗曰羠也爾雅說文皆無吳羊之名單言羊則謂白羊也馬部曰騬犗馬也貨殖傳其民羯羠不均謂很如羊也 从羊夷聲 徐姊切十五部 羳 黃腹羊也 見釋嘼 从羊番聲 附袁切十四部 羥 羊名也从羊巠聲 口莖切十一部按初學記引說文楷閑反蓋本音隱考工記羼字故書或作羥劉音羥苦顏反皆雙聲合韵也左傳郲子羥卒穀梁作瞯 𦏁 羊名从羊執聲汝南平輿有𦏁亭讀若晉 春秋蔡滅沈杜預司馬昭皆云平輿有沈亭疑沈亭即𦏁亭也𦏁从執聲執與沈皆七部字也讀若晉之晉疑有誤大徐即刃切篇韵同 羸 瘦也 引伸爲凡瘦之偁又假借爲纍字易羸其角羸其瓶或作纍或作虆其意一也 从羊𣎆聲 力爲切十六部 䍴 羊相䍴積也 各本誤今依篇韵補正䍴積疊韵字猶委積也夏小正三月䍴羊傳曰羊有相還之時其類䍴䍴然其䍴積之謂與 从羊委聲 於僞切十五部 𦏸 羊相䍴積也 積各本作積今依玉篇 从羊責聲 子賜切十六部 羣 輩也 若軍發車百兩爲輩此就字之從車言也朋也類也此輩之通訓也小雅誰謂爾無羊三百維羣犬部曰羊爲羣犬爲獨引伸爲凡類聚之偁 从羊君聲 渠云切十三部五經文字曰俗作群 [illegible] 羣羊相積也 一

曰黑羊也 字林有羥字黑色也左傳左輪朱殷祇作殷許意黑羊曰羥借爲凡黑之偁 从羊垔聲 烏閑切十四部

䍧羊名蹏皮可㠯割黍 未聞 从羊此聲 此思切按當从廣韵此移切十五十六部

美甘也 甘部曰美也甘者五味之一而五味之美皆曰甘引伸之凡好皆謂之美 从羊大 羊大則肥美無鄙切十五部 羊在六畜主給膳也 周禮膳用六牲始養之曰六畜將用之曰六牲馬牛羊豕犬雞也膳之言善也羊者祥也故美从羊此說从羊之意 美與善同意 美譱義羑皆同意

羌西戎 句按此當有也字商頌自彼氐羌箋云氐羌夷狄國在西方者也王制曰西方曰戎是則戎與羌一也 羊種也 各本作从羊人也廣韵韵會史記索隱作牧羊人也學者多言牧羊人爲是其實非也下文言僰焦僥字乃从人東夷字乃从大南方蠻閩字从虫北方狄字从犬以其犬種也東北方貉字从豸以其豸種也故字皆不从人假令羌字从人牧羊則既人之矣何待僰僥字始从人哉且何不入儿部而入羊部哉是則許謂爲羊種與蛇種犬種豸種一例各本作牧羊人似取風俗通竄改御覽引風俗通曰羌本西戎卑賤者也主牧羊故羌字从羊人因以爲號按應氏風俗通其語有襲用說文者有竄改說文者其說貉不从豸種之說亦見御覽則說羌不从羊種正同今正 从羊儿 各本作从人从羊誤也今正羊儿者羊種而人衍也 羊亦聲 去羊切十部 南方蠻閩从虫 見虫部南方蠻東南閩越此云南方者槩言之 北

方狄从犬見犬部東方貉从豸見豸部豸部云北方此云東者謂東北方也西方羌从羊此六種也上文祇有四種不得言六或云此當作有謂羌有六種明堂位爾雅所云六戎也今按亦非文義當云皆異種也以引下文从人从大之字西南僰人僬僥从人僰人之人膭字焦各本作僬誤僰僥字皆見人部蓋在坤地頗有順理之性坤順也在西南此說僰僥字得从人之意唯東夷从大大部曰夷平也从大弓東方之人也大人也天大地大人亦大故大象人形僰焦僥略有人性故進之字从人東夷俗仁故又進之字从大夷俗仁仁者壽有君子不死之國山海經有君子之國有不死民後漢書東夷傳曰仁而好生天性柔順易以道御有君子不死之國焉孔子曰道不行欲之九夷乘桴浮於海見論語公冶長篇子罕篇有以也漢地理志曰東夷天性柔順異於三方之外故孔子悼道不行設桴於海欲居九夷有以也夫自南方蠻閩已下揔論四夷字各不同之意

[illegible]古文羌如此不得其說

羑進善也進當作道道善導以善也顧命誕受羑若馬曰羑道也文王拘羑里尚書大傳史記作牖里从羊羊善也故从羊久聲與久切三部按此字又見厶部曰㕗古文文王拘羑里在蕩陰蕩各本作湯誤今正水部正作蕩陰漢二志皆

云河內郡蕩陰有羑里城西伯所拘音湯

文二十六　重二

羴　羊臭也臭者气之通於鼻者也羊多則气羴故从三羊从三羊式連切十四部凡羴之屬皆从羴

羶　羴或从亶亶聲也今經傳多从或字

羼　羊相廁也釋名曰廁襍也从羴在尸下尸屋也尸者屋之省此說从尸之意初限切十四部一曰相出前也相廁者襍廁而居相出前者突出居前也顏氏家訓曰典籍錯亂皆由後人所羼此相出前引伸之義

文三　重一

瞿　䧹隼之視也隼亦鷙字也知爲鷹隼之視者以从隹䀠知之也吳都賦曰鷹瞵鶚視經傳多假瞿爲䀠見䀠下从隹䀠䀠亦聲凡瞿之屬皆从瞿讀若章句之句古音句讀如鉤别之曰章句之句知許時章句已不讀鉤矣九遇切四部又音衢錯本有此三字音當作若

矍　隹欲逸走也隹當作隼也當作皃隼欲逸走而未能矍矍然震上六視矍矍馬云中未得之皃人之中未得者如隼之欲逸走也从又持之瞿瞿也瞿瞿各本

作矍矍今正又持之而瞿瞿然故其字爲矍 讀若詩云穬彼淮夷之穬泮水憬彼淮夷憬下既引之而此作穬假借字也詩釋文則云憬說文作懬音穬今心部懬下佚此文文選注引韓詩則作獷矍在五部讀若从廣聲字者十部與五部同入也九縛切 一曰視遽皃前義自鷹隼言後義自人言東都賦西都賓矍然失容善注引驚視皃

文二

雔 雙鳥也按釋詁仇讎敵妃知儀匹也此讎字作雔則義尤切近若應也當也讎物價也怨也寇也此等義則當作讎度古書必有用雔者今則讎行而雔廢矣 从二隹凡雔之屬皆从雔讀若醻市流切三部

靃 飛聲也此字之本義也引伸爲揮霍爲靃靡靃靡音選委切 从雨雔各本少此三字今補呼郭切五部俗作霍 雨而雔飛者其聲靃然說从雨之意

雙 隹二枚也見隹部隻下方言飛鳥曰雙鴈曰乘 从雔又持之所江切九部

文三

雥 羣鳥也許善心神雀頌嘉睨雥集 从三隹徂合切七部 凡雥之屬

皆从雥䨇鳥羣也如𣶒爲水聚从雥𣶒聲烏玄切十二部

雧羣鳥在木上也引伸爲凡聚之偁漢人多假襍爲集从雥木秦入切七部

集雧或省今字作此

文三　重一

鳥長尾禽緫名也釋鳥音義引長尾羽衆禽揔名也按厹部云禽走獸總名此不同者此依釋鳥二足而羽謂之禽也短尾名隹長尾名鳥析言則然渾言則不別也象形鳥之足侣匕从匕鳥足以一該二能鹿足以二該四都了切二部凡鳥之屬皆从鳥

鳳神鳥也天老曰天老黃帝臣鳳之像也麐前鹿後蛇頸魚尾龍文龜背燕頷雞喙五色備舉麐前鹿後各本作鴻前麐後又魚尾下有鸛顙鴛思四字按爾雅釋文大雅卷阿正義初學記論語疏所引皆作麐前鹿後皆無鸛顙鴛思四字惟左傳正義同今本蓋唐人所據原有二本左疏所據非善本也天老對黃帝之言見韓詩外傳今外傳亦無此四字郭氏山海經圖讚曰八象其體五德其文云八象則益爲十者非矣今皆更正五德其文者首文曰德翼文曰順背文曰義腹文曰信膺文曰仁也見山海經出於東方君子之國見羊部羌下翺翔四海

之外過崐崘崐崘當作昆侖飲砥柱濯羽弱水弱水部作溺莫
宿風穴二語見淮南書文選注引許慎曰風穴風所從出也見則天下大安寧
黃帝周成王之世是也从鳥凡聲馮貢切古音在七部荀卿書引詩有鳳有皇樂帝之心當作有皇有
鳳與心為韻朋古文鳳象形象其首及羽翼鳳飛羣鳥從以萬
數故以為朋黨字此說假借也朋本神鳥以為朋黨字韋本相背也以為皮韋烏本孝鳥也
以為烏呼子本十一月陽气動萬物滋也人以為偁凡此四以為皆言六書假借也朋黨字何以借朋鳥也鳳飛則羣鳥從以
萬數也未製鳳字之前假借固已久矣猶習聞鳳至者為之也六部七部音取相近故朋在六部蒸登韻小篆鳳入七部侵韻
也鵬亦古文鳳既象其形矣又加鳥旁蓋朋者取初古文鵬者踵為之者也莊子書化而為鳥
其名為鵬崔云古鳳字按莊生寓言故鯤魚子也鵬羣鳥之一也而皆云大不知其幾千里鸞赤神靈
之精也赤各本作亦誤今依藝文類聚埤雅集韻類篇韻會正後漢書注廣韻皆引孫氏瑞應圖曰鸞赤神之精
也春秋元命包曰離為鸞赤色五采謂赤多而五采畢具也後漢書輿服志鸞雀立衡雀豹古今注五路
衡上金雀金雀者朱鳥也或謂朱鳥者鸞也後漢太史令蔡衡曰多赤色者鳳多青色者鸞其說非是月令鸞路鄭云取有虞
氏之車有鸞和之節為名春言鸞夏言色互文然則鄭不謂鸞鳥青色矣雞形郭注西山經云舊說鸞似雞鳴

中五音鑾下曰鈴象鸞鳥聲和頌聲作則至周成王之世是也西山經曰見則天下安寧从鳥䜌聲洛官切十四部周成王時氐羌獻鸞鳥見逸周書王會篇

鸑鸑鷟逗鳳屬神鳥也从鳥獄聲五角切三部春秋國語曰周之興也鸑鷟鳴於岐山周語內史過說韋曰三君云鸑鷟鳳之別名也按三君者侍中賈逵侍御史虞翻尚書僕射唐固也許云鳳屬於賈小異劉逵曰鸑鷟鳳雛也說又異江中有鸑鷟似鳧而大赤目此言江中鸑鷟別是一物非神鳥或許所記或後人所增不可定也上林賦屬玉吳都賦作鸀鳿郭璞曰屬玉似鴨而大長頸赤目紫紺色劉逵曰如鶩而大長頸赤目其毛辟水毒陳藏器曰鸀鳿主治沙蝨短狐蝦鬚等病能唼病人身出含沙射人之沙箭如鴨而大眼赤觜斑玄中記曰水狐者其形蟲也其氣乃鬼也鴛鴦鸑鷟蟾蜍好食之合是四說知鸑鷟卽鸀鳿云似鴨眼赤者亦正與許合

鷟鸑鷟也从鳥族聲士角切三部

鷫鷫鷞也从鳥肅聲息逐切三部五方神鳥也東方發明南方焦明西方鷫鷞北方幽昌中央鳳皇劉昭引叶圖徵云似鳳有四司馬相如傳揜焦明又焦明已翔乎寥廓張揖曰焦明似鳳西方之鳥按西字疑誤左傳唐成公有兩鷫爽馬賈逵曰色如霜紈馬融說鷫爽雁也其羽如練高首而脩頸

馬似之天下稀有高注淮南云鸘鷞長頸綠色似鴈賈馬高等所說蓋別一鳥非西方神鳥

鷞 司馬相如說从叜聲 按肅叜同在三部鸘鷞皆可讀如搜也蓋凡將字如此

鷞 鸘鷞也 从鳥爽聲 所莊切十部

鳩 鶻鵃也 按今本說文奪譌鳩與雉雇皆本左傳鳩爲五鳩之總名猶雉爲十四雉之總名雇爲九雇之總名也當先出鳩篆釋云五鳩鳩民者也乃後云鶻鳩鶻鵃也雝祝鳩也秸鞠尸鳩也鴡王鴡鴡鳩也鴡鳩鷙鳥故別爲類廁之而䧹爲爽鳩已見於隹部矣度說文古本當如是今本以鳩名專系諸鶻鵃則不可通矣毛詩召南傳曰鳩尸鳩秸鞠也衞風傳曰鳩鶻鳩也月令注曰鳩搏穀也經文皆單言鳩傳注乃別爲某鳩此可證鳩爲五鳩之總名經傳多假鳩爲逑爲勼辵部曰逑斂聚也勹部曰勼聚也 从鳥九聲 居求切三部

鶌 鶌鳩鶻鵃也 鶻鵃二字依爾雅補釋鳥曰鶌鳩鶻鵃小雅宛彼鳴鳩毛曰鳴鳩鶻鵃也衞風于嗟鳩兮無食桑葚毛曰鳩鶻鳩也食桑葚過則醉而傷其性鶻鳩食桑葚毛蓋目驗而知鶌與鶻音同郭云今江東亦呼爲鶻鵃似山鵲而小短尾青黑色多聲卽是此也舊說及廣雅皆云班鳩非也按此郭注見左正義今本不完左傳鶻鳩氏司事也鶻鳩春來冬去而多聲故詩小宛謂之鳴鳩若陳風魯頌之鴞毛皆謂惡聲之鳥則必鉤雉之類而非司事之鳥矣 从鳥屈聲 九勿切十五部

鵻 祝鳩也 小雅翩翩者鵻釋鳥鵻其鳺鴀毛傳曰鵻夫不也南有嘉魚傳曰鵻壹宿之鳥左傳祝鳩氏司徒也杜曰祝鳩鵻鳩也鵻鳩孝故爲司徒主教民樊光注爾雅亦云孝故爲司

徒郭云今鶌鳩也按鶌鳩今俗呼爲勃姑鶌勃語之轉鶌卽爾雅之夫不也 从鳥隹聲 詩釋文鵻音隹本又作隹按釋鳥直作隹職追切十五部大徐思允切

雂 鵻或从隹一 从一者謂壹宿之鳥也箋云壹宿者壹意於其所宿之木也毛詩爾雅音義云鵻本作隹蓋是本作隹轉寫譌之耳廣韵及大徐鵻思允切未爲非也 一曰鶉字 按此鶉字卽鷻字轉寫混之詩四月鶉陸德明釋文云字或作鷻可證毛詩兩言隼俱無傳四月匪鷻匪鳶傳曰鷻鵰也蓋隼人所習知故不詳其名物隼與鷻當是同物而異字異音隼當在十五部鷻當在十三部也祝鳩與鷻異物而同字同音豈因鳩鷹互化而謂爲一物與依鄭則鷹化布穀非雖化祝鳩也○按陽湖莊氏述祖依韵會作一曰鷻子證之以兩京賦薛解云隼小鷹也余始從其說繼思作一曰鷻字爲是異字同義謂之轉注異義同字謂之假借隼與鷻同音同字是亦假借也謂隼亦卽鷻字也此外蚰部蠹下一曰螟字謂蠹亦卽螟字大部奰下或曰拳勇字謂奰亦卽拳字也此三條一例今本鳥部或作鷻子蚰部作螟子者失之

鶻 鶻鵃也 按鶻鵃二篆宜蒙鶌篆類廁乃中隔以祝鳩豈轉寫倒易與小宛釋文云鶻字林作鶻云骨鵃小種鳩也不云說文作鶻而係字林且字林鶻作骨豈鶻鵃二篆說文本無而後人益之與 从鳥骨聲 古忽切十五部

鵃 鶻鵃也从鳥舟聲 張流切三部按鶻音骨鵃郭音嘲釋文音陟交反凡鳥名多取其聲爲之郭云今江東亦呼爲鶻鵃正謂江東皆呼骨嘲而定此音也

鵴 秸鵴 逗 尸鳩也 秸各本作桔今依廣韵會說文無此字卽稭字也

釋鳥曰鳲鳩䳗鵴毛傳尸鳩秸鞠也字異音同方言作結誥擊穀郭云今之布穀也江東呼爲穫穀按今之郭公也以穀雨後鳴古名今名皆像似其音爲之左傳曰鳲鳩氏司空也召南序云德如尸鳩曹風傳云尸鳩之養其子朝從上下莫從下上平均如一月令仲春鷹化爲鳩鄭云鳩搏穀也季春鳴鳩拂其羽鄭云鳩鳴飛翼相擊趨農急也鄭意鳴鳩卽搏穀鳴鳩猶鳩鳴也與蔡邕孫炎謂此鳴鳩爲鶻鵃不同

从鳥簐聲居六切三部

鴿 鳩屬也鳩之可畜於家者狀全與勃姑同

从鳥合聲古沓切七部

鶡 渴鴠也月令作曷旦坊記作盍旦鄭云夜鳴求旦之鳥方言作鶡鴠鴇鴠廣志作侃旦皆一語之轉此渴旦當同月令作曷旦淺人改之誤用渴爲飢渴字耳太平御覽引鴠可旦也冣爲古本曷旦可旦鳥語如此故云求旦之鳥

从鳥旦聲得案切十四部

鶪 伯勞也夏小正作百鷯月令注作博勞詩箋作伯勞古音同也鶪夏小正孟子作鴂乃雙聲假借字小正月令皆云五月鳴鵙豳風曰七月鳴鶪左傳曰伯趙氏司至者也

从鳥狊聲古闃切十六部

⿰狊隹 鶪或从隹

鷚 天蘥也鷚今本作鷚蘥今本作鸙宋本李燾本作鷚作龠釋鳥鷚天鸙釋文曰鷚字又作鷚鸙說文作蘥今從之玉篇鸙天蘥也許無鸙字郭云大如鷃雀色似鷚好高飛作聲今江東名之天鷚音綢繆之繆按此與隹部雡異義

从鳥翏聲力救切三部陸云說文力幼反本音隱

鸒 卑居也見隹部雅下卑音壁

从鳥與聲羊茹切五部

鷽 雗鷽逗山鵲句

知來事鳥也隹部鵻下但云鵻鷽此乃足之淮南書乾鵠知來而不知往高曰乾鵠鵲也人將有來事憂喜之徵則鳴此知來也知歲多風卑巢於木枝人皆探其卵故曰不知往也乾讀如乾燥之乾鵠讀告退之告太平御覽引乾鵠知來而不知往此修短之分也注乾鵠鵲也見人有吉事之徵則修修然凶事之徵則鳴啼而知來歲多風則巢於下枝而童子乃探其卵而不知各有所能故曰修短之分也此正文作乾鵲與高本作乾鵠異注亦小異必是許注玉裁謂釋鳥鷽山鵲未嘗云雗鷽也高許注淮南皆曰鵲也未嘗云山鵲也廣雅亦云鳱鵠鵲也不云山鵲然則釋鳥鷽山鵲爲一物說文當云雗鷽鵲也爲一物今本山字淺人依爾雅增之避太歲知來歲風知人憂喜知行人將至此正今之喜鵲其性好晴故曰乾鵲雗乾雃同鷽鵠同射有正鵠正之言正鵠之言較較者直也非取名於鳱鵠也鳱鵠非小而難中之鳥也从鳥學省聲胡角切三部

雤鷽或从隹

鷲鷲鳥鷲字今補黑色多子山海經其獸多鹿麐就郭引廣雅鷲雕也李將軍傳是必射雕者服虔曰雕一名鷲黑色多子可以其毛作矢羽按廣雅鷻鵰鷲鷲雕也統言之許雕鷲爲一鵰爲一鷻爲一析言之師曠曰南方有鳥名曰羌鷲黃頭赤目五色皆備此別一鳥名羌鷲非鷲也藝文志小說家有師曠六篇豈許所偁與今世有禽經係之師曠其文理淺陋蓋因說文此條而僞造吳都賦彈鸞鶁劉注引師曠曰云云蓋本說文不知字何以作鶁李音京廣韵十二庚有鶁字注羌鶁也玄應書引說文赤目作赤咽从鳥就聲

疾僦切三部 鴞 鴟鴞 逗鴟當作雖雖雞也雖鴞則為寧鴞雖舊則為舊留不得舉一雖字謂為同物又不得因鴞與梟音近謂為一物又不得因雖鴞與鴟鵂音近謂為一物也雖舊不可單言雖雖鴞不可單言鴞凡物以兩字為名者不可因一字與他物同謂為一物 寧鴞也 釋鳥鴟鴞鸋鴞豳風毛傳同方言曰桑飛有工爵過贏女匠鷦鴞懱爵諸名陸璣曰鴟鴞似黃雀而小取茅秀為窠以麻紩之如刺襪然或謂之襪爵按郭氏因一雖字謂寧鴞必雖屬後人淚信之者謂此鳥呼既取我子之鳥而告之耳不知鳥名多自評開端一句正是鳥聲 从鳥号聲 于嬌切二部按今人讀許嬌切非

鴂 寧鴂也 小正孟子借鴂為鵙離騷恐鵜鴂之先鳴揚雄作鷤鴂或釋為子規或釋為伯勞未得其審而廣韵乃合鷤鴂鶗鴂為一物凡物名因一字相同而溷誤之類如此 从鳥夬聲 古穴切十五部

⿰祟鳥 鳥也 廣韵曰小鳥名 从鳥祟聲 辛聿切十五部

鴋 澤虞也 釋鳥鴋澤虞釋文鴋本或作鶭說文作鴋郭云今婟澤鳥常在澤中有象主守之官按此釋澤虞之意謂若周禮之澤虞也楊雄二云鳸鳩或謂之鴋鶔蓋尸鳩之一名耳孫氏乃援以注爾雅之鴋澤虞不知其斷句本異 从鳥方聲 分兩切十部此不得牽合鶔鴋

⿰截鳥 ⿰截鳥鳥也 ⿰截鳥之言小也小鳥名也篇韵皆云小雞 从鳥截聲 子結切十五部

⿰桼鳥 ⿰桼鳥鳥也 从鳥桼聲 親吉切十二部

鴩 鋪豉也 二徐上字皆作鋪宋刻鉉本李燾本不作鋪也爾雅作鋪釋鳥鴩鋪豉此必鳥聲如二云鋪豉自郭氏已未

詳矣从鳥失聲徒結切十二部鶤鶤雞也釋鳥雞三尺爲鶤郭曰陽溝巨鶤古之名
雞釋文字或作鵾九辯鵾雞啁哳而悲鳴王二云奮翼鳴呼而低昂王正謂雞三尺者也高注淮南曰鶤雞鳳皇別名張揖注上
林賦曰昆雞似鶴黃白色則非釋鳥所云矣許意不謂雞曾亦不謂鳳皇故其字廁於此蓋與張說同也从鳥軍
聲讀若運古渾切十三部鴁鴁鳥也各本鸛鶨鴁等字皆刪今補三字句疑即釋鳥
之鴁頭从鳥芺聲烏浩切二部鴭鴭鳥也从鳥臼聲居玉切三
部鷦鷦䳌逗桃蟲也桃蟲見周頌釋鳥曰桃蟲鷦其雌鴱毛傳亦二云桃蟲鷦也鳥之始小
終大者箋二云鷦之所爲鳥題肩也或曰鴞按單呼曰鷦絫呼曰鷦䳌鷦䳌謂其小也取義於焦眇也桃蟲之桃亦取兆聲謂其
小列子盜驪之馬廣雅作駣驆荀卿戰國策作纖離郭注穆天子傳二云爲馬細頸此桃訓小之證也郭注爾雅二云俗呼爲巧婦
注方言二云桑飛即鷦鷯也今亦名爲巧婦按許意巧婦者其所謂雎鴂寧鴂也鷦鷯者其所謂鷦䳌也許二之郭一之陸機疏
分別與許合从鳥焦聲即消切二部䳌鷦䳌也从鳥眇聲眇小
也亡沼切二部鶹鳥少美長醜爲鶹離邶風瑣兮尾兮畱離之子毛二云畱離鳥也
少好長醜釋鳥曰鳥少美長醜爲鶹鷅鶹與畱鷅與離皆同也詩字本作畱爾雅注及音義可證詩音義則淺人改易之按此
詩以少好長醜比衛臣始有小善終無成功陸疏乃謂流離梟也其子長大還食其母絕非爾雅毛鄭許諸君意也从

鳥畱聲力求切三部

鷬鳥也今爲難易字而本義隱矣从鳥堇聲那干切十四部按堇聲在十三部合韵也

鷬或从隹今難易字皆作此

古文鷬

古文鷬

古文鷬

欺老也釋鳥鷬鷬老下云扈鴳按許上文說九扈既云老扈鴳也則以老下屬與賈逵樊光同此以老上屬下云鴳扈也復與舍人李巡孫炎同葢兩從未定也欺老未詳何鳥从鳥彖聲丑絹切十四部

⿰兊鳥鳥也玉篇水鳥也从鳥兊聲弋雪切十五部

⿰主鳥鳥也篇韵皆云水鳥黑色从鳥主聲天口切四部

⿰昏鳥鳥也廣韵鳥似翠而赤喙玉篇作鴖作鷭从鳥昏聲武巾切古音在十三部

刀鷯逗剖葦句釋鳥鴩鷯剖葦鴩者刀之俗字郭云好剖葦皮食其中蟲因名云按爾雅說文之剖葦自是刀鷯之別名今本說文食其中蟲四字淺人用郭注羼入也能剖葦故名刀鷯刀與剖義相應改刀爲鴩讀丁堯切非也玉篇云鷦鷯亦作鴩鷯其說尤誤鷦鷯爲小鳥刀鷯則不甚小觀郭云似雀青斑長尾則大於鷦鷯可知也食其中蟲四字當刪从鳥尞聲洛蕭切二部

鶠鳥也其雌皇釋鳥鶠鳳其雌皇說者便以鳳皇釋之據許則有鳥名鶠鳳非可以鳳釋鶠也鳥字葢鳳之誤三字一句从鳥匽聲於幰切十四部一曰鳳皇也此別一義與說爾雅者同

瞑⿰言鳥

也廣韵曰小青雀也按廣韵蓋謂卽竊脂从鳥旨聲旨夷切十五部鵅烏鸔也見釋鳥郭云水鳥也按此與隹部雒音同義別从鳥各聲盧各切五部鸔烏鸔也从鳥㬥聲蒲木切古音在二部鶴鶴鳴九皋聲聞于天鶴字今補此見詩小雅毛曰皋澤也言身隱而名著也爾雅無鶴故併詩後人鶴與鵠相亂从鳥隺聲下各切古音在二部鷺白鷺也釋鳥曰鷺舂鉏周頌魯頌傳曰鷺白鳥也按大雅白鳥翯翯白鳥謂鷺傳不言者人所共知也漢人謂鷺為白鳥也於頌則以人所知說其所不知此傳注之體也陸氏疏云好而潔白故謂之白鳥此白鷺當作白鳥許之例多因毛傳也舂鉏者謂其狀俯仰如舂如鉏从鳥路聲洛故切五部鵠黃鵠也黃各本作鴻今依玄應書李善西都賦注正戰國策黃鵠游於江海淹於大沼奮其六翮而淩清風賈生惜誓曰黃鵠一舉兮知山川之紆曲再舉兮知天地之圜方凡經史言鴻鵠者皆謂黃鵠也或單言鵠或單言鴻从鳥告聲胡沃切三部鴻鴻逗此複舉字之未刪者鵠也黃鵠一名鴻豳風鴻飛遵渚毛曰鴻不宜循渚鴻飛遵陸毛曰陸非鴻所宜止按鄭箋祇云鴻大鳥不言何鳥學者多云雁之大者夫鴻鴈遵渚遵陸亦其常耳何以毛云不宜以喻周公未得禮正謂一舉千里之大鳥常集高山茂林之上不當循小州之渚高平之陸也經傳鴻字有謂大雁者如曲禮前有車騎則載飛鴻易鴻漸于磐是也有謂黃鵠者此詩是也單呼鵠絫呼黃鵠鴻鵠黃言其色鴻之言琟也言其大

也故又單呼鴻雁之大者曰鴻字當作瑒而假借也从鳥江聲戶工切九部鵚禿鵚也小雅毛傳鵚禿鶖也張尚對孫皓曰鳥之大者有禿鶖古今注曰扶老禿秋也大者頭高八尺李時珍說其形甚詳云頭項皆無毛此其觧禿之故乎从鳥未聲七由切三部尗聲秋聲同在三部也鶖鵚或从秋秋聲鴛鴛鴦也小雅傳曰鴛鴦匹鳥也古今注曰雌雄未嘗相離按鸂鶒者鴛鴦屬也从鳥夗聲於袁切十四部鴦鴛鴦也二字雙聲从鳥央聲於良切十部鵽鵽鳩也釋鳥鵽鳩郭連下文寇雉為一物釋鳥寇雉泆泆郭云即鵽鳩也據許不云寇雉也則許讀不同郭也郭云鵽大如鴿出北方沙漠地俗名突厥雀按南都賦歸雁鳴鵽黃稻鱻魚以為勺藥若莊子逸篇云青鵽愛子忘親此必別是一物也从鳥叕聲丁刮切十五部鵱蔞鵝也釋鳥鵱鷜鵝郭云今之野鵝按篇韵皆以鵱鷜為句許作蔞而下屬則古讀不同蔞鵝鳥名今不定為何鳥也論衡云蚺蟬雀則失鷜从鳥坴聲力竹切三部按鵱篆錯本在部末鴚鴚鵝也三字句方言鴈自關而東謂之鴚鵝南楚之外謂之鵝或謂之鶬鴚廣雅鴚鵝倉鴚鴈也本此按楊張所云鴈者鴻雁也許以鴻雁字系佳部此不云鴚鵝雁也知許意不為鴻雁鴚字亦作駕鵝太玄作鴚鵝子虛上林反離騷南都賦皆作駕鵝古作駕鵝山海經駕鳥魯大夫榮駕鵝皆即駕鵝也古加聲與可聲同音張揖注上林賦曰駕鵝野鵝也然則非家鵝亦非鴻雁鴻雁屬也許意當同○魯大夫榮駕鵝左

傳漢書皆作駕與山海經同毛居正云从馬誤毛非也釋文宋刊皆作駕通志堂乃於定元年改作鴐 从鳥可聲 古俄切十七部爾雅音義曰說文音河郭音加

鵝 䳘鵝也 从鳥我聲 五何切十七部

鴈 鵝也 鴈與雁各字鵝與䳘鵝各物許意隹部雁爲鴻雁鳥部鴈爲鵝䳘鵝爲野鵝單呼鵝爲人家所畜之鵝今字雁鴈不分久矣禮經單言鴈者皆鴻雁也言舒鴈者則鵝也爾雅舒鴈鵝是也李巡云野曰鴈家曰鵝鵝謂之舒鴈者家養馴不畏人飛行舒遲也是則當作舒雁謂雁之舒者也雁在野鵝爲家雁也儀禮出如舒鴈不言如鴈內則舒鴈翠別於下文鴈腎鵝之名舒鴈顯然而某氏注爾雅云在野舒翼飛遠者爲鴈以爾雅舒鴈爲一物鵝爲一物非是鵝固有單呼鴈者如莊子命豎子殺鴈而亯之謂鵝也王褒僮約云鴈鶩百餘者爲鵝鴨別於上文云繳鴈彈鶩者爲雁鳧蓋雁鴈不分久矣許當云鴈舒雁也舒雁鵝也文乃備 从鳥人 鵝依人故同雁從人 厂聲 厂呼旱切鴈五晏切十四部

鶩 舒鳧也 几部曰舒鳧鶩也與釋鳥同舍人李巡云鳧野鴨名鶩家鴨名許於鳧下當云鳧水鳥也舒鳧鶩也文乃備左傳疏云謂之舒鳧者家養馴不畏人故飛行遲別野名耳某氏注云在野舒飛遠者爲鳧非是詞章家鳧亦呼鶩此如今野人雁亦呼雁鵝也春秋繁露張湯問祠宗廟或以鶩當鳧可用否仲舒曰鶩非鳧鳧非鶩也以鶩當鳧名實不相應以承大廟不可此舒鳧與鳧之判廣雅云鳧鶩䳄也此統言而未析言之也 从鳥敄聲 莫卜切三部

鷖 鳧屬也 大雅鳧鷖傳曰鳧水鳥也鷖鳧屬也按此謂鳧屬非謂舒鳧屬也周禮王后之五路

安車彫面鷖總故書鷖或爲緊鄭司農云緊讀爲鳧鷖之鷖鷖總者青黑色以繒爲之按於此知此鳥青黑色也陸孔皆引倉頡解詁曰鷖鷗也一名水鴞許云鷗水鴞而不云鷖鷗也則許不謂一物也鳧屬者似鳧而別其釋鳥之鸍沈鳧乎从鳥殹聲烏雞切十五十六部詩曰鳧鷖在梁梁當作涇大雅文

鸈鸊逗鳧屬南都賦其鳥則有鸈鶂鷈鶬李引說文曰鸈鸊鳧屬按鶂皆鸊之誤故李音雅札反與集韵牛轄切同若鶂則五歷切在今錫韵不相謀也从鳥契聲古節切十五部李善苦札切廣韵古黠切

鸊鸈鸊也从鳥辟聲魚列切十五部集韵牛轄切

鸏水鳥也史記上林賦說水鳥有煩鶩鶩徐廣曰煩鶩一作番鸏按矛聲敄聲之字音轉多讀如蒙賦文當依此本从鳥蒙聲莫紅切九部

鷸知天將雨鳥也釋鳥翠鷸李巡樊光郭璞皆云一鳥許於羽部曰翠青羽雀也合此條知其讀不同各爲一鳥从鳥矞聲余律切十五部禮記曰知天文者冠鷸引禮記者漢志百三十一篇中語也左傳鄭子臧出奔宋好聚鷸冠鄭伯聞而惡之使盜殺之君子曰服之不衷身之災也詩曰彼己之子不稱其服子臧之服不稱也夫云不稱者正謂子臧不知天文而冠聚鷸也獨斷曰建華冠形制似縷鹿記曰知天文者服之鄭子臧聚鷸冠前圖此則是也司馬彪輿服志引記曰知天者冠述知地者履絇莊子鷸一作遹然則述者遹之省毛傳遹述也古音同也說苑知天道者冠銶知地道者履蹻則又假銶蹻爲鷸絇字小顏說禮之衣服

圖謂爲術氏冠亦以古音同耳 鷸 鷸或从遹 鷿 鷿鷈也 釋鳥鷉須鸁按單呼曰鷈絫呼曰鷿鷈方言野鳧其小而好沒水中者南楚之外謂之鷿鷉大者謂之鶻鷉南都賦作鸊鶙 从鳥辟聲 普擊切十六部

鷈 鷿鷈也从鳥虒聲 土雞切十六部按鸊鷉鷿鷈皆疊韵

鸕 鸕鷀也 釋鳥鶿鷧郭云卽鸕鷀也按今江蘇人謂之水老鴉畜以捕魚鸕者謂其色黑也鷀者謂其不卵而吐生多者生八九少生五六相連而出若絲緒也有單言鸕者上林賦箴疵鵁盧南都賦鵁鸕是也有單言鷀者釋鳥是也 从鳥盧聲 洛乎切五部

鷀 鸕鷀也从鳥茲聲 疾之切一部

鷧 鷀也从鳥壹聲 乙冀切十五部

鴔 鵖鴔也 釋鳥鵖鴔戴鵀郭云鵀卽頭上勝今亦呼爲戴勝按說文倒之曰鵖鴔疑當從爾雅鵖戴一音也鵖鵀勝一音也呂覽作任勝與任六部七部合音㝡近方言又謂之戴南月令戴勝降於桑鄭云戴勝織紝之鳥郭注方言云勝所以纏紝按木部云勝機持經者糸部云紝機縷也此鳥之首文有如纏機縷之勝故曰戴勝方言又謂之鶝鵖鵖鴔之雙聲也 从鳥乏聲 平立切七部

鵖 鵖鴔也从鳥皀聲 彼及切七部

鴇 鴇鳥也 鴇見詩禮記陸疏曰連蹄性不樹止 肉出尺胾 未聞按內則鴇鷃判謂脅側薄肉也鴇或爲鳵鳵胖在不利人之列此云出尺胾者蓋謂去此尺胾不食其餘可食 从鳥𠦒聲 博好切古音在三部

鳵 鴇或从

包古孚聲包聲同在三部管子周禮注皆作鴇⿰渠鳥雝⿰渠鳥也見隹部雝下从鳥渠聲強魚切五部鷗水鴞也山海經注曰鷗水鴞也按列子作漚从鳥區聲烏侯切四部鴔鴔鳥也从鳥犮聲讀若撥蒲達切十五部鷛鷛鳥也上林賦說水鳥有庸渠史記作鷛⿰渠鳥郭曰鷛⿰渠鳥似鶩灰色而雞足一名章渠吳都賦鷛⿰渠鳥劉注同郭李善音庸渠按此鳥本單呼鷛也从鳥庸聲余封切九部鶃鶃鳥也字見春秋經文十六年水鳥也博物志曰鶃雄雌相視則孕或曰雄鳴上風雌鳴下風孕薛綜曰鶃首者船頭象鶃鳥厭水神按今字多作鷁从鳥兒聲五歷切十六部春秋傳曰六鶃退飛三傳皆同今皆左兒右鳥鷊鶃或从鬲兒聲鬲聲益聲皆十六部也⿰赤鳥司馬相如鶃从赤按赤聲古音在五部而用為鶃字者合韵也蓋凡將篇如此作今上林賦濯鷁牛首紙作鷁鴺鴺胡逗污澤也釋鳥鵜鶘鴮鸅毛傳鵜洿澤鳥也按今爾雅多俗字毛詩作洿澤是也鄭注表記云鵜鶘污澤也污澤善居泥水之中許鄭皆云鵜胡爾雅毛詩不言胡者此鳥本單呼鵜以其胡能抒水故又名鵜胡也國語盛以鴟夷而投之於江惟宋明道二年本作鴟鴺注云鴟鴺革囊按陸疏云鵜胡領下胡大如數升囊若小澤中有魚便羣共抒水滿其胡而棄之令水竭盡乃共食之故曰淘河然則此革囊名鴺亦取能容受之意應劭注漢書曰取馬革為鴟夷鴟夷榼形而楊雄酒箴

曰鴺夷滑稽腹如大壺盡日盛酒人復借酤師古曰鴺夷韋囊以盛酒卽今鴟夷滕也然則凡作夷者皆鵜之省云鴟夷者謂其如鴟之貪如鵜之善受也古音鵜讀同夷 从鳥夷聲 杜兮切十五部 鵜 鵜或从弟 今字多作鵜

鴗 天狗也 見釋鳥郭曰小鳥也青似翠食魚江東呼爲水狗按今所在園池有之謂之魚狗亦謂之魚虎 从鳥立聲 力入切七部

鶬 麋鴰也 見釋鳥郭云今呼鶬鴰郭古曰今關西呼爲鴰鹿山東通謂之鶬鴰俗名爲錯落司馬彪云鶬似鴈而黑 从鳥倉聲 七岡切十部 雒 鶬或从隹

鴰 麋鴰也从鳥舌聲 古活切十五部

鵁 鵁鶄也 三字句釋鳥鳽鵁鶄職方氏揚州其畜宜鳥獸鄭云孔雀鸞鵁鶄鶤犀象之屬史記上林賦鵁鶄漢書作交精爾雅音義曰本亦作交精 从鳥交聲 古肴切二部 一曰鵁鸕也 此謂鵁鶄一名鵁鸕玄應書作一名鵁鸕按上林賦旣云交精旋目又云箴疵鵁盧史記盧作鸕張揖郭璞注皆鵁鸕爲二物與此不同

鶄 鵁鶄也从鳥青聲 子盈切十一部按辭章家有單呼鶄者吳都賦鶄鶴鶖鶬謂四鳥也

鳽 鵁鶄也 鳽者古名鵁鶄者今名此與隹部雃各物 从鳥幵聲 古賢切十二部

鱵 鱵鴜也 上林賦箴疵史記作鱵鴜張揖曰箴疵似魚虎而蒼黑色按鍼貲二音鴜之言觜也觜口也鱵鴜蓋其咮似鍼之銳 从鳥箴聲 職深切七部

鴜 鱵鴜也从鳥

此聲卽夷切十六部○按自鵞舒鳧也至此皆謂水鳥而鴊鶂鴇鶬非水鳥辭章家鋪陳水鳥或舉鴇鶬而不舉鷗

鷻雕也隹部曰雕鷻也今小雅四月匪鶉鶉字或作鷻毛曰鷻雕也隹部隼下曰一曰鶉字鶉者鷻之省鷻鶉字與隹部雜字別經典鶉首鶉火鶉尾字當爲鷻魏風縣鶉內則鶉羹字當爲雜當隨文釋之漢書音義廣雅皆雕鷻爲一鳥許二之且鶚不列於鷙鳥从鳥敦聲度官切古音在十三部詩曰匪鷻匪蔦

鷙鳥也此今之鶚字也咢說文作屰鶚廣雅作鶚古音屰聲咢聲皆在五部五各切作鶚者隸變耳自鷙至鸇九篆皆鷙鳥獨於蔦鶚言之者蔦鶚無他名則直謂鷙鳥而已矣詩匪鷻匪鳶正義鳶作鶚引孟康曰鶚大雕也又引說文蔦鷙鳥也是孔沖遠固知蔦卽鶚字陸德明本乃作鳶云以專反今毛詩本因之又以與專反改說文蔦字之音誤之甚矣鳶夏小正作弋與職切俗作鳶與專切此猶鷕切以水譌爲以沼耳弋者雖也非鶚也从鳥屰聲五各切五部

雖也隹部曰雖雖也雖也又名鷂今之鷂鷹也廣雅曰鷂鴟夏小正謂之弋十有二月鳴弋弋卽雖也弋之字變爲鳶讀與專切鳶行而弋廢矣鳶讀與專切者與鷂疊韻而又雙聲毛詩正義引倉頡解詁鳶卽鴟也然則倉頡有鳶字从鳥弋聲許無者謂鷂爲正字鳶爲俗字也毛詩四月匪鶚說文作匪蔦陸釋文作匪鳶不獨改其字且非其物矣大雅鳶飛戾天魚躍于淵語與四月相類鳶亦當爲蔦箋云鳶鴟之類云類則別於鴟經文字本爲蔦明矣正義又引說文云鳶鷙鳥也此亦引說文蔦鷙鳥而從俗寫爲鳶耳蓋唐初已認蔦爲鳶二字不分故正義不能質言从

鳥閉聲戸閉切十四部

鷂 鷙鳥也釋鳥鴨負雀郭曰鷂也江東呼之爲鴨按鴨古音淫見釋文今音燿見廣韵語之轉也說文鷂卽鴨以其舍捉雀故亦爲鷙鳥从鳥䍃聲弋笑切二部

鷢 白鷢逗王雎也釋鳥曰鷢白鷢郭云似鷹尾上白按釋鳥云雎鳩王雎與鷢白鷢劃分二鳥許乃一之恐係轉寫譌誤非許書本然也當爲正之曰鷢者白鷢楊也鴡者鴡鳩王鴡也乃合毛詩正義曰陸璣疏云雎鳩大小如鴟深目目上骨露幽州人謂之鷲而楊雄許愼皆曰白鷢白鷢似鷹尾上白此是陸璣而非楊雄許愼也楊雄許愼已下孔沖遠語也所謂楊雄者今不見於方言未知其所本从鳥厥聲居月切十五部

鴡 王鴡也按鴡鳩見詩春秋傳傳曰雎鳩氏司馬也五鳩鳩民之一許不當不箸鴡鳩二字王鴡也之上當出鴡鳩乃與前文鷗鳩祝鳩尸鳩爲一例釋鳥雎鳩王雎郭云鵰類今江東呼之爲鶚周南毛傳曰雎鳩王雎也鳥摯而有別摯本亦作鷙古字同从鳥且聲七余切五部

䳢 䳢專逗畐蹂句如誰短尾射之銜矢射人見釋鳥釋鳥作鸛鷒鶝鶔廣韵作鸛鷒按畐蹂蓋其一名郭云又名隮婁羿釋文隮婁古以爲懈惰字上言此鳥捷勁雖羿之善射亦懈惰不敢射也鄭注周禮設其鵠云謂之鵠者取名於鳱鵠鳱鵠小鳥而難中按當是此鳥䳢鳱音近鵠呼雗鵠此鳥狀如鵠故亦謂之鳱鵠从鳥雈聲呼官切䳢專徒端切疊韵十四部

鷐 鷐風也秦風作晨風釋鳥毛傳皆云晨風鸇也郭云鸇屬孟子趙注謂之土鸇从鳥

亶聲 諸延切十四部釋文引說文上仙反

鸇 籒文鸇从廛 廛聲也又作⿰鳥旃戰國策宋康王之時有雀生⿰鳥旃於城之陬新序作鸇一字也今戰國策誤爲鷏通鑑作⿰鳥旃不誤而集韵不收

鷐 鷐風也 一名鶾見羽部 从鳥晨聲 植鄰切十二部毛詩作晨古文假借

鷙 擊殺鳥也 夏小正六月鷹始摯月令鷹隼蚤鷙古字多假摯爲鷙儒行鷙蟲攫搏注曰鷙从鳥摯省聲此注正義本誤郭忠恕所據不誤六月毛傳云輊摯也士喪禮注云輖墊也考工記注云摯輖也然則墊卽摯字摯之或體也鄭注少言字體此言之者蓋鷙上从執俗認爲執聲則當在侵韵而非音理故云摯省聲以正之摯之在質術韵而不在侵緝易明也擊殺鳥者謂能擊殺之鳥自鷻至鷐風皆擊殺鳥也故釋鷙 从鳥从執 各本作从鳥執聲非也許說會意鄭說形聲皆可以知此字之非執聲也不曰从執鳥而曰从鳥从執者惡其以鳥殺鳥傷其類且容所殺不獨鳥也殺鳥必先攫搏之故从執小正傳曰諱殺故言摯然則摯者執也脂利切古音在十二部一作⿱折鳥从折聲則在十五部

鴪 鸇飛皃 秦風鴥彼晨風毛曰鴥疾飛皃許專系諸鸇 从鳥穴聲 按各本篆作鴥陸云鴥說文作鴪今從之余律切古音在十二部 詩曰鴪彼鷐風

鶯 鳥有文章皃 各本作鳥也必淺人所改今正毛詩曰交交桑扈有鶯其羽有鶯其領傳曰鶯鶯然有文章皃皃舊作也非鶯鶯猶熒熒也皃其光彩不定故从熒省會意兼形聲自淺人謂鶯卽鸎字改說文爲鳥也而與下引詩不貫於形聲會意亦不合不可以不辨也 从鳥熒

省聲 熒各本作縈今正說文熒省聲之字共十有九無縈省聲之字烏莖切十一部 詩曰有鶯其羽

鴝 鴝鵒也 今之八哥也左氏春秋昭二十五年有鸜鵒來巢鸜本又作鴝公羊作鸛音權穀梁作鸜亦作鸛考工記作鸛亦作鸜郭注山海經云鸜鵒鴝鵒也按句瞿音同作鸛音權者語轉也鴝與隹部雊各字 从鳥句聲 其俱切四部

鵒 鴝鵒也从鳥谷聲 余蜀切三部 古者鴝鵒不踰泲 見考工記五經異義公羊以爲鸜鵒夷狄之鳥穴居今來至魯之中國巢居此權臣欲自下居上之象穀梁亦以爲夷狄之鳥來中國義與公羊同左氏以爲鸜鵒來巢書所無也彼注云周禮曰鸜鵒不踰濟今踰宜穴而又巢故曰書所無也許君謹案從二傳後鄭駁之云按春秋言來者甚多非皆從夷狄來也從魯疆外而至則言來鸜鵒本濟西穴處今乃踰濟而東又巢爲昭公將去魯國玉裁按先鄭云不踰濟無妨於中國有之駁二傳也作異義時從二傳作說文解字亦引考工記爲證不言夷狄之鳥則從古左氏說許君異義先成說文解字晚定故多有不同異義者不言周禮曰而言古者此以釋左氏書所無也之恉也

雓 鵒或从隹臾 臾聲此如鬼臾區亦爲鬼容區也

鷩 赤雉也 隹部雉十四種有鷩雉釋鳥鷩雉樊光曰丹雉也左傳丹鳥氏司閉也杜曰丹鳥鷩雉也以立秋來立冬去入大水爲蜃周禮鷩冕注曰鷩畫以雉謂華蟲也華蟲五色之蟲繢人職曰鳥獸蛇襍四時五色以章之謂是也考工記鳥獸蛇注曰蟲之毛鱗有文采者也按鄭意鷩爲雉五色不云赤雉也許云赤雉與樊光合 从鳥敝

聲幷列切十五部周禮曰孤服鷩冕司服曰侯伯之服自鷩冕而下如公之服此云孤服
鷩冕者蓋以天子之孤當侯伯鵔鵔鸃逗鷩也師古注上林賦曰鵔鸃鷩也似山雞而小冠背
毛黃腹赤項綠尾紅按許云赤雉者不必全赤謂赤多也劉逵注蜀都賦曰蚰蛦鳥名也如今之所謂山雞注吳都賦曰今所
謂山雞者鷩蛦也合浦有之此蓋皆鷩屬从鳥夋聲私閏切按古音當讀如雞十五部鸃鵔
鸃也从鳥義聲魚羈切古音在十七部秦漢之初侍中冠鵔
鸃佞幸傳曰孝惠時郎侍中皆冠鵔鸃貝帶鷉雉屬戇鳥也戇愚也从鳥啻
聲都歷切十六部鶡佀雉出上黨後書輿服志虎賁羽林皆鶡冠鶡者勇雉也其鬬對一死
乃止故趙武靈王以表武士加雙鶡尾豎左右為鶡冠徐廣曰鶡似黑雉出於上黨从鳥曷聲胡割切十
五部鴧鴧雀也依顏氏家訓廣韵訂佀鶡而青出羌中顏氏家訓曰實
如同得一青鳥呼之為鶡吾曰鶡出上黨數曾見之色並黃黑故陳思王鶡賦云揚玄黃之勁羽試檢說文鴧雀似鶡而青出
羌中韵集音介此疑頓釋漢循吏傳張敞舍鴧雀飛集丞相府蘇林曰今虎賁所箸鶡也師古曰蘇說非也鴧音芥或作鶡此
通用耳鴧雀大而色青出羌中非武賁所箸也武賁鶡者色黑出上黨今時俗人所謂鶡雞音曷非此鴧雀按二書今本舛譌
介誤分芥誤芬鴧誤鶡誤鴧不可讀故全載之據此知郭注山海經云鶡似雉而大青色有毛角鬬死乃止亦誤認鴧為鶡也

今玉篇千晃增韵皆襲漢書誤字 从鳥介聲 古拜切十五部

鸚䳇 逗 能言鳥也 曲禮曰嬰母能言不離飛鳥 从鳥嬰聲 烏莖切十一部

鸚䳇也 从鳥母聲 曲禮釋文嬰本或作鸚母本或作鵡同音武諸葛恪茂后反按裴松之引江表傳曰恪呼殿前鳥爲白頭翁張昭欲使恪復求白頭母恪亦以鳥名鸚母未有鸚父相難此陸氏所謂茂后反也據此知彼時作母作䳇不作鵡鵡至唐武后時狄仁傑對云鵡者陛下之姓起二子則兩翼振矣其字其音皆與三國時不同此古今語言文字變移之證也釋文當云母本或作䳇古茂后反今作鵡音武乃合李善注文選云鵡一作䳇莫口反較明析大徐用唐韵文甫切亦鵡音非䳇音也古音母在一部

鷮 長尾雉走且鳴 依毛詩正義韵會訂部雉十四種有鷮雉小雅有集維鷮毛曰鷮鷮雉也釋鳥鷮雉陸疏云鷮微小於翟走而且鳴曰鷮鷮薛綜曰雉之健者爲鷮尾長六尺按韓詩鄭風二矛重鷮謂以鷮羽飾矛 乘輿尾爲防釳著馬頭上 尾各本作以今從詩正義防釳詳金部按金部云臿以翟尾此云以鷮尾者鷮翟屬也陸疏云似翟而小是也 从鳥喬聲 巨嬌切二部按當依鄭風小雅陸釋文居橋反廣韵玉篇皆音嬌雉聲如是

鷕 雌雉鳴也 邶風有鷕雉鳴又云雉鳴求其牡毛曰鷕雌雉聲也此望文爲義 从鳥唯聲 以沼切古音在十五部釋文引說文以水反字林于水反皆古音也其云以小反者字之譌亦聲之譌也 詩曰有鷕雉鳴

鼺 鼠

形飛走且乳之鳥也走字疑衍釋鳥鼯鼠夷由鼯或作鼯由或作鷉郭云狀如小狐似蝙蝠肉翅飛且乳其飛善從高集下劉淵林陶隱居說略同其物見本艸經上林西京南都吳都諸賦亦名飛生飛而生子故也亦名飛鸓亦名鼺鼠其字惟史記作鸓本艸經作鼺在獸部賦家或作蠝或作猵以其似鳥似獸似蟲似鼠也諸家皆云以肉翼飛而張揖云狀如兔而鼠首以其頾飛此本北山經有獸狀如兔而鼠首以其背飛名曰飛鼠惟張所據背作頾耳不若劉郭說可信也今雲南有之从鳥畾聲說文無畾字當作靁省聲力軌切十五部

鸓籀文鸓鸓省聲也鸓古文鸓

鶾雗雞肥翰音者也各本作雗肥鶾音者也今正曲禮凡祭宗廟之禮雞曰翰音注翰猶長也正義曰雞肥則其鳴聲長也易翰音登于天虞曰翰高也按小雅翰飛戾天毛曰翰高也高飛曰翰因之聲高亦曰翰故鄭云翰猶長也翰音之雞謂之鶾此許以疊韵爲訓也玉篇曰鶾雞肥皃此所據說文古本不誤也若作雗則下文丹雞不可通矣鶾與隹部雗義別从鳥倝聲侯旰切十四部魯郊㠯丹雞祝曰㠯斯翰音赤羽去魯侯之咎此引魯郊禮文證翰音之爲肥雞也各本翰作鶾誤田部曰魯郊禮畜字從田茲作𤰞五經異義曰魯郊禮祝延帝尸風俗通亦言魯郊祀常以丹雞祝曰以斯翰聲赤羽去魯侯之咎

鴳雇也釋鳥鳸鴳舍人李巡孫炎皆云鳸一名鴳鴳雀也玄應曰鴳又作鷃一名鳸一名鷃鴳纂文云關中有鴳濫堆是也按杜注左傳青鳥氏爲鶬鴳而九鳸有老鳸鷃鷃是則別爲二鳥不如玄應所

說也國語晉平公射鴳內則云雉兔鶉鷃鴳又云爵鷃蜩范雇下云老雇鴳也皆不云鴽鴳从鳥安聲烏諫切十四部

鴆毒鳥也左傳正義鴆鳥食蝮以羽翮擽酒水中飲之則殺人按左傳鴆毒字皆作酖假借也酉部曰酖樂酒也从鳥冘聲直禁切古音在八部一曰運日一曰猶一名也廣雅云雄曰運日雌曰陰諧淮南書云暉日知晏陰諧知雨

鷇鳥子生哺者釋鳥生哺鷇郭云鳥子須母食之生噣雛郭云能自食方言北燕朝鮮洌水之閒爵子及雞雛皆謂之鷇从鳥㱿聲口豆切三部

鳴鳥聲也引伸之凡出聲皆曰鳴从鳥口武兵切十一部

鶱飛皃也楚辭鳳鶱翥而飛翔从鳥寒省聲虚言切十四部

鳻鳥聚皃也言繽紛也一曰飛皃也莊子翂翂翐翐司馬云舒遲皃一曰飛不高皃从鳥分聲府文切十三部

文百十六　重十九

烏孝鳥也謂其反哺也小爾雅曰純黑而反哺者謂之烏象形鳥字點睛烏則不以純黑故不見其睛也哀都切五部孔子曰烏亏呼也亏各本作盱今正亏於也象气之舒亏呼者謂此烏善舒气自叫故謂之烏取其助气故以爲烏呼此許語也取其字之聲可以助

乞故以爲烏呼字此發明假借之法蓋朋爲朋黨韋爲皮韋來爲行來西爲東西止爲足子爲人偁一例古者短言於長言烏呼於烏一字也匡繆正俗曰今文尚書悉爲於戲字古文尚書悉爲烏呼字而詩皆云於乎中古以來文籍皆爲烏呼字按經傳漢書烏呼無有作嗚呼者唐石經誤爲嗚者十之一耳近今學者無不加口作嗚殊乖大雅又小顏云古文尚書作烏呼謂枚頤本也今文尚書作於戲謂漢石經也洪适載石經尚書殘碑於戲字尚四見可證也今匡繆正俗古今字互譌 凡

烏之屬皆从烏 古文烏象形 象古文烏省

此卽今之於字也象古文烏而省之亦猶雚省爲萑之類此字蓋古文之後出者此字既出則又于於爲古今字釋詁毛傳鄭注經皆云亏於也凡經多用于凡傳多用於而烏鳥不用此字

舄 䧿也 謂舄卽䧿字此以今字釋古字之例古文作舄小篆作䧿䧿下曰卑居也周禮注曰勛讀爲勳皆以今字釋古字鳥部曰鵲鷽䧿也言其物此云舄䧿也言其字舄本䧿字自經典借爲履舄字而本義廢矣周禮注曰複下曰舄禪下曰屨小雅毛傳曰舄達屨也達之言重沓也卽複下之謂也釋名曰舄腊也複其下使乾腊也 **象形** 烏舄焉皆象形惟首各異故合爲一部七削切古音在五部

䧿 篆文舄从隹昔 昔聲也此亦上部先古文之例䧿猶从烏

焉 焉鳥逗黃色出於江淮 今未審何鳥也自借爲詞助而本義廢矣古多用焉爲發聲訓爲於亦訓爲於是如周禮焉使則介之晉語焉作爰田焉作州兵左傳晉鄭焉依裔焉大國公羊傳焉爾焉門者焉閨者呂覽淮南焉始乘舟

三年問焉爲之立中制節焉使倍之焉使不及也招寃巫陽焉乃下招 象形 有乾切十四部 凡字朋者羽蟲之長烏者日中之禽 淮南書曰日中有踆烏靈憲曰日陽精之宗積而成烏烏有三趾陽之類故數奇 舄者知太歲之所在 淮南書曰蟄蟲鵲巢皆向天一按天一謂太陰所建也博物志曰鵲背太歲然則鵲巢開戶向天一而背歲 燕者請子之候 見乙部 作巢避戊己 亦見博物志陸氏佃羅氏願皆曰燕之來去皆避社又戊己日不取土 所貴者故皆象形 鳥多矣非所貴皆爲形聲字今字作鳳作雝作鵲作鳦作鷰則惟烏焉不改焉 焉亦是也 焉亦象形必有可貴者也按烏舄焉皆可入烏部云從烏省不爾者貴之也貴燕故旣有燕部又有乙部朋何以不別爲部也冠於羣鳥之首矣故傳諸小篆也

文三　重三

說文解字第四篇上

珍倣宋版印

金壇段玉裁注

華 箕屬所㠯推糞之器也 糞各本作弃今依篇韵正推糞者推而除之也 象形 此物有柄中直象柄上象其有所盛持柄迫地推而前可去穢納於其中箕則無柄而受穢一也故曰箕屬北潘切十四部按篇韵皆音畢此古今音不同也 凡華之屬皆从華 官溥說 官溥者博採通人之一也

畢 田网也 謂田獵之网也必云田者以其字從田也小雅毛傳曰畢所以掩兔也月令注曰罔小而柄長謂之畢按鴛鴦傳云畢掩而羅之然則不獨掩兔亦可掩鳥皆以上覆下也畢星主弋獵故曰畢亦曰罕車許於率下曰捕鳥畢也此非別有一畢亦是掩物之网特牲饋食禮助載鼎實之器象之亦曰畢此則用以上載爲異 从田 各本無此二字依韵會補 从華象形 謂以華象畢形也柄長而中可受畢與華同故取華象形各本作象畢形微也有誤今正 或曰田聲 上云從田華會意而象其形則非形聲也或曰田聲田與畢古音同在十二部也各本田誤由鉉曰由音拂此大誤也畢卑吉切畢之言蔽也攴部曰斁盡也今盡義通作畢

棄 棄除也 按棄亦糞之誤亦複舉字之未删者糞方是除非棄也與土部坋音義皆略同禮記作糞亦作擈亦作拚曲禮曰凡爲長者糞之禮少儀曰氾埽曰埽埽席前曰拚老子曰天下有道卻走馬以糞謂用走馬佗棄糞除之物也左傳小

人糞除先人之敝廬許意埽用帚故曰埽除糞用𠦒故但曰除古謂除穢曰糞今人直謂穢曰糞此古義今義之別也凡糞田多用所除之穢爲之故曰糞

从𠬞推𠦒糞釆也合二字會意方問切古音在十四部

官溥說佀米而非米者矢字此偁官說釋篆上體釆佀米非米乃矢字故𠬞推𠦒除之也矢艸部作𦵽云糞也謂糞除之物爲糞謂𦵽爲矢自許已然矣諸書多假矢如廉藺傳頃之三遺矢是也許書說解中多隨俗用字

棄捐也手部曰捐棄也从𠬞推𠦒棄也㨝手推𠦒而捐之也从𠫓𠫓逆子也既以𠬞𠦒會意又加𠫓以箸之𠫓者不孝子人所棄也棄詰利切十五部

弃古文棄古文以㨝手去𠫓子會意按棄字隸變作棄中體佀世唐人諱世故開成石經及凡碑板皆作弃近人乃謂經典多用古文矣

棄籀文棄今字亦從去不從𠫓

文四　重二

冓　交積材也高注淮南曰構架也材木相乘架也按結冓當作此今字構行而冓廢矣木部曰構蓋也義別象對交之形冓造必鉤心鬬角也古侯切四部廣韵矦侯二韵皆曰冓數也此古筭經說也而紙韵引風俗通作壤生溝溝生澗五經筭術數術記遺等書亦皆作溝矣凡冓之屬皆从冓

再　一舉而二也凡言二者對偶之詞凡言再者重複之詞一而又有加也从一

冓省冓者架也架古祇作加作代切一部 爯 幷舉也从爪冓省冓爲二爪者手也一手舉二故曰幷舉趙注孟子稱貸曰稱舉也凡手舉字當作爯凡偁揚當作偁凡銓衡當作稱今字通用稱處陵切六部

文三

幺 小也通俗文曰不長曰幺細小曰麼許無麼字俗謂一爲幺亦謂晚生子爲幺皆謂其小也於堯切二部 象子初生之形子初生甚小也 凡幺之屬皆从幺 幼 少也釋言曰幼鞠稚也又曰冥幼也斯干毛傳亦云冥幼也幼同幽一作窈 从幺力幺亦聲伊謬切三部

文二

𢆶 微也微當作散人部曰散眇也小之又小則曰散 从二幺二幺者幺之甚也於虯切三部 凡𢆶之屬皆从𢆶 幽 隱也𨸏部曰隱蔽也小雅桑葉有幽毛曰幽黑色也此謂幽爲黝之假借玉藻幽衡鄭云幽讀爲黝毛不易字鄭則易之周禮牧人陰祀用幽牲守祧幽堊之鄭司農皆幽讀爲黝引爾雅地謂之黝今本幽黝字互譌 从山𢆶幽從山猶隱從𨸏取遮蔽之意從𢆶者微則隱也 𢆶亦聲於虯切三部 幾 微也繫辭傳曰幾者動之微吉凶之先見也又曰顏氏之子其殆庶幾乎虞曰幾神妙也 殆也歺部曰殆危也危與微二義相成故兩言之今人分微義爲上聲危義爲平聲按禮記雕幾借爲圻堮之圻

从𢆶从戍戍兵守也𢆶而兵守者危也說从戍之意居衣切十五部

文三

叀小謹也各本小上有專字此複舉字未刪又誤加寸也从幺省小意从屮二字今補屮財見也亦小意田象謹形四字各本無今補蓋李陽冰爲墨斗之說而有所刪也上從屮下從幺省中象顯顯謹皃屮亦聲職緣切十四部凡叀之屬皆从叀

𤰇古文叀𠀆亦古文叀斤部古文𢇍从叀部𣪠皆從此

惠仁也人部曰仁親也經傳或假惠爲慧从心叀爲惠者必謹也胡桂切十五部𢍜古文惠从芔從心叀省從芔聲小篆省芔

疐礙不行也釋言云疐跲也豳風毛傳同足部躓跲也跲躓也以大學懥亦作懫推之則疐即躓字音義皆同許不謂一字殊其義者依字形爲之說也如許說則爾雅毛傳假疐爲躓从叀引而止之也叀者如叀馬之鼻馬當作牛牛鼻有桊所以叀牛也叀之義引伸讀同纕纕縮也有所牽掣之謂楊雄酒箴曰一曰叀礙爲瓽所轠謂汲井之絣略有牽絆爲貯水大盆所擊碎也字從叀者如叀牛之鼻然可使行亦可使止故曰引而止之也此說從叀之意从冂此與

牽同意冂各本無今補從冂者象挽之使止如牽字冂象牛縻可引之使行也故曰此與牽同意陟利切古音在十一部 詩曰載疐其尾按足部引載躓其尾必三家詩之異也或同一毛詩而異字如同一周禮故書儀禮古文而或有異文

文二 重二

𤣥 幽遠也老子曰玄之又玄衆妙之門高注淮南子曰天也聖經不言玄妙至僞尚書乃有玄德升聞之語 象幽謂幺也小則隱而入覆之也幽遠之意胡涓切十二部 黑而有赤色者爲玄此別一義也凡染一入謂之縓再入謂之赬三入謂之纁五入爲緅七入爲緇而朱與玄周禮爾雅無明文鄭注儀禮曰朱則四入與注周禮曰玄色者在緅緇之閒其六入者與按纁染以黑則爲緅緅漢時今文禮作爵言如爵頭色也許書作纔纔既微黑又染則更黑而赤尚隱隱可見也故曰黑而有赤色至七入則赤不見矣緇與玄通偁故禮家謂緇布衣爲玄端 凡玄之屬皆从玄 𢆯 古文

𢆶 黑也从二玄胡涓切十二部今本子之切非也按左傳何故使吾水玆釋文曰玆音玄此相傳古音在十二部也又曰本亦作滋子絲反此俗加水作滋因誤認爲滋益字而入之之韵也艸部茲從絲省聲凡水部之滋子部之孳鳥部之鷀皆以茲爲聲而玆滋字祇當音懸不當音孜廣韵七之作滋一先作滋音義各不同爲是也且訓此之茲本假借從艸之茲而不當

用二玄之茲蔡邕石經見玆隸釋漢隸字原者尚書茲字五見皆從艸則唐石經皆作茲者非矣今本說文滋孳鷀篆體皆誤从茲

春秋傳曰何故使吾水茲 見左傳哀八年釋文曰茲音玄本亦作滋子絲反濁也字林云黑也按宋本如是今本茲滋互易非也且本亦作滋則仍胡涓切不同水部滋水字子絲反也陸氏誤合二字爲一

文二 重一

予 推予也 予與古今字釋詁曰台朕賚畀卜陽予也按推予之予假借爲予我之予其爲予字一也故台朕陽與賚畀卜皆爲予也爾雅有此例廣雅尚多用此例予我之予儀禮古文左氏傳皆作余鄭曰余予古今字 象相予之形 象以手推物付之余呂切五部古予我字亦讀上聲 凡予之屬皆从予

舒 伸也 經傳或假荼或假豫 从予 物予人得伸其意 舍聲 此依鍇本今鍇本作從舍予聲者淺人不知舍之古音而改之也傷魚切五部 一曰舒緩也 此與糸部紓音義皆同

幻 相詐惑也 詭誕惑人也漢書犛靬眩人字作眩 从反予 倒予字也使彼予我是爲幻化胡辦切十四部 周書曰無或譸張爲幻 無逸篇文又見言部譸下

文三

放逐也。从攴方聲。甫妄切十部凡放之屬皆从放。

敖出游也。邶風曰以敖以游敖游同義也經傳假借爲倨傲字从出放。從放取放浪之意出部又收此後人妄增也五牢切二部

敫光景流皃。皃各本作也今從廣韵謂光景流行煜燿昭箸从白放。凡物光景多白如白部所載是也故從白不入白部者重其放於外也讀若龠。與爚燿字音義略同以灼切古音在二部平聲

文三

𠬪物落也。也字依韵會補草曰苓木曰落引伸之凡物皆曰落上下相付也。付与也从爪又。以覆手与之以手受之象上下相付凡物陊落皆如是觀凡𠬪之屬皆从𠬪。𠬪讀若詩摽有梅。見周南毛曰摽落也按摽擊也毛詩摽字正𠬪之假借孟子野有餓莩趙曰餓死者曰莩詩云莩有梅莩零落也丁公箸云莩有梅韓詩也食貨志野有餓莩鄭氏莩音蔈有梅之蔈孟子作莩者𦯶之字誤漢志作𦯶者又𠬪之俗字韓詩作𠬪是正字毛詩作摽是假借字鄭德作蔈亦假借也鄭風風其漂女毛曰漂猶吹也毛意漂亦𠬪之假借平小切二部

爰引也。此與手部援音義皆同韵會作引也謂引詞也六字謂引詞也四字當出演說文今按援從手爰聲訓引也爰從𠬪從亏訓引詞也轉寫奪詞字釋詁粵于爰曰也爰粵于也爰粵于那都繇於也

八字同訓皆引詞也粵亏曰爰見經傳者多那若越語吳人之那不穀都若孟子謨蓋都君相如傳終都攸卒繇同由於卽今
人所用於字凡言於者兩物相於自此引而之彼此八字皆由上引下之詞也曰下云䛔也亏下云於也粵下云亏也烏於同
引孔子曰烏亏呼也是可以得其解 从𠬪从亏 𠬪者相付取相引之意亏亦引詞與爰雙聲羽元切十四
部 籒文㠯爲車轅字 此說假借也轅所以引車故籒文車轅字祇用爰左傳晉作爰田國
語作轅田地理志制轅田食貨志云自爰其處孟康云轅爰同此又皆假轅爲爰也 𤔔 治也 此與乙部亂音
義皆同 幺子相亂𠬪治之也 幺子謂㠯亂當作爭謂冂也冂音扃介也彼此分介則爭
門部云兒善訟者也𤔔治之如𤔔下又寸分理之 讀若亂同 郎段切十四部 一曰理也
與治無二義當由唐人避諱致此妄增 𤔔 古文𤔔 相付也 𠬪者自此言受者自
彼言其爲相付一也 从𠬪舟省聲 舟省聲蓋許必有所受之殖酉切三部尚書紂字古文尚書作受
𠬸 撮也从𠬪从乙聲 鍇本如是云乙者甲乙之乙鉉本作從𠬪從己云己者物也以音求之佀
小徐近是力輟切乙聲則當在十一部 爭 引也 凡言爭者皆謂引之使歸於己 从𠬪厂 從𠬪
猶從手厂余制切抴也抴引也側莖切十一部 𤔕 有所依也 依玄應本訂依𤔕雙聲又合韵最近
此與𨸏部隱音同義近隱行而𤔕廢矣凡諸書言安隱者當作此今俗作安穩 从𠬪工 𠬪工者所落之處巧得宜

也讀與隱同於謹切十三部

𠬪 五指寽也各本寽作持宋本李燾本類篇集韵六術皆作捋捋又寽之誤今依集韵十三末作寽按寽與捋各字捋毛曰取也許曰取易也寽許曰五指寽也凡今俗用五指持物引取之曰寽廣韵曰今寽禾是是也芣苡薄言捋之說者謂取其子假令謂取其子則當作寽 从𠬪五指寽而落之故從𠬪 一聲聲疑衍一謂所寽也呂戌切十五部 讀若律

𠭥 進取也 从𠬪猶從手也 古聲古聲在五部敢在八部此於雙聲合韵求之古覽切

𣪊 籒文𠭥彐蓋亦爪也月音冒用爪用殳冒而前也今字作敢𣪊之隷變

𢽼 古文𠭥

文九 重二

𣦼 殘穿也殘穿者殘賊而穿之也歺字下曰歺殘也亦謂殘穿 从又歺又所以殘穿也殘穿之去其穢襍故從又歺會意 歺亦聲昨干切十四部歺讀若櫱十五十四合韵也 凡𣦼之屬皆从𣦼 讀若殘

㕡 溝也大司徒溝封鄭曰溝穿地為阻固也水部溝水瀆廣四尺深四尺此畢舉匠人文耳凡穿地為水瀆皆稱溝稱㕡毛詩實墉實壑謂城池也鄭伯有為窟室飲酒人謂之壑谷 从𣦼从谷穿地而通谷也釋水曰注谷曰溝 讀若郝呼各切五部

壑 㕡或从土謂穿土

𣦻 深堅意也各本深上有𣦻𣦼字宋本無𣦻有𣦼今按𣦻係複舉𣦼則衍文

也凡言意者言下意內言外之意其意為深堅其言云叡也从奴从貝深意故從奴堅意故從貝貝

堅實也說從貝之意實大徐作寶讀若概古代切十五部鳣以為聲𣦸阬也自部

曰阬閬也釋詁曰叡阬虛也叡與井部阱穽音同義異叡謂穿地使空也从奴井井亦聲疾正切十

一部叡深明也鉉本此下有通也二字雖合古訓然恐俗增馬注尚書鄭注尚書大傳皆曰睿通也

許則於叡曰深明也於聖曰通也叡從目故曰明聖從耳故曰通此許意也周書謚法解曰叡聖也邶風毛傳曰聖叡也古文

尚書睿作聖故周書毛傳叡聖互訓楚語謂之睿聖武公韋曰睿明也按韋但曰明許曰深明者許主解字為其字之從奴也

从奴从目故曰深明从谷省谷以皃其深也按叡實從㕡省從㕡者皃其能容也能容而後

能明古文尚書思曰睿今文尚書思心曰容義實相成也許不云從㕡者不立㕡部也五經文字曰易作叡是可證尚書作睿

也以芮切十五部睿古文叡見古文尚書上者奴之省容下目歺殘也按殘者謂殘穿壡

籀文叡从土此亦從壑省也玉部璿從此

文五　重三

歺列骨之殘也刀部曰列分解也殘當作㱚許殘訓賊㱚訓餘後人輒同之也从半

冎冎剔人肉置其骨也半冎則骨殘矣鉉曰不當有中一秦刻石文有之凡歺之屬皆从

歺讀若櫱岸之櫱 櫱岸未聞櫱當作屵屵者岸高也五割切櫱音同蓋轉寫者以其音改其字耳十五部五經文字九經字樣音兢非

𣦵 古文歺 古文殂古文殪古文死古文伊皆從此

⿰歺委 病也 艸部曰菸一曰⿰歺委也菸⿰歺委雙聲廣韵曰⿰歺委枯死也萎蔫也按⿰歺委萎古今字菸蔫古今字內則注曰今益州有鹿⿰歺委 从歺委聲 於爲切十六部

殙 瞀也 瞀當作霿雨部曰霿晦也諸家霿瞀通用子部㝅瞀亦作瞀字莊子以瓦注者巧以鉤注者憚以黃金注者殙釋文引說文瞀也左傳札瘥夭殙杜曰未名而死曰殙今傳作昏 从歺昏聲 呼昆切十三部

殰 胎敗也 樂記胎生者不殰注曰內敗曰殰管子羽卵者不段毛胎者不贕房曰贕謂胎敗潰也集韵曰古作贕 从歺賣聲 徒谷切三部

歾 終也 白起王翦列傳曰偷合取容以至圽身徐廣云圽音沒按今歾譌圽集韵傅會之云圽埋也 从歺勿聲 莫勃切十五部

⿰歺㲻 歾或从㲻 按⿰歺㲻死字當作此入水有所取曰㲻湛於水曰沒內頭水中曰⿰㲻頁此許之分別也

⿰歺卒 大夫死曰⿰歺卒 曲禮天子死曰崩諸侯曰薨大夫曰卒士曰不祿庶人曰死白虎通曰大夫曰卒精燿終也卒之爲言終於國也字皆作卒於說文爲假借 从歺卒聲 子聿切十五部

殊 死也 凡漢詔云殊死者皆謂死罪也死罪者首身分離故曰殊死引伸爲殊異 从歺朱聲 市朱切四部 一曰斷也 各本無此四字依左傳釋文補斷與死本無二義許以字從歺故以死爲正義

凡物之斷爲別一義左傳曰武城人塞其前斷其後之木而弗殊邾郲師過之乃推而蹷之史蘇秦列傳刺蘇秦不死殊而走按弗殊者謂不絕也不死殊而走者謂人雖未死創已決裂也皆斷之說也宣帝詔曰骨肉之親粲而不殊凡言殊異殊絕皆引伸之義殳部曰以杖殊人謂隔遠敵仇不得近亦是斷義 漢令曰蠻夷長有罪當殊之 按殊之者絕之也所謂別異蠻夷此舉漢令證斷義而裴駰以來皆謂殊之爲誅死夫蠻夷有罪非能必執而殺之也而顧箸爲令哉今鍇本作當殊之市多市字此由張次立以鉉本改鍇本誤以鉉本市朱切市字系殊之下其可笑有如此者

殟 暴無知也 各本作胎敗也誤同殰解玄應書卷八卷十三十四皆引說文殟暴無知也聲類烏殟欲死也今據正廣韵云病也又云心悶其義正合蓋上下文皆說死之類此亦謂暴死者烏殟雙聲玄應殟於門切 从歺𥁕聲 烏沒切古音在十三部讀温

殤 不成人也 不喪服傳作未 人年十九至十六死爲長殤十五至十二死爲中殤十一至八歲死爲下殤 見喪服傳鄭曰殤者男女未冠笄而死可傷者也 从歺傷省聲 式陽切十部

殂 往死也 殂之言退也退往也故曰往死玉篇曰殂今作徂 从歺且聲 昨胡切五部 虞書曰勛乃殂 虞書當作唐書勛乃殂二徐本皆如是宋本說文及洪邁所引皆可證至集韵類篇乃增放字至李仁甫乃增之曰放勛乃殂落或用改大徐本此

皆不信古之過也堯典曰二十有八載放勳乃殂落見孟子春秋繁露皇甫謐帝王世紀所引皆如是此作勛乃殂據力部勳者小篆勛者古文勳則許所偁真壁中文也而無放落二字蓋孟子董子所偁者今文尚書也許所偁者古文尚書也孟子何以偁今文尚書伏生本與孔安國本皆出周時說詳尚書撰異矣放勛何以但言勛也或言放勛或言勛一也蓋當世臣民所偁不一也殂落何以但言殂也云殂則已足矣不必言殂落也釋詁崩薨無祿卒殂落殪死也白虎通曰書言殂落死者各自見義堯見憯痛之舜見終各一也此其所據皆今文尚書且爾雅無妨殂殂落二字各爲一句也師古注王莽傳引虞書放勳乃殂則唐初尚書尚有無落字者

𣧠 古文殂从歺从作 此從古文歺作聲也小徐本篆爲𣧠非也

殛 殊也 殊謂死也廣韵曰殊陟輸切殊殺字也從歺歺五割切𢦏同殊據此知古殊殺字作殊與誅責字作誅迥別矣周禮八曰誅以馭其過禁殺戮禁暴氏野廬氏皆云誅之此誅責也公羊傳君親無將將而誅焉此殊殺也當各因文爲訓

从歺亟聲 己力切一部

虞書曰 虞書當作唐書 殛鯀于羽山 堯典文此引經言假借也殛本殊殺之名故其字廁於殤殂殪𦵏之閒堯典殛鯀則爲極之假借非殊殺也左傳曰流四凶族投諸四裔劉向曰舜有四放之罰屈原曰永遏在羽山夫何三年不施王注言堯長放鯀於羽山絕在不毛之地三年不舍其罪也鄭志荅趙商云鯀非誅死鯀放居東裔至死不得反於朝禹乃其子也以有聖功故堯興之尋此諸說可得其實矣周禮廢以馭其罪注廢猶放也舜極鯀於羽山是也此條釋文宋本極紀力反可證洪範鯀則殛死釋文殛本

又作極多方我乃其大罰殛之釋文殛本又作極左傳昭七年昔堯殛鯀於羽山釋文殛本又作極魯頌致天之屆于牧之野箋云屆極也引書鯀則極死又云天所以罰極紂于商郊牧野正義云屆極虞度釋言文釋言又云極誅也武王致天所罰誅紂於牧野定本集注皆云殛紂於牧野殛是殺非也此條宋本岳本元本皆不誤小雅後予極焉毛曰極至也鄭曰極誅也正義云極至釋詁文極誅釋言文合魯頌小雅兩箋兩正義觀之則釋言之爲極誅甚明今爾雅作殛誅也蓋誤以洪範多方殛字鄭皆作極例之則知周禮注引極鯀於羽山鄭所見尚書自是作極不作殛也說文引殛鯀于羽山作殛疑是後人增之若以引尚狟狟爲尚桓桓引無有作政爲無有作好例之則引殛鯀爲極鯀正是一例鄭注周禮引遂覲東后注明堂位引應朄縣鼓本經作肆作田則或本經作殛而引作極亦注家有是例也假殛爲極正如孟子假殺爲竄鯀因極而死死於東裔韋注晉語云殛放而殺也此當作放而死也高注呂覽云先殛後死此當作先極後死若呂覽副之以吳刀山海經殺鯀於羽郊則言之不從不可信矣然則馬注尚書趙注孟子韋注國語皆云殛誅也何也曰此皆用釋言極誅也之文謂正文殛當作極也

殪 死也 左傳聲子射其馬斬鞅殪將擊子車子車射之殪小雅毛傳文穎注上林賦皆曰壹發而死爲殪是也故其字從壹按尚書言殪戎殷殪仆也此引伸之義中庸言壹戎衣注衣讀爲殷聲之誤也壹戎殷者壹用兵伐殷也郭忠恕佩觿乃引鄭注云壹當爲殪此記憶之誤耳凡恃記憶而不檢閱者多此病 从歺壹聲 形聲包會意於計切古音在十二部

⿰死壹 古文殪从死 從古文死壹省聲

⿱莫死 死宋⿱莫夂也

宋募猶嗼嘆也从歺莫聲莫各切五部

殯死在棺將遷葬柩賓遇之按士喪禮主人奉尸由阼階鄉西階斂於棺棺先在肂中矣所謂殯也在西階故檀弓曰殯於客位又曰周人殯於西階之上賓之也釋名亦曰於西壁下塗之曰殯殯賓也賓客遇之言稍遠也此去葬期尚遠非將葬賓遇之也將葬而朝於祖而設遷祖奠而載柩於車而祖而設祖奠而設葬奠此不得名殯淺人竄改之致此不通耳當云屍在棺肂於西階賓遇之从歺賓屍在棺故從歺西階賓之故從賓賓亦聲必刃切十二部夏后殯於阼階殷人殯於兩楹之閒周人殯於賓階見檀弓據此可證將遷葬柩四字之誤

殔瘞也土部曰瘞幽薶也士喪禮掘肂注曰肂埋棺之坎也棺在肂中斂尸焉所謂殯也肂者所以殯故其字次於殯可證上文將遷葬柩之誤从歺隶聲羊至切十五部

殣道中死人人所覆也今小雅小弁作墐傳曰墐路冢也按墐者假借字殣者正字也義在人所覆故其字次於殔左傳道殣相望杜云餓死爲殣从歺堇聲渠吝切十三部詩曰行有死人尚或殣之許所據作殣

殠腐气也廣韵曰腐臭也按臭者氣也兼芳殠言之今字專用臭而殠廢矣儀禮釋文引孟子飯殠茹菜楊敞傳冒頓單于得漢美食好物謂之殠惡楊王孫傳其穿下不亂泉上不泄殠从歺臭聲尺救切三部

殨爛也今殨爛字作潰而殨

廢矣从歺貴聲胡對切十四部㱙腐也肉部曰腐爛也今字用朽而㱙廢矣从歺丂聲許久切三部朽㱙或从木殆危也危者在高而懼也引伸之凡將然之書皆曰殆曰危與隸天之未陰雨音義同又豳風殆及公子同歸傳曰殆始也此謂殆爲始之假借也从歺台聲徒亥切一部殃凶也各本作咎也今依易釋文从歺央聲於良切十部殘賊也戈部曰賊敗也𣦼部殘穿也今俗用爲𣧑餘字按許意殘訓賊𣧑訓餘今則殘專行而𣧑廢矣周禮稾人注假戔爲𣧑从歺戔聲昨干切十四部殄盡也釋詁大雅瞻卬傳同邶風籧篨不殄傳曰殄絕也此盡義之引伸也箋云殄當作腆腆善也按古文假殄爲腆儀禮注云腆古文作殄是也从歺㐱聲徒典切十二部𠃬古文殄如此殲微盡也殲之言纖也纖細而盡之也从歺韱聲子廉切七部春秋傳曰小徐本無傳字齊人殲于遂春秋經莊十七年文左穀作殲公作瀸字之同音假借也穀曰殲盡也公曰瀸漬也何云瀸之爲死積死非一之辭故曰漬釋詁殲盡也殫極盡也窮極而盡之也極鉉本作殛誤古多假單字爲之郊特牲云社事單出里祭義歲既單矣大雅其軍三單箋云單者無羨卒也皆是也从歺單聲都寒切十四部殬敗也經假斁爲殬雲漢鄭箋云斁敗也孔穎達引洪範彝倫攸斁从歺睪聲當故切五部

商書曰彝倫攸殬洪範文今作斁者蓋漢人以今字改之許所云者壁中文也彝張衣立本作夷

𦢊畜產疫病也畜產當作嘼㹅左傳不疾瘯蠡杜云無疥癬釋文蠡說文作瘰云瘯瘰皮肥也按今說文無瘯瘰二字本艸經有瘰癧字瘰癧皮病非皮肥也陸氏書說文二字肥字蓋有誤此云嘼㹅疫病則又非瘰癧也人曰癘疫嘼曰𤸃从肉羸聲郎果切十七部篇韻皆力外力臥二切

𦞣殺羊出其胎也此與刀部剴音同義異云殺羊出其胎則廣雅云殰膜胎也辭不違意矣从肉豈聲五來切古音在十五部

𣧠禽獸所食餘也引伸爲凡物之餘凡殘餘字當作𣧠从歺从肉月各本作肉篆體作[illegible]今正禽獸所食不皆肉歺者殘也月者缺也於禿鸁之意近昨干切十四部廣韵十五鍇有此字與刖朙同音是其字之從月可知矣

䐈脂膏久殖也久下當有臼字國語舊音引說文殖脂膏久也考工記故書昵或作樴注云樴讀爲脂膏䐈敗之䐈按䐈卽殖字字林云䐈膏敗也亦作膱廣雅云膱臭也玉篇廣韵皆云膱油敗也其字當常職切亦音職今俗語謂膏油久不可用正讀職之平聲也脂膏以久而敗財用以多藏而厚亡故多積者謂之殖貨引伸假借之義也从肉直聲常職切一部

𦙶枯也周禮殺王之親者辜之注辜之言枯也謂磔之桀部曰磔辜也按殆同辜磔也玉篇曰𦙶古文辜字从肉古聲苦孤切五部

𦝫棄也从肉奇聲去其切按其誤當依廣韵去奇切古音在十七部

部俗語謂死曰大㱦別一義

文三十二　重六

死　凘也　水部曰凘水索也方言凘索也盡也是凘為凡盡之偁人盡曰死死凘異部疊韵　人所離也　形體與䰟魄相離故其字從歺人　从歺人　息姊切十五部　凡死之屬皆从死　𣦵　古文死如此　從古文歺古文人

薨　公侯殌也　曲禮曰公侯曰薨歺部曰大夫死曰殌此不曰公侯死而言公侯殌者欲見分別則惟大夫偁殌統言則不爾也曲禮又曰壽考曰卒短折曰不祿此概言之非謂大夫士也　从死瞢省聲　呼肱切六部

薧　死人里也　樂府相和曲有薤露蒿里之歌譙周崔豹皆云起於田橫自殺從者為作悲歌崔云謂人命奄忽如薤上之露易晞滅亦謂人死䰟魄歸於蒿里蒿里辭曰蒿里誰家地聚斂䰟魄無賢愚然則蒿里者謂虛墓之閒也且其字作蒿此獨云薧死人里則字作薧而義亦殊蓋有一里人盡死者因目為薧里許所聞不同譙崔也按周禮乾魚謂之薧內則菫荁枌榆免薧注免新生者薧乾也然則凡死而枯槁謂之薧不必如許所說　从死蒿省聲　呼毛切二部　按周禮禮記音考

𣨛　戰　句　見血曰傷　句　周禮曰凡傷人見血而不以告者注傷人見血見血乃為傷人耳此見血曰傷謂戰者見血受傷也　亂或為惛　或惑古今字心部曰惛不憭也此謂戰傷殙瞀者重於見

血也死而復生爲𣧑此謂戰傷又重於惛也謂之𣧑者次於死也三言皆謂戰蓋出司馬法等書

从[illegible]次聲形聲包會意也咨四切十五部

文四　重一

冎剮人肉置其骨也剮當作㓥解也其周禮膊之焚之辜之之刑與列子曰炎人之國其親戚死冎其肉而棄之刀部無剮字冎俗作剮象形頭隆骨也隆豐大也說此字爲象形者謂上大下小象骨之隆起也古瓦切十七部口部咼以爲聲凡冎之屬皆从冎

[illegible]分解也分別離別皆是也今人分別則彼列切離別則憑列切古無是也俗謂八部𠔁爲古別字且或於丫部乖字下益曰𠔁古文別假令果尒則於此何不載乎从冎从刀冎者分解之皃刀者所以分解也十五部

[illegible]別也从冎卑聲讀若罷府移切十六部罷聲古音在十七部合韵也髀與𠂢𠂢字音義相近

文三

[illegible]肉之覈也襾部曰覈實也肉中骨曰覈蔡邕注典引曰肴覈食也肉曰肴骨曰覈周禮丘陵其植物宜覈物注云核物梅李之屬小雅殽核維旅箋云豆實菹醢也籩實有桃梅之屬按覈核古今字故周禮經文作覈注文

作核古本皆如是詩殽核蔡邕所據魯詩作肴覈梅李謂之覈者亦肉中有骨也从冎有肉去肉爲冎在肉中爲骨古忽切十五部凡骨之屬皆从骨

髑髑髏頂也逗頁部曰頂顚也廣雅頊顱謂之髑髏按頁部頊顱頭骨也从骨蜀聲徒谷切三部

髏髑髏也二字疊韵从骨婁聲洛侯切四部

髆肩甲也肉部曰肩髆也單呼曰肩絫呼曰肩甲甲之言蓋也肩蓋乎衆體也今俗云肩甲者古語也釋名作肩甲靈樞經作肩胛水經注云如人袒胛故謂之赤胛山胛者甲之俗也應劭漢書注曰大宛天馬汗血汗從前肩髆中出如血周禮醢人豚拍注云或曰豚拍肩也然則假拍爲髆字从骨尃聲補各切五部

髃肩前也士喪禮記卽牀而奠當髃注曰髃肩頭也髃卽髃字毛詩傳曰自左膘而射之達於右髃爲上殺膘脅後髀前肉也何注公羊云自左膘射之達於右髃中心死疾鮮絜也髃本謂人亦假爲獸骨之偁凡肩後統於背肩前爲髃髃之言隅也如物之有隅也从骨禺聲午口切四部

骿骿脅逗并榦也依左傳正義訂肉部脅胳也肋脅骨也廣雅榦謂之肋是脅骨一名榦故韋注國語云骿幷榦也杜注左傳云駢脅合榦也其字左傳史記作駢國語吳都賦作骿論衡作仳駢仳假借字从骨幷聲形聲包會意也部田切古音在十一部晉文公骿脅見左傳僖廿三年晉語

髀股外也各本無外今依爾雅音義文選七命注玄應書太平御覽補股外曰髀髀上曰髖肉部曰股髀

也渾言之此曰髀股外也析言之其義相足大部曰奎兩髀之閒也从骨卑聲并弭切十六部
䠋古文髀從足者足所恃以能行也鄭司農注周禮典同曰鐘形下當䠋按其文義當是庳之假借庳甲也列女傳古者婦人身子寢不側坐不邊立不䠋按其文義當是跛之假借今兩書皆譌作蹕
髁髀骨也髀骨猶言股骨也醫經亦謂之股骨沈氏彤釋骨云腰髀骨旁臨兩股者曰堅骨曰大骨曰髂一身之伸屈司焉故通曰機關之旁曰髀樞亦曰樞機者髀骨之入樞者也在膝以上者曰髀骨曰股骨其直者曰楗其斜上俠髖者則所謂機也按髀之上曰髖即俗所謂胯也髁者髀與髖相接之處人之所以能立能行能有力者皆在於是故醫經謂之機骨空論曰俠髖曰機是也醫經曰腰髁骨者其字當作䯊即骼字不當作髁文選注引埤蒼曰骼腰骨也从骨果聲苦臥切十七部
⿰骨厥尻骨也廣雅曰臎臀也臎者翠之俗內則所謂舒鴈翠舒鳧翠是也呂覽雋燕之翠高注曰翠厥也此假厥爲⿰骨厥也醫經曰尻骨曰脊骶曰尾骶曰尾屈曰橛骨曰窮骨从骨厥聲居月切十五部
髖髀上也髀上爲尻之兩旁故其字次於⿰骨厥髖者其骨取寬大也諸書所謂䯊骨骰骼皆同也埤蒼作骼字林作䯊皆云⿱罒骨骨謂上屬於⿱罒骨也釋名云樞機也要髀股動搖如樞機也正謂此髖與髀相接處釋骨曰骶之上俠脊十七節至二十節起骨曰腰髁骨曰兩髁按髁當作䯊○骨空論云輔骨上橫骨下爲楗注膝輔骨上腰髖骨下爲楗按橫骨即髖橫之言廣也楗即髀骨之直者機即髀骨與髖相構處也从骨寬聲胡官切十四部
髕厀耑也

厀脛頭節也釋骨云蓋膝之骨曰膝髕大戴禮曰人生朞而髕髕不備則人不能行古者五刑臏宮劓墨死臏者髕之俗去厀頭骨也周改髕作䠋其字借作刖刖斷足也漢之斬趾是也髕者癈不能行䠋者尚可箸踊而行踊者䠋足者之屨莊子兀者叔山無趾踵見仲尼崔譔云無趾故以踵行是則䠋輕於髕也古文尚書呂刑說夏刑作臏周本紀漢刑法志周禮司刑注引尚書大傳皆作髕周禮注云周改臏作刖而公羊疏引鄭駁異義云臯陶改臏爲剕呂刑有剕周改剕爲刖與周禮注不合足部云踀䠋也踀卽剕字許謂踀卽䠋矣鄭析踀䠋爲二不知其制何以分別竊謂周禮注爲長駁異義則未定之論許說亦非是周禮說周制作刖呂刑說夏制則今文尚書作臏古文尚書作也剕惟見於呂刑他經傳無言踀言剕者蓋踀者髕之一名故剕實一事也周改髕爲䠋卽改踀爲䠋也許釋踀爲䠋非鄭云臯陶改髕爲踀亦非也髕作踀如禹貢蠙作玭商書紂作受音轉字異非有他也 从骨賓聲 毗忍切十二部

骺 骨耑也 骨當是骸之誤骨空論云膝解爲骸關是也關骺雙聲骺取機括之意 从骨昏聲 古活切十五部

䯌 厀脛閒骨也 骨空論云骸下爲輔輔上爲膕膕上爲關是也膝解爲骸關言外也膕上爲關言內也 从骨貴聲 丘媿切十五部

骹 脛也 脛厀下也凡物之脛皆曰骹釋嘼馬四骹皆白驓薛注西京曰青骹鷹青脛者方言曰矛骹細如鶴脛者謂之鶴膝考工記說輻材曰參分其股圍去一以爲骹圍大鄭云方言股以喻其豐故言骹以喻其細禮多假校爲之士喪禮記綴足用燕几校在南注校脛也祭統夫人薦豆執校注校豆中央直者也此皆假校爲骹也

从骨交聲 口交切二部

骭 骹也 呂覽注引孟子拔骭一毛而利天下甯戚歌短布單衣適至骭按骭之言榦也榦者本也人體之阯也脅骨何以亦名榦也曰脅榦見於左傳褊椒藉榦公羊協公榦而殺之古榦翰通用毛詩翰字多爲榦之假借脅榦乃翰之假借脅肋如鳥之羽翰分布也 从骨干聲 古案切十四部

骸 脛骨也 上文言脛也骹也不言骨者骹骭皆目其表也骨空論曰膝解爲骸關俠膝之骨爲連骸骸然則正謂脛骨爲骸矣下文云連骸下爲輔輔卽骸也膝解爲其關俠膝之骨連之也字從亥者亥荄也荄根也公羊傳注骸人骨也則引伸爲凡人骨之偁 从骨亥聲 戶皆切古音在一部

髓 骨中脂也 从骨隓聲 息委切古音在十七部隸作髓

⿰骨易 骨閒黃汁也 从骨易聲 讀若易曰夕惕若厲 讀若二字小徐無非也汗簡古文四聲韵皆云䯝出古周易正因說文奪讀若字遂徑作夕䯝也夕惕若厲又見夕部及他古籍易惟費氏以古字號古文易鄭君傳費氏亦云惕懼也且易惕字屢見皆古文皆作䯝諸家必有爲之說者而未見也他歷切十六部

體 總十二屬也 十二屬許未詳言今以人體及許書覈之首之屬有三曰頂曰面曰頤身之屬三曰肩曰脊曰𡱂手之屬三曰厷曰臂曰手足之屬三曰股曰脛曰足合說文全書求之以十二者統之皆此十二者所分屬也 从骨豊聲 他禮切十五部

髍 㾏病也 疒部曰㾏半枯也漢書敘傳曰又況幺髍不及數子鄭氏曰髍音麼小也晉灼曰此骨偏髍之

髍也按二說皆是本骨偏髍字借爲幺麼是以文選作幺麼且偏髍是不全之病不全則不大故引伸爲不長曰幺細小曰麼之義許書無麼字蓋以髍包之不得以髍平麼上爲疑也**从骨麻聲**莫鄱切十七部

食骨留咽中也晉語上韜曰狹以銜骨韋曰骨所以鯁刺人也忠言逆耳如食骨在喉故云骨鯁之臣漢書已下皆作骨鯁字從魚謂留咽者魚骨枝多也依說文則鯁訓魚骨骨留咽中當作骾按自髑至體皆言人骨髍者總上文言之也髍者人骨之病也骼骴二文則禽獸之骨骾者人哽於物骨主謂人故其字非人骨而從骨其次則必先於骼骴也**从骨㬜聲**古杏切古音在十部

禽獸之骨曰骼按骨當作髖許據禮十七篇故云禽獸之髖曰骼也禽者走獸總名儀禮多言肫骼肫亦作膞皆說文之臑字也骼亦作胳於人曰髖也髖者髀上也牲前足體三曰肩曰臑曰臂臑於人爲厷厷下臂上也後足體三曰骼曰髀曰臑禮髀賤不升故經多言肩臂臑膞骼臑在臂上骼在肫上而先言臂肫者蓋四股以下爲貴也骼是本字至埤蒼乃作髂廣雅字林變作骼又或作骼魚虞歌麻通轉之故也云曰骼曰骴者所以別人禽之異名肉部曰臂羊豕曰臑是其例也許據十七篇爲言故不敢謂骼爲人骨也月令孟春掩骼薶骴鄭云骨枯曰骼肉腐曰骴蔡云露骨曰骼有肉曰骴高注呂覽云白骨曰骼有肉曰骴注淮南同皆不言骼骴爲禽獸之骨也則亦未嘗不可通用矣**从骨各聲**古覈切廣韵古伯切古音在五部

鳥獸殘骨曰骴殘同殂餘也鳥獸廣韵作鳥鼠曲禮曰四足曰漬注漬謂相瀸污而死也小雅助我舉柴手部

引作骴毛許皆云骴積也鄭箋雖不中必助中者舉積禽一經漬骴字音義皆同骴故許知骴不謂人骨也周禮蜡氏掌除骴故書骴作脊先鄭云脊讀爲殨謂死人骨也月令掩骼埋胔骨之尚有肉者也及禽獸之骨皆是此先鄭兼人與禽獸言之而公羊傳大災者何大瘠也大瘠者何痢也漢食貨志國亡捐瘠孟康曰肉腐爲瘠捐骨不薶者公羊漢志瘠即骴字合之鄭注月令肉腐曰骴蔡氏高氏云有肉曰骴又皆指人言之說雖不同皆關王政仁民愛物之意其字正作骴假借作漬作骴作瘠作脊皆同音假借也漬又作殨

骴逗可惡也釋骴字音義也以其朽蕿可惡人所不欲見故從骨從此此亦聲从骨此聲資四切十六部明堂月令曰大戴禮盛德篇云明堂月令盧辨曰於明堂之中施十二月之令也按漢志說禮二云明堂陰陽三十三篇古明堂之遺事月令蓋三十三篇之一許偁月令皆云明堂月令掩骼薶骴鉉本此下有骴或從肉四字鍇無按假令許有此四字則當先冠以篆文胔見周禮禮記釋文或字也玉篇骴作髊胔周禮說文古本皆如是與呂氏春秋作髊亦或字也

骫骨耑骫㚅也夨部㚅下曰頭㚅骫㚅態也招隱士曰林木茷骫王注枝條盤紆也枚皐傳其文骫骳曲隨其事皆得其意師古曰骫骳猶言屈曲也然則骫㚅者謂屈曲之狀骫字廁於此者統人及禽獸之骨言从骨丸聲於詭切十六部按丸聲在十四部此合韵也

䯤骨擿之可會髮者䯤會疊韵鄘風象之揥也毛曰揥所以摘髮摘本又作擿䯤所以會髮與揥所以擿髮訓釋正同䯤與揥一物而少異釋名曰揥摘也所以摘髮也

導所以導擽鬢髮使入巾幘之裏也或曰擽鬢以事名之也然則揥一名摘鄘風所云也導一名撩鬢漢魏已後多云玉導簪導今人之抿簪詩禮之膾也周禮弁師會五采玉璂注曰故書會作膾先鄭云讀如馬會之會謂以五采束髮也士喪禮檜用組乃笄檜讀與膾同書之異耳說曰以組束髮乃箸笄謂之檜沛國人謂反紒爲膾按先鄭說云爾者蓋由會髮之器謂之膾因之束髮謂之膾與儀禮之檜同今士喪禮字作鬠注云古文鬠皆爲括骨擿猶象揥也必云骨者爲其字從骨膾者獸骨之成器者也故廁於末

从骨會聲 形聲包會意也古外切十五部

詩曰膾弁如星 衞風文今作會弁毛傳曰弁皮弁所以會髮按此傳極可疑蓋淺人改竄也皮弁者諸侯所以視朔及與諸侯相朝聘非爲會髮之用也云所以會髮殊不辭矣說文多沿毛傳其云可會髮者必本毛傳此文蓋毛詩本作膾弁傳本云膾所以會髮弁皮弁正同周禮故書皮弁膾五采謂先束髮而後戴弁其弁耀如星也自鄭箋毛詩乃易膾爲會釋爲弁之縫中與注周禮從今書不從故書正同後人據箋改傳致有此不通耳毛許先鄭說詩禮皆與後鄭不同其義則後鄭爲長

文二十五　重一

肉 胾肉 下文曰胾大臠也謂鳥獸之肉說文之例先人後物何以先言肉也曰以爲部首不得不首言之也生民之初食鳥獸之肉故肉字冣古而製人體之字用肉爲偏旁是亦假借也人曰肌鳥獸曰肉此其分別也引伸爲爾雅肉好樂記廉肉字

象形 如六切三部

凡肉之屬皆从肉

腜 婦孕始

兆也依廣韵訂韓詩曰周原腜腜又曰民雖靡腜毛詩皆作膴腜腜美也廣雅曰腜腜肥也此引伸之義也从

肉某聲莫桮切古音在一部胚婦孕一月也文子曰一月而膏二月血脈三月而

胚四月而胎五月而筋六月而骨七月而成形八月而動九月而躁十月而生淮南曰一月而膏二月而胅三月而胎說各乖

異其大致一也李善注江賦引淮南三月而胚胎與今本異从肉不聲匹桮切古音在一部胎

婦孕三月也玄應兩引皆作二月釋詁曰胎始也此引伸之義方言曰胎養也此假借胎爲頤養也又

曰胎逃也則方俗語言也从肉台聲土來切一部肌肉也从肉几聲

居夷切十五部臚皮也今字皮膚從籒文作膚膚行而臚廢矣晉語聽臚言於市史漢臚句傳蘇林曰上傳

語告下爲臚此皆讀爲敷奏以言之敷也史記臚於郊祀漢書大夫臚岱韋昭辨釋名鴻大也臚陳序也謂大以禮陳序賓客

此皆讀爲廷實旅百之旅也劉熙釋名鴻臚腹前肥者曰臚以京師爲心體王侯外國爲腹胦以養之也此讀爲夏右胦之胦

皆假借也其本義則皮膚也从肉盧聲甫無切五部膚籒文臚經籍通用此字

禮運曰膚革充盈引伸爲狼跋文王之膚美爲六月之膚大爲論語之膚受肫面頯也頁部曰頯權也

權俗作顴肫史漢作準高祖隆準服虔曰準音拙應劭曰隆高也準頰權準也按準者假借字肫其正字儀禮釋文引說文肫

之允反是也其入聲則音拙廣雅作䪼是也若戰國策準頞權衡並言則準訓鼻矣儀禮牲體肫骼假借肫爲臑字也臑者肼

腸也又中庸肫肫其仁鄭讀爲誨爾忳忳之忳忳忳懇誠皃也是亦假借也士昏禮腊一肫肫者純之假借純全也 从肉屯聲 章倫切十三部

𦝫 頰肉也 東方朔傳曰樹頰胲師古曰胲頰肉音改按集韵十五海曰頰下曰頦或作胲𦝫廣韵十五海曰頦頰頦也頦爲頰肉與𦝫異部而同義或作頦或假借胲字 从肉幾聲讀若畿 居衣切十五部

脣 口耑也 口之厓也假借爲水厓之字鄭注乾鑿度引詩寘之河之脣 从肉辰聲 食鄰切古音十三部

[illegible] 古文脣从頁

脰 項也 頁部曰項頭後也按頭後卽頸後也左傳曰兩矢夾脰公羊傳曰宋萬搏閔公絕其脰注脰頸也齊人語士虞禮膚祭三取諸左膉上注膉脰肉也古文曰左股上此字從肉非從殳矛之殳聲鄭意謂股者髀也禮經多言髀不升則取諸左股爲膚祭非也尋古文用字之例假股爲膉正與假脾爲髀假肫膊爲膉假胳爲骼假頭爲脰皆以異物同音相假借股與膉當是同音蓋從肉役省聲如役疫殺皆從役省聲之比役與益同部此股非股肱字注當云此字從肉從役省聲非從殳矛之殳聲今本脫誤不完據賈疏云鄭以殳與股不是形聲之類其理未審賈實錯解而可證有非字今本又奪非字則更不可通矣 从肉豆聲 徒候切四部

肓 心下鬲上也 下上各本互譌篇韵同今依左傳音義正 左傳疾不可爲也在肓之上膏之下賈逵杜預皆曰肓鬲也心下爲膏按鄭駁異義云肺也心也肝也俱在鬲上賈侍中說肓鬲也統言之許云鬲上爲肓者析言之鬲上肓肓上膏膏上心今本作心上鬲下則不可通矣

釋名曰膈塞也塞上下使氣與穀不相亂也素問曰肓之原在臍下 从肉亡聲呼光切十部按當云网平聲 春秋傳曰病在肓之上左傳成十年文各本上譌下今正

腎 水臧也今尚書古尚書說同 从肉臤聲時忍切十二部

肺 金臧也按各本不完當云火藏也博士說以爲金藏下文脾下當云木藏也博士說以爲土藏肝下當云金藏也博士說以爲木藏乃與心字下土藏也博士說以爲火藏一例玄應書兩引說文肺火藏也其所據當是完本但未引一曰金藏耳五經異義云今尚書歐陽說肝木也心火也脾土也肺金也腎水也古尚書說脾木也肺火也心土也肝金也腎水也許慎謹案月令春祭脾夏祭肺季夏祭心秋祭肝冬祭腎與古尚書同鄭駁之曰月令祭四時之位乃其五藏之上下次之耳冬位在後而腎在下夏位在前而肺在上春位小前故祭先脾秋位小卻故祭先肝腎也脾也俱在鬲下肺也心也肝也俱在鬲上祭者必三故有先後焉不得同五行之義今醫病之法以肝爲木心爲火脾爲土肺爲金腎爲水則有瘳也若反其術不死爲劇鄭注月令自用其說從今尚書說楊雄太玄木藏脾金藏肝火藏肺水藏腎土藏心從古尚書說高注呂覽於春祭先脾曰春木勝土先食所勝也一說脾屬木自用其藏也於夏祭先肺曰肺金也祭禮之先進肺用其勝也一曰肺火自用其藏於秋祭先肝曰肝木也祭祀之肉用其勝也故先進肝一曰肝金也自用其藏也於冬祭先腎曰腎屬水自用其藏也於中央土祭先心曰祭祀之肉先進心心火也用所勝也一曰心土自用其藏也其注淮南時則訓略同皆兼從今古尚書說而先今後古許異義

從古尚書說說文雖兼用今古尚書說而先古後今與鄭不同矣从肉巿聲芳吠切十五部

脾土藏也文有脫誤說見上从肉卑聲符支切在十六部按古文以脾爲髀字

肝木藏也文有脫誤說見上从肉干聲古寒切十四部按禮經正脅謂之榦少牢古文榦爲肝此與古文脾爲髀皆但取同音假借而已

膽連肝之府也白虎通曰府者爲藏官府也膽者肝之府也肝主仁仁者不忍故以膽斷仁者必有勇也素問曰膽者中正之官決斷出焉从肉詹聲都敢切八部

胃穀府也白虎通曰胃者脾之府也脾主稟氣胃者穀之委也故脾稟氣於胃也素問脾胃者倉稟之官五味出焉从肉㘝象形云貴切十五部

脬旁光也各本作膀非兩膀謂脅也今正白虎通曰旁光者肺之府也肺者斷決膽旁光亦常張有勢故先決難也素問曰旁光者州都之官津液藏焉按此所引白虎通本小徐與御覽所引元命苞合脬俗作胞旁光俗皆從肉从肉孚聲匹交切古音在三部

腸大小腸也白虎通曰大腸小腸心之府也心者主禮禮者有分理腸之大小相承受也腸爲胃紀胃爲脾府心爲支體主故有兩府素問曰大腸者傳道之官變化出焉小腸者受盛之官化物出焉按所引白虎通從顏氏急就篇注所引也藏府古通偁如周禮注五藏幷胃旁光大腸小腸爲九藏是也从肉昜聲直良切十部

膏肥也按肥當作脂脂字不廁於此者許嚴人物之別自脂篆已下乃謂人所食者膏

謂人脂在人者可假以名物如無角者膏是也脂專謂物在物者不得假以名人也从肉高聲古勞切二部
肪肥也肥亦當作脂王逸正部論說玉符曰白如豬肪通俗文曰脂在腰曰肪此假在人者以名物也从肉方聲甫良切十部
膺匈也勹部曰匈膺也魯頌戎狄是膺釋詁毛傳曰膺當也此引伸之義凡當事以膺任事以肩从肉雁聲於陵切六部
肊匈骨也宋本李燾本皆作骨俗本作肉非也此如脅爲兩膀榦爲脅骨正名百物不可紊也从肉乙各本作乙聲今按聲字淺人所增也胷臆字古今音皆在職德韵乙字古今音皆在質櫛韵是則作臆者形聲作乙者會意也從乙者皃其骨也魚骨亦有名乙者於力切一部
臆肊或从意意聲也亦作𩪿
背脊也𠦬部曰脊背吕也然則脊者背之一端背不止於脊如髀者股外股不止於髀也云背脊也股髀也文法正同周易艮其背不獲其身从肉北聲補妹切古音在一部
脅兩膀也廣雅曰膀胠胎脅也按許無胎字胠下二云亦下者析言之不與廣雅同也膀言其前胠言旁迫於胠者又按周禮豚脅謂之豚拍儀禮牲體脅謂之兩胎注曰今文胎爲迫許此部前後皆無胎字是則鄭從古文胎許從今文迫也膀亦假旁爲之考工記旁鳴蜩屬是从肉劦聲虛業切八部
膀脅也从肉旁聲步光切十部
髈膀或从骨
脟脅肉也脅者統言之脟其肉也肋其骨也子虛賦脟割輪焠假脟爲臠也九歎說流水龍邛脟圈繚戾宛轉脟一作綸

从肉寽聲 力輟切十五部 一曰胕腸閒肥也一曰膫也 肥當作脂此別一義謂禽獸也下文云膫牛腸脂也腸脂謂之胕一名膫下一曰當作一名

脅 脅骨也 亦謂之幹幹者翰也如羽翰然也 从肉力聲 盧則切一部

胂 夾脊肉也 易艮九三艮其限裂其夤馬云夤夾脊肉也虞亦云夤脊肉王弼云當中脊之肉也按夕部夤敬惕也周易假爲胂故三家注云爾若鄭本作䐜䐜恐夤之誤廣雅云胂謂之脢周易音義云胂以人反則胂音同夤○又按艮九三字當是上肉下寅故鄭本作䐜非叚夤敬字也 从肉申聲 失人切十二部

脢 背肉也 咸九五咸其脢子夏易傳云在脊曰脢馬云脢背也鄭云脢背脊肉也虞云夾脊肉也按諸家之言不若許分析憭然胂爲迫呂之肉脢爲全背之肉也釋文云說文同鄭作背脊肉未知其審內則注脥脊側肉也脥卽脢字 从肉每聲 莫桮切古音在一部 易曰咸其脢

肩 髆也 骨部曰髆肩甲也 从肉象形 象其半也古賢切十四部

肩 俗肩从戶 從門戶於義無取故爲俗字

胳 亦下也 亦腋古今字亦部曰人之臂亦也兩厷迫於身者謂之亦亦下謂之胳又謂之胠身之迫於兩厷者也深衣曰胳之高下可以運肘注肘不能不出入胳衣袂當腋之縫也按衣袂當胳之縫亦謂之胳俗作袼禮經牲體之胳今文作胳古文作骼鄭出古文於注是注從今文也許訓胳爲亦下訓骼爲禽獸之骨是從古文禮不同鄭也 从肉各聲 古洛切五部 按儀禮胣骼

之骼或作胳假借也

胠 亦下也 玉藻說袂二尺二寸袪尺二寸袪袂末也袪與胠同音然則胳謂迫於左者胠謂迫於臂者左傳襄廿三年齊侯伐衞有先驅申驅戎車貳廣啓胠大殿賈逵曰左翼曰啓右翼曰胠啓胠皆在旁之軍莊子胠篋司馬曰從旁開爲胠皆取義於人體也廣雅胠脅也未若許說之明析 从肉去聲 按胠去魚切五部鉣從去劫一切此因訓脅而讀同之也

臂 手上也 又部曰厷臂上也此皆析言之亦下云人之臂亦渾言之也渾言則厷臂互偁 从肉辟聲 卑義切十六部

臑 臂 句 羊豕曰臑 各本皆作臂羊矢也鄉射禮音義引字林臂羊豕也禮記音義引說文臂羊犬也皆不可通今正許書嚴人物之辨人曰臂羊豕曰臑此其辨也禽有假臂名者如周禮內則馬般臂是也人臂無偁臑者如儀禮禮記肩臂臑皆謂牲體也許書之體本多言曰某轉寫者多改曰某二字爲一也字旣改曰臑爲也又誤羊豕爲矢襲繆者久矣不曰羊豕臂曰臑而先言臂者何也尊人也謂人之臂在羊豕則曰臑也不以臑字廁於胡胘膍胵膘膟膫之所而廁於此何也廁於此以舉正人物之名之例也禮經臂臑爲二然則手上人禽皆曰臂臂上則人曰厷禽曰臑何以言人臂禽臑也曰臂可偁厷厷亦可偁臂許蒙上文臂篆言故爲統辭未及分析也鄭注禮曰肩臂臑肱骨肫骼股骨則又以肱統三者以股統二者也臑之言濡也濡者柔也 从肉需聲讀若儒 各本作襦今從鄉射禮音義人于反古音在四部鉉用那到一切乃音轉非古本音也作腝者誤

肘 臂節也 厷與臂之節曰肘股與脛之節曰𨄔卩部曰𨄔脛頭卩也其文法同也肘今江

蘇俗語曰手臂搾注是也深衣曰胳之高下可以運肘袂之長短反詘之及肘注云肘當臂中爲節臂骨上下各尺二寸按上謂厷下謂臂也从肉寸陟柳切三部寸逗手寸口說從寸之意謂從寸口至此爲一節也此一節之中曰擧

𦝫朏臍也各本朏作朏誤囟部曰朏人臍也凡居中曰臍釋言馬注呂刑皆云臍中也釋地中州曰齊州列子中國曰齊國莊列與齊俱入與汩偕出司馬云齊回水如磨齊也皆臍字引伸假借之義左傳噬臍字祗作臍从肉齊聲徂兮切十五部

腹厚也腹厚疊韵此與髮拔也尾微也一例謂腹之取名以其厚大釋名曰腹複也富也文法同釋詁毛傳皆云腹厚也則是引伸之義謂凡厚者皆可偁腹如小雅出入腹我月令水澤腹堅是也从肉复聲方六切三部

腴腹下肥者者各本作也今依文選注此主謂人論衡傳語曰堯若腊舜若腒桀紂之君垂腴尺餘是也若少儀羞濡魚者進尾冬右腴七發犓牛之腴假人之偁偁之也从肉臾聲羊朱切四部

脽尻也尻鍇作尻非也東方朔傳曰臣觀其臿齒牙樹頰胲吐脣吻擢項頤結股腳連脽尻每句二字皆相爲屬別師古曰脽臀也本說文也渾言則尻脽爲一尸部曰尻脽也朔傳曰尻益高是也析言則尻統之尻乃近穢處今北方俗云溝子是也連脽尻者斂足而立之狀漢武帝紀立后土祠於汾陰脽上如淳曰脽者河之東岸特堆魏土地記云河東郡北八十里有汾陰城北去汾水三里城西北隅曰脽丘詳邑部鄈下从肉隹聲示隹切十五部

肍孔也蒙脽言則謂尻孔也俗謂之䯌髀从肉夬

聲讀若決水之決 決聲鉉本作決省聲誤鍇本亦同者張次立依鉉改之也決水在盧江見水部古穴切十五部

胯 股也 合兩股言曰胯廣韵曰胯兩股之閒也史記曰不能死出我胯下 从肉夸聲 苦故切五部

股 髀也 骨部曰髀股外也言股則統髀故曰髀也 从肉殳聲 公戶切五部按殳字古音在四部股字古音在五部見於詩者如此

腳 脛也 東方朔傳曰結股腳謂跪坐之狀股與腳以厀爲中腳之言卻也凡卻步必先脛 从肉卻聲 居勺切五部

脛 胻也 厀下踝上曰脛脛之言莖也如莖之載物 从肉巠聲 胡定切十一部

胻 脛耑也 耑猶頭也脛近膝者曰胻如股之外曰髀也言脛則統胻言胻不統脛龜策傳曰壯士斬其胻郎斮朝涉之脛也 从肉行聲 戶更切古音在十部篇韵皆胡郎切

腓 脛腨也 咸六二咸其腓鄭曰腓膞腸也按諸書或言膞腸或言腓腸謂脛骨後之肉也腓之言肥似中有腸者然故曰腓腸荀爽易作肥云謂五也尊盛故稱肥此荀以意改字耳 从肉非聲 符飛切十五部

腨 腓腸也 腨者脛之一耑舉腨不該脛也然析言之如是統言之則以腨該全脛如禮經之言肫骼是也禮經多作肫或作膞皆假借字山海經謂之臂 从肉耑聲 市沇切十四部

胑 體四胑也 荀子君道篇如四胑之從心淮南脩務訓四胑不動孟子謂之四體孟子注胑作枝一云體者四枝股肱也又一云折枝按摩折手節解罷枝也自胳肱至腨言手足也故總之以胑 从

肉只聲章移切十六部肢胑或从支只支同部胲足大指毛

肉肉字依篇韵補倉公傳正義作皮足拇指上多生毛謂之毛肉故字從肉國語至於手拇毛脈謂手拇有毛脈也莊子臘者之有膍胲音義云胲足大指也漢書樹頰胲假爲臘也从肉亥聲古哀切一部肖骨

肉相侶也骨肉相似者謂此人骨肉與彼人骨肉狀皃略同也故字從肉漢荆法志假宵列子假佾从

肉小聲私妙切二部不侶其先故曰不肖也釋經傳之言不肖此肖義之引伸也胤子孫相承續也釋詁胤嗣繼也大雅毛傳胤嗣也从肉从

八象其長也八分也骨肉所傳支分派別傳之無窮幺亦象重累也累俗作累上非幺麽之幺直像其重累之意羊晉切十二部胤古文胤兩旁蓋亦從八之意胄

胤也左傳曰是四嶽之裔胄也从肉由聲許書無由字然由聲字甚多不可謂古無由字欲盡改爲甹省聲也直又切三部與甲胄字別肸振肸也振肸依玉篇今本玉篇肸譌眸十部曰肸蠁布也然則振肸者謂振動布寫也以疊韵爲訓也錯本云振也鉉本云振𦙶也皆非是禮樂志曰鸞路龍鱗罔不肸飾師古曰肸振也謂皆振整而飾之也上林賦肸蠁布寫師古曰肸蠁盛作也甘泉賦薌昳肸以掍根師古曰言風之動樹聲響振起此皆與說文合蓋𦙶與肸音義皆同許無𦙶字今按作𦙶作肸皆可左傳言振萬舞者必振動也尸部曰屑動作切切也此從𦙶會意也

从肉八聲許乞切古音在十二部 肉膻也釋訓毛傳皆云襢裼肉襢也李巡云
脫衣見體曰肉襢孫炎云襢去裼衣按多作襢作袒非正字膻其正字素問膻中謂氣海 从肉亶聲徒旱
切十四部 詩曰膻裼暴虎鄭風文今詩作襢禮作袒 益州鄙言人
盛諱其肥謂之釀方言曰梁益之閒凡人言盛及其所愛諱其肥䟫謂之壤鄙陽上書壤子
王梁代晉灼注引方言梁益之閒所愛諱其肥盛曰壤也李善曰諱方言作瑋按李所據方言作瑋許書諱亦當作瑋瑋同偉
奇也驚羨之意也釀假借作壤 从肉襄聲如兩切十部 多肉也从肉
卪鍇等曰肉不可過多故從卪符非切十五部按各本此篆在部末蓋因奪落而補綴之也今考定文理必當廁此與
下文少肉反對 臞也从肉皆聲古諧切十五部 少肉也釋言臞瘠
也周禮注瘠臞也 从肉瞿聲其俱切五部 消肉臞也消肉之臞臞之甚者
也今俗語謂瘦太甚者曰脫形言其形象如解蛻也此義少有用者今俗用爲分散遺失之義分散之義當用挩手部挩下曰
解挩也遺失之義當用奪奞部曰奪手持隹失之也 从肉兌聲徒活切十五部 齊人
謂臞脙也臞齊人曰脙雙聲之轉也釋言曰臞脙瘠也玉篇云齊人謂瘠腹爲脙 从肉求
聲讀若休止木部曰休息止也許音休今音巨鳩切三部 臞也毛詩傳曰欒欒

瘦瘠皃蓋或三家詩有作𦡆從正字毛作臠從假借字抑許所據毛作𦡆皆不能㠯定也從肉䜌聲力沇切十四部古皆讀平聲一曰切肉也依廣韵訂切肉曰𦡆𦡆之大者曰胾此許義也詩曰棘人𦡆𦡆此證前一義也[篆]瘦也疒部曰瘦臞也許欲令其義錯見也膌亦作瘠瘦亦作膄凡人少肉則脊呂歷歷然故其字從脊大雅串夷載路箋云路瘠也天意去殷之惡就周之德文王則侵伐混夷以瘠之此讀路爲露也瘠者露骨从肉脊聲資昔切十六部[篆]古文膌从疒朿朿木芒也木芒是老瘠之狀故從朿呂覽曰凡耕之大方棘者欲肥肥者欲棘高云棘羸瘠也詩棘人之欒欒言羸瘠也士亦有瘠土按棘從竝朿故高云爾朿亦聲朿聲與脊聲同十六部也[篆]騃也馬部曰騃馬行仡仡也人部曰仡勇壯也按騃取壯意凡肥者多癡故方言曰癡騃也廣韵曰脀癡皃下文胗腄等字皆言人病騃亦病之一也从肉丞聲按禮經戴記以此字爲薦脀字蓋假脀爲烝也烝進也而廣韵乃分別脀爲熟脀爲癡皃集韵亦分別異體皆非是讀若丞署陵切六部[篆]脣瘍也宋玉風賦曰中脣爲胗从肉㐱聲之忍切十三部[篆]籒文胗从疒[篆]跟胝也跟鉉作瘢不可通跟足踵也戰國策墨子聞之百舍重繭高注重繭絫胝也是足跟生胝之說也从肉垂聲竹垂切古音在十七部[篆]腄也漢書鼂奏無胈史記作鼂胝無胈徐廣曰胝竹移反胝腄也李善引郭璞三蒼

解詁曰胝䠞也竹施反按據此二音似胝本從氏聲在五支韵然小顏注漢云竹尸反今說文作胝從氏今韵入六脂姑仍其舊

从肉氏聲竹尼切十五部

肬 贅肬也各本奪肬字今補贅同綴書傳多贅綴通用故此直作贅綴屬也屬於皮上如地之有丘也 从肉尤聲羽求切三部 黕 籒文肬从黑

肒 搔生創也手搔皮肉成瘡 从肉丸聲胡岸切十四部

腫 癰也疒部曰癰腫也瘍醫注曰腫瘍癰而上生創者按凡膨脹粗大者謂之雍腫生民毛傳穜雍腫也莊子說木盤癭曰雍腫雍俗作擁 从肉重聲之隴切九部

胅 骨差也謂骨節差忒不相值故胅出也蘇林漢書注云窅胅窅謂入胅謂出爾雅注云胅起高二尺許山海經結匈國注云臆前胅出如人結喉玄應書頷頭胅頷皆是窅胅倉頡篇作容胅葛洪字苑作凹凸今俗通用作坳突 从肉失聲讀若跌同蹉跌者骨多差音義皆同徒結切十二部

脪 創肉反出也今洗寃錄所謂皮肉捲凸也 从肉希聲香近切十三部希聲讀入殷韵猶斤聲讀入微韵

⿰月引 瘢也疒部瘢痍也痍傷也 从肉引聲羊晉切十二部 一曰遽也別一義按篇韵皆云⿰月引脊肉是爲胂⿰月引字也

臘 冬至後三戌臘祭百神三戌下玉篇有爲字非也臘本祭名因呼臘月臘日耳月令臘先祖五祀左傳虞不臘矣皆在夏正十月臘卽蜡也風俗通云禮傳夏曰嘉平殷曰清祀周曰大蜡皇侃曰夏

殷蜡在己之歲終皇說是也秦本紀惠王十二年初臘記秦始行周正亥月大蜡之禮也始皇三十一年十二月更名臘曰嘉平十二月者丑月也始皇始建亥而不敢謂亥月爲春正月但謂之十月朔而已項羽紀書漢之二年冬繼之以春繼之以四月可證也更名臘爲嘉平者改臘在丑月用夏制因用夏名也臘在丑月因謂丑月爲臘月陳勝傳書臘月是也漢仍秦制亦在丑月而用戌日則漢所獨也風俗通曰臘者接也新故交接大祭以報功也漢家火行火衰於戌故曰臘也高堂隆曰帝王各以其行之盛而祖以其終而臘火生於寅盛於午終於戌故火家以午祖以戌臘按必在冬至後三戌者恐不在丑月也鄭注月令曰臘謂以田獵所得禽祭也風俗通亦曰臘者獵也按獵以祭故其祀從肉

从肉巤聲 盧盍切八部

膢 楚俗以二月祭飲食也 風俗通曰韓子書山居谷汲者膢臘而買水楚俗常以十二月祭飲食也按買水今本韓子作相遺以水皆謂水少耳風俗通作十二月劉昭引同與許書二月異疑十爲衍字仲遠書多襲用說文也劉玄傳注引漢書音義云冀州北郡以八月朝作飲食爲膢其俗語曰膢臘社伏玄應引三倉云膢八月祭也篇韵皆云膢飲食祭也冀州八月楚俗二月合說文與漢書音義言之

从肉婁聲 力俱切古音在四部按俱近鉉本誤居廣雅膢作䄛

一曰祈穀食新曰膢 鉉本膢上有離字風俗通曰又曰嘗新始殺食曰貙膢劉昭所引如是按後漢禮儀志立秋之日武官肄兵習戰陣之儀斬牲之禮名曰貙劉劉玄傳立秋貙膢時注引前書音義曰貙獸以立秋日祭獸王者亦以此日出獵用祭宗廟是則貙劉貙膢同義依風俗通似祈穀二字

當作始殺或曰祈穀食新卽八月祭之說也 脁 祭也 祭名也廣雅云祧祭也祧當作脁 从肉兆聲 玉篇通堯他召二切二部鉉本土了切蓋誤以月部之朓當之也 胙 祭福肉也 福者皇尸命工祝承致多福無疆于女孝孫是也周禮以脤膰之禮親兄弟之國注曰同福祿也引伸之凡福皆言胙如左傳言天胙明德無克胙國國語胙以天下胙四岳國是也自後人胙造祚字以改經傳由是胙祚錯出矣 从肉乍聲 昨誤切五部 隋 裂肉也 衣部曰裂繒餘也齊語戎車待游車之裂韋曰裂殘也裂訓繒餘引伸之凡餘皆曰裂裂肉謂尸所祭之餘也守祧既祭則藏其隋注隋尸所祭肺脊黍稷之屬其儀節詳於禮十七篇其字古文士虞禮作隋與周禮同特牲少牢篇今文作綏古文作挼或作妥鄭注云周禮作隋隋與挼讀同又云挼讀爲隋注曾子問亦云綏周禮作隋是鄭以隋爲正字與許同也尸祭抖肺黍稷之屬已祭則爲殨餘無用之物故云裂肉單言肉者爲其字從肉也 从肉隓省聲 徒果切十七部按今儀禮注隋皆作隨誤 膳 具食也 此與食部籑字同義具者供置也欲善其事也鄭注周禮膳夫曰膳之言善也又云膳羞之膳牲肉也 从肉善聲 常衍切十四部 腬 嘉善肉也 謂肥美小徐云晉語曰若克有成無亦晉之柔嘉是以甘食偃之肉腥臊將焉用之 从肉柔聲 耳由切三部 肴 啖也 折俎謂之肴見左傳國語豆實謂之肴見毛傳凡非穀而食曰肴見鄭箋皆可啖者也按許當云啖肉也謂熟饋可啖之肉今本有奪字 从肉爻聲

胡茅切二部按今經傳皆作殽非古經之舊也

腆　設膳腆腆多也士昏禮注鄭風箋皆曰腆善也方言公羊傳注皆曰腆厚也此皆引伸之義也禮古文以殄爲腆　从肉典聲他典切十二部

𣈆　古文腆從日蓋誤玉篇作𣈆

腯　牛羊曰肥豕曰腯按人曰肥獸曰腯此人物之大辨也又析言之則牛羊得偁肥豕獨偁腯曲禮豕曰剛鬣豚曰腯肥注云腯亦肥也春秋傳作腯腯充皃也按曲禮經注當如是今本經文作腯則不可通矣腞亦腯字也釋文腯本亦作豚乃本亦作腞之誤郭注方言曰腯腯肥充也音突亦作腞是其證左傳奉牲以告曰博碩肥腯下文以謂民力溥存釋博以謂其畜之碩大蕃滋釋碩以謂其不疾瘯蠡釋肥以謂其備腯咸有釋腯曲禮專謂豚左氏統言之　从肉盾聲他骨切十五部

䏶　肥肉也廣韻曰䏶脅肥也脅肥狀也　从肉必聲蒲結切十二部

胡　牛顫垂也玄應司馬貞引皆作牛領按此言顫以包頸也顫頤也牛自頤至頸下垂肥者也引伸之凡物皆曰胡如老狼有胡鶘胡龍垂胡顊是也胡與矦音轉取近故周禮立當前矦注曰車轅前胡下垂柱地者經傳胡矦遐皆訓何士冠禮永受胡福鄭曰胡猶遐也毛傳胡壽也謚法彌年壽考曰胡保民耆艾曰胡皆謂壽命遐遠　从肉古聲戶孤切五部

胘　牛百葉也廣雅胃謂之胘李時珍云胘卽胃之厚處齊民要術有牛胘炙卽牛百葉也公羊傳注自左髀達於右胘謂達於胃也　从肉弦省聲胡田切十二部

膍　牛百葉也周禮

醓人既夕禮皆云脾析周禮注鄭司農云脾析牛百葉也既夕注云脾讀爲雞脾䏶之脾脾析百葉也按䏶從此聲釋文尺之反內則鴇奧注奧脾䏶也字亦作膍釋文昌私反今儀禮注禮記釋文䏶皆作膍誤甚䏶與斯斯與析音近故釋脾析爲脾䏶雞鴇皆有脾䏶謂胃也卽許所謂鳥膍胵也鄭與許字異而音義同謂之百葉者胃薄如葉碎切之故云百葉未切爲膍胵既切則謂之脾析謂之百葉也此胃也而經注何以謂之脾蓋如今人俗語脾胃連言故以脾之名加於胃也經文脾析說禮家容有讀爲膍者故許從之不欲與十藏同名也莊子臘者之有膍胲司馬云膍牛百葉也是也大雅加豦脾臄箋亦謂百葉許以牛百葉系諸獸系諸已成之豆實故以鳥膍胵爲別一義實則皆謂胃也廣雅云百葉謂之膍胵渾言之也

从肉𣬉聲 房脂切十五部

一曰鳥膍胵 逗 鳥胃也 鳥胃也三字本在胵下今更定內則鴇奧注奧脾膍也玉篇廣韵奧皆作䐿云䐿鳥胃

肶 膍或从比 釋詁曰肶厚也毛詩曰膍厚也實一字也皆引伸假借之義也采菽福祿膍之音義曰韓詩作肶按韓詩爾雅皆同說文或字毛詩節南山又作毗毗卽膍字釋詁肶亦作脾

胵 鳥膍胵也 依全書通例正 从肉至聲 處脂切十五部古音至聲在十二部

一曰胵五藏總名也 此單呼胵不連膍五藏亦謂禽獸

膘 牛脅後髀前合革肉也 合革肉者他處革與肉可分剝獨此處不可分剝也七發所謂犓牛之膘毛傳云射左膘三蒼云膘小腹兩邊肉也

从肉㶾聲讀若繇 敷紹切二部今俗謂

牲肥者曰膘壯音如標膟血祭肉也郊特牲曰取膟膋燔燎升首報陽也鄭云膟膋腸閒脂也朝事時取牲膟膋燔於爐炭至薦孰之時又取膟膋與蕭合燒之按此注謂膟膋腸閒脂二字一物祭義注云膟膋血與腸閒脂也則以血釋膟以腸閒脂釋膋略同許說小雅執其鸞刀以啓其毛取其血膋正與祭義毛牛尚耳鸞刀以封取膟膋乃退語相合毛云毛以告純也膋脂膏也血以告殺膋以升臭合之黍稷實之於蕭合馨香也蓋說禮家以膟當詩之血故許云血祭鄭注祭義同考之郊特牲血祭與燔膟膋各事膟膋自是一物郊特牲注爲長也許云血祭肉者肉是衍字血祭不容有肉祭義疏引說文字林膟血祭無肉字釁字下亦云血祭从肉帥聲呂戌切十五部𦝢膟或从率今毛傳禮記皆作膟膫牛腸脂也从肉尞聲洛蕭切二部詩曰取其血膫小雅信南山文膟字下云一曰膟腸閒肥也一名膫然則膫一名膟矣今按膟蓋卽𦝢字之異者膟膫同訓腸閒脂與郊特牲注合膋膫或从勞省聲今毛詩禮記皆作膋脯乾肉也周禮腊人掌乾肉凡田獸之脯腊膴胖之事注云大物解肆乾之謂之乾肉薄析曰脯捶之而施薑桂曰段脩腊小物全乾也許於脯於日部之昔統言之曰乾肉鄭則以大物小物析言之从肉甫聲方武切五部脩脯也膳夫大鄭注曰脩脯也按此統言之析言之則薄析曰脯捶而施薑桂曰段脩後鄭注內饔云脩鍛脯也是也曲禮疏云脯訓始始作卽成也脩訓治治之乃成修治之謂捶而施薑桂經傳多假脩爲修治字从

肉攸聲息流切三部

膎脯也太玄曰多田不婁費我膎功从肉奚聲戶皆切十六部皆當從廣韵作佳膎俗作鮭

脼膎肉也廣雅曰膎脼肉也不列於脯類鍇本膎脼二篆在膊篆之下集韵曰吳人謂腌魚膎脼从肉兩聲良獎切十部

膊薄脯膊之屋上膊之屋上當作薄之屋上薄迫也釋名膊迫也薄椓肉迫箸物使燥也說與許同方言膊暴也燕之外郊朝鮮洌水之閒凡暴肉發人之私披牛羊之五藏謂之膊左傳龍人囚盧蒲就魁殺而膊諸城上周禮斬殺賊諜而膊之皆謂去衣磔其人如迫脯於屋上也又儀禮兩胉今文作迫周禮豚拍杜子春以拍爲膊謂脅也按脅之正字當從禮今文作迫从肉尃聲匹各切五部

脘胃脯也胃脯見史漢貨殖傳晉灼曰今大官常以十月作沸湯燖羊胃以末椒薑坋之暴使燥是也廣雅曰脘脯也鉉本胃脯作胃府則與上下文言脯者不貫脘篆應廁於胃篆下矣素問胃脘謂胃宛中可容受脘蓋宛之俗大廣益會玉篇脘注古夘切胃脘非許意从肉完聲讀若患曹憲丸管二一音十四部

朐脯挺也許書無脡字挺卽脡也何注公羊曰屈曰朐申曰脡朐脡就一脡析言之非謂脡有曲直二種也曲禮曰左朐右末鄭云屈中曰朐屈中猶言屈處末卽申者也士虞禮曰設俎于薦東朐在南鄭云朐脯及乾肉之屈也曰左朐曰朐在南則朐在脯端明矣鄉飲酒記曰薦脯五挺橫祭于其上注引曲禮左朐右末鄉射記薦脯五膱膱長尺二寸注膱猶挺也然則每一脯爲一膱謂之一挺每膱必有屈處故亦可謂之一朐挺作脡

檝作檝皆俗字朐引伸爲凡屈曲之偁漢巴郡有朐忍縣十三州志曰其地下溼多朐忍蟲因名朐忍蟲即丘蚓今俗云曲蟺也漢碑古書皆作朐忍無異不知何時朐譌朐忍譌䏰闞駰上音春下音閏通典上音蠢下音如尹切廣韵則上音蠢下音閏而大徐乃於肉部增朐䏰二篆上音如順下音尺尹不知爲朐忍之字誤且謂其地在漢中又不知漢朐忍在今夔州府雲陽縣名萬戶垻者是去漢中遠甚也 从肉句聲 凡從句之字皆曲物故皆入句部朐不入句部何也朐之直多曲少故釋爲脯挺但云句聲也云句聲則亦形聲包會意也其俱切四部

膴 無骨腊也 腊今字也日部作昔腊人掌乾肉凡田獸之脯腊膴胖之事脯腊皆謂乾肉故許釋膴爲無骨腊蓋賈侍中周禮解詁說與鄭司農云膴膺肉杜子春云膴胖皆謂夾脊肉後鄭云公食大夫禮曰庶羞皆有大有司曰主人亦一魚加膴祭于其上內則曰麋鹿田豕麕皆有胖足相參正也大者胾之大臠膴者魚之反覆膴又詁曰大二者同矣則是膴亦牒肉大臠胖宜爲脯而腥胖之言片也析肉意也按依後鄭說膴胖皆非腊也趙商問腊人掌凡乾肉而有膴胖何鄭荅雜鮮亦屬腊人此可證膴胖之非腊許說蓋偏執耳下文云周禮有膴判易胖爲判度許亦必釋爲腊屬而今亡其說矣無骨之腊故其字從肉無骨則肥美故引伸爲凡美之偁毛詩傳曰膴膴美也 楊雄說鳥腊 此別一義鳥腊必非無骨也蓋楊雄蒼頡訓纂一篇中有此語 从肉無聲 荒胡切五部 周禮有膴判 按周禮作胖鄭大夫云胖讀爲判許同之半部釋胖爲半體 讀若謨 後鄭云膴又詁曰大注有司徹云膴讀如殷冔之冔則讀同幠火吳反

腒 北方謂鳥腊腒 周禮內則注皆曰腒乾雉士相見之禮摯冬用雉夏用腒注曰備腐臭也按鄭主謂乾雉依士相見禮而言也士相見禮腒謂雉周禮內則不必專謂雉許槩言鳥腊為長 从肉居聲 九魚切五部 傳曰堯如腊舜如腒 亦見王充論衡引傳

𦢊 乾魚尾𦢊𦢊也 𦢊𦢊各本作鱐鱐今正𦢊𦢊乾皃今俗尚有乾𦢊𦢊之語風俗通說夏馬棹尾𦢊𦢊古言也庖人內則注曰鱐乾魚籩人注曰鱐者析乾之出東海 从肉肅聲 所鳩切三部 周禮有腒𦢊 今周禮庖人作腒鱐

肍 孰肉醬也 用孰肉為醬孰廣韵作乾疑乾是下文云生肉醬者鮮肉醬也 从肉九聲讀若舊 巨鳩切三部

䐑 有骨醢也 酉部曰醢肉醬也釋器曰肉謂之醢有骨者謂之臡醢人注曰臡亦醢也或曰有骨為臡無骨為醢公食大夫禮注曰醢有骨謂之臡 从肉耎聲 人移切古音在十四部

臡 䐑或从難 耎難二聲同在十四部按公食大夫禮注曰今文臡皆作麋麋系䐑之誤儀禮爾雅音義曰臡字林作䐑䐑五經文字曰臡見禮經周禮說文字林皆作䐑據此則說文本無臡字甚明後人益之也許於禮經或從今文或從古文此從今文䐑鄭則從古文臡也

脠 生肉醬也 廣韵曰魚醢也引說文云肉醬釋名齊民要術有生脠 从肉延聲 丑連切十四部按此字從延非從延也目部𥊍木部梴同今本說文梴作梴脠篆大徐不誤而注誤云延聲

䏽 豕肉醬也

魚部曰䱇魚䏽醬也是魚肉醬亦偁䏽从肉咅聲各本作否聲誤薄口切四部

胥 蟹醢也庖人共祭祀之好羞注謂四時所爲膳食若今荊州之鮭魚青州之蟹胥雖非常物進之孝也釋名曰蟹胥取蟹藏之使骨肉解足胥胥然也字林云胥蟹醬也按鄭云作醢及醬必先膊乾其肉乃後莝之襍以粱麴及鹽漬以美酒塗置甄中百日則成許云蟹醢作之當同也釋名所云則似今之醉蟹似劉說長蟹者多足之物引伸假借爲相與之義釋詁曰胥皆也又曰胥相也今音相分平去二音爲二義古不分公羊傳曰胥命者相命也穀梁傳曰胥之爲言猶相也毛傳於聿來胥宇于胥斯原皆曰胥相也此可證相與相視古同音同義也小雅君子樂胥毛曰胥皆也賈誼書引此詩云胥相此爾雅皆與相同義之證也方言又曰胥輔也文王胥附先後是也从肉疋聲按蟹八跪二敖故字從疋劉熙云足胥胥然也相居切五部劉昌宗音素集韵又作蝑蝦蝍蛣音四夜切按胥篆舊在膴腒之閒非其類今正之移於此

胹 爛也爛火部作爤火孰也左傳宰夫胹熊蹯不孰謂火孰之而未孰也方言胹孰也自關而西秦晉之郊曰胹按內則作濡从肉而聲如之切一部廣韵作臑云籒文作⿰鬲而

⿰月員 切孰肉內於血中和也釋名有肺䐪䐪同⿰月員五經文字曰⿰月員見禮經注廣韵三十三線曰䐪同饌見儀禮士戀切从肉員聲讀若遜穌本切十三部

胜 犬膏臭也庖人內則秋行犢麛膳膏腥杜子春云膏腥豕膏也後鄭云膏腥雞膏也許云犬膏蓋本賈侍中从肉生聲桑經切十一部

曰不孰也上文云生肉醬字當作胜論語君賜腥必孰而薦之字當作胜今經典膏胜胜肉字通用腥爲之而胜廢矣而腥之本義廢矣

臊 豕膏臭也庖人內則曰夏行腒鱐膳膏臊杜子春云膏臊犬膏大鄭云膏臊豕膏後鄭從杜說許同大鄭 从肉喿聲穌遭切二部

膮 豕肉羹也公食大夫禮注曰膷臐膮今時臛也牛曰膷羊曰臐豕曰膮皆香美之名也古文膷作香臐作薰按許無膷臐二字從古文不從今文也內則同今文作膷臐又按此庶羞豆實也其謂之羹何羹有實於鼎者牛藿羊苦豕薇是也有實於豆者膷臐膮是也鄭云膮臛也許云膮肉羹也說正同臛亦謂之羹而較乾於鉶羹且鉶羹有菜芼臛不云用菜芼也 从肉堯聲許幺切二部

腥 星見食豕令肉中生小息肉也息當作瘜疒部曰瘜寄肉也星見時飼豕每致此疾內饔曰豕盲眡而交睫腥盲眡內則作望視鄭云腥當爲星聲之誤也肉有如米者似星注內則同按鄭意腥爲腥孰字豕不可食者當作星與經傳及今俗用字皆合許則謂腥孰字正作胜腥專謂豕不可食者與鄭絕異爾雅米者謂之糵郭云飯中有腥其用字與許同也 从肉星星亦聲穌佞切十一部字林先定反

脂 戴角者脂無角者膏大戴易本命曰戴角者無上齒謂牛無上齒觸而不噬也無角者膏而無前齒謂豕屬也無前齒者齒盛於後不用前有羽者脂而無後齒羽當爲角謂羊屬也齒盛於前不任後考工記鄭注曰脂者牛羊屬膏者豕屬內則注曰肥凝者爲脂釋者爲膏按上文膏系之人則脂系之禽此人

物之辨也有角無角者各異其名此物中之辨也釋膏以脂禽亦曰膏周禮香臊腥羶皆曰膏此皆統言不別也从肉旨聲旨夷切十五部膭𦢈也𦢈各本譌觷說者以釋器角謂之觷釋之誤甚角部本無觷字此上下文皆言脂膏治角之義無從闌入也玉篇膭膏𦢈也𦢈膏膭也廣韵過韵膭𦢈膏也𦢈又見屋沃韵是可據以正誤補缺矣从肉貨聲穌果切十七部廣韵先臥切𦢈膏肥皃从肉學省聲烏酷切二部此篆舊無今補按膭𦢈二篆蓋古本皆無或增膭而失其解則不若併增𦢈也膩上肥也謂在上者釋器曰冰脂也郭云莊子肌膚若冰雪冰雪脂膏也按此所謂上肥也冰凝古今字毛詩膚如凝脂同也楚辭靡顏膩理膩滑也从肉貳聲女利切十五部膜肉閒胲膜也釋名膜幕也幕絡一體也廣雅膫膌膜也膌與膜爲一許意爲二膜在肉裏也許爲長胲膜者絫呼之胲之言該也按膜膌皆人物所同許專系之物者在人者不可得見也从肉莫聲慕各切五部⿰月弱肉表革裏也考工記注曰今人謂蒲本在水中者爲弱按蒻在莖之下根之上肉表革裏名膌亦猶是也从肉弱聲而勺切二部臛肉羹也鬻部曰鬻五味盉羹也釋器曰肉謂之羹羹有二實於鉶者用菜芼之謂之羹羹實於庶羞之豆者不用芼亦謂之羹禮經牛膷羊臐豕膮鄭云今時臛也是今謂之臛古謂之羹臛字不見於古經而見於招魂王逸曰有菜曰羹無菜曰臛王說與禮合許不云羹也而云肉羹也者亦無菜之謂匡謬正俗駁叔師說其言甚

誤从肉隺聲呼各切古音在二部膹膹臛也廣雅曰膹臐䐑臛也臛俗脽字从肉

賁聲房吻切十三部臇臇臛也李善引蒼頡解詁曰臇少汁臛也曹植七啟曰臇漢南之鳴鶉名都篇曰臇鯉臇胎鰕从肉雋聲讀若纂子沇切十四部熼臇或从火

巽胾胾大臠也切肉之大者也从肉𢦏聲側吏切一部按鄉射禮古文樴爲胾戠聲𢦏聲同也脯脡字本作梃从木从手从肉皆誤也梃一枚也樴猶梃也樴作胾則同聲而不同義凡禮古文髀作脾幹作骭骼作胳等皆同聲而不同義

䐑䐑薄切肉也二云薄者取從枼之意少儀曰牛與羊魚之腥聶而切之爲膾注聶之言䐑也先藿葉切之復報切之則爲膾醢人注引少儀聶皆作䐑腊人注云膴亦䐑肉大臠按如許鄭說䐑者大片肉也鄭云凡醓醬所和細切爲齏全物若䐑爲菹从肉枼聲直葉切八部

膾膾細切肉也所謂先藿葉切之復報切之也報者俗語云急報凡細切者必疾疾速下刀少儀注云報讀爲赴疾之赴拔赴皆疾也从肉會聲古外切十五部

腌腌漬肉也今淹漬字當作此淹行而腌廢矣方言云淹敗也水敗爲淹皆腌之引伸之義也腌猶瀸也肉謂之腌魚謂之饐倉頡篇云腌酢淹肉也从肉奄聲於業切八部

脃脃小耎易斷也七發曰甘脃肥膿魏都賦稾質趗脃作脆者誤也从肉絕省聲形聲包會意也易斷故從絕省此芮切十五部

膬膬耎易破也耎七發注

作膴膴者。醢有骨者也。七發曰。飲食則溫淳甘膬腥醲肥厚。从肉毳聲 七絕切。十五部。按脃膬蓋本一字異體。篇韵皆云膬同脃。小宗伯注曰。今南陽名穿地爲竁。聲如腐脃之脃。音義云。字書無脃字。但有膬字。音千劣反。今注本或膬字者。則與劉音清劣反爲協。據此則陸氏所見說文等書有膬無脃也。而李善於魏都七發分引此二字。則唐初說文非無脃矣。二字皆可入可去。分廁祭薛。古音理不然也。

散 襍肉也 從㪔者會意也。㪔分離也。引伸凡㪔皆作散。散行而㪔廢矣。从肉㪔聲 穌旰切。十四部。

膞 切肉也 膞與剸義近。儀禮說牲體前有肩臂臑。後有肫胳骼骼不升於俎。故多言肫胳。肫亦作膞。經肫膞錯出。皆假借字也。經本應作腨。腨。腓腸也。以腓腸該全脛。假肫膞字爲之。从肉專聲 市沇切。十五部。

腏 挑取骨閒肉也 手部曰。抉。挑也。从肉叕聲。讀若詩曰啜其泣矣 王風文。陟劣切。十五部。

胏 食所遺也 馬融陸績皆曰。肉有骨謂之胏。說文字林作胏。訓爲食所遺。蓋孟本孟說與。从肉仕聲 阻史切。古音在一部。易曰。噬乾胏 今錯本此下衍止字。噬嗑九四爻辭。

胏 楊雄說胏从𠂔 蓋訓纂篇中字如此作。馬鄭易同。楊鄭云。胏。簀也。蓋謂胏爲笫之假借。其說未聞。胏當在十五部。而與胏同字者。合韵之理也。

⿰月臽 食肉不猒也 猒。飽也。从肉臽聲。讀若陷 戶猎切。八部。

肰 犬肉也。从肉犬。讀若然 如延切。十四部。

㹜古文肰小篆從一犬古文從二犬𤉡亦古文肰按此蓋嘫之譌耳

䐜起也當云肉起也素問曰濁氣在上則生䐜脹王砅注䐜脹起也按許廁此謂人所食肉从肉真聲齒真切十二部

䏙肉汁滓也醓人韭菹醓醢注云醓肉汁也公食大夫禮注曰醓醢醢有醓釋名曰醓多汁者曰醓醓瀋也宋魯人皆謂汁爲瀋按合此三條可見禮經醓醢正字當作䏙䏙謂多肉汁之醢也許云汁滓者謂醓不同湆也合醢人注及皿部醓下觀之䏙醢用牛乾脯莝之雜以粱麴及鹽漬以美酒塗置甀中百日則成蓋他醢及臡皆用此法如蠃醢則用乾蠃肉麋臡則用乾麋肉也凡醢臡皆有汁而牛乾脯獨得䏙名者六畜不言牲名他醢臡不言䏙立文錯見之法汁即鹽酒所成醢皆胜物非有孰汁也毛傳云以肉曰醓醢大鄭云醓醢肉醬也皆言肉以包汁不言何肉者蓋謂周禮六牲之肉下文醢臡麋鹿麇兔鴈在六獸六禽內可證也許但言牛乾脯者舉六牲之一以包其餘也正字作䏙醓假借字作盬醓許所據禮作盬今字作醢从肉冘聲他感切八部

膠昵也弓人說膠曰凡昵之類不能方注故書昵或作樴杜子春云樴讀爲不義不昵之昵或爲䵒䵒黏也玄謂樴脂膏膱敗之膱膱亦黏也按此經杜作昵又作䵒後鄭作膱其意則同也許從杜作昵日部曰暱日近也或作昵是則昵亦訓黏也一說此昵也及周禮注不義不昵之昵三昵字皆當作䵒作之㠯皮考工記鹿膠青白馬膠赤白牛膠火赤鼠膠黑魚膠餌犀膠黄注云皆謂煑用其皮或用角按皮近肉故字從肉从肉翏聲古肴切古音在三部[illegible]或

曰䐢名或曰不定之言二云䐢名蓋羸爲蠃之古字與驢蠃皆可畜於家則謂之畜宜也象形闕象形二字淺人所增闕謂闕其形也其義則畜名其音則以羸聲之字定之其形則從肉以外不能强爲之說也郞果切十七部一說或曰䐢名四字亦後人所增義形皆闕

胆蠅乳肉中也三蒼曰蠅乳肉中曰胆通俗文云肉中蟲曰胆周禮蜡氏注蜡骨肉腐臭蠅蟲所蜡也蜡讀如狙司之狙按狙司俗作覷伺釋蟲翥醜鏬翥本作翥蟲千據反見廣韵卽周禮所謂蜡三蒼所謂乳肉中也从肉且聲七余切五部作蛆者譌

肙小蟲也蟲部蜎下曰肙也考工記注二云謂若井中蟲蜎蜎按井中孑孓蟲之至小者也不獨井中有之字從肉者狀其耎也從口者象其首尾相接之狀也从肉口各本有聲字非也烏懸切十四部廣韵玉篇皆烏縣切一曰空也甑下孔謂之窐窐亦作䏴是其義也

腐爛也上文二云𦛗爛也爛之正義此二云腐爛也歹部二云殨爛也爛之引伸之義从肉府聲扶雨切四部

肎骨閒肉肎肎箸也肎肎附箸難解之皃莊子說庖丁解牛曰技經肯綮之未嘗肯崔引此解釋之綮音磬司馬二云猶結處也按肎之言可也故凡所願曰肎得其窾郤曰中肎引伸之義也从肉从冎省冎者剔肉置其骨也肎肎相箸有待於剔故從冎陸德明引說文字林皆口乃反唐韵苦等切按肎等二字古音同在一部故皆在海韵音轉入六部乃在拼等韵也隸作肯一曰骨無肉也此別一義

冎古文肎

朘赤子陰也

老子未知牝牡之合而朘作河上本如是從肉夋聲釋文引說文子和反又子壘反按此字各本無之老子音義引說文可據故補綴於末

文一百四十今補臠朘二篆則百四十二　重二十膜脉胎人之始也自肌膚以及肞胲皆言人體所具而依次弟言之肖至胄言人之苗裔也骨膻人所時有也臞至膌言人之肥瘦也脅至胅言人之疵病也臘至隋言祭也祭必以肉故字從肉也膳至腆言食也自腯至膫言六畜體所具也自脯至膴皆乾肉可食者也皆胜物也自肬至腤皆醬屬也自腒至胊皆肉可食者膠用皮皮者肉之類也贏胆肓三文以其多肉製字腐肓之用皆取義於肉也朘之次當本在雕肰二篆之下

筋　肉之力也力下曰筋也筋力同物今人殊之耳考工記故書筋或作薊　从肉力　从竹竹物之多筋者說從竹之意居銀切十三部　凡筋之屬皆从筋

笏　筋之本也內則注曰餌筋腱也王逸注招䰟曰腱筋頭也餌篇韵作䐧　从筋省夗省聲渠建切十四部

腱　笏或从肉建建聲也今字多作此

䈝　手足指節鳴也其聲膊膊然　从筋省勺聲北角切二部

肑　筋或省竹按廣雅曰肑謂之腴篇韵皆云肑腹下肉此別一義

文三　重二

刀　兵也刀者兵之一也衞風假借爲舠字　象形都牢切二部　凡刀之屬皆从刀

⿰缶刂　刀握也謂握持處也篇韵皆云劍同弣按弓把曰弣考工記少儀弣作拊刀把曰劍少儀亦作拊刀卻刃授穎削授拊注穎鐶也拊謂把也按穎近拊拊近刃故削外削內異其授拊與劍音相近　从刀缶聲方九切三部玉篇孚主切

⿰咢刂　刀劍刃也淮南脩務訓摩其鋒⿰咢刂王子淵聖主得賢臣頌漢書作越砥斂其咢文選作鍔　从刀咢聲五各切五部

⿱㓞各　籀文⿰咢刂从㓞各各聲與咢聲同部釋詁剡⿱㓞各利也陸德明本作⿱㓞各顏籀孔冲遠引作略周頌有略其耜毛云略利也張揖古今字詁云略古作⿱㓞各以說文折衷之⿱㓞各者古字⿰咢刂者今字⿰咢刂者正字略者假借字

削　鞞也革部曰鞞刀室也少儀曰削授拊史漢貨殖傳曰洒削方言劒削自河而北燕趙之閒謂之室自關而東或謂之廓或謂之削自關而西謂之鞞廓郭鞞卽鞞今字作鞘玄應曰小爾雅作鞘　从刀肖聲息約切按當依廣韵私妙切二部　一曰析也木部曰析破木也析从斤削从刀皆訓破木凡侵削削弱皆其引伸之義也今音息約切

⿰句刂　鎌也⿰句刂亦作鉤周禮薙氏夏日至而夷之注云以鉤鎌迫地芟之也方言曰刈鉤江淮陳楚之閒謂之鉊音昭或謂之鐹音果亦作划自關而西或謂之鉤或謂之鎌或謂之鍥音結按鎌之屬見於金部　从刀句聲古侯切四

部

大鐮也謂可切地芟刈也金部曰鉊大鐮也一曰摩也下文云刀不利於瓦石上刉之剴刉音義皆同也引伸之爲規諷之義如大司樂注曰導者言古以剴今爾無正箋巧言謂以事類風切剴微之言是也唐魏徵傳二百餘奏無不剴切當帝心今人乃謂直言爲剴切昧於字義甚矣从刀豈聲五來切古音在十五部又古愛反與杚槩音義皆同

剞劂逗曲刀也高注俶真訓曰剞巧工鉤刀劂規度刺墨邊箋也箋字有誤所以刻鏤之具應劭注甘泉賦曰剞曲刀也劂曲鑿也二注皆謂剞劂有二王逸注哀時命剞劂刻鏤刀也與許合从刀奇聲居綺切古音在十七部

剞劂也二字雙聲从刀屈聲九勿切十五部亦作劂

銛也銛者臿屬引伸爲銛利字銛利引伸爲凡利害之利刀和然後利从刀和省依韵會本毛傳曰鸞刀刀有鸞者言割中節也郊特牲曰割刀之用而鸞刀之貴貴其義也聲和而後斷也許據此說會意力至切十五部易曰利者義之和也又引易說從和省之意上云刀和然後利者本義也引易者引伸之義也

古文利蓋從刃禾

銳利也釋詁曰剡利也毛詩假借覃爲之大田曰以我覃耜毛曰覃利也釋詁文也按此二篆古本當作利剡也剡利也二字互訓从刀炎聲以冉切八部

始也見釋詁从刀衣會意楚居切五部裁衣之始也衣部曰裁製衣也製衣以鍼用刀則爲製之始引伸

爲凡始之偁此說從刀衣之意

前 齊斷也 釋言魯頌傳皆曰翦齊也士喪禮馬不齊髦注云齊翦也二字互訓許必云齊斷者爲其從刀也其始前爲刀名因爲斷物之名斷物必齊因爲凡齊等之偁如實始翦商謂周之氣象始與商齊等語本甚明戈部引此詩作戩商字之假借如竹箭之爲竹晉也前古假借作翦召南毛傳曰翦去也是也禮經蚤揃假借揃爲之又或爲鬋今字作剪俗 从刀歬聲 子善切十二部

則 等畫物也 等畫物者定其差等而各爲介畫也今俗云科則是也介畫之故從刀引伸之爲法則假借之爲語䛐 从刀貝 貝古之物貨也 說從貝之意物貨有貴賤之差故從刀介畫之子德切一部

𠟭 古文則 重貝者定其等差之意

𠟔 籒文則从鼎 鼎部曰籒文以鼎爲貝故員作鼏敗作[鼎攴]霣作䨺則作𠟔

剛 彊斷也 彊者弓有力也有力而斷之也周書所謂剛克引伸凡有力曰剛 从刀岡聲 古郎切十部

𠇍 古文剛如此 按從㐰㐰古文信信者必剛也從二者仁從二之意仁者必有勇也侃侃剛直也亦從㐰

剬 斷齊也 齊字衍 从刀耑聲 旨兗切十四部按首部𩠐斷首也亦截也剸上同考鍇本無剸上同之文而玄應書云剬聲類作剸說文剬斷首也亦截也然則許書首部有剬無剸刀部無剬後人以聲類之剸改首部之剬又移剬入刀部二徐本皆非古也此篆宜刪

劊 斷也 易困九五劓刖困于赤紱京房本作劓劊按刖絕劊斷義正相同今俗云劊子手 从刀會聲

古外切十五部

切 刌也 二字雙聲同義古文禮刌肺今文刌爲切引伸爲迫切又爲一切俗讀七計切師古曰一切者權時之事如以刀切物苟取整齊不顧長短縱橫故言一切 从刀七聲 千結切十二部

刌 切也 玉藻瓜祭上環注曰上環頭刌也元帝紀分刌節度 从刀寸聲 凡斷物必合法度故從寸周禮昌本切之四寸爲菹陸續之母斷葱以寸爲度是也云寸聲包會意詩他人有心予寸度之俗作忖其實作寸作刌皆得如切物之度其長短也倉本切十三部

⿰辥刀 斷也从刀辥聲 私列切十五部

刉 劃傷也 錐刀畫曰劃周禮士師職凡刉珥小子職作珥祈祈或爲刉肆師職作祈珥祈或作幾按鄭讀珥皆爲衈二云作刉衈爲正字刉衈者釁禮之事用牲毛者曰刉羽者曰衈小子衈於社稷刉於五祀謂始成其宮兆時也襍記雍人舉羊升屋中屋南面刲羊血流于前門夾室皆用雞其衈皆于屋下割雞門當門夾室中室是刉衈之事也許云劃傷者正謂此禮不主於殺之但得其血涂祭而已血部無衈字蓋許依經作珥襍記注曰衈謂將刲割牲以釁先滅耳旁毛薦之周禮注引公羊傳叩其鼻以衈社今公羊作血社山海經衈用魚傳引叩其鼻以聃社字又不同聃蓋從神省從耳 从刀气聲 當九祈切十五部 一曰斷也 此別一義 又讀若磑 又者蒙上文乞聲言之云乞聲則得其音矣而斷之義讀如殺羊出其胎之磑音稍不同也今音五來切 一曰刀不利於瓦石上刉之 又別一義刉與厲不同厲者厲於厲石刉者一切用瓦石磢之而已與槩杚剴音義

略同今音當古愛切

劌利傷也。聘義廉而不劌義也注云劌傷也按玉部作廉而不忮毛公曰忮害也是其義同也利傷者以芒刃傷物从刀歲聲居衞切十五部

刻鏤也。金部曰鏤剛鐵可以刻鏤也釋器曰金謂之鏤木謂之刻此析言之統言則刻亦鏤也引伸爲刻覈刻薄之刻从刀亥聲苦得切一部

𠝞古文刻各本無此依玉篇增各本則下有古文作勀篇韵皆不載汗簡載之云說文續添則古本所無可知矣蓋古文刻之譌而誤系也

副判也。毛詩大雅曰不坼不副曲禮曰爲天子削瓜者副之匡繆正俗曰副貳之字本爲福從衣畐聲俗呼一襲爲一福衣是也書史假借遂以副字代之副本音普力反義訓剖劈學者不知有福字以副貳爲正體詩不坼不副乃以朱點發副字按顏說未盡然也副之則一物成二因仍謂之副因之凡分而合者皆謂之副訓詁中如此者致多流俗語音如付由一部入三部故韵書在宥韵俗語又轉入遇韵也沿襲既久其義其音遂皆忘其本始福字雖見於龜策傳東京賦然恐此字因副而製耳鄭仲師注周禮云貳副也貝部貳下因之史記曰藏之名山副在京師漢書曰臧諸宗廟副在有司周人言貳漢人言副古今語也豈容廢副用福从刀畐聲芳逼切一部周禮曰副辜祭鄭注周禮作疈云疈疈牲胷也疈而磔之謂磔禳及蜡祭許所據作副蓋副者古文小篆所同也鄭所據用籀文

疈籀文副从畐畐當云重畐重畐者狀分析之聲

剖判也。史記曰騶衍稱引天地剖判以來从刀咅聲浦后切四部

辨判也。小宰

傅別故書作傅辨朝士判書故書判爲辨大鄭辨讀爲別古辨判別三字義同也辨從刀俗作辨爲辨別字符蹇切別作從力之辦爲幹辦字蒲莧切古辨別幹辦無二義亦無二形二音也从刀辡聲十二部

判分也媒氏掌萬民之判注判半也得耦爲合主合其半成夫婦也朝士有判書以治則聽注判半分而合者从刀半聲形聲包會意普半切十四部

剫判也釋器木謂之剫郭引左傳山有木工則剫之从刀度聲徒洛切五部

刳判也內則云封之刳之按封謂刺殺之刳謂空其腹毄辭刳木爲舟亦謂虛木之中刳木一作挎木鄉飲酒禮相者二人皆左何瑟後首挎越內弦賈公彥曰瑟底有孔越以指深入而持之也手部無挎从刀夸聲苦孤切五部

列分解也列之本義爲分解故其字從刀𡿪分骨之剮從列引伸爲行列之義古假借烈爲列如鄭風火烈具舉毛曰烈列也是也羽獵賦舉烽烈火烈亦與列同从刀𡿪聲良辥切十五部

刊剟也柞氏夏日至令刊陽木而火之注刊謂斫去次地之皮也按凡有所削去謂之刊故刻石謂之刊石此與木部栞音同義異唐衞包乃改栞爲刊誤認爲一字也从刀干聲苦寒切十四部

剟刊也商子曰有敢剟定法令者死賈誼傳曰盜者剟寢戶之簾从刀叕聲陟劣切十五部

刪剟也凡言刪剟者有所去即有所取如史記司馬相如傳曰故刪取其要歸正道而論之刪取猶節取也謂去其後靡過實非義理所尚取其天子芒然而思已下也既錄其全賦矣謂之刪取何也言錄賦之意在此

不在彼也藝文志曰今刪其要以備篇籍刪其要謂取其要也不然豈劉歆七略之要孟堅盡刪去之乎詳言之則如律曆志曰刪其僞辭取其義者箸於篇約言之則如相如傳藝文志从刀冊冊逗書也說從刀冊之意也云冊書也者謂凡簡牘非必受於王之符命也築氏爲削鄭云今之書刀凡艸掤不定者以削削之謂之刪因之凡刊落不用者皆謂之刪所姦切十四部

劈破也此字義與副近而不同今字用劈爲副劈行而副廢矣劈與副古經有相通者大宗伯疈辜祭疈在一部故書疈爲罷大鄭釋爲披磔牲以祭罷披破同十七部劈在十六部此其音義相通之證也考工記假辟爲劈注云辟破裂也又或假擘爲之張衡賦云分肌擘理是也从刀辟聲普擊切十六部

剝裂也衣部曰裂繒餘也謂殘破也夏小正二月剝鱓以爲鼓也八月剝瓜畜瓜之時也剝棗剝也者取也粟零零也者降也零而後取之故不言剝也按剝鱓者謂殘其皮剝瓜棗者謂殘其實其用一也皮部曰剝取獸革與剝鱓合孔子易傳曰致飾然後通則盡矣故受之以剝剝者剝也物不可以終盡剝窮上反下故受之以復也按此是剝訓盡裂則將盡矣豳風假剝爲攴八月剝棗毛曰剝擊也音義云普卜反故知剝同攴也小正傳云取毛傳云擊此後人訓詁必密於前人也从刀彔彔刻也說從彔之意彔下云刻木彔彔也破裂之意彔亦聲北角切三部一曰剝割也此別一義與上義相通按此篆解說合二徐本及尚書泰誓正義宋刻本參定

⿰卜刂剝或从卜卜聲也

割剝也蒙剝之第一義互訓割謂殘破之釋言曰蓋割裂也

尚書多假借割爲害古二字音同也釋言舍人本蓋作害明害與割同也鄭注緇衣曰割之言蓋也明蓋與割同也从刀害聲古達切十五部按古字亦從匄聲故宋次道王仲至家所傳古文尚書曰𠛱申勸寧王之德

剺 剝也方言劙解也劙與剺雙聲義近劃也此別一義當言一曰按玄應書引三蒼云剺劃也文部曰嫠微畫也音同義近从刀𣀔聲里之切一部

劃 錐刀畫曰劃畫字各本無今補謂錐刀之末所畫謂之劃也上文云𠛱劃傷也剺劃也皆是也从刀畫畫亦聲呼麥切十六部當依廣韵胡麥切

剈 挑取也抉而取之也挑抉也今俗云剜許書無剜字从刀肙聲烏玄切十四部一曰窒也穴部曰窒空也窒與剈音義通如圭竇之比

刮 刮去惡創肉也瘍醫掌腫瘍潰瘍金瘍斲瘍之祝藥劀殺之齊鄭云劀刮去膿血殺謂以藥食其惡肉與許異刮劀爲疊韵从刀𠯑聲古鎋切十五部周禮曰劀殺之齊

劑 齊也釋言劑翦齊也按周禮或言質劑或言約劑鄭訓劑爲券書大鄭曰質劑謂市中平賈今時月平是也鄭云長券曰質短券曰劑是齊所以齊物也周禮又多用齊字亨人注齊多少之量此與劑義不同今人藥劑字乃周禮之齊字也从刀從刀者齊之如用刀也不必用刀而從刀故不與前爲伍餘倣此齊聲形聲包會意在諧切十五部

刷 刮也刷與㕞別又部曰㕞飾也巾部曰飾㕞也飾今拭字拭用手用巾故從又巾刷者掊杷也掊杷必用除穢之器

如刀然故字從刀艸部曰䕾刷也是也 从刀㕞省聲 其義亦略相近所劣切十五部 禮有刷巾 有鉉譌布黃氏公紹所據鍇本不誤而宋張次立依鉉改爲布今繫傳本乃張次立所更定往往改之同鉉而佳處時存韵會也禮謂禮經十七篇也鄉飲酒禮鄉射禮燕禮大射儀公食大夫禮有司徹皆言帨手注帨拭也帨手者於帨帨佩巾據賈氏鄉飲公食二疏知經注皆作帨絕無挩字也帨之爲巾見於士昏禮及內則內則盥卒授巾注云巾以帨手鄭卽用禮經帨手字也此云刷巾刷當作㕞蓋漢時禮經挩手有作刷手者假刷爲㕞說禮家所定字不同也刷巾又見服氏左傳注左傳藻率鞞鞛服云藻爲畫藻率爲刷巾禮有刷巾服語正與許同巾部云帥佩巾也帨帥或字是帨與帥同字樂師故書帥爲率聘禮古文帥皆作率韓詩帥時農夫毛詩作率是率與帥同音假借左氏傳之率卽說文之帥而許服所見禮經皆作刷手鄭禮經今文作帨手古文作說手是則帥帨率說刷㕞六字以同音通用而陸德明本作挩手者爲誤字

刮 掊杷也 杷各本作把誤手部曰掊杷也木部曰杷收麥器凡掊地如杷麥然故絫言之曰掊杷考工記故書挖摩之工大鄭挖讀爲刮 从刀昏聲 古八切十五部今字作刮

剽 砭刺也 謂砭之刺之皆曰剽也砭者以石刺病也刺者直傷也砭刺必用其器之末因之凡末謂之剽莊子謂本末爲本剽素問有標本病傳論標亦末也 从刀票聲 匹妙切二部按當依李軌莊子音怖遙反陸甫小反 一曰剽劫也 史記貨殖傳攻剽椎埋劫人作姦漢賈誼傳白晝大都之中剽吏而奪之金按此義當去聲

刲 刺也 馬虞說易

同从刀圭聲圭刲上故從圭形聲包會意也苦圭切十六部易曰士刲羊歸妹上六爻辭

剄折傷也剉與手部挫音同義近考工記揉牙內不挫注挫折也是二字通用也經史剉折字多作挫按今俗謂錭爲剉乃錯之聲誤耳說文作厝从刀坐聲麤臥切十七部

剿絕也夏書甘誓天用剿絕其命天寶已前本如是釋文曰剿子六反玉篇子小反馬本作劋宋開寶已前本如是今玉篇剿子小切絕也剿同上此顧希馮之舊也自衞包改剿爲勦以刀部訓絕之字改爲力部訓勞之字於是五經文字力部曰勦見禮記又見夏書而刀部反無剿字開寶中改釋文剿爲勦剿爲巢羣經音辨集韵等皆云勦絕也重紕貤繆莫能諟正葢衞包當日改剿爲從刀之勦猶可說也改爲從力之勦則不可說矣王莽傳郭欽封剿胡子又詔曰將遣大司空征伐剿絕之矣此用夏書也外戚傳命樔絕而不長此假借字也說文水部漅讀若夏書天用勦絕此必淺人以衞包本改之也曲禮毋勦說字從刀不從力从刀喿聲子小切二部周書曰周者夏之誤天用剿絕其命

刖絕也凡絕皆偁刖故劓下云刖鼻也刖足則爲跀周禮刖者使守囿此是假刖爲跀困九五劓刖京房作劓劊說文劊與刖義同从刀月聲魚厥切十五部

刜擊也左傳苑子刜林雍斷其足齊語刜令支从刀弗聲分勿切十五部

㓼傷也[illegible]下曰虒皮可以割桼桼疑㓼之誤割㓼絜言之也廣雅曰㓼割也測紀切从刀桼聲親結切十二部

𠞋斷也與金部鐖義略近

从刀堯聲鉏銜切八部一曰㓷也砭刺也釗也刓也廣韵引無此二字𠛙剸也剸當作團團圜也通俗文曰斷截曰剸非其訓也且許書本無剸字韓信傳刻印刓忍不能予蘇林曰刓音刓角之刓與摶同手弄角訛不忍授也按正文當本是同酈食其傳作玩故蘇以手弄角訛釋之訛當作䤯見金部刓齊物論作园从刀元聲五丸切十四部一曰齊也釗刓也未聞从刀金金有芒角摩弄泯之釋詁曰釗勉也其引伸之義也又曰釗見也此假借釗爲昭也孟子引書昭我周王郭引逸書釗我周王止遙切二部周康王名制裁也衣部曰裁製衣也製裁衣也此裁之本義此云制裁也裁之引伸之義古多假折爲制呂刑制以刑墨子引作折則刑魯論片言可以制獄古作折獄羽獵賦不制中以泉臺制或爲折又呂刑折民惟刑四八目引作制民从刀未會意征例切十五部未逗物成有滋味可裁斷說從未之意未下曰味也有滋味可裁斷故刀未爲制一曰止也前義可包此義𠚪古文制如此從彡者裁斷之而有文也㓠缺也大雅抑詩白圭之玷毛曰玷缺也箋云玉之缺尚可磨鑢而平按㓠玷古今字从刀從刀者待磨鑢也占聲丁念切七部詩曰白圭之㓠罰辠之小者辠犯法也罰爲犯法之小者刑爲罰辠之重者五罰輕於五刑从刀詈會意房越切十五部未㠯刀有所賊

但持刀罵詈則應罰 說从刀詈之意罰者但持刀而詈則法之然則刑者謂持刀有所賊則法之別其犯法之輕重也初學記二云元命包曰网言爲詈刀守詈爲罰罰之爲言內也陷於害也注云詈以刀守之則不動矣今作罰用寸寸丈尺也言納以繩墨之事初學記又云元命包曰刑刀守井也飲水之人入井爭水陷於泉刀守之割其情也注云井飲人則人樂之不已則自陷於泉故加刀謂之刑欲人畏懼以全命也此二條皆引春秋元命包今本初學記皆系諸說文殊誤觀玄應書卷廿一廿五引春秋元命包說刑字與此同可以諟正矣二云刀守詈刀守井則刑罰不分輕重古五罰不用刀也故許說罰爲刀詈犯法之小者刑爲井刀執法之大者一入刀部一入井部所以正緯說也○唐人諱淵作泉亦或作川

刵 斷耳也 刵見康誥呂刑五刑之外有刵軍戰則不服者殺而獻其左耳曰聝周禮田獵取禽左耳以效功曰珥 从刀耳 會意包形聲仍吏切一部

劓 刖鼻也 刖絕也周禮注曰截鼻 从刀臬聲 臬法也形聲包會意魚器切十五部易音義引說文牛列反 易曰天且劓 睽六三爻辭馬虞皆云黥額爲天

劓 劓或从鼻 刀鼻會意今經典如此作

刑 剄也 按刑者五刑也凡刑罰典刑儀刑皆用之刑者剄頸也橫絕之也此字本義少用俗字乃用刑爲刑罰典刑儀刑字不知造字之恉既殊井聲幵聲各部凡井聲在十一部凡幵聲在十二部也 从刀幵聲 戶經切按古音當與一先韵內幵聲諸字爲伍

剄 刑也 耳部曰小罪聅中罪刖大罪剄剄謂斷頭也左傳越句踐使罪人三行屬劍於

頸而辭曰臣不敢逃刑敢歸死遂自剄也吳語屬之㠯剄經典釋文宋刻作頸非也按許意剄謂斷頸刑之至重者也从刀巠聲古零切十一部廣韵古挺切

𠟭減也𠟭撙古今字蓋隸變也曲禮共敬撙節退讓以明禮注撙猶趨也按趨同趣疾也當音促非趨走之趨戰國策伏軾撙銜集韵曰撙挫也从刀尊聲茲損切十三部

魝楚人謂治魚也楚語也从刀魚讀若鍥古屑切十五部劀以爲聲

券契也小宰官府之八成大鄭曰稱責謂貣予傳別謂券書聽訟責者以券書決之傳箸約束於文書別別爲兩兩家各得一也書契符書也質劑謂市中平價今月平是也後鄭曰傳別謂爲大手書於一札中字別之書契謂出予受入之凡要凡簿書之冣目獄訟之要辭皆曰契春秋傳曰王叔氏不能舉其契質劑謂兩書一札同而別之長曰質短曰劑質劑皆今之券書也按云今之券書者謂漢時名券書其實券字自古有之也大部曰契大約也引易毄辭書契从刀𢍏聲去願切十四部券別之書㠯刀判契其旁栔各本作契今正判分也栔刻也兩家各一之書牘分刻其旁使可兩合以爲信韓子曰宋人得遺契而數其齒是也故曰書契書契鉉作契券鍇無書皆非也今正書契謂易毄辭周禮小宰所云書契也書而契之是曰書契栔契音同此三句說從刀之意

刺君殺大夫曰刺刺直傷也刺篆疑非舊文刺直傷也當爲正義君殺大夫曰刺當爲別一義辭之先後今又倒亂矣上文剽砭刺也刲刺也皆直傷之義然則

刺篆當廁剽刲二篆下禮經云刺草大雅之刺訓責史稱刺六經作王制官稱刺史鍼黹曰刺繡用櫓曰刺船盜取國家密事爲刺探尚書事皆其引伸之義也一曰君殺大夫曰刺者春秋僖二十八年公子買戍衞不卒戍刺之成十六年刺公子偃公羊傳曰刺之者何殺之也內諱殺大夫謂之刺之也考諸周禮司刺掌三刺之法壹刺曰訊羣臣再刺曰訊羣吏三刺曰訊萬民注刺殺也訊而有罪則殺之然則春秋於他國書殺其大夫於魯國則兩書刺諱魯之專殺而謂之刺謂其當罪合於周禮公羊內諱之說是矣此云君殺大夫曰刺春秋於他國不云爾也 从刀朿朿亦聲 七賜切十六部按又七迹切古不分去入

文六十四 舊有剔篆在末大徐所增十九文之一也今刪說在髟部鬄下得六十三

重十 十誤實得九字小徐作重七自首至剝割㔟皆謂刀及刀之用也自劑刷至券皆非必用刀而擬乎刀之用者也其刵劓刑剄四字則司寇之荆用刀者也不與凡用刀之字爲伍者因上文言罰而系聯之也

刃 刀鋻也 鋻各本作堅今正刀部曰劍刃也金部曰鋻剛也郭璞三倉解詁曰焠作刀鋻也 象刀有刃之形 而振切十三部 凡刃之屬皆从刃

刅 傷也 凡殺傷必以刃 从刃从一 按鉉本篆作刅鍇本篆作刅今按當是從刃從一一者傷之象剏之所入

也刅省則作刅小徐本井部刱米部粱皆從刅考桐柏廟碑粱字羊竇道碑粱字五經文字及唐石經粱粱皆不作刅今人作隸書粱粱皆從刅非古法不可從也楚良切十部

創 刅或从倉 從刀倉聲也凡刀創及創瘍字皆作此俗變作刅作瘡多用創爲刅字

劒 人所帶兵也 桃氏爲劍有上制有中制有下制注云此今之匕首也人各以其形皃大小帶之 从刃僉聲 居欠切八部

劒 籒文劒从刀

文三　重二

㓞 巧㓞也 巧㓞蓋漢人語 从刀丯聲 恪八切十五部 凡㓞之屬皆从㓞

䂬 齘契 逗疊韵 刮也 刮者掊杷也 从㓞夬聲 古黠切十五部 一曰契 逗 畫堅也 畫當作劃劃堅曰契

栔 刻也 釋詁契滅殄絕也唐韵引作栔郭云今江東呼刻斷物爲栔斷按古經多作契假借字也大雅爰契我龜毛曰契開也周禮亦作契左傳盡借邑人之車契其軸爾雅音義所引如是今左傳荀子作鍥漢書注引緜詩作挈大戴禮鍥而舍之朽木不折皆假借字也晉虞溥傳作㓞俗字也 从㓞木 刻之用於木多故從木苦計切十五部按又苦結切

文三

丯，艸蔡也。艸部曰蔡艸丯也疊韵互訓孟子曰君之視臣如土芥趙云芥草芥也左傳以民爲土芥杜注同方言蘇芥草也江淮南楚之閒曰蘇自關而西或曰草或曰芥南楚江湘之閒謂之莽按凡言艸芥皆丯之假借也芥行而丯廢矣象艸生之散亂也。散當作㪔外傳曰道茀不可行中直象道彡象茀凡丯之屬皆从丯。讀若介。古拜切十五部

𢪃，枝𢪃也。枝𢪃者遮禦之意玉篇曰𢪃枝柯也釋名戟格也旁有枝格也庾信賦草樹溷淆枝格相交格行而𢪃廢矣从丯，各聲。古百切古音在五部

文二

耒，耕曲木也。各本耕上有手今依廣韵隊韵周易音義正下文云耕犂也謂犂之曲木也禮記音義引字林亦云耕曲木考工記車人爲耒庛長尺有一寸中直者三尺有三寸上句者二尺有二寸自其庛緣其外以至於首以弦其內六尺有六寸注云庛讀爲棘刺之刺耒下前曲接耜緣外六尺有六寸內弦六尺應一步之尺數按經多云耒耜據鄭說耒以木耜以金沓於耒刺京房云耜耒下耓也耒耜上句木也許木部耜作枱耒耑也耕犂也許說與京同與鄭異鄭本匠人謂犂爲耜統言之也許分別金謂之犂木謂之枱析言之也从木推丯。考工記曰直庛則利推從木推丯會意盧對切十五部古者垂作耒枱枱見木部今之耜字也各本作梠誤梠臿也

以振民也此出世本世本有作篇振舉救也凡耒之屬皆从耒耕

犂也牛部曰犂耕也人用以發土亦謂之耕从耒井會意包形聲古莖切十一部古者

井田故从井此說從井之意也已上十字依韵會所據鍇本耦耕廣五寸

爲伐二伐爲耦耕各本作耒今依太平御覽正匠人耜廣五寸二耜爲耦一耦之伐廣尺深尺謂之

畎注古者耜一金兩人併發之其壟中曰畎畎上曰伐伐之言發也畎畎也今之耜岐頭兩金象古之耦也許與記文辭異義

同耕即耜謂犂之金其廣五寸也不曰耜廣五寸者許意耜乃耒本之耑耕鍇於耜故必析言之長沮桀溺耦而耕此兩人併

發之證引伸爲凡人耦之偁俗借偶从耒禺聲五口切四部耤帝耤千畝也

帝耤見月令周禮甸師掌帥其屬而耕耨王藉以時入之以共齍盛禮記曰天子爲藉千畝冕而朱紘躬秉耒以事天地山川

社稷先古古者使民如借故謂之耤鄭注周禮詩序云藉之言借也借民力治

之故謂之藉田韋注周語云藉借也借民力以爲之按鄭韋與許同應劭云帝王典藉之常臣瓚曰蹈藉也皆非也親耕不能

終事故借民力而謂之藉田言藉者歉然於當親事而未能親事也臣瓚師古之言尤爲剌繆从耒昔聲

秦昔切古音在五部按今經典多作藉䎣冊叉可以劃麥河內用之

冊今刻大徐本作䎣鍇本及集韵皆作冊集韵所據鉉本未誤也冊當是冊之譌今定作冊冊者數之積也見[illegible]下漢石經以

爲四十字叉鉉作叉鍇作叉今定作叉叉者手甲也今字作爪卌叉可以劃麥卽今俗用麥杷也木部曰杷收麥器也謂之卌叉者言其多爪可捁杷也廣韵曰卌先立切字統云插糞杷說文云數名此卌字之證插糞者抹撥糞除之言據廣韵則十部當有卌篆方言曰杷宋魏之閒謂之渠挐或謂之渠疏 从耒釋名曰齊魯閒謂四齒杷爲欋欋然則河內謂之⿰耒圭也

圭聲古攜切十六部

⿰耒員 除苗閒穢也 穢當作薉艸部薉蕪也無穢字小雅毛傳曰耘除草也耔雝本也食貨志云播種於甽中苗生三葉以上稍耨壟草因隤其土以附苗根比成壟盡而根深能風與旱故儗儗而盛也按此古者⿰耒員耔爲一事也謂苗初生之始也既成已後仍有耨及童蓈生乎其閒耨下所云陳艸復生也則又以槈薅之薅者披田艸也亦謂之⿰耒員呂覽云其耨六寸所以閒稼也注云耨所以耘苗刃廣六寸所以入苗閒○又按呂覽云六尺之耜所以成畝也謂六尺爲步步百爲畝卽車人爲耒所謂弦其內與步相中也又云其博八寸所以成甽也八寸者周之一尺見夫部尺部卽匠人所謂一耦之伐廣尺也又云耨柄尺此其度也謂耨柄之尺寸以耒六尺爲度也又云其耨六寸所以閒稼也此謂耨頭之金廣六寸入於苗閒所謂立苗欲疏也高注古者以耜耕六尺爲步步百爲畝廣尺爲甽今本舛誤不可讀

从耒員聲 員物數也謂艸之多也此形聲包會意羽文切十三部

⿰耒芸 ⿰耒員或从芸 按當云或從耒艸云聲今字省艸作耘

耡 殷人七十而耡 孟子滕文篇文今孟子作助周禮注引作莇

耡 耤稅也 孟子曰夏后氏五十而貢殷人七十而助周人百畝而徹其實皆十一也徹者

徹也助者藉也趙曰徹者猶人徹取物也藉者借也猶人相借力助之也按耤耡二篆皆偁古成語而後釋其字義耡即以耤釋之耤稅者借民力以食稅也 从耒助聲 牀倨切五部 周禮曰㠯興耡利萌 遂人職文今萌作甿俗改也注曰變民言萌異外內也萌猶懵懵無知皃也鄭本作萌淺人一改爲氓再改爲甿注又云鄭大夫讀耡爲藉杜子春讀耡爲助謂起民人令相佐助按鄭意耡者合耦相助以歲時合耦于耡謂於里宰治處合耦因謂里宰治處爲耡也許意以周禮證七十而耡謂其義同

文七 重一

角 獸角也 人體有偁角者如日月角角犀豐盈之類要是假借之辭耳 象形 古岳切三部按舊音如穀亦如鹿 角與刀魚相佀 其字形與刀魚相似也此龜頭似蛇頭虎足似人足之例 凡角之屬皆从角

觿 揮角皃 揮觿雙聲 从角雚聲 況袁切十四部 梁隱縣有觿亭 梁國隱地理志作傿應劭曰鄭伯克段於傿是也郡國志作隱今按𠂤部無隱則從傿是矣 又讀若𤎩 又者蒙雚聲而言又讀若𤎩名之𤎩者與十五部合韵也

觻 角也 按尋立文之例角下當奪一字廣韵集韵錫韵皆曰觻角鋒也 从角樂聲 盧谷切古音在二部 張掖有觻得縣 二志同廣韵德韵曰觻悳縣名漢書作得

䚡 角中骨也 骨當作肉

字之誤也鄭注樂記角觡生曰無䚡曰觡謂角中堅實無肉者麋鹿是也許亦解觡爲骨角亦謂中無肉者也本艸經牛角䚡下閉血瘀血瘀痛女人帶下血此則謂角之中角之本當中有肉之處外有文理可觀故陳藏器曰久在糞土爛白者佳玉部曰䚡理自外可以知中、引伸謂凡物之文理也 从角思聲 亼部曰侖思也龠部曰侖理也是思卽理也此云思聲包會意穌來切一部

觠 曲角也 釋嘼曰角三觠羭吕郭音權謝居轉反 从角𢍏聲 巨員切十四部

觬 角觬曲也 篇韵皆云角不正 从角兒聲 研啓切十六部廣韵又五稽切 西河有觬氏縣 前志有後志無蓋省併也前志氏作是按是氏古多通用覲禮大史是右古文是爲氏曲禮是職方是或爲氏古文尚書曰時五者來備今文作五是來備見於宋微子世家後漢李雲上書作五氏來備漢書二云造父後有非子至玄孫氏爲莊公師古曰氏與是同

觢 一角仰也 一當作二釋嘼曰角一俯一仰觭皆踊觢皆踊謂二角皆豎也蒙上文一俯一仰故曰皆許一俯一仰之云在下文故云二二角俗譌爲一則與觭無異易音義引說文以角一俯一仰系之觢當時筆誤耳睽六三其牛掣鄭作挈二云牛角皆踊曰挈與爾雅說文同子夏作契荀作觭虞作掣皆以一俯一仰爲訓與許鄭不同也觢者如有掣曳然角本當邪展而乃聳直也虞本當同荀作觭李氏鼎祚正文作掣遂比而同之耳 从角㓞聲 尺制切十五部 易曰其牛觢 釋文曰說文之世反

⿰角虒 角傾也从角虒聲 敕豕切十五部

觭 角一俛一

仰也荀易其牛觭按子夏傳作契云一角仰也虞作㸷云牛角一低一仰是子夏虞皆作觭也觭者奇也奇者異也一曰不耦也故其字從奇公羊傳匹馬隻輪無反者穀梁作倚輪漢五行志作觭輪此不耦之義之引伸也周禮觭夢杜子春讀為奇偉此異義之引伸也从角奇聲去奇切又音羈又古音在十七部

角皃周頌有捄其角傳云社稷之牛角尺箋云捄角皃捄者觩之假借字也小雅桑扈兕觵其觩俗作觓从角丩聲渠幽切三部詩曰有觩其角

角曲中也考工記曰夫角之中恆當弓之畏畏也者必橈杜子春讀畏為威威謂弓淵鄭讀畏如秦師入隈之隈按大射儀弓淵字作隈鄭讀從之也弓之中曰畏角之中曰䚗皆其曲處而弓人必以䚗傳於畏故記曰恆當从角畏聲烏賄切十五部

角長皃按此字見於經史者皆譌為觕從牛角公羊傳曰觕者曰侵精者曰伐何曰觕麤也公羊隱元年注曰用心尚麤觕漢藝文志曰庶得麤觕以麤觕連文則觕非麤字也麤觕若今人曰粗糙雙聲字也觕從爿聲古蓋讀如倉轉寫譌其形作觕其音讀才古反又或讀七奴反矣其義則本訓角長引伸之為鹵莽之意因之觕與精為對文月令其器高以粗呂覽粗作觕从角廣韵觕徂古切牛角直下也於本義近爿聲集韵曰獸角長曰衡或作觕鋤庚切於本音近讀若粗觕觕衍字讀若粗則徂古切經典釋文所由才古反也今字別觕觕為二觕音士角切

角有所觸發也厂部曰厥發石也此字從角厥謂獸以角有所觸發西都賦曰窮虎奔突狂兕觸蹷

歷者蹶之假借孟子曰厥角稽首趙曰叩頭以頟角犀厥地也按厥角二字皆假借之言 从角厥聲 形聲包會意也居月切十五部

觸 牴也 牛部曰牴觸也 从角蜀聲 尺玉切三部

觲 用角低仰便也 小雅騂騂角弓毛曰騂騂調利也按毛意謂角弓張弛便易許意謂獸之舉角高下騂騂毛說正許說之引伸也 从羊牛角 羊祥也祥善也牛角騂善之意息營切十一部 讀若詩曰觲觲角弓 今詩作騂騂按許所引詩作觲則不得言讀若鉉本所以刪讀若也詩音義云騂騂說文作弲火全反此陸氏之誤當云說文作觲也弲自訓角弓不訓弓調利

[角公] 舉角也 假借爲扛字魏大饗碑上索蹻高[角公]鼎緣橦西京賦烏獲[角工]鼎是也[角工]亦[角公]字 从角公聲 古雙切九部

衡 牛觸橫大木 各本大木下有其角二字今依韵會所據鍇本按許於告字下曰牛觸角箸橫木所以告也是設於角者謂之告此云牛觸橫大木是闌閑之謂之衡衡與告異義大木斷不可施於角此易明者魯頌傳曰楅衡設牛角以楅之也箋云楅衡其牛角爲其觸牴人也許說與毛鄭不同毛鄭謂設於角許不云設於角也木部云楅以木有所畐束也亦不言角云大木者字從大也古多假衡爲橫玉人注曰衡古文橫假借字也○鄭注周禮云楅設於角衡設於鼻如椵狀楅衡爲二許於衡不言楅於楅不言衡蓋亦二之 从角大行聲 戶庚切古音在十部 詩曰設其楅衡 詩曰當作周禮曰

[古文衡] 古文衡如此

[seal] 角觽 逗 獸

也狀佀豕角善爲弓上林賦獸則麒麟角䚙張揖曰角䚙佀牛角可以爲弓郭璞曰角䚙
音端佀豬角在鼻上堪作弓李陵嘗以此弓十張遺蘇武也出胡尸國一曰出休尸
國十字依御覽訂吳淑事類賦袛引出胡尸國四字今各本作出胡休多國五字乃脫誤本也从角耑
聲多官切十四部漢書文選作端觰觰拏逗疊韵字獸也未聞从角者聲
陟加切古音在五部一曰下大者謂角之下大者曰觰也廣雅釋詁曰觰大也本此觤
羊角不齊也釋嘼曰角不齊觤郭云一短一長按此依爾雅系之羊上文觢觭不系之牛者意以觢觭
可凡獸通偁也觤觟則專謂羊从角危聲過委切十六部觟牝羊角者也各本
作牝牂羊生角者也今依韵會正羊部曰牂牝羊也然則此云牝羊者牂也羖夏羊牡之偁羖羊無無角者故小雅云俾出童
羖牂羊多無角故其角者別之曰觟也大雅云彼童而角傳云童羊之無角者也而角自用也箋云童羊謂皇后也按童羊正
謂牂羊从角圭聲下瓦切十六部觡骨角之名也骨角角之如骨者猶石言
玉石也樂記角觡生注云無䚡曰觡無䚡者其中無肉其外無理郭氏山海經傳云麋鹿角曰觡是也牛羊角有肉有理玉篇
云無枝曰角有枝曰觡此取枝格之意惟麋鹿角有枝則其訓非異也封禪文犧雙觡共柢之獸謂一角同本也言觡者白麟
鹿之大者也从角各聲古百切古音在五部按觡不廁於䚡下者䚡觡觜皆角之異者也觜

鴟舊頭上角觜也角觜萑下云毛角是也毛角頭上毛有似角者也觜猶觜銳詞也毛角銳凡羽族之味銳故鳥味曰觜俗語因之凡口皆曰觜其實本鳥毛角之偁也鳥口之觜廣雅作策郭爾雅注云山鵲策脚赤葉抄釋文不誤 一曰觜觿逗觿也別一義 从角此聲按當子髓遵爲二切十五十六部

解 判也从刀判牛角會意佳買切又戶賣切十六部 一曰解廌逗疊韵字獸也見廌部按太玄論衡鮭䚢解廌字之假借也四字皆在十六部

觿 佩角銳耑可㠯解結衞風傳曰觿所以解結成人之佩也內則注曰小觿解小結也觿皃如錐以象骨爲之周禮眡祲十煇三曰鑴鄭二云鑴讀如童子佩鑴之鑴謂日旁氣刺日者按此注當二云讀爲童子佩觿之觿轉寫誤也周禮假鑴爲觿 从角巂聲戶圭切十六部 詩曰童子佩觿

觛 巵也各本作小觶也廣韵同玉篇作小巵也御覽引說文亦作小巵也今按巵下二云圜器也一名觛則此當作巵也無疑小徐本廁此大徐本改廁於觶篆後二云小觶也殊誤巵非觶也漢高紀奉玉巵爲大上皇壽應劭曰飲酒禮器也古以角作受四升古巵字作觗許二云觶禮經作觗則觗字非巵古字應仲遠誤合爲一三都賦序舊注因之遂有改說文者矣今更正古者簠簋爵觶禮器也敦牟巵匜常用器也 从角旦聲徒旱切十四部

觵 兕牛角可㠯飲者也詩四言兕觵而傳不同卷耳曰兕觵角爵也七月曰觵所以誓衆也桑扈曰兕觵罰爵也絲衣箋曰繹之旅士

用兕觥變於祭也周禮閭胥注曰觥撻者失禮之罰也小胥曰觥罰爵也卷耳無罰義故祇云角爵七月因鄉飲酒而正齒位故云誓誓者亦以失禮則受罰也蓋觥之用於罰多而非專用以罰故卷耳絲衣並用兕觥此許不言罰爵而言可以飲之意也異義韓詩說觥亦五升所以罰不敬觥廓也箸明之皃君子有過廓然箸明毛詩說觥大七升許慎謹案觥罰有過一飲而盡七升爲過多許意當同韓詩說大五升也五升亦恐非一飲能盡故於說文不言升數

从角 據許是以兕角爲之詩正義引禮圖先師云刻木爲之非許意又按凡觵觶觴觚字皆從角許不言其義考工記飲器爲於梓人梓人者攻木之工也飲器惟觵多連兕言許云兕牛角可以飲其他不以角爲而字從角者蓋上古食鳥獸之肉取其角以飲飲之始也故四升曰角猶仍角名而觚觶字從角與

黃聲 古橫切古音如光在十部

其狀觵觵故謂之觵 觵觵壯皃猶僙僙也後漢書曰關東觥觥郭子橫

觥 俗觵从光 今毛詩從俗

觶 鄉飲酒觶 鄉當作禮禮經十七篇用觶者多矣非獨鄉飲酒也因下文一人洗舉觶之文見鄉飲酒篇淺人乃改鄉字觶鉉本作角非當同觚下作爵

从角單聲 支義切十六部按鄭駁異義云今禮角旁單然則是今文禮作觶也單聲而支義切由古文本作觗從氏聲後遞變其形從辰從單爲聲而古音終不改也

禮曰一人洗舉觶 鄉飲酒曰一人洗升舉觶于賓鄉射禮曰一人洗舉觶于賓禮經言觶多矣略舉其一耳

觶受四升 異義云今韓詩一升曰爵爵盡也足也二升曰觚觚寡也飲當寡少三升曰觶觶適也飲當自

適也四升曰角角觸也不能自適觸罪過也五升曰散散訕也飲不能自節人所謗訕也總名曰爵其實曰觴觴者餉也觥廓也著明之皃君子有過廓然著明非所以餉不得名觴古周禮說爵一升觚三升獻以爵而酬以觚一獻而三酬則一豆矣食一豆肉飲一豆酒中人之食許慎謹案周禮云一獻而三酬當一豆若觚二升不滿一豆矣鄭駁之曰周禮獻以爵而酬以觚觚寡也觶字角旁著友誤字汝潁之閒師讀所作今禮角旁單古書或作角旁氏則與觚字相近學者多聞觚寡聞觶寫此書亂之而作觚耳又南郡太守馬季長說一獻而三酬則一豆豆當爲斗與一爵三觶相應按駁異義從韓詩說觶受三升謂考工記觚三升觚爲觗誤其注考工記同其注禮特牲篇云舊說爵一升觚二升觶三升角四升散五升謂韓詩說也士冠禮注亦云爵三升曰觶而許云觶受四升蓋從周禮不改字觚受三升則觶當受四升也○按馬季長說與一爵三觶相應此觶字乃觚之誤改觚爲觶始於鄭馬不尒也馬注論語云爵一升觚三升

⿰角辰 觶或从辰 辰聲而讀支義切此如古祇振多通用也考工記疏引鄭駁異義云觶字角旁友汝潁之閒師讀所作今本皆如是友字無理蓋辰之誤韵會經改友作支云古作⿰角支於形聲合矣而玉篇廣韵集韵類篇釋行均書皆有⿰角辰觗無⿰角支則不可信也

⿰角氏 禮經觶 此謂古文禮也鄭駁異義云今禮角旁單古書或作角旁氏然則古文禮作觗或之云者改竄之後不畫一也燕禮媵觚于公鄭云酬之禮皆用觶言觚者字之誤也古者觶字或作角旁氏由此誤耳按上文主人北面盥坐取觚洗注古文觚皆爲觶此亦謂古文作觗而誤

觴 實曰觴虛曰觶 投壺命酌曰請行觴觴者實酒於爵也韓

詩說爵觚觶角散五者總名曰爵其實曰觴觴者餉也觥者罰爵非所以餉不得名觴然投壺之請行觴固罰爵也凡禮經曰
實者皆得曰觴獨於觶言者觶之用多舉觶以該他也下文云觴受三升者曰觚 从角煬省聲 煬從
矢矢從入故曰煬省聲也式陽切十部 𧥢 籒文觴或从爵省 觚 鄉飲
酒之爵也 鄉亦當作禮鄉飲酒禮有爵觶無觚也燕禮大射特牲皆用觚 一曰觴受三
升者觚 觚受三升古周禮說也言一曰者許作五經異義時從古周禮說至作說文則疑焉故言一曰以見古說
未必盡是則韓詩說觚二升未必非也不先言受二升者亦疑之也上文觶實四升文次於從角單聲引禮之下其意蓋與此
同或云亦當有一曰二字 从角瓜聲 古乎切五部 觛 角匕也 匕下曰匕所以
比取飯一名柶柶下曰匕也按士冠禮有角柶卽觛也 从角亘聲讀若讙 況袁切十四部
觷 杖耑角也 杖耑謂杖首也司馬彪禮儀志仲秋之月民始七十者授之以玉杖餔之糜粥八十
九十有加賜玉杖長尺端以鳩鳥爲飾謂玉長尺飾杖首玉之顛復爲鳩形也廣韵曰觷以角飾杖策頭小徐謂飾拄地處誤
甚 从角殸聲 胡狄切古音在二部 觼 環之有舌者 秦風曰沃以觼軜爾雅環
謂之捐捐者觼之假借字詩容有作捐者通俗文曰缺環曰鐍許與服不同服謂如玦許謂環中有橫者以固系 从
角夐聲 古穴切十五部夐在十四部合韵也 鐍 觼或从金矞 矞聲也莊子固扃鐍

崔云鐍環舌也按通俗文直謂鐍爲玦字䚗調弓也手部云搦按也鄭注矢人云撓搦其幹亦是調意弓人曰和弓轂摩注和猶調也將用弓必先調之拂之摩之引大射禮大射正以袂順左右隈上再下一小雅觲觲角弓毛傳曰觲觲調利也世說新語曰輕在角䚗中爲人作議論角䚗方俗語言也从角弱省聲於角切古音在二部按廣韵女角切⿰角發隿射收繁具也蓋以角爲之从角發聲方肺切十五部⿰角酋隿射收繁具按兩字同義蓋其物名⿰角發⿰角酋上字當云⿰角發⿰角酋隿射收繁具也下字當云⿰角發⿰角酋也今本恐非舊但無證據未敢專輒从角酋聲讀若鰌字秋切三部觳盛觵卮也盛字當是衍文觵卮謂大卮觵者酒器之大者也韋注越語曰觥大也瓬人曰豆實三而成觳鬲部曰斗二升曰觳鄭注考工記同按簋庾鬲甗盆甑量皆以觳計小者曰卮可以飲大卮曰觳可守酒漿以待酌也觵之大極於觳故引伸之曰觳盡也見釋詁禮經牲體之跗曰觳謂牲體之盡也一曰䠶具从角𣪊聲讀若斛胡谷切三部按此篆當廁觛篆之下而廁此者此器屬陶瓬之事非角爲之亦非角飾

觱羌人所龡角屠觱句以驚馬也羌人西戎也屠觱羌人所吹器名以角爲之以驚中國馬後乃以竹爲管以蘆爲首謂之觱篥亦曰篳篥唐以編入樂部徐廣車服儀制曰角者前世書記不載或云本出羌胡以驚中國之馬也按仌部滭冹今詩作觱發水部滭沸今詩作觱沸皆假借字也从角𤼽

聲（甲吉切按𢦏聲古音在十五部）𢦏古文詩字（古當爲籀言部云籀文）

文三十九　重六

四十五部　文七百四十七（今肉部補二字刀部删一字七）（宋本作八）

重百一十六（宋本六作二）　凡七千六

百三十八字（此第四篇都數）

說文解字第四篇下

說文解字第五篇上

金壇段玉裁注

竹 冬生艸也云冬生者謂竹胎生於冬且枝葉不凋也云艸者爾雅竹在釋艸山海經有云其艸多竹故謂之冬生艸戴凱之云植物之中有艸木竹猶動品之中有魚鳥獸也象形象兩兩並生陟玉切三部按廣韵張六切下垂者箁箬也恐人未曉下垂之指故言之凡竹之屬皆从竹

箭 矢竹也各本無竹依藝文類聚補矢竹者可以爲矢之竹也周禮及釋地注皆曰箭篠也方言箭自關而東謂之矢江淮之閒謂之鍭關西曰箭郭云箭者竹名因以爲號按今天下語言皆謂矢爲箭从竹前聲子賤切古音在十一部周禮故書箭爲晉杜云晉當爲箭按吳越春秋晉竹十廋晉竹卽箭竹假借字也

箘 箘簬逗竹也竹字今補禹貢鄭注曰箘簬聆風也按箘簬二字一竹名吳都賦之射筒也劉逵曰射筒竹細小通長長丈餘無節可以爲矢笴名〔此三字補〕射筒及由梧竹皆出交阯九真招魂昆蔽象棊王曰昆或言箟簬今之箭囊也箟卽箘之異體箭囊卽射筒之異詞無底曰囊通簫曰筒皆自其無節言之謂之好箭幹耳古者衆呼曰箘簬戰國策箘簬之勁不能過是也單呼曰箘呂氏春秋越駱之箘是也書正義及戴凱之說箘簬爲二竹繆矣从竹囷聲渠隕切十三部一曰簙棊也方言簙或謂之蔽或謂之箘秦晉之閒謂之簙吳楚

之閒或謂之蔽或謂之棊

簬 箘簬也从竹路聲洛故切五部夏書曰惟箘簬枯禹貢文枯各本作楛今依木部正

簵 古文簬从輅輅當作簵或从輅轉寫之誤也篇韵皆云簵同簬今尚書史記皆作簵若古文四聲韵云簬古文即取諸誤本說文也

筱 箭屬小竹也釋草曰篠箭周禮注曰箭篠也二京賦解曰篠箭竹也此云箭屬小異从竹攸聲先杳切今字作篠古音在三部

簜 大竹也大射儀簜在建鼓之閒注簜竹也笙簫之屬按簜者竹名以竹成器亦曰簜笙簫皆用小竹而云簜者大之也从竹湯聲徒朗切十部夏書曰瑤琨筱簜禹貢文簜可爲幹幹弓幹也弓人曰凡取幹之道七竹爲下筱可爲矢筱簜之用不止於此而此爲取宜

⿱竹微 竹也竹名按⿱竹微篃古今字也如禮經古文眉作微爾雅湄作溦之比西山經英山其陽多箭多篃今本作⿱竹媚郭云今漢中郡出篃竹厚裏而長節根深筍冬生戴凱之云生非一處江南山谷所饒也故是箭竹類一尺數節葉大如履可以作篷蓬中作矢俗謂之⿱竹微篃按郭云長節戴云穊節不合既云中作矢則一尺數節當作數尺一節也从竹微聲無非切十五部按當云从⿱竹微省字衍

⿱竹𢼸 籒文从微省廣韵云又武悲切

筍 竹胎也鹽人注曰筍竹萌按許與鄭稍異胎言其含苞萌言其已播也吳都賦曰苞筍抽節引伸爲竹青皮之偁尚書云敷重筍席禮器如竹箭之有筍聘義浮筍旁達皆是其音爲贇切今字作筠从

竹旬聲　思允切十二部今字作笋

⿱竹怠　竹萌也　釋草曰⿱竹怠箭萌醢人鄭注同許意筍⿱竹怠不以大竹小竹分別筍从旬旬从勹取裹妊之意⿱竹怠从怠與始同音取始生之意筍謂掘諸地中者如今之冬筍⿱竹怠謂已抽出者如今之春筍與鄭說不同也按周禮箈菹本作菭菹故大鄭云菭水中魚衣也與艸部菭水青衣也合後鄭讀菭爲⿱竹怠用釋草箭萌之訓故郭注爾雅引周禮⿱竹怠菹鴈醢也今本周禮作箈非菭非⿱竹怠乃是譌字注中亦奪菭當爲⿱竹怠四字　从竹怠聲　徒哀切一部

箁　竹箬也　从竹咅聲　薄侯切四部

箬　楚謂竹皮曰箬　今俗云筍籜箬是也毻而隊地故竹篆下垂者像之　从竹若聲　若擇菜也擇菜者絕其本末此形聲包會意也而勺切五部

節　竹約也　約纏束也竹節如纏束之狀吳都賦曰苞筍抽節引伸爲節省節制節義字又假借爲符卩字　从竹卽聲　子結切十二部

筡　析竹笢也　析各本譌折今正方言筡析也析竹謂之筡郭云今江東呼篾竹裹爲筡亦名筡之也按此注謂已析析之篾爲筡人析之亦偁筡之本無誤字戴氏疏證改筡之二字爲笢字非也爾雅簢筡中蓋此義之引伸肉薄好大者謂之筡中如析去青皮而薄也醫方竹茹音如卽此字別錄从竹俗从艸　从竹余聲讀若絮　絮宋刻作絮小徐同　同都切五部

⿱竹臱　筡也　謂筡之也釋草䉮堅中䉮同磨磷之磷謂堅中者必磨之也簢筡中簢同篡謂空中者必析之也　从竹臱聲　武移切古音在十二部

笢　竹膚也　膚皮也竹膚曰

笢亦曰筍見禮器俗作筠已析可用者曰篾禮注作篾士喪禮謂之軨析之謂之筡亦謂之篿 从竹民聲
武盡切十二部 笨 竹裏也 謂其內質白也又有白如紙者吳都賦注謂之竹孚俞 从竹本聲 布忖切十三部
篛 竹皃 南都賦其竹阿那篛竿風靡雲披李善引說文篛竹皃也埤蒼筸竹頭有文也上烏孔反下如涌反按吳都賦云篛筸蕭瑟謝靈運山居賦自注修竦便娟蕭森篛蔚皆竹貌也今三賦篛皆誤从艸矣 从竹翁聲 烏紅切九部
篸 篸差也 各本差上無篸此淺人謂爲複舉字而删之也集韵篸差竹皃初簪切又篸竹長皃疏簪切按木部槮木長皃引槮差荇菜葢物有長有短則參差不齊竹木皆然今人作參差古則从竹从木也 从竹參聲 所今切七部
篆 引書也 引書者引筆而箸於竹帛也因之李斯所作曰篆書而謂史籒所作曰大篆既又謂篆書曰小篆其字之本義爲引書如彫刻圭璧曰瑑周禮注五采畫轂約謂之夏篆 从竹彖聲 特兖切十五部
籒 讀書也 言部曰讀籒書也敘目曰尉律學僮十七已上始試諷籒書九千字乃得爲吏試字句絕諷籒連文謂諷誦而抽繹之滿九千字皆得六書之指乃得爲吏也此籒字之本義經傳叚用周宣王時大史以爲名因以名所箸大篆曰籒文迄今學者絕少知其本義者故於讀下籒書改爲誦書於敘目釋爲籒文九千字重𠈇馳繆可勝嘆哉毛傳曰讀抽也方言曰抽讀也抽皆籒之假借籒者抽也讀者續也抽引其緒相續而不窮也亦假紬字爲之大史公自序紬史記石室金匱之書如淳云抽徹舊書故事而次述之也亦借繇字爲之

春秋傳卜筮繇辭今皆作繇又俗作䌛據許則作籒服虔曰繇抽也抽出吉凶也从竹擂聲此形聲包會意直又切三部春秋傳曰卜籒云左傳卜筮皆云繇此言卜以該筮也

篇書也書箸也箸於簡牘者也亦謂之篇古曰篇漢人亦曰卷卷者縑帛可捲也一曰關西謂榜曰篇榜所以輔弓弩者此其引伸之義今之榜額標榜是也關西謂之篇則同扁从竹扁聲芳連切古音在十二部

籍簿也簿當作薄六寸薄見寸部引伸凡箸於竹帛皆謂之籍从竹耤聲秦昔切古音在五部

篁竹田也戰國策薊丘之植植於汶篁西京賦篠簜敷衍編町成篁漢書篁竹之中注竹田曰篁今人訓篁爲竹而失其本義矣从竹皇聲戶光切十部

䈙剖竹未去節謂之䈙謂未去中之相隔者方言所以隱櫂謂之欒郭云搖櫂小橛也按欒蓋卽䈙字其始以剖竹未去節爲之後乃以木爲之改其字作槳後人又不以名橛而以名櫂矣从竹將聲卽兩切十部按此二篆之次當在簃下篆上則皆得其所矣

䈎籥也小兒所書寫每一笘謂之一䈎今書一紙謂之一頁或作葉其實當作此䈎从竹枼聲與接切八部

籥書僮竹笘也笘下曰潁川人名小兒所書寫爲笘按笘謂之籥亦謂之觚蓋以白墡染之可拭去再書者其拭觚之布曰幡从竹龠聲以灼切二部按管籥字與此別

䉧竹聲也小徐曰猶言劉然聲清也从竹劉

聲力求切三部 簡 牒也片部曰牒札也木部曰札牒也按簡竹爲之牘木爲之牒札其通語也釋器曰
簡謂之畢學記云呻其佔畢是也等者齊簡也編者次簡也詳冊下 从竹閒聲古限切十四部 笐
竹列也列玄應書作次竹列者謂竹之生疏數偃仰不齊而齊笐之言行也行列也釋草仲無笐蓋謂竹有行列
如伯仲然也無者發聲也引伸之取竹爲衣架亦曰笐廣韵四十二宕曰笐衣架是也內則所謂楎椸釋器所謂竿謂之箷也
其字亦作桁古樂府云還視桁下無縣衣是也 从竹亢聲古郎切十部按依爾雅音義戶剛反其衣笐衣
桁韵書下浪切 篰 ⿱艹㒳爰也廣雅曰⿱⺮㒳⿱⺮爰篰也曹憲上音滿下音緩廣韵曰⿱⺮㒳⿱⺮爰篰也篰牘也玉篇曰篰竹
牘也按⿱艹㒳爰漢人語俗字加竹 从竹部聲薄口切四部按許書無簿字篰蓋卽今之簿字也 等
齊簡也齊簡者疊簡冊齊之如今人整齊書籍也引伸爲凡齊之偁凡物齊之則高下歷歷可見故曰等級刀部
云則等畫物也 从竹寺會意 寺官曹之等平也說从寺之意寺部曰寺廷也有
法度者也故从寸官之所止九寺於此等平法度故等从竹寺古在一部止韵音變入海韵音轉入等韵多肯切 笵
法也毄辭範圍天地之化而不過鄭曰範法也考工記軓前十尺注云書或作軓軓法也按許無軓字車部範爲範
軷則毄辭範圍假借字也 从竹氾聲防𤰈切八部 竹簡書也古法有竹
刑說从竹之意法具於簡書故笵从竹也左傳曰鄭駟歂殺鄧析而用其竹刑竹刑者刑罰科條載於竹簡也通俗文

曰規模曰笵玄應曰以土曰型以金曰鎔以木曰模以竹曰笵一物材別也說與說合

箋 表識書也 鄭六藝論云注詩宗毛爲主毛義若隱略則更表明如有不同卽下己意按注詩偁箋自說甚明博物志云毛爲北海相鄭是郡人故稱箋以爲敬此泥魏晉時上書偁箋之例絕非鄭意 从竹戔聲 則前切十四部

符 信也漢制目竹長六寸分而相合 周禮門關用符節注曰符節者如今宮中諸官詔符也小宰傅別故書作傅辨鄭大夫讀爲符別漢孝文紀始與郡國守相爲銅虎符竹使符應劭云銅虎符一至五國家當發兵遣使至郡合符符合乃聽受之竹使符皆以竹箭五枚長五寸鐫刻篆書第一至第五張晏曰符以代古之圭璋從簡易也按許云六寸漢書注作五寸未知孰是 从竹付聲 防無切古音在四部

簭 易卦用蓍也 曲禮曰龜爲卜策爲筮策者蓍也周禮簭人注云問蓍曰筮其占易艸部曰蓍易以爲數 从竹𢍰 从竹者蓍如筭也筭以竹爲之从𢍰者事近於巫也九簭之名巫更巫咸巫式巫目巫易巫比巫祠巫參巫環字皆作巫時制切十五部 𢍰古文巫字

笄 兂也 兂各本作簪今正兂下曰首笄也俗作簪戴氏曰無冠笄而冕弁有笄笄所以貫之於其左右是以冠無之凡無笄者纓冕制延前圓垂旒後方延有紐自延左右垂笄貫之以爲固紘以組自頤屈而上左右屬之笄垂其餘凡冕弁笄有笄者紘記曰天子冕而朱紘諸侯冕而青紘士冠禮皮弁笄爵弁笄爵弁笄朱組紘纁邊 从竹幵聲 古兮切古音在十二部

笸 取蟣

比也比笓古今字比密也引伸爲櫛髮之比釋名曰梳言其齒疏也數言比比於梳其齒差數也比言細相比也木
部曰櫛者梳比之總名也史記遺單于比余一漢書作比疏一余疏皆卽梳字比梳一者統言則比亦梳也蠛者蝨子云取蠛
比者比之至密者也今江浙皆呼笓篦比當依俗音毗漢書頻寐反從竹𦣞聲居之切一部

籆所㠯收絲者也所㠯二字今補方言曰籆榬也兖豫河濟之閒謂之榬郭云所以絡絲也音爰按今
俗謂之籆車于縛切字亦作籰從竹蒦聲王縛切五部𧤗籆或从角閒

筳繀絲筦也糸部曰繀箸絲於筟車也按絡絲者必以絲耑箸於筳今江浙尚呼筳从竹
廷聲特丁切十一部

筦筟也从竹完聲古滿切十四部

筟筳也筳筦筟三名一物也方言曰繀車趙魏之閒謂之轣轆車東齊
海岱之閒謂之道軌按自其轉旋言之謂之歷鹿亦謂之道軌
亦謂之鹿車自其箸絲之筳言之謂之
繀車亦謂之筟車實卽今之籆車也从竹孚聲讀若
春秋魯公子彄公子彄見春秋經隱公五年臧僖伯也孚聲在三部彄聲在四部合音冣近今音芳
無切

簾堂簾也小徐曰此書及釋名簾帷皆作㡘疑㡘或與簾別或者此簾字後人所加之乎所不能決
也按巾部曰㡘帷也又曰在旁曰帷周禮幕人掌帷幕幄帟綬之事注曰王出宮則有是事在旁曰帷在上曰幕帷幕皆以布
爲之四合象宮室曰幄帟者王在幕若幄中坐上承塵幄帟皆以繒爲之然則㡘施於內以蔽旁簾施於堂之前以隔風日而

通明㡘以布爲之故从巾簾析竹縷爲之故其字从竹其用殊其地殊其質殊學者可以無疑矣**从竹廉**

聲力鹽切七部按韋昭注國語曰薄簾也薄今字作箔**笮迫也**疊韻說文無窄字笮窄古今字也屋笮者本義引伸爲逼窄字**在瓦之下棼上**棼複屋棟也釋宮屋上薄謂之筄郭云屋笮也考工記注曰重屋複笮也按笮在上椽之下下椽之上迫居其閒故曰笮釋名曰笮迮也編竹相連迫迮也以竹爲之故从竹**从竹**

乍聲阻厄切古音在五部

簀牀棧也衞風綠竹如簀毛曰簀積也此言假借也韓詩傳亦同**从竹責聲**阻厄切十六部

笫簀也見釋器左傳牀笫之言不踰閾周易噬乾胏鄭曰胏簀也此言假胏爲笫也士喪禮古文笫爲茨**从竹朿聲**阻史切按史當作死十五部

筵竹席也周禮司几筵注曰筵亦席也鋪陳曰筵藉之曰席然其言之筵席通矣按司几筵掌五几五席之名物筵席不別也五席不用竹惟後鄭說䇭席是桃枝席又說顧命篾席底席豐席筍席皆爲竹席許釋筵爲竹席者其字从竹也**从竹延聲**以然切十四部**周禮曰度堂以筵**匠人職曰室中度以几堂上度以筵**筵一丈**此釋周禮也周禮曰度九尺之筵此不合未詳

簟竹席也毛詩箋曰竹葦曰簟**从竹覃聲**徒念切廣韵上聲七部

籧籧篨逗**粗竹席也**方言曰簟宋魏之閒謂之笙或謂之籧苗自關而西或謂之簟或謂之䈉其麤者謂之籧篨自關而東或謂之篕棪郭云江東呼籧篨爲

𥳑音廢按此云粗者與上筵簟別言之筵簟其精者也晉語毛詩皆云籧篨不可使俯此謂捲籧篨而豎之其物不可俯故詩風以言醜惡爾雅以名口柔也 从竹遽聲 彊魚切五部

篨 籧篨也从竹除聲 直魚切五部

籭 竹器也可㠯取麤去細 俗云簁籮是也廣韵云籭盪也能使麤者上存細者盪下籭簁古今字也漢賈山傳作篩 从竹麗聲 所宜切十六部今音山佳切

籓 大箕也 廣雅曰籓籮箕也 从竹潘聲 甫煩切十四部 一曰蔽也 艸部曰藩屏也尸部曰屏蔽也是則籓與藩音義皆同

籅 漉米籔也 方言曰炊籅謂之縮或謂之𥰭或謂之匼郭注漉米籅江東呼淅籤按史記索隱引纂要云籅淅箕也此注籤字正箕之誤今江蘇人呼淘米具曰溲箕是也 从竹奧聲 於六切三部

籔 炊籅也 本漉米具也既浚乾則可炊矣故名炊籅方言𥰭同籔縮卽籔之入聲也毛詩伐木傳曰以筐曰釃以籔曰湑籔卽今之溲箕也今誤从艸作藪筐者盛飯之器較細籔者漉淅之器較麤皆可以漉酒者 从竹數聲 穌后切三部

箅 蔽也 此戶護也門聞也之例 所㠯蔽甑底 甑者蒸飯之器底有七穿必以竹席蔽之米乃不漏雷公炮炙論云常用之甑中箅能淡鹽味煑昆布用弊箅哀江南賦曰敝箅不能救鹽池之鹹 从竹畀聲 必至切十五部按廣韵博計切

䈰 飯筥也受五升 方言曰箈南楚謂之筲郭曰盛餅筥也按箈卽筥字筲卽䈰字也論

語斗筲之人鄭曰筲竹器容斗二升與許說受五升異 从竹稍聲 山樞切古音在二部廣韵十虞無此 秦謂筥曰𥲤

陳畱謂飯帚曰𥳓 飯帚者所以埽殉餘之飯 从竹捎聲 所交切二部 一曰飯器容五升 此說謂𥳓與𥲤同字也 一曰宋魏謂箸筩爲𥳓 箸筩者所以盛飯鼓之筩也方言曰箸筩陳楚宋魏之閒謂之筲或謂之籯自關而西謂之桶檧按筲即𥳓字郭云音鞭鞘

筥𥳓也 𥳓當作𥲤方言簇南楚謂之筲趙魏之郊謂之筁簇禮經鄭注云笲形蓋如今之筥筁籚按筁籚即筁簇也 从竹呂聲 居許切五部

笥飯及衣之器也 禮記曲禮注曰圓曰簞方曰笥禮經士冠禮注曰隋方曰篋許曰簞笥也又匚部曰匧笥也許渾言之鄭別言之也曲禮注曰簞笥盛飯食者此飯器之證禮記引兌命曰惟衣裳在笥此衣器之證 从竹司聲 相吏切一部

簞笥也 論語孔注同皇侃曰以竹爲之如箱篋之屬左傳夫差以一簞珠問趙孟蓋亦簞之小者也 从竹單聲 都寒切十四部 漢律令簞小匡也 匡俗作筐匚部曰匡飯器筥也按筥者𥲤也容五升漢律令之簞謂匡之小者也與經傳所云簞謂笥者異蓋匡簞皆可盛飯而匡筥無蓋簞笥有蓋如今之箱盒其制不同故小匡爲別一義 傳曰簞食壺漿 孟子及他儒家書皆有此言故約之以傳曰也此證前一義

簁 簁箄逗 竹器也 按簁箄器名以上下文例之是盛物之器而非可以取麤去細之器也可以取麤去細之器其字作籭不作簁若廣韵支韵云簁下物竹器紙韵曰簁籮也皆韵曰簁簁籮古以玉爲柱故字从玉今俗作簁此皆用簁爲籭古今字變非許意也小顏注急就篇誤 从竹徙聲 所綺切十六部

箄 簁箄也 簁呼曰簁箄箄呼曰箄方言箄篗䉤筥篆也篆小者自關而西秦晉之閒謂之箄郭云今江東呼小籠爲箄按許意簁箄與篆各物 从竹卑聲 并弭切十六部按考工記注鄭司農云綆讀爲關東言餅之餅謂輪箄也玄謂輪雖箄爪牙必正也箄劉昌宗薄歷反李軌方四反箄謂偏僻漢人語也與箅字絕異江氏慎修改爲甑箅字亦千慮之一失也果是从畀則不得反以薄歷矣

篿 圜竹器也 盛物之器而圜者篿與團音同也離騷王注曰楚人名結草折竹卜曰篿別一義也 从竹專聲 度官切十四部

箸 飯攲也 攲各本作敧支部敧持去也危部攲䧢也攲者傾側意箸必傾側用之故曰飯攲宗廟宥座之器曰攲器古亦當作攲器也箸曲禮謂之梜假借爲箸落爲箸明古無去入之別字亦不从艸也 从竹者聲 陟慮切又遲倨切五部

簍 竹籠也 方言簍篆也篆小者南楚謂之簍 从竹婁聲 洛侯切四部

筤 籃也 廣雅筤謂之笶廣韵曰筤車籃一名笶笶音替按許不言車籃況言籠下之器耳 从竹良聲 盧當切十部

籃 大篝也 今俗謂熏篝曰烘籃是也 从竹監聲 魯甘切八部

𥫱古文籃如此未詳 篝笿也可熏衣按也字衍文當云笿可熏衣者廣韵曰熏籠 从竹冓聲古侯切四部 宋楚謂竹篝牆居也各本牆居之閒誤衍以字方言曰篝陳楚宋魏之閒謂之牆居廣雅篝籠也薰篝謂之牆居

笿桮笿也方言桮落陳楚宋衛之閒謂之桮落又謂之豆筥自關東西謂之桮落郭云盛桮器籠也按引伸爲籠絡字今人作絡古當作笿亦作落 从竹各聲盧各切五部

⿱竹夅桮笿也廣雅曰⿱竹夅桮落也 从竹夅聲古送切九部 或曰盛箸籠箸筩曰⿱竹播亦曰⿱竹夅也

籢鏡籢也玉篇引列女傳曰置鏡籢中別作匳俗作奩廣韵云盛香器也 从竹斂聲力鹽切七部

籫竹器也廣雅方言注皆曰籫箸筩 从竹贊聲讀若纂作管切十四部 一曰叢也木部欑下曰一曰叢木籫音同義近

籯笭也笭字下曰一曰籯也漢書遺子黃金滿籯不如教子一經竹籠也廣雅曰籯箸筩也 从竹嬴聲以成切十一部

⿱竹刪竹器也玉篇曰似箱而麤 从竹刪聲蘇旰切十四部

簋黍稷方器也周禮舍人注曰方曰簠圓曰簋盛黍稷稻粱也掌客注曰簠稻粱器也簋黍稷器也秦風傳曰四簋黍稷稻粱也按毛意言簋可以該簠鄭注則據公食大夫禮分別所盛也許云簋方簠圜鄭則云簋圜簠方不同者師傳各異也周易二簋可用享鄭注云離爲日日體圓巽爲木木器圓簋象聘

禮竹簠方注云竹簠方者器名以竹爲之狀如簠而方賈疏云凡簠皆用木而圓此則用竹而方故云如簠而方宋刻單行疏內簠字凡四見今本依釋文改經注疏皆作簠字非也已上可證鄭確謂簠爲圓器周禮疏云孝經陳其簠簋注云內圓外方受斗二升者直據簋而言若簠則內方外圓孝經鄭注說者謂鄭小同之注也賈所引文亦不完則無用湊求矣而秦風釋文有內圓外方曰簋內方外圓曰簠之文蓋本孝經注聘禮釋文則又方圓字皆互易之自相乖剌聶崇義曰舊圖云內方外圓曰簋外方內圓曰簠與秦風音義合廣韵曰內圓外方曰簠歐陽氏集古錄曰簠外方內圓與聘禮音義合攷圓器之內爲之方方器之內爲之圓似以木以瓦以竹皆難爲之他器少如是者恐孝經注不可信許鄭皆所不言也鄭注禮曰飾蓋象龜蓋者意擬之詞注禮器云大夫刻爲龜形可證也聶氏陳氏禮圖皆於蓋頂作一小龜誤解一蓋字耳見考工記圖

从竹皿皀 合三字會意按簠古文或从匚或从从木蓋本以木爲之大夫刻其文爲龜形諸侯刻龜而飾以象齒天子刻龜而飾以玉其後乃有瓦簠乃有竹簠方因製从竹之簠字木簠竹簠禮器瓦簠常用器也皀穀之馨香謂黍稷也居洧切古音在三部讀如九

⿷匚飢 古文簋从匚食九 各本作从匚飢非聲也从方从食九聲也

匭 古文簋从匚軌 按許說簋爲方器蓋以古文从匚也軌聲古音簋軌皆讀如九也史記李斯傳曰飯土匭公食大夫禮注曰古文簋皆作軌易損二簋蜀才作軌周禮小史故書簋或爲九大鄭云九讀爲軌書亦或爲軌簋古文也今本周禮脫誤爲正之如此軌九皆古文假借字也匭古文本字也匭之字後世用爲匭匣字尚書苞匭菁

茅鄭曰匭纏結也鄭意謂匭爲糾之假借字吳都賦注用之朹亦古文簋簋以木爲之故字从木也惠氏棟九經古義曰易渙奔其机當作朹宗廟器也

簠黍稷圜器也簠盛稻粱見公食大夫禮經文云左擁簠粱是也此云黍稷者統言則不別也如毛傳云四簋黍稷稻粱亦是統言云圜器與鄭云方器互異从竹皿甫聲方矩切五部𠤱古文簠从匚夫夫聲也

籩竹豆也豆古食肉器也木豆謂之梪竹豆謂之籩周禮籩人掌四籩之實注曰籩竹器如豆者其容實皆四升从竹邊聲布玄切十二部𠥾籒文籩匚者籒文匚也

𥬠篅也廣韵𥬠籧也按今俗謂盛穀高大之器曰土籧从竹屯聲徒損切十三部

篅吕判竹句謂用析竹爲之也圜吕盛穀者用竹簽圜其外殺其上高至於屋蓋以盛穀近底之處爲小戶常閉之可出穀今江蘇謂之土籧是也古曰篅今江蘇編稻艸爲之容數石謂之𥬠淮南書曰與守其篅𥬠注篅𥬠受穀器也篅讀顓孫之顓按別作圌从竹耑聲市緣切十四部

簏竹高匧也匧之高者从竹爲之从竹鹿聲盧谷切三部箓簏或从录

簜大竹筩也大射儀簜在建鼓之閒按當作簜簜乃竹名非其義也笙簫之屬而謂之簜者大之也从竹昜聲徒朗切十部

筩斷竹也漢律曆志曰制十二筩以聽鳳之鳴此筩之一耑也从竹甬聲徒紅切九

部
箯竹輿也公羊傳曰脅我而歸之筍將而來也何曰筍者竹箯一名編輿齊魯以北名之曰筍將送也釋文曰筍音峻史漢張耳傳曰貫高箯輿前服虔曰箯音編編竹木如今峻可以糞除也韋昭曰輿如今輿牀人舁以行按公羊史記說文輿皆去聲亦作轝作舉从竹便聲旁連切十二部

笯鳥籠也方言籠南楚江沔之閒謂之篣或謂之笯懷沙曰鳳皇在笯洪興祖補注引說文笯籠也南楚謂之笯豈洪氏所見本異與从竹奴聲乃故切五部

竿竹梃也木部曰梃一枚也按梃之言挺也謂直也衛風曰籊籊竹竿引伸之木直者亦曰竿凡干旄干旟干旌皆竿之假借又莊子竿牘即箭牘也从竹干聲古寒切十四部

籱罩魚者也网部曰罩捕魚器也小雅傳曰罩籗也釋器曰籗謂之罩李巡云籗編細竹以爲罩捕魚也孫炎云今楚籗也从竹靃聲竹角切按靃聲當在五部隺聲當在二部爾雅作籗故郭音七角反唐韵竹角切說文作籱故廣韵苦郭切

籗籱或从隺鉉本篆作籗云籱或省

箇竹枚也竹梃自其徑直言之竹枚自其圜圍言之一枚謂之一箇也方言曰箇枚也从竹固聲古賀切按古音在五部

个箇或作个半竹也各本無見於六書故所引唐本按並則爲艸單則爲屮林字象林立之形一莖則一个也史記木千章竹竿萬个正義引釋名竹曰个木曰枚今釋名佚此語經傳多言个大射士虞禮特牲饋食禮注皆云个猶枚也今俗或名枚曰個音相近又云今俗言物數有云若干個者此

讀然經傳个多與介通用左氏或云一个行李或云一介行李是一介猶一个也介者分也分則有閒閒一而已故以爲一枚之偁方言曰介特也是也閒之外必兩分故曰介居二大國之閒月令左介右介是其義也○又按支下云从手持半竹卽个爲半竹之證半者物中分也半竹者一竹兩分之也各分其半故引伸之曰左个右个竹从二个者謂竹易分也分曰个因之曰个

極者亦

筊 竹索也 謂用析竹皮爲繩索也今之簽纜也漢溝洫志曰搴長茭兮湛美玉如淳曰茭草也一曰竿也臣瓚曰竹索繩謂之茭所以引置土石也師古曰瓚說是也茭字宜从竹風俗通後漢禮儀志皆言葦茭謂葦索也 从竹交聲 胡茅切二部

筰 筊也 廣韵曰笮筰二同竹索也西南夷尋之以渡水按西南夷有筰縣在越巂其名本此或从艸作莋非也 从竹作聲 在各切五部

⿱𥫗沾 潎絮簀也 潎各本作蔽今正廣韵曰⿱𥫗沾漂絮簀也漂與潎同義水部曰潎於水中擊絮也潎絮簀卽今做紙密緻竹簾也潎絮莊子所謂洴澼絖卽做紙之事系部曰紙絮一⿱𥫗沾也謂絮一⿱𥫗沾成一紙也紙之初起用敝布魚网爲之用水中擊絮之法成之紙字⿱𥫗沾字載於說文則紙之由來遠矣 从竹沾聲讀若錢 昨鹽切七部按讀若錢者合韵也

箑 扇也 戶部曰扇扉也扉可開合故箑亦名扇方言扇自關而東謂之箑自關而西謂之扇郭曰今江東亦通名扇爲箑按今江東皆曰扇無言箑者凡江東方言見於郭注者今多不同蓋由時移世易士民遷徙不常故也士喪禮下注曰翣扇也此言經文假翣爲箑也 从竹疌聲 山洽切八部

⿱𥫗妾 箑或从

妾妾聲𥴣舉土器木部曰梠一曰徙土輂齊人語也一作梩手部曰捄盛土於梩中也是則籠即梩也

一曰笭也笭下云一曰籯也周禮繕人凡乘車充其籠箙注云充籠箙者以矢从竹龍

聲盧紅切九部⿱竹襄衺也衣部曰衺褱也此謂竹器可以中藏一切者音義如瓜瓤之瓤篇韵皆云⿱竹襄篹

盛米竹器从竹襄聲如兩切十部⿱竹互可目收繩者也者字今補收當

作糾聲之誤也糾絞也今絞繩者尚有此器从竹象形謂其物像工字中象人手所

推握也謂ㄐ像人手推之持之胡誤切五部互⿱竹互或省或字當作古文二字故栕以爲聲唐

玄度云⿱竹互古文互隸省誤也周禮牛牲之互注云縣肉格也簣宗廟盛肉竹器也

牛人共盆簝以待事注盆所以盛血簝受肉籠也从竹寮聲洛蕭切二部周禮供盆

簝目待事供當依周禮作共⿱竹豦食牛匡也食各本作飤誤韵會作飯按餧

下曰食牛飤下曰食馬今正作食匚部曰匡飯器筥也⿱竹豦匡之圜者飯牛用之今字通作筥許⿱竹豦與筥別从竹豦

聲居許切五部方曰匡圜曰⿱竹豦召南傳方曰筐圓曰筥筥當作⿱竹豦月令具曲植⿱竹豦筐或譌

作籧篼食馬器也方言飤馬橐自關而西謂之裺囊或謂之裺篼或謂之㡘篼燕齊之閒謂之帪

从竹兜聲當侯切四部籚積竹矛戟矜也積竹見殳部矜柄也考工

記攻木之工輪輿弓廬匠車梓注廬矛戟矜柲也按廬者籚之假借字也釋文曰廬本或作籚从竹盧聲洛乎切五部

春秋國語曰朱儒扶籚晉語文今本朱籚作侏廬朱儒扶籚西京賦所謂都盧尋橦也

箝籋也拑脅持也以竹脅持之曰箝以鐵有所劫束曰鉗書史多通用从竹拑聲巨淹切七部

籋箝也二字雙聲夾取之器曰籋今人以銅鐵作之謂之鑷子从竹爾聲尼輒切古音十五十六部

簦笠蓋也笠而有柄如蓋也卽今之雨繖史記躡屩擔簦按簦亦謂之笠渾言不別也士喪禮下篇燕器杖笠翣注曰笠竹篣蓋也云蓋則簦也又按疏云篣竹青皮恐非是篣疑同箬竹箬也今人謂之箬帽从竹登聲都滕切六部

笠簦無柄也汪氏龍曰笠本以御暑亦可御雨故良耜傳笠所以御暑雨無羊傳蓑所以御雨笠所以備暑都人士傳臺所以御雨笠所以御暑二傳相合今都人士暑雨互譌以南山有臺疏文選注正从竹立聲力入切七部

箱大車牝服也考工記大車牝服二柯又參分柯之二注云大車平地載任之車牝服長八尺謂較也鄭司農云牝服謂車箱服讀爲負小雅傳曰服牝服也箱大車之箱也按許與大鄭同箱卽謂大車之輿也毛之大鄭之要無異義後鄭云較者以左右有兩較故名之曰箱其實一也假借爲匧笥之稱又假借爲東西室之稱禮經箱字俗改爲廂字非也从竹相聲息良切十部

篚車笭也釋器曰輿革前謂之鞎後謂之笰竹前謂之禦後謂之蔽按此對文則別之散

文則不別詩言簟笰毛曰簟方文席也笰車之蔽也周禮巾車蒲蔽棼蔽等蔽卽笰也故鄭引翟笰以朝作翟蔽以朝竹前竹
後許所謂車笭也廣雅曰簀謂之笫又曰陽門箳篂雀目蔽簹也皆謂車笭笭之言櫺也言其軨嚨也笰詩碩人从艸載驅从
竹从竹者誤也笰之言蔽也笰是正字茀是假借字如儀禮今文作屝古文作茀屝茀同字 从竹匪聲
敷尾切十五部按依許匚匪之匪不从竹在匚部从竹者專謂車笭 笭 車笭也从竹令
聲郎丁切十一部 一曰笭逗籯也竹籠 ⿱竹剡 所以搔馬也所以二字
今補廣韵刮馬篦也 从竹剡聲丑廉切八部篇韵特甘切 策 馬箠也馬策曰策以策
擊馬曰敕經傳多假策爲冊又計謀曰籌策者策猶籌籌猶筭筭所以計曆數謀而得之猶用筭而得之也故曰筭曰籌曰策
一也張良借箸爲籌 从竹朿聲楚革切十六部 箠 所以擊馬也所以二字今補
假借爲杖人之稱漢書定箠令是也周禮假垂爲箠垂氏掌共燋契是也 从竹垂聲之壘切按壘當作累
古音在十七部 ⿱竹朵 箠也⿱竹朵檛古今字亦作簻左傳繞朝贈之以策杜預曰馬檛也檛婦翁字本从木後人又
改从手 从竹朵聲陟瓜切古音在十七部戈韵 笍 羊車騶箠也箸
箴其耑長半分金部曰鍪羊車箠也耑有鐵丂部曰匽讀如羊車騶箠之鍪羊車見考工記鄭曰羊
善也善車若今定張車釋名曰羊祥也祥善也羊車善飾之車今犢車是也馬部曰騶廄御也月令注曰七騶謂趣馬主爲諸

官駕說者也左傳程鄭爲乘馬御六騶屬焉使訓羣騶知禮按騶卽御騶箠者御車之馬箠也箸箴其耑長半分箴當作鍼所謂耑有鐵可以卹勿而椓刺之舍飾之車駕之以檳馳騁不揮鞭策惟用箴刺而促之淮南道應訓字作錣高曰策馬捶端有鐵以刺馬謂之錣錣與笍音義皆同 从竹內聲 陟衛切十五部

籣 所㠯盛弩矢人所負也 信陵君列傳曰平原君負韊矢韊卽籣字字林作韊玉篇作韊索隱曰如今之胡鹿而短胡鹿廣韵作弧𥴪箭室也按西京吳都魏都賦皆云蘭錡劉逵曰受他兵曰蘭受弩曰錡蘭字皆當从竹 从竹闌聲 洛干切十四部

箙 弩矢箙也 司弓矢曰中秋獻矢箙注曰箙盛矢器也以獸皮爲之按本以竹木爲之故字从竹國語檿弧萁服韋昭曰萁木名服房也小雅象弭魚服皆假服爲箙 从竹服聲 房六切古音在一部 周禮仲秋獻矢箙 經文仲作中

䇬 桻雙也 桻雙見木部廣雅𥰭䉶謂之䇬廣韵四江曰桻䉶者帆未張也又曰䉶者帆也按以篷席爲帆曰桻雙故字或皆从竹今大船之帆多用篷席 从竹朱聲 陟輸切古音在四部

笘 折竹箠也 折竹爲箠箠之便易者也 从竹占聲 失廉切七部按篇韵丁頰切爲是失廉誤也 潁川人名小兒所書寫爲笘 此別一義篇下曰書僮竹笘也用此義廣雅笘籥也

笪 笞也 笪者可以撻人之物 从竹旦聲 當割切十五部

笞 擊也 疑奪所以二字笞所以擊人者因之謂擊人爲笞也方言

引傳曰慈母之怒子也雖折葼笞之其惠存焉後世笞杖徒流大辟五刑制於隋唐至於今日笞有名無實 从竹台聲 丑之切一部

籤 驗也 驗當作譣占譣然不也小徐曰籤出其處爲驗也 一曰銳也貫也 銳貫二義相成與占譣意相足 从竹韱聲 七廉切七部

⿱竹殿 榜也 木部曰榜所以輔弓弩也檠柙弓弩必攷擊之故廣雅曰榜擊也引伸之義也史漢多言榜笞榜箠 从竹殿聲 殳部曰殿擊也此形聲包會意徒兗切十三部

箴 綴衣箴也 綴衣聯綴之也謂籤之使不散若用以縫則从金之鍼也尚書贅衣卽綴衣也引伸之義爲箴規古箴鍼通用風俗通曰衛大夫箴莊子今左傳作鍼莊子 从竹咸聲 職深切七部

箾 㠯竿擊人也 西京賦曰飛罼潚箾薛曰潚箾罼形也按罼者网之以竿爲柄者也左傳舞象箾南籥杜曰象箾舞所執南籥以籥舞也箾不知何等器豈以竿舞與 从竹削聲 所角切二部 虞舜樂曰箾韶 按音部引書簫韶九成知皋陶謨字作簫此云箾韶葢據左傳左云見舞韶箾者此作箾韶見書與左一也孔疏云箾卽簫字釋文箾音簫與上文象箾音朔異今按同爲樂名不當異義異音疏引賈逵釋象箾云箾舞曲名言天下樂削去無道於箾韶又不引賈注

竽 管三十六簧也 管下當有樂字凡竹爲者皆曰管樂周禮笙師掌教龡竽大鄭曰竽三十六簧按據廣雅竽三十六管然則管皆有簧也通卦驗風俗通皆云長四尺二寸竽與笙之管皆列於匏宋書樂志曰竽今亡 从竹

一 珍倣宋版印

亐聲羽俱切五部

笙十三簧蒙上管樂而言故不云管樂也大鄭周禮注曰笙十三簧按廣雅云笙十三管亦每管有簧也象鳳之身也笙正月之音物生故謂之笙白虎通曰八音匏曰笙匏之為言施也在十二月萬物始施而牙笙者大蔟之氣象萬物之生故曰笙釋名曰笙生也象物貫地而生也按禮經東方鐘磬謂之笙鐘笙磬笙猶生也東為陽中萬物以生是以東方鐘磬謂之笙也初生之物必細故方言云笙細也竽大笙也故竽可訓大大者謂之巢小者謂之和見釋樂孫云巢高大和小笙鄉射記曰三笙一和而成聲三笙謂大者一和謂小者也从竹生列管故从竹正月之音故从生舉會意包形聲也韵會本無聲字為長所庚切十一部古者隨作笙通典曰出世本

䈏笙中簧也小雅吹笙鼓簧傳曰簧笙簧也吹笙則簧鼓矣按經有單言簧者謂笙也王風左執簧傳曰簧笙也是也从竹黃聲戶光切十部古者女媧作簧蓋出世本作篇明堂位曰女媧之笙簧按笙與簧同器不嫌二人作者簧之用廣或先作簧而後施於笙竽未可知也

䈕簧屬今之鎖簧以張之䈕是以斂之則启矣其用與笙中簧同也从竹是聲是支切十六部

簫參差管樂言管樂之列管參差者竽笙列管雖多而不參差也周禮小師注簫編小竹管如今賣飴餳所吹者周頌箋同廣雅云大者二十三管小者十六管王逸注楚辭云參差洞簫也象鳳之翼排其管相

對如翼从竹肅聲釋名簫肅也其聲肅肅而清也穌彫切古音在三部筒通簫也所謂洞簫也廣雅云大者二十三管無底是也漢章帝紀吹洞簫如淳曰洞者通也簫之無底者也从竹同聲徒弄切九部籟三孔龠也龠部曰龠管樂六孔以和眾聲按毛詩傳曰龠六孔許龠下從之此云三孔龠者謂龠之三孔者則名籟也鄭注笙師少儀明堂位皆云籥如笛三孔鄭專謂籟耳今本說文龠下爲淺人所亂然於此可以正彼莊子人籟地籟天籟引伸義也大者謂之笙笙釋樂作產其中謂之籟釋樂作謂之仲葢誤小者謂之箹三句見釋樂大者葢六孔者也中者三孔从竹賴聲洛帶切十五部箹小籟也从竹約聲於角切二部管如篪六孔篪有七孔見大鄭笙師注管之異於篪者孔六耳賈逵大鄭許君應劭風俗通蔡邕月令章句張揖廣雅皆云如篪六孔惟後鄭周禮注詩箋云如邃而小併兩而吹之今大予樂官有焉十二月之音物開地牙故謂之管風俗通曰管漆竹長一尺六孔十二月之音也物貫地而牙故謂之管物開地牙四字有脫誤當作物貫地而牙貫管同音牙芽古今字古書多云十一月物萌十二月物牙正月物見也从竹官聲古滿切十四部琯古者管㠯玉此句今正舜之時西王母來獻其白琯見大戴禮尚書大傳前零陵文學姓奚於

泠道舜祠下得笙玉琯見風俗通逸孟康漢書注宋書樂志皆云漢章帝時零陵文學奚景於泠道舜祠下得笙白玉管惟孟注無笙字盧注大戴作明帝時亦無笙字夫曰玉作音故神人以和鳳皇來儀也風俗通同从王官聲桉此疑出後人用風俗通沾綴許書祇當云古者管以玉或从玉

篎小管謂之篎釋樂大管謂之簥其中謂之篞小者謂之篎許無簥篞字者許所據不从竹从竹眇聲亡沼切二部

笛七孔筩也文選李注引說文笛七孔長一尺四寸今人長笛是也此葢以注家語益之風俗通亦云長尺四寸七孔周禮笙師字作篴大鄭云杜子春讀篴如蕩滌之滌今人所吹五空竹笛按篴笛古今字大鄭注上作篴下作笛後人妄改一之大鄭云五孔馬融賦亦云易京君明識音律故本四孔加以一君明所加孔後出是謂商聲五音畢然則漢時長笛五孔甚明云七孔者禮家說古笛也許與大鄭異从竹由聲由與逐皆三部聲也古音如逐今音徒歷切羌笛三孔言此以別於笛七孔也馬曰近世雙笛從羌起謂長笛與羌笛皆出於羌漢丘仲因羌人截竹而爲之知古篴漢初士矣李善曰羌笛長於古笛有三孔大小異

筑以竹曲五弦之樂也以竹曲不可通廣韵作以竹爲亦繆惟吳都賦李注作似箏五弦之樂也近是箏下云五弦筑身然則筑似箏也但高注淮南曰筑曲二十一弦可見此器象呼之名筑曲釋名筑以竹鼓之也御覽引樂書云以竹尺擊之如擊琴然今審定其文當云筑曲以

竹鼓弦之樂也高云二十一弦樂書云十三弦筑弦數未審古者箏五弦說文殆筑下鼓弦與箏下五弦互譌耳箏下云筑身則筑下不必云似箏恐李善亦昧於筑曲而改之 从巩竹持而擊之也 巩持之也樂書曰項細肩圓鼓法以左手扼項右手以竹尺擊之史記云善擊筑者高漸離 竹亦聲張六切三部

箏 五弦筑身樂也各本作鼓弦竹身不可通今依太平御覽正風俗通曰箏謹按樂記五弦筑身也今并梁二州箏形如瑟不知誰所改作也或曰秦蒙恬所造據此知古箏五弦恬乃改十二弦變形如瑟耳魏晉以後箏皆如瑟十二弦唐至今十三弦筑似箏細項古筑與箏相似不同瑟也言筑身者以見形如瑟者之非古也言五弦筑身者以見箏之弦少於筑也宋書樂志改筑身爲瑟身誤矣 从竹筑本竹聲故从竹郎从筑省也筑箏皆木爲之 爭聲側莖切十一部

箛 吹鞭也風俗通曰漢書舊注箛者吹鞭也急就篇曰箛篍起居課後先師古曰箛吹鞭也篍吹箫也起居謂晨起夜臥及休食時督作之司以此二者爲之節度宋書樂志晉先蠶注吹小箛大箛按云鞭者如長笛賦云裁以當箎便易持也 从竹孤聲古乎切五部

篍 吹箫也吹鞭蓋葭爲之吹箫蓋竹爲之風俗通曰漢書注篍箫也言其聲音篍篍名自定也 从竹秋聲七肖切按廣韵七遙切又音秋古音在三部

籌 壺矢也禮記投壺篇曰籌室中五扶堂上七扶庭中九扶注曰籌矢也按引伸爲泛冊又謂計筭爲籌度 从竹壽聲直由切三部

簺 行棊相塞謂之簺

格五見吾丘壽王傳劉德曰格五棊行簺法曰簺自乘五至五格不得行故云格五莊子作博塞从竹塞塞亦聲先代切一部

簙局戲也六箸十二棊也古戲今不得其實箸韓非所謂博箭招䰟注云箟簬作箸故其字从竹从竹博聲補各切五部經傳多假博字古者烏曹作簙曹字依韵會各本作曺非廣韵曰出世本

篳藩落也藩落猶俗云籬落也篳之言蔽也从竹畢聲卑吉切十二部春秋傳曰篳門圭窬見襄十年左傳杜曰篳門柴門廣韵曰織荆門也

䈇蔽不見也爾雅薆隱也方言揜翳薆也其字皆當从竹竹善蔽九歌曰余處幽篁兮終不見天是也大雅愛莫助之毛曰愛隱也假借字也邶風愛而不見郭注方言作薆而从竹愛聲烏代切十五部

䉷惟射者所蔽者也依晉灼補上者字此卽射雉之翳也亦謂之廩廣雅廩作箖从竹嚴聲語杴切八部

籞禁苑也宣帝紀詔池籞未御幸者假與貧民蘇林曰折竹以繩綿連禁籞使人不得往來律名爲籞應劭曰籞者禁苑也桉蘇應說與許合元帝紀詔罷嚴籞池田假與貧民西京賦云洪池清籞清籞猶漢書云嚴籞也晉灼釋嚴籞爲射苑故引許䉷字之解謂嚴與䉷同可以訓射亦迂曲矣从竹御聲魚舉切五部春秋傳曰澤之自籞自當作舟昭二十年左傳曰澤之萑蒲舟鮫守之鮫當是敘誤許所據竟作舟籞耳魯語有舟虞同也

魰籞

或作魰从又从魚从又者取扞衞之意筭長六寸所以計

曆數者所以二字今補漢志云筭法用竹徑一分長六寸二百七十一枚而成六觚爲一握此謂筭籌與算數字

各用計之所謂算也古書多不別从竹弄穌貫切十四部言常弄乃不誤也

說从弄之意算數也論語何足算也鄭曰算數也古假選爲算如邶風不可選也車攻序因田獵而選車

徒選皆訓數是也又假撰爲算如大司馬羣吏撰車徒鄭曰撰讀曰算算謂數擇之也是也筭爲算之器算爲筭之用二字音同

而義別从竹具从竹者謂必用筭以計也从具者具數也讀若筭穌管切十四部笑

喜也从竹从犬徐鼎臣說孫愐唐韵引說文云笑喜也从竹从犬而不述其義攷孫愐唐韵序云仍

篆隸石經勤存正體幸不譏煩蓋唐韵每字皆勤說文篆體此字之从竹犬孫親見其然是以唐人無不从犬作者干祿字書

云咲通笑正五經文字力尊說文者也亦作笑喜也从竹下犬

玉篇竹部亦作笑廣韵因唐韵之舊亦作笑此本無可疑者自

唐玄度九經字樣始先笑後笑引楊承慶字統異說云从竹从

夭竹爲樂器君子樂然後笑字統每與說文乖異見玄應書蓋

楊氏求从犬之故不得是用改从夭形聲唐氏從之李陽冰遂云

竹得風其體夭屈如人之笑自後徐楚金缺此篆鼎臣竟改說

文笑作笑而集韵類篇乃有笑無笑宋以後經籍無笑字矣今

以顧野王孫愐顏元孫張參爲據復其正始或問曰从犬可得

其說乎曰从竹之義且不敢妄言況从犬乎聞疑載疑可也假

云必不宜从犬則哭又何以从犬乎哭之獄省聲乃亦強作解

事者爲之也詳巺下私妙切二部〇又按宋初說文本無笑鉉增之十九文之一也孫愐但从竹从犬其本在竹部抑在犬部鉉不能知姑綴於竹末今依之恐有未協準哭从犬求之笑或本在犬部而从竹部之字之省聲未可知也

第 次也从竹弟 此見毛詩正義卷一之一引說文其在弟部抑竹部今不可知要孔沖遠所據有此篆無疑俗省弟作第耳特計切十五部

文百四十四 今補第則百四十五 重十五

箕 所目簸者也 所目者三字今補全書中所目字爲淺人删者多矣小雅曰維南有箕不可以簸揚廣韵引世本曰箕帚少康作按簸揚與受弃皆用箕 从竹𠀠象形丌其下也 四字依韵會本今各本丌下互譌居之切一部 凡箕之屬皆从箕

𠀠 古文箕 象形不用足今之箕多不用足者

𠑹 亦古文箕 下象竦手

𠑾 亦古文箕 此象箕之哆口

𠀽 籒文箕 依大徐作籒按經籍通用此字爲語詞渠之切或居之切

匚 籒文箕 从匚會意匚部曰匚籒文匚

簸 揚米去康也 與播布之義相近 从箕皮聲 布火切十七部

文二 重五

說文解字注 第五篇上 十五一

丌下基也字亦作亓古多用爲今渠之切之其墨子書其字多作亓亓與丌同也荐物之丌象形平而有足可以薦物凡丌之屬皆从丌讀若箕同居之切一部

䢋古之遒人以木鐸記詩言左傳襄十四年師曠引夏書曰遒人以木鐸徇于路官師相規工執藝事以諫正月孟春於是乎有之杜云木鐸徇于路采歌謠之言也何注公羊曰五穀畢入民皆居宅男女同巷相從夜績從十月盡正月止男女有所怨恨相從而歌飢者歌其食勞者歌其事男年六十女年五十無子者官衣食之使之民閒求詩鄉移於邑邑移於國國以聞於天子故王者不出牖戶盡知天下食貨志曰孟春之月行人振木鐸徇於路㠯采詩獻之大師比其音律以聞於天子故曰王者不窺牖戶而知天下遒人卽班之行人以木鐸巡於路使民閒出男女歌詠記之簡牘遞薦於天子故其字從辵丌辵者行也丌者薦也記與丌疊韵也僞尚書襲左傳而不言振木鐸者何所事○按劉歆與楊雄書云三代周秦軒車使者逌人使者以歲八月巡路宋代語僮謠歌戲楊荅劉書云嘗聞先代輶軒之使奏籍之書皆藏於周秦之室又云翁孺猶見輶軒之使所奏言二書皆卽逌人之事也逌輶遒三字同音逌人卽遒人楊劉皆謂使者采集絕代語釋別國方言故許檃栝之曰詩言班何則但云采詩也劉云求代語僮謠歌戲則詩在其中矣周禮大行人屬象胥諭言語協辭命屬瞽史諭書名聽聲音豈非楊劉所謂使者班所謂行人與說者雖殊可略見古者考文之事爲政之不外正名矣○乃部云卣氣行皃逌訓行故逌人卽行人也遒蓋逌之假借字从辵丌丌亦

聲讀與記同居吏切一部大雅往近王舅假借爲語詞也王風彼其之子箋云其或作記或作己讀聲相似鄭風箋云忌讀爲彼己之子之己崧高傳曰近己也箋申之曰己辭也讀如彼己之子之己是則己忌記其近五字通用一部也大雅作近者誤近十三部也

典五帝之書也三墳五典見左傳从冊在丌上尊閣之也閣猶架也以丌度閣之也多殄切古音在十三部莊都說典大冊也此字形之別說也莊都者博訪通人之一也謂典字上从冊下从大以大冊會意與冊在丌上說異不別爲篆者許意下本不從大故存其說而已

䈀古文典从竹古文冊作箯此从古文冊也漢碑多有从竹从艸者

畀相付与之約在閣上也与舊作與勺部曰与與予同予推予也與黨與也今正約當作物古者物相与必有藉藉即閣也故其字从丌疑此有奪文當云相付与之物在閣上从丌祭統曰夫祭有畀煇胞翟閽者惠下之道也畀之爲言與也能以其餘畀其下者也此謂上之与下度閣而命取之从丌甶聲甶敷勿切鬼頭也必至切十五部

巽具也孔子說易曰巽入也巽乃遜之假借字遜順也順故善入許云具也者巺之本義也巺今作巽从丌𠙴聲形聲包會意卩部曰𠙴二卩也巺从此按二卩者具意也蘇困切古音在十四部

𢁉古文巺从𠙴从丌

𢁉篆文巺汗簡古文四聲韵載此體各乖異未詳宜何從也竊疑此篆字當作籀字之誤也古文下从丌丌亦具意也籀文䌛重則从𠙴从丌而又

从丌古文四聲韵作巽葢不誤小篆則省𠀤作㢲後人𨽻字則从籒變之作巽說文彷𨽻爲之非也 顨 㢲
也 具也 从丌从頭 頁部曰頭選具也按選具者選而供置之也 此易顨卦爲
長女爲風者 今周易㢲卦作㢲許於㢲下云具也不云卦名謂顨爲易卦名之字葢二字皆訓具也其
義同其音同伏羲文王作顨孔子則作巽巽而小篆乃作㢲矣顨爲卦名㢲爲卦德孔子彖傳但言健順動止㢲陷麗說皆卦
德也其言重㢲以申命㢲以行權震動也㢲入也㢲爲雞㢲爲股㢲爲木爲風爲長女皆當舉卦名而不作顨但云㢲以德爲
名者於伏羲文王爲古今字也是可以知字有古今之理矣許於此特言之者存周易最初之古文也此說本之江氏聲愚又
謂許所見易惟此爲木爲風爲長女之字作顨猶今易惟襍卦傳之姤作遘也各本此篆在畀篆之上今正之次此 奠
置祭也 置祭者置酒食而祭也故从酋丌丌者所置物之質也如置於席則席爲丌引伸爲凡置之偁又引伸爲
奠高山大川之奠定也大玄天地厲位假厲字爲之 从酋酋酒也 見酋下置之物多矣言酒者舉其一
耑也 丌其下也 丌下各本互譌今依箕篆下正堂練切古音在十一部 禮有奠祭 各本
下有者字韵會無說文禮有刷巾禮有柶禮有緇緣句法皆同無者是也禮謂禮經也士喪禮既夕禮祭皆謂之奠葬乃以虞
易奠又文王世子篇釋奠于其先師注云釋奠薦饌酌奠而已無迎尸以下之事召南于以奠之毛云奠置也箋云謂教成之
祭也昏義注云此告事耳非正祭也

文七　重二

左ナ手相左也各本俱誤今正左者今之佐字說文無佐也ナ者今之左字ナ部曰左手也謂左助之手也以手助手是曰左以口助手是曰右从ナ工工者左助之意則箇切十七部凡左之屬皆从左

差貣也左不相值也貣各本作貳左各本作差今正貣者忒之假借字心部曰忒失當也失當即所謂不相值也釋言曰爽差也爽忒也忒與忒蓋本一字尚書二衍忒宋世家作貣易四時不忒京房作貣管子全書皆以貣為忒貣與貳形易相誤月令宿離不貸釋文貸他得切徐音二一無有差貸釋文貸音二一又他得反緇衣其儀不忒釋文忒他得反又作貳音二一漢費鳳碑貸與則德韵婁氏釋作貳皆貣之誤為貳者也貳與貣忒音既脂之迴別義則貳訓副也副貳之解何得同於差忒乎左氏傳其卜貳圍杜注貳代也按外傳作以代圍謂用世次當立之圍左傳作貳圍謂副貳之圍坊記注引之此則當各依文為釋杜注左云貳代也似為牽合此云貳也者用漢人常用字故不作忒也云左不相值也者左之而不相當則差矣今俗語所謂左也故其字从左从𠂹𠂹者乖也从左𠂹韵會作𠂹省聲疑是𠂹省聲之誤初牙切十七部在支韵則楚宜切在佳卦韵則楚佳楚懈切說文竹部曰篸差木部曰槮差糸部曰參縒吉日傳曰差擇也其引伸之義也

𢀩籀文𢀩从二从二者岐出乖異之意

文二　重一

工 巧飾也飾拭古今字又部曰㪅飾也巾部曰飾㪅也聿部曰𦘔聿飾也彡部曰彡毛飾畫文也皆今之拭字也此云巧飾也者依古文作𢒄爲訓彡者飾畫文巧飾者謂如𡢃人施廣領大袖以仰涂而領袖不汚是也惟孰於規榘乃能如是引伸之凡善其事曰工見小雅毛傳 象人有規榘直中繩二平中準是規榘也 與巫同意𢒄有規榘而彡象其善飾巫事無形亦有規榘而以象其兩褎故曰同意凡言某與某同意者皆謂字形之意有相似者古紅切九部 凡工之屬皆从工 𢒄 古文工从彡

式 法也廌部法作灋灋刑也引伸之義爲式用也按周禮八灋八則九式異其文注曰則亦法也式謂用財之節度 从工弋聲賞職切一部

巧 技也手部曰技巧也 从工丂聲苦浩切古音在三部丂部曰古文以丂爲丂

巨 規巨也周髀筭經曰圜出於方方出於矩矩出於九九八十一故折矩以爲句廣三股脩四徑隅五旣方其外半之一矩環而共盤得成三四五兩矩共長二十有五是謂積矩用矩之道平矩以正繩偃矩以望高覆矩以測深臥矩以知遠環矩以爲圓合矩以爲方方屬地圓屬天天圓地方方數爲典以方出圓按規矩二字猶言法度古不分別規圜矩方者圜出於方圜方皆出於矩也夫部曰規有法度也不言圜曰規考工記斲轂之道必矩其陰陽注矩謂刻識之也凡識其廣長曰矩故凡有所刻識皆謂之矩 从工象手持之謂ㄈ也其呂切五部按後人分別巨大也矩法也常也與說文字異其呂切唐韵也廣韵作矩榘入九麌俱雨切又云說文又

其呂切此出說文音隱

榘 巨或从木矢矢者其中正也矢部曰有所長短以矢爲正按今字作矩省木

𠀡 古文巨此爲象手持之小篆變之取整齊耳大學絜矩之道注云矩或作巨此古文之遺也

文四　重三

㠭 極巧視之也工爲巧故四工爲極巧極巧視之謂如離婁之明公輸子之巧既竭目力也凡展布字當用此展行而㠭廢矣玉篇曰㠭今作展 从四工知衍切十四部 凡㠭之屬皆从㠭

𡫳 窒也穴部曰窒𡫳也此與土部塞音同義異與心部𢙪音同義近塞隔也隔塞也與𡫳窒訓別𢙪實也實富也與𡫳窒訓近凡填塞字皆當作𡫳自塞行而𡫳𢙪皆廢矣 从㠭从廾窒宀中竦手舉物填屋中也从三字會意 㠭猶齊也說从㠭之意凡漢人訓詁本異義而通之曰猶㠭从四工同心同力之狀窒不必極巧故曰猶齊注經者多言猶許書言猶者三見耳穌則切一部

文二

巫 巫祝也依韵會本三字一句按祝乃覡之誤巫覡皆巫也故覡篆下總言其義示部曰祝祭主贊辭者周禮祝與巫分職二者雖相須爲用不得以祝釋巫也 女能事無形㠯舞降神

者也無舞皆與巫疊韵周禮女巫無數旱暵則舞雩許云能以舞降神故其字象舞褎象人兩褎舞形謂从也太史公曰韓子稱長袖善舞不言从工者工篆也巫小篆之仍古文者也古文不从小篆也不言工象人有規榘者已見上文工下矣式巧何以从工式巧之古文本从𢀚也巨何以从工也巨下云从工猶云象規榘也與工同意此當云與𢀚同意說見工下武扶切五部古者巫咸初作巫葢出世本作篇君奭曰在大戊時則有巫咸乂王家書序曰伊陟相大戊伊陟贊于巫咸馬云巫男巫名咸殷之巫也鄭云巫咸謂爲巫官者封禪書曰伊陟贊巫咸巫咸之興自此始謂巫覡自此始也或云大臣必不作巫官是未讀楚語矣賢聖何必不作巫乎凡巫之屬皆从巫𢓊古文巫筮之小篆从此

覡能齊肅事神明者楚語民之精爽不攜貳者而又能齊肅衷正其知能上下比義其聖能光遠宣朗其明能光照之其聰能聽徹之如是則明神降之在男曰覡在女曰巫是使制神之處位次主而爲之牲器時服韋注齊一也肅敬也巫覡見鬼者今說文齊作齋非國語神明作明神非在男曰覡在女曰巫此析言之耳統言則周禮男亦曰巫女非不可曰覡也詩譜曰陳大姬無子好巫覡禱祈鬼神歌舞之樂民俗化而爲之从巫見見鬼者也故从見胡狄切十六部

文二　重一

甘 美也。（羊部曰：美，甘也。甘爲五味之一，而五味之可口皆曰甘。）从口含一。一，道也。（食物不一，而道則一，所謂味道之腴也。古三切。古音在七部。）凡甘之屬皆从甘。

甛 美也。（周禮注恬酒，恬卽甛字。）从甘舌。舌知甘者。（說从舌之意。）

曆 和也。（和當作盉，寫者亂之。皿部曰：盉，調味也。）从甘麻。麻，調也。（說从麻之意。厂部曰：麻，治也。秝部曰：稀疏適也。稀疏適者，調龢之意。周禮：凡和，春多酸，夏多苦，秋多辛，冬多鹹，調以滑甘。此从甘麻之義也。各本及篇韵、集韵、類篇字體皆譌，今正。）甘亦聲。讀若函。（古三切。七部。）

猒 飽也。足也。（二字依韵會增。淺人多改猒爲厭，厭專行而猒廢矣。猒與厭音同而義異。雒誥：萬年猒于乃德。此古字當存者也。按飽足則人意倦矣，故引伸爲猒倦、猒憎。釋詁曰：豫，射，厭也。是也。豫者古以爲舒字，安也，亦緩也。洪範曰豫，曰急。豫猶怠也。猒厭古今字，猒饜正俗字。）从甘肰。（肰，犬肉也。此會意。於鹽切。古音在七部。）猒 猒或从𠂣。（𠂣，用也。用之猶甘之也。）

甚 尤安樂也。（尤，甘也。引伸凡殊尤皆曰甚。）从甘匹。（句。匹，各本誤甘，依韵會正。）匹，耦也。（說从匹之意。人情所尤安樂者，必在所溺愛也。常枕切。七部。）𠀍 古文甚。从口。（猶从甘也。）

文五 重二

旨美也疊韵今字以旨爲意恉字从甘匕聲職雉切十五部凡旨之屬皆从旨𣅀古文旨从千甘者謂甘多也

嘗口味之也引伸凡經過者爲嘗未經過爲未嘗从旨尚聲市羊切十部

文二　重一按二旨部本在亏前喜後江聲曰旨當與甘爲類今移於此

曰詞也詞者意內而言外也有是意而有是言亦謂之曰亦謂之云云曰雙聲也釋詁粵于爰曰也此謂詩書古文多有以曰爲爰者故粵于爰曰四字可互相訓以雙聲疊韵相假借也从口乚象口气出也各本作从口乙乙聲亦象口气出也非是孝經音義曰从乙在口上乙象氣人將發語口上有氣今據正王伐切十五部凡曰之屬皆从曰

𣍘告也按下云从曰从冊會意則當作冊告也三字節讀曰冊以節告誡曰冊冊行而𣍘廢矣从曰从冊冊亦聲楚革切十六部

曷何也雙聲也詩有言曷者如曷不肅雝箋云曷何也有言害者如害澣害不傳云害何也害者曷之假借字詩書多以害爲曷釋詁曷止也此以曷爲遏釋言曰曷盍也此亦假借凡言何不者急言之但云曷也从曰匃聲胡葛切十五部

曶出气詞也玉篇作曶出气者其意也曰者其言也意內言外謂之詞此與心部忽音同義異忽忘也若羽獵賦蠁曶如神傅毅舞賦雲轉飄曶漢樊敏碑奄曶滅形皆出气之意倏來之皃本當用此字不當

作忽忘字也楊雄傳於時人皆曶之則假曶爲忽古今人表仲忽作中曶許云鄭大子曶則未識名字取何義也今則忽行而曶廢矣 从曰㠯象气出形 呼骨切十五部俗作曶 春秋傳曰鄭大子曶 始見左傳桓公十年今字作忽

㫚 籒文曶 从口 一曰佩也 象形 按六字當作一曰佩㫚也五字系於象气出形之下春秋傳之上淺人改易之致不通耳不得謂古笏可从口不可从曰亦不得謂㫚象笏形也咎繇謨六律五聲八音在治忽漢書在治忽作七始訓史記作來始滑裴駰曰尚書滑字作曶音忽鄭曰曶者臣見君所秉書思對命者也君亦有焉據此則象笏字古作㫚許竹部無笏

朁 曾也 釋言大雅傳小雅箋同八部曰曾者詞之舒也曾之言乃也詳八部 从曰兓聲 七感切古音在七部 詩曰朁不畏明 大雅文今民勞十月之交爾雅字皆作憯憯之本義痛也

沓 語多沓沓也 孟子毛傳釋詩皆曰泄泄猶沓沓也引伸爲凡重沓字假借爲達字毛生民傳曰達達生也先生姜嫄之子先生者也達生卽沓生謂始生而如再生三生之易也車攻傳曰舄達屨也達屨卽沓屨所謂複下曰舄也板箋曰女無憲憲然無沓沓然爲之制法度達其意以成其惡以達釋沓是其理也 从水曰 會意也徒合切古音荅在十五部 遼東有沓縣 兩志皆作遼東沓氏縣顏曰凡言氏者皆謂因之而立名

𣍘 獄兩曹也 兩曹今俗所謂原告被告也曹猶類也史記曰遣吏分曹逐捕古文尚書兩造具備史記兩造一作兩遭兩遭兩造卽兩曹古

字多假借也曹之引伸爲輩也羣也从㯥在廷東也兩曹在廷東故从二東之㯥其制未聞也从曰治事者也謂聽獄者已上十二字依韵會本昨牢切古音在三部

文七　重一

乃曳䛐之難也玉篇䛐作離非也上當有者字曳有矯拂之意曳其言而轉之若而若乃皆是也乃則其曳之難者也春秋宣八年日中而克葬定十五年日下昃乃克葬公羊傳曰而者何難也乃者何難也曷爲或言而或言乃乃難乎而也何注言乃者內而深言而者外而淺按乃然而汝若一語之轉故乃又訓汝也象气之出難也气出不能直遂象形奴亥切一部凡乃之屬皆从乃古文乃籒文乃三之以見其意

卤驚聲也从乃省卤聲卤聲宋本作西聲不誤趙鈔及俗刻作卤聲誤甚从乃省者从乃而未盡其曲折也卤者籒文西字以西爲聲也鍇本作从乃卤省聲非是驚聲者驚訝之聲與乃字音義俱別詩書史漢發語多用此字作迺而流俗多改爲乃按釋詁曰仍迺侯乃也以乃釋迺則本非一字可知矣西聲則古音當在十三部古音西讀如詵又讀如仙籒文卤不省按此五字疑有誤當作卤籒文卤說文之通例如此或曰卤迺鍇作隨非往也玄應書三引倉頡篇迺往也讀若仍如乘切按此三字不在卤聲之下而系於此是或說往義之音則然也仍孕字皆乃聲一

部與六部合音也卤讀若仍則謂从卤乃省聲或說與前說迥異今人迺讀乃與或說相近 𠧪古文卤

卤本古文此又古文之異者也 卣 气行皃 隸作逌禹貢陽鳥攸居豐水攸同九州攸同漢地理志攸皆作逌逌之言于也陽鳥于是南來得所也與爰粵義同劉歆書逌人使者謂行人之官也 从乃 按依上卤云从乃省則此亦當有省字 卤聲讀若攸 以周切三部

文三　重三

丂 气欲舒出勹上礙於一也 丂者气欲舒出之象一其上不能徑達此釋字義而字形已見故不別言形也苦浩切古音在三部 丂古文以爲亏字 亏與丂音不同而字形相似字義相近故古文或以丂爲亏 又以爲巧字 此則同音假借 凡丂之屬皆从丂

甹 亟詞也 其意爲亟其言爲甹是曰意內言外甹亦語詞也說文𢹏夆爾雅作甹夆假借 从丂从由 普丁切十一部 或曰 與一曰同 甹俠也 此謂甹與傳音義同人部曰傳俠也俠傳也漢季布傳爲人任俠音義或曰任氣力也俠甹也 三輔謂輕財者爲甹 所謂俠也今人謂輕生曰甹命卽此甹字

寧 願詞也 其意爲願則其言爲寧是曰意內言外盜部曰寍安也今字多假寧爲寍寧行而寍廢矣古文尚書蓋有寍字陸氏於大禹謨曰寍安也說文安寍字如此寧願詞也此陸氏依許

分別二字今本經宋開寶閒改竄不可讀从丂盈聲奴丁切十一部

𠀀反丂也讀若呵虎何切十七部

文四

可肎也肎者骨閒肉肎肎箸也凡中其肎綮曰肎可肎雙聲从口乙口气舒乙乙亦聲肯我切十七部凡可之屬皆从可

奇異也不羣之謂一曰不耦奇耦字當作此今作偶俗按二義相因从大从可會意可亦聲古音在十七部今音前義渠羈切後義居宜切

哿可也見小雅毛傳从可加聲古我切十七部詩曰哿矣富人

哥聲也此義未見用者今呼兄爲哥从二可古俄切十七部古文以爲歌字漢書多用哥爲歌

文四 鉉新附有叵字不可也从反可按玄應引三蒼叵不可也說文敘曰亦云雖叵復見遠流

兮語所稽也兮稽疊韵稽部曰留止也語於此少駐也此與哉言之閒也相似有假猗爲兮者如詩河水清且漣猗是也从丂八象气越亏也越亏皆揚也八象气分而揚也胡雞切十六部凡兮之屬皆从兮

𡗗驚謼也謼各本作辭誤今依篇韵正其意驚

也其言㝱也是爲意內言外从兮旬聲思允切十二部㥧㝱或从心大學瑟兮僩兮者恂栗也注曰恂字或作峻讀爲嚴峻之峻言其容貌嚴栗也按大學之恂鄭說文之㥧有驚懼之意故恂栗爲容皃嚴栗心部曰恂信心也是其本義大學則假恂爲㥧也莊子衆狙見之恂然棄而走亦是驚意

羲气也謂气之吹噓也按气下當有奪字从兮義聲許羈切古音在十七部

乎語之餘也乎餘疊韵意不盡故言乎以永之班史多假虖爲乎从兮象聲上越揚之形也謂首筆也象聲气上升越揚之狀戶吳切五部

文四　重一

号痛聲也号嘑也凡嘑號字古作号口部曰嗁号也今字則號行而号廢矣从口在丂上丂者气舒而礙雖礙而必張口出其聲故口在丂上号咷之象也胡到切二部按當讀平聲凡号之屬皆从号

號嘑也嘑各本作呼今正呼外息也與嘑義別口部曰嘑號也此二字互訓之證也釋言曰號謼也魏風傳曰號呼也以說文律之謼呼皆假借字號嘑者如今云高叫也引伸爲名號爲號令从号从虎嘑号聲高故从号虎哮聲厲故从虎号亦聲乎刀切亦去聲二部

文二

亏於也於者古文烏也烏下云孔子曰烏亏呼也取其助气故以爲烏呼然則以於釋亏亦取其助气釋詁毛傳皆曰亏於也凡詩書用亏字凡論語用於字葢于於二字在周時爲古今字故釋詁毛傳以今字釋古字也凡言於皆自此之彼之䛐其气舒亏檀弓易則易于貝則于論語有是哉子之于也于皆廣大之義左傳于民生之不易杜云于曰也此謂假于爲曰與釋詁于曰也合

象气之舒亏从丂从一一者其气平也气出而平則舒于矣羽俱切五部按今音于羽俱切於央居切烏哀都切古無是分別也自周時已分別於爲屬辭之用見於羣經爾雅故許仍之

凡亏之屬皆从亏

虧气損也引伸凡損皆曰虧小雅兩言不騫不崩魯頌作不虧不崩毛曰騫虧也从亏雐聲去爲切據道德經古音在十七部雐在五部魚歌合韵也

虧虧或从兮亏兮皆謂气

粤亏也釋詁曰粤于爰曰也爰粤于也爰粤于那都繇於也粤與于雙聲而又从亏則亦象气舒于也詩書多叚越爲粤箋云越於也又假曰爲粤宷愼之䛐也也各本作者今正此說从宷之意粤亏皆訓於而粤尤爲宷度愼重之䛐故从宷从宷亏宷愼而言之也王伐切十五部周書曰粤三日丁亥今召誥越三日丁巳亥當作巳

吁驚語也呂刑王曰吁來按亏有大義故从亏之字多訓大者芋下云大葉實根駭人吁訓驚語故从亏口亏者驚意此篆重以亏會意故不入口部如句𠮛屬字之例後人又於口部增吁解云驚也宜刪从口

亏亏亦聲況于切五部平語平舒也引伸爲凡安舒之偁从亏八

句八逗分也說从八之意分之而勻適則平舒矣符兵切十一部爰禮說爰禮者叙目云孝宣皇帝時沛人爰禮是也𠀭古文平如此此等篆皆轉寫譌亂何氏煌曰玉篇中畫不斷小篆疑从古文省也今从玉篇

文五　重二

喜樂也樂者五聲八音總名樂記曰樂者樂也古音樂與喜樂無二字亦無二音从壴从口壴象陳樂立而上見从口者笑下曰喜也聞樂則笑故从壴从口會意虛里切一部凡喜之屬皆从喜

歖古文喜从欠蓋古文作歖轉寫誤耳與歡同同下當有意謂皆从欠也

憙說也說者今之悅字樂者無所箸之悅者有所箸之喜口部嗜下曰憙欲之也然則憙與嗜義同與喜樂義異淺人不能分別認爲一字喜行而憙廢矣顏師古曰喜下施心是好憙之意音虛記切从心喜喜亦聲許記切一部古有通用喜者如封禪書天子心獨喜其事

嚭大也从喜否聲按訓大則當从丕集韵一作嚭是也匹鄙切十五部春秋傳吳有大宰嚭見左傳

文三　重一

壴 陳樂立而上見也 謂凡樂器有虡者豎之其顛上出可望見如詩禮所謂崇牙金
部所謂鎛鱗也厂部曰屵岸上見也亦謂遠可望見 从屮豆 豆者豎也豎堅立也豆有骹而直立故侸豎从
豆壴亦从豆屮者上見之狀也艸木初生則見其顛故从屮中句切四部 凡壴之屬皆从壴
尌 立也 與人部侸音義同今字通用樹爲之樹行而尌廢矣周禮注多用尌字 从壴从寸
句 寸 逗此字補 持之也 寸與又古通用又者手也此說从寸之意壴而復持之則固矣壴亦聲 讀
若駐 常句切四部 鼜 夜戒守鼓也 周禮鼓人軍旅夜鼓鼜注同此鎛師凡軍之夜
三鼜皆鼓之守鼜亦如之注曰守鼜備守鼓也鼓之以鼖鼓 从壴 鼓必有虡从壴者鼓之省 蚤聲 今周
禮作鼜 禮 此當云禮記軍禮司馬法百五十五篇藝文志以入禮家 昏鼓四通爲大鼓
四者陰數唐李靖云鼓三百三十三槌爲一通未知古法然不大鼓當依周禮注作大鼜大鼜謂大行夜也 夜半
三通爲戒晨 戒晨周禮注作晨戒 旦五通爲發明 旦鉉本作旦明周禮注亦
作旦明發明周禮注作發眴目部曰眴目出温也已上據鼓人注乃司馬法之文也 讀若戚 戚古音如促尗聲與
蚤聲同在三部眂瞭注云杜子春讀鼜爲憂戚之戚擊鼓聲疾數故曰戚許意同也杜以他經傳無鼜字故或讀爲造次之造
或易爲戚許則謂但讀如戚而已今音倉歷切 彭 鼓聲也 詩之言鼓聲者惟鼉鼓逢逢毛曰逢逢和也逢

逢埤蒼廣雅作韸韸高注淮南呂覽郭注山海經引詩皆作韸韸許無韸字彭卽韸也東陽合韵也毛詩出車彭彭又四牡彭彭又駟騵彭彭又以車彭彭凡言彭彭皆謂馬卽鄭風駟介旁旁之異文彭旁皆假借其正字則馬部之騯也言馬而假鼓聲之字者其壯盛相似也齊風行人彭彭傳曰多皃亦盛意 从壴鼓省 从彡 从彡各本作彡聲今正从彡猶从三也指之列多略不過三故毛飾畫文之字作彡彭亦从彡也大司馬冬狩言三鼓者四言鼓三闋者一左傳曹劌亦言三鼓雖未知每鼓若干聲而从彡之意可見矣薄庚切古音在十部同旁

嘉 美也 見釋詁又曰嘉善也周禮以嘉禮親萬民鄭曰嘉善也所以因人心所善者而爲之制按誩部曰譱吉也羊部曰美與善同意經有借假爲嘉者如大雅周頌毛傳皆曰假嘉也是也有借賀爲嘉者覲禮古文余一人嘉之今文嘉作賀是也 从壴 壴者陳樂也故嘉从壴 加聲 古牙切十七部

文五

鼓 郭也 城𩫖字俗作郭凡外障內曰郭自內盛滿出外亦曰郭郭廓正俗字鼓郭曡韵 春分之音萬物郭皮甲而出故曰鼓 風俗通全用此說 从壴 鼓必有虡也 从屮又屮象𠂹飾又象其手擊之也 各本篆文作鼓此十四字作从攴攴象其手擊之也今正弓部弢下云从弓从屮屮又屮垂飾與鼓同意則鼓之从屮𡴀然矣弢鼓皆从屮以象飾一

象弓衣之飾一象鼓虡之飾也皆从又一象手執之一象手擊之也夢英所書郭氏佩觿皆作鼓是也凡作鼓作皷作鼔者皆誤也从屮从又非从屮从𡳿滑之𡳿後人譌删弓衣之飾如紛綬是也鼓虡之飾如崇牙樹羽是也工戶切五部周禮六鼓靁鼓八面靈鼓六面路鼓四面鼖鼓皋鼓晉鼓皆兩面六鼓見周禮鼓人六面四面兩面鄭與此同凡鼓之屬皆从鼓

𡔷籀文鼓从古

鼛大鼓也周禮作皋古音同在三部也鼛人以皋鼓鼓役事韗人爲皋鼓長尋有四尺倨句磬折毛傳鼛大鼓也長一丈二尺从鼓咎聲古勞切古音在三部詩曰鼛鼓不勝不二徐同汲古閣作弗非也今類篇集韵宋刻說文皆作不大雅文今詩不作弗

鼖大鼓謂之鼖凡賁聲字多訓大如毛傳云墳大防也頒大首皃汾大也皆是卉聲與賁聲一也鼖八尺而兩面韗人鼓長八尺鼓四尺中圍加三之一謂之鼖鼓鄭曰大鼓謂之鼖以鼓軍事見鼓人从鼓卉聲鉉本改作賁省聲非也賁从貝卉聲微與文合韵取近符分切十三部

鞼鼖或从革賁聲鉉本改作賁不省非是大司馬職作賁鼓卽鞼之省也

鼙騎鼓也戴先生曰儀禮有朔鼙應鼙鼙者小鼓與大鼓爲節魯鼓薛鼓之圖圜者擊鼙方者擊鼓後世不別設鼙以擊鼓側當之作堂下之樂先擊朔鼙應鼙應之朔者始也所以引樂故又謂之𣠽𣠽之言引也朔鼙在西𥂁鼓北

應鼙在東置鼓南東方諸縣西鄉西方諸縣東鄉故也按大司馬云師帥執提旅帥執鼙大鄭曰提謂馬上鼓有曲木提持鼓立馬髦上者然則騎鼓謂提非謂鼙也許與大鄭異 从鼓卑聲 部迷切十六部

⿰鼓隆 鼓聲也 此當云⿰鼓隆⿰鼓隆鼓聲也篇韵良弓切其作鼟讀徒東徒冬二切者卽⿰鼓隆鼕之變也 从鼓隆聲 徒冬切九部

鼘 鼘鼘鼓聲也 各本無鼘鼘二字今依韵會詩小雅商頌作淵淵魯頌作咽咽皆假借字也魯頌音義曰本又作鼝譌字也小雅傳曰淵淵鼓聲也魯頌傳曰咽咽鼓節也 从鼓𣶒聲 烏玄切十二部 詩曰鼗鼓鼘鼘 今商頌作鞉鼓淵淵

鼞 鼓聲也 周禮注曰司馬法云鼓聲不過閶鼙聲不過闒鐸聲不過琅音義曰閶吐剛反然則閶卽鼞也投壺音義曰□鄭呼爲鼓其聲高其音鏜鏜然鏜音吐郎反是則鏜亦鼞也上林賦金鼓迭起鏗鎗闛鞈顏曰鏗鎗金聲闛鞈鼓音闛亦鼞也楊雄賦闛闛卽閶闒堂聲昌聲古通用耳 从鼓堂聲 土郎切十部 詩曰擊鼓其鼞 邶風文今詩作鏜金部曰鏜鼓鐘聲也鼓鐘謂擊鐘也字从金故曰鐘聲於鼓言鏜爲假借按今金部鏜下作鐘鼓之聲葢誤倒

⿱鼓合 鼙聲也 鼙各本誤作鼓今正司馬法曰鼙聲不過闒音義曰闒吐臘反劉湯荅反〔臘今誤从犬〕闒卽⿱鼓合字也投壺音義曰○鄭呼爲鼙也其聲下其音榻榻然榻音吐臘反榻亦卽⿱鼓合也史記上林賦鏗鎗鏜⿱鼓合漢書文選作闛鞈郭璞曰闛鞈鼓音也此渾言之耳鼙亦鼓也淮南兵略訓若聲之與響若鏜之與鞈高注鏜鞈鼓鼙聲此謂鏜鼓聲鞈鼙聲也 从鼓合聲

徒合切七部按當依釋文吐臘反

鞈古文鼛从革按革部有此字別爲訓後人誤移此增彼也

⿰鼓咠鼓無聲也上文皆言聲故以鼓無聲廁於後从鼓咠聲他叶切七部字又作鼛

⿰鼓缶鼓鼙聲从鼓缶聲土盍切按缶聲不得土盍切明矣玉篇曰鼛鼓聲也七盍切廣韵曰鼛鼓聲也倉雜切皆即其字缶者去之譌去聲古或入侵部也然皆鼛之誤字耳今鼛之解說既更正則鼛篆可刪

文十　重三

豈還師振旅樂也公羊傳曰出曰治兵入曰振旅周禮大司樂曰王師大獻則令奏愷樂注曰大獻獻捷於祖愷樂獻功之樂鄭司農說以春秋晉文公敗楚於城濮傳曰振旅愷以入於晉按經傳豈皆作愷一曰欲登也各本作欲也登也多也字今刪正欲登者欲引而上也凡言豈者皆庶幾之詞言幾至於此也故曰欲登曾子問周公曰豈不可注言是豈於禮不可按此謂於禮近於不可也漢書丙吉傳豈宜褒顯猶言葢庶幾宜褒顯也周漢文字用豈同此者甚多舉二事足以明矣欠部有⿰豈欠字幸也文王世子注孔廟禮器碑有⿰馬豈字意皆與豈相近⿰馬豈即豈之變也豈本重難之詞故引伸以爲疑詞如召南傳曰豈不言有是也後人文字言豈者其意若今俚語之難道是與曾子問丙吉傳二豈字似若相反然其徘徊審顧之意一也从豆豆當作壴省一字豈爲獻功之樂壴者陳樂也㣲

省聲豈各本作微誤今依鉉本微下注語正墟豨切十五部按鉉豨作喜誤凡豈之屬皆从豈

愷康也愷康雙聲釋詁曰康安也毛傳釋豈弟曰豈樂也弟易也按奏豈經傳多作愷愷樂毛詩亦作豈是二字互相假借也愷不入心部而入此者重以豈會意也詩又作凱俗字也邶風傳曰凱風謂之南風樂夏之長養凱亦訓樂卽愷字也从豈心豈亦聲苦亥切古音在十五部

𧯛汔也汔各本作𧯛無此字今正釋詁曰𧯛汔也孫炎曰汔近也民勞箋云汔幾也幾與𧯛同汔與訖同汔水涸也水涸則近於盡矣故引爲凡近之詞木部杚平也亦摩近之義也𢆶部曰幾微也殆也然則見幾研幾字當作幾庶幾幾近字當作𧯛𧯛行而幾廢矣訖事之樂也从豈說从豈之意也終事之樂五角切如賓出奏陔公入奏驁是也終事之樂盧各切如言可與樂成是也其意一也故从豈訖與汔通幾聲按當云从豈幾幾亦聲渠稀切十五部

文三

豆古食肉器也考工記曰食一豆肉中人之食也左傳曰四升爲豆周禮醢人掌四豆之食从口音圍象器之容也象形上一象幎也特牲籩巾以綌纁裏士昏醯醬二豆菹醢四豆兼巾之士喪籩豆用布巾是也下一象八也祭統注曰鐙豆下跗是也丨象骹也祭統曰夫人薦豆執校校者骹之假借字注云豆中央直者是也豆柄一而巳𠔏之者望之則𠔏也畫繪之法也考工記曰豆中縣注縣繩正豆之柄是也豆柄直立故豎侸豈字皆从

豆徒候切四部凡豆之屬皆从豆𣅀古文豆錯本如此作玉篇亦曰豆

古文當近是梪木豆謂之梪釋器曰木豆謂之梪竹豆謂之籩瓦豆謂之登毛傳亦曰木曰

豆所以薦菹醢也瓦曰登所以薦大羹也毛詩豆當作梪旅人豆中縣豆本瓦器故木爲之則異其字韓勑碑爵鹿柤梪僞古

文武成有梪从木豆豆亦聲徒候切四部𧯷蠡也瓠部曰瓢蠡也然則𧯷瓢也蠡說文三見

斗部曰斡蠡柄也并此及瓠部凡三見也蠡之言離方言曰蠡解也一瓠離爲二故曰蠡鄭注鬯人云瓢謂瓢蠡也漢書以蠡

測海張晏曰蠡瓠瓢也字皆借蠡九歎匏蠡蠹於筐簏急就篇蠡升參升半卮觛方言蠡或謂之瓢或謂之簞或謂之櫼則字

皆从瓜王伯厚注急就云皇象碑本作盠李本作蠡廣韵齊薺韵皆有盠士昏禮四爵合巹注云合巹破匏也昏義亦作巹正

義云以一瓠分爲兩瓢巹者𧯷之假借字巹从丞聲𧯷从蒸聲故同音假借从豆此非豆而从豆者謂瓠可盛飲

食略同豆蒸省聲艸部蒸或省火作𦯕不云𦯕聲者蓋𦯕字後出也古音在六部今音居隱切劉昌宗呂忱反語

已誤𧯠豆屬此本艸經之大豆黃卷也味甘平主濕痹筋攣厀痛唐本注云以大豆爲芽糱生便乾之名爲

黃卷靈樞曰腎病者宜食廣韵阮韵云𧯠黃豆也从豆許言尗豆也象豆生之形也荅小豆也萁豆莖也藿尗之

少也敊配鹽幽尗也然則尗與古食肉器同名故𧯠𧯛二字入豆部按豆卽尗一語之轉周人之文皆言尗少言豆者惟戰國

策張儀云韓地五穀所生非麥而豆史記作菽吳氏師道云古語祗稱菽漢以後方呼豆若然則𧯠𧯛字蓋出漢製乎

弃聲居願切廣韵求晚切十四部𧯠豆飴也飴米糱煎也糱芽米也然則豆飴者芽豆煎爲飴也黑部黗下曰讀若飴盌之盌方言飴謂之餧餛謂之餹郭注以豆屑襍餳也餛即盌字从豆夗聲一丸切按篇韵皆於月切一丸非也十四部𤼷禮器也生民曰于豆于登釋器毛傳皆曰瓦豆謂之登毛云登薦大羹公食大夫禮大羹湆不和實于鐙登鐙皆假借字劉氏台拱曰詩爾雅皆作登釋文唐石經篇韵皆無登字玉篇有𤼷字俗製登字改經非也从𠬞持肉在豆上會意讀若鐙同都滕切六部

文六　重一按𤼷篆當次豆篆之下梪篆之上訓解當云豆也乃合豆本陶瓬爲之故不云瓦豆也今非其次疑許本無此篆淺人妄增之籒文登作𤼷又或益之肉成此字云从廾持肉在豆上亦非也

豊行禮之器也豊禮疊韵从豆象形上象其形也林罕字源云上从𠁩郭氏忠恕非之按說文之例成字者則曰从某假令上作𠁩則不曰象形盧啓切十五部凡豊之屬皆从豊讀與禮同

𧯷爵之次弟也爵者行禮之器故从豊有次弟故从弟爵之次弟若士虞禮主人廢爵主婦足爵賓長繶爵祭統玉爵獻卿瑤爵獻大夫散爵獻士及羣有司是也凡酒器皆曰爵則如禮運云宗廟之爵貴者獻以爵賤者獻以散尊者舉觶卑者舉角梓人云獻以爵而酬以觶是也从豊弟直質

切按因堯典作平秩故爲此音耳當是弟亦聲也十五部 虞書曰 虞當作唐 平豑東作 堯典文今尚書作平秩史記作便程周禮鄭注引書作辨秩許作平豑豑蓋壁中古文之字如此孔氏安國乃讀爲秩而古文家從之許存壁中之字如鄭注禮經存古文之字注周禮存故書之字也

文二

豐 豆之豐滿也 謂豆之大者也引伸之凡大皆曰豐方言曰豐大也凡物之大皃曰豐又曰朦尨豐也豐其通語也趙魏之郊燕之北鄙凡大人謂之豐燕記豐人杼首燕趙之閒言圍大謂之豐許云豆之豐滿者以其引伸之義明其本義也周頌豐年傳曰豐大也然則豐年亦此字引伸之義而賈氏儀禮疏不得其解 从豆象形 曲象豆大也此與豐上象形同耳戴侗云唐本曰从豆从山丰聲蜀本曰丰聲山取其高大按生部云丰艸盛丰丰也與豐音義皆同大射儀注曰豐其爲字从豆曲聲近似豆大而卑矣似鄭時有曲字但鄭注轉寫至今亦多譌誤曲聲之聲或是賸字儀徵阮氏元說曲字瓦云豐字當是𡴀聲而凵象形豐字當是丰聲而凵象形一从艸盛之丰一从艸蔡之丰也玉裁按竝丰竝丰說文無字如䜌䜌字从兟聲蒜字从祘聲飍飍字从猋聲𩙫聲𣝣𣝣字从林皆并無字者也則唐本蜀本未可遽信斅戎切九部 一曰鄉飲酒有豐侯者 此別一義鄉當作禮與觚下觶下之誤同禮飲酒有豐侯謂鄉射燕大射公食大夫之豐也鄭言其形云似豆卑而大說者以爲若井鹿盧言其用於鄉射云所以承爵

也於大射云以承尊也公食大夫之豐亦當是承爵燕禮之豐亦當是承尊皆各就其篇之文釋之禮但云豐許云豐侯者葢漢時說禮家之語漢律曆志王命作策豐刑竹書紀年成王十九年黜豐侯阮諶曰豐國名也坐酒亡國崔駰酒箴曰豐侯沈湎荷罌負缶自戮於世圖形戒後李尤豐侯銘曰豐侯荒謬醉亂迷迭乃象其形爲禮戒式後世傳之囘無正說三君皆後漢人諶撰三禮圖者漢人傳會禮經有豐侯之說李尤以爲無正說鄭不之用許則襲禮家說也

凡豐之屬皆从豐

豐 古文豐

豔 好而長也小雅毛傳曰美色曰豔方言豔美也宋衞晉鄭之閒曰豔美色爲豔按今人但訓美好而已許必云好而長者爲其从豐也豐大也大與長義通詩言莊姜之美必先言碩人頎頎言魯莊之美必先言猗嗟昌兮頎而長兮所謂好而長也左傳㒳言美而豔此豔進於美之義人固有美而不豐滿者也毛傳及方言皆渾言之也 从豐豐大也說从豐之意豐之本義無當於豔故舉其引伸之義 盇聲以贍切八部 春秋傳曰美而豔左傳桓元年文十六年文

文二 重一

䖒 古陶器也陶當作匋書多通用匋作瓦器也 从豆虍聲許羈切按虍聲當在五部而䖒戲轉入十六部十七部合音之理也 凡䖒之屬皆从䖒

𧯸 土鍪也金部曰鍪鍑屬也鍑釜大口者廣雅鍑鍪𧯸鬴也𧯸即𧯸字鍪金爲之𧯸則土爲之鄭注周禮所謂黃堥也堥即鍪

字鬲部曰秦名土釜曰鬴从䖒号聲讀若鎬胡到切二部

𧈅器也从䖒𥁖𥁖亦聲直呂切五部闕此疑衍其義其形其聲皆具則無缺矣

文三

虍虎文也象形小徐曰象其文章屈曲也荒烏切五部凡虍之屬皆从虍从虍讀若春秋傳曰虍有餘有譌字不可通疑是賈余餘勇之賈

虞騶虞也騶虞山海經墨子作騶吾漢東方朔傳作騶牙皆同音假借字也白虎黑文見毛傳鄭志張逸問傳曰白虎黑文荅曰周史王會云按今王會篇文不具尾長於身見山海經仁獸食自死之肉毛傳曰騶虞義獸也白虎黑文不食生物有至信之德則應之許云仁獸不同者毛用古左氏修母致子之說許不從也哀十四年左傳服虔注云視明禮修而麟至思睿信立白虎擾言從義成則神龜在沼聽聰知止而名山出龍貌恭禮仁則鳳皇來儀此以昭九年傳云水官不修則龍不至故也毛云麟信而應禮又云騶虞義而應信又云鳳皇靈鳥仁瑞也正用古說許不从古說故麟騶虞皆謂之仁獸鳳謂之神鳥騶虞之仁何也以其不食生物食自死之肉也从虍吳聲五俱切按此字假借多而本義隱矣凡云樂也安也者娛之假借也凡云規度也者以爲虞度之假借也詩曰于嗟乎騶虞召南文五經異義今詩韓魯說騶虞天子掌鳥獸官

古詩毛說騶虞義獸白虎黑文食自死之肉不食生物人君有至信之德則應之周南終麟止召南終騶虞俱稱嗟歎之皆獸名謹按古山海經鄒書云騶虞獸說與毛詩同按許說詩从毛作說文則於从毛之中不从其義獸應信之說也鄒書葢謂鄒子書

虙 虎皃 古伏羲字作虙五經文字引論語釋文云宓子賤姓虙文字譌舛轉而爲宓故濟南伏生稱子賤之後也 从虍必聲 房六切按古音在十二部讀如密顏氏家訓云張揖孟康皆云虙伏古今字而皇甫謐帝王世紀云伏羲或謂之宓羲案諸經史緯候遂無宓羲之號虙宓二字下俱爲必是以誤耳孔子弟子虙子賤卽虙羲之後俗字亦爲宓今兖州永昌郡城東門子賤碑漢世所立云濟南伏生卽子賤之後是虙之與伏古來通字誤以爲宓較可知矣顏語謂虙音房六切與伏音同而宓音綿一切與虙音殊故謂宓羲宓子賤皆誤字不知虙宓古音正同故虙羲或作宓羲其爲伏羲者如毛詩苾字韓詩作馥語之轉也宓子賤之當爲虙子賤則出黃門肊測而陸氏釋文張氏五經文字從之葢古未有作虙子賤者若論其同从必聲則作虙子賤亦無不可

虔 虎行皃 釋詁大雅商頌傳皆曰虔固也商頌傳魯語注皆曰虔敬也左傳虔劉我邊陲注虔劉皆殺也方言虔慧也虔殺也虔謾也按方言不可盡知其說糾虔虔劉皆卽釋詁虔固之義堅固者必敬堅固者乃能殺也堅固者虎行之皃也商頌箋虔榩也亦取堅固之意 从虍文聲 按聲當是衍字虎行而箸其文此會意 讀若矜 渠焉切按矜从令聲亦作矜則虔古音當在十二十三部也

虘 虎不柔不信也 剛暴矯詐 从虍且聲讀若鄌

縣 昨何切按邑部曰酇沛國縣也酇覷皆虘聲然則古音本在五部沛人言酇若昨何切此方言之異而虘讀同之

虖 哮虖也 口部曰哮豕驚聲也唬虎聲通俗文曰虎聲謂之哮唬疑此哮虖當作哮唬漢書多假虖爲乎字 从虍乎聲 荒烏切五部

虐 殘也 歹部曰殘賊也 从虍爪人 爪人補三字會意 虎足反爪人也 覆手曰爪虎反爪鄉外攫人是曰虐 魚約切二部

虐 古文虐如此

虨 虎文彪也 虨下曰虎文也二字雙聲假借作班漢書敘傳曰楚人謂虎班其子曰爲號上文既曰楚人謂虎於檡矣此正當作楚人謂虎文班上林賦被班文史記作豳文李善曰班文虎豹之皮索隱引輿服志虎賁騎被虎文單衣按豳與虨同部之假借也班與虨同類之假借也錢氏大昕曰易象傳大人虎變其文炳也與下文蔚君爲韵蔚讀如虨轉移取近炳當爲虨則音義皆近 从虍彬聲 布還切古音在十三部與文部辨音義皆相近

虡 鐘鼓之柎也 木部曰柎闌足也靈臺有瞽傳皆曰植者曰虡橫者曰栒考工記曰梓人爲筍虡 飾爲猛獸 梓人曰臝屬恆有力而不能走其聲大而宏若是者以爲鐘虡按鼓虡當亦象臝屬也戴氏考工記圖曰虡所以負筍非以臝者羽者爲虡下之跗也引西京賦洪鐘萬鈞猛虡趪趪負筍業而餘怒乃奮翅而騰驤薛注云當筍下爲兩飛獸以背負張揖注上林賦曰虡獸重百二十萬斤以俠鐘旁俠同夾此可見虡制飾古改其注云以縣鐘則昧於古制矣廣韵引埤倉鐻樂器以夾鐘削木爲之與張注同今本廣韵作形似夾鐘則非

矣又考上林賦櫟飛虡廣韵引正作虡張揖曰飛虡天上神獸鹿頭龍身是長卿謂虡爲神獸許謂栒虡字飾以猛獸說不同也从虍𢍏象形𢍏各本作異非今正謂篆之中體象猛獸之狀非甶廾二字也形字鉉本無非是其下足謂八也八者下基也虡之迫地者也其呂切五部

鐻 虡或从金豦或當作篆此亦上部之例也周禮典庸器注橫者爲筍從者爲鐻釋文曰鐻舊本作此字今或作虡按經典鐻字衹此一處此字蓋秦小篆李斯所作也秦始皇本紀收天下兵聚之咸陽銷以爲鐘鐻本篇引賈生論二云銷鋒鑄鐻三輔黃圖曰始皇收天下兵銷以爲鐘鐻高三丈字皆正作鐻蓋梓人爲虡本以木始皇乃易以金李斯小篆乃改爲从金豦聲之字司馬賦云千石之鐘萬石之鉅正謂秦物史記作鉅即鐻字之異者也鐘鐻與金人爲二事本紀賈論西都西京二賦三輔黃圖皆並舉漢賈山傳陳項傳各舉其一學者或認爲一事非也典庸器經文作虡注文作鐻此鄭氏注經之通例如禮經經文作庿注文作廟周禮經文作眡注文作視皆是也

𧇊 篆文虡五經文字曰虡說文也虡隸省也然則虡爲隸字不用小篆而改省古文後人所增也

文九　重三

虎 山獸之君从虍从儿會意虎足象人足也已上八字鉉本妄改張次立復以鉉本改鍇本惟韵會如是此古本之真也从儿韵會作从几此其誤已久耳儿部曰孔子曰在人

下故詰詘謂人之股腳也虎之股腳似人故其字上虍下儿虍謂其文儿謂其足也說文龜頭黽頭似它頭燕尾似魚尾兔頭似兔頭萈足似兔足能足與足似鹿足兔頭似兔足似鹿文義相同儿有其字故先言从儿而後言虎足象人足篆體改作覍則象人足之云不可通顧氏藹吉乃疑虎下當从爪矣今正之凡篆虎字依隸體从儿爲是呼古切五部五部與十七部通故左氏陽虎論語作陽貨非一名一字也邢昺孫奭乃有虎名貨字之說 凡虎之屬皆从虎

𧆞古文虎𧇊亦古文虎

𧇭虎聲也篇韵作𧇭从虎毄聲讀若隔古覈切十六部

䖘白虎也从虎昔省聲讀若鼏昔當作㝠字之誤也水部曰汨从水㝠省聲玉篇曰䖘俗鼏字可證也又按漢書金日磾說者謂密低二音然則日聲可同密䖵部蠠蜜同字禮古文鼏皆爲密則鼏密音同也今音鼏莫狄切

𧇡虎屬釋獸甝白虎許無甝𧇡卽甝也一說釋文云甝字林下甘反又亡狄反甘聲之字不能切亡狄甝與䖘當是以一譌二未知孰是耳从虎厺聲呼濫切鉉等曰去非聲未詳按業韵之⿰犭去怯亦音去刧切而血部之盇隸字多作盍葢太盇二字古通去聲卽盇聲也重讀爲呼濫切

虪黑虎也釋獸曰虪黑虎釋文曰儵虎今作虪吳都賦曰虦甝虪从虎儵聲式竹切三部此舉形聲包會意也但形聲則言攸聲已足如倏儵是也

虦虎竊毛謂之虦苗苗今之貓字許書以苗爲貓也釋獸曰虎竊毛謂之虦貓按毛苗古同音苗亦曰毛如不毛之

地是竊虦淺亦同音也具言之曰虦苗急言之則但曰苗詩言有貓有虎記言迎貓迎虎是也　从虎戔聲
昨閑切十四部　竊淺也　此於雙聲疊韵求之必言此者嫌竊之本義謂盜自中出也大雅曰鞹鞃淺幭傳曰淺虎
皮淺毛也言竊言淺一也釋鳥竊藍竊黃竊丹皆訓淺於六書爲假借不得云竊卽淺字　虨　虎文也　此與
彪雙聲同義虎皮詩謂之虎如虎韔是也亦謂之文如文茵是也分別言之謂之淺如淺幭是也說文曰虍曰虨曰彪皆狀其
文也班彪字伯皮此取虎文之義也　从虎彡　彡補句　彡　逗　象其文也　說从彡之意彡
毛飾畫文也故虎文之字從之　⿸虍乂　虎皃从虎乂聲　魚廢切十五部　⿸虍气　虎皃
篇韵作⿸虍乞　从虎气聲　魚迄切十五部　虓　虎鳴也　大雅闞如虓虎毛曰虓虎虎之自怒
虓然按自怒猶盛怒也口部曰唬虎聲也虓與唬雙聲同義　从虎九聲　四字依韵會本在此許交切古
音在三部　一曰師子　別義謂師子名虓也師獅正俗字釋獸曰狻麑如虦貓食虎豹郭曰卽獅子也出西
域按鹿部云狻麑獸也不云師子然則許意不同郭也東觀記曰順帝時疏勒王遣使文時詣闕獻獅子似虎正黃有顊耏尾
端茸毛其大如斗　⿸虍斤　虎聲也　猶狺爲犬吠聲　从虎斤聲　語斤切古音在十三部
虩　易履虎尾虩虩　履九四爻辭今易虩虩作愬愬釋文曰愬愬子夏傳云恐懼皃馬本作虩
虩云恐懼也說文同按震卦辭震來虩虩馬云恐懼皃鄭同馬鄭用費易許用孟易而字同義同也　虩虩　二字今補

恐懼也已上引易而釋之一曰蠅虎也雀豹曰蠅虎蠅狐也形似蜘蛛而色灰白善捕蠅一名蠅蝗一名蠅豹从虎按此篆下先引經者以履虎尾說字之从虎也㡿聲許逆切古音在五部

虢虎所攫畫明文也攫者叉所抓也畫者叉所劃故有明文也虢字本義久廢罕有用者从虎寽各本衍聲字今正寽在十五部虢在五部非聲也𠬪部曰寽五指寽也虎所攫畫故从虎寽會意今音古伯切

虒委虒疊韵虎之有角者也虎無角故言者以別之廣韵曰虒似虎有角能行水中按韵會引說文羼以廣韵語非偁古之法从虎厂聲息移切十六部

虪黑虎也从虎騰聲徒登切六部按此篆當與䖑爲伍今非其次或轉寫失而補之或後人羼綴未可定也

文十五　重二

虤虎怒也从二虎此與㹜兩犬相齧也同意五閑切十四部凡虤之屬皆从虤

𧇭兩虎爭聲从虤从曰會意讀若憖語巾切十二部

贙分別也魏都賦蕃蘬贙謂蕃蘬茂密若爭地而生也釋獸之贙獸名也从虤對爭貝爭則分別矣讀若回古音在十五部今音胡畎切

文三

皿 飯食之用器也 飯汲古閣作飲誤孟子牲殺器皿趙注皿所以覆器者此謂皿爲幎之假借似非孟意 象形與豆同意 上象其能容中象其體下象其底也與豆略同而少異 凡皿之屬皆从皿讀若猛 按古孟猛皆讀如芒皿在十部今音武永切

盂 飲器也 飲大徐及篇韵急就篇注作飯誤小徐及後漢書注御覽皆作飲不誤木部椲木也可屈爲杅者杅卽盂之假借字既夕禮兩敦兩杅注杅盛湯漿公羊傳古者杅不穿何注杅飲水器孫卿子曰槃圓而水圓杅方而水方史記滑稽傳操一豚蹏酒一盂而祝後漢書孝明紀盂水脯糒而已方言盂宋楚魏之閒或謂之盌又曰盂謂之柯又曰盂謂之⿰木盡河濟之閒謂之⿱安皿⿱蠡皿又曰盂謂之銚銳 从皿亐聲 羽俱切五部

盌 小盂也 方言曰盌謂之盂或謂之銚銳又曰盌謂之櫂又曰椀謂之盫 从皿夗聲 于夗皆坳曲意皆以形聲包會意也烏管切十四部

盛 黍稷在器中以祀者也 盛者實於器中之名也故亦謂器爲盛如左傳旨酒一盛喪大記食粥於盛是也引伸爲凡豐滿之偁今人分平去古不分也如左傳盛服將朝盛音成本亦作成 从皿成聲 形聲包會意小徐無聲字會意兼形聲也氏征切十一部

齍 黍稷器所以祀者 各本作黍稷在器以祀者則與盛義不別今从韵會本按周禮一書或兼言齍盛或單言齍單言盛皆言

祭祀之事他事絶不言齍盛故許皆云以祀者兼言齍盛若甸師舂人肆師小祝是也單言齍若大宗伯小宗伯大祝是也單言盛若饎人稟人是也小宗伯逆齍注云受饎人之盛以入然則齍盛可互偁也甸師注云粢稷也穀者稷爲長是以名云肆師注云粢六穀也大祝注云粢號謂黍稷皆有名號也舂人注云齍盛謂黍稷稻粱之屬可盛以爲簠簋實經文齍字注三易爲粢而小宗伯六齍注云齍讀爲粢六粢謂六穀黍稷稻粱麥苽此則易齍爲粢之指謂齍粢古今字也考毛詩甫田作齊亦作齍用古文禮記作粢盛用今文是則齍粢爲古今字憭然左傳作粢盛則用今字之始左傳曰絜粢豐盛毛曰器實曰齍在器曰盛鄭注周禮齍或專訓稷或訓黍稷稻粱盛則皆訓在器是則齍之與盛別者齍謂穀也盛謂在器也許則云器曰齍實之則曰盛似與毛鄭異葢許主說字其字从皿故謂其器可盛黍稷曰齍要之齍可盛黍稷而因謂其所盛黍稷曰齍凡文字故訓引伸每多如是說經與說字不相妨也 从皿𠫓聲𠫓禾麥吐𥝌上平也形聲包會意即夷切十五部

盓 小甌也甌小盆也廣韵盓抒水器也 从皿有聲讀若灰灰有二聲古音皆在一部也今音于救切 一曰若賄賄从有聲古音亦在一部

⿱右皿 盓或从右右聲也古亦在一部

盧 盧飯器也凵部曰凵盧飯器以柳爲之士昏禮注曰笲竹器而衣者如今之筥⿱竹去籚矣筥⿱竹去籚一物相似⿱竹去籚即凵盧也方言⿱竹旅趙魏之郊謂之去⿱竹旅注盛飯筥也錢氏大昕曰去⿱竹旅即凵盧也 从皿虘聲洛乎切五部

⿸虍⿱田皿 籀文盧

⿱缶皿 器也从缶皿

古聲公戶切五部 盄器也从皿弔聲止遙切二部 盎盆也釋器盎謂之缶注云盆也假借爲酒名周禮盎齊注曰盎猶翁也成而翁翁然葱白色如今酇白矣按翁者滃之假借滃滃猶泱泱也酒之成似之孟子盎於背趙曰其背盎盎然凡言盎然者皆謂盛以音假借也 从皿央聲烏浪切十部 㼜盎或从瓦莊子甕㼜大癭 盆盎也廣雅盎謂之盆考工記盆實二鬴 从皿分聲步奔切十三部 𥁕器也从皿宁聲直呂切五部盧字從此 盨檟盨逗負戴器也檟小桮也見匚部此檟盨之檟乃別一義廣韵一送云檟格木也三十六養二云檟載器也出埤蒼玉篇二云檟渠往切載器也載器皆當作戴器古載戴通用格木亦謂度閣之木東方朔傳朔曰是寠數也師古曰寠數戴器也以盆盛物戴於頭者則以寠數薦之今賣白團餅人所用者也又楊惲傳鼠不容穴銜寠數師古曰寠數戴器也按寠數其羽山羽二反檟盨渠往相庾二反檟與寠雙聲盨與數雙聲疊韵一語之轉也負戴器者謂藉以負戴物之器 从皿須聲相庾切古音在四部 𥂁器也廣韵古巧切濁也苦絞切溫器也 从皿漻聲古巧切古音在三部 𥁑拭器也廣韵集韵類篇皆作拭許書以飾爲拭不出拭此作拭者說解中容不廢俗字抑後人改也可以㕞拭之器若今㕞子之類韓非所謂懷刷其是歟古㕞刷通用也今各本作械器非古本 从皿必聲彌畢切十二部 醯酸也西部曰酸酢也關東謂酢曰酸

周禮醯人掌共醯物作醯㠯䰞㠯酒䰞者鬻或字从䰞酒並省从

皿皿器也器者周禮所謂甕也呼雞切十六部盉調味也調聲曰龢調味曰盉今則

和行而龢盉皆廢矣鬻部曰鬻五味盉羹也从皿調味必於器中故从皿古器有名盉者因其可以盉羹而名之

盉也廣川書跋引說文調味器也沾器字非禾聲戶戈切十七部益饒也食部曰饒飽也凡有

餘曰饒易象傳曰風雷益君子以見善則遷有過則改从水皿水皿此水字今補益之

意也說會意之恉伊昔切十六部盈滿器也滿器者謂人滿宁之如彉下云滿弩之滿水部

溢下云器滿也則謂器中已滿滿下云盈溢也則兼滿之已滿而言許書之精嚴如此从皿夃秦以市買多得

爲夃故从夃㠯成切十一部盡器中空也釋詁𣪘悉卒泯忽滅罄空畢罄殲拔殄盡也曲禮曰

虛坐盡後實坐盡前卽忍切俗作儘亦空義之引伸从皿𦘔聲慈忍切十二部盅器虛

也丘部曰虛大丘也引伸爲虛落今之墟字也又引伸爲空虛邶風其虛其邪毛曰虛虛也是其義也謂此虛字乃虛

中之虛也盅虛字今作沖水部曰沖涌繇也則作沖非也沖行而盅廢矣从皿中聲直弓切九部老

子曰道盅而用之今道德經作沖盦覆蓋也此與大部奄音義略同此

謂器之蓋也从皿酓聲烏合切七部合當作含𥁑仁也从皿㠯食

囚也官溥說凡云温和温柔温暖者皆當作此字温行而昷廢矣水部温篆下但云水名不云一曰煗者許謂煗義自有囚皿字在也用此知日部昫日出温也安㬮温也㬎温溼也火部煖煗温也衮以微火温肉也金部銚温器也鐎温器也凡若此等皆作昷不作温矣官溥者博訪通人之一也烏渾切十三部

盥澡手也水部曰澡洒手也禮經多言盥內則每日進盥五日請浴三日具沐其閒面垢請靧足垢請洗是則古人每日必洒手而洒面則不必日日爲之也大學有湯之盤卽特牲內則之盥槃故其銘曰日日新凡洒手曰澡曰盥洒面曰類濯髮曰沐洒身曰浴洒足曰洗从臼水臨皿也會意皿者禮經之所謂洗內則之所謂槃也內則注曰槃承盥水者禮經注曰洗承盥洗者棄水器也古玩切十四部春秋傳曰奉匜沃盥左傳僖廿三年文匜者柄中有道可以注水內則亦云請沃盥沃者自上澆之盥者手受之而下流於槃故曰臼水臨皿此引傳說字形之意特牲經曰尸盥匜水實于槃中簞巾在門內之右注設盥水及巾尸尊不就洗又不揮謂不就洗故設匜水水實於匜匜實於槃也不揮故設巾巾實於簞也古之盥手者用匜澆手水下流於洗洒爵者用匜澆爵中覆水於洗盥者揮手令乾而已故禮經盥不言帨手尸尊則帨敬老則盥卒授巾也匜之水勺於罍少牢注曰凡設水用罍沃盥用枓禮在此也是則常用爲匜爲槃禮器爲枓爲洗又云洗者統洗爵而名之也設水之器禮器爲罍常用未聞

盪滌器也水部曰滌洒也洒滌也此字从皿故訓滌器凡貯水於器中搖蕩之去滓或以磢垢瓦石和水吮漱之皆曰盪盪者滌之甚者也易曰八卦相盪左傳震盪播

越皆引伸之義郊特牲曰滌蕩其聲注滌蕩猶搖動也蕩者盪之假借从皿湯聲徒朗切十部

文二十五　重三

凵凵盧飯器疊韵爲名凵盧詳皿部盧下按皿部不言凵者舉評曰盧𥫱評曰凵盧也㠯柳

作之象形下侈上斂去魚切五部凡凵之屬皆从凵笿凵

或从竹去聲按士昏禮注作笿去籚廣韵曰笿飯器

文一　重一

去人相違也違離也人離故从大大者人也从大凵聲丘據切五部凡

去之屬皆从去朅去也思玄賦舊注劉逵蜀都賦注皆同按古人文章多云朅來

猶往來也从去曷聲丘竭切十五部㚕去也从去夌聲讀若

棱陵力膺切六部按大徐刪棱字今按玉篇曰居力切又力膺切廣韵集韵皆兼入蒸職二韵一力膺切一紀力切

蓋許書本作讀若棱夌聲而讀同棱一部與六部之合也或又讀若陵註陵於旁而小徐兩存之

文三

血祭所薦牲血也肉部曰膋血祭肉也爨部曰釁血祭也郊特牲曰毛血告幽全之物也注

幽謂血也毛詩血以告殺膋以升臭此皆血祭之事按不言人血者為其字从血人血不可入於皿故言祭所薦牲血然則人何以亦名血也以物之名加之人古者茹毛飲血用血報神因製血字而用加之人 从皿 皿者周禮珠槃玉敦之類 一象血形 在皿中也呼決切十二部 凡血之屬皆从血

衁 血也 易歸妹上六女承筐無實士刲羊無血左傳晉筮繇曰士刲羊亦無衁也女承筐亦無貺也正義曰易言血而此言衁故杜知衁是血也 从血亡聲 呼光切十部 春秋傳曰士刲羊亦無衁也 左僖十五年文

衃 凝血也 素問赤如衃血者死注衃血謂敗惡凝聚之血色赤黑也 从血不聲 芳桮切古音在一部

𧖴 气液也 此字各書皆假津為之津行而𧖴廢矣水部曰液𧖴也 从血𦘒聲 將鄰切十一部

𧗋 定息也 心部曰息喘也喘定曰甹 从血甹省聲讀若亭 特丁切十一部

衄 鼻出血也 素問曰鼻衄又脾移熱於肝則為驚衄按諸書用挫衄者縮朒字之假借也縮朒者退卻之意也 从血丑聲 女六切三部

𧗟 腫血也 腫癰也停滯之血則為𧗟周禮注曰潰瘍癰而含膿血者 从血農省聲 奴冬切九部

膿 俗𧗟从肉農聲 周禮注如此作

𧖾 血醓也 以血為醓故字从血 从血肬聲 肬聲當作从肬此以會意兼形聲也肉部曰肬肉汁滓也按醓多汁則曰肬醓以血

爲醓則曰監醢其多汁汪郎相似也故从从肬而肬亦聲他感切八部

禮有監醢各本禮下有記誤今依韵會本禮經周禮皆云醓醢非出於記也許書言禮有柶禮有刪巾禮有奠祭禮有經緣皆謂禮經㠯牛乾脯粱籟鹽酒也醢人注曰作醢及臡者必先膊乾其肉乃後莝之襍以粱麴及鹽漬以美酒塗置甀中百日則成矣其作法許鄭正同鄭槩云膊乾其肉許云牛乾脯者鄭總釋諸醢臡許單釋醓醢舉一以見例也經牛醢不言牛他醢臡不言醓立文錯見也以牛乾脯粱籟鹽酒則非血醢矣其謂之監醢何也禮經醓醢卽監之變醓醢用牛乾脯粱籟鹽酒閉之甀中令其汁汪郎然是曰肉汁滓是曰肬醓宜矣而許時禮經作監醢則假借血醢之字也故許引禮經而釋監醢非監之本訓猶圛下引商書曰圛而又釋之埾下引唐書曰埾讒而又釋之非圛埾之本義

𧖴醢也从血菹聲醢人注曰凡醢醬所和細切爲韲全物若䐑爲菹少儀曰麋鹿爲菹野豕爲軒皆䐑而不切麇爲辟雞兔爲宛脾皆䐑而切之切葱若薤實之醢以柔之由此言之則韲菹之稱菜肉通按菹亦爲肉稱故其字又作葅从血菹會意也从血猶从肉也側余切五部

𦈢𧖴或从缶从缶者菹醢必鬱諸器中而成也𧖴蘁二篆又見艸部後人增之耳玉篇艸部無之當刪彼存此

𧗳㠯血有所刏涂祭也詳刀部刏下𧗳蘁亦刏字之異者从血幾聲渠稀切十五部

卹憂也憂當作𢝊𢝊愁也釋詁曰卹憂也卹與心部恤音義皆同古書多用卹字後人多改爲恤如比部引周書無毖于卹潘岳藉田賦惟穀之卹李注引書惟

刑之衄今尚書衄皆作恤是也从血卪聲辛聿切古音在十二部一曰鮮少也此別一義衄與惜雙聲鮮少可惜也鮮當作尟

𧖧傷痛也某氏注尚書亦云𧖧然痛傷其心从血聿䎶者所以書也血聿者取披瀝之意皕聲皕讀若逼在第一部周書曰民冈不𧖧傷心酒誥文讀若憘心部無憘喜部有憙而義不相近按當作譆言部曰譆痛也音義皆近許其切一部今許力切

䘓羊凝血也釋名曰血脂以血作之脂郎䘓字也陶氏注本艸宋帝時太官作血䘓庖人削藕皮誤落血中遂皆散不凝陶所云血䘓郎劉之血脂也按必系諸羊者惟羊血供飲食前云盬血也𧖴凝血也皆謂人至監䘓䘓三字乃言牲血此許書嚴人物之辨也从血臽聲苦紺切八部

𧗡䘓或从贛依小徐及玉篇

盇覆也皿中有血而上覆之覆必大於下故从大艸部之蓋从盇會意訓苫覆之引伸耳今則蓋行而盇廢矣曷何也凡言何不者急言之亦曰何是以釋言云曷盇也鄭注論語云盇何不也盇古音在十五部故爲曷之假借又爲蓋之諧聲今入七八部爲閉口音非古也从血大聲此以形聲包會意大徐刪聲非也今胡臘切其形隸變作盍

衊汙血也漢文三王傳汙衊宗室孟康曰衊音漫从血蔑聲莫結切十五部

文十五 重二按衄𧖧二篆當上屬盥篆已上皆人事也監蓋䘓當以類廁焉

丶有所絕止丶而識之也按此於六書爲指事凡物有分別事有可不意所存主心識其處者皆是非專謂讀書止輒乙其處也知庚切古音在四部凡丶之屬皆从丶

㞷鐙中火主也釋器瓦豆謂之登郭曰即膏鐙也膏鐙說文金部之鐙錠二字也其形如豆今之鐙盞是也上爲盌盛膏而爇火是爲主其形甚微而明照一室引伸假借爲臣主賓主之主㞷象形謂象鐙形从丶謂火丶主丶亦聲之庚切古音在四部按丶主古今字主炷亦古今字凡主人主意字本當作丶今假主爲丶而丶廢矣假主爲丶則不得不別造鐙炷字正如假左爲ナ不得不別造佐爲左也

咅相與語唾而不受也今俗有此从丶从否不部曰否不也从丶否者主於不然也丶亦聲丶各本作否非今正咅韵書皆入侯部或字从豆聲豆與丶同部周易蔀斗主爲韵蔀正咅聲也天口切四部其形隸作音〔豆欠〕音或从豆欠欠者口气也豆者聲也

文三　重一

說文解字第五篇上

珍倣宋版印

西元二〇二四年三月一日重製一版

說文解字段注　冊一（清段玉裁撰）

平裝四冊基本定價參仟參佰元正
（郵運匯費另加）

發行人　張敏君

發行處　中華書局

臺北市內湖區舊宗路二段一八一巷八號五樓（5FL., No. 8, Lane 181, JIOU-TZUNG Rd., Sec 2, NEI HU, TAIPEI, 11494, TAIWAN）

客服電話：886-8797-8396

公司傳真：886-8797-8909

匯款帳戶：華南商業銀行西湖分行
179100026931

印　刷：維中科技有限公司
海瑞印刷品有限公司

No. N0040-1

國家圖書館出版品預行編目(CIP)資料

說文解字段注/(清)段玉裁撰. -- 重製一版. -- 臺北市 :
中華書局, 2024.03
冊 ; 公分
ISBN 978-626-7349-09-0(全套 : 平裝)

1.CST: 說文解字 2.CST: 注釋

802.223 113001479